少年少女
奇想ミステリ王国
—I—

The Kingdom of Fantastic Mystery
for Boys and Girls

西條八十 集
人食いバラ
他三篇

芦辺拓・編
大橋崇行・校訂

戎光祥出版

少年少女奇想ミステリ王国 西條八十集

単行本装丁コレクション

所蔵：芦辺 拓

▶『人食いバラ』1954（昭和29）年／偕成社
作品初出：『少女クラブ』1953（昭和28）年1月号～12月号

◀『魔境の二少女』1954（昭和29）年／偕成社
作品初出：『少女の友』1952（昭和27）年8月号～1953（昭和28）年10月号

少年少女奇想ミステリ王国 西條八十集

単行本装丁コレクション

▲『青衣の怪人』1959（昭和 34）年／偕成社
作品初出：『少女クラブ』1951（昭和 26）年 1月号～ 12月号

▲『青衣の怪人』（ジュニア探偵小説 17）
1969（昭和 44）年／偕成社

▶『少女クラブ』1956（昭和 31）年 12 月号付録　本誌に掲載されていた「すみれの怪人」だが、この号のみ別冊付録での収録となった（古本屋ツアー・イン・ジャパン　小山力也氏提供）

目次

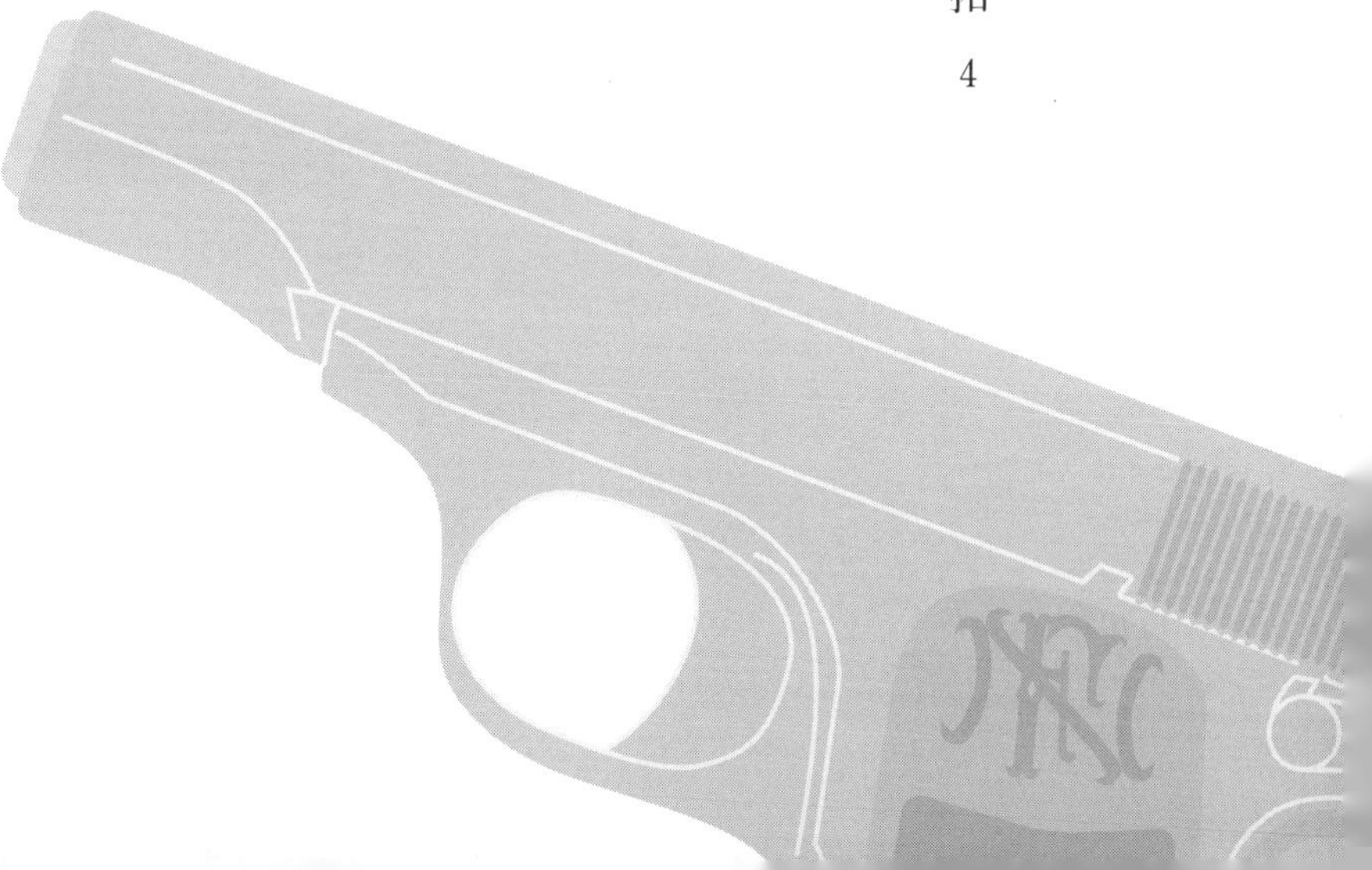

「少年少女奇想ミステリ王国」凡例

編集校訂方針

一、本書は、大正～昭和期を中心に発表された少女小説、少年小説のうち、探偵小説作品としての価値が高いものや、資料的価値の高いもの、エンタテインメント性に優れ、現代の視点から見ても面白く読むことができるものを作家ごとに選び、収録したものである。
二、底本には原則として単行本（初版）を用いるが、粗悪な組版の単行本の場合や、単行本未収録作品については、新聞、雑誌などの初出本文によった。
三、底本、および初出誌紙の口絵、挿画については、必要に応じて口絵に採録した。
四、本文校訂にあたっては、明らかな誤記、誤植、衍字と認められるものについて、初出本文などを参照の上訂正を施した。
五、校訂上の注記や、底本と初出本文との異同については、主要なものを各作品解題の末尾に記載した。
六、本書の「解説」においては作品の価値や現代の視点からどのように面白く読めるのかについて、「解題」においては作品の書誌、作品が発表されたときの状況、本文校訂上の注記について記した。

本文の表記について

一、漢字は原則として現在通行の字体に改め、常用漢字表、人名漢字別表に新字体があるものについては、その字体を用いた。ただし、現在通行の字体と異なる場合でも、一部の固有名詞や、表記の多様性を活かす必要があると考えられる場合には、底本の字体を残したものがある。また、底本の字体が現在通行の字体である場合には、そのまま表記した。

二、仮名遣いは、原則として底本の表記に従った。ただし、底本が刊行された当時の慣用表現や、著者が用いた独特な表記については、そのまま残した。

三、振り仮名は作中人物の人名が初出の場合を除いて基本的に省略し、現代の読者にとって読解が困難と思われるもののみ残した。また、底本に振り仮名がない場合でも、読みやすさを考慮して〔〕内に補った箇所がある。

四、句読点などの表記記号は、原則として底本の様態を残した。ただし、文中にある「!」や「?」等の記号の後には、空白を補う処置を施した。また、会話文末尾の「」」が欠けている場合には補うものとし、会話文の文末が「。」」となっている場合は底本の様態を残した。

五、会話文の次の行頭については、底本の様態を残した。そのため作品によって、一字アキがある本文と、ない本文とがある。

六、本文にある傍点や圏点については、底本の様態を残した。

七、底本で段落の冒頭が一字下げでない場合は、一字下げを行った。

八、明らかな脱字、脱文とみなされる場合は、初出本文を照合の上、適切な語句を〔〕内に補った。

九、本叢書の作品中には、今日の人権意識に照らして不適切な表現が見られる場合がある。しかし、作者の作品を歴史的事実として現在、および未来に伝えることが第一義と判断して、本叢書では原文のまま収録することとした。

《少年少女奇想ミステリ王国》刊行にあたって

芦辺　拓

「事実は小説より奇なり」――この常套句が意味をなさなくなって、どれほどの歳月が過ぎたでしょう。そもそも奇なるものであり、気宇壮大で野放図で、たまらなく面白くてワクワクするものだった小説がいつしか現実にすり寄り、整合性だの必然性だのといったことばかりを尊ぶようになってから……。

そんな中、あたかも物語の孤塁を守るかのように、読者の胸をときめかせ、ページを繰らせることに集中したジャンルがありました。それこそは、今ならばエンタメ系とでも称されたろう一群の少年少女小説であり、そこでは探偵小説《ミステリ》が重要な要素を占めていました。

戦前に端を発し、戦後息を吹き返したこれらの作品には、驚くべきアイデアとあきれるばかりの熱気が詰まっています。そこから選りすぐられた冒険また活劇、謎と痛快さに満ちた物語は、読者《あなた》に小説本来の面白さと読書の喜びを取りもどしてくれるにちがいありません。

少年少女よ、よみがえれ！　そして来れ、奇想あふれるミステリの王国へ！

人食いバラ

黒い大きな門

たのしいお正月のお休みも、そろそろおわろうとする七草の晩でした。ふりだしたつめたいみぞれにうたれながら、小さいかごをかかえて、町かち町をさまよう少女。それは十五才の少女、加納《かのう》英子《えいこ》でした。かごの中には、わずかばかりの毛糸の玉がはいっています。

みなしごの英子は、しんせつな問屋のおじさんが、とくべつやすく売ってくれる毛糸の玉を、あちこちのうちへ売りあるいて、そのわずかなもうけでくらしているのです。

今しがた、あるうちへ、

「ごめんください」

と、はいって行って、

「うるさいな。こじきとおし売りは、まっぴらだよ」

とどなられ、おまけに、犬にまでほえつかれた英子は、しみじみ悲しくしなっていました。

ほかの子たちのように、おとうさんやおかあさんがいたら、こんなみぞれの中を歩くこともあるまいにと思うと、なみだがにじみでてきて、つい立ちどまってしまいました。

ここは、ちょうど四ツ辻で、今までお店ばかりつづいていたにぎやかな通りが、きゅうに淋しいやしき町へかわろうとするところでした。

どこからか、百人一首のかるたを読む声がきこえ、たのしそうな笑い声がながれてきます。

どっちへ行こうかとまよったあげく、英子は思いきって、右手のくらい通りへはいりました。もうこんなに日がくれては、商売もできないから、電車でうちへ帰ろう。それには、このほうが近道らしく思われたからです。

大きなおやしきがならんでいるその横町を、英子がトボトボあるいて行くと、その中でも、とくべつ大きな門がまえのうちが目につきました。そのまっ黒な門は、ぴたりとしまって、まるでお城の門のように高くそびえているのです。そして、門のむこうに、とてもひろそうなそのうちの屋根が、つみかさなって見えていました。

「まあ、ずいぶん大きなうち。どんな人がすんでるんだろうか。よっぽどお金もちの人にちがいない」

英子はそう思って、立ちどまって、その門をながめていました。

ところがどうでしょう。いきなりその門があいたのです。今までしまっていたその黒い門がスルスルとあいて、中かららりっぱな洋服をきた、わかい男がでてきました。そして、

「さあ、どうぞおはいりください」

と、ていねいに頭をさげるのです。英子はびっくりしました。思わずとびのきながら、

「いいえ、わたし、ただ見てただけですわ。呼鈴なんかおしやしませんわ」

と、あわててわびるようにいいました。

「いいえ、けっこうです。どうぞ、おはいりください」

わかい男は、もういっぺん頭をさげるのでした。

「あの、ここ、どなたのおうちなんですの」

英子が思いきってきいてみました。

「主人は、元男爵の向井《むかい》三郎《さぶろう》です。ごしんぱいはいりません。さあ、おはいりください」

英子は、なんだか頭がへんになってきました。

(わたしはみすぼらしい毛糸売りのむすめ。それをこの人はちっともけいべつしないで、こんなに頭をさげている。こんなりっぱなおやしきへ、ぜひ入れという。どうもおかしい。この人、頭がくるってるのじゃないかしら)

「ええ、ありがとうございます。でも、わたし、このおうちのかた、だれも知りませんし、用もないんです。ただ、あんまり大きなおやしきだから見てただけなんです」

英子が気のどくそうにおじぎをして歩きだすと、そのわかい男がおいかけてきました。

「おじょうさん。それは困ります。あなたが入ってくださらないと、わたしが、主人からしかられ

ます。ちょっとでいいんです。ちょっと入ってください」

と、たのむのです。英子はだんだん気味がわるくなってきました。そこで、

「いやですわ。わたし、知らないうちへなんか入るのは、いや。ごめんなさい」

といって、大いそぎでかけだそうとしたとき、

「多田《ただ》さん」

と、声をかけて、こんどは女の人のかげが門からでてきました。それは四十ぐらいの、きちんとした女中頭のような人で、近よると英子の顔を見て、にっこり笑って、

「おじょうさん。どうぞお入りください。このとおりわたくしもおります。けっして心配になるようなうちではありません」

と、やさしくすすめるのでした。女の人がでてきたので英子はいくらか安心しました。

そして、その人の品のいい顔を見ているうちに、気もちがかわりました。そんなにすすめるのなら、どんな用か、入ってみようかという気になりました。それでも念をおして、

「あの、わたしにご用があるのですね。人まちがいじゃないんですね」

ときくと、奥女中のような人は、もういっぺんにっこりして、

「だんなさまが、あなたにお会いしたいと申しているのです」

とこたえました。

「では、どういうご用かしりませんけど行きましょう」

英子が思いきって承知すると、わかい男の顔にも、女中の顔にも、ほっと安心したような色がうかびました。

英子が、その女中とわかい男にあんないされて門のなかへはいり、りっぱな道を通っていくと、つきあたりに大きなげんかん。そこをあがると長いろうか。やがて、おくの洋間のドアの前へきました。中で二、三人の人のはなし声がきこえます。

と、女中はどこかへいなくなり、わかい男がドアの中へはいって行きましたが、まもなくでてきて、

「さあ、どうぞ」

と、英子をあんないしました。

英子が見たそのへやの中のようす。

それは、十二じょうぐらいの広さのりっぱなへやで、壁にとりつけた大きなストーブが、いきおいよくもえ、あたりには、せいの高い本だなだの、きれいな油絵のがくだの、からかねのりっぱな彫刻だのが、美術館のようにかざられ、床には足がうずまりそうな、あついすばらしいじゅうたんがしいてありました。

そのすみの、王さまでも使いそうな大きなベッドの上に、ひとりの品のいいおじいさんがねていて、まくらもとにふたりの男の人がこしかけて話をしていました。

「やあ、いらっしゃい。どうぞ、そのいすにかけてください」

と、英子を見て、まっ先に声をかけたのは、黒い洋服をきてひげをはやした、五十ぐらいの、見るからにお医者らしい人でした。もうひとりはずっとわかい、メガネをかけた学者のような人でしたが、これはだまってじっと英子を見ていました。

英子がモジモジしながら、いすにおちつくと、さっきの女中が、レモン紅茶と菓子をみんなにはこんできました。英子はすすめられて、そのショートケーキのようなお菓子を、ほおばりましたが、ちょうどおなかがすいていたので、とてもおいしく、あまみがおなかのすみずみに、ジーンとしみるようでした。

そのあいだ、ベッドのおじいさんは、白い長いあごひげを、右手でしごきながら、じっと英子のようすをながめていましたが、みんながお菓子をたべおわると、そのお医者のような人にむかい、

「では先生。あなたからお話をどうぞ」

と、さいそくしました。

「ええ。おじょうさん。だしぬけにこんなところ

へきていただいて、さぞ、びっくりなさったでしょうが……」

　と、その人は英子のほうにむきながら、

「まず、わたしたちがどんな人間か、ごしょうかいします。そこのベッドにいらっしゃるのが、このやしきのご主人の向井元男爵。わたしのとなりにいられるのは、弁護士の相良《さがら》潔《きよし》さん。わたしは大川重信《おおかわしげのぶ》という医者です。ところで、しつれいながらあなたのお名まえは？」

「わたくし、加納英子です」

「お年は」

「十五」

「どこに、だれとすんで、今なにをしていらっしゃる」

「わたくし、父も母もなく、知りあいのおばさんのところにおいてもらって、こんなものを売っていますの」

　と英子が答えて、ひざの上の毛糸のかごを見せました。とたんに、てんじょうからさがった金色のりっぱなシャンデリアにてらされたじぶんの、みすぼらしい洋服すがたが、はずかしくなり、ぱっと顔を赤くしました。

「そうですか。それでは、ずいぶんさみしく、苦労もなさっているのですな」

　と、お医者は同情したようにため息をつき、

「ありがとう。それであなたのご身分はわかりました。こんどはわたしのほうの用件をお話しましょう。これはたいへんきみょうな話で、あなたが、すぐよろこんでしょうちしてくださるかどうか、じつは心配なのですが、ぜひ、しょうちしていただきたいのです」

つめたい握手

　お医者がここで、おもおもしくことばをきり、もう一ぺん英子の顔をじろじろ見たので、英子は、いったいどんな用事なのだろうと、すこし胸がど

きどきしました。見ると、ベッドの上の男爵の目も、わかい弁護士の目も、熱心にじぶんのほうを見ているのです。

「まったく、きみょうな話なのですが……」

と、お医者はくりかえしていって、

「じつはここにおられる元男爵は、お気のどくに、肝臓ガンというとてもおもい病気にかかっていられるのです。そして、どんなに治療しても、もうおいのちは、ここ一月ももちません。それで、男爵には、おくさんもお子さんもないのです」

英子はハッとして、ベッドの上のおじいさんを見ました。年よりといっても、まだ六十にもならない、銀色の髪の毛、銀色のひげの、いかにも上品な顔をした人です。

外国人の着るような、しゃれたガウンをきて、横になってこちらを見ているのですが、せいも高く、体格もりっぱ。そうひどい病人とは見えません。

しかしこの人に、そんなに早く死が近づいているのかと思うと、英子は気のどくで、もう見ていられないきもちになりました。

「ところで、男爵はたいへんなお金もちでいらっしゃいます。りっぱなおやしきも、別荘も、地所も、それから銀行にあずけてあるお金も、かぞえきれないほどです。

それで、死なれる前には、それをだれかにゆずらなければなりません。ところがさしあたり、それをゆずりたい人が見あたらないのです。それで男爵は、きみょうなことを思いつかれました。

それは、このお正月の七草の日の、夜七時きっちりに、このおやしきの門の正面に立った人。それは、どこのどんな人でもいい。その人にじぶんの財産をのこらずゆずろうと、けっしんされたのです。

それで今夜、わたしたちはこうしてここにあつまり、門のすぐうしろに、見はりを立たせてまっていました。ところが、そこへあなたがいらしったのです。ちょうど午後七時きっちりに、あなたが門の前にお立ちになったのです」

大川医師は、ここでまたことばをきりました。

そして、話をきいた英子が、どんな顔つきをするかしらべるように、じっと見つめました。

向井元男爵も相良弁護士も、だまって英子の顔を見ています。

ひろいやしきの中はシーンとして、ただ、窓ガラスにあたるみぞれの音だけが、しずかにきこえています。

英子は、あんまりふしぎな話なので、ただもうびっくりしてしまいました。だしぬけによばれて、知らないうちに入ってきたのが、もう夢みたいなのに、そのうえにまた、こんな夢のような話をきかされて、気がボーッとしてしまいました。だまって、そのきれいな大きな目を、パチクリさせているだけでした。

「そこでお話は、こういうことになります。あなたはこの男爵の財産を、のこらずもらうことをしょうちしてくださるかどうか。もちろん、しょうちしてくださるでしょうね。いや、きめたいじょう、ぜひ、しょうちくださるよう、わたしたちからお願いします」

大川医師のことばが、ぼんやりしている英子の耳に、遠いこだまのようにひびきました。英子の顔は、すっかりこうふんしてまっ赤になってしまいました。あまりのおどろきに、小さい頭のなかには、いろんな考えが、パチパチと火花のようにうずまいていました。

（これはたいへんだ。この大きなおやしきの財産が、みんなわたしのものになる。このびんぼうな毛糸売りのみなしごむすめが、ひとっ飛びに男爵のお姫さまになるのだ。きれいな服をきて、きれいな部屋にすんで、きれいな自動車にのって、なにして遊ぶのも自由……）

そう考えると、うれしさでからだがスウッと床からうかびあがって、頭がふらふら貧血して、たおれそうになりました。

と、そのそばから、またべつの考えがもくもくと頭をもちあげてきました。

（いや、これはうそだ。うそにちがいない。こんなうまい話があるものか。まるで知らないむすめに、そんなたくさんの財産をただでくれるなんて。これはきっとだまかしだ。この人たちは、なにかのためにいたずらをして、わたしをだまそうとしているのにちがいない。あぶない。これは用心しなけりゃ）

りこうな英子は、一生けんめいこうふんする自分をおさえました。

そして、どうこたえていいかわからないので、だまってうつむいていると、こんどはベッドの上の向井元男爵が、しずかに声をかけました。

「加納さん。どうです。このかわいそうな年よりのたのみじゃ。ぜひしょうちをしてくださらんかな」

「はい。でも、あんまりだしぬけで、しあわせすぎて、まるで童話みたいですわ。わたしのような貧乏なむすめが、きゅうにしあわせになるなんて……」

とうとう英子は、こう叫んでしまいました。

「いや。あなたがその貧乏なむすめだからいいのじゃ。さんざん苦労した人だからいいのじゃ。そういう人ほど、しあわせになる資格があるのじゃ。そんな人に財産をゆずることは、わたしとしてもうれしい。ではとにかく、しょうちしてくださるのじゃな。このかわいそうな年よりのねがいをきいてくださるのじゃな」

向井元男爵のしずかな声の中には、ことわりきれないつよい力がこもっていました。

そして、自分を見つめるその目には、なんともいえないやさしい光がかがやいているので、英子もついだまってうなずいてしまいました。

と、男爵はすぐにわかい弁護士にむかい、

「ありがたい。加納さんがしょうちしてくださった。さっそく書類をここへ」

というと、弁護士はカバンの中から、ひとつづりの紙をだしました。

それは、もうちゃんと用意がしてあったらしく、こまかく字が書いてあって、英子の名まえを書きいれるところだけが白くあいていていました。

「いいですか。よく読んでごらんなさい。あなたにあげる男爵の財産の目録が、みんなそこに書いてあります。男爵が自分で名を書いて、実印をおされてあります。わたしがここに、あなたの名さえ書きいれれば、もうそれで、男爵がなくなられたあとのこのうちの財産は、のこらずあなたのものになるのです」

相良弁護士はやさしくいって、さっさと英子の名を書きこんでくれました。

「さあ、これで手つづきはのこらずすんだ。こんなかわいらしいむすめに財産をゆずって、わたしも安心して死ぬことができる。加納さん、ありがとう。大川、相良の両先生もごくろうさまでした」

元男爵はうれしそうにいって、ベッドの上から右手を長く英子のほうにのばし、おめでとうと握手をしました。そして、

「加納さん、こういうかわった遺言をするのには、ふたりの先生がいるのじゃよ。ひとりはわたしが気ちがいでないことを証明するお医者さんと、ただしい手つづきをしてくれる弁護士さん。それで、このふたりのお友だちに、今夜きてもらったのじゃよ。こうしておけば、もうあんたの財産には、だれひとりゆびをさすこともできない。アッハッハッハ」

と、うれしそうに笑ったとき、男爵のねているベッドのあたまのほうで、ガチャリとかすかな音がしました。

英子がそのほうを見ると、そのおくに、今まで気がつかなかったドアがあって、それをあけて、ひとりの少女がすっとはいってきました。

それは英子より一つ二つぐらいの年上の、びっくりするほど美しい少女で、最新流行のスタイルの、すばらしいグリーンのドレスをきていました。きれいにカールした髪かたちといい、おけしょうといい、すらりとしたせかっこうといい、まるで外国映画の麗人がぬけだしてきたようです。

「あ、はるみ。いつ帰ってきたんだ。おまえ、音楽会へ行ったんじゃなかったのか」

元男爵がおどろいたように叫びました。

「とちゅうまで行ったんだけど、もどってきたのよ」

と、美しい少女はこたえながら近よってきて、まずさいしょに、英子の顔をあなのあくほど見つめました。

それから、大川医師、相良弁護士の顔を、つぎつぎに見まわしたあとで、

「あんたがた、とうとう計画を実行したのね。もうなにもかも、すませてしまったのね」

と、なげだすようにいいました。元男爵も、医者も弁護士も、だまりこんでしまいました。

「そうすると、このおじょうさんが、向井家の財産を、のこらずもらうわけね。まあ、しあわせな人だこと。おめでとう。わたし、このおじさんの、たったひとりのめいのはるみよ。それなのにおじさんは、わたしに一銭の財産もゆずらずに、みんなあなたにあげたのよ。でも、わたし、あなたをうらまないわ」

少女はこういってにっこり笑いながら手をさしのべました。英子はだまって、その手をにぎりしめましたが、その手はひどくつめたく、まるでヘビにさわったような気がして、思わずぎくりとしました。

あやしい自動車

「では、これで話はきまりました。あとのくわしい相談は、むこうの部屋でしましょう。加納英子さん、どうぞこちらへ」

はるみと英子の握手がすんだのを見ると、相良弁護士がこういって、さきにろうかへでました。英子は、男爵とお医者とはるみにおじぎをして、すなおにそのあとについて行きました。

相良弁護士が、こんど英子をつれていった部屋

は、三方のかべに本のぎっしりつまったたなのある、書斎のようなところでしたが、テーブルをはさんでむかいあいになると、弁護士がしずかにいいだしました。

「英子さん。あなたは今、男爵のめいのはるみさんの話をきいて、どんなきもちがなさいましたか。男爵はたったひとりのめいに、一銭のお金ものこさない、とても無慈悲な人のように見えますが、あれはうそです。向井元男爵は、けっしてそんな悪いかたではありません。かえって男爵は、あのはるみさんを自分のむすめのように、かわいがっていたのです。が、はるみさんがあんまりごうじょうで、勝気で、男爵のいいつけを、きかないものだから、こんなことになってしまったのです。

そのほか、あのはるみさんには、わたしがここでいいたくないような、おそろしい病気があって、どうしてもこの男爵家のあとつぎにはむかないのです。そのうえ、はるみさんのおかあさんという人が、たいへんなむだづかいやで、男爵の気にいらないのです。

つまり、はるみさんは男爵の弟さんのひとりっ子で、その弟さんが死んで、今はよくばりのおかあさんとふたりで暮しているのですよ。しかもふたりは、男爵からお金をもらう必要もないほど、ぜいたくにくらしているのですよ。ねえ、英子さん、そんなわけですから、今、はるみさんのいったことは、どうぞ気になさらないでください」

英子はテーブルの上におかれた電気スタンドの、赤い花がさのかげで、じっと相良弁護士の顔を見つめて、この話をきいていました。

まだ三十にもならないこの弁護士は、髪が黒く、色が白く、はなが高く、じょうひんな人でした。

みなしごの英子は、なんだかやさしいおにいさんから、お話をきいているような気がしました。

さっき、はるみの話をきいたときには、なんだか、はるみさんの財産を、自分が横どりしたような、とてもいやな気もちになったのでしたが、その気もちがだんだんほがらかになって、弁護士の話が

おわると、

「はい、よくわかりました」

と、すなおに頭をさげました。すると、相良弁護士はこんどはカバンをあけて、中から一まいの小さい紙をとりだし、それをテーブルの上においていうのでした。

「英子さん。あなたが向井元男爵家のあとつぎになることがきまりましたので、今月からあなたにおこづかいをさしあげます。

おこづかいは、一月十万円です。すくないでしょうがまんなさってください。それで、きょう、二カ月分として二十万円さしあげます。ほんとうはお金であげたいのですが、もう夜で不用心ですから小切手でさしあげます。あしたの朝、これを銀行にもっていけば、すぐお金になります。さあ、どうぞおしまいください」

これをきくと、英子はまたボーッとして、夢を見ているような気になってしまいました。

「まあ、一月のおこづかいが十万円！　わたし、それでなにを買ったらいいんだろう。おかしを買ったって、きものを買ったって、そんなにたくさんのお金、使いきれやしない」

そう思った英子は、思わずまっ赤になって、

「先生、いいんです、いいんですよ。そんなにたくさんお金をもらっても、わたし、どうして使っていいかわかりませんから」

とことわりました。相良弁護士は、やさしい目でじっと英子を見て、

「まあ、そういわず、とっておきなさい。いらなかったら、銀行へあずけておけばいいじゃありませんか。そのうちに、また買いたいものがでてきますよ」

と、しんせつにいってくれました。そのうえに、むりにその紙を英子の手のひらにおしつけたので、英子もとうとうおじぎをして、その小切手をポケットにしまいました。

「さあ、これでわたしのおつとめはすんだ。あなたもおそくなるといけないから、すぐお帰りなさ

い。今、自動車をよんで送らせます」

弁護士は、ほっとしたようにいいました。英子は、

「わたし、自動車なんかいりません。あるいて帰ります。じきそこに、都電の停留所がありますから」

とことわりました。

まもなく英子は、向井家の門をでました。このとき、時刻はもう九時をすぎ、さびしい横町は、さっきよりもなおさびしく、人っ子ひとりとおらず、犬のなき声だけがあちこちできこえていました。

あいにく、晩ご飯をたべないうちに、向井家へよばれてしまったので、おなかはすいてるし、おまけに、二十万円のだいじな小切手をもっているので、英子は早く電車の停留所へつきたいと思って、せかせかあるきだしました。

すると、二十メートルもあるかないうちに、思いがけないことがおこりました。それは、ヘッドライトを目玉のように光らせた、大きな自動車が、ものすごい速力ではしってきたのです。

せまい横町ですから、英子はあぶないと思って、いそいでからだを右がわによせました。ところがどうしたのか、自動車はこんどは、わざと右がわのほうをはしってきます。

「あっ、あぶない」

と思って、英子はぴったりからだを右がわのへいによせました。それでも自動車は、英子にぶつかるようにつきすすんできました。

ああ、このとき英子の頭が、すばやく働かなかったら、もうにげるひまもなく、おそろしい車の下にひかれてしまったでしょう。

だが、このとき英子の目には、ふと右がわのへいの、すこしさきにあった門が見えました。その門の前には、往来からいくぶんへこんだ石だたみがあるのです。

それで英子は、さっと身をおどらせて、その石だたみの上へとびました。

英子がとんだのと、自動車が英子にぶつかったのと、ほとんど同時でした。ドシンとからだをぶ

たれて、英子は思わず石だたみの上にころげました。自動車は、それなりとおりすぎてしまいました。

ああ、なんというあぶないこと。英子がいたさをこらえておきあがると、自分のほおからは血が流れ、からだは自動車にぶつかられて、しびれたようになっていました。きている服は、ずたずたにちぎれていました。

「まあ、ひどい自動車。でも、よかった、助かってよかった」

英子はまっ青な顔で、こうつぶやきました。とたんに、ちらりと見た今の自動車の中のようすが胸にうかびました。

たしかにそれは、自分とおない年くらいのわかいむすめのきていた洋服に、見おぼえがあるような気がしました。しかし、それがだれだったかは、どうしても思いだせませんでした。

(ああ、こわかった。たしかに今の自動車は、わたしをひき殺すつもりで走ってきたのだ。そうでなければ、あんなにわたしをおいまわすわけがない。でも、だれが、なんで、わたしを殺そうとしたのだろう)

そう考えて、英子はおそろしさに身をふるわせながら、びっこをひきひき停留所へいそぎました。

ふしぎな病気

「ママ、ただいま」

こう、げんきよく声をかけたのは、春美《はるみ》でした。ここは、さっき英子とあった美しい少女はるみと、その母親の荒子《あらこ》とが暮していやしき。そう大きくはないが、なかなかりっぱな家です。母の荒子はこたつにあたって、汽車の時間表を見ていましたが、おどろいたようにむすめをながめ、

「あら、もう帰ってきたの。あんた十日すぎまでいるといってたじゃないの」

「そうよ。でも、おじさんのとこ、だんだんきら

いになって、もういるのがいやになったから帰ってきたわ」

「そう。それならそれでもいいわ。わたし、今あなたとふたりで旅行しようと、汽車の時間をしらべていたのよ。ねえ、はるみ、こういう旅行はどう。東京をでて熱海の温泉に二、三日とまり、それから大阪へ行き、京都や神戸で遊んで、買いたいものをどっさり買ってから、汽船で瀬戸内海を渡るの。そしてこんどは、別府の温泉であきるまで遊び、帰りは福岡からスウッと飛行機で東京へ帰ってくるのよ。ねえ、おもしろい旅行じゃない？これならあなたいっしょに行くでしょ」

さもたのしそうにこういう母親の顔を、はるみはポカンと見ていましたが、やがて、つめたい声で、

「いいわね。けっこうな旅行ね。もちろん、つれてっていただくわ。でも、そんなお金どこにあるの」

「どこにあるって、ほら、もうじきわたしたちは、たいへんなお金もちになるじゃないか」

「どうして」

「どうしてって、おまえ、へんな子だね。ほら、向井のおじさんは、もう一月たらずのうちに死ぬって、お医者さんがいっているそうじゃないか。そうすれば、のこった財産をもらうのは、おまえにきまってる。だからわたしたちは、もうすぐにお金もちになるのだから、こんな旅行くらいしたって、なんでもないじゃないか」

はるみはゆびにはめた、大きいサファイヤのゆびわをいじりながら、母親の話をきいていましたが、いきなり、ホホホと笑いだすと、はきだすようにいいました。

「まあ、ママののんきにもあきれたわ。向井のおじさんの財産なんて、もう一銭ものこっちゃいないわよ。もう、ちゃんとよその人にやる約束ができてるわよ」

「えっ」

荒子の顔がまっ青になりました。思わずこたつの上に身をのりだして、右手ではるみの服のそでをつかむと、

「はるみ、それはほんとうかい。そんなこと、うそだろう。おまえ、ママをからかっているんだろう。え、いっておくれ。早くほんとのことをいっておくれ」

「ほんとうですとも。しかも、ゆうべ、わたしがちゃんと見てたのよ。

向井のおじさんは、加納英子という、まるでわたしたちが見たことも、きいたこともないびんぼうむすめに、財産をのこらずやる約束したのよ。それもお医者の大川さんや、弁護士の相良さんをよんで、ちゃんと証文をつくってしまったのよ。

だから、おじさんが死んだって、わたしたちは一銭の財産だってもらえないわ」

「まあ、あきれた。どうしてあの人は、そんな気ちがいじみたことをしたんだろ。ねえ、はるみ、これにはきっとわけがあるだろう。おまえが、よっぽどおじさんのきげんをわるくしたことがあるのだろう。さあ、お話し。わたしはもう、びっくりして声もでないよ」

荒子はよっぽどがっかりしたらしく、きゅうに十年も年とったような顔になりました。

しかし、はるみのほうはへいきで、そのぱっちりした美しい目を大きく見はり、

「ええ、わけはいろいろあるわよ。でも、もうきまってしまったこと、いくら泣いてさわいだって、しようがないわ。第一におじさまは、このごろだんだんわたしがおきらいになったのよ。それはわたしがごうじょうで、おじさまのいうことをきかないからよ。頭の毛、切っちゃいけないというのに、へいきできったり、遊びに行っちゃいけないというところへ、かまわずにどんどん行ったりしたからよ。

それからもう一つは、おじさま、このごろわたしのあの病気に気がついたのよ」

「えっ、あの病気に……」

「そうよ。虫だの鳥だの、けだものだの、ふだんかわいがっている生きものを、きゅうにいじめたくなったり、ころしたくなったりするわたしの病

気よ。わたし、このあいだ、おじさまがかわいがっているカナリヤとフォックステリヤのかわいい子犬を、いじめて、とうとう殺しちゃったの」

「まあ、たった十二、三日いるあいだに……？」

「そうよ。ママにいつもいわれていたから、おじさんのうちでは、あの病気だすまいと思っていたけど、ついふらふらとでてしまったの。それでおじさま、すっかりわたしがきらいになってしまったのだと思うわ」

「まあ、それだけはつつしんでくれればよかったのに。もうすこしのあいだ、おとなしくしていれば、あの財産をみんなもらえたのに。そして、ママもしあわせになれたのに。おまえはまあ、なんて子なんだろう」

荒子はすっかりしょげて、こたつの上に顔をふせたなり、泣きだしてしまいました。

「まあ、ママったら泣いてらっしゃるの。およしなさいよ。泣くのはまだ早いわ。だって向井のおじさまは、まだ死んではいないのよ。死ななけりゃ、おじさまの財産は、あの英子ってむすめのものになりゃしないのよ」

はるみはなぐさめるように声をかけて、

「それに、わたしだってしゃくにさわったわ。へいきでそのむすめと握手してわかれたけれど、すぐあとで、にくらしくて、にくらしくてたまらなくなったの。そうしたら、なんだか頭がのぼせたようになり、きゅうにまた、わるい病気がでて、いきなり外へとびだしたの」

「えっ、それでおまえは、いったいどうしたの」

荒子が、しんぱいそうに顔をあげてききました。

「気がつくと、わたし、いつのまにか近所の自動車屋へ行って、自動車をかりて、自分で運転してたの。そして、くらい横町をはしってくると、むこうからあるいてくるむすめが見えるの。見ると、それが加納英子じゃないの。はっと思ったとたんに、しらずしらずに、わたしの自動車は英子をおいかけている。そのうちにげそこなって、英子がどこかのへいにぴったりくっついたところへ、わたしの自動車は、ぶつかっていったの。

でも、あの人は運よくひかれなかった。どこか、くぼんだところへころげて、すこしはけがをしたようだったわ。それを見て、わたしははじめて、ああ、おそろしいことをしたと、気がついたの。そしたら大いそぎでにげていたの」

「まあ、なんておそろしいことをするのだろう。でも、まさかおまえは自分のすがたを、その英子ってむすめに見られやしなかったろうね。車の運転手がおまえだったとは、むこうは、まさか知らないだろうね」

「だいじょうぶよ。車の中はくらいし、むこうはあわてているし、だいじょうぶ、気がつきっこはないけど」

「でも、そんなことは、おそろしいことだよ。おまえの病気が、カナリヤを殺したり、犬をころしたりしているうちは、まだいいけれど、人間をころすようになったらたいへんですよ。ねえ、はるみ、おねがいだから、その病気だけはなおしておくれ。

今までは、わたしがかくしてきたけど、そうひどくなると、いつかは気ちがい病院へいれなければならなくなるよ。そんなことになったら、このママはどんなにかなしいだろう。ねえ、どうかもう、そのわるい病気だけはださないようにしておくれ」

母親の荒子はおどろいて、もうさっきのよくばりも、すっかりわすれてしまったようでした。

「だいじょうぶ。わたし、気をつけてこの病気なおすようにするわ。よく考えてみれば、その英子ってむすめ、とてもおとなしそうで、かわいい子だったわ。

わたし、どうして、あんな子をころしたくなったのか、自分でもわからないわ。そうそう、これからあの子と仲よしになろう。ちょうど、所番地きいて書いておいたから手紙だすわ」

なんてかわった少女なのでしょう。はるみはこういうと、さっそくこたつの上で、英子に手紙を書きはじめました。

「ねえ、はるみ。病気さえなければ、おまえは、そんなふうにほんとうにやさしい子なんだけどねえ」

母親の荒子は、レターペーパーに万年筆をはしらせている、はるみの美しい横顔を見ながら、

「でも、はるみ。手紙を書くのはいいけれど、さっき、あなたを自動車でひきころそうとしたのは、わたしでしたなんて、書いちゃいけないよ」

心配そうにちゅういしました。

「そんなこと、書くもんですか。そのかわり、わたしはそれのおわびに、このサファイヤの指輪を、小包みにしてあの子におくるわ。そして、向井家のあとつぎになったおいわいと書いておくわ」

と、はるみは答えて、自分の手の指輪をぬきとり、ぽんと、きまえよくこたつの上におきました。

幸福の夜

「まあ、どうしたんです。その顔と洋服は」

下宿のおばさんは、帰ってきた英子を見るなり、びっくりした大きな声をあげました。きずだらけの顔、ずたずたにきれた洋服。おまけに英子は、売りもののかごさえ、なくして持っていませんでした。

「ええ。ちょっと自動車にぶつかられたのよ。たいしたことないのよ」

「まあ、あぶない」

芳《よし》おばさんは目を見はって、

「たいしたことないなんて、英子ちゃん、その洋服、もう修繕できませんよ。新しく買うのにはたいへんですよ」

「ありがとう、おばさん、心配してくださって。でも、わたし、もうきょうから洋服でも、なんでも買えるのよ。ほら、こんなにお金もちになったの」

英子は、いきなり相良弁護士からもらった小切手を、芳おばさんの目の前につきだしました。

「えっ、二十万円、まあ、英子ちゃん、これ、ほ

んものの小切手ですか」

「そうよ。ほんものよ。ちゃんとわたしの名まえも書いてあるじゃないの」

「まあ、どこから、こんなお金を。英子ちゃん、もらったんですか」

「それは、あとでゆっくり話すわよ。とにかく、わたしは今夜からお金もちになったのよ。あしたの朝、この小切手を銀行にもってってお金にしたら、おばさんに、二月たまってる下宿代もかえし、それからおこづかいもあげるわ。だが、それよりも大いそぎで、なにか食べさせてちょうだい。わたし、おなか、ペコペコなのよ」

「はいはい。すぐごはんにします。でも、英子ちゃん。今の話、ほんとですか。わたし、なんだかキツネにばかされてるみたいだ」

　芳おばさんはめんくらって、お勝手へとんで行きました。やがて、ごはんがすむと、英子は、なぜ自分がきゅうにお金もちになったか、今夜のできごとのあらましを、おばさんに話してきかせました。

　おばさんには、そんなふしぎな話が信じられないらしく、くびをふって、

「英子ちゃん、これはどうもおかしい話ですよ。きっと、あなたは今夜、キツネにばかされたんですよ。見ててごらんなさい。この小切手の紙が、あすの朝になると、木の葉にばけていますよ」

　というのでした。

　しかし、よく朝おきるとすぐ、銀行へいった芳おばさんは、帰るなり、げんかんで大声をあげました。

「たいへん、たいへん、英子ちゃん、ほんとでしたよ。銀行でこんなにお札をくれましたよ」

　おばさんは、ふろしきの中からとりだしたあつい千円札のたばを二つ、英子の前にならべました。その顔はこうふんで赤くなり、息をぜいぜいいわせていました。

「ところで、おばさん。わたし、どうしましょう。こんなにたくさんのお金もらって。かわいそうな

孤児院へでも、半分きふしようかしらん」

と、英子がお札を見ながらいうと、

「とんでもない。英子ちゃん、それはあとのことですよ」

芳おばさんは手をふって、

「あなたはみなし児で、貧乏で、ろくな着物も、住むうちもないじゃありませんか。第一に、これで人なみの着物や、クツや、そのほかほしいものを買うことですよ。それから、もうすこしお金がたまったら、どこかに自分のうちを買うか、たてることです。きふなどはそのあとでいくらでもできます」

と忠告しました。

「そうかしら。それでは、きょうはおいわいにこのお金もって、おばさんとデパートへでも行きましょうか」

「まあ、うれしい。わたし、よろこんでおともしますわ。でも、英子ちゃん。こんなにたくさんお金もって出て、すりにでもとられたらたいへん。二万円ぐらいのこして、あとは行きがけに、また銀行へあずけましょう」

芳おばさんははしゃいで、身じたくにかかりました。

ああ、きのうまでは、夢にも知らなかったしあわせ。英子はおばさんをおともにして、タクシーで日本橋の三越へ行き、生まれてはじめての、うれしい買いものをしました。芳おばさんにも、いろいろ買ってあげたので、おばさんも大よろこび。ふたりは半日を日本橋から銀座をあるいて、夕がたにうちへ帰りました。

ところがその晩、郵便！　という声に、英子がげんかんに出てみると、配達された小包みと手紙。宛名は自分で、さしだし人に小森《こもり》春美と書いてあります。

「小森春美ってだれかしら。こんな人知らないわ」

ふしぎに思いながら、英子が、まず手紙の封をきってみました。すると、きれいな花もようのびんせんに、こんなもんくが書いてありました。

かわいい英子さま。

ゆうべ、お目にかかれたことを、うれしく思っています。そして、あなたがこんど、おじの向井元男爵のあとつぎになられたことは、なおおうれしいことです。だって、そうなれば、あなたはこれからわたしと、いとこどうしになるわけでしょう。あなたのような美しいしんせきができたなんて、天にものぼるうれしさです。

英子さま。これからは仲よく、きょうだいのようにくらしましょうね。それで、あなたが向井男爵令嬢になられたおいわいとして、わたしのだいじなサファイヤの指輪を、小包み郵便でおおくりします。わたしのまごころのこめたこの品、どうぞ、おうけとりください。

それから、あしたの晩、あなたを、わたしの母にしょうかいしたいと思いますから、午後五時半、晩ごはんをたべにいらっしゃってください。自動車をおむかえにさしあげます。きっと、いらっしゃってください。たのしみにまっております。

小森春美

読みおわった英子の目に、ゆうべ握手した、絵のように美しい、グリーンの洋装の令嬢のすがたが、はっきりうかびました。そしてその令嬢が、かなしそうに、

「わたし、このおじさんのたったひとりのめいの春美よ。それなのにおじさんは、わたしに一銭の財産もゆずらずに、みんな、あなたにあげてしまったのよ」

とつぶやいたことを、思いだしました。

ああ、それなのにこの春美という人は、ちっとも自分をうらまず、こんなやさしくいたわってくれるのです。自分をにくみもせず、これから仲よくしようといって、こんなりっぱな指輪まで、おくってくれたのです。

「まあ、なんて心のひろい、やさしい人」

英子は思わずその手紙を、両手で胸にだきしめました。この時から、春美という、まだよく知らない人が、すっかりすきになってしまいました。

そのよく日、英子は朝からもうそわそわして、やくそくの五時半がくるのを、たのしみにまっていました。

すると、時刻きっちりに、りっぱな自動車がむかえにきました。それにのって、英子がはじめてたずねた小森春美のうちは、しずかな高台にある、りっぱなやしきでした。

「まあ、よくいらしってくださったわね」

美しい顔に、あふれるばかりのあいきょうをたたえて、げんかんへとびだしてきた春美。やがて応接間へ通ってから、しょうかいされた母親の荒子も、すこし顔にこわいところはあるが、気もちはやさしそうな人で、ふたりは、まるで英子がずっとむかしからの親類のむすめでもあるかのように、やさしく、しんせつにもてなしてくれました。お茶ノ間で、おいしい晩ごはんをごちそうになっているあいだも、ふたりはかわるがわる、英子のこれまでの、苦労の話をきいて、

「まあ、ご苦労なさったのねえ」

と、涙ぐんでくれたり、

「でも、これからのあなたは、向井元男爵のあとつぎで、どんなぜいたくでもできますわ。よかったわねえ」

と、心からいわってくれたりしました。

「ねえ、春美さん。わたし、ほんとうはあなたにすまないと思っていますのよ。だって、あなたがなるはずのあとつぎに、わたしがなってしまったんですもの。

わたし、自分でも男爵の気まぐれに、びっくりしています。ねえ、わたし、あとつぎなんかやめて、今までどおり、毛糸の玉を売ってあるいてもかまわないんですのよ」

英子が心から気のどくそうにいうと、春美はあかるく笑って、手をふって、

「何いってらっしゃるの。すんだことは、すんだことよ。わたしたちは、おじさんの財産をもらいたいなんて思っていないわ。今でもらくに暮しているんですもの。それより、あなたっていとこができたほうがうれしいのよ。ねえ、ママ」

「そうですとも」

母の荒子もうなずくのでした。が、いろいろな話のなかで、英子が、相良弁護士のことをいいだし、

「あのかた、上品で、しんせつで、いいかたですわねえ」

とほめると、春美はいやな顔になり、

「いいえ。そう見えても、あの人、心はとてもわるい人なのよ。こんどゆっくり話すけど、あの人にゆだんしてはだめよ」

と、かんで吐きだすようにいい、それから、

「あの人、わたしのわる口、なにかあなたにいったでしょう」

と、するどくききました。英子はそのとき、相良弁護士がおとといい、あの春美さんには、わたしがここでいいたくないような、おそろしい病気があるといったことばを思いだし、それが春美のわる口のことだったのかと考えましたが、だまって答えませんでした。

ごはんがすむと、英子は春美の部屋へいって、春美のひくピアノをきいたり、それにあわせて自分も歌をうたったり、春美の思いでのアルバムを見せてもらったりして、たのしい時間をすごしました。ベランダへでると、空にはほそい三日月がかかっていました。それをならんで見ているうちに、春美はだしぬけに英子のかたを、力いっぱいだきしめて、

「ああ、うれしい。わたしにこんやから、こんなかわいい妹ができた。ねえ、これからふたり、仲よく暮しましょうね。そして、ほうぼう旅行しましょうね」

息をはずませて、ささやいたのでした。

つい、おとといまで、貧乏なみなしごの自分が、きゅうにお金もちになり、こんなきれいな令嬢か

ら、妹とよばれる身となった。なんと考えても、英子には夢としか思えないのでした。

こうして、その晩、英子は春美という、世界にふたりとない親友を見つけたうれしさに、胸をふくらませて、夜おそく、また自動車で送られて自分のうちへ帰ってきました。

かぎのゆくえ

英子が七草の夜、向井家の門の前に立ってから、ちょうど一月めの朝でした。

このころ、英子はもう下宿から小さいけれどスマートな、一けんの洋館へひっこしていました。それは相良弁護士が、

「あなたは、もう一月に十万円もおこづかいをつかえる身分になったのだから、女中をおいて、一けんのうちへおすみなさい。わたしが、貸家をさがしてあげる」

といって、しんせつに見つけてくれたうちでした。ところが、いよいよ英子がひっこそうとすると、下宿の芳おばさんが、こんなことをいいだしました。

「英子ちゃん。あなたがうちをもつのなら、わたしを家政婦に使ってくれない。わたしはあんたが大すきだし、下宿商売もいやになったから、やめてついて行くわ」

芳おばさんは、ご主人も子供もないひとりものだったし、英子も、知らない女中をやとうより、おばさんにきてもらうほうが、ずっと安心なので、よろこんでしょうちしました。

それで、今、この新しいうちには、英子と芳おばさんとが、ふたりで暮しているのでした。

ところがその朝、その新しい英子のうちへ、とつぜん相良弁護士から電話がかかってきました。電話口へでた英子に、弁護士は三日前に、向井元男爵がとうとうなくなられたと話しました。

そして、かわり者の男爵のゆいごんで、死んだ

ことはぜんぜん世間へ知らせず、お葬式は自分と大川医師だけで秘密におこない、お骨はもう男爵の故郷の、山口県へ送ってしまったとのことでした。それで、あなたも男爵のうちへ、おくやみなどいいにくるひつようはない。

ただし、これでいよいよ、あなたはゆいごんどおり男爵ののこした財産を、のこらずもらうことになったのだから、二、三日うちに、わたしがその財産目録をもって、そちらへお話にいく。そのつもりでいてくださいとのことでした。

相良弁護士との話がすんだあと、英子はしばらく、ぼんやり電話口に立っていました。たった一度あったばかりの向井元男爵。あの髪の毛も、ひげも、銀のように白い、やせて品のよい老人のおもかげが、はっきりと目のさきにうかびました。

そして、見も知らない自分に、おしげもなく財産をくれて、死んでいった老人がかわいそうで、かわいそうで、思わずぽろぽろと涙をこぼしました。

やがて、えんがわにでると、英子は向井家のほうの空にむかい、両手をあわせ目をつぶって、あのふうがわりな老人のたましいが、どうぞやすらかに天国へいくよう、長いあいだ祈りました。

英子がおいのりをおえて、芳おばさんと、死んだ男爵の思いで話をしているさいちゅう、とつぜん、げんかんのベルがなって、小森春美がとびこんで来ました。

「英子ちゃん、こんにちは。今、そこのお友だちのところまで来たから、ちょいとおよりしてみたの。新しいおうちのすみぐあい、どう?」

と、春美はいつものほがらかな調子でいって、英子をどこかへ遊びにさそいだしたいようすでした。

「春美さん、ごぞんじ。向井のおじさまがおなくなりになったこと。今、相良さんからお電話がありましたわ」

と、英子がいうと、春美はびっくりしたように、

「えっ、おじさまが。わたし、知らなかったわ。わたしのうちへは、まだなんにも知らせてこな

いわ」

とさけびました。それから英子が、男爵のお葬式がひみつのうちに、すんでしまったこと。相良弁護士がおくやみにくるひつようもないといったことなどをうちあけますと、春美はきゅうにおこったような顔になり、

「ふん、どうせあの相良たちのやることだから、そんなことでしょう。わたしなどには、知らせないでもいいと思ってるのかもしれないわ」

とつぶやきました。それから、春美はしばらくのあいだ、青い顔をしてまるで口をきかず、なにかいっしんに思いつめているようでしたが、やがて顔色をもとへもどすと、

「もう死んだ人のことなんか、どうでもいいわ。それよりも、英子さん、あんたのおうちの中、見物させて」

にっこり笑っていいました。

英子はいわれるまま、新しいうちの中をつぎつぎにあんないしました。それがすんで、二階の英子の部屋のいすに、ふたりがむかいあって腰をおろすと、

「ねえ、春美さん。相良弁護士って、ずいぶん用心ぶかいかたらしいわねえ。女ふたりのうちだから、よっぽど気をつけないといけないといって、わざわざ、こんなかぎを作ってくださったのよ」

といって、英子がテーブルの上にころがっていた、三本のかぎを見せました。

「これは、げんかんのドアのかぎ。外国製のめずらしいかぎなんですって。一つは芳おばさんがもち、一つはわたしがもつようにくださったの。あとの一つは、かわりのかぎですって。でも、わたし、おかしくてならないの。なぜ相良さんはわたしのいのちでも狙っているものがいるように、あ、用心用心っていうんでしょう」

「それについて、あの相良、だれか、あんたのいのちをねらっているものがいるとでもいったの」

春美が、美しい目をぎらりとかがやかせてききました。

「いいえ。ちっともおっしゃらないのよ。ただあうたびに、なにかかわったことはなかったか、おそろしい目にはあわなかったかって、おききになるの。そこでわたし、たったいちど、はじめて向井さんのとこへうかがった帰り、自動車にひきころされかけたことがあると話したら、顔色をかえて、しばらく考えていらしったわ」

「そう」

春美は、この話はたいして気にもとめないようでした。

この話のあいだ、ふたりは芳おばさんがはこんできた、紅茶をすすりあっていましたが、とつぜん、春美が、

「あらっ」

とさけびました。なにかのはずみで、春美の手が紅茶茶わんを、テーブルの上でひっくりかえしてしまったのです。春美はあわててハンケチをだして、こぼれた紅茶をふこうとしました。

「およしなさい。わたし、今、ふきんをもって来ますわ」

英子があわててとめて、大いそぎで下へとんで行きました。

一分後、英子がふきんを手に、もどってきてみると、テーブルの上の紅茶は、もうきれいにふきとられていました。しかし、それと同時に、さっきまでそこに三つならんでいたかぎは、もう二つしかのこっていませんでした。一つは、よごれたハンケチといっしょに、そっと春美の白い手の中に、つかまれていたのです。

しかし、むじゃきな英子は、そんなことは、夢にも気がつきませんでした。

まもなく春美は、きゅうに用事を思いだしたといって、英子にさよならをいいました。そとへでた春美の顔は、今しがたのにこにこ顔とかわって、その美しい目は、ぎらぎらとみょうに光り、くちびるをかたくかみしめ、顔ぜんたいに、おそろしい猛獣を思わせるようなところがありました。そして、

「ああ、にくらしい。あの英子はどうしても殺さなくちゃ」

とうなるように、つぶやいていました。

お酒によったように、ふらふらあるきながら、春美はハンドバッグから、一まいの新聞をとりだしてながめました。それには大きな活字で、

殺人狂の医学博士東京病院へ収容さる

という記事がでていました。

「そうだ。この病院へ行ってみよう」

春美はやっと見当がついたように、ひとりごとをいって、英子のところからぬすんできたかぎで、ぽんとその新聞紙をたたきました。

気狂い博士と春美

「……こんど東京病院へ収容された馬屋原《まやばら》博士ほど、気のどくな人はない。ガンの病気の研究家としては、日本一でありながら、数年前からとつぜん発狂。すでにふたりの人のいのちをうばい、三人の人に大けがをさせている。博士の病気は、モノマニアといって、ほかのことでは、あたりまえの人とかわらないが、たった一つ、いつもあやしいまぼろしを見ているのである。

つまり、この世の中には、人間を不幸にさせる悪魔がすんでいる。その悪魔は、男、女、老人、少女、さまざまな人間のすがたにばけて、どこかにかくれている。これさえ、つかまえて殺してしまえば、世の中の不幸はぜんめつすると、病気の博士は思いこんでいるのである。そのために博士は、話さいちゅうの相手に、突然飛びかかったり、まるで知らない、通りがかりの人ののどをしめたりする。

ここしばらく、博士の病気はおさまっていたが、近ごろ、またぶりかえして、らんぼうを働きだしたので、家の人たちは、また病院へ収容、げんじゅ

うに警戒することになったのである……」

　春美がひろげた新聞には、こんなふうに、くわしく殺人狂の博士のことが書いてありました。

　プラタナスの並木どおりの、きれいな喫茶店のいすで、この記事を読みおわった春美は、コーヒーをはこんできた少女に

「あの、東京病院って、どのへん?」

　とききました。

「東京病院は、この通りをまっすぐいって、はじめの横町を、左へまがったところでございます」

と、その白いエプロンすがたの少女がおしえてくれました。

　喫茶店をでて、いわれたとおりに行ってみると、大きな石の門のある、ひろい、りっぱな病院。春美はそこの門衛のおじいさんに、だいたいどのへんに精神病患者の病室があるかをきいて、石だたみの上をそのほうへあるいて行きました。

　見ると、それはほかの病室とははなれたところにたてられた、白いペンキぬりの平家で、いくつもの病室がろうかをへだてて、むかいあいになっており、病室のまどのそとはしずかな庭になっています。

（さて、あの馬屋原博士のいる病室はどれだろう?）

　春美が立ちどまって考えていると、白い服をきて、めがねをかけたわかいお医者らしい人が、そばを通りかかりました。

「あの、ちょっとうかがいますが、新聞にでている馬屋原博士の病室は、どちらでしょうか」

　わかいお医者は、りっぱな毛皮のオーバーをきた令嬢の、美しい顔に見とれながら、

「えっ、馬屋原さん?　ああ、あの殺人狂博士ですか。あのかたの部屋は、その入口をはいって、いちばんおくの左がわです。でも、お見舞いですか。それなら、せっかくいらしっても、病気が病気できけんですから、とても病室へははいれますまいよ」

「あの、わたくし、絵をかくものですの。新聞社

からぜひとたのまれて、博士の入院すがたのスケッチにまいったんですが、どこか、きけんがなくて博士に近よれるようなところは、ないでしょうか」

春美がでたらめをならべたうそを、人のよさそうなわかい医者はまにうけて首をひねり、

「ああ、そうですか。新聞社のかたですか。そうですね。どうしたらいいか」

と考えたすえ、やがて、

「あ、いいことがある。ここの病室のまどは、みんな庭へむいてるでしょう。だから庭へはいれば、鉄ごうしのあいだから病室の中が見えます。すこし気を長くまっていれば、馬屋原さんも、まどへ顔をだすかもしれません」

「ありがとうございます。いいことをおしえていただきました。では、そうして遠くからスケッチをして帰ります」

「でも、ことわっておきますが、庭でも長くうろうろしていたらきけんですよ。患者によっては、ものを投《な》げたりしますからね。それに庭へはいることは、番人がやかましいですから、なんでも手早くやって帰ることですね」

しんせつなわかい医者はちゅういすると、それなりすぐ、本院のほうへ行ってしまいました。

春美はそっとあたりを見まわしました。やかましい番人はろうかにでもいるらしく、あたりにはなんの人かげも見えません。

そこで、早く庭さきへはいり、いちばんおくの、病室のまどの前まできました。

見ると、そこには、太いがんじょうな鉄のぼうを何本もはめた、鳥かごのような窓で、今しもその鉄ぼうを大きな両手でにぎって、おもてをながめている怪人物がいました。

年はもう五十五、六になるでしょうか。体格のいい大男で、むしゃくしゃの頭、あごには、ひげがのびほうだいにのびています。

そして、顔色はきみのわるいほど、つやつやしく、カッとひらいた目で、空の一ぽうを見つめて

いました。

春美がまどのそとに立つと、博士の目は、さっと春美のほうを見ました。おだやかなひとみ。けれどそこには、どこか遠い夢をみているような、あやしい光がただよっています。春美はおそれげもなく、つかつかと窓のま下へあゆみより、小さな声でよびかけました。

「馬屋原先生」

博士はすぐにはへんじをしません。なにか、ふしぎな生きものでも見るような目つきで、じいっと庭の少女を見つめています。

「馬屋原先生。あなたはこの世の中の悪魔をたいじしようとしていらっしゃいます。それで、わたしたちのために、ひとりで苦しいたたかいをつづけていらっしゃるのです」

春美がひくい声に力をこめて、こうささやきました。と、博士のドンヨリしたひとみに、とつぜんいきいきとしたかがやきが出てきました。博士は今までよりもずっとちゅういぶかく、春美の顔をみました。

「悪魔は、いろいろな人間のかたちにばけて、このひろい東京にかくれています。それを、あなたはたびたびころそうとして、まだ殺しつくさないでいらっしゃる。

けれど、わたしは今、いちばんわるい悪魔の、ほんとうのいどころを知っています。それをあなたにおしえるために、きょう、ここへしのんできたのです」

春美がこういって、じっと博士の顔を見あげると、博士は、はじめて口をききました。

「いったい、あなたはだれじゃ」

「わたしは天の使いです。悪魔たいじをするあなたを助けるため、人間のすがたになってくだってきた、天の使いです」

こういう春美の目は、らんらんとかがやいていました。博士はふかく考えこむように、右の手で、そのむしゃくしゃした髪の毛をひとつかみしながら、悲しそうなためいきをついていいました。

「でも、わしには今、自由がない。わしは悪魔の手さきのために、こんなせまいところに、けだもののように入られている。悪魔たいじをしたいが、でていくことができない」

「天の使いは、いつでもあなたを自由なからだにしてあげます。博士、もし、わたしがあなたを、ここから出してあげたら、あなたは、きっとその悪魔を殺してくれますか」

「えっ、ほんとうか。あなたはほんとうに、わしをここから出してくれるか。出してさえくれれば、もちろん、わしはすぐそのにくい悪魔をころしてくれる。いったいその悪魔は、今どこにいるのじゃ」

　博士は、自由なからだになれるときいて、すっかりげんきづきました。そして目を光らせ、鉄ごうしのあいだから身をのりだすようにして、こうセカセカとききだしました。

「悪魔は今、かわいらしい少女にばけて、東京のあるところにすんでいるのです。あなたにころす勇気があれば、わたし、今夜あなたをここから出してあげて、その悪魔のいる場所へあんないします」

「なんじゃ、わしに勇気があるかと。勇気など、わしのからだにあふれているのじゃ。世界の悪魔をころすことは、わしのつとめじゃ。やるとも、きっとやる。では、話はきまった。いったい今夜の何時に、わしを自由にしてくれるのじゃ」

「時間は、はっきり約束できません。でも、とにかく今夜おそく、わたしがもう一ぺんくるまで、まっていらっしゃい。そのときこそ、きっと、あなたを自由にして、悪魔のいるところへ案内してあげます」

　春美のことばをきくと、博士はさもうれしそうに、しょうちしたというふうに、大きくうなずいてにやりと笑いました。それは、じつにきみのわるい、血にうえたおそろしいけだもののような笑いでした。春美はそのようすを、つめたい目でじろりと見て、

「では博士、お約束しましたよ。今夜、もう一ぺ

んきっと来ますよ」

とささやいて、白いなめし皮の手ぶくろをはめた右手を、にっこり大きくふると、大いそぎで庭から出ていきました。

ま夜中の足音

さて、その晩の十時をすこしすぎたころ、東京病院の精神病患者室のろうかでは、大木三蔵《おおきさんぞう》という番人が、ひとりで火ばちにあたっていました。

もう院長の回診もとっくにすみ、見舞いの人たちも帰り、病室はひっそりとしずまっていました。ただ、春さきに吹く強い風が、病院のくらい庭にふきあれていました。

と、このとき、やさしいくつ音がして、ひとりの見なれない少女が、ろうかをこっちへあるいてきました。手に大きなかごをかかえ、りりしいガール・スカウトのような服をきています。

その少女は大木番人を見るなり、にっこりあいきょうよく笑って、

「こんばんは。このさむいのに、おそくまでご苦労さまでございます。わたしたちは国際博愛協会の会員で、毎夜、あなたのようなおつとめのかたを、おなぐさめして歩いております」

こういいながら、胸についた丸いバッジのようなものを、ゆびさしました。

大木番人は、この少女のべんぜつのさわやかなのと、きりょうのよいのにすっかり感心して、だまってきいていました。

そうするとその少女は、かごの中から魔法びんや、かわいいお茶わんや、西洋菓子のつつみなどをとりだし、大木番人の前のテーブルの上にならべました。

つぎに、少女は魔法びんの口から、湯気の出ているおいしそうな紅茶を、どくどくとお茶わんについで、ミルクと角ざとうをいれ、

「さあ、どうぞ。さめないうちにおのみください。

ついでにお菓子もめしあがってください」

と、やさしくすすめるのでした。

「いやあ、これはどうも、ごちそうさまですな。そうですか。あなたは博愛協会のかたで。なるほど、いや、あなたがたこそ、かえってご苦労さまです。では、せっかくですから、えんりょなしにいただきます」

さむくてふるえているところへ、おいしそうな紅茶をすすめられて、大木番人は大よろこび。

さっそく、その紅茶をつづけて二杯までごちそうになり、お菓子のほうも、むしゃむしゃたいらげてしまいました。

すると少女は、また魔法びんや茶わんを、手早くかごの中におさめ、

「では、おやすみなさい」

と、にっこりあいさつし、大木番人が、

「どうもありがとう。どうもすみません」

と、くりかえすお礼のことばをせなかにして、外のやみにきえて行ってしまいました。


だが、それから十五分ほどたつと、またしずかなくつ音が、ろうかにきこえてきました。

さっきのガール・スカウト服の少女がもどってきたのです。見ると、大木番人はどうしたのか、いすの上でぐっすりいびきをかいてねこんでいます。そのね顔をのぞきこんだ少女は、うす笑いをしてひとりごとをいいました。

「まあ、よくきくねむりぐすりだこと。では、早くじゃまのはいらないうちに、しごとをしなければ」

少女の目はするどくかがやいて、大木番人のうしろのかべを見ました。

そこには、番号札のついた病室のかぎが、ずらりとならんでかかっています。少女の手は、す早く六号室のかぎをとりました。

そして、大いそぎでおくへ行って、馬屋原博士の病室のドアをあけました。

「博士。おむかえにまいりました。わたし、ひるまお会いした天の使いです」

と、くりかえすお礼のことばをせなかにして、
この声をきいた博士は、びっくりして立ちあが

りました。

博士は、さむざむとした病室のベッドのはしっこに、まだねもせず、しょんぼりこしかけていたのでした。

春美は、そっとドアをしめて中にはいると、

「博士、さあ、早く悪魔たいじに行きましょうね」

と、母親が子どもをさとすようにやさしくいって、かかえたふろしきづつみを、床へおきました。

そして、その中から黒い大きながいとうをだして、博士にきせ、また、スリッパをだしてはかせると、もう一ぺんドアをあけて、おもてのようすを見てから、博士の手をとって、するりとろうかへすべりだしました。

ぐうぐうねむっている番人の前を通りぬけ、ろうかから、くらい庭へ、それから門のそとへと、ふたりがぶじにでてくると、そこには春美の自動車がまっていました。博士を大いそぎで車の中へおしこんだ春美は、自分は運転台にのり、ハンドルをにぎると、車はすごいスピードではしりだしました。

三十分ほどはしって、ある、くらい町かどで車をとめた春美は、ドアをあけて馬屋原博士をおろし、

「あそこのうちです。悪魔がすんでいるのは」

とささやいて、右手の一けんの洋館をゆびさしました。

そのうちは、もう夜がおそいので、あかりをけし、黒くねしずまっておりました。

「このかぎを使えば、げんかんのドアはすぐあきます。げんかんのつきあたりに、はしごだんがあります。それをのぼって、すぐ左がわの部屋が、悪魔のすんでいるところです。いいですか。この懐中電燈をてらしていらっしゃい。そして、少女にばけている悪魔を見たら、まちがいなく、すぐ殺すのですよ」

「ふっ、ふっ、ふっ、ふっ、ふっ」

気ちがい博士は、やみの中できみょうな笑いかたをしました。

そして、もううれしくてたまらないように、ぶ

るぶるとからだをむしゃぶるいさせました。

　春美の手からひったくるように、かぎと懐中電燈をうけとると、大男の博士のかげは、もう一ぺん、

「ふっ、ふっ、ふっ、ふっ」

　と笑って、たちまちやみの中にきえていきました。

　春美は、なんというおそろしい少女なのでしょう。いま、気ちがい博士に手渡したかぎは、ひるま自分で、仲よしの英子のテーブルの上から、すばやくぬすみとったあのかぎなのです。

　その春美は、博士の大きなかげが英子のうちのほうへ、あるいて行くのを見とどけると、大いそぎでまた自動車に飛びのり、超スピードで、どこかへ立ちさってしまいました。


　こちらは、そんなことは夢にも知らない英子。きょうはなんとなくせわしい日で、朝おきるとまもなく、相良弁護士から電話で、向井元男爵の死んだことを知らされ、そのかなしみのさいちゅうに、とつぜん春美がまたたずねて来たりして、なんだか、くたくたにつかれてしまいました。

　それで、こんな日は早くねようとけっしんし、晩ごはんをたべると、まもなく自分の部屋のベッドにもぐりこみました。芳おばさんも、同じようにつかれたのでしょう。しばらく下で、洗いものなどしているらしい水の音がきこえていましたが、やがてそれもしずかになり、いつか英子は、ぐっすりとねこんでしまいました。

　と、やがて、なにかにおどろかされたのでしょう。英子はふと目がさめました。

　しかし、その目のさめかたが、いつものように、あまくぼんやりしたさめかたでなく、とつぜん、なにかでたたき起《おこ》されたような、じつにはっきりした目のさめかたです。

（おや、どうしたんだろう。わたしはめったに夜中になんか起《おき》たことがないのに、なぜ、こんなにだしぬけに目がさめたのだろう）

英子はひどくふしぎに思いました。部屋の中はまっ暗。おもてはかなり強く夜風がふきあれているらしく、窓の戸ががたがたゆれています。

（そうだ。あの風の音で目がさめたんだな）

と英子が思いなおして、ふたたび頭をまくらにあてようとしたとたん、ミシリ、ミシリ、はしごだんにかすかな人の足音。

英子ははっとして、胸がどきんとなりました。それは、だれかがそっと二階へあがってくる足音です。

しかも、芳おばさんではない。芳おばさんの足音なら、いつもきいてわかっている。それよりももっと大きく、目方のあるものが、つまさきだちで、そっとあるいてくる音。英子が気がついたしゅんかん、その足音は、はしごだんのとちゅうで、しばらく立ちどまりました。

（どろぼうかしら。でも、うちのげんかんは、あの特別なかぎがなければ、あけられないはずだ。いったい、だれがどうして）

英子は思いきって大きく、エヘンと、せきばらいをしてみました。それでも、まだはしごだんの足音は、じっとして動きませんでしたが、やがてまたミシリ、ミシリと、こんどはいよいよ上までのぼりつめたようです。

英子のからだは、おそろしさでがたがたふるえはじめました。たしかになにものかが、しのびこんだのだ。もう、すぐそこのドアの前に立っているのだ。

ああ、こわい。大声をあげて芳おばさんをよぼうか。こう英子がまっ青になって、からだをふるわせているとき、ドアのそとから、きみょうな音がきこえてきました。

それは、なにかおそろしい猛獣の、あらいいきづかいのような、はっはっという音。

もう、たまりません。英子は思いきってベッドからとびおり、テーブルの上のスタンドをひねりました。そして、きゅうにあかるくなった部屋のまんなかに、ねまきひとつで立ち、おびえた目つきでじっとドアを見つめました。

ところが、ああ、これはおそろしい夢じゃないでしょうか。見ているまに、そのペンキでうす青くぬられたドアが、すこしずつ動くのです。おもてからおしあけられるのです。

一寸、二寸……。そして、英子がおそろしさに、おもわず手で頭の毛をかきむしったとき、そのドアのすきまから、ふとい毛むくじゃらな腕が一本、にゅっとでました。

「きゃあっ」

英子は大声をあげようとしました。

だが、あまりのおそろしさに、もう声もでないのです。

と、つぎのしゅんかん、そこにあらわれたのは、頭の毛のもじゃもじゃな、あから顔で、そして血ばしった目をした悪魔のような大男の顔。それが両手をあげて、つかみかかりそうにして、じりじり英子にせまってきました。

狂人と怪人

だれも知らないま夜中、たったひとり、二階で、おそろしい気ちがい博士に、のどをしめられようとする英子。たまらずベッドからとびおりて、部屋のすみへにげると、博士は、

「おのれ、この悪魔。にげるのか」

と叫んで、大またでせまってきました。

なんでわたしが悪魔なんだろう。いったいこの男はだれなんだろう。にげながら英子は、思いましました。

どうして、こんなおそろしい男がとびこんできたのか、英子にはわけがわからないのでした。

小スズメを追う、荒ワシの爪のように、博士のひろげた両手は、なんども英子の頭やかたをつかもうとします。

それをまっ青になってくちびるをかみしめなが

ら、あぶなく身をかわしてにげまわる英子。

　ああ、芳おばさんが目をさましてくれたら、助けにきてくれたらと思うのですが、夜の世界は、こんなかわいそうな少女のくるしみを知らぬように、シーンとしずまっています。そのうちに花びんはくだけ、いすはたおれ、英子はくたくたにつかれてしまいました。

　博士はというと、これも息をぜいぜいいわせていますが、血ばしった目は、いっそうらんらんとかがやいています。

　そして、英子がいよいよよわったとみると、しめたというように、したなめずりをして、部屋のすみのところで、ふとい両うでをきゅうに長く、英子の胸もとにのばしてきました。

　もうだめだ。わたしは、この気ちがいにしめころされる。英子は、こうかんねんしました。

　そこで、ひっしの勇気をふるいおこすと、ヌーッとせまってきた博士にとびかかり、そのおそろしい顔を、右のげんこつで力いっぱいなぐりつけました。博士はくちびるのあたりをうたれ、むきだした歯ぐきから、赤い血がだらだら流れだしました。

　しかし、それを見たしゅんかん、英子はきゅうに気が遠くなりました。しっかりしなければいけない。しっかりしなければと、心の中で思いながら、ついふらふらとたおれかけました。

　と、この時です。英子の部屋の戸を、そとからはげしく動かす音。つづいてその戸は、まきわりのようなもので、ガシャーンとうちやぶられました。それから、そのうちがわにしめられたガラス戸が、一枚やぶられると、やみの中からでた一本の手が、とめねじをじょうずに動かし、ガラス戸をあけました。

　そうして、おどろいている博士と英子のあいだに、ひらりととびだした、いような黒しょうぞく、黒ふくめんの怪人。その怪人は、サルのようなすばやさ、ものすごい力で、今、両手を英子ののどにかけている博士の胸もとへ、どすんとぶつかりました。博士は思わずよろめき、あおむけにたおれると、ちょうどうしろのベッドのかどに、頭をぶつけてしまいました。

さて、それからこの怪人のしたこと。それは、じつにきみょうなげいとうでした。たおれた博士がはねおきようとすると、その怪人は、右手ににぎったなにか黒い、みじかいぼうのようなものを、博士のからだにあてました。すると、博士はぴくりとして、

「いたい!」

と、かなきり声をあげ、ドアのほうへにげる。怪人はそれをまたおいかけて、その黒いほうをおしつける。もうこうなると、おそろしい気ちがい博士も、母親におきゅうをすえられる子供みたい。怪人の思うように動かされ、たちまちドアのそとへおしだされてしまいました。

英子は、かさなるおどろきで、うろうろしながらも、怪人がもっているぼうには、なにか強い電流のようなものが、通じているにちがいないと思いました。

怪人はそのあいだ、もちろん英子に顔もみせず、ひとことも口をききません。

そして、またたくまに博士を追って、英子の部屋からすがたをけしました。あとは、はしごだんを、どたばたかけるようにおりる博士の足音。それをおう怪人の足音。やがて、げんかんのドアがしまると、おもてには、いつのまにか自動車がまっていたらしく、エンジンの音がして、それからふたりはどうなったのか、あたりはシーンとしました。

ぴゅうぴゅう夜風のふきこむ部屋に、ひとりのこされた英子は、ぽかんとしていました。

とつぜん、おそろしい気ちがいがあらわれたのも夢。まどをやぶって、黒衣裳の怪人がとびこんできたのも、みんな夢のようですが、夢でないしょうこに、雨戸やガラス戸もこわれ、部屋の中はめちゃめちゃになっています。そこへ、ようやく芳おばさんが、

「英子ちゃん、どうしたの。今のさわぎは」

といいながら、ねまきすがたであがって来て、

あたりを見まわすなり、

「あら、たいへん。どうしたんです。どろぼうでもはいったんですか」

「そうよ。しかも、ふたり来たのよ」

「えっ」

と、芳おばさんは、しりもちをついてしまいました。英子は芳おばさんに、今の話をかいつまんで話しました。おばさんは頭をかしげ、

「でも、どうしてげんかんのとびらが、かぎなしであいたんでしょう。ふしぎでならないわ」

「とにかく、げんかんへ行って、しらべてみましょう」

英子は、つかれきったからだをおこし、こわがるおばさんといっしょにおりて行きました。見ると、げんかんのとびらはしまっており、そのたたきの上に、ぴかぴか光るものがおちていました。ひろいあげるとかぎです。

「あら、これはげんかんのかぎだわ。わたしが一つ、おばさんが一つ、そして用心のかぎがもう一つ。その二つはわたしの部屋にあるはずだが、どうしてここにまたおちているんでしょう」

英子は、とびらにかぎをかけると、いそいで二階へあがり、ひきだしをあけてみましたが、すぐに叫びました。

「あら、ふしぎ。ここにかぎは一つしかないわ。だから、これはやっぱりわたしの用心のかぎだわ。でも、あの気ちがい男は、どうしてこのかぎを手にいれ、げんかんをあけたんだろう。まあ、きみがわるい」

むじゃきな英子は、きょうのひるま、春美がそっとハンカチにくるんで、このかぎをぬすんだことには、ぜんぜん気がつかなかったのでした。

芳おばさんとふたりで、めちゃめちゃにされた部屋をかたづけたり、こわれた雨戸をつくろったり、それから、やっとねようとするところへ、巡査がしらべにやってきたりして、おそろしい夜はみじかくあけました。

と、英子がまだベッドにいるところへ、とびこ

んできたのは相良弁護士でした。

「英子さん。今、下でおばさんからきいたんですが、ゆうべ、おそろしいことがあったそうですね」

「はい」

「どうしました。おけがはありませんでしたか。まあ、よかった。そのふたりは、どんなふうな男でしたか」

けさの相良弁護士は、はでな青いせびろをきていました。それに、おきたばかりのせいか、顔色がつやつやしくて、とてもわかくきれいに見えました。もう一ぺん、ゆうべのできごとをくわしく話しながら、英子の胸には、ふと、うたがいがわきました。

(あら、ことによると、ゆうべ黒しょうぞくでとびこんできて、助けてくれたのは、この人じゃないかしら)

でも、そう思って、弁護士のすがたをよく見るとやっぱりちがいます。こちらは、せいがすらりと高いのに、ゆうべの怪人はもっとひくい小男でした。

(それじゃ、いったいあの怪人はだれなんだろう。気ちがい男がしのびこんだことを、どうして知って、ちょうどあぶない時にきてくれたのだろう)

英子はいよいよわからなくなって、目をぱちくりさせました。と、相良弁護士がまたききました。

「その気ちがい男は、あなたからぬすんだらしいかぎで、げんかんのとびらをあけたというじゃないですか」

「はい」

「あなたは、わたしが特別に作らせたあのげんかんのかぎを、だれかよその人に見せたことがありますか」

英子はじっと思いだすように、目をつぶってから、

「そうそう。たったひとり、きのう見せた人があります」

「だれです、それは」

「春美さんです。あの向井男爵のきれいなめいのかた」

「えっ、あの人がここへくるんですか」

「はい。わたし、あれからずっと仲よくしていただいていますの。しんせつで、とてもいいかたですわ」

相良弁護士の顔が、さっと青くなりました。そして、

「そうか。そうだったのか」

と、ひくくつぶやきました。

用心ぼう

やがて相良弁護士は、手カバンの中から、一たばの書類をだして話しだしました。

「英子さん。ぼくがけさ、こんなに早くうかがったのは、手つづきが思ったより早くはこび、きょうからあなたが正式に、向井男爵の財産をのこらず相続されることになったからです。あなたはもうすばらしい千万長者。どんなぜいたくな家にすむことも、自動車を買うことも、世界じゅうを旅行することもできます。

ここに、いつぞやお目にかけた向井家の財産の総目録があります。東京の地所もあり、いなかの別荘もあり、銀行へあずけたお金のたかも、のこらず書いてあります。

ねえ、英子さん。あなたはどんなことがなさりたいですか。もっと大きなお城のようなうちを買い、大ぜいの召使いをつかって、くらしたいですか。それとも、思いきってアメリカかパリへ、洋行でもなさいますか」

「さあ、わたし、まだよくわかりませんわ。だってあんまりきゅうにしあわせになって、まだ夢を見ているような気がするんですもの」

と、英子が顔を赤くして答え、

「どうしようかしら。わたし、財産なんてそんな

にたくさんいらないわ。今くらいでも、けっこうすぎるわ」

　と、ひとりごとのようにつぶやきました。

「なるほど。そうでしょうね。もちろんお金を使うのに、いそぐひつようはありません。よくお考えになったほうがよろしい。それで、わたしはなくなられた男爵のゆいごんで、どこまでもあなたの財産をかんとくすることにきまっていますから、けっしんがおつきになったら、なんでもおっしゃってください。そのとおりにいたします。では、この目録はおわたしします。おひまのときに、よくごらんになってください」

　相良弁護士はこういって、あつい書類をテーブルの上にのせてから、

「それからもう一つ。わたしはあなたにぜひおすすめしたいことがあります。それは、あなたがこんなお金もちになったからには、芳おばさんとふたりっきりで暮していられるのは危険です。ゆうべ入ったあやしいふたりのように、どんな人間がどろぼうにはいるかわかりません。それでわたしは、ぜひ今夜からでも、しっかりした用心ぼうをおくようにおすすめします」

「用心ぼうってなんですの」

「番犬のように忠実に、あなたのいのちや財産をまもってくれる男です。それで、ぼくはこのあいだからそういう男をさがしていたのですが、やっと石神《いしがみ》という男を見つけました」

「でも、知らない男なんかうちにおくの、いやですわ」

「しかし石神は、もう、しらが頭の年よりです。戦争で負傷して、右手はきかず、また、弾でくるぶしをやられたので、びっこをひいていますが、すごい力もちで、柔道も剣道もできるんです」

「だって、どろぼうよけなら、うちへお金をおかなければ、いいじゃないんですか」

「お金よりも、あなたのいのちを狙うものがあります。それがこわいんです」

「どうして、わたしのいのちなんか狙うんですの」

「あなたは千万長者です。もしあなたが死ねば、こんどその財産をもらえるものがあります。それがあなたのいのちをねらうかもしれません」

（あら、今、わたしが死んだら、だれが財産をもらえるんだろう）

と、英子はじっと考えましたが、ふと思いつくと、ぱっと顔を赤くし、おこったような声で弁護士にむかって叫びました。

「あなたは、あなたはまさか、あの春美さんのことをいってるんではないでしょうね」

「いいえ、春美さんのことだけではありません。ふかく考えれば、あなたの財産をうけつげる人は、まだほかにもあります。もちろん春美さんは、その中でいちばん有力なひとりですが」

「相良さん。あなたは、春美さんがおきらいなようね。でも、あの天使のようにきれいで、やさしい春美さんを、ちょっとでもそんなふうに思ったら、とても失礼にあたりますわ」

相良弁護士はだまっていました。どこまでも冷静に、じっと英子のおこった顔を見ているだけでした。

と、このとき、芳おばさんがはいってきて、

「英子ちゃん。今、ラジオでおそろしいニュースをいってましたよ。ゆうべ夜中に、人ごろしの気ちがいが東京病院をぬけだしたんですって。それは馬屋原とかいう、りっぱな医学博士ですが、むやみに人をころすわるい病気があるんですって。病院では大さわぎで、みんなねないで、東京じゅうをさがしていると、二時間ばかりたって、博士が病院の庭の、とんでもないところに、ぐうぐうねているのが、見つかったんですって。でも、その二時間のあいだ、博士がどこで何していたのか、いまだにわからないそうよ」

「まあ、こわい。そのあいだ、その気ちがいはだれも殺さなかったのかしら」

英子がまゆをひそめてつぶやきました。

「それから、ふしぎなのは、その気ちがい博士を、病院からつれだしたむすめがあるんですって。き

れいなむすめで、ガール・スカウトの服をきて病院へはいって来て、番人をだましまして、ねむりぐすりをのませたんですって。

そして、番人がねむっているあいだに、博士をつれだしたらしいんですが、そのむすめが、いったいなんのために、どこへつれだしたのか、まるで謎みたいで、警察ではそのむすめを、今、さがしているそうですよ」

「その博士って、いくつくらいで、どんな顔かしら」

「五十五、六で、髪の毛をながくさせた大男ですって。だれかいい、顔色のつやつやした大男ですって。体格の災難にあったものがあったら、すぐ警察へとどけでるようにと、アナウンサーがいってましたよ」

英子は、ゆうべ自分をおそった大男のすがたを、頭の中でじっと思いうかべてみました。どうもラジオの話と、人相がよくにているようです。

しかし、まさかそれをつれだしたむすめが春美だろうなどとは、夢にも思いませんでした。その英子の顔を、相良弁護士はだまって横から見つめていました。弁護士の目のなかには、英子をあわれむような光がただよっていましたが、

「ほら、ごらんなさい。東京には、そんなあぶない人間が、ウヨウヨいるんですよ。だから、ぼくのすすめる石神を、ぜひ今夜からうちへおいたほうがいいですよ」

と、またすすめました。

「でも、こんなせまいうちの、どこにおくんです」

「どこだって、かまやしませんよ。今、思いついたんですが、うらに物置小屋があるでしょう。あそこにとうぶんすまわせたらどうです。どうせあなたは、じきにもっと大きなうちへ越すようになるでしょうから」

「ごはんはどうするんです」

「そんな心配は、なにもいりません。あれは、かってなところで食べ、かってにねたりおきたり、出たりはいったりするでしょう。いやだったら顔も見ず、口もきかなくてもいいんです」

「でも、その人にいっぺんは会っておきたいわ」

「よろしい。ではとにかく、おくことにきめてください。さっそく当人にしたくをさせて、夕がたまでに、こちらへよこすことにします」

そういうと、まもなく相良弁護士は帰っていきました。すると、それから五分とたたぬまに、げんかんでよびりんの音。つづいて、

「あら、いらっしゃいまし。英子さん、春美さんがいらっしゃいました」

と叫ぶ芳おばさんの声がきこえました。

「ごきげんよう。きのうはごちそうさまでした。また近所まで来たからよりましたの」

と、ほがらかに笑いながら春美があがってきました。

そして、ぜいたくな毛皮のコートをぬいで、えんじ色のあざやかなスーツすがたになると、

「ゆうべ、どろぼうがはいったんですって。今、おばさんがこわそうな顔をして話してたわ。いったい、どんなどろぼう。なんにもとられなかったの」

と、大きな目をくりくりさせてききました。

英子はすきな春美の顔をみて、うれしくなり、その胸にすがりつくようにして、ゆうべのおそろしい経験をくわしく話しました。

それから今しがた相良弁護士がきて、財産目録をくれたことや、石神という用心ぼうの男が、今夜からとまるようになったことまで——。

「石神。どんな男だろう。あの相良のやつ、どこでそんな男を見つけてきたんだろう」

春美は英子の話をきくなり、けわしい顔になって、こうつぶやきました。それから、

「英子ちゃん。あなたはもう千万長者になったのだから、これから相良なんて男を、あんまり信用しちゃだめよ。あれはおなかの黒い人よ。石神なんて、こじきみたいな男をつれこんで、どんなわるいことをするつもりかわかりゃしないわ。ことによると、ゆうべ気ちがい男をいれたのも、相良かもしれなくてよ。だって、このうちのかぎを作らせたのはあの人だから、かぎなんか、いくつでも注文することができるんですもの」

すきな春美にこういわれると、英子はふっと相良弁護士がこわくなりました。

今まで信じぬいていたその人が、きゅうに悪者のように思われてきました。

物置の男

いきなり、風のようにやってきた春美は、さんざん相良弁護士のわる口をいうと、また風のように帰っていきました。

英子は、ゆうべのおそろしいことが、まだあたまにのこっていて、なんだかさびしく、もっと長く春美に話していてもらいたかったのですけど。それで春美を送りだしてからも、英子は、しばらくじぶんの部屋のいすでじっと、いま春美からきいたことを思いだしていました。

「相良弁護士って、ほんとうにそんなわるいひとかしら」

英子は首をかしげて、ひとりごとをいっていました。なんでも春美の話によると、相良弁護士は、もと春美のうちでたのんでいた弁護士だった。ところが、春美のおとうさんが死んだあと、財産の仕末をさせると、どうもわるいことをしたらしく、その財産を半分ぐらいにへらしてしまった。それで春美のうちをことわられ、それから向井男爵のうちの弁護士になった。それでしぜん今では、春美のうちでもむこうをよく思わないし、弁護士のほうでも、春美たちをけむたがって、ちょいちょい悪口などいっている。そんなひとだから、よっぽど気をつけなければいけない。

ことに相良が今夜からよこすという、その石神さんて、えたいのわからない男は、なるべくことわったほうがいい、ということでした。

あのきれいでやさしい春美が、まさか根も葉もないうそをつくとは思われず、春美のことばを考えれば考えるほど、英子はだんだん相良弁護士がきらいになってきました。

と、いつかもう、窓のそとは、うす暗くなりかけ、はしごだんの下から、

「英子さん、ちょっと」

と、よぶ芳おばさんの声がきこえました。

「おばさん、なあに」

「お客さんですよ。相良さんの手紙を持ってあなたにあいたいって、きたならしいおじいさんが来てますよ」

英子はとりあえず、げんかんへ行ってみました。

そこには、狩人のかぶるような毛皮のぼうしをすっぽりかぶり、黒メガネをかけ、古いカーキ色の服をきた男が、しょんぼり立っていました。

「なんのご用ですの」

「わしは石神作三《さくぞう》っていいます。相良さんの紹介状をもってまいりました」

その男はぼうしもとらず、ぶっきらぼうにあいさつをして、左の手をポケットにつっこみ、手紙をだしてわたしました。

春美からいわれたせいか、英子はひと目みるなり、この石神という男がなんだかきみがわるくひどく不潔な気がしました。それで、いやいや手紙をうけとると、ろくに読みもせずつっけんどんに、

「わかりましたわ。でも、あなたをいれる物置が、まだおそうじできてないの。だから、今夜は帰ってちょうだい。いずれ、したくができたらおしらせしますわ。あなたから、相良さんにもそういってちょうだい」

と、追い帰しにかかりました。

だが石神は、兵隊のようにぎょうぎただしくつっ立ったまま、顔色ひとつかえず、

「いや、そうじなんかわしがします。では、ごめんください」

といったなり、さっさとじぶんで物置のほうへ行ってしまいました。英子があっけにとられて、まだげんかんでぐずぐずしていると、すぐにうらのほうで物置の戸のあく音がして、それから、なかのいろいろなものを片づけるらしい、ガタビシャという音がきこえてきました。

「まあ、ずうずうしい。ひとがことわったのに、へいきで物置へなんか行って。これじゃ、だれがこのうちの主人なんだか、わかりゃしない」

英子は、ぷんぷんおこりながら、さっそく台所へいって、

「ねえ、おばさん。あの石神って男、ひとが帰れといったのに、へいきで物置へいったわよ。今夜から、もうあそこにすまうつもりよ。どうしよう」

と、顔をまっ赤にしてうったえました。芳おばさんは目をまるくして、

「ああ、あのひとですか、相良さんがいった用心棒ってのは。ずいぶんきたないおじさんですわ。でも、弁護士さんがよこしたのなら、悪いひとじゃないでしょう。いうとおり、だまっておいておあげなさいな」

「だって春美さんの話では、相良さんもあまりいいひとじゃなさそうよ。あんなひとのいうことをきいて、女ばかりのうちに、えたいの知れない男なんかおかないほうがいいって」

「でもねえ、英子さん。わたしの見たところでは、あの相良さんはりっぱな弁護士ですわ。男らしくて、さっぱりしているところが、顔やすがたや口のききかたにもあらわれていますわ。あのかたがきょうまでしてくださったことで、なにか悪いことがありましたか？　だいいち死んだ向井男爵が、あれほどたくさんの財産のしまつをたのんだことでも、あのかたのりっぱなことのしょうめいになるじゃありませんか。

英子さん、むやみにひとの悪口なんか信用するものじゃありません。わたしなら、どっちかといえば、まあ、春美さんよりは相良さんのほうを信用しますわ」

と、芳おばさんは、ひどく反対でした。

これをきくと、英子は、また迷いました。

こんどは、芳おばさんのいうことが正しくて、春美のいったことがあてにならないようにも思われてきました。そこで、

「じゃあ、おばさんにまかせるわ。わたし、あん

な男もう見たくないから、用があったら、これからおばさんがぜんぶ口をきいてちょうだい。たのむわ」

といって、ぷいと二階へあがってしまいました。

やがて物置の中はいちおう片づいたらしく、なんの音もきこえてこなくなりました。

でも、英子のあたまの中には、まだ黒メガネの石神がこびりついています。

「あの物置の中をどう片づけたんだろう。そして、どこらへんに、どんなかっこうで寝たり起きたりするんだろう」

そんなことを考えながら、晩ごはんになると、芳おばさんが話しだしました。

「わたし、さっき、物置へ行って見てきましたわ。もうきれいに片づいて、すみっこにあのひと、ちょこんとすわっていましたよ」

「それで、ねるときのおふとんや毛布なんかあるの？」

「ええ、どうやって持ってきたんだか、ちゃんとありましたよ。それがみんな、新しくはないけど、なかなか上等な品で、きれいにおせんたくしてあるんです。英子さん、あの石神ってひとは、きっと、もと身分のよかったひとですよ」

「それで、夜はどうするつもりかしら。あそこ電燈がないからまっくらでしょう」

「ええ、わたしもそのことを心配してきいてみたんです。ところが、いうことがかわってるんです。わたしは年よりで本も読まないから、あかりなんかいらない。くらいところで何時間でもじっとひとりで考えごとをしてるのがすきなんですって。それから、もう、ひとりでかってに寝たり起きたり、出たりはいったりしているから、もういっさい気にしないでくれといっていました」

「おばさん、あのひとの顔よく見て」

「いいえ、なにしろあんな大きな黒メガネをかけているんですもの。でもそう品のわるい顔じゃありません。なるほど右の手がわるいらしく、なんでも左の手でやっているようです。

とにかく、相良さんがよこしたんだから、英子さんも気にしないで、とうぶんあのままにしといたらいいでしょう」

それから、翌朝のごはんのときに、芳おばさんは、また石神の新しい話を英子にきかせました。

それは、ゆうべおそく、ねる前に庭へ出てみたら、むこうのまっ暗やみの中に、ぽつんと赤い火が見えた。こわごわ近よって見ると、石神が石の上に腰かけて、すましてタバコをすっていたということ。

それから、けさ、夜があけるとすぐ、石神はどこかへでかけたらしく、物置小屋はきちんとしまっていた。おまけに、いつとりつけたのか、だれもるすには入れぬよう、その戸に新しい錠まえができていたことなどでした。

死の島

ここは小森春美と母親の荒子がくらしているやしき。お天気のよい午後でした。母親の荒子は、えんがわのゆりいすにこしかけて新聞を読み、春美は庭にいました。

「ねえ、ママ」

「なんです」

「ママはこのごろ、どうしてそんなに元気のない顔してるの。ため息ばかりついてるじゃないの」

「どうしてって、あなたにもわかるでしょう。お金がだんだんなくなるからですよ」

荒子は新聞をひざの上におき、とがめるような目つきで、むすめを見ました。

「あなたも知ってるとおり、おとうさんが死んでから、このうちには、はたらく人がいないのです。わたしたちは、ただ銀行へあずけたお金を使ってくらしていくだけなのです。

それなのに、あなたはぜいたくで、お金のありがたみなどちっとも知らない。新しい洋服はどんどんつくる。たかい自動車をかって乗りまわす。

映画や音楽界へはお友だちを何人でもさそってでかける。まるで湯水のようにおこづかいを使うじゃありませんか。これでは、もうこの家のやっていきようがありません。

わたしはもうじき、この住んでいるうちを売らなくちゃならないんじゃないかと、はらはらしているんです」

「ああ、そうなの。ママの心配ってお金のことなの。それならだいじょうぶよ。そのうちにはどうにかなるわよ」

「どうにかなるって。あなたさえしっかりしていれば、いまごろわたしたちは、死んだ向井のざいさんをのこらずもらって、大金持になってたんですよ。それをあんなこじきみたいな英子に、のこらず横どりされちゃって」

「それはしかたがない運命だわ。英子っていえば、あの子このごろたいへんなけいきよ。こないだ買ったうちがせまいので、またずっと大きなうちをたてるらしいし、新型の自動車を買うらしいわ」

「どうせ毛糸なんか売って歩いてた子だもの、きゅうにお金持になって、なにを買っていいかわからず、きっとのぼせてうろうろしてるんだよ。それなのに、こっちは、だんだん貧乏になるなんて、くやしくてなりゃしない」

「ママ、そういうけど、英子ちゃんて、なかなかりこうでいい子よ」

「でも、おまえ、このごろちっとも遊びに行かなくなったじゃないか。どうしたの。おまえでも、さすがにあの子のごうせいなくらしを見ていると、やきもちがやけてくるのかい」

「そんなことはないけど、このごろあの家に石神って、みょうなおじいさんがきてるんだもの。

それがあの相良弁護士のせわだとかいって、物置に住んでいて、わたしが行くと、みょうな目つきでじろじろ見るの。

このあいだも帰りにふりかえったら、わざわざ門のそとにまで出てきて、わたしをじっと見おくってるんだもの。わたし、うすきみがわるくて、それっきり行く気がしなくなったのよ」

「まあ、相良弁護士、どこからそんなもの連れてきたんだろう。春美、それはおまえのまるで知らないひとかい。年はいくつぐらいで、どんなようすのひとだえ」

「大きな黒メガネをかけてるから、顔はよくわからないけど、とにかく見たことない男よ。年は五十ぐらい、ことによるともっととってるかなあ。ふるい兵隊の服みたいなもの着た、ずんぐりした男よ」

ふたりの話が切れたとき、荒子は、ふと庭石の上にしゃがんでいる春美のすがたを見ました。そして、あきれたように声をかけました。

「春美、おまえ、またそんなことをしてるんだね」

春美がしゃがんでいる石の横には、小さな穴があいており、そこには、アリがぞろぞろ出たり入ったりしていました。そのアリの行列を、春美はさっきから手に持った小石で、せっせとたたきつぶしているのでした。

「あら、わたし知らないでやってたわ。ねえ、ママ、わたしはどうしてこう生きものを見るとすぐ殺したくなるのでしょう」

春美ははずかしそうにいって、石をなげて立ちあがりました。

「それがおまえの一ばん悪い病気なんだよ。だからわたしは、お金がほしくても、おまえにはいえないんだよ。いつかあの英子を、自動車でひきころそうとしたような気もちに、またおまえがなったらたいへんだからねえ」

荒子がこういったとき、春美はそのことばを背なかできいて、さっさとじぶんの部屋のほうへ歩いていました。きゅうになにか考えが、あたまにうかんだらしいのです。その顔は、紅をさしたようにまっ赤になり、目にはあやしいひかりがぎらぎらとかがやいていました。

そして、部屋へはいると、春美は、すぐ万年筆をとり、テーブルの上にあったきれいな花もようのびんせんに、なにかさらさらと手紙を書きまし

た。それから、

「そうだ、これがいちばん、早みちかもしれない。そして、あとできかれたら、じぶんは知らないと、どこまでもいいはればいいんだわ」

とつぶやきながら、さっそく女中をよび、できた郵便をださせにやりました。


きょうも朝からいいお天気。いま、ひろい京浜国道を、横浜のほうめんへ走っている自動車があります。水色にぬった、フォードの最新型の自動車。

運転しているのは小森春美で、それにぴったりよりそって、運転台にならんでいるのは加納英子でした。

春美はなれた手つきでハンドルをうごかし、たくさんのくるまが通りすぎるあいだを、うまくすっすっとくるまを進ませながら、英子に話しかけていました。

「ほんとうによかったわ。あなたが来てくださって。わたしなんだかきゅうに海が見たくなったのよ。でも、ひとりでドライブはつまらないでしょう。それで、もしかと思って、速達あげてみたのよ」

「わたしもうれしかったわ。江ノ島なんて、おとうさんやおかあさんがまだ生きていた子どものとき、一度つれて行ってもらっただけですもの。なつかしいわ。わたし行ったら、きっといろいろなこと思いだすわ」

「でも、江ノ島なんて東京に近くて、いつでもすぐ行ける、ごく平凡なとこでしょう。わたし、きっとあなたが、おことわりになると思ったわ」

「いいえ。それに、電車なんかでなく、春美さんとふたりきりのドライブですもの、すばらしいわ」

こういう英子は、おせじでなく、ほんとうにたのしそうでした。やがて、自動車は横浜を通りぬけて、山道にはいったかとおもうと、間もなく青い海がみえ、その上にみどりのさざえのカラのように浮いている江ノ島が見えました。

春美は、新しいコンクリートの橋の前で自動車をとめると、ふたりはそこから仲よく手をつないで歩いて橋をわたりました。

石段の両がわにならんでいるおみやげものの店からかかる、

「いらっしゃい」

「およりなさい」

というにぎやかな声をききながしながら、ふたりは島のてっぺんまでのぼりつめ、それからまたくだっていきました。

やがて、見はらしのいい、稚児《ちご》ガ淵《ふち》というところへくると、ふたりは一けんの茶店へよって名物の、さざえのつぼやきを食べながらひと休みしました。

それから、またほそい岩道をおりて、こんどは有名な、弁天の岩屋を見物しました。

岩屋から出てくると、ふたりは、そのすぐ前の、海につきでた大きな岩の上にのぼって、しばらくあたりのけしきをながめてたのしんでいました。

「ああ、なつかしい。小さいとき、わたしがここへ来たとき、この岩がこわくて泣きだしたのよ。なんだかそんなこと、ついきのうのことのように思われるのよ」

と英子は、とてもなつかしそうにいって、それからまた、ひとりごとのようにつぶやきました。

「あのころがわたしの一ばんたのしかった時代だわ。おとうさんもおかあさんもいたし、うちにお金もあったわ。それからまもなくおとうさんが死んで、わたしたちの苦労がはじまった。

そして、その苦労がだんだんひどくなって、とうとうおかあさんまで死んじゃったんだわ。ああ、それからずっといつもたったひとりで、いろんなものを売り歩いてくらしていたみなしご時代。

でも、あのやさしい向井男爵のおかげで、わたしは、いましあわせになれた。そうすると、こんどは、いまのこのしあわせを、すこしでも死んだおかあさんにわけてあげたくなるのよ」

春美もついさそわれて、その手をとり、

「まあ、かわいそうな英子ちゃん。あなたもずいぶんくろうしたのねえ。でも、もうだいじょうぶよ。いまではあなたはすばらしい大金持なんですもの」

と、こころからなぐさめました。

ところが、ふたりがその岩をおりて、また、もとの岩道を帰りはじめると、春美の心はさっときゅうにかわりました。

(あら、わたしはなにをぐずぐずしてるんだろう。きょうわたしは、英子をこの江ノ島のどこかのがけの上から海へ突き落すつもりで、ここまでつれてきたんじゃないか。

そうすれば、英子の財産はすぐわたしたちのものになるはずだった。ええ、しまった。そうしたら、こんどはどこでこの子をころそうか)

春美は心の中で、こんなおそろしいことを考えていました。そのうちに、

(ああ、いいところがある)

と、春美の目は、きゅうにまた、らんらんとあやしくかがやきだしました。

山道のできごと

弁天の岩屋からのもどりみち、石の坂みちを、江ノ島神社さしてのぼっていくとちゅうに、左へぬける細道があります。

おみやげの貝ざいくを売る店と店の間にはさまっている、ほそい横道なので、たいていの人は知りませんが、島にすむ人たちはみんな知っています。

これは入口の橋までいくには、たいへんな近道なのです。

ただ見物にきたお客にこの近道を通られると、おみやげが売れなくなるので、島の人たちはできるだけここを秘密にしているのでした。

ところが、春美は、もと片瀬の西浜でよく海水浴をしてくらしたので、この近道を知っていました。

そこは左手に海、右手に青々としげった山の間

をいく、とてもしずかな小道で、めったに人にあうこともないのです。春美は、英子にこんなせつめいをしたあとで、さきに立ってその近道へはいっていきました。

ここは石段もなく、しだいにくだりながら、ふもとへおりていく、とてもらくな道。——シーンとして、森の中では小鳥がなき、左手のがけのむこうに白帆がうかぶ。片瀬、鵠沼あたりの砂浜に、よせてはくだけるきれいな波のけしきが見えます。

「あら、いい道があるのね。まるで江ノ島の中とは思えないしずかなところねえ」

英子はむじゃきに、とてもよろこんで、おどるようにして歩いていきます。

しかし、ならんでいく春美の胸には、わるい計画がうずをまいていました。

(さあ、どこらへんで英子をつき落《おと》そうか。ぐずぐずして人が来てはじゃまだし、そうかといっていいかげんなところでつき落したら、英子は、うまく海に落ちずに、やぶか、木の根にひっかかって助かってしまうだろう。ああ、早くいい場所が見つかればいい)

春美の目は、エサをさがすオオカミのように、きょろきょろあたりを見まわしていました。

そんなこととは夢にも知らず、英子はたのしさに小声で唱歌などをうたいながら、

「あら、こんな花がさいている」

などといって、しゃがんでかわいい草の花をつんだりしています。

そのうちに春美は、ねがってもないいい場所を見つけました。

それは、海につきだした高いがけの上で、ずっと下の海まで岩ががけのようになっています。

ここから落ちたら、どんな人でも、とちゅうで息がつまるか、さもなくば、どぶんと深い水の中にもぐって、まちがいなく死んでしまうでしょう。

(ここだ。ここにかぎる。そして、英子ちゃんをつき落したら、すぐ大声をあげてかけだすんだ。

そしてだれかを呼んで、友だちが足をふみはずして海へ落ちちゃった、といってそら涙をこぼすんだ。そうすれば、だれもわたしをうたがいはしない）

春美はおそろしいけっしんをしました。

とたんに、さきを歩いていく英子に、

「英子ちゃん、ちょっとここへきて。とてもいいけしき。富士山が見えるわよ」

と、声をかけました。

「あら、どこに」

英子がかけもどってきました。

「そら、その木の右のほう、とてもきれいだわ」

春美は、なんにも見えない空をゆびさしました。

「どれ、どれ」

英子はうまくつられて、がけっぷちとすれすれのところに立ちました。一生けんめい、春美のゆびさしたほうをながめています。

うつくしい春美の顔が、たちまち鬼のようになり、その両眼がぎらぎらとあやしくかがやきだしました。

（よし、今だ。やっちまえ）

こころのそこで、悪魔の声がこうさけぶと、すばやく両手をのばして、うしろから英子のからだを、力いっぱいつきとばそうとしました。

ところが、その時、どこからか、

「エヘン」

という大きなせきばらいがきこえました。

男の、――しかも年とった人のせきばらいです。

春美は、ぎょっとして、のばしかけた両手をひっこめ、あわててあたりを見まわしました。

と、海と反対のがわにある、もりあがった丘。そこの木の中に人かげが見えました。あまりせいの高くない、ずんぐりした男で、カーキいろのろうどう服のようなものを着、黒メガネをかけて、黒い飛行帽のようなものをかぶっています。

（あら、どうしてこんなところに、こんな男がいるんだろう）

と、春美はびっくりしました。

「富士山見えないじゃないの。春美さん、どこに見えるの」

なんにも知らない英子は、とがめるようにいって、この時、うしろをふりかえりました。

そして、木の間のその黒メガネの男に気がつくと、これもびっくりしたようにじっとながめましたが、

「あっ、石神さん。石神さんじゃないかしら」

と、まゆをひそめてつぶやきました。

「こんにちは。お嬢さん。お嬢さんがたも、江ノ島見物でしたか」

石神は、みょうな、しわがれた声であいさつして、するすると下へおりてきました。

(石神。さてはこの男が、英子の話した石神か。相良弁護士が、英子に世話したという石神か)

そうおもって春美はあらためて、このえたいのわからない老人を見つめました。

(だが、その石神が、どうしていま、とつぜんここへあらわれたのだろうか。


せっかく、もうちょっとで英子を殺すというだいじなときに、まもののようにここへ出てきたのだろうか)

春美の目は、このにくらしいじゃまものを、きっとにらみつけました。英子のほうも、おもいがけない場所に石神がいたので、おどろくといっしょに、ひどくふゆかいになったようでした。おもわず声をあらくして、

「石神さん、あんたはどうしてこんなところへきてるの」

と、とがめるように叫びました。

「へえ、お散歩のおじゃまをしてごめんなさい。わたしもじつは江ノ島見物にまいったんです。

きょうは用もなかったので、あそびに出かけ、気まぐれに、この上の神社のうらから、ずるずるおりてきたんです。お嬢さんがたがここにいらっしゃるとは、夢にもおもいませんでした。どうもすみません」

石神はぴょこんとあたまをさげました。

「でも、あなたはうちの番人でしょう。うちの番人が、あそびに出て、こんなところを歩いていては……」

と、英子はおこってどなろうとしましたが、とちゅうまでいいかけて、ふと考えました。石神は相良弁護士が、じぶんにつけてくれた用心ぼうの男です。だからじぶんがうちにいないときは、この男には用事がなく、どこを歩いてもさしつかえないのです。

でも、まだ、なんだかしゃくにさわるので、

「あんた、わたしたちの後をつけてきたんじゃなくて。相良さんのたのみなんか知らないけど、わたし、そんな探偵みたいなことする人、きらいだわ」

と、かんではきだすようにいいました。

「いえ、いえ、けっして、そんなわけじゃありません」

と、石神はひどくきょうしゅくしたふうでした。

「あんた、なんできたの、小田急電車できたの」

英子が、またききました。

「いや、わたしは自動車できました。ちょうど友だちの車があいていたので、それを運転してまいったのです。それで、あの、なんなら、お帰りのときは、それでお送りしましょうか」

「まあ、自動車」

英子はこの返事に、二度びっくりしました。年よりで、かたわの石神が、じぶんで自動車を運転するなんて、英子には、思いもつかないことでした。

だが英子は、春美にいろいろちえをつけられて、相良弁護士のことも、この石神のことも、あまり、よく思っていなかったので、つい、つっけんどんに、

「いいわよ、わたしたちにも車があるわよ。あんたのせわにはならないわよ」

と叫んでしまいました。

石神は、とんだところへ出てきて、ご主人のきげんをわるくしたのを、ひどくすまなく思ったようで、

「どうもすみません。みょうなところへ来て、お

あそびのおじゃまをしてすみませんでした。では、どうぞごゆっくり」

と、また、なんども頭をさげて、ゆるゆる、坂道をおりていってしまいました。

ふしぎな発見

「へんだわねえ。あの石神っていう男」

春美は、うしろすがたをしばらく見送ってから、じっと考えこみ、しばらくしてこう英子にいいました。

「どうして。そうへんでもないわ。あの人でも人間だし、天気がよくて、ひまだったので、見物にきたんでしょう。それに友だちのくるまがあいてたので、きっとドライブしてみたくなったんだわ」

と、英子はすなおに思ったとおりをいいました。

「いいえ、たしかにへんだわよ」

と春美は、まだうごかず、まゆをひそめたまま、

「わたしあの人の顔、どこかで見たことがあるわ。それからあの声にも聞きおぼえがあるのよ。でも、それがだれだったか思いだせないの」

「戦争にいって、左の手と足をわるくしたって相良さんがいってたわ。いつの戦争かしら。太平洋戦争には、だいぶ年とった人もでたから、あんがい太平洋戦争かもしれないわね。

でも、あんな人あなたが知っているわけはないわ。きっとそれは、なにかの思いちがいよ」

と英子がいうと、春美は、まだ、じれったそうに頭をげんこで、とんとんたたいて、

「わたし、頭が悪くなったのかしら。どうしても思いだせない。たしかにあの人の感じはだれかに似ている。しかも、それがわたしのよく知ってる人なのよ。

ああ、どうしたんだろう。どうして思いだせないんだろう」

と足で、ばたばた地面をふんでいました。

英子は、ふと気がついて、

「そう、そう。わたしたち、富士山を見ようとしていたんだわね。春美さん、いったい富士山どこに見えるの」

いわれて、春美はわざともったいぶって、もう一ぺん、がけの上から西の空をながめましたが、

「あら、もう雲にかくれちゃったわ。いましがたまで、あすこにきれいに見えていたのに」

と、うまくごまかしました。

だが、これで、せっかく英子をころそうとして、ここまできた計画は、みごとにこわされてしまいました。

春美は心の中で、じゃまをした石神がにくくてたまらないとともに、あのえたいのわからない老人がひどくうす気味わるくなりました。

また、英子と坂道をならんでくだりながら、心の中では石神老人のことばかり考えていました。

(いったい、あの石神の正体はなんだろう。あのふしぎな男はじぶんが英子をころそうとしてここへつれてきたことを知っているのだろうか。

でも、どうしてじぶんの気もちが、あの男にわかったのだろう。どうもふしぎだ。東京へもどったら、さっそくあの男の身もとをよくしらべてみなければならない。それからだれに似ているのかも、もう一ぺんよく考えてみるひつようがある。

どうもこまった用心ぼうがでてきたものだ。

まず第一にあの男を、どうにかしておっぱらわなければ、英子の財産はわたしのものになりそうもない)

そのうちに、いつかふたりは、江ノ島神社の入口の大鳥居の下へでていました。長い橋をわたると、ふたりは、また仲よくドライブして、夕ぐれの東京へ帰りました。

「おばさん。わたしきょう、とてもふゆかいなことがあったのよ。それで、わたしすぐ相良さんへ電話をかけようと思うの」

うちへはいるなり、英子が、青い顔をしてこう

いったので、芳おばさんはびっくりしました。

「どうしたんです。英子ちゃん」

「江ノ島へいったら、あの石神が、ぶらぶらあそびにきてるのよ。おまけに自動車なんかにのって。相良さんにしょうかいされたからといっても、石神はわたしのうちで使っている人でしょう。わたしが月給払っているんでしょう。

それが、昼間っからあんな遠いところへあそびにいっていて、ご主人のわたしが知らないなんて、みっともないわ。わたし、春美さんのまえではずかしくなっちゃったわ」

「まあ、ほんとうですか。そういえば、きょうはまだすがたが見えないようだったけど、あんなおじいさんのくせに、なんで江ノ島なんかへいくんでしょうね」

「だいいち、あんな男、うちに入用ないわよ。だから、わたし、相良さんにそのことといって、きょうかぎりあの石神をことわってもらうわ」

英子はぷりぷりしながら、さっそく電話で相良弁護士を呼びだしました。

やがて、電線のむこうから、はっきりしておちついた弁護士の声がきこえてきました。

英子は、これまでにないけわしい調子で、きょう、江ノ島へいって石神老人にであったこと、それから、あんなえたいのわからない人をうちへおいておくのは、いやでいやでたまらないから、ぜひ今夜きりでことわってくれということをくりかえし話しました。

ところが、どういうわけか、ほかのことでは、いつもしんせつでやさしい相良弁護士が、これだけは、よういに、『うん』といわないのです。

「英子さん、お話はよくわかりました。でも、よくおちついて、もういっぺん考えてみてください」

と、弁護士の声はしずかに、さとすようにいいつづけるのでした。

「……あなたが向井元男爵家のあとつぎときまってから、どんな事件があなたの身のまわりに起ったか、思いだしてみてください。

まずお正月の七日の晩。わたしたちのさいしょの話がきまった帰りみち、あなたはあぶなく自動車にひきころされるところだったでしょう。運がわるかったら、もうあの時、すでにあなたは死んでいたのですよ。

それから、二度めはこないだの夜中。あなたはおそろしい気ちがいに、もうすこしでしめ殺されるところでした。あのとき、いまもってだれだかわからないふしぎな救い手が、窓からとびこんでこなかったら、やっぱりあなたは死んでいたでしょう。

とにかく、男爵家のあとつぎになってからのあなたの身には、つぎつぎとあぶない事件がおこっているのです。あなたのいうとおり、石神はきたない、えたいのしれないおやじかもしれませんが、ともかく、あの男をおせわしたわたしを信じて、もうすこしがまんしていてください。そんなかんしゃくを起さないでください。いずれ、ぼくがそちらへいって、もう一ぺんよくお話をききましょう」

だが、火のようにおこっている英子は、がまんができず、電話口でどなってしまいました。

「いやです、いやです。わたし、どんなことがあっても、あの人をおくのはいやです。あの人を出してくださらなければ、わたしがこのうちを出ていきます」

そういって、英子はかんしゃくまぎれに、電話をきってしまいました。

それから五分たつと、もう英子は弁護士にらんぼうなことをいったのを、半分こうかいしたのですが、それといっしょに、いったい物置の中で、石神がどんなくらしかたをしているか、きゅうに見たくなりました。

それで夜になると、そうっと足音をしのばせて物置小屋へ近づいてみました。と、もう石神は帰ってきているらしく、中で人のうごくけはいがしていました。

しかし、なにしろ、一つぼぐらいの物置で、小さな窓が一つしかあいていず、その窓には、くもりガラスの戸がぴったりしまっていましたから、まるで、中のようすはわかりません。ただ、そのガラス戸に、うすくぼんやりと、電燈のひかりだけがうつっています。

（どこかに、のぞく穴でもないかしら）

英子はそう思って、ぐるぐるとまわりを歩いてみました。ところが、しばらくさがしているうちに、うらの板かべの間に、たった一つ、ちいさなすき間が見つかりました。そこからのぞくとごくわずかだけ、物置の中がみえます。

英子は音のしないように指さきを入れて、一生けんめいその重なった板をうごかしました。こんきよく、なんどもくりかえしているうちに、すき間はすこしずつ、だんだんひろがりました。そこに目をぴったりつけて見ると、はじめて中のようすが、いくぶんはっきり見えました。

石神は、さっき江ノ島で会ったときの身なりで、じっとうでぐみをしてすわっていました。

首をたれ、しきりになにか考えこんでいるようです。石神の左にちいさな机がありました。なにかおもいついたように、石神は机のそばへいき、鍵をジャラジャラさせて、その引きだしを一つあけました。そして、なにか一枚の紙のようなものをとりだすと、じいっとそれをながめ、ふといため息をつきました。

そのうちに、いつか目がしらに涙がにじみでたらしく、石神はふといげんこつで、しきりに目をこすり、はなをすすりあげました。

（いったいこの男はなにを見ているんだろう。なんで泣いたりしているんだろう）

と、英子はふしぎに思い、いよいよぴったり目を板かべのすき間におしあてました。

と、そのうち石神が、からだのいちをすこしうごかしたひょうしに、手に持った紙が、ちょうど英子の目のほうに、まっ正面にむきました。おまけに、そこはちょうど電燈のま下のいちばん明かるいところだったので、英子にはその紙がなんであるかはっきりわかりました。

それは、きれいな洋服をきた少女の立ちすがたの写真でした。

しかも、その写真の顔を見ると、なんとそれは小森春美そっくりではありませんか。

帝国ホテル

加納英子が、物置小屋をのぞいて、石神のふしぎなふるまいにびっくりしていた晩、小森春美もじぶんの部屋で、じっと怪老人石神のことを考えていました。

(たしかに見おぼえがある。あの老人はいったいだれだろう)

(どうかしてあの男の正体をつきとめ、あの用心ぼうを追いはらう方法はないかしら)

さっき、江ノ島から帰ると、さっそく春美は、晩ご飯をたべながら、母親の荒子に石神老人の話をしました。

「それがママ、わたしどうしてもどこかで見たことのある顔なのよ。顔も、せかっこうも、それから声も、じれったいわ。ママ、だれだか思いだせなくて」

「さあ、五十ぐらいで、黒メガネをかけて、ずんぐりしたからだ――いくら考えても、そんなひと、うちへくるひとの中にはいないねえ」

と荒子は、ぞうげのおはしで、おさしみをつまみながら、もう一ぺんじっと目をつぶって考えて、

「春美、それはきっと思いちがいだよ。たしかに知っている人だなんて、それはおまえの気のせいだよ。やっぱり、その石神ってのはあの相良弁護士が、どこからやとってきたか知らないいしろうと探偵にちがいないよ」

と、はき出すようにいいました。

しかし、春美は、いっぽん気なむすめです。いちど、こうと思いこんだからには、母親に、

「思いちがいだよ」

なんていわれたって、それなり思いきれる子ではありません。

じぶんの部屋へもどってからも、ながい間考えこんでいましたが、やがて決心したようにでてくると、母親に、

「わたしちょっと行ってくるわ」

と、声をかけました。

「まあ、いまごろからどこへ行くの、もう十時すぎですよ」

「でもわたし、ちょっとしらべたいことがあるの。すぐ帰ってきますわ」

荒子がまゆをひそめていると、やがてガレージをあける音がして、春美はじぶんの自動車を運転してどこかへ出かけました。夜の町を全速力でくるまを走らせ、春美がきたのは、英子の家のちかくでした。

くらい横町でくるまをとめ、それから、人に見られないように気をくばりながら、春美は、歩いて英子の家の門のそとへきました。おそいので、英子も芳おばさんも寝たのでしょう。

二階の窓からあかりももれず、スマートな洋館はしずかに夜のやみの中にたっています。

春美は門についた呼びりんをおそうともせず、しばらくじっとそとに立っていましたが、やがて、英子の家のへいのまわりをぶらぶら歩きまわり、ときどきへいに耳をあてて、なかのもの音を聞くようなようすをしました。

と、十分、二十分、しずかに時がながれると、とつぜんガチャリという音がきこえました。英子の家の大門の横についているくぐり戸があいたのです。これを聞くと、春美はとうとう待っていたものが来たというように、まんぞくそうに、にやりと笑って、すばやくとびあがり、コウモリのように、ぴったりとへいにくっついて、じぶんのからだが見えないようにしてしまいました。

そうっとくぐり戸をあけてでてきたのは、黒メガネの石神老人でした。

老人は、まるで悪いことでもするひとのように、

きょろきょろあたりを見まわし、ひとかげのないことを見さだめてから、びっこをひきひき、おもて通りのほうへ歩きだしました。

「やっぱりでてきたな。逃がすものか」

春美は、こうひとりごとをいって、老人を七、八メートルさきへ行かせてから、そっとへいからはなれ、あとをつけて行きました。

よちよちとおもてのひろい通りへでた老人は、しばらく行くと、きゅうに右手の横町へまがりました。そこには一台のりっぱな自動車が待っていました。

ひとりの若い運転手が、老人のくるのを待っていたらしく、くるまのそとに立って、タバコをすっていましたが、老人のすがたを見ると、大いそぎでタバコをすて、帽子に手をかけて最敬礼をしました。老人はだまって、いばったようなかっこうをして、くるまに乗りこみました。

これを見てびっくりしたのは春美でした。あんなきたないかっこうをした石神が、自動車に乗ってでかける。それだけでもふしぎなのに、運転手が、あんなていねいなおじぎをするなんて、いったい、この男の正体はなんなのだろう。

だが、そう考えるひまもなく、春美は大いそぎで、じぶんのくるまのおいてある横町へかけもどりました。もちろん、石神の乗ったくるまのあとを追いかけるつもりでした。

やがて、夜のみちを、二台の自動車があとさきになって走りだしました。さきのくるまに乗っているのは石神老人。それから五、六十メートルはなれた車の中で、ハンドルをにぎっているのは春美です。石神老人が気がつかぬよう、しかも、はぐれぬよう、くるまをあやつっていく春美のくろうはたいへんでした。

やがて春美には、老人の自動車が、下町のほうへむかっていることがわかりました。

くるまはおほりばたを通り、皇居の前を通って、りっぱなたてものの前でぴたりととまりました。見ると、そこは東京でもいちばん有名な帝国ホテルでした。くるまからおりた石神老人は、その宮殿のようなホテルの正面の大きな回転戸をゆっくり手でおしあけてはいって行きます。

春美も、老人のくるまのすぐうしろにじぶんの自動車をとめましたが、さすがにこのありさまを見てびっくりしてしまいました。そして、両手で目をこすって思わず、

「これは夢を見てるんじゃないかしら。こじきのような石神老人が、こんなりっぱなホテルへはいるなんて」

とつぶやきました。

春美も、一、二度お客に呼ばれて、このホテルの食堂へはきたことはありますが、こんなに夜おそく、ひとりではいったことはありません。

だが、せっかくここまできて、石神を見うしなってはざんねんと、勇気をふるい起し、じぶんもあとからドアをおしてはいりました。

ホテルの入口から、かいだんをのぼった正面は、あついじゅうたんをしいた広間で、あちこちに安楽いすがならび、大きなシャンデリヤが気持ちのよいひかりを投げかけています。

春美はかいだんをのぼるなり、すぐ左がわにある売店の前に立ちました。ここでは、若いボーイが、外国の雑誌や書物や、東京名所の絵はがきなどを売っています。

春美はそこででたらめに、大ばんの流行の雑誌を一冊買いました。

そして、それを見るようなふりをして、顔を半分かくしながら、上目づかいに広間のようすをながめました。

と、むこうのすみのいすに、石神老人のすがたが見えます。昼間見たとおりのカーキー色の服をきて、飛行帽を手に持ち、しらがあたまをむきだしにして、どっかりと腰かけています。

むきあいのいすには、若い背びろ服の紳士がいました。どうもその紳士は、さきへきて老人を待っていたらしく、いまふたりは話をはじめたところらしいのです。

春美のほうへせなかをむけた紳士は、まるで先生の前にでた生徒のように、いちいち頭をさげながら、とてもていねいに老人に話をしています。それとははんたいに、石神老人のほうはいすの上にそっくりかえり、ひどくいばったふうで、その話を聞きながら、大きくうなずいているのです。

春美は、それを見たとたんに、いったいあの紳士はなにものだろうか。石神をあんなにいばらせているのは、どういう人なのだろうかと思いました。

春美は、せっかくここまで来たのだから、なんとかして近くへ行って、できたら、ふたりの話を聞きたいとあせりました。

しかし、広間にはまだ大ぜいのお客がしゃべっていましたが、たいてい外国人で、その中を日本人の少女のじぶんがのこのこ歩いて行ったら、すぐ石神に見つかってしまいそうです。

それで、春美は、いらいらしながら、しばらく雑誌のかげからふたりのようすを見ていますと、やがてその若い紳士が、通りかかったボーイを呼びとめようとして、いきなり、くるりと春美のほうへ顔をむけました。

「あっ」

と、春美が、思わずさけびそうになりました。なんと、その若い紳士は、相良弁護士だったのです。

春美は、なにがなんだかわからなくなってしまいました。石神という用心ぼうは、もともと相良弁護士が英子の家にせわをしたのだから、ふたりが今夜会って話をすることはふしぎではありません。

だが、どうして石神があんなにいばり、弁護士のほうがペコペコするのでしょうか。

おどろきがしずまるといっしょに、春美は、もうこれより長くここにいたって、石神の秘密をさぐることはできそうもないから、今夜はもう帰ろうと思いました。と、ちょうど、そこへひとりのボーイが通りかかったので、春美は呼びとめて、そっとその手に百円札をつかませると、

「あの、あすこのいすに年よりのひとがいるで

しょう。わたし、あれがこのホテルにとまっているひとかどうか、それから、とまっているのなら、住所と名まえを知りたいんですけど、ちょっとしらべて来てくださらない」

とたのみました。

ボーイはうなずいて、さっそく、カウンターのところへ行き、しゃべったり帳面を見せてもらったりしてから、すぐ春美のところへもどって来て知らせました。

それによると、石神作三はそのとおりの名まえで、ずっとこの帝国ホテルにとまっているのでした。

そしてその住所は、相良弁護士とおなじ番地になっていました。

マリヤ・遊佐《ゆさ》

そのよく日。春美は、はやくからあちこち自動車でとびまわっていました。

どうも石神のことが気になってたまらないのです。

第一に警視庁へ行って、ゆうべ見ておいた石神の自動車の番号をいい、そのくるまの持主の名をしらべてもらいました。こうすれば、石神のほんとうの名まえがわかるかもしれないと思ったのです。

ところが、車の持主の名まえもやっぱり相良弁護士でした。相良弁護士を知っている五、六人のひとをじゅんじゅんにたずね、だれか石神という老人を知らないかきいてみました。

しかし、ふしぎなことにその人たちは口をそろえて、そんな老人は見たこともないし、またそんな老人の話を相良弁護士からきいたこともないと答えるのでした。

春美はくたびれて、いらいらして、銀座のある喫茶店でひとり、紅茶をのんでいました。そして、(とにかくえらいじゃまものが出てきた。石神というやつはホテルへいばってとまったり、相良弁護士のくるまをへいきで乗りまわすくらいだから、よっぽどお金もあるえらいやつにちがいない。こいつの目をくらまして英子をころすことはなかなかむずかしい。今までよりもずっと用心してやらなければならないぞ〉

と考えていました。

しかもかち気な春美のこころの中は、英子をまもる用心ぼうがつよければつよいほど、かえって、はやく殺してやろうという気もちが、はげしくもえあがるのでした。

すると、その喫茶店へひとりの洋装をした四十ぐらいの女がはいってきて、春美を見るなり、

「あら、小森さん、しばらく」

と、声をかけました。これは、もと、銀座に美容院をひらいていたマリヤ・遊佐《ゆさ》というゆうめいな女で、いまはしょうばいに失敗して、ぶらぶらしているひとでした。

マリヤ・遊佐は、春美とむかいあいのいすに腰をおろし、アイスクリームを注文してから、しばらく春美と話をしたあと、とつぜんこんなことをいいだしました。

「小森さん。あんた別荘を一けん買わない。場所はすこし遠いけど、外人が建てたとても安くてスマートな家があるのよ」

「あら、わたし別荘なんか買うほどのお金持じゃないわ。でも、それはいったいどこにあるの」

「九州の別府温泉よ。霞山って、海を見はらして、温泉があふれるように湧いている、とてもいいけしきのところなの」

「へえ、別府なら、わたし好きだわ。買えなくても一ぺん行って見物したいわねえ」

「飛行機で福岡まで飛んでいって、あとすこしばかり汽車に乗れば、一日で行かれるわ。なんだったら遊び半分、わたしといっしょに行ってごらんにならない」

「そうねえ、二、三日うちに行ってみようかしら」

春美はひどく気のりしたように答えると、マリ

ヤ・遊佐は、ふときゅうに思いだしたように、

「そう、そう、わたしわすれていた。その別荘、ぜひあなたに見て、買ってもらいたいけど、二、三日うちではだめだわ。もう半月ほどたってからがいいわ」

「どうして二、三日うちではいけないの」

「それは、いま霞山では天然痘がはやっているからよ。それも今までにないような、とてもたちのわるい天然痘で、あたりまえの種痘をしたくらいのひとは、それにかかるとばたばた死ぬんですって。だから、せっかくおすすめしたけど、行くならもうすこしたって、その天然痘がおさまってからがいいわ」

この話を聞くと、どうしたのか、春美は、きゅうにだまりこんでしまいました。

顔がきゅっとひきしまり、目がぎらぎらとひかりだし、じっと考えこみました。

「あら、小森さん、どうしたの。なにをそうきゅうに考えだしたの」

マリヤ・遊佐がふしぎそうに聞きました。すると、春美は決心したように目をあげて、

「遊佐さん。その別荘のねだん、いくらなの」

「二百万円で売りたいと持主はいってるのよ。もっともかけあいしだいで、もうすこしはまかるとおもうんだけれど」

「わたし、なるべく買うわ。でも、その前に大いそぎでいって、いちど見てきたいわ」

「でも、今はその天然痘があぶないからだめよ」

「天然痘なんかかまわないわ。わたし、あしたかあさって、ぜひお友だちをひとりつれていきたいわ。あんた案内してくださる」

「それは、あなたが行くならいくけれど」

マリヤ・遊佐は、別荘はうりたし、天然痘はこわしでみょうな顔をしました。

「それでは遊佐さん、とにかく行くことにきめて、わたし、それについて一つおねがいがあるわ。

わたし、加納英子さんというかわいいお友だちをさそってつれて行きます。このひとはわたしよ

りもなん百ばいものお金持だから、もしわたしが買わないような時でも、かわりにきっと買うと思うわ。でも、そのひとをつれて行くのには、その別荘があなたのものだということにして、わたしたちはあなたのご招待で遊びに行くということにしてくださらないとこまるわ。

もちろん旅費だの、むこうでの滞在費だのは、のこらずわたしが払います。

ただ、あなたはお金持の貴婦人で、わたしたちを呼んで遊ばせるというつもりで、いばっていてくだされぱいいのよ」

「まあ、へんな話ねえ。あなたがぜんぶ費用をだして、わたしがそれをだした顔をしていばっているというのは、わたしとしてはとてもけっこうだけど、なぜそんなふうに見せかけなくちゃいけないの」

「そんなくわしいことはきかないで。とにかくそういうことにしてくだされば、わたしすぐ別府へ行って、わたしか、英子さんのどちらかでなるべくその別荘を買うようにするわ」

マリヤ・遊佐はキツネにつままれたような顔をしました。しかし、たのまれた別荘をうまく二百万円で売れば、じぶんもなん十万円というお金がもうかるのです。そこで、思わずにっこりして、

「オーケー」

といってしまいました。

「じゃあ、その話、それできめたわよ。あとはこれから帰って、わたし、その加納英子ちゃんに電話して、飛行機へのる日どりをきめるわ。そしてすぐ、あなたのところへ返事するわ」

と、春美はいさみたったように約束しました。

それから、春美とマリヤ・遊佐とは、しばらくほかの話をして、いっしょに喫茶店をでました。だが、おもてで別れるとき、マリヤ・遊佐は、まだ気になるらしく、

「でもねえ、小森さん、あっちではやっている天然痘のこと、あんた、ほんとうに気にしないの。

わたし、なるべくなら、行くのをもうすこしのばしたほうがいいと思うんだけど」

と念をおしました。すると、春美は、こんどはきゅうに、おこったような顔をして、

「まあ、遊佐さん、あんたは別荘を買えとすすめておいて、こっちが買う気になると、そんなこというのね。それなら、わたし、この話、もうやめるわ」

といいきりました。

このけんまくにおどろいたマリヤ・遊佐は、

「ごめん、ごめん。小森さん、わたしくどいことといって、あんたのきげんわるくしてごめんなさいね。じゃあ、もう二度とこんなことといわないわ」

とあやまって、こそこそと、横町へまがって行ってしまいました。

やがて、じぶんの自動車へ乗りこみ、ハンドルをにぎった春美の顔には、勝ちほこるような決心のいろがあらわれていました。

「さあ、こんどこそうまくいくぞ。あの石神にも相良弁護士にもぜったい知らせず、つうっと飛行機で、英子を九州へつれて行ってしまうのだ。あとはわたしのあたま一つだ。あの石神のやつ、あわててあとを追いかけてくるころには、もう英子はこの世に生きてはいないぞ。

ああ、きょう、あのマリヤ・遊佐にあって話を聞いたとたん、わたしのあたまにうかんだ考えは、なんてすばらしいものだったろう。こんどこそ向井のおじの財産は、のこらずわたしのものになる。きっと、わたしはうまくやってみせる」

春美はこんなことを心の中でつぶやいていました。

やがて、家へ帰ると、春美はすぐ英子のところへ電話をかけ、じぶんが二、三日うちに、たいへんなお金持の奥さんにまねかれて別府の温泉の別荘へいくが、あなたもぜひいっしょに行かないかとさそいました。

それから、別府のけしきのうつくしさや、飛行機の旅行のゆかいなことを、いろいろうまいこと

ばでならべたてました。これを聞いた英子はさもうれしそうに、

「あら、いいわね。わたしぜひいっしょにつれて行っていただきたいわ」

と、すぐむじゃきにさんせいしました。

「でも英子ちゃん、こんどの旅行の行きさきは、ぜったいだれにもひみつよ。またあの石神なんかに知られると、きっと江ノ島みたいなふゆかいなことが起るわよ」

と、春美が念をおすと、

「ええ、いうもんですか。石神には、わたしだってこりごりしたわ」

と、英子があかるい声で約束しました。

春美はにたりときみわるく笑って、その電話をきりました。

別府温泉

ここは九州で有名な温泉の都別府。うしろにみどりの山々をめぐらし、前に別府湾の青い波をながめ、四方八方から白い湯けむりが立っている、じつにけしきのよいところです。

町の中心から北へいった、山ぞいの霞山。――ここは近ごろひらけた新しいしずかな温泉郷で、みどりの丘のあちこちに、白いバンガロー風のしゃれた別荘がたっています。

その中の一つの洋館のバルコンに、とういすをならべ、いま、たのしそうに話しているふたりの少女。――それは小森春美と加納英子でした。ふたりはきのうの夕がた、別府へ着いて、きょうは早くから、ハイヤーで地獄めぐりをしたり、町を見物したり、おまけに由布の山にあるひつじの牧場を見にいったりして、さんざ遊びくたびれて、

いま、晩ごはんのできるのを待っているところでした。

「英子ちゃん、くたびれたでしょう。どう、別府気にいって」

　チョコレートをほおばりながら春美がききました。

　バルコンの白い手すりにもたれて、暮れていく別府湾のけしきに見いっていた英子は、かわいい笑顔をふりむけて、

「とても気にいったわ。わたし、まるで夢の国にいるみたいよ。なにしろはじめて飛行機へ乗って、いきなりこんな遠くへきたんでしょう。それですぐ、いろんなところを一どきに見ちゃったし、それにけしきがあまりいいもんだから、なんだかここにいるのが自分じゃなくって、映画の中の人のような気がするのよ」

「まあ。でも英子ちゃんがそんなによろこんでくれて、ほんとによかったわ。それできょう見た別府のけしきのうち、どこがいちばん気にいって」

「わたし、あの由布の山がよかったわ。ちょうど車で牧場のそばを通ったとき、きゅうに雨が降ってきたでしょう。そうしたらまっ白なかわいいたくさんの羊がそろって、ばらばら逃げだしたあのかっこう。まるでユリの花びらが風に散ったようで、とてもきれいだったわ」

「英子ちゃんのいうこと、まるで詩人みたいね。あれはめんようってひつじよ。秋になると、あの白い毛をはさみで切って、洋服地をつくるのよ」

「それから、わたし、この別荘も気にいったわ。それに、わたしたちを呼んでくださったここのマダム、なんてしんせつなあかるいひとなんでしょう。

　あのひと、こんな別荘ほうぼうに持ってるなんて、よっぽど金持なのね」

「そうよ。あのマダムは東京の有名な千万長者で、そしてこんなふうにわたしたちのような娘を呼んでごちそうするのが、どうらくなのよ」

　こんな話をしているさいちゅう、かわいらしい女中がきて、食事の用意ができたことをふたりに

しらせました。

　フランス窓のガラスから、きれいな庭の芝生をながめるこじんまりした食堂。てんじょうには明かるいシャンデリア、テーブルの上にはいろとりどりの草花をかざった水盤。――そうしたたのしい空気の中でマリヤ・遊佐と春美と英子だけの晩さんがはじまりました。

　マダムのさしずのこころをこめた上等なフランス料理に、みんながナイフとフォークをうごかすあいだ、部屋のすみでは電気蓄音機が、しゃれた外国のシャンソンをうたっていました。

　ところが、どうもマリヤ・遊佐のようすがへんです。昼間のドライブでは、とてもようきにさわぎまわっていたのに、なんだかきゅうに顔いろがわるく、沈みかえって見えます。あんまり口かずもききません。

「マダム。あんたどうかしたの。なにか心配ごとでもあるようね」

　いちばんに気がついた春美が、コーヒーをすすりながらたずねました。

「ええ、じつはこまったことができたの。食事ちゅうだから話すのえんりょしていたんだけど」

　と、マリヤ・遊佐は口ごもりながら、英子のほうをむいて、

「英子さん、あんたはさいきん種痘なさいまして」

「いいえ。わたし四年か五年まえぐらいにしたきりですわ。それもよくつかなかったようにおぼえています」

「どうしたの。じゃあいつかマダムのいってた天然痘がこの近所にでたの」

　春美が横から口をいれました。

「出たのよ。それがとんでもないところからでたの。この別荘のるす番の男の子がそうなの。かぜだと思ってたら、きょうの夕方になってお医者がはっきりそうだといったのよ」

「まあ」

「ほら、この窓から左手に見えるあの小さい小屋。あれがるす番のうちなの。もうじき病院から救急

車がつれにくるけど、わたし、みなさんをおさそいしといて、もしものことがあったらと、さっきから胸が痛いほど心配してるのよ」

「マダム。あの小屋にはだれとだれが住んでるの」

と、春美がききました。

「若い戦争未亡人と五つになるその子だけよ。かわいそうだから別荘番にしといたんだけど」

「だいじょうぶよ。近くったって、うちがちがってるんですもの。ねえ、英子ちゃんだって、こわくはないわね。あしたいそいで種痘すればいいわねえ」

春美がへいきな顔をしてるので、英子も、しかたなく笑ってうなずきました。

「わたしも、まさかそう早くうつることはないと思ってるんだけど、なんだかきみがわるいから、いまハイヤーを呼んどいたわ。

ちょうど今夜ここの国際ホテルですばらしいダンス・パーティーがあって、外国人のお客が大ぜいくるんですって。バンドも神戸からわざわざ呼んで、おまけにギャラという日本の福引きのようなものもあって、一等には自動車があたるんですってさ。わたし、はやく、あんたたちを連れて行っちゃおうと思って、きっぷ、ちゃんととっといたのよ」

マリヤ・遊佐が、マントルピースの上から、大きなピンクいろのきっぷを三枚もってきて見せました。

「まあ、うれしい。すてきだわ。この温泉町のホテルで、波の音をききながらいいバンドで踊るなんてすばらしいわ。もうじきお月さまもでるし、マダム、大さんせいよ。さあ、はやく行きましょう」

春美は手をうっていさみたちました。

「でも天然痘のことどうしよう。あんたがたどこかの宿屋へ引越さないでいいかしら」

「だいじょうぶよ。わたしたちが踊ってるあいだに、その子は病院へ行っちゃって、あとはげんじゅうに消毒するでしょう。心配ないわよ。さあ、それよりもはやくスーツケースあけて着がえしましょうよ」

春美が大はしゃぎなので、それにつられてマリヤ・遊佐も英子も、いそいでしたくやお化粧をはじめました。そのうちに電話で呼んだハイヤーが、はやくもげんかんへ着きました。

ところが、いよいよ盛装をした三人がそろって自動車へ乗りこんだとたんになって、とつぜん、春美が、座席でおなかに手をやって、

「あ、いた、いたいた」

と叫びだしました。

「まあ、春美さん、どうしたの」

マダムと英子がおどろいて、左右から顔をのぞきこみました。

「きゅうにおなかがいたみだしたのよ」

と、春美は顔をしかめて、

「わたし、ご飯をたべたあと、すぐに動くと、ときどきこんなになるのよ。だから、わたしすこしやすんであとから行くわ。あんたたち一足さきへ行ってくださらない?」

「だめよ。そんなことだめよ。あんたがぐあいわるければ、よくなるまで待つわ。ねえ、マダム」

と、英子が心配そうにいうと、

「そうよ。みんなで行かなきゃつまらないわ。なにもぜひ行かなけりゃならないところじゃなし、そんならこの車、いちど帰しましょうよ」

と、マリヤ・遊佐も自動車からおりようとしました。と、春美は、おこった顔をして、マダムをおしとめ、

「だいじょうぶ。五分もたてばわたしきっとなおるわ。そしてあんたたちがホテルへ着いたか着かないうちに、きっと別な車で追いかけるわ。ほんとよ。たった五分か十分、わたしをひとりでしずかにさせといてちょうだい。そのほうがわたし気がらくで、なおりがはやいわ。ね、おねがい。おねがいだからさきへ行ってちょうだい」

こういって、むりにひとりだけのこる春美を見ると、英子もマダムも、なんだかとても心配でしたが、春美はなんといってもきかず、バターンと

自動車のドアをしめてしまったので、しかたなく、

「では、春美さん、あんたのいうとおりさきへ行って待ってるわ」

「そのかわり、すぐなおらないようだったらホテルへ電話かけてね」

と、口々にいいのこして、そのまま自動車を走らせて行ってしまいました。

死の別荘

玄関に立って、丘の道をくだって行く自動車をじいっと見送っていた春美。その影が見えなくなると、にやりとうすきみわるく笑いました。

そして、二階のじぶんの部屋へもどろうとして、はしごだんの下で、若い女中にばったりとあうと、

「あの、別荘番の病気の子供どうしたかしら」

とたずねました。

「はい。病院からのむかえの車がおそいといって、おかあさんがいま出かけて行きました。だから子どもはひとりぼっちでうちで寝ています」

「まあ、かわいそうに。うまくたすかればいいけどねえ」

と、春美は目をしばたたきながら、ふと思いだしたように、

「あんた、気のどくだけど、ちょっと近所の薬屋へ行って、このお薬買ってきてくださらない。わたしどうもおなかがさしこんでいけないの」

といって、ハンドバッグからだした紙きれに、鉛筆でさらさらとなにかを書き、百円札といっしょにわたしました。

「はい。すぐに行ってまいります」

田舎ものらしい、しょうじきな顔をした女中は、すぐにとびだして行きました。

そのあと、大いそぎで二階へかけあがってからの春美のかつやくぶりは、それこそ電光石火といいたいほどのすばやさでした。

第一に、春美は、スーツケースの中からレーン

コートを取りだし、それをぴっちり着こみ、雨よけずきんをまぶかにかぶると、マリヤ・遊佐の部屋から過酸化水素液（オキシフル）の大びんを持ってきました。これは、おしゃれなマリヤ・遊佐が、髪を外人のように赤くするために使う液ですが、同時に、つよい殺菌剤なのです。春美は、その液をすこし金だらいの水のなかにまぜて、それに大きなハンカチをひたして、かたくしぼり、首のまわりにゆるくまきつけました。つぎにはキッド皮の手ぶくろを取りだして、それを両手にはめました。まるで火事場へでも行くような奇妙ないでたち――。

それをへやの三面鏡台にうつしてみて、春美は、またにやりと笑いました。それから、いそいでました、はしごだんをおりるとだれもいない玄関から、庭へ出て、木立ちのなかをぬけて、さっきマダムに教えられたうらの別荘番小屋へとしのんで行きました。

うすぐらい電燈のあかりが窓しょうじにうつって、小屋の中はシーンとしています。入口の戸をこじあけてのぞくと、たった二間しかない小屋のなかには、女中がいったとおりだれもいず、すみのほうのきたないふとんの上に、病気の子供だけが、苦しそうな息づかいをしてねむっていました。

春美は、するどい目をひからせて、もう一ぺんあたりを見まわし、いそいで中へはいると、さっき薬にひたしておいたハンカチで、じぶんの鼻と口とをしっかりつつみ、ちゅうちょなく両手をさっと寝ている子どもにさしのばしました。

一しゅんかんののち、春美は、その天然痘の子どもを、そばにあった毛布にぐるぐるつつむと、それをだいたなり、また庭へでました。

そして、大いそぎで玄関からまた二階へのぼると、こんどはろうかのつきあたりにある英子の部屋へはいりました。見るとちょうどのぼった月のひかりで、英子のベッドがおぼろげに見えます。と、春美は、毛布をぬがせ、病気の子どもをねまき一枚のすがたにして、英子のベッドのなかへおしこみました。

それから、英子がかける毛布とかけぶとんでそれをすっぽりつつみました。窓ガラスごしの月のひかりで、こんどは子供の顔がはっきり見えます。なるほどよく見ると、赤黒いブツブツが顔いちめんにふき出ています。

そうしておいて、春美がそっとじぶんの部屋へもどったとき、下のほうで、

「おじょうさま。小森のおじょうさま」

とよぶ声がしました。使いにいった女中が帰ってきたのです。春美はいそいでげんかんへおりて行きましたが、女中の買ってきた薬を一目みると、

「あら、この薬ちがっているわ。わたしが書きちがえをしたのかしら。すまないけど、もう一ぺん行って、とりかえてもらって来てちょうだいな。わたし書きなおすから」

といって、また、一枚の紙をわたし、女中をもう一ぺん追いだしました
こうして、かれこれ二、三十分時がたつと、春美は、また英子の部屋へはいっていき、病気の子どもを毛布につつんでベッドからだきおこし、もう一ぺん庭づたいに別荘小屋へはこんでいって、もとどおりに寝かせました。

それから、また二階へもどると、第一ばんに英子の部屋へいって、みだれたベッドをきれいになおし、テーブルの上にあった英子の床まき香水をそれにふりかけました。つぎに、庭の芝生の上へいって、着ていたレーンコートをぬぎ、それを雨よけずきんや、ぬれたハンカチや、手ぶくろなどをひとまとめにして、庭のすみに掘ってあった大きなごみ捨て穴のそこにかくしてしまいました。

さすがに、これだけのはやわざをしおえたとき、春美のひたいは、汗でじっとりぬれていました。

しかし、春美は、まんぞくそうにもういちどにっこりして、ちいさな声でつぶやきました。

「さあ、これでもうだいじょうぶだ。こんどこそあのにくらしい英子は死ぬ。こんや帰ってきて、あのベッドにはいって寝たら、あしたの朝までに

はきっとおそろしい病気にかかっている。なにしろ十人が九人まで助からないとマダムがいった、おそろしい天然痘だ。あの英子もこんどこそはもう助かりっこないのだ」

と、ちょうどこのとき、丘の道をのぼってくる病院のむかえの自動車の音がきこえました。

また、それに乗ってもどってきたらしい別荘番の母親と、これも薬屋からかえってきた女中とが、話しあう声が垣根ごしにきこえてきました。

八時、九時、十時……それから丘のひっそりした別荘では時間がしずかにながれました。やがて十一時すぎになって、マリヤ・遊佐と、春美と、英子をのせた自動車が帰ってきました。

英子はにぎやかなダンス・パーティーなどへ行ったのは生まれてはじめてでした。だからおもしろいにはおもしろかったが、昼間のつかれもあり、もうくたくたにつかれて、しまいにはねむくなってしまいました。

ところが、三十分ほどおくれて、ホテルに追いかけてきた春美の元気といったらたいしたもの。さっき、おなかがいたいといって泣き声をたてていたのはこの人かと思うほどで、踊ったり、たべたり、のんだり、ひとりではしゃぎまわっていました。そして、英子がもう帰りたいといっても、なかなか帰さないのです。

三人で別荘へもどってからも、春美は下の応接室で、今夜のおもしろかったことを、しゃべりつづけて、ねむろうともしません。そのうちにマリヤ・遊佐も、若い女中も、じぶんの部屋へ行って寝てしまいました。とうとう、英子が、がまんしきれなくなり、

「ねえ、春美さん。おそいからもう寝ましょうよ。さもないとわたし、このテーブルの上で寝るわよ」

と、大あくびをしたので、やっと春美も気がついて、英子の肩に手をかけながら、寝室のドアのまえまで送り、

「では、おやすみなさい」

といって別れました。

ところが、英子がじぶんの部屋のドアをあけて、電燈のスイッチをひねろうとしたとたん、とてもいやなにおいがさっと鼻をかすめました。

「あら、消毒薬のにおいだわ」

と、英子が思わずつぶやいて、いそいで電燈をつけると、かの女はめちゃくちゃになった部屋のようすに、夢かとばかりおどろきました。まずベッドが水びたしです。その水は毛布からかけぶとんをびしょびしょにして、床までこぼれ、水たまりをつくっています。

ベッドには、てっぺんからすそまでかわいたところなんか一ヵ所もありません。まくらも、シーツも、水びたしになって投げだされ、おまけにいすまでぬれているのです。

「まあ、いったい、だれがこんないたずらを」

と英子は叫びながら、ふとベッドの足もとにころがっている大きなあきびんに気がつきました。その大きなびんには『過酸化水素液(オキシフル)』と書いたレッテルがはってありました。まさしく、だれかがじぶんの留守にしのびこみ、過酸化水素液の大びんをからにしてじぶんの部屋をすみからすみまで消毒していったのです。

だが、どんな人が? なんのために? それは英子には、ぜんぜんけんとうがつきませんでした。

さいしょ英子は出ていって、春美か女中を呼ぼうと思いましたが、もう夜がおそくて気のどくなのでやめました。

そのうち、ふと応接間に長いすがあったことを思いだし、そうっとぬれたまくらとオーバーだけ持ってはしごだんをおり、その夜はだれもいない応接間でやすらかにねむってしまいました。

お守り袋

よく朝の八時、朝飯のしたくができたことをしらせにきた女中は、春美の顔を見るなりいいました。

「お嬢さま。英子さまのこと、お聞きになりまして」

だいたんな春美は、ゆうべあれほどの悪いことをしたのを忘れたかのように、ベッドの上でねむそうなあくびをしながら、女中の顔を見つめましたが、きゅうに思いだして、

「英子さんって。英子さんが病気にでもなったの」

「いいえ、英子お嬢さまは、お元気でいらっしゃいます。ただ、だれかがゆうべ英子さまのお部屋で、たいへんないたずらをなさったのです」

「いたずら、いったい、どんないたずらしたの」

春美はきんちょうして、すっかり目がさめてしまいました。

「だれかが英子さまのベッドにバケツかなんかの水をぶちまけ、おまけにうちのおくさまの大びんの過酸化水素液（オキシフル）を、のこらずふりかけてしまったんでございます」

「えっ、それで、英子さんはどうしたの。ゆうべはどこに寝ていたの」

「応接間の長いすでおやすみになったのです。気のどくがって、わたしたちを、お起しにならなかったんです」

春美は眉にしわをよせて、きゅうっとくちびるをかみしめました。また失敗か。

あれほど苦心したたくらみが、また失敗したのか。こんども英子を殺すことができなかったのか。

でも、いったい、だれが、いつ、どこからとびこんできて、英子のベッドを消毒なんかしたんだろう？

春美はいそいで、ねまきのまま、スリッパをひっかけてとびだしました。

このとき、英子の部屋には、マリヤ・遊佐と英子とがならんで立っていて、めちゃくちゃになった部屋のようすに、おどろきの目を見はっていました。

ベッドやかけぶとんや床に、ながされた水は、ゆうべから見ると、だいぶかわいていましたが、部屋じゅうは消毒薬のにおいで、まだ、ぷんぷん

むせかえるようでした。

いったい、だれが、なんのためにこんないたずらをしたのか、ふたりにはさっぱりわかりませんが、犯人はどうも庭木にのぼって、屋根をつたわり、窓から忍びこんだらしいのです。

「わたしたちが、パーティーへ行ってた留守にやったんだわ。いたずらかしら、それとも気ちがいかしら。どっちにしてもきみがわるいわねえ」

マリヤ・遊佐は顔をしかめて、舌うちをしていました。

「でもねえ、マダム。これはただのいたずらじゃなくて、だれかが消毒薬をまきすぎたんですわ。だから、マダムがゆうべおっしゃった別荘番の子が天然痘にかかったことを考えると、だれかしんせつなひとがとびこんできて、消毒してくれたのかもしれませんわ」

英子が考えぶかい目をしていいました。

「だって、それにしては、どうしてあなたの部屋だけを消毒して行ったんでしょう。それにたのみもしないのに、どろぼうのようにそっとよそのうちを消毒して行くひとなんて、きいたことないわね」

このとき英子は、なにげなく手をさしのべて、ベッドの上のぬれた毛布をはいでみました。と、シーツの上に、小さいみょうなものが落ちているのに目がとまりました。つまみあげてみると、それは古びた赤い布のお守り袋です。

「あら、こんなものが。おかしいわね、いったいだれのお守り袋だろう。どうしてここに落ちていたんだろう」

と、英子が、手のひらの上にそれをのせて、ふしぎそうに見ていると、マリヤ・遊佐もおどろいたように、じいっとそれに見いりました。

だが、ちょうどこの時、ろうかでスリッパの音がして、春美が、

「おはよう。まあ、どうしたの、だれか英子ちゃんのお部屋にはいったの」

と叫びながらとびこんできたので、英子は、それなりそのお守り袋をポケットにしまってしまい

ました。

朝飯のテーブルは、ゆうべのダンス・パーティーのおもいで話と、オキシフルをまいたあやしい人物のうわさで、もちきりでした。

だが三人の中で、この怪人物のことをいちばん気にしていたのは春美でした。英子のベッドを消毒した怪人物は、きっとじぶんが英子の寝床に、天然痘の子どもを抱き入れたことを知っているにちがいない。

だが、あのとき、どこでその怪人物はじぶんのやることを見ていたのだろうか。そして、その人間はいったいだれだろう。

考えれば考えるほど、春美はわからなくなり、怪人物の謎にくるしみました。しかし、もともと勝気な、だいたんなむすめですから、そんな気もちはいっさい顔にはださず、へいきでみんなとおなじようにしゃべったり笑ったりしていました。

そのうちに、英子が、ふとおもいだして、

「ところでマダム、ゆうべ入院した別荘番の男の子のようだいは、どんなふうでしょうか」

とききだしました。そこでマリヤ・遊佐が、女中を呼んできいてみると、

「まだはっきりしたことはわかりませんが、入院が早かったので、けいかがたいへんよさそうな話でした。見舞いにいった近所のひとがそういっていました」

とのへんじでした。これをきくと、英子は気もちのやさしいむすめでしたから、さっそくじぶんの部屋へいって、ハンドバッグから千円札を何枚かだして、それを紙にくるんで女中にわたしました。

そして、

「あの、伝染病院だから、わたし直接には行きませんが、これをお見舞いにといってとどけてくださいませんか？　引揚げのかただというから、きっと困っていらっしゃるでしょうから」

と、やさしくたのみました。

と、それから一時間ほどたって、三人が朝飯のあと、庭のベランダで、海のけしきを眺めながら

ゆっくりしゃべっていると、女中が、女のひとを連れてきました。それは、さっき英子がおみまい金をあげた別荘番でした。

びんぼうをしてすがたこそやつれているが、品のいい顔をしたその二十七、八の未亡人は、英子を見ると涙をこぼさんばかりにしてお礼をいいました。それから入院した子どものようだいの話など、いろいろ三人にして帰ろうとしましたが、ふと思いだして、

「そうそう、たったひとつ、みょうなことがありまして、わたし気にしていますの。みなさん迷信だとお笑いになるでしょうが、いつも子どものからだについていたものが、ゆうべからどうしたのか、きゅうに見えなくなってしまったのです」

「まあ、それはなんですの」

と、マリヤ・遊佐がききました。

「観音さまのお守り袋です。たしか、きのうの昼までは子どもがぶらさげているのを見たのですが、けさ、どうさがしても見えません。ちょうど病気のときだから気にしています。あれさえでてくれれば、子どもはかならず助かるような気がするんですけれど」

と、別荘番はさびしそうにいいました。

「えっ、そのお守り袋って、これじゃありませんの」

英子がさけんで洋服のポケットから、さっき拾った赤い袋をだして見せました。

「あっ、それです、それです。まあ、うれしい。……でも、どうしてこれがお嬢さまのお手もとに？」

と、別荘番はおどりあがってよろこんで、赤い袋を英子の手から受けとりながら、ふしぎそうな顔をしました。英子は、おもわず、

「それ、わたしのベッドの上にあったのです」

と、答えようとしましたが、はっと気がついてだまりました。

とつぜん、なんともいえない、おそろしい疑いがむらむらと胸の中にわいたのです。あのお守り袋の持ちぬしが別荘番の病気の子どもだったとし

たら、その子どもは、ゆうべわたしの部屋のベッドの中にはいったにちがいない。

そうでなければお守り袋が落ちているはずがない。だが、おそろしい天然痘にかかっている子どもが、どうやってわたしの部屋へこられたろう。それにはだれか連れてきたものがあるにちがいない。ああ、おそろしい。そうすると、だれかがわたしに天然痘をうつそうとして、ゆうべわたしのるすに、こっそりあの病気の子どもをわたしの部屋の中へつれて来たのだ。

まあ、なんておそろしい。いったいそんなおそろしいことをしたのは、だれなんだろう。

そう思うと、英子の顔はみるみる真っ青になってしまいました。

このようすを横から見ていたマリヤ・遊佐も、やっぱりなにかに気がついて、はっとおどろいたようでした。

そして、なんともいえないみょうな目つきでじいっと、春美の横顔をみつめました。


そして、別荘番の女と、三人のあいだには数秒間、ぐあいのわるい沈黙がつづきました。だがその沈黙を吹きとばすように、とつぜん、大声で笑いだしたのは春美でした。

「ふしぎ、ふしぎ、ゆうべベッドに水をかけた人もふしぎ、けさ見つかったお守り袋もふしぎ、この家はなにもかもふしぎだらけだわ。こんなことばかり見ていると、わたしたち三人みんな気がちがってしまいそうだわ。

さあ、もうそんないんい気な話いいかげんでやめて、これから元気よく、またドライブにでも行きましょうよ」

こうして春美が笑っているあいだに、別荘番の女は、お守り袋をうれしそうに持って帰っていきました。

悪人どうし

そのあと、春美はさっそくドライブにいこうと英子をさそいましたが、英子は、

「それよりも、わたし、すこしひとりでしずかに散歩してきたいわ」

といって、そとへでました。さっき胸にうかんだおそろしい疑いのことが気になってたまらず、もっとよくひとりで考えてみたかったからでした。

別荘の前は、だらだらくだりのアスファルトの並木みちになっていました。英子がもの思いにふけりながら一、二分歩いていくと、ふと、じぶんの前を歩いている男に気がつきました。

ずんぐりしたからだで飛行帽のようなものをかぶり、古いろうどう服を着て、びっこをひきながら、歩いて行く。

そのかっこうにどうも見おぼえがあります。

「はて、だれだろうか」

と思っているあいだに、うしろからきたひとりの若い警官が、いそぎ足で英子を追いこし、

「もし、もし、きみ、ちょっと」

と、その男を呼びとめました。

ふりかえった男の顔をみて、英子はびっくりしました。その大きな黒メガネを見ればひと目でわかる石神作三!

「まあ、あの石神が、こんな遠い九州の空まで、どうしてやってきたんだろう」

と、英子が、幽霊でも見たような感じでいるあいだに、警官が石神作三に質問している声が耳にはいりました。

「あんたの住所姓名は」

「石神作三。東京の人間です」

「東京の人間がなんでこちらへきて、夜昼ぶらぶらしているのだね。きみがゆうべ、この坂の上の別荘からでたりはいったりしているのをぼくは見ている。どうもきみの挙動はあやしい。いったい

きみの職業はなんだね」

　こう警官にするどくたずねられて、さすがの石神もへんじにこまっているようすでした。それで石神がなんとなしにきょろきょろあたりを見まわしたとき、ふと坂をおりてくる英子の顔が目にはいりました。

「はい、わたしはあのお嬢さんに使われているものでして」

　石神が英子をさしました。

「もしもし、そのお嬢さん。ほんとうですか。この男があなたの使用人だというのは」

　若い警官は、うたがわしそうに英子に声をかけました。

「そうですの」

　と、英子がにっこりして答えました。

「お嬢さんのおすまいはどちらですか」

「わたし、この坂上の、ほら、あの右がわの、赤い屋根の見える別荘にきています」

「ははあ、なるほど。それでこのかたが、ゆうべあそこを出たりはいったりしていたんですな。いや、失礼しました。この町には諸国の人がはいりこみますので、ときどきいまのような失礼なことをお聞きするのです」

　警官は笑っていってしまいました。

「石神さん、あんた、この別府へなにしにいらしったの。またわたしのかんとくなの。でも、よくそう早く、わたしの行くさきがおわかりなのねえ」

　英子は皮肉まじりにこういって、大きな黒メガネでよくわからない石神の顔をじっと見つめました。

「はい、それがどうも。……、いや、まったく、どうも」

　と、石神は、なんだかわからないことを、口の中でもぐもぐいいながら、ぴょこりと英子にあたまをさげると、くるりとむこうをむいて、坂道をまたぴょこぴょこびっこをひいて行ってしまいました。

「しつっこい、いやな人ね。あれほどかくしておいたのに、こんな遠くまであとをつけてくるなんて。きっとおもしろ半分で旅行費用を相良さんからもらってくるんだわ。そんなお金、わたしの銀行からだすなんて、だいいちむだだわ。こんどこそ帰ったら、しっかり相良さんにかけあって、あんな男、やめてもらおう」

英子はこうつぶやいて、坂の中途にたち、石神のうしろすがたを見送っていましたが、そのとき、おもいもかけぬある考えが、いなずまのように、あたまの中でひらめきました。

（でも……もしかすると、ゆうべわたしのベッドを消毒して、いのちを救ってくれたのは、あの男じゃなかったかしら）

いまの警官の話によると、石神はゆうべなんども別荘から出たりはいったりしていたという。そして、石神のほかには、だれもこの町でそんなことをしそうな人はない。

そう考えると、英子は、今までにない新しい気もちで、石神のうしろすがたをながめました。

と、おりから朝の日光をあびて、そのすがたが、なんだか、とうとくかがやいて見えたのでした。

こちら、春美は、英子においてきぼりされたので、ベランダのいすにひとりでかけてなにか考えごとをしていました。ところへ、マリヤ・遊佐がやってきて、むかい合いのいすにこしかけました。

マリヤ・遊佐は、しばらく、なんにもいわず、春美の顔を見つめていましたが、きゅうに、みょうに口もとをゆがめ、にやりと笑って声をかけました。

「春美ちゃん、やることが思うようにいかなくて、お気のどくさまねえ」

「えっ、なにが、お気のどくですって」

と、春美がぎょっとしたように顔をあげました。

「しらばっくれてもだめよ。わたしの目はすごいんだから。わたしこんどはじめてわかったわ、あんたってひとのほんとうの性質が」

「どうわかったの。わたし、そんな謎のようなことわかんないわ」

「春美ちゃん、しょうじきにおっしゃいよ。あんたは、……あんたは……」

といいかけて、遊佐は立ってきょろきょろあたりにだれもいないことを見さだめてから、

「あんたは、あの英子さんを殺そうとしてるんでしょう」

さすがの春美も顔色が、さっとかわりました。それを見たマリヤ・遊佐は追いうちするように、

「いまになってかくしてもだめだわ。わたし、さっきのお守り袋で、なにもかもさとっちゃったんですもの。

ねえ、春美さん、あんたは、この別府におそろしい天然痘がはやっていると、わたしにきいてから、あの英子をここへつれてきて、その病気をうつしてやろうという計画を立てた。それで、わたしまでだまして、三人でここへやってきた。

そして、ゆうべ、わたしたちがパーティーへ行ってる留守、あんたはおなかがいたいふりをして、あとにのこり、女中をつかいにだしてから、別荘番の子どもを抱いてきて、英子のベッドに入れたんだわ。

春美さん、どう、うまくあてられたでしょう。もうこうなったら、じぶんは英子を殺す気だったと、いさぎよく白状してしまいなさいよ」

春美はじっと首をたれて、マリヤ・遊佐のことばをきいていました。

だが、そのことばがおわって、ゆっくりとあげたその顔には、もうさっきの青白さは見えませんでした。なにものをもおそれない、うまれつきの勝気さが、ずうずうしく燃えあがっていました。

そして、

「じゃあ、わたしが英子を殺す気だと、はっきりいったら、マダムはわたしをどうするつもり?」

「いいえ、わたし、なにもそんなこと思っていないわ」

と遊佐は、いくぶんたじたじとなって、声をひくくし、

「春美ちゃん、じつはわたし、春美ちゃんも知ってるように、いまたくさんな借金ができて、すこしでもお金がほしいと思っているのよ。だから、なぜあなたが英子を殺そうとするのか、そのわけを知りたいの。それで英子を殺すことが、もし、お金もうけになるなら、わたし、あんたの味方になって手つだいたいの。

ただ、そのかわり、手つだったからには、もうかったお金のきっちり半分は、わたしにくれなくてはいやだわ」

いいだしたマリヤ・遊佐の顔には、いままでかくされていた、もちまえのずるさと、よくばりさとが、ろこつにあらわれていました。

すると、春美は、

「フ、フ、ン」

と、はじめておもしろそうに鼻で笑いました。

そして、

「いいわ、マダム。あんたの条件しょうちしたわ。ほんとをいうと、あの英子はいま、すばらしい千万長者なのよ。それもみんなわたしの財産を横どりにしたのよ。

わたし、あの子を殺して、財産をとりもどそうとしているの。では、なにもかもこれからのこらずお話するから、わたしの味方になってちょうだいね」

それからやく三十分間、ふたりの間には、長いこそこそ話がつづきました。

そこへちょうど、英子が散歩からもどってきましたが、その顔をみるなり、春美はほがらかに叫びました。

「英子ちゃん、わたしたち、こんやの飛行機で東京へ帰ることにきめたわ。こんな伝染病のはやっているいん気な町、もうすっかりいやになっちゃった」

ペリカン喫茶店

英子たちが別府温泉をひきあげてから、一週間あとのことでした。

銀座うらの「ペリカン」という喫茶店のすみのいすで、マリヤ・遊佐と小森春美とが、ねっしんに話しこんでいました。

「ねえ、春美ちゃん、ほんとうにあの英子をかたづけてしまう気なら、ぜったい人にわからないようにしてやらなければだめよ。あの子がしぜんにじぶんで死んだように見せなければだめよ。そうしないと、あんたが殺したことがわかって、すぐ警察につかまってしまうわ」

コーヒーをすすりながら、マリヤ・遊佐が、こうささやきました。

「それはわかってるわ。だから、わたし、これまでもずいぶん注意してやったのよ。いちばんはじめは自動車でひき殺してやろうとした。二度めは、こないだ話したあのきちがい博士に殺させようとしたのよ。三度めは江ノ島、それから四度めがこんどの別府だわ。どれもうまくいけば、わたしが犯人とは、ぜったいわからなかったはずよ。でも、わたし運がわるいんだわ。

いつもいよいよという時になると、きまってじゃまものがとびだすんだもの」

「そのじゃまものってのが、石神って男じゃない?」

「そうよ。でも、はっきり石神がじゃまをしたのは江ノ島の時だけだわ。さいしょの自動車のときは、わたしのやりかたがまずかったんだし、博士のときと今度の別府のときは、わたし、まさか石神だとは思はないんだけど」

「でも、石神かもしれないわ。なによりも、その男の正体がふしぎね」

「そうよ、わたし、こんどの別府のことがあってから、とてもきみが悪くなって来たのよ。

だって、わたしたち、石神にまるっきり知れないように、飛行機で、別府へ飛んできたんでしょ。そして、そのよく晩さっそく、あの天然痘の子どもを、英子のベッドへかつぎこんだわけでしょ。

ところがそれを、だれだかわからないものがすぐ消毒して英子を助けているのよ。

まさか東京にいる石神に、そんな早わざができるわけがなし、わたし、なにか神さまみたいなものが、あの英子についてるじゃないかと、こわくなってきたのよ」

「まあ、そんな神さまなんかあるもんですか。たしかに人間のしわざよ。しかも、わたしは、そのきちがい博士のときのも、こんどの別府のも、やっぱり石神のしわざだと思うわ。だって、わたしたちはあのとき、朝の飛行機で東京をたってきたんでしょう。追いつこうと思えば、午後の飛行機だってあるし、夜汽車というのもあり、お金さえかまわなければ、充分あの晩別府へ来ていられるはずだわ。

ただ、わからないのは、石神がなんのために、そんなことまでして英子の身をまもるかということよ」

「石神は相良弁護士にやとわれているのよ」

「でも、帝国ホテルで見たとき、相良弁護士は石神にへいへいしていたっていうじゃないの」

「そうよ。わたし、あの時のこと、ほんとにふしぎでたまらないのよ」

ふたりは、ここまで話しあって、きゅうにだまりこみ、おたがいにしばらくべつべつのことをじっと考えていました。

と、やがて、マリヤ・遊佐が、

「とにかくその石神ってやつはおそろしいわ。だから、こんどは、ぜったいにその男にさとられないよう、東京を離れずに、しかも、ごくみじかい時間のあいだに英子を殺さなければだめだわ。それについて、わたし、あれからいろいろ考えて、とてもいいことを思いついたのよ。これなら、ぜんぜん石神にさとられずに、しかも、かくじつに英子を殺せるわ。しかもだれが見たって、英子がじぶんでまちがって死んだんだと思うわ」

「まあ、すてき。それをはやく教えてちょうだい」

と、春美がおもわずからだを乗りだしました。

「じゃあ話すわ。それはね……」

と、マリヤ・遊佐はなにかいいかけましたが、とたんにきゅうにいすから立ちあがると、春美のうしろにさがっている、厚いピンクいろのカーテンをさっとあけました。そこはお化粧室へいく入口でした。

「どうしたの」

と、春美も、びっくりして立ちあがりました。

「いいえ、いま、なんだか、カーテンがゆれたような気がしたの。わたし、だれかが立ちぎきしてるんじゃないかと思ってしらべたんだけど、だれもいないわ」

マリヤ・遊佐はにが笑いをして、またいすにもどりました。それからきゅうに思いついたように、

「そうそう、わたしその思いつきをあんたに話すまえに、ひとつおねがいがあるの」

「なあに、どんなこと」

「あんたに、いま、一枚の証文を書いてもらいたいの。つまり、わたしにてつだってもらって、英子の財産がうまくそっくりあなたのものになったら、その半分をきっとわたしにくれるという約束の手紙よ」

「ええ、いいわ。でも、ここには万年筆も紙もないわ」

「それはわたし、ちゃんと用意して持ってきたわ」

マリヤ・遊佐は、すましてこういうと、ワニ皮のハンドバッグの中から、はくらいの万年筆と、レターペーパーをとりだしました。そして、春美が考えるひまもなく、じぶんの口で文句をいって、約束を書かせてしまいました。

それから、カウンターへいって朱肉を借りてきて、紙の上に、春美の拇印をおさせました。

「さあ、これで約束はきまったわ」

と、マリヤ・遊佐は、きげんよく笑って、

「では話しましょう。わたしのおじさんに、マムシをたくさん飼っていて、(ヘビやのおじさん)と呼ばれている人があるの。もうよぼよぼで、耳も目もよくきかないおじさんだけれど、北区の赤

羽ってとこに住んでるの」

「まあ、マムシって、あのこわい、毒ヘビでしょう。どうしてあなたのおじさん、そんなもの飼ってるの」

「マムシ酒ってお酒をつくるのよ。からだの弱い人にはとてもきくお酒で、すばらしく売れるのよ。それでおじさんのいま住んでいる家は、もと陸軍の火薬庫のあったあとで、そこでお酒をつくり、その石づくりの地下室に、マムシをわんさと飼っているの。


それで、わたし思いきって英子をだましてつれだして、そのマムシの飼ってある部屋へ入れてしまえばいいと思うの。ウジャウジャいるマムシの中へ、あの子がはいって行けば、すぐにかみつかれる。そうすれば、五分とたたないうちに、からだじゅうへ毒がまわって、あの子はすぐに死んでしまうわ」

「まあ、こわい」

春美が、これを聞いておもわず顔を青くしました。と、

「なにがこわいのさ。じぶんでひき殺そうとしたり、きちがいにしめ殺させようとしたり、天然痘までうつそうとしたあんたがなんでこわいのさ。そんなものにくらべれば、マムシのほうがずっとこわくないわよ」

と、マリヤ・遊佐がせせら笑いました。

「でも、でも、じぶんで考えるときはそうこわくないけど、ひとがそんなことというと、わたしとてもこわいわ」

と、春美が、べんかいしました。

「こわかったらやめるだけさ。でも英子のお金がほしかったら、もうすこし、わたしの話をおききなさい」

と、マリヤ・遊佐は前おきをして、

「まず、それをやるには、英子をヘビ屋のおじさんとこへ行こうなんてさそっちゃだめよ。それじゃこわがって行かないから、金魚を見に行こうってさそうのよ。ヘビ屋のおじさんは、たいへ

んな金魚どうらくで、それはそれは、たくさんな種類の金魚から熱帯魚まであつめて、立派な水族館をつくっているの。

そして、スイッチをひねると、その水族館にはいろいろな色の電燈がついて、まるで花園にいるみたい。あんなきれいなけしきはどこにも見られないわ。だから、それを見ようといってつれだせば、きっと英子はくるわ。それも前の日なんかにさそっちゃだめ。

また、あの石神にさとられるから。——だから、きめた日のきめた時間に、ぶらりっとふたりで銀座へ遊びにきてこの喫茶店へよるのよ。そうしたらわたしが待っていて、いいじぶんにきんぎょの話をもちだすわ。そこであなたがぜひ行きたいといえば、あの人だってきっとついてくるわ。タクシーでヘビ屋へついてからあとは、わたしにまかせておいてちょうだい。きっとうまくやってあげるわ。

こうすれば、こんどこそ、ぜったいに石神なんかにじゃまされっこないわ」

マリヤ・遊佐のじょうずなことばにすすめられて、春美は大きくうなずきました。

そして、ふたりはそれから、こまかいことをいろいろうち合わせてから、『ペリカン喫茶店』の前で、右と左へわかれました。

二つの入口

びんぼうな毛糸うりのみなしごから、とつぜん、千万長者向井家のあとつぎになった英子。——その英子にとって、いまでもじつにふしぎな、夢を見てるような気持になるのは、銀行へいくことでした。

相良弁護士から渡された小切手帳というものに、いくらでもほしいだけのお金のたかと、じぶんの名をかいて、銀行の窓口へもっていく。

すると、きちんとしたせびろの服をきた銀行の人が、ペコペコおじぎをして、すぐにそれだけのお札の束を、まるで広告のびらのようにあっさり渡してくれるのです。

こんなふうにたくさんのお金がもらえたり、またそれが好きかってに使えたりすることが、英子には、いつまでもほんとうのこととは思われないのでした。

きょうもそんなきもちで、札束でハンドバッグをふくらませて英子が銀行からでてくると、目の前にスーッととまったりっぱな自動車。運転台からにっこり笑いかけたのは春美でした。

「ごきげんよう。いま、わたしあなたのとこへ行ったのよ。銀行だときいたので追っかけてきたの。どう、いいお天気だから、すこし銀ブラなさらない」

いつもながら人なつっこい春美の笑顔にさそわれて、すなおな英子はそれなり銀座へでました。

春美はまちかどに車をとめると、英子を、『ペリカン喫茶店』へつれていきました。そこには約束のとおり、マリヤ・遊佐が待っていました。

「あら、こんにちわ。マダムも銀ブラでしたの」

「ええ、ちょっと買物にきて、くたびれたので、ひとやすみしているところですのよ」

マダムと春美とは、こんなそらぞらしいあいさつをかわしながら、こっそり目と目を意味ふかく見あわせました。

それからあとのすじがきは、ふたりがいい合わせたように、うまくすらすらとはこんで、三十分後、なんにも知らない英子は、東京赤羽のヘビ屋へとつれていかれました。

それは、火薬庫のあとの建物を利用した、高いコンクリートのへいにかこまれた家で、門に『長寿酒製造元』とかいた大きな看板が出ていました。

ちょうどきょうは定休日で、工場の中はひっそりとしてだれもいず、母屋に、この家のあるじ土《ど》居《い》林蔵《りんぞう》と二、三人の召使いがいるだけでした。

マリヤ・遊佐のおじさんにあたる林蔵は、七十ぐらいの見るから人のよさそうな顔をしたおじさんで、めいたちがたずねてきたのが、いかにもうれしいらしく、いろいろもてなしてくれました。

　やがて、マリヤ・遊佐がいいだして、三人はおじさんのじまんの水族館を見せてもらいました。それは英子たちが想像したよりもすばらしいもので、英子はこれだけたくさんに、花のような美しい金魚や熱帯魚の集まったけしきを見たことがなく、すっかりおどろいてしまいました。

　ところが、英子と春美が水族館見物にむちゅうになっているあいだに、マリヤ・遊佐は林蔵にむかい、

「おじさん、わたしこれからこのおふたりに工場の中をみせてあげたいんですけど……」

　といいだしました。水族館からさきに出てきて、事務室の大きなあんらくいすでタバコをふかしていた林蔵は、ちょっと眉をひそめ、

「うん、それはいいが、きょうはあいにく休日で、だれも案内するものがない。わしがやってもいいが、きのうから腰がいたんでいるので」

「いいわ、おじさん、わたしよく知ってるんですもの。わたしが案内するわ」

「でも、秋子、この工場にはおそろしい生きものが飼ってあるのじゃから、めったに歩くとキケンじゃよ」

「だいじょぶ。わかってますわ。あのヘビ倉のことでしょう。あすこへなんか行きませんわ」

　やがて、マリヤ・遊佐は、さきに立って、ふたりを工場の中のあちこちへ案内しました。

　英子がお酒をつくるいろいろな機械や、ならんだ大きな樽をめずらしそうに眺めながらひと足さきを歩いていると、マリヤ・遊佐が目をひからせて、小顔《〔ママ〕》で春美に、ささやきました。

「ほら、あの空地のつきあたりに、古い石づくりのお倉があるでしょう。あの中におそろしいマムシが飼ってあるのよ。入口をこの鍵であけて、石段をのぼって行くと、入口がまた二つあって、左がヘビ倉、右が裏口へでる抜けみちになってるの。

　それでヘビ倉の入口のドアには、いつも『危険

立入り禁止』という赤い字の札がかかっていて、右のドアには『通路』と黒い字で書いた札が出ているの。

わたしこれからいそいで行って、その札をとりかえ、ついでにマムシ倉へはいれるようにしてくるわ。よくって、通路という札のかかっているほうがこんどはまむし倉になるのよ。

だから、あんたは英子とあとからゆっくり歩いてきて、階段をのぼったら、その通路と札のあるドアをあけ、英子をひと足さきにはいらせるのよ。

そして英子がはいったら、すぐドアに鍵をかけてしまうのよ。そうすればマムシ倉へはいった英子は、いやおうなし、すぐにヘビたちにまきつかれてしまうわ。

もちろん、そのとき、あの子はびっくりして、すぐ、キャーッとか、助けて、とか大さわぎするでしょう。

しかし、わたしたちは、知らない顔をしてずんずん抜けみちを通っていってしまうのよ。そして、五分も待って、英子の声がきこえなくなったら、もうあの子はマムシにかまれて死んだのにちがいないから、わたしたちもどって来て、さっそく入口の札をもとどおりにとりかえとけばいいのよ。

そして、このマムシ倉の小さい鍵を、ドアの間からそっと投げこんでおけば、だれでも英子がおもしろ半分、じぶんでマムシ倉のドアをあけて中へはいり、ヘビにかまれて死んだのだと思うわ。

それから、わたしたち、なるべく長くそこらをぶらぶらしていて、もうどんなに療治しても生きかえらないほど、英子のからだにヘビの毒がまわり切ったと思うころ、『英子さんがいない、いったいどこへ迷いこんだろう』と、さわぎだせばいいのよ。ね、わかった春美ちゃん。

では、わたしさきへ行くわ。あとのことはしっかりたのむわよ。あわてて、わたしがこれだけ苦心したことを、無駄にしちゃだめよ」

いいおわると、マリヤ・遊佐は手にもった鍵の束をガチャガチャいわせながら、さきに立った英

子に追いつき、

「むこうのお倉のような家、中がイギリスあたりの古いお城のようで、ちょいとおもしろいのよ。あれで見物はおしまい。わたしさきへ行って戸をあけときますわ」

と、声をかけていってしまいました。

さて、それから春美は英子と肩をならべて、工場の中のあき地を歩きだしましたが、いつになく心臓がどきんどきんとみょうに鳴るので、じぶんながらふしぎに思いました。

春美はこれまでなん度となく英子を殺そうとしたのです。しかし、きょうのように、なんだか、じぶんがとても悪い人間のように感じられたり、人を殺すことがこんなにおそろしいことに思えたことは一度もありませんでした。

そっと英子の横顔を見ると、このふさふさした黒い髪と、リンゴのようにつややかな頰をした友だちは、まるで天使のようにむじゃきな目つきで、青い空をながめたり、足もとの雑草の花を見たりして、いそいそ歩いています。このなんの罪もない友だちが、五分とたたないうちにおそろしいまむしにかまれて死んでしまう。

——しかも、そういうおそろしい罪を、じぶんたちはこれからおかそうとしているのだ。

そう考えると、あのざんこくな春美のからだがきゅうにブルブルふるえてきました。なんだか、だしぬけに両手をあげて、

「これからさきへ行ってはいけない」

と、英子をおしとめたくなりました。

こないだまで、あれほど英子を殺すことを、なんとも思わなかった春美が、きょうになって、きゅうにこんな気持になったのは、春美が心からの悪人ではないしょうこでした。

うまれつき、虫を殺したり、小鳥を殺したりするくせをやめられないように、英子を殺したいという気持も、春美にとってはひとつの病気でした。

ところが、きょうは、マリヤ・遊佐がずんずんさきにたって英子を殺そうとし、じぶんはそのさ

しずにしたがっているのです。

それで、春美のあたまは、わりあいにふつうだったので、こんなに人殺しがおそろしくなったのでした。

しかし、そんな気もちになったとき、もう春美と英子は、みちの行きづまりの古びた建物の前にきていました。おもい鉄のとびらがあいています。さきへきたはずのマリヤ・遊佐のすがたが、どこにいるのかあたりに見えません。

「ここが入口らしいわ。さあ、英子ちゃん、はいりましょう」

春美はしかたなしに、こう英子にすすめて、とびらの中にはいりました。

うすぐらい石だたみの上を、ぼんやり電燈のひかりが照らして、五、六歩あるくと、目の前に石段がありました。それをふたりでならんでのぼるとちゅう、春美は、どこか近いところで人がうめくような声をきいたような気がしました。

しかし、そう思う間もなく、二つの入口の前にでました。みると、さっきマリヤ・遊佐がいったとおり、『危険立入り禁止』と書いた赤い字の札と『通路』という黒い字の札がならんでかかっています。

その『通路』とあるほうのとびらをおしてあけると、春美は思いきって英子に、

「さあ、おさきへ」

といいました。

英子はなんのちゅうちょもなく、へいきで、おそろしいマムシ倉へはいって行きました。

春美は息をはずませながら、あわててガチャンとそのとびらをしめて鍵をおろし、じぶんは、いそいで赤い札の入口へとびこみました。

飛びかかった大蛇

鉄のとびらをあけて飛びこんだしゅんかん、春美はハッとしました。どうしたのでしょう。そこ

は地獄のようにまっ暗なところでした。

春美はあわてて目をパチクリさせました。だって、マリヤ・遊佐との約束どおり英子をうまくヘビ倉へさそいこみ、じぶんはぬけ道へはいったつもりでいたのですから……。

まっ暗な中で、シューシュー、ガサガサという、きみょうな音が聞え、なにかあやしいものが、たくさん、さかんにそこらじゅうをはいまわっているようです。

そのうち春美は、キャーッというものすごいさけび声をあげて飛びあがりました。部屋の右と左の壁に小さな明かりとり窓がついています。いまそのガラスの上に、一ぴきの鎌くびをもたげた大ヘビのすがたがうつって見えたのです。

(たいへん、ここはヘビ倉だ。わたしはまちがえてヘビ倉へはいってしまったのだ)

気がついた春美は、いそいで飛びすさり、飛びこんだばかりの入口のとびらをあけて逃げようとしました。

ところが、どうでしょう。いま入ったばかりのとびらがあきません。おせども、つけども、しっかりしまって、びんぼうゆるぎもしないのです。

「まあ、どうしたんだろう」

こうつぶやく春美は、くちびるの色までおそろしさで、むらさき色にかわってしまいました。そのうちに目がだんだん闇になれてくると、あたりのけしきがはっきり見えました。まあ、なんというものすごいヘビ倉のけしき。――床から、壁から、てんじょうまで、そこらいちめんに青ぐろくはい、のたうち、ぶらさがっているものは、みんなヘビ、ヘビ、ヘビ、見わたすかぎりヘビの山です。気がつくと、じぶんが、手をかけている入口のとびらにも、足もとにも、あたまの上にも、それがきみわるくニョロニョロはいまわっている。

(これがみんなマムシかしら。ちょっとでもかまれたらすぐ死んでしまう、あのおそろしいヘビかしら)

がたがたふるえる春美は、大声で、

「助けてえ、助けてえ」

とさけびながら、とうとう子供のように泣きだしてしまいました。

しかし、もともと、勝気な少女ですから、間もなく、気をとりなおし、

（いったい、どうしてこんなまちがいが起ったのか）

（これからどうしたらじぶんは助かるだろうか）

という二つのもんだいを考えはじめました。第一におもいついたことは、これはマリヤ・遊佐が、なにかの手ちがいで、二つの入口の掛け札をとりかえることをわすれたにちがいないということでした。

（だが、そのマリヤ・遊佐はどこにいるんだろう。それから英子ちゃんも。――ふたりはもう、今ごろきっとわたしがヘビ倉へはいったことに気がついたにちがいない。それならもうじき助けにきてくれる）

こうおもうと、春美はいくらか安心しました。


だが、なんとしてもたまらないのは、まわりのにょろにょろヘビです。気のせいか、ヘビたちは、人間のにおいをかぎつけて、だんだんじぶんのそばにあつまってくるようです。ポタリとてんじょうからあたまへおちてくるのをはらいのけると、すぐにまた一ぴきが、靴さきからひざへはいあがってくる。ヘビたちがたてる、シューシュー、ガサガサという音がだんだん大きく、さわがしくなってきました。

そのうちに、ぼんやり前を見ていた春美の目が、おそろしさでカッと大きくひらきました。むこうのほうのうすくらがりで、なにかふとい材木のようなものがうごきだしたのです。

はっとしてよく見ると、それは胴のふとさ七、八寸もあろうかとおもわれる大蛇でした。

それが、気がつくとどうじに、まるで電気じかけのようにすばやく、つうっと春美めがけて走ってきました。そして、逃げるひまもなく、春美のからだにまきついたのです。

ぬらぬらした、いやらしいヘビのはだざわり――そのなんともいえない青くさいいやなにおい。――春美はそれをからだじゅうに感じました。どうじにその大蛇は、春美のからだをきりきりとしめつけ、鎌首をニューッとのばして、いまにもその大きな口が、春美にガブリとかみつきそう――。

春美は、おそろしさにむちゅう。まるでわるい夢にうなされているようです。だんだんくるしく、息がつまりそうなので、手足をはげしくうごかし、力いっぱいどなりました。

「くるしい、くるしい。だれか助けてください。助けてえ、わたしはころされる。ヘビに食いころされる」

と、このとき、はじめて春美の悲鳴にこたえるかのように、どこからか、ふしぎな声が聞えてきました。

「春美、くるしいか。こわいか。そんなに助けてもらいたいか」

ぎょっとしながらも、春美は、むちゅうで答えました。

「くるしいんです。もうわたし死にそうです。はやく助けてください。おねがいです」

……と、またその声がいいました。

「春美。はじめてわかったか。殺されるとき苦しいのはおまえばかりじゃない。虫けらでも、鳥でも、けだものでも、みんなおんなじようにくるしいんだって。そして、生きているものは、なんだって、死ぬことがいやで、おそろしいんだぞ」

「わかります。わたし死ぬことのおそろしさが、いま、はじめてわかりました。ああ、くるしい、こわい、どうぞはやく助けてください」

ふしぎな声と春美とがこんな問答をしているうち、気のせいか、からだをしめつける大蛇の力が、いくらかゆるんだような感じがしました。

ほっとして、春美は、そのふしぎな声のきこえてくる方角を見つめました。と、どうやら、ヘビ倉のむこうのすみに、ぼんやり、煙のように立っている人のかげが見えました。

「春美。おまえは小さいときからきょうまで、数かぎりない生きものを殺してきた。それがおまえの病気だった。このごろはだんだん悪くなって、人間までへいきで殺そうと思うようになった。おまえの身うちのものが、――おまえをかわいがっている人たちが、それのためにどれほど心配し、どれほど涙をながしたか、おまえは知っているか。春美、おまえを愛している人たちは、おまえにおそろしい人殺しをさせるよりは、おまえが、このヘビ倉の中で、ヘビにかまれて死んだほうがまだまだいいと思っているのだから、今までのおそろしい罪のむくいとおもって、おまえは今あきらめて死ぬがいい。その大蛇にかまれて死ぬほうがよいのじゃ」

影法師の声がおわるとともに、大蛇は、またいっそうおそろしい力で、ぎりぎりと、春美のからだをしめつけました。

「あっ、くるしい。助けてください。わたし、今まではほんとうにわるい子でした。でもきょうからは心をあらためます。きっといい子になります。なんでもさしずどおりにするいい子になりますから、いのちだけは助けてください。おねがいです。はやく、はやく、ああ、くるしい、息がつまる、こわい、こわい、死ぬのはこわい、ああ、はやく、このヘビを追っぱらってください」

春美はもう、苦しさとおそろしさでむちゅうでした。

髪をふりみだし、目を血ばしらせ、波のようにからだをゆすぶりもがきながら、こう、きれぎれに、影法師にむかってさけびました。

と、やがて、

「よし、それなら助けてやる。おまえが、ほんとうにいま誓ったことばを実行するなら助けてやる。いいか、そのちかいを生涯わすれるな」

と、ふとい、しっかりした声でいって、あやしい影の男が、しずしずと春美に近づいてきました。

そして、きちがいのようにむせび泣いている春美のすぐそばまでくると、どういうぐあいに手をうごかしたのか、あれほどつよくからみついた大蛇が、まるでゴムひもでもとりのぞくように、ばったり床の上にころがり落ちました。そして春美のからだが、きゅうに軽く、のびのびとすると、どうじに、くらいヘビ倉の中に、とつぜん、どこからか一すじの明かるい光がさしこんできました。その光のなかで、春美は、そばに立っている影の男の顔かたちをはっきり見ました。それは古ぼけたカーキ色の服に、飛行帽をかぶって、目に大きな黒メガネをかけています。

「あっ、石神」

一声、おどろきの叫びをあげるとともに、春美は、それなり気絶してしまいました。

石神作三の正体

やがて春美は、ながい夢からさめたように、はっと目を見ひらきました。と、じぶんはマムシ酒工場の病室のベッドにひとり横になり、そばのいすには、知らないお医者らしいひとが聴診器を持ってじっとこちらを見ていました。お医者は、春美が目をあいたのを見ると、安心したように、

「おじょうさん、気がつきましたね。もうこれでだいじょうぶだ」

といって、すぐ部屋から出ていきました。と、入れちがいに飛びこんできたのは英子。

「まあ、よかったわねえ、春美ちゃん。わたし、むこうのお部屋で、もう心配でしんぱいで待ちかねていたのよ」

と叫ぶなり、さもうれしそうに、ねている春美にだきつきました。なんというむじゃきな英子。じぶんがあれほどまでににくみつづけ、なんども殺そうとしたのに、ちっともうたがわないでじぶんをこんなにもしたい、信じきっている英子。――抱きつかれた春美の胸はいっぱいになりました。

（ああ、わるいことをした）

というこうかいの涙が、まぶたを切ってながれ

だすのといっしょに、春美も、かたく英子に抱きついて、小さい声で、

「すまないわね、英子ちゃん、どうぞわたしをゆるしてちょうだい」

とささやきました。

と、そのとき、ドアからすがたをあらわしたのは、相良弁護士でした。若いながら、見るから意志のつよそうな、男らしい顔つきをした弁護士は、ふたりのようすをながめながら、どっかりいすに腰をおろすと、はきはきした口調で話しだしました。

「春美さん、いま石神君から、あなたがこうかいされて、いままでのわるい気もちをのこらずあらためられるという約束をなさったことを聞きました。だから、ぼくは今までと、まるでかわったきもちで、これからあなたに話します。

きょうまで、ここにいられる英子さんと、あなたの間に起った事件は、のこらずぼくと石神君とでしくんだ芝居でした。

英子さんが向井男爵のあとつぎになったのをねたんで、あなたはきょうまでに、ちょうど五たび、英子さんを殺して財産をとりかえそうとなさった。

第一回は、英子さんが相続人になったその晩、自動車で、——だが、このときは、英子さんはふしぎにも天のめぐみで、あやういところをのがれた。

第二回めには、あなたは病院からきちがい博士をつれだして、英子さんを殺させようとした。

しかし、このときには、窓から覆面の男が飛びこんで、英子さんを助けた。このあやしい男の正体は石神君で、石神君がとても強い電流のつうじている道具を持ってはいって、あのきちがいを追いはらったのです。

三度めは、江ノ島、——このときも、石神君が、ずっとあとをつけて、英子さんをあぶないところで助けたのです。

四度めが、別府温泉。——このときは、ぼくらも不意うちをくわされてだいぶあわてたのです。

しかし、石神君がお金をおしまずつかって、飛

行機のお客から、きまっていた座席券を三倍のお金で買いとり、やっと別府まで追いかけるのに間にあったのです。春美さんが天然痘の子供を、英子さんのベッドへ入れたあとへいって、大いそぎで消毒したのも、ぬけめない石神君の仕事です。

それからいよいよ五度めが、きょうのヘビ倉のできごと。――これには、マリヤ・遊佐というおとなの悪者がついているので、ぼくたちはそうとう苦労しました。

それでも、ずっとゆだんなく、春美さんのやることを見はっていた石神君は、銀座の喫茶店『ペリカン』のカーテンのかげにかくれていて、春美さんと遊佐とのわるだくみをすっかりさぐってしまいました。そこで、石神君は、さっそくこの長寿酒製造所をたずねて、ここの主人である遊佐のおじさんに会いました。

そして、遊佐と春美さんのわるだくみを、のこらずおじさんにうちあけるとどうじに、その日からヘビ倉を借りうけたのです。

そして、そこに飼ってあったおそろしい『マムシ』はのこらず別なところへうつし、毒のないアオダイショウやシマヘビなどを部屋の中にはなしました。それから、石神君の考えで、見るもおそろしいつくりものの大蛇を、なんびきも、ぜんまいじかけや、電気じかけでこしらえさせました。

さっき、春美さんにからみついたのは、そのなかの電気じかけの大蛇です。これは石神君のおすスイッチ一つのはたらきで、どんなにでもかたくあなたにまきついたり、のびたりちぢんだりするようにできています。そして、あのヌルヌルときみわるいからだは、みんなビニールでできているのです」

ここまで、ひと息で話した相良弁護士は、相手が、どんなふうにじぶんの話を聞いているかをたしかめるように、ことばをとぎらせて、ふたりの顔をじっと見ました。春美と英子は、まだしっかり抱きあったまま、この、世にもふしぎな物語を、酔ったような顔で聞いていました。

「しかし、それだけでは、ぼくたちのじゅんびはまだたりませんでした。石神君は倉庫のなかで、マリヤ・遊佐のすることを見ていました。

と、マリヤ・遊佐がこっそりはいってきて、ヘビ倉の通路との二枚の札をとりかえたので、石神君はすぐにそれをもとどおりにかけなおしました。それから、おどろいて逃げようとするマリヤ・遊佐を、ほそびきでしばって、すみにころがしておいたのです。これで、春美さんが、英子さんを殺そうとしたさいごの計画も、めちゃめちゃになってしまったのです」

相良弁護士のことばがきれると、さっと顔色をかえた春美が、あわてて、じぶんに抱きついている英子の腕をふりもごうとしました。そして、さもせつなそうな声でいいました。

「英子ちゃん、なんにも知らなかった英子ちゃん。あんた、いまはじめてわかったでしょう。わたしがどんなにわるい人間だったかということが。

さあ、その手をはなしてちょうだい。そして、わたしをきらって、にくんでちょうだい。なんなら、そのクツでふんで、つばをはきかけてもいいわ。わたしはほんとうに、今までずっとあんたを殺そうとしていたわるい子なんですから」

しかし、英子は、そのかわいらしい顔を、ただぽっと赤らめただけで、春美を抱いた腕をはなそうともせず、しずかにいうのでした。

「いいえ、春美ちゃん。それはあなただけが悪いのじゃありませんわ。わたしもわるいんですわ。ほんとうはあなたに権利がある向井さんの財産を、わたしがへいきでもらう気になったからいけないんです。

あなたがうらむのはあたりまえですわ。わたしこのごろになって、それに気がついてきたんです。いつかあなたにそのことをいおうとおもっていたんです。だから、あなたをにくむなんてことできませんわ」

英子のやさしいことばには、相良弁護士も、春美も、ふかく感動したようでした。

ことに春美の目からは、きらきらひかる大つぶの涙が、どっとほおの上にながれだしてきました。

「でも、でも、相良さん、わたしにたったひとつどうしてもわからないことがあるわ。それはあの石神って人の正体よ。あのひとはいったいなんなの。英子さんの用心ぼうにしては、あんなにお金持で、ホテルへとまったり、いばりすぎたりするし、それに英子さんを助けるのにむちゅうで、まるでおとうさんかにいさんみたいだわ。いったいあのひと、どういうひとだかそれを教えてちょうだい。これがこうかいしたわたしのただ一つのおねがいよ」

さんざん泣いたあとで、春美がハンケチを目にあてながらこういいだしました。

「はい、もちろんこれから石神君の正体についてお話しします」

と、相良弁護士はおごそかな声でこたえて、

「だが、その前に、ぼくは英子さんにあやまらなければならない。実をいうと、ぼくたちは、春美さんのわるい病気をなおすために、長い間英子さんにとんでもないめいわくをかけていたのです。

石神君とぼくとが英子さんを向井家のあとつぎにえらんだのは、ぐうぜんではなかったのです。英子さんがあの寒い七草の晩、向井家の門の前に立つよりも、一月も前に、ぼくたちは英子さんの身の上をちゃんとしらべていたのです。

そしてしつれいながら貧しいみなしごである英子さんが、じつに清いりっぱな心の持ちぬしであることを知り、またあの晩、毛糸を売りながらあの横町あたりへはいってこられることも知ってこのけいかくを立てたのです。

ぼくたちは、かりに向井男爵家の財産を、見も知らぬ英子さんにゆずり、わざと春美さんをおこらせるつもりでした。そしておこった春美さんがなにをするかを見とどけ、春美さんがくわだてる悪い計画を、じゅんじゅんにうちこわしていくことによって、うまれつき春美さんが持っている悪い病気をなおそうとしたのです。英子さんのおか

げで、ぼくたちは、とうとうきょう春美さんをすっかりこうかいさせ、わるい病気の根をのこらずとることができました。

だが、そのために、きょうまで、むじゃきな英子さんをいろいろなきけんにさらし、苦労をかけたことは、なんともおわびのしようがありません。しかしそのご苦労へのおかえしは、石神君がきっとしてくれることと思います。

では、これから、ここへ石神君を呼びだして、その正体を見せてもらうことにしましょう」

こういいながら、弁護士が壁の呼鈴をおすと、待っていたようにドアをゆっくりひらき、石神作三が、飛行帽にカーキ服、それから黒メガネというものの服装であらわれました。

しかし、あらわれるとすぐ、まだだれもひとことも口をきかないうちに、石神老人は、まず帽子をとり、カーキ服をぬぎ、つぎに大きな黒メガネをはずすと、右の手のひらでじぶんの顔をひとなでしました。と、同時に、いままでの石神のすがたは、けむりのように消えてなくなり、そこには、ひとりの品のいい老人の姿が立っていました。

それを見て、

「あっ、おじさま」

と、おどろきの声をあげたのは春美。

「あっ、向井男爵」

とさけんだのは英子でした。

「そうだ。わしじゃ。だれにも死んだと見せかけておいて、わしはきょうまで石神作三という男にばけていたのじゃ。なあ、春美、おまえはいまはじめてわかったろう。わしがどんなにふかく、おまえを愛していたかということが。

……この向井は、たったひとりのかわいいめいのわるい病気をなおしたさに、きょうまで年とったからだでこんな苦労をしたのじゃ。しかしおまえが、今度しみじみとじぶんの悪いことをこうかいし、よい娘になるとちかってくれたので、このおじの苦労のしがいもあったというものじゃ。

春美、どうかさっきヘビ倉でわしにいったあのちかいを生涯わすれないでおくれ」

向井男爵はこういって、むせび泣く春美の手をかたくにぎると、こんどは、英子にむかって、

「英子さん。あんたには長い間とんだ苦労をかけてしまって、なんとも申しわけない。

だが、春美がこんなよい娘になれたのは、まったくあなたのおかげで、そのお礼には、わしとしてなにをしていいかわからない。それで、まことに不足ではあろうけれど、こんどあらためてわしの財産をまっ二つに分け、半分を春美に、半分をあなたにあげたいとおもう。いずれ正式のことは、また相良さんにたのむが、どうぞ承知して、受けとってください。

そしてあなたがたふたりが、これからきょうだいのように仲よく、わしのやしきでくらしてくれたら、わしとしてはこんなうれしいことはないと思いますわい」

こう相方《そうほう》〔ママ〕にいいわたし、向井男爵は、肩の重荷がはじめてとれたように、ニコニコとさもうれしそうに笑って、あらためてふたりの少女を見ました。

しかし、春美と英子とは、このとき、もう男爵にいわれるまでもなく、たがいにかたく姉妹のように肩をくみあって、たのしそうになにかささやきあっていたのであります。

『人食いバラ』(1954［昭和29］年　偕成社 刊)より転載
(絵：高木清)

『人食いバラ』（1954［昭和29］年　偕成社 刊）より転載（絵：高木清）

青衣の怪人

門倉家の怪

ばけもの屋敷

「では、いよいよおわかれねえ。わたしもさみしいわ。でも、ときどきはあそびにきてくれるわね。わたし、それをたのしみにしてはたらいているわ。」

と、友子《ともこ》が千春《ちはる》の手をにぎって、しんみりといいました。

「わたしだってさみしいわ。はじめてひとりぼっちで、知らない人のうちにつとめるのですもの。でも、お給金がいいから、はたらいて、ためて、こんど友ちゃんにいいプレゼントするわ。いままでの恩がえしに！」

友子と千春は、ふたりともみなしごで、この愛隣《あいりん》寮《りょう》にひきとられて大きくなりました。そして、やっと学校を卒業すると、しばらくいっしょに、寮の付属の託児所ではたらいていました。ところがこんど千春に、新しいつとめ口がみつかったので、ふたりはとうぶんわかれることになったのです。

「わたし、おととい来たあの人、黒めがねかけて、なんだかずいぶんこわいような気がするのよ。」

大きなふろしきづつみをさげて、寮の門前まで出ながら、千春は、まだ友子とわかれたくないので、ぐずぐずしています。

「こわいたって、あの人、これからあなたがつとめるご主人でしょう？」

「ええ。……でも、わたしのほんとうのご主人は、あの人のおかあさんなの。年とって、病身で、いつもねてるんですって。そのおかあさんのご用をしたり、本を読んできかせてあげたりするのが、わたしのしごと。でも、しぜんあの黒めがねの先生のご用もすることになるわ。」

「黒めがねの先生って？　あの人、なんの先生なの？」

「獣医さん！　いぬや、うまの病気をみるお医者よ。でもお金もちだから、開業しないで、ただ勉強したり、ぶらぶらしてあそんだりしてるんですって。」

「それで、あの人のどこがこわいの？」

「さあ。一つはあんな大きな黒めがねかけていて、顔がよくわからないから、そんな気がするのかもしれないわ。でも、はじめてあったとき、わたしなんとなくぞっとしたのよ。」

「千春さん。それは気のせいよ。わたしたち、この寮にばかりいて、あんまりよその男の人なんか見ていないから、そんな気がするんだわ。」

こんなことを話しあいながら、ふたりは通りのかどまで出ました。むこうから、ちょうど電車が走ってきました。

「じゃあ、さようなら！」

「気をつけてね！　お手紙ちょうだい！　それから、なるべく早くあそびに来てね！」

友子にわかれて、千春は電車の客になりました。


古びたえんじのセーターに黒のスカート、それにうすいねずみいろのオーバーという、しっそなみなりですが、千春は美しい少女でした。すらりとしたからだ、ふさふさとみじかめに肩にたらした真黒な髪、色はくっきり白く、ことに目が星のように美しいのです。電車の中の客は、この美少女に目を見はりました。

おとといの朝、千春はいつものように、あずかったかわいい子どものあいてをしてあそんでいると、きゅうに主任さんによばれて、門倉重秋《かどくらしげあき》という黒めがねの三十才くらいの紳士に紹介されたのです。その紳士は、病身の母のあいてをする少女がほしいといって、愛隣寮に来たのでした。はじめてつとめをするような、おとなしくてりこうで無口な子がほしい。本を読むのがじょうずならなおいい。こちらは母とふたりきりの家族。べつにばあやがいるから、たいしてほねはおれない。そして給金はたくさん出すという、とてもよい条件でした。紳士の身もとも確実なので、主任さんは、さっそく千春をすいせんしました。そしてひとめ見ると、むこうでも千春は気にいったらしく、すらすらと話がまとまったのでした。あんまり早く話がきまったので、千春は、なんだかまだゆめをみているようでした。

「いったい、どんなうちだろう？　行ってみて、ほんとにわたしなんかにつとめられるだろうか？」

千春は電車のすみにこしかけながら、そんなことばかり、心ぼそく考えつづけていました。都電から国鉄電車にのりかえ、千春がたどりついたのは、東京の千駄ヶ谷の駅にちかい、あるしずかな屋敷町でした。このへんも空襲でやかれて、一時荒野原になったらしく、ぽつぽつ新しいうちが建っています。

おしえられた番地をたずねても、なかなかいりくんでいてわかりません。千春は番地が近い横町のかどの小さな文房具屋の店さきに立ってきいてみました。

「百四十番地だって？　なんて苗字で、なに商売だね？」

こうききかえしたのは、帳面を見てすわっていた主人らしいおじいさんでした。

「門倉さんというお医者さんですが……。」

「門倉？」と、主人はちょっと考えて、思いあたったらしく、きゅうにひきしまった顔つきになると、ふろしきづつみをさげた千春のすがたを、あらためてじろじろ見なおして、

「わかった！　だが、あんたはなんでそのうちへ行くんだね？　まさか奉公じゃあるまいね？」

「奉公です。つとめに行くんです。」

と、千春がはっきり答えると、文房具屋の主人は、気にいらないように、

「よけいなことをいうようだが、やめたほうがよかないかね。みょうなうわさのあるうちだよ。」

「みょうなうわさって、どんなことですの？」

「今の世の中におかしいが、ばけもの屋敷だっていううわさだよ。」

「まあ！」

「それはね、まえにあのうちへつとめていた、あなたとおなじくらいの年のむすめで、よくうちへ鼻紙なんかを買いに来てたひとがひまをとって帰るとき、よってその話をしていったのさ」

「ほんとうでしょうか？　そんなこと、今でもあるんでしょうか？」

と、千春は、青い顔をして主人を見つめました。

主人は、ふと気がついたらしく、すこし笑い顔になって、

「なにも、わたしは自分で見たのじゃないから、保証はできない。ただ、そんなことをきいたもんだから、思いだしていってみただけだ。……門倉さんはこの横町をはいって、すぐ右へまがった広い通りの左がわのうちだ。まあ、気をつけなさい」

それきり主人はだまって、帳面をしらべはじめました。千春はていねいに頭をさげて出ました。

おしえられたとおりにきてみると、それはむやみに大きな二階建ての洋館でした。戦災後、どこかのやけのこりの学校の建物でももってきて建てたものらしく、黒ずんで陰気で、古いお城を見るような感じでした。門をはいって、洋風の玄関のまえに立ちながら、呼び鈴をおすのを、千春はしばらくためらってました。

「このうち、ほんとうにばけもの屋敷かしら？　まえの人がいられなかったって、いったいどんなおそろしいことがあるんだろう？　こわいなあ！　いっそ玄関でことわって、寮へ帰ってしまおうか？　でも、とちゅうでばけもの屋敷だってきいたから、帰ってきましたなんていったら、みんなが笑うだろう。わたしをおくびょうだっていうだろう。ああ、どうしよう？」

千春は長いあいだ、玄関の大きなドアのまえに立って、しいんとして音ひとつきこえてこない中のようすに、耳をかたむけていましたが、とうとう呼び鈴の白いボタンをおしました。

深夜のさけび

それから十五分後、千春は門倉家の二階のすみの洋室に、ちょこなんとこしかけていました。さっき呼び鈴をおすと、すぐに主人の重秋が出てきて、応接間ですこし話してから、こんどは耳の遠いばあやが、このへやへあんないしてくれたのでした。重秋の話では、

「二階には、あなたにきめたへやがあるから、ねるのもやすむのも自由にそこでするように。それから母はいまねむっているから、あとで紹介する。それまで雑誌でも読んで、やすんでるように。」

とのことでした。

千春はあたりを見まわして、きれいで、気もちのよいへやなのをうれしく思いました。ベッドもあり、洋服だんすもあり、小さなテーブルもいすも、それにぴかぴか光るかがみも、かべにはめこみになっています。どこか外国の海岸の景色らしい、きれいな油絵の写真の額もかざられていました。きのうまでいらした愛隣寮の、あのきたないたたみとやぶれ障子のへやにくらべると、まるできゅうにお姫さまにでも出世したようです。

大きいまどをあけると、目の下にいろいろな木を植えこんだ美しい庭が見え、のぞきまどからは遠く森や野原や、またそのはてに、秩父の連山や、白くゆきをかぶった富士山まで見えました。

千春はこんなよいへやに、これからずっとくらすのはもったいないように思いました。これで、仲よしの友子がいっしょだったらどんなにすてきだろうと考え、友子を思いだすと、またたまらなくさびしくなりました。それで、気をまぎらすため、そこにおいてあった、古い映画雑誌のページをめくってながめていると、こんどは、さっきのばけもの屋敷の話がむねにうかんできました。しかしこんな明かるい、気もちのいいへやにすわって、おもてのはればれした景色を見ていると、こ

のうちが、ばけもの屋敷だなどという話は、とうてい、信じられませんでした。これはきっと、まえにつとめていた人に、なにか不平があって、ひまをとるときに、ありもしない悪口をいったのにちがいない。ねんのため、そのうち、だれかにきいてみようか、きっとうそだ。うそにちがいないと、心でうちけしてしまいました。

夕方になり、晩ごはんがすむと、ばあやがコツコツとドアをたたいて、

「だんなさまが、お書斎でおよびです。」と、つたえてきました。

ここの主人、門倉重秋の書斎は下にあり、その母親の崎代《さきよ》の病室は、千春とおなじ二階にありました。千春が重秋の書斎へはいると、そこにはいろいろな機械や、くすりびんをたくさんならべた棚や、書物をぎっしりつめた本箱などがおいてあり、いかにもお医者さんらしい書斎でしたが、その大きなテーブルのまえに、回転いすにこしかけて、重秋がまっていました。

「これから母に紹介します。」

と、重秋はあいかわらず大きな黒めがねの中から千春を見ながら、

「そのまえに、すこしあなたにちゅういしておくが、まず、母はふつうだれにでも病身だといっておるけれど、もっとしょうじきにいえば、頭がすこしへんなのです。もっともへんだといっても、精神病ではない。まあ、ぞくにもうろくしたというのでしょう。ひるでも夜でも、いつでもなにかをこわがっているのです。だれかわるいものが来て、自分のいのちをとるんじゃないかとしんぱいし、ときどきそのまぼろしを目に見るらしいのです。それで発作的なさけび声をあげたり、泣いたりする。どうも神経がたかぶってこまる。だから、あなたにはそれをやさしくなだめるようにしてもらいたいのです。今までも、あなたよりももっと年の大きな人に、いてもらったことがあるのですが、どうも少女のほうがいいらしい。大きな人だと、母は自分のいのちをねらう敵のまわしものだ

とうたがったりして、けっかがよくない。それで、こんどわざわざあなたをたのんだわけです。よくめんどうをみて、母の神経さえなだめてくださればば、お礼はいくらでもする。やくそくのお給金を倍にすることなどは、なんでもない。どうです、やってくれますか？」

重秋は、ひどくねっしんな口ぶりでした。

「はい。いっしょうけんめいやってみます。」

千春は、おとなしく頭をさげてこたえました。

「どうぞたのみます。」と、重秋はさらにことばをつづけて、

「それなら、もう一つ、わたしの母は頭がへんなために、でたらめなことを口ばしる。たとえば、自分がむかしなにかわるいことをして、それをかくしているようなことをいいます。しかしもちろん、これも病人の見るまぼろしです。だから、あなたもこのうちに来たいじょう、病人のいうことなど、ほんとうと思わないように。したがって、そんなことをきいても、その場かぎりわすれて、けっしてよその人にしゃべらないように。いいですか。それ、あなたにできますか？」

「はい。できます。」と、千春が、また頭をさげました。

「ありがとう。じつはおととい、はじめてあなたを見たときから、ぼくはこの人なら、きっとぼくのねがいどおりにやってくれるな、と感じたんです。あなたは見るからにりこうそうで、人間もしっかりおちついている。口もかたそうで信用できる人だ。」と、重秋はひどくまんぞくそうでした。そして、

「それからもう一つ。母には、はずかしいわるいくせがある。」といいかけましたが、思いなおしたようにことばをやめて、

「いや、そうそう母の悪いところばかりならべていると、せっかくのあなたに、つとめがいやになられちゃこまる。まあ、きょうの話はこれだけにして、とにかく母に紹介しよう。」

というとさきに立って、二階の階段をのぼりはじ

めました。二階のつきあたりのいちばんおくのへや。そこのドアを重秋がノックしてからあけると、きれいなじゅうたんをしいたへやの、ふっくりしたベッドの上に、純白の毛布につつまって、母親の崎代がねていました。あおむけにねながら、大きなめがねをかけて、なにか、紙に鉛筆で書きものをしていましたが、ふたりのすがたを見ると、あわててその紙を毛布の下へおしこみました。

「なんですか、おかあさん。なにを書いていたんです？　お見せなさい。」

と、見るなり重秋がとびかかるようにして、毛布の下に手をつっこみ、母親がとらせまいとするその紙を、むりにうばいとり、いそいで電燈のあかりにかざしてながめました。その重秋は、さっき書斎で千春と話していたときとは、まるでかわった、猛悪なけだものか、やばん人のようでした。

「いひひひひ！　まだなにも書いちゃいないよ。あんまりたいくつだから、きょうの日記の心おぼえを書いていただけだよ。それをむりにとって、手がいたいじゃないか！」

母親が歯をむきだし、おこったものすごい顔でむすこをにらみました。このとき、千春ははじめてこの病気の母親の顔を正面から見ました。まっ白な髪をして、顔いちめんのふかいしわ、それにひどくやせていて、まるで黄色いさるみたい。ほんとの年はそうでもないのでしょうが、ちょっと見たところ、もう七十くらいのおばあさんに見えました。そして、それが今おこって、ところどころぬけた黄色い歯をむきだしたところは、よく童話の絵で見る魔法つかいのようでした。

重秋は、母親の書いたものをしらべて、それがしんぱいのものでないことを知ると、きゅうに、そばにいる千春のことを思いだしたとみえて、がらりと態度をかえました。そして、こんどはていねいなことばで、

「いくらたいくつでも、書きものなどなさると、病気にわるいって、ぼくがなんども申しあげたはずです。」と、どちらにいうともなくつぶやきな

がら、

「ときに、おかあさん。この人が、きょう新しく来たあなたのおあいてです。青野《あおの》千春さんです。」と、紹介しました。しかし、老母は、おこりたったやさきなので、なんにもこたえず、重秋と千春とを、つめたい目で、さもにくにくしそうににらみつけただけで、くるりとむこうをむいてねてしまいました。あと、重秋がなんど声をかけても、へんじひとつしません。

「今夜はもうやめときましょう。あれで、あしたになると、人がかわったようにおとなしくなるのです。あなたにはお気のどくでした。」

こう、ろうかへ出てから重秋になぐさめられて、千春は、そのまま、おやすみなさいとあいさつして、自分のへやにはいりましたが、どうも気がおちつきませんでした。今、見たばかりのこの親子のみにくいいさかいのありさまが、やきつけられたようにのこっています。千春は小さいときに、両親に死にわかれたので、「ああどちらかでもひとりのこっていてくださったらなあ……。」と、いつも思っていたのですが、今のありさまを見ては、美しいゆめがすっかりこわされてしまいました。

「どうして、ここの親子は、あんなふうにおそろしい顔をして、かくしたり、さぐったりするんだろう。」と、どうもふしぎに思えましたが、すぐに心の中で、「いやいや、ほんとうなら平和な家庭なのだが、おかあさんの病気のために、こんなになっているのだろう。それにちがいない。」と、ふたりのためにべんかいしながらやがてベッドにもぐりこみました。しかし、きゅうに生活がかわったので、なかなかねむれません。遠くでほえているいぬの声や、国鉄電車の音などききながら、あちこちねがえりをうっているうち、しばらくたってから、やっとねむれました。

だが、そのうちとつぜん、千春はきみょうな感じにおそわれて、ふと目をさましました。まっくらな自分のへやの中に、だれかいるのです。べつに音はしないが、すみのほうでそろそろ動いているのが感じでわかるのです。千春は、むねがどきどきなりだしました。おきて電燈をつけようかと思ったが、こわくてからだが動かない。さけぼうとしても声が出ない。そのうちに、そのすがたの見えないものは、そろりそろりと、自分のベッドへ近づいてくるようす。

「なんだろう。どろぼうか、それとも……。」と、瞬間に、千春の頭の中を、きょうの午後、文房具屋の主人から聞いた話が、さっとかすめました。

「あ、ばけもの屋敷のばけもの！」

そう思うと、千春のからだは、きゅうにおそろしさで、がたがたふるえだしました。ひたいにあぶら汗がにじんできました。のどの中が、からからにひっつきそうになりました。千春は、もう魔法にかかった人のようになって、身動きひとつできず、じっとやみの中で目をつぶったままでした。そのうちに、あやしいものは、じりじりとからだのすぐそばまで来ました。だが、どうしたのか、そのまましずかに立っています。

千春は、もうこわくてたまりませんでした。おそろしさに気がちがいそうでした。目はかたくつぶったなりでしたが、まぶたがこわばって、もうこのまま永久に目があかなくなってしまうような気がしました。と、とつぜん、やみの中に、さっとひとすじの光がほとばしったようでした。つぶったまぶたをとおして、千春にはそれがわかりました。あやしいものは、なにか光をてらして、自分の顔を見ているのです。

「目をあければ、正体がわかる！」と、千春は思いましたが、こわくて目をあくどころじゃありません。ただ、一こくも早く、ばけものがいなくなってくれればいいと、心の中でいのりながら、目をつぶり、からだをミイラのようにかたくさせていました。と、いきなり、ばけものは、なにかにおどろいたらしく、ぎくりとからだを動かしたようでした。同時に、千春の顔の上をてらしていた光が、さっときえました。そしてまもなく、けむりのように千春のそばをはなれていったようでした。

しかし、ばけものがいなくなったと知っても、千春には、まだとてもおきあがる勇気がありませんでした。五秒十秒、だんだん心が落ちついてから、やっとほそく目をあけてみました。へやじゅうは、もとのとおりまっくらで、しずかです。なんにも見えません。ばけものは出ていったのか、まだ、そこらのすみにいるのかわかりません。それで千春は、しばらくのあいだは、まだからだを動かす勇気もでませんでした。

「今のはなんだったのだろう？　なにしに来たんだろう？　そして、どこからはいってきたんだろう？　ドアをあけて出て行ったにしては、なんの音もきこえない。ああ、こわい。わたし、もうこんなうちには、おそろしくていられない。」

千春が、ぶるぶるふるえながら、こんなことを考えていたとき、とつぜん、どこからともなく、深夜のやみをやぶって、

「きゃあっ！」

という、人間ともけだものともわからない、ものすごいさけび声がきこえました。その声で千春は、びっくりしてベッドの上にとびあがりました。

「まあ、なんだろう？」と、思った瞬間、こんどは大きくはっきり、

「だれか来てえ！」

というのは、たしかにこのうちの老母の声です。これをきくとふしぎな責任感に、千春は自分のおそろしさもわすれて、ベッドからとびおり、ろうかへとびだしました。と、だれかが下からいそいでのぼってきたようす。千春はあわてて、かべのスイッチをおしました。ぱっと光にうきでたのは、門倉重秋でした。ねまきすがたの重秋は、千春を見るなり、

「あんたですか？　今、大きな声を出したのは。」

「わたしじゃありません。ご隠居さんじゃないでしょうか？」

重秋は、あわてて母のへやへとんでいきました。千春もそのあとをおいました。崎代のへやのドアをあけはなして、ふたりがのぞくと、ベッドの上

に、死人のような顔をして、老母がすわっていました。白い髪をふりみだし、その小さいしぼんだからだが、一倍も小さくちぢまったように見えました。そして、からだじゅうが木の葉のようにふるえているのです。

「おかあさん、どうしたんです。また、ゆめをみて、うなされたんですね。」

と、重秋が、入口でおこりつけるような調子でさけぶと、母親は、だまって息をせいせいやりながら、やがて、やっと、

「ゆめじゃないよ。ほんとうに、あのおそろしいやつが来たんだよ！」

と、おびえた目でかべのあたりをながめました。

「うそおっしゃい。それはあなたの病気だ。病気のせいでゆめをみては、みっともない大声などたてるんです。ちっとおちつきなさい。今の世の中に、そんなおそろしいものなんか出るはずないじゃありませんか。」

と、重秋がたしなめるようにいうと、そのあいだおびえた目で、かべを見つめていた老母が、とつぜん、

「あっ！」

というおそろしいさけび声をあげて、両手で顔をおさえてしまいました。

「どうしたんです？」と、重秋がさけぶと、

「かべをごらん！　そこのかべを！」

と、老母のやせたゆびさきが、むかいのかべの右のすみをさしました。重秋と千春が、いそいでその方を見ると、まあ、これはいったい、だれがつけたのでしょう。白いかべに、べったりとおされた人間の右手のあと！　それが、金色に、くっきりと光っているのです！

ゆうれいの話

ま夜中かべについた、きみのわるい人間の手のあと！

これを見た重秋は、さすがにぎょっとしたように、みるみる顔色がかわりました。

「これは?」といって近よると、その手のひらのあとを、じっとながめ、それから、手でさわってみました。と、金色の粉がぼろぼろおちます。これは、ぬり絵などにつかう金粉を、だれかが、手につけて、おしたものにちがいありませんでした。

「ううむ。」とうなって、重秋が考えこみました。

千春は、このときのようすを、いつまでもわすれることができませんでした。ま夜中の二時すぎ、ベッドの上で、あまりのおそろしさに、両手で顔をかくしている白髪頭の崎代。うでぐみをして、みけんに八の字をよせてかべをみつめている重秋の黒めがね。まどのそとは、星も見えないまっくらな夜で、遠くきこえているいぬの遠ぼえ。

しばらくして重秋が、みんなをなだめるようにいいだしました。

「そうだ。このへやのかべは、先月新しくぬりかえたのだから、そのとき職人がまちがって、手のあとでもつけたのかもしれない。それが、かべのかわきぐあいで、いまごろになって、うきだしたのだろう。とにかく、いまの世の中は、おかあさんのこわがるような、あやしいことなんか、あるはずはないんだ。」

そして、母親の崎代が、まだなにかいおうとして、口をもぐもぐしかけると、それをおさえるように、

「さあ、おそいから今夜はもうみんなねましょう。青野さん。とんださわぎでねむいところをおこして、すまなかったね。あなたも早く、へやへ帰っておやすみなさい。」

といいわたし、自分もいっしょにろうかへ出ました。

千春はろうかで重秋にわかれて、ベッドへもぐりこみましたが、ひとりになると、きゅうにまたこわさがまして、なかなかねむれません。ねむったらまた、さっきのふしぎなかげぼうしが出てきて、自分の顔をのぞくんじゃないだろうかと思う

と、えりもとがぞくぞくします。やがて思いきって、まくらもとのスタンドをけしてみましたが、とたんに、へやのすみっこに、あやしいかげぼうしが動いたような気がして、あわてて、またつけなおしました。しかし、この晩は、もうあやしいものは出てくるのをやめたとみえ、どこのへやも、しいんとしずかになり、いつのまにか、千春も、ぐっすりねむってしまいました。

さて、夜があけると千春にとって、門倉家での二日めの新しい生活がはじまりました。やくそくどおり、千春のしごとはごくかんたんで気らくでした。朝おきて、自分のへやと、老母崎代のへやとをそうじしてしまえば、もうほかにしごとはありません。あとは崎代のそばについていて、ほしいものをとってやったり、ときどき本を読んできかせていればよいのでした。

その朝は、ゆうべのつかれが出たとみえて、崎代は、朝の食事をするとまもなく、すやすやねむりはじめました。千春は、そのまくらもとのいすにこしかけて、まどからそとを見ていました。青く晴れわたった、気持ちのよい朝空。大きなとびが一わ、ゆうゆう高くまっています。

こうやって、二階のきれいなへやで、朝の日光をあびていると、ゆうべのことは、みんなうそのように思われました。千春は、ゆうべベッドの中で、「こんなこわいうちには、とてもいられない。あしたになったら、すぐひまをとって、友ちゃんのいる寮へ帰ろう」と、けっしんしたのですが、そのはりつめた気持ちが、だんだんゆるんできました。そして、「とにかく、もう二三日いて、ようすをみよう。そして、どうしてもこわくていられないと思ったら、そのときこそ帰ろう。」と、思うようになってきました。

「ねえ、青野さん！」

このとき、よくねむっているとばかり思っていた老母の崎代が、いつのまに目をさましたのか、きゅうに、千春にことばをかけました。

「あの、ほんとうにばけものなど、この世の中にはないと思われるかの?」

千春は、じっと崎代の顔を見ました。と、この白髪の母親は、しんけんな目つきで、自分を見つめていました。

「さあ、わたし、そんなもの、ないと思うんですけど……。」

千春は答えて、あとは口ごもりました。おととい までなら、もっと強く、ばけものなんかいるもんですか、といいきれたのですが、ゆうべあんまりふしぎなことに出あったので、けさは、それだけの勇気がありませんでした。

「あんたは、ゆうべはじめてこのうちへとまっただけじゃが、あんたのへやは、なんともありませんでしたか?」

こうきかれて、千春は、ゆうべ自分のへやにはいってきたこわい人かげを思い出し、その話をしようと思いましたが、とたんに、重秋からちゅういされたことばを、思いだしました。——母は頭がへんで、ひるでも夜でも、なにかをこわがっている。どうぞ、母の神経をなだめてください——

そこで、わざと、

「いいえ、なんともありませんでしたわ。」

とこたえると、崎代は不服そうに、

「それでも、いまにわかります。このうちには、たしかにあやしいものがすんでいる。それが、いまのところ、わたしのへやにばかり出るので、重秋はわたしがゆめをみているのだ、みんな気のまよいだといってしかりつけるが、いつかは重秋のとこにも、あんたのとこにも、出るにきまっている。」

と、なにか、おそろしいまぼろしをみつめるように、しばらく宙をじっとみつめていました。

「青野さん。よく人のうらみというものは、その人が死んでも、この世にのこるというが、あんたはお信じになるかの?」

しばらくだまっていてから、崎代が、また、こんなことをききだしました。

「さあ、そんなこと、わたしにはよくわかりませんが……。」

　千春は、老母のきくことが、みんなきみのわるいことなので、すこし、いやな顔して答えると、

「どうもわたしのところへ出てくるのは、そのうらみのゆうれいらしい……。」

と、あおむけになったまま、崎代はひとりごとをいいかけましたが、きゅうに気がついたらしく、あわてて、

「あっ！　こんなことといったら、また重秋にいじめられる。」

とさけびました。そして、青い顔をして千春にむかい、

「いま、わたしがいったことは、どうぞ、重秋にもだれにもいわないでくださいね。」とたのみました。

「もうそんなお話はやめて、なにか、おもしろいご本でも読みましょう。」

と、千春がいいました。そして、気分をかえるように立ちあがって、本棚にならんでいる本から、おもしろそうなものをさがしてきました。重秋は、母親をよろこばせようと、ほねをおってあつめたにちがいありません。本棚にあった本は、どれもあかるくこっけいで、思わずふきだすようなおもしろい小説ばかりでした。千春がかわいらしい声でそれを読みだすと、崎代は、おとなしくききいりました。こうして、千春のおつとめの第一日の朝はすぎ、午後になりました。

天井の怪音

　黒めがねの門倉重秋は、午後になってもさっぱりすがたを見せませんでした。ばあやの話では、今夜から戸じまりをいっそうきびしくするために、朝早くから大工をつれて、町へ材料を買いに行ったということでした。

　午後になると、崎代は気分がよくなったらしく、ベッドから出て、ふっくりした安楽いすにこしか

け、日なたぼっこをはじめました。千春はこのひまに、友子に手紙を書こうと思い、びんせんを小さなテーブルの上にひろげ、万年筆をとりだしました。この万年筆は、アメリカ製で、見るからきれいなまっかな色をしていました。いつぞや、アメリカの女の人たちが寮を見物にきたとき、千春がそのあんないをして、お礼にもらったものでした。だれからもうらやまれる、千春のじまんのもちものでした。

と、やがて、本箱の上の置時計の針が三時をさしたとき、崎代が、いきなりみょうなことをいいだしました。

「青野さん。あんたは、ばけものなんていないいって、さっきもいわれたが、たしかにいるしょうこを見せましょうか。」

「えっ！　どんなしょうこですの？」

「じっと、きいていなさい。もうじき、そこらでふしぎな音がきこえだすから……。」

といって、崎代が、やせた人さしゆびで、頭の上の天井をさしました。

「まあ、いったい、なんの音ですの？」

「ゆうれいがたたくのです。ゆうれいはひるまは音をたて、夜はすがたを見せて、わたしをくるしめるのです。しかし、重秋にいっても、けっしてわたしのいうことを信じません。また、しらべてもくれません。なにもかも、わたしがくるっているのだと、思っているのです。まっていらっしゃい。いまにきこえてきます。」

そういいながらも崎代は、からだをかたくこわばらせて天井のかたすみをみつめています。千春は、またゆめをみているような気持になりました。このおばあさんはたしかに気がちがっている。しかし、いうことが、自分に、さもほんとうらしくきこえるのは、どうしたわけだろう？　こんな人といっしょにいると、自分の頭も、だんだんへんになってくるのではあるまいか？　ゆうれいが、ひるま天井で音をさせるなんて、そんな、ばかげたことがあるものか。きっとねずみでもあるくか、風がふきこむ音にちがいない。

しかしそう思いながらも千春が、もしやと、崎代と同じく天井のかたすみを見つめて、だまっていると、やがて、置き時計の針が三時二十分をさしたとき、コツ、コツ、コツというかすかな音が、どこからともなくきこえてきました。

「おやっ！」千春のむねがおどりました。その音は、たしかに、崎代がみつめている天井のかたすみからきこえてくる！　千春は崎代の顔を見ました。老母の顔は死んだ人のように青ざめ、目は、射つけられたように、一ヵ所をみつめている！

そして、コツ、コツという音は、だんだん大きく、はっきりと、みじかくまをおいては、ちょっとやんでまたつづきます。

コツコツコツ――コツコツコツコツコツ……。たしかに、だれかがゆびでたたいている音です。

「しっくいでぬりかためた、こんな高い天井の上に、だれがいるのだろう？」

きいていれば、きいているほど、ふしぎで、千春はいつか、ひたいにあせをじっとりとかいていました。

「お聞きかい？　ほんとうに音がするでしょう。」

老母が、ひくいふるえ声でささやきました。

「ほんとうです。ふしぎです。いったい、だれがあんなところにいるのでしょう？」

「ゆうれいですよ。わたしをくるしめるゆうれいです。人間ではありません。そのしょうこに、いまドアがあいて、重秋でもはいってきたら、あの音は、すぐやんでしまいます。そして、重秋のいるあいだは、けっして二度となりません。ゆうれいだから、天井うらにいても、このへやの中がはっきり見えるのです。」

崎代は、こう説明しながらも、こわいのでしょう。ぶるぶるからだをふるわせているのが、よくわかります。

「でも、きょうはわたしがいるのに、音がしているじゃありませんか？」

「そうです。ふしぎです。わたしも、へんに思うのだが、どういうわけかわかりません」

　こうふたりが小さな声でささやきあっているあいだも、音はいっこうにやみません。やまないどころか、だんだん高く、はげしく、さも、じれておこっているようにきこえます。

「ああ、こわい！」と崎代はつぶやき、

「青野さん。あの音は、なにをさいそくしているのか、あんたにわかりますかの？」

と、千春にたずねました。

「さあ、わかりません。いったい、あの音には、なにか意味があるのですか？」

「ええ、わたしは毎日きいているうちに、だんだんそのなぞがとけてきたのです。あれはゆうれいがわたしに、（早く書け！　早く書け！）とさいそくしているのですよ。」

「なにを書けというんです？」

「それはいえない。いったら、わたしのいのちがなくなる！」

　老母がひっしの目つきで、千春の顔を見ました。そのしわだらけの目は、なんともいえぬおそれで、大きく見ひらかれていました。

「では、もうききませんが、どうしてゆびの音で、そんな意味がわかるのですか？」

「あの音は、いろはの四十八文字をじゅんにおうているのです。いいですか。トンとひとつたたけば『い』です。トントンふたつたたけば『ろ』の字、トントントンと三つたたけば『は』の字です。いまたたいているのが、最初は、トントントンと三つたたいてとまります。だから『は』です。そのつぎは二十九つづけてたたく、これが『や』の字です。つぎが二十八で『く』、その次は十四で『か』、おしまいが三十一で『け』です。だからぜんたいで、『はやくかけ』と、あの音はさいそくしているのです。」

　こうきかされて、千春は、こんどはだまって、じっと耳をすませ、なりつづけているゆびの音を、かぞえてみました。なるほど、崎代のいうとおり、それは、「はやくかけ！」「はやくかけ！」

とくりかえしているのです。まあ、なんという、ふしぎなまねをするゆうれいでしょう。しかし千春とちがって、ゆうれいになにかをさいそくされている崎代の気もちは、そのゆびの音が、はげしくつづくほど、いらいらしてたまらなくなってくるようでした。そして音があまりこんきよく、いつまでもおなじもんくをくりかえすので、しまいにはじりじりして、しわだらけのひたいに、青すじがたってきました。そして、きゅうにまるでやけくそになってそれに答えるように、自分のゆびで、そばのかべをコツコツコツコツ、手早くたたきだしました。そうして、崎代のゆびがある数をたたきおわると、そのとたんに、天井の音が、ぴたりとやみました。そして、どこか遠いところで、「あっはっ、は、は！」というきみのわるい年よりのしゃがれたような笑い声が聞こえて、それきり、へやの中は、もとのしずけさにかえってしまいました。

「おばあさま、あなたはゆうれいに、なにか、へんじをなさったのですか。」

おどろいた千春が、崎代にききました。

「うるさいから、十四と二十八の数をたたいてやった。書くと、ゆうれいにやくそくしたんだよ！」

と、崎代がぎらぎらしたきちがいじみた目で、千春を見ながら、らんぼうにこたえました。しかし、つぎのしゅんかん、いきなり、

「ああ、どうしよう、どうしよう。書くとやくそくしたが、これだけは書けない。書けば重秋にころされてしまう。書かなければ、ゆうれいにとりころされる。ああ、どうしよう。どうしたらいいのだろう。」

と、大声でさけび、声をあげて泣きながら、子どものように、千春のくびにすがりつきました。千春は、すがられても、なんといってなぐさめてよいのかわからず、いっしょうけんめい、やさしくだきしめながら、

「でも、わたしにはよくわかりませんわ。ゆうれ

いがなにを書けといって、せめるのですか？　どうして、それを書いたら、ころされるのですか？　そのわけを、ちょっとでも、わたしにきかせてください。」

と、崎代の耳もとでささやきました。

「それが、だれにもいえないことなの。それで、わたしがひとりくるしんでいるのですよ。」

と、崎代は、白髪頭をゆすぶって、はげしく泣きじゃくりながら、まだ、ひみつをあかしません。

「おばあさま、それでは、わたし、あなたのご相談あいてになることもできませんわ。しかし、書くというのだから、それは手紙かお話か、絵か、字のことでしょう。手紙ですか？」

崎代はだまって、くびを横にふりました。

「では、手紙でないとすると、お話ですか？」

崎代はうなずいて、よわよわしい声でこたえました。

「話です。さっき、あなたが読んでくれたようなお話。」


これをきいたとき、千春は、泣きじゃくっている老母をだきながら、おもわず、おかしさがむねにこみ上げてきて、ふっと声を出して笑いたくなりました。

「お話？　まあ、お話や小説を書けとせめるゆうれいなんて、ほんとうにあるものかしら？」

しかし、崎代のほうは、ほんとうにくるしみぬいて、ひどくつかれきったようすでした。いまにも気絶しそうな声で、

「青野さん、めまいがする。わたしをねかせてください。はやく、はやく、ベッドへ。」

と、さいそくするのでした。千春は、いそいでベッドへ崎代をはこびこみました。手早くまくらをあてがい、毛布をかけてやると、老母は、なみだでよごれた顔を、ぐるりとむこうむけにしてしまいました。

「まあ、たいへんなうち。こわいうちへ、わたし来てしまったわ。考えれば考えるほど、わけがわからない。まるで、ゆめをみてるみたい。」

千春は、まだドキドキ高くどうきがなっているむねをおさえながら、やっといすにこしをおろしました。しかし、

「ゆうべ見たあやしいかげといい、今の天井の音といい、たしかになにか、おそろしいものがこのうちにいるのだ。そして、それがだれよりも、まずこのおばあさんをくるしめにかかっているのだ。しかし、そのゆうれいが、話を書けと言って、このおばあさんをせめているというのは、ほんとうかしら？　なんの話を書けというのかしら？　このおばあさんは、たしかに、すこし気がくるっているらしいが、それにしても、たしかなところもある。さっきゆびの音を『いろは』の暗号にほんやくしているところなどは、けっして気がくるっていないしょうこだ。そしておばあさんは、さっき、自分はだれかにうらまれている。自分をうらんで死んだ人のゆうれいが、いまいじめに出てきているのだと話したが、そんなことがほんとうにあるものかしら？　おばあさんをいじめるだけのゆうれいなら、なぜ、ゆうべわたしのへやにまで出てきたのだろう？　来たばかりのわたしに、なにをしようとして来たのか？　ああ、わからない。わからない。」

千春は、今までのことを考えれば考えるほど、頭の中はますますこんがらがって、わからなくなってきました。そこで、

「ああ、そうだ。このことをとにかく手紙にして、ひととおり友子さんに知らせておこう。手紙に長く書いているうちには、ゆうべからのできごとが、自分の頭の中で、しぜんに整理されてはっきりしてくるだろうし、友子さんは友子さんで、手紙を読んで、いいちえをかしてくれるかもしれない。そうすれば、一挙両得だ。」

と考え、テーブルの上のびんせんに筆をとろうとしました。ところが、はっと気がつくと、万年筆が見えません。さっき手紙を書こうとして、びんせんをひろげ、その上にちゃんとおいた万年筆が、かげもかたちもなくなっているのです。

「おや！　と、千春はあわてて、テーブルの下を見たり、いまのさわぎで、そこいらにころげおちたのではないかと思って、ゆかの上を四ほう八ぽう、すきまなく、さがしてみました。しかし、どこをどうさがしても見あたりません。

天井うらにかくれているゆうれいは、いつのまにか、千春の万年筆まで、もっていってしまったのでしょうか？

いつ、どこから出てきてさらってきえたのでしょう？

千春のじまんのアメリカ製の、赤いきれいな万年筆。それは、たしかにこのへやで、いま雲かけむりのように、きえうせてしまったのでした。

ふたり探偵

「友子さん。そんなわけで、わたしこんなこわいうち、もう出たいと思うのよ。そして、寮へ帰って、また、あなたとかわいい子どもたちのおもりがしたいわ。あなた、どう思って？　やっぱりわたしの意志がよわいかしら？　大いそぎで、あなたの考えをきかせてください。まっています。」

千春は、長い手紙のおしまいを、このもんくでむすびました。門倉家へ来て、まだ三日めの朝なのですが、あんまりへんなことばかりおこるので、千春は、すぐにもかばんをさげて、寮へ帰りたくなりました。それもそのはず、きのうはだいじな万年筆まで、けむりのようにきえてしまったのですもの。鉛筆で友子に手紙を書きながら、千春はそれを考えただけでも、じりじりはらがたつのでした。しかし、千春が手紙を封筒にいれ、切手をはったときに、ドアのそとで、

「青野君、おきゃくさまだよ。」

という、重秋の声がしました。ろうかへ出てみると、きのう一日すがたを見せなかった、黒めがねのご主人が立っていて、

「北条《ほうじょう》友子さんだ。日曜だから、あそびに来た

んだろう。おへやでゆっくり話したまえ。病人のことは、ばあやにたのんでおけばいいですよ。」といってくれました。あいたいと思った友子が、むこうから来たので、千春はうれしさにむねをわくわくさせて、階段をおりていこうとすると、

「ちょっと！」と、重秋がよびとめて、

「来たときにも、ご注意したが、このうちの中のこと、ことに気のくるった母のようすなど、しゃべらないでください。ぼくはこれからまた出かけますが、このやくそくは、かならずまもってくださいよ。」

と、ねんをおし、黒めがねごしに、ぎょろりと千春の顔を見て、崎代の病室の方へ行ってしまいました。

まもなく、友子と千春は、千春のへやにおちつきました。

「まあ、すてきなおへや！」

と、友子は、いすにこしかけるなりあたりを見まわし、おどろいたようにいいました。

「りっぱなへやでしょう。もったいないくらいよ。」

「そうよ。あの寮の三畳とくらべたら、ここは天国だわ！」

と、友子は洋服だんす、鏡台、きれいな花もようのカバーのかかっているベッドなどを、感心したようにながめて、

「よかったわねえ。わたし、しんぱいしていたのよ。なんにも知らないあんたが、はじめてよそへつとめたんでしょう。どうしているかと思って、ようすを見に来たの。じゃあ、あんた、しあわせなのね。これでわたし、安心したわ。」

「ところが、そうじゃないのよ。友子さん。わたし、このうち出ようかと思っているの。」

千春の意外なことばに、友子はびっくりして、

「どうしてこんないいおへやにいながら、どこがわるいの？　食事でもひどいの？　それともお給金？」

「いいえ、たべものは寮からみたら、ごちそうず

くめよ。お給金は四千円で、もうじき倍にしてもいいといっているの。」

「まあ。あんた、それでどうして出るなんていうの、ねえ、千春さん。あんたはなんにも知らないけど、いまの世の中に、そんないいつとめさきなんて、けっして、二つとないことよ。」

「ええ。それはわかっているわ。でもわたし、まだ来てから三日目だから、できるだけ辛抱して見ようと思ったんだけどできそうもないの。ねえ、友子さんこのうちなんかへんなのよ。」

「なにが、へんなの？」

　こうきかれて、千春は、さっき重秋からいうなとめられたことを、つい、いってしまいました。

「ゆうれいが出るのよ！」

　友子は、千春がとつぜん、ばかげたことをいいだしたので、思わず笑いかけたのですが、あいての顔が、ひどくまじめだったので、口いっぱいになった笑い声を、むりにのみこんでしまいました。

「それは、いきなりゆうれいが出るなんていったって、あんたは、笑うにきまってるわ。そして、わたしの頭がどうかしていると、思うにちがいないわ。でも、これからわたしの話すことをきいてくださったら、このうちには、ほんとうにゆうれいが出るってことを、わかってくださるわ。」

と、まえおきして、千春は、はじめてつとめた日の夜から、きのうまでにおこったことを、のこらず友子に話してきかせました。それから、テーブルの上の手紙を見せて、

「わたし、これにおおよそのことを書いて、いまあんたにだそうと思ってたとこなのよ。ねえ、友子さん。わたしいったい、どうしたらいいんでしょう。」

と、相談しかけました。

　北条友子は、千春より一つ年うえ。ふっくりと丸い顔は、どっちかといえば、ずんぐりとしたからだ。千春ほど美しくはないが、りすのようなりこうさを、全身にみなぎらせた少女です。長い千春の話を、おしまいまでだまってききおわると、しばらくは、ゆめでもみたような顔をしていまし

たが、やがて、「まあ、ふしぎな話ね。まるで、小説みたい。わたし、そんなことがこの世の中にあろうとは思わなかったわ。それで、わたしがあんたへの第一の答えは、きまってるわ。わたしもあんたと同じ気もちよ。こんなへんなうちは、やっぱり出たほうがいいわ。あんたがやめなかったら、すぐひもをとって、寮へ帰るほうがいいと思うわ。あんた、ほんとうに帰る？　帰るなら、わたしこのままで、手つだって、いっしょに帰るわ。」

と、いって、友子は、じっと千春の顔を見ました。ところが、こういわれると、千春は、まだそれほどのはっきりしたけっしんはついていないので、なんにもいわず考えこみました。それを見た友子は、ことばをつづけて、

「ねえ、千春さん。あんたはそんなことといいながら、ほんとうはまだ帰りたくないんじゃない？　こわいことはこわいけど、もうすこしつとめてみて、そのゆうれいのひみつが見とどけたいんじゃないの？　それなら、わたし第二のこたえがあるわ。それは、勇気をだして、この生活をもうすこし長くやってごらんなさいということよ。あんた、ゆうれいなんて、ほんとにこの世の中にあると思うの？」

「わたし、このうちに来るまでは信じなかったわ。でも、あんまりふしぎなことがおこるんですもの。」

と、千春は、試験をうけている子どものような、心ぼそい顔をしてこたえました。

「わたしは、どんなことがおころうと、ゆうれいなんて信じないわ。」と、友子はつよく反対して、

「ふしぎなことがおこったら、そのかげに、なにかきっといわれがあるのよ。ねえ、千春さん。ひとつ勇気をだして、ここのうちのゆうれいのひみつをさぐってみない？　きょう、このまま寮へ帰ってしまえば、あんたのからだはいちばん安心だけど、ゆうれいのなぞはとけずじまいだわ。わたし、おしい気がするのよ。そのほかのことでは、おへやもきれい、たべものもじょうとう、それに、

お給金もとびきりだもの。がまんができたら、もうすこしいて、探偵してごらんなさいよ。わたしも手つだうわ。」

「ええ、それは、わたしもしらべてみたいんだけど。」

「じゃあ、いいじゃないの。それでは、このうちを出るのは、もうすこしのばすことにして、きょう、これからふたりで、いろいろけんきゅうしてみましょうよ。」

相談がきまって、友子たちは紅茶をいれてのみながら、まず、ゆうべまでに千春が出あった、あやしい事件についての、おぼえ書きをつくってみました。

(一)おとといの夜、千春のへやにゆうれいが出た。くらやみの中で、すがたは見えなかったが、動きまわっていたのが、たしかにわかった。そのゆうれいは、なにか光るものをてらして、目をつぶっている千春の顔を見た。そして、きゅうにおどろいたようにいなくなり、それからすぐに、こんどは老母崎代のへやにあらわれた。そして崎代が声をあげると、かべに金色をした右手のあとをのこしてきえた。

(二)きのうの午後、三時二十分。そのゆうれいは、母親崎代のへやの天井うらで、コツコツという、みょうな音をさせた。崎代は、そのゆびの音は暗号で、自分に、「早く書け」「早く書け」と、さいそくしているのだといった。そして崎代が、こちらも暗号で「書く」とへんじしたら、笑い声がして、それきり音はきこえなくなった。その笑い声は、たしかに年とった男の声だった。それから、ゆびの音や笑い声がきえるといっしょに、へやの中の、しかも、ついそばのテーブルの上にあった、千春の万年筆が、見えなくなった。

(三) 門倉重秋は、崎代のゆうれいの話を、まるで信じないらしい。どれもこれも、母親の神経のせいだといっている。しかし、ゆうれいはほんとうに、このうちに出たり、音をさせている。けっして母親の神経ではない。そのことは、来たばかりの千春も知っている。それなのに、重秋はほんとうにゆうれいが出ないと思っているのか、それとも知っていて、知らないふりをしているのか？
（四）崎代はゆうれいに、ある話を書けと、毎日せめられているといった。そして、その話を書けば、むすこの重秋にころされるといった。いったい、それはどんな話なのだろうか。そういえば、千春がはじめて崎代のへやへはいったとき、崎代はベッドの中で、なにか書きものをしていた。それを見つけた重秋が気ちがいのようにおこって、それを、母親の手からもぎとったことがある。重秋はあのとき、自分のいちばんいやがる話を、母親が書いていると思ったのではなかろうか？
（五）崎代は、自分のへやに出るゆうれいは、自分をうらんで死んだ人のたましいらしいといった。そして、いまのところ自分のところにだけ出るが、いまに、むすこの重秋のところへもきっと出るといった。してみると、この親子は、なにかこれまでに、人からうらまれるようなことをしているのであろうか？
ノートに書きつけた、このおぼえ書きをまえにおいて、ふたりは長いあいだ、いろいろと考え、このうちのあやしいひみつをとこうとしましたが、まるで、けんとうがつきませんでした。考えれば考えるほど、ますますわからなくなるばかりでした。と、友子が、

「こういうなぞは、せかずに、一つずつこんきよくといていかなきゃだめだわ。きょうは第一に、ゆうれいがいったい、このうちのどこにすんでいるのか、ここにすんでいないとすれば、どうやってひるまでも夜でも、へやの中や天井のうらにしのびこんでこられるのか、しらべてみましょうよ。」

といいだしました。千春も、さんせいして、

「そうね。だんなさまは、いま出かけたばかりだし、ばあやはご隠居さんについているから、いまなら、うちじゅうどこでも見られるわ！」

ふたりは、玄関から往来へ出て、門倉家ぜんぶをながめました。もともとここには、そうとう大

きいビルディングがあって、それが、空襲でそっくりやけおち、そのあとに門倉家がたったのです。だからこの古材木でつくり、白ペンキでぬったそまつな洋館は、まえのビルディングのやけのこりの、りっぱな石段の上にたっています。

その見物がすむと、ふたりは、こんどは下のへやべやを見てあるきました。玄関のつぎが応接室、そのつぎが主人重秋の書斎、そのとなりがいろいろな機械だの、標本だの薬品だのがおいてある重秋のひろい研究室。それから台所があり、台所の横に、ばあやのねる小べやがありました。重秋の書斎と研究室には、ちゃんと、かぎがかかっており、まだ二三、うらてにもつかってないあきべやがありましたが、どこにもきびしくかぎがかかっていました。台所からうらへ出るドアには、きのうからけさへかけて、重秋が大工と新しくとりつけたのでしょう。いままでよりも、もっときびしく、大きな錠前がとりつけられ、そのほか、どのまどにも、いちいち新しく、きびしい戸じまりができていました。

「ねえ、千春さん。これでは、よそからははいってこられないわ。といって、このうちの中に、ゆうれいがかくれてすんでる場所もありそうもないわね。」

と、友子はふしぎそうにいって、また二階へもどりました。ふたりは同じように、二階のへやから、まどから、ろうかからぜんぶをしらべておしまいに老母崎代のへやのまえへ来ました。

「きみのわるいおばあさんよ。あってごらんになる?」

と、千春がききました。

「そのおばあさんには、あいたくないけど、へやだけは見たいわ。」

「じゃあ、ちょっと、まって。きいてくるわ。」

友子をろうかへのこして、千春が、崎代のへやへはいりました。

ついているとばかり思ったばあやは、買いものにでも出かけたらしく、崎代が、ひとりベッドの上で、むねの上に両うでをくみあわせ、なにか、考えごとをしていました。

「おばあさま。わたしのお友だちがあそびにきて、おみまいしたいというんです。ちょっとつれてきてもよろしいでしょうか。」

「お友だち？　いいですとも。」

と、崎代はあんがい気やすくしょうちしました。と、やがてはいってきた友子は、すばやくへやの中を見ながら、いろいろ老母をよろこばせるようなあいさつをしたので、崎代はきげんよく、

「まあ、そこへおかけなさい。青野さんのお友だちだけあって、あんたもきれいな品のよい子じゃ。ねえ、青野さん。そこの戸棚にシュークリームがあったから、おきゃくさんにさしあげて。」などと、大にこにこでした。

りこうな友子は、崎代のすきそうな話をして、ごきげんをとりながら、そのあいだに、こまかくへやの中を見まわしました。ひろさ八畳ほどの洋間。まっ白にしっくいでぬった天井。そのまん中に、大きなシャンデリヤがさがっている。あの右あたりで、コツコツゆうれいのゆびの音がしたんだな。それで、ゆうれいはどこからこの天井うらへはいったんだろう？　そんなことを考えた友子は、空を見るふりをして、まどから顔をだし、まどわくの上からやねまでの距離を目ではかってみたり、どこかのすきまからはいる口はないかと、ろうかへ出て、ドアの上下を見なおしたりしました。そのあいだに、むちゅうになって探偵をつづけたせいか、友子は顔があせばんできたので、手にさげていた黄色いナイロンのきれいなハンドバッグをそばのテーブルの上におきました。そして、その中から、ハンケチやコンパクトをとりだして、あせをふき、顔をなおしたりしました。

ふたりは二十分ほど、崎代のそばでおしゃべりしていたでしょうか。そのうちにドアがあいて、買いものに出たばあやがもどってきました。それをしおに、友子と千春はいすから立ちあがりましたが、そのとき千春は、なにかにぎょっとしたよ

うに立ちすくんだ友子のようすに気がつきました。見ると、友子の顔は、くちびるまでまっさおでした。はっと思って、千春が、友子の見つめているほうを見ると、あっ、またなくなりました。いましがたまでテーブルの上にあった、友子のハンドバッグが、かげもかたちもなくなっていました。

「あらっ！」と、思わず千春がさけんで、ベッドの崎代と、はいってきたばかりのばあやの顔を見まわしました。だが、崎代はあおむけになったまま、ぼんやりと天井を見つめており、ばあやは、なにごとかと、きょとんと千春を見かえしただけでした。きのう、自分の万年筆がきえてなくなったテーブルの上で、きょうは、友子のハンドバッグがきえうせた。それもみんなの見ているまえで。千春は、むねさきに氷をあてられたような、ぞっとするきみわるさにおびえながら、それでもねんのため、テーブルの下から、四方を目でさがしました。しかし、こんどもやっぱりどこにも見えません。

「あの……。」

と、あまりのふしぎさにたまりかねた千春は、だれにいうともなく口をききかけましたが、ふと、だまってあるきだした友子のすがたに気がつきました。だいじなハンドバッグをなくした友子が、なんにもいわず、だまってねている崎代に頭をさげただけで、すたすたへやを出ていくのです。これを見た千春は、友子のあとについて、自分もだまって崎代のへやを出ました。

ゆうれいのやくそく

門倉家のゆうれいのひみつをさぐろうとして、とたんにハンドバッグを、ゆうれいにさらわれてしまった友子は、きつねにつままれたような顔をして、寮へ帰っていきました。帰りがけに友子は、

「千春さん。このひみつをとくのははじめ思ったより、ずっとむずかしいらしいわね。どうも、こ

のひみつはよっぽどいりくんでいるような気がするの。わたしきょうつくったおぼえ書きをもって帰って、よく考えてから、また出なおしてくるわ。それまであんたも勇気をだして、いろいろしらべておいてね。」とささやきました。

ところで、友子が来たあくる日から、あやしいものは崎代のへやにも、千春のへやにも、ぴたりとあらわれなくなり、天井の音もきこえなくなりました。それで千春は、戸じまりがきびしくなったので、ゆうれいもはいれなくなったのかと考え、ほっと安心していました。

すると、ちょうどそれからまる一週間めの午後、千春は、いつものように崎代のベッドのそばで、本を読んできかせていました。と、とつぜん天井うらで、コツコツコツという あやしいゆびの音がなりはじめました。それをきくと、崎代が、びくりと電気にでもかけられたように、からだをふるわせ、なにもかもそっちのけで、天井をみつめ、千春はまたぞっとしました。天井のゆびの音は、このあいだのように長いあいだなったりやんだりして、崎代にふしぎな信号をしているようでした。と、崎代もきちがいじみた目つきで天井を見ながら、右手のかべにコツコツコツと返事の信号をたたきはじめました。

天井のゆうれいと崎代とのそうした話は、きょうは、とくべつに長く、一時間ちかくも、かかったでしょうか。やがて、あの、アッハッハといううきみのわるい、しゃがれ声の笑い声がきこえて、天井のゆびの音がぴたりとやんだとき、千春のほうを見た、老母崎代の顔はまっさおで、ひたいには、玉のようなあぶらあせが光っていました。

「青野さん、とうとうわたしはやくそくをしてしもうた。ああ、どうしよう、どうしよう。」と、崎代が泣き声をたてていいました。

「なにを、やくそくなさったのです?」

「話を書いて、ゆうれいにわたすやくそくじゃ。」

「でも、それはまえにもなさったじゃありませんか。だから、こんどもやくそくだけして、のばしとけば、いいじゃありませんか。」

「いいえ。こんどは、ゆうれいが、とりに来る日をきめたのじゃ。」

「いつ、どこへ来るというのです?」

「十日の夜の十一時に、このへやへ来るというのじゃ。」

「それで、もしそのときまでにあなたがその話を書かなかったら?」

「ゆうれいは、すぐに、わたしのいのちをとるというのじゃ。ああ、おそろしい。」と、崎代はふるえながら、両手で顔をかくしました。

「十日といえば、あと三日しかありませんね。」と、かぞえながら、

「でも、それを書いたら、重秋さまが、おおこりになるでしょう。」

「だから、むすこにはないしょで書くよりほかない。わたしだって書きたくはないが、これいじょう、ゆうれいにくるしめられて、ころされるのはつらいから、思いきって、書いてわたしてしまうのじゃ。ねえ、青野さん。あんたもこの年よりをかわいそうだと思ったら、どうぞ、書きおわるまで、むすこに見つからぬよう、よく見はりをしてください。」

と、崎代は、もうすっかりけっしんしたらしく、しわだらけの目に、なみだをいっぱいためて、こういいました。

それから三日間、崎代はベッドの中で、ひるでも夜でも、半紙に鉛筆でなにかを書きつづけていました。よほど古いことでも書いているらしく、すこし書いてはじっと宙をみつめて考え、それから、また書きだすのでした。千春はそのあいだ、このかわいそうな老母のしごとが、じゃまされないように、たえずろうかの足音に気をつけ、重秋が来そうになると、せきばらいをして知らせました。そうすると、母親は大いそぎで、もった半紙と鉛筆を、毛布の下にかくすのでした。

そのうち、とうとう十日の朝になりました。今夜こそいよいよゆうれいが、やくそくの書きもの

をとりにあらわれるのです。崎代もやっと書きものをおえたらしく、なん枚かの半紙を、自分でこよりでつづっていました。千春は、それをちらっと見て、時間が長くかかったわりに、その紙数が、あまりにあつくないことを知りました。しかし、やがて夕方になるにつれ、千春の心はあやしくおどってきました。

「今夜こそ、ゆうれいが、どんなふうにあらわれて、どんなふうにして、おばあさんの書きものをもっていくかわからないが、とにかく、たしかに、十一時きっちりにここへ来るのだ。」と思うと、こんどは、大胆な考えがわいてきました。それは、その時刻に崎代だけでなく、自分もこっそりどこかにかくれていて、ゆうれいの正体を見とどけたいということでした。それで、いよいよ時計の針が十一時近くなったとき千春は老母がとめるのもきかず、ベッドの下にもぐりこみました。

夜はしんしんとふけていきます。まっくらなベッドの下にもぐって、時計の音をききながら、ゆうれいのあらわれるのをまっている千春のむねに、ふと、友子のことがうかびました。こんなとき、友子がそばにいてくれたら、どんなに気がつよいだろうと思い、また友子に、相談もしないで、こんなことをはじめて、わるくはなかったろうかと考えました。そのうち、カチリとかすかな音がして、へやの入口のドアがすこしあいたようです。同時に崎代がからだを動かしたらしく、ベッドがぎいっと音をたてました。千春は、ベッドの下からくびをすこし出し、ドアのほうをのぞきました。

へやの中は、まっくらです。だが、ろうかからさしこむうすあかりで、千春の目にうつったものは、すこしあいたドアのすきまからへやの中へとずっとのびている、ほそ長いうでででした。これこそ、崎代から書きものをうけとろうとしてさしのばされた、ゆうれいのうでにちがいありません。そう思ったしゅんかん、どこから、そんな勇気がわいて出たのでしょう。千春は、われをわすれて、ベッドの下からとび出すと、そのあやしいうでにかじりつきました。

青がえるそっくりの顔

千春がむしゃぶりついた、ゆうれいのうで。そのいやらしい、ぬるぬるしたあたたかさの、きみわるかったこと。このとき、耳のそばで、

「青野さん。いれたらいかん。これをつかませて。」

という崎代の声。見ると、おばあさんの崎代がまっさおな顔で立っていて、そのゆうれいの手に、いそいで、なにかつかませました。それは、崎代がさっきまで泣きながら書いていた、みょうな手帳でした。

これさえわたせば、ゆうれいはきえてなくなると思って、千春は、そのうでをはなしました。ところがどうでしょう！　ドアは、さっと大きくひらかれ、のこのことはいってきたゆうれい！　とたんに、崎代が、きゃあ！　と大きなさけび声をあげました。

千春はおそろしさに、思わず目をつぶりましたが、また、すぐ思いきってあけると、そこに立っているのは、黒めがねの重秋。灰色の西洋ふうのねまきを着た、崎代のむすこの重秋ではありませんか！　しかも、その右の手には、いまつかませた手帳を、ちゃんとにぎっています。

「あっ！　いまのゆうれいは重秋！」と、千春はまるで、ゆめをみているような気がしました。しかし、重秋は、そんなことにとんじゃくなく、だまってのしのしあるいて母親崎代のベッドのまえに来ました。崎代はベッドの上で、ねこににらまれたねずみのように小さくなっていました。

「おかあさん。あなたは、ぼくがあれほどしてはいけないといったことをしましたね。よくも、こんなものを書きましたね。どうするか、おぼえていなさい。」

と、重秋は黒めがねごしに、母親をにらみつけ、にぎった手帳をふりまわしました。

「重秋。かんべんしておくれ。わたしがわるかった。つい、こわいものだから——書かなければ、いのちをとると、あのゆうれいがいうものだから、書いてしまった。もう二度とこんなことはしないから、ゆるしておくれ。」

と、崎代は、白髪頭をベッドにすりつけ、ぶるぶるふるえながら、あやまっています。重秋は、せせら笑って、

「きっと、こんなことがあるだろうと思って、ぼくは下にいても、おかあさんのへやの話が、わかるようにしかけをしておいたのです。ぼくをだまそうとしたってだめです。」

といいながら、黒めがねで、ぎょろぎょろあたりを見まわし、

「しかし、どうもへんだ。いままでは、神経だ神経だと思っていたが、どうやら、みょうなやつがこのうちにいるらしい。」

と、うでぐみをして考えこみました。それから、いきなり千春を見て、

「おい青野君。きみは、まさかこの手帳の中を見はしないだろうな。」

「はい。」

「では、きみは、その母のゆうれいを見たか?」

「いいえ。ただてんじょうで、みょうな音がするのをきいただけです。」

と、千春が、なるべくえんりょしてこたえました。

「うん。それは、たぶんねずみのしわざだよ。だが、もしみょうなやつがこのうちにしのびこんでいたら、近いうちに、きっとぼくがつかまえる。こわがったり、しんぱいすることはない。きみはおちついて、知らん顔をしていればいいんだ。なんもなかったようなつもりでいればいいんだ。わかったかね。」

「わかりました。」

と、千春が、すなおにうなずきました。重秋はそれから、自分の時計を見て、

「おかあさん。ゆうれいは、今夜十一時にこの手帳をとりにくるといった。ところで、もう、十一

時二十分すぎですぜ。でも、ゆうれいはこないじゃありませんか。ばかばかしい。だから、ぼくのいうことを信用して、なんにもこわがらずにいろって、なんどもいったじゃありませんか。」

といい、それなりへやを出ていこうとします。

「重秋。後生だから、その手帳をかえしておくれ。わたし、すぐやぶいてもしてしまうから。」

崎代が、あとをおわんばかりにしてたのみましたが、重秋はふりむきもせず、

「いいえ。ぼくは、これから書斎でこれを読みます。あなたが、どんなふうに、ぼくのことをそのゆうれいにつげ口するつもりか、よくしらべてみます。あなたのばつは、それからきめますぞ。はっきり。」

とおどかすようにいって、出ていってしまいました。

「ねえ、青野さん。たいへんなことになった。わたしが、あの手帳をゆうれいにわたすことを、どうして、重秋は知ったのじゃろう。」

と、崎代が、すぐ千春にききました。

「なんでも、このおへやにしかけがあるっておっしゃいましたが……。」

とこたえて、千春は、さっそくてんじょうからかべから、柱やゆかのまわりをずっとしらべてみました。しかし、どこにも、そうした機械らしいものは見あたりません。

「へんですねえ。機械らしいものも、電線も見あたりませんわ。」

と、崎代にいいながら、千春の頭の中には、いろいろなうたがいが、こんがらがっていました。

「このへやに機械がとりつけてないとすると、重秋さんがゆうれいの手帳をとりにくる時間を、知っていたのはおかしい。ことによると、あの重秋さんがゆうれいのふりをして、おかあさんを、おどかしているんじゃないかしらん。そうだとすれば、いつかの夜出たゆうれいも、天井のゆびの音も、重秋さんのしわざと思われるけれど、しかし、重秋さんがなんのために、おかあさんをおど

かすのだろう。おどかしたって、なんのとくもないだろうに。それから、わたしの万年筆や友ちゃんのハンドバッグを、まさか、重秋さんがとるはずもない。ああ、わからない。わからない。」

さんざんさがしまわったあげく、千春が、こんなことを考えて、崎代のまくらもとのいすにこしかけたとたん、夜中のしずけさをやぶって、「わあっ！」という、おどろいたようなさけび声！　それから、どたばた人がくみうちするような、ものすごい音がきこえてきました。このうちの中です。下のほうからです。どうやら、こんどは重秋の書斎らしいのです。なんということなしに、千春は崎代のへやをとびだし、はしごだんをかけだしました。

千春がろうかを走って、重秋の書斎のまえへ来たとき、さっとドアがひらいて、おどりだしたあやしいかげ！　うすくらがりでよくわかりませんが、まるで、青がえるそっくりにまっさおで、ふくれた大きな顔のまん中に光る目だまで、ぎょろりとにらみつけたおそろしさ！

千春が、あっと声をあげるひまもなく、その怪物は、矢のように台所のほうへにげていきます。なんだか、せむしのようにゆがんだからだ。青い色のきみょうな服。思わず、千春はそのあとをおいかけました。いったい千春は少女のくせに、その怪物をつかまえようとしたのでしょうか。それは、あとになって考えても、自分でもわかりませんでしたが、そのときは、ただむちゅうでおいかけました。ところが、長いろうかのつきあたりの、台所の入口まで来ると、怪物はにげ場がなくなったのでしょう。ぴたりと、かべのかげにしゃがみました。しめたと思って、千春が、こわごわそのかべのすみまで来てみると、まあ、どうしたのでしょう。青衣の怪物は、もうかげもかたちも見えません。そのすがたは、かべのすみで、けむりのように、きえてしまったのです。

「まあ、こわい！」

と、千春は思わずさけびました。同時に、えりもとから水をかけられたように、ぞっとこわくなり、からだじゅうがぶるぶるふるえてきました。それで、こんどはあともふりかえらず、いちもくさんに、重秋のへやのまえまでかけもどると、大いそぎでドアをあけてとびこみました。

見ると、これはたいへん！　いつも、きちんとかたづいている重秋の書斎は大混乱！　まるで大地震か火事のあとのよう！　テーブルはたおれ、いすはとび、書物も機械も、ゆかの上にめちゃめちゃにまきちらされています。その中に、重秋があおむけにたおれていました。

「先生！　先生！」

と、千春がおどろいてだきおこそうとしたが、重秋のからだはぐったりして、まるで死んだよう。千春があわてて、いろいろにゆすぶると、やがて、ううんとうなって、目をかすかに見ひらきました。

「どうなさいました、先生。もうだいじょうぶですか。」

「あ、ありがとう。もうだいじょうぶ。」

重秋は、よろよろと立ちあがりながら、右手でのどのあたりを、いたそうになでました。怪物にしめられたとみえ、そこがむらさき色にはれあがっていました。それから、あたりを見まわすと、きゅうにあわてて、かべのすみにとりつけてある金庫のところへとんでいき、中をしらべました。そして、ほっと安心したように、

「助かった。だいじな品はぬすまれなかった。」

とつぶやき、

「青いやつはどこへ行った？」と、千春にききました。

「ろうかのほうへ、にげていきました。」

とこたえながら、千春は、重秋の手に﨑代が書いた手帳がつかまれているのを見ました。

「ああ、わかった。てんじょううらのゆうれいは、やっぱり手帳をとりに来たのだ。だが、その手帳は、重秋がさきまわりしてとってしまったので、こんどは、重秋のへやへとりにはいったのだ。」と、気がつきました。

「おそろしいやつだ。こんなげんじゅうなしまりがしてあるのに、どこから来たんだろう。しらべてみるから、きみもいっしょに来たまえ。」

と、手帳を金庫へしまった重秋は、さきに立ってろうかへ出ました。

「このへんで、すがたがきえたのです。」

と、千春が台所の入口のかべのところをゆびさすと、そこらをゆびさきで、こつこつたたいて、しらべまわっていましたが、

「おかしいな。こんなところで、人間がきえるはずがない。きみの日のまちがいだろう。きっと、このかべにからだをよせていて、きみがいなくなってから、ほかへにげたんだよ。」と、信用しない口ぶりでした。

重秋は、それから千春をつれて、うちじゅうのこらずしらべてあるきました。そして書斎のまえにもどると、

「ごくろうさま。今夜はもうねよう。ねえ、青野君。いつもいうことだが今夜のできごとはけっしてだれにもしゃべらないようにね。そのかわり、あしたからきみのお給金は、倍にしてあげるからね。」

といって、さもつかれきったように、中へはいってしまいました。

意外な犯人

さて、そのあくる日、千春の身のうえには、またまたふしぎな事件がつづいてもちあがりました。その第一は、朝おきて千春が、いつものように老母崎代の食事をへやへはこんでいくと、おどろいたことに、崎代がまっさおな顔をして、ベッドの上にすわり、へやの上のほうを見つめていたことです。その顔はおそろしさで、いまにも泣きだしそうでした。

「まあ、おばあさま、どうなさいました。」

と、千春が声をかけながら、崎代の目がむいているほうを見ると、思わず、あっとさけび、もって

いた銀のおぼんをおとしそうになりました。

へやのすみにあるせいの高い洋服だんす。そのてっぺんに大きな黒ねこが一ぴき、ぎらぎら光る目で、崎代をにらみつけているのです。

「まあ、きみのわるい。どこからこのねこははいってきたんでしょう。しっ！　しっ！」

千春が手をあげておっても、ねこは動こうともせず、かえって、とびかかりそうに、ものすごいうなり声をたてるのでした。

「けさ目をさますと、ちゃんとへやの中にいた。わたしは、ねこが大きらいだから、こわくてこわくて、いままで身動きもできなかった。あんたのくるのばかりまっていたのです。」と、崎代は、ねこを見つめたなりいって、

「ねこはまものじゃ。ゆうれいのつかいじゃ。ゆうべやくそくの手帳をわたさなかったものだから、いよいよ、こんど、わたしのいのちをとることにきめたのです。」と、かなしそうにためいきをつきました。

「そんなことあるものですか。これは、どこか近所のねこですよ。まぎれてはいってきたんですよ。」

「いいえ、ふつうのねこなら、ゆうべから、ドアもまどもきっちりしめきりになっているこのへやへ、はいれるはずがない。ああ、おそろしい。どうしよう。」

と、崎代が身ぶるいするのを見て、千春は思いきって、まどをあけはなし、はたきをもってきて、ねこをおいだしにかかりました。なにしろ大きなきみのわるい黒ねこなので、千春も、こわさに目をつぶり、めちゃくちゃに、はたきをふりまわしていると、それでもねこは、たんすの上から飛びだそうともしませんでしたが、しまいにぽんとゆかの上におり、まどから出ていってしまいました。

ほっと安心した顔つきで、朝のごはんをたべている崎代を見ると、千春はこのおばあさんがかわいそうになりました。夜もひるも、ゆうれいにおどかされ、けさはまた黒ねこにまで、おどかされ

ている崎代を、つくづく気のどくに思いました。それで、きょうはせめて、おもしろい小説をたっぷり読んでなぐさめてあげようと思いました。しかし千春が、そうやって朝のうちいっぱい、ねっしんに、崎代に小説を読みきかせているあいだに、第二のふしぎな事件がおこりました。それは、千春がふと、もうなん時かしらと思って、テーブルの上を見たとき、おいたはずの、自分のうで時計がなくなっていたことです。いつもかわバンドで、うでにはめている小型の時計ですが、なんだか本を読むのにじゃまな気がして、いましがたはずして、そこにおいた、それがなくなったのです。

「あっ！　また、時計がなくなった！」

千春はこうさけんで、本を読むのをやめると、あわてて、そこらにおちてはいないかさがしてみました。しかし、かげもかたちもありません。千春は、じいっと崎代の顔を見ました。おばあさんはベッドの上にあおむいたきり、目をつぶっています。

いちばんはじめが、万年筆、二度めが友子のハンドバッグ、そしてこんどが、うで時計です。いったい、これはゆうれいのしわざでしょうか。もし、ゆうれいのしわざとすれば、ゆうれいは、なぜなんのうらみもないはずの、自分や友子のものをとるのでしょうか。千春はこんどこそ、もうがまんができずはらがたってきました。そして、ゆうべ見たあの青い服のせむしのようなゆうれいがとったとすれば、いま自分が本を読んでいるあいだに、はいってきてとったにちがいない。そして、またゆうべとおなじようにろうかへにげだしたにちがいないと考え、すぐあとをおいかけて、二階から下までさがしまわってあるきました。しかし、うちじゅうはしいんとしてしずかで、台所のそとではばあやがひとり、せんたくをしているだけなので、きつねにつままれたような顔をして、崎代のへやへもどってきました。と、いつのまにか、重秋がはいってきたとみえ、親子でなにかはげしく口げんかをしている声がきこえます。そこで、はいってはわるいと思って、しばらくドアのそとに立っていましたが、親子のけんかは、だんだんはげしくなって、しまいには崎代の泣き声まできこえてきました。

「そうだ。ゆうべゆうれいに手帳をわたしたので、重秋さんがいじめているのだ。」と、気がついた千春は、崎代がかわいそうになり、思いきって、ドアをあけてはいっていきました。

思ったとおり、重秋は、黒めがねの顔におそろしい青すじをたてて、どなっており、崎代も、しわだらけの顔をいちめんなみだでぬらして、いいあいをやっていましたが、千春を見ると、ふたりはいいあわせたように、ぴたりとだまってしまいました。そして、重秋が、わざとごまかすようにかるいちょうしで、

「やあ、青野君、どうしたんだ、そのみょうな顔は？　なにかさがしものでもしてるようだね。」

と、声をかけました。

「ええ、こんどは、時計がなくなったんですわ。」

「なに、時計がなくなった。いつ、どこで？」

「いましがた、このおへやの中ですわ。」と、千春がこたえて、

「たくさんお給金をいただいても、こうつづけていろんなものがなくなっては、わたし、このおうちにいられそうもありませんわ！」と、ついぐちをいってしまいました。

「それはおかしいね。いったいいままでに、なんとなにがなくなっているんだね。」

と、重秋がむずかしい顔をしてききなおします。そこで千春は、万年筆のことから、友子のハンドバッグのことから、いままでのことをのこらずくわしく話しました。

重秋は、黒めがねの下で、目でもつぶっているようすで、じっと千春の話をきいていましたが、ききおわると、なんにもいわず、こんどは崎代のほうをじろりと見ました。と、どうでしょう。ベッドで、あおむけにねている老母崎代のからだが、きゅうに木の葉のようにぶるぶるふるえだしまし

た。つぎに、重秋はだしぬけに、左うでを長くのばすと、それで、やせた母親のからだを動かぬようにぐっとおさえておき、右うでで、ベッドにかけた毛布の下や、まくらの下をかきさがしはじめました。と、まもなく、その手のひらには、いろいろな品ものがつかまれて出てきました。さいしょには、いましがたなくなったうで時計、つぎには赤いアメリカ製の万年筆、そしておしまいに、友子のハンドバックが出てきました。

「あっ！ では万年筆や、ハンドバッグをとったのは、ゆうれいではなくて、このおばあさまだったのか。でも、どうしておばあさまがこんなことを！ わたし、とても信じられない。」

千春がこう思って、ただびっくりしていると、重秋は出てきた品ものを、まとめて千春にわたし、せきばらいをしてから、「青野さん。こんな母をもった、むすこのはずかしさをさっしてください。あなたがはじめてこのうちへ来た日、ぼくは母にいろいろなわるいくせがあることを話しました。そのなかでひとつ、ぼくが話しかけてとちゅうでやめてしまったくせのことをおぼえていますか。それがこれなのです。わたしの母は、むかしから、なにかきれいなものや、めずらしいものを見ると、きゅうにほしくなり、ひとのものでもかまわずにぬすむ、わるい病気があるのです。そして、どんなゆたかなくらしをさせておいても、この病気がなおらないのです。でも、あなたが思いきって話してくれたので、品ものが早くとりもどせてよかった。そのハンドバッグの中もよくしらべて、お友だちにかえしてあげてください。」

と、きまりわるそうにいいました。

千春は、なんだかゆめの国の中をあるいているような気もちで、うで時計をはめかけました。と、そのとき、ちらとなにかを見た重秋が、おどろいたように

「あっ！ それはなんですか。」

とききました。重秋が見つけたのは、千春のうでの、ちょうど、時計をまきつけるところにある、

大きな赤いあざでした。

「はい。これは、小さいときからついているやけどのあとですわ。」と、千春が気まりわるそうに、顔を赤くしてこたえ、

「ですから、わたし、いつも、このきずの上ぴっちりに、時計をはめときますの。」と、いいたしました。

「きゃあ！」

とつぜんあがった、ものすごいさけび声！　千春がびっくりして見ると、その声のぬしはおばあさんの崎代。いましがた、わるいくせを重秋に話されて、さも、めんぼくなさそうに、ベッドに顔をうずめていた崎代が、いつかむっくりおきあがり、目をさらのように大きくして、千春のうでのきずを見つめていたのでした。

「重秋！　見たか。この子のきずを！　わるいことはできないものだよ。おぼえているだろう。あれだよ、あれだよ、あれだよ。」

と、やがて崎代がさもおそろしそうに、さけびだしました。そして、千春のおどろいたことには、こう崎代にいわれると、めったに顔色をかえない重秋までが、死人のような青い顔になって、千春のきずを見つめているのでした。

なぞの傷あと

左うでの傷あと

「青野さん。いったいあなたはどこで生まれた？　あなたのくにはどこなんだい？」

顔色をかえた重秋が、じいっと千春の顔を見つめてききました。声がふるえていました。

「生まれたのは青森だといいます。けれど、わたしは、父の顔も母の顔も知らないんです。」

「なに？　青森？」重秋は、ちらりと崎代の顔を見ながら、

「それで、あなたは、このやけどのできたのは、いつごろか、そのときのことおぼえていますか。」

「いいえ、ちっとも。」

と答えながら、千春はなんで重秋が、こんなみょうなことをきくのだろうと思いました。

「どれ、もう一ぺん見せてください。」

重秋がぶえんりょにうでをにぎって、じろじろその丸いやけどのあとを見るので、千春ははずかしくてたまりませんでした。

「そら、ちょうど一銭銅貨くらいだよ。」

と、そばから崎代が、また口をだしました。

「だまっていらっしゃい。あなたは、口が多すぎる。」

重秋がすごい目つきで、母の崎代をにらみつけました。しかられた崎代は、かめの子のようにくびをちぢめて、だまりました。

「それでは、あなたが、このやけどに気がついたのは、いつごろでした。」

手をはなすと、重秋がまたききだしました。

「小学校のときですわ。わたし、お友だちにいわれてはずかしかったこと、おぼえています。」

「その小学校も青森でしたか?」

「いいえ。東京でした。もうそのころは、わたしは、愛隣寮にひきとられて、そこから学校へかよっていたのです。」

「そうすると、あなたは愛隣寮へ来るまえのことは、まるで知らないのですね。だれか知ってる人がありますか。寮には、あなたの身のうえのことを書いた書きつけでもありますか?」

「さあ。寮長さんか主任さんが、ごぞんじかもしれません。」

重秋は、黒めがねの下で、じっと目をつぶって考えていました。それからこんどは話しぶりを変えて、

「もう一つ、みょうなことをききますがね、青野さん。あなたがここへつとめるようになったのは、しぜんにそうなったのですか? それともだれかが、あなたにたのんだようなことはなかったのですか?」

「いいえ。だれもたのみませんわ。あの日、いきなり寮の主任さんによばれて、あなたにお目にかかり、ここへ来るようになったのですわ。」

「ふうむ。」

重秋はうなずきながら、どうもまだ、なにかうたがいがとけないように、みょうな目でじろじろ千春を見まわしています。崎代もねながら、同じようにだまって、きみょうな目つきで見ているのです。千春は、なにがなんだかわからず、きみがわるくなりました。

そのうちに重秋は、だまって、崎代のへやから出ていきました。まもなくどこかへ用事ででかけたらしく、玄関のドアがあいて、またしまる音がきこえました。千春はまた崎代とふたりきり、しずかなへやにとりのこされましたが、気がついてみると、まだ目のまえのテーブルの上には、友子のハンドバッグや、赤い万年筆がならんでいます。みんな崎代がとってかくしておいたものです。

「ほんとうかしらん？　ほんとうに、こんなおとなしいおばあさまが、どろぼうをしたのかしらん？」

千春は、まだ信じられぬ気がして、ベッドの上の崎代を見つめました。この上品な白髪のおばあさんは、けろりんとした顔をして、すましててんじょうを見つめているのでした。千春はとにかく出てきた品ものをふろしきにつつんで、こんどは、崎代の手のとどかないへやのすみにおきました。

それから、なにげないふうで、

「あの、小説のつづきを読みましょうか。」

ときくと、崎代はだまってうなずくので、またしばらく、本を読んできかせていると、まもなく崎代はすやすやねむってしまいました。

千春は本をふせて、いろいろなもの思いにふけりました。

「第一に、自分の手くびのはずかしいきずのこと。このやけどのあとを見て、どうして重秋と崎代とが、あんなにおどろいたのだろう。崎代は、きゃあ！とさけび、重秋は顔をまっさおにしたではないか。いったい自分のこのきずと、あのふたりのあいだに、どんなかんけいがあるのだろう。それから、崎代は重秋に、「見たか、この子のきずを。あれだよ。あれだよ。」わるいことはできないものだよ。あれだよ。あれだよ。」と、さもおそろしそうにいったが、あれは、いったいなんのいみだろう。あのふたりは、わたしのこのきずについて、なにか知っているのだろうか？

そんなことはありそうもない。わたしははじめてこのうちへ来たのだし、あの親子にあったのもはじめてなのだから。そんなむかしのことを、あの人たちが知っているはずはない。それから、重秋さんが、わたしの身のうえのことをくわしくきいたり、さもうたがいぶかそうな目でわたしを見つめていたのもへんだ。どうもこのうちには、きみょうなことばかりありすぎる。いままでは、ゆうれいのさわぎだけだったが、こんどはわたしまで、その中にまきこまれそうになってきた。いやだなあ。どうも気持ちがわるくてしょうがない。」

こんなことを考えているうちに、千春は、ふと、ゆうべさがしかけた機械のことを思い出しました。それはこのへやで、崎代がゆうれいとやくそくしたり、自分たちが話しあっていることを、重秋がみんなきいているらしい機械装置のことです。崎代がよくねむっているのをさいわい、このあいだに、もう一ぺんよくさがしてみようと、千春はそっと立って、へやじゅうを見てあるきました。そうすると、ゆうべは気がつかなかったが、本箱のかべに、古いラジオの箱がおいてあるのが見あたりました。これはもう機械がこわれていて、つかえないというので、だれもダイアルをまわさず、それなりかざりもののようにおいてあるのですが、よく見ると、その箱から出た一本のひもが、ゆかの下へもぐりこんでいるのです。

「ああ、これだわ。きっとこの古いラジオの中にしかけがあるんだわ。そしてこの線が重秋さんの書斎へつづいていて、ここの話がなんでも下へきこえるようになっているんだわ。」

と、千春がにっこりうなずきました。それから、このひもがどんなふうに、どんな機械につづいていて、このへやの声がどんなにきこえるか。一ぺんききたいものだ、と思いました。そこで重秋はちょうどるすだし、もし、かぎがかかっていなかったら、下の書斎へはいりこんで、そこもしらべてみようと思い、千春は、そっと崎代のへやを出て、はしごだんをおりかけました。

しかし、はしごだんの下まで来ると、千春の気がかわりました。それは、きゅうに友子のことを思いだしたのです。

「そうそう、友ちゃんのだいじなハンドバッグが見つかった。このことを知らせてあげたら、あの人、どんなによろこぶだろう。」

と思いつくと、重秋の書斎へ行くことはやめて、電話室へはいりました。

愛隣寮をよびだすと、やがて、友子の懐かしい声がきこえてきました。

「もしもし、友ちゃん。しばらく。きょうはいいことがあったのよ。それで電話かけたのよ。あの、あなたがこないだなくしたハンドバッグ、見つかったわ。」

「あら？　どこにあって？　どうして見つかったの？」

友子の声は、さすがにうれしそうでした。

「それ、ちょっとここではいえないわ。でも、しらべてみたら、中のものもそっくりしているらしいわ。あんしんしてちょうだい。それから、わたしの万年筆もいっしょに見つかったのよ。」

と、千春がなおも話しつづけようとしたとき、こんどは、友子がきゅうに思いだしたように、

「そうそう、千春さん。あなた知ってるのかしら？　みょうなことがあるわ。さっき、あなたのうちのご主人の門倉さんが、とつぜん寮へ来たのよ。そして、青野さんの身のうえについてききたいといって、主任さんにあって、だいぶ長くいろんなことをきいていらっしゃったようだわ。なんでも大事件でもおきたように、ひどくそわそわあわてていらしゃったんですって。もうお帰りになったけ

ど、あとで主任さんが言っていたわ。『なんで青野君のことを、あんなにくわしくしらべるんだろう。なにかおきたのかな？　それとも、あの人を養女にもらう気にでもなったのか？　どうもおかしいなあ』って。それでじつは、わたし、いまあなたに電話しようか、お手紙を書こうかと思っていたところなのよ。」

これをきいて、千春のむねははっとしました。

「それでは重秋さんは、さっきわたしのうでのきずを見たあとで、すぐ寮へ行ったのだ。そして、私のうまれたところや、きょうまでの身のうえをくわしくしらべたのだ。でも、なぜそうならそうと、わたしに一言も話さないで、あの人はだまって行ったのだろう。どうして、そんなにひみつにしておくのだろう？　それよりもどうしてあの人は、わたしのやけどのあとをそんなに気にするのだろう？」

友子の電話のきれたあと、千春はしばらく自分のへやで、重秋のふしぎなふるまいについてじっと考えていました。

へびのふろしき

午後になって、千春がまた崎代のベッドのそばのいすにこしかけていると、重秋がすうっとはいってきました。そして、いきなり、

「青野さん。これからすこし母とふたりだけでしたい話があるんです。二、三十分間、あなたは自分のへやで休むか散歩でもしてきなさい。」といいました。

千春は、いったい重秋が、愛隣寮でどんなことをしらべてきたのかと思い、その顔をちらと見ましたが、あいかわらず陰気な黒めがねにかくされていて、その表情はよくわかりませんでした。

「お天気もいいいし、ではそのあいだ、ひさしぶりでおもてでもあるいてこようか。」と考えながら、千春はろうかへ出ましたが、これから重秋が母親

とどんな話をするのだろう。きっと愛隣寮できいてきた自分の話をするのにちがいないと思うと、むらむらと、その話がきいてみたくなりました。と、ふと、むねにうかんだのは、重秋の書斎でした。「あの書斎へはいれば、きっと、二階の話し声がきこえる機械があるにちがいない。」

そこで千春は、はしごだんをおりて、重秋の書斎のまえへ行き、そっと、ドアのとってをひっぱってみました。運よくドアにはかぎがかかっていません。そこで千春は、こんどは自分が散歩に出たらしくみえるように、わざと玄関のドアを大きく音をさせてあけ、また、ガチャーンとしめました。それからしのび足でそっともどって、重秋の書斎へしのびこみました。

千春は生まれてはじめて、こんな、人にかくれたことをするのですから、書斎へはいったとたんに、むねがものすごくどきどきなりだしました。見ると、ゆうべ、あんなにめちゃくちゃだった書斎は、もうきれいに、もとのようにかたづいていましたが、どこに、どんなふうに、機械がすえつけられているのか、なかなかわかりません。千春が目をおさらのようにして、あっちの本箱の上やら、こっちのくすりびん棚のすみやら、こまかにさがしているうちに、時間はもうだいぶすぎてしまいました。

「早くきかないと、ふたりの話はもうすんでしまう。そうしたら、重秋さんがおりてくるかもしれない。」

千春がいらいらしながら、なおもさがしていると、けっきょくその機械は、ごくかんたんなところで見つかりました。いつも重秋がつかっているいちばん大きいテーブルの二番めのひきだしから、黒い電線のくさりひもがたれているのが見えました。そこをあけると、卓上電話の受話器そっくりの機械がだいじそうにしまってありました。千春がむねをおどらせて、それを耳にあてたとたん。

「……大きいやつはたしかに死んでいるんだが、小さいやつはのこっている。ぼくは、あれがその小さいやつじゃないかと、しんぱいしてるんですよ。」

と、みょうなことをいっている重秋の声がはっきりきこえてきました。

「いいえ。大きいのも生きておる。からだは死んでおるが、ゆうれいになって生きておる。それが、わたしを朝晩いじめるのじゃ。わたしはそれにいじめころされるのじゃ。」と、こんどは崎代のかなしそうな泣き声。

「いいえ。ゆうれいなんてあるはずがない。もっと気をしっかりして、事実を見きわめなければいけません。」

「それでは、あの金色の手のあとはなんです？　あれは、あの天塩川の砂そっくりじゃないか。それから、あの青いゆうれいの着物は？　あの死んだ男に青い着物を着せたのは、おまえじゃないか。いいえ、これはみんなおまえのつみのむくいです。わたしも、だまってそのつみを見ていたむくいで、いまゆうれいにくるしめられているのじゃ……。」

「でもねえ、おかあさん。それはそれとして、ぼくが、いまなによりも気をつけなければいけないと思うのは、あのむすめですよ。あれは、どうも生きのこりの小さいやつらしいですよ。」

「そうじゃ。あのやけどのあとが、しょうこじゃ。あれもおまえが、かわいそうに一銭銅貨を火でやいて、くっつけて……。」

「およしなさい！　おかあさん！　そんな古いことをいうのはおやめなさい！」と重秋がおこったような声を出しました。

それなり、ふたりは、しばらくなにか考えているようでした。

「……だから、おかあさん。さしあたり、ぼくはあのむすめをしまつしようかと思っているんです。」

と、やがて重秋のしずかな声がきこえてきました。

「まあ、おまえ。またそんなおそろしいことを！」

とふるえた崎代の声がいいました。

「いいえ。あれを生かしておくと、このさきがおそろしいのです。いえ、ころしはしません。病気にして、しぜんひまをとるようにするのです。いきなりひまをだしたりして、寮のほうでみょうなふうに考えられると、かえってきけんですから……。」

「でもおまえ。もうわるいことはやめておくれ。それでなくとも、わたしはもう生きていることがおそろしいのだから。」

「いいえ。あなたこそ、その気のよわいのをおやめなさい。気がよわいから、ゆうれいなんぞにおどかされて、あんなばかばかしい手紙を書くのです。あんな手紙が、もしよその人の手にはいったら、ぼくたちのからだはどうなると思うんです。いったい、なんのおかげでぼくたちは、こうしてらくに遊んでくらしていると思うんです。あなたこそ、もうすこししっかりしないと、ゆうれいにころされるよりさきに、ぼくがしまつしてしまいますぞ！」

こう重秋が、ものすごい声で、母親をおどかしました。つづいて崎代が、またかなしそうな声で、

「ああ、おそろしい！　またあの子はどんなめぐりあわせで、このうちへつとめに来たのだろう。これが恐ろしい因果というものか。」と、ふといためいきをつく音がきこえました。

千春は二階のへやの話し声を、ここまでじっときいていましたが、あんまりおそろしい話なので、そのあいだにじりじりと顔じゅうにつめたいあせがながれてきました。「大きいやつは死んでいるが、小さいやつは生きている。」「あのやけどのあとが、しょうこじゃ。」「おまえが一銭銅貨を火でやいてくっつけて。」「あのむすめをしまつする。」「ころしはしませんが、病気にして……。」などという、きみょうな、ぞっとするようなことばが、いなずまの光のように、頭の中を飛びちがいました。「いったい、そのむすめとはわたしのことなのか。わたしはここの親子と、そんなにふかいかんけいがあるのか。そして、ここの主人の黒めがねの重秋は、ほんとうに、わたし

をなにかで、病気にさせるつもりでいるのか？」

千春が受話器をまだ耳にあてがったなり、もうなにもきくことをわすれて、うろうろそんなことを考えまどっていますと、とつぜん、受話器がやぶれるほどの大きな声で、きゃあ！　とさけぶ崎代の声。つづいて重秋が、

「あっ、へびだ！　どうしたんだろう。どこから来たんだろう。あぶない！　へびだ！　へびだ！」

とどなりさわぐ声がきこえてきました。千春はぎょっとして、受話器をもとのひきだしへいれ、ふたをしめました。そして、

「へび？　へびだときこえたが、まさか、きさちがいじゃあるまい。どうしてへびなんかが、二階へ出たんだろう。」と思いながら、いま帰ってきたように玄関のドアの音をさせて、二階へかけあがりました。

「ただいま！」

と、声をかけて、崎代のへやのドアをあけたせつな、千春は、一ぴきの天びんぼうほどもある大きな青へびが、かまくびをもちあげて、くねくね、ゆかの上をはいまわっているのを見ました。それから、ベッドの上で両手で顔をかくし、おそろしさに、ぶるぶるふるえている崎代を！　まっさおな、きんちょうした顔で手をふりあげ、へびをおっている重秋！

「まあ、こわい！」

と、にげだしそうになりながら、ふと見ると、へびは一ぴきではありません。三びきも四ひきも、目をぎらぎら光らせたふといやつが、頭をもちあげながら、へやのすみからはいだしてきます。そこで千春は、重秋にむかい、

「たいへん、たいへん。それ、一ぴきではありませんわ。うしろにもいます。」

と、どなりながら、ふと見ると、目についたふろしきづつみ。それはさっき自分が見つけたハンドバッグや万年筆をいれて、すみにおいたふろしきづつみです。しかも、大きな青いへびたちは、みんなそのふろしきづつみの中から、つぎつぎとき

みわるくはいだしてくるではありませんか。

これには、千春もまっさおになりました。だれが、わたしのあのふろしきの中に、へびをいれたのだろう。いつ？　わたしがさっき、ちょいと崎代のへやを出たあいだにだろうか？　これも、てんじょうの、あのゆうれいのしわざか。ああ、こわい！　ああ、おそろしい！　千春がそう思っているあいだ、五ひきの大へびは、とうとう、みんなふろしきからはいだしてしまいました。そして一ぴきが、崎代のふるえているベッドの上にのぼりかける。一ぴきが、重秋の足にからみつく。いやもう、たいへんなそうどうです。

千春は思いきって、ろうかから長いおざしきぼうきをもってきて、それをふりかざしながら、へやの中へすすみいりました。そうして、なによりさきに、崎代のひざちかくはいよろうとした一ぴきをはらいおとしました。これに気がついたか、重秋も足にからみつく一ぴきをふりはらってろうかへとびだすと、自分も、もう一本ほうきをもってきました。そして、

「青野君！　しっかり、しっかり。頭をぶってぶちころすんだ。さもなきゃ、ろうかへおいだすんだ。」

と、命令しながら、ひっしになってへびとたたかいはじめました。その顔は、おそれとにくしみで、まるで、気ちがいのようでした。しかし、なにしろ、五ひきの大きなへびが、あっちへこっちへと、のたくりまわるのです。目をぎらぎらさせ、口から赤い火のようなしたをちろちろ出し、全身の青いうろこを光らせてあばれまわる、そのきみのわるいこと！

「だ、だれが、そんなふろしきをもってきたのだ。それは、だれのふろしきだ。」

ほうきをふりまわしながら、重秋がどなりました。

「それ、わたしのふろしきなんですけど。」

と、千春がせいせいいいながらこたえました。

「なに、きみのふろしきだ。いったいきみは、な

んで母のへやへなんかへへびを?」

といいながら、重秋が、黒めがねごしに、きっと、千春の顔をにらみつけました。はっきり見えないが、黒めがねの中から光ったその目つきの、おそろしかったこと!

「いいえ。わたしは知りません。わたしへびなんかいれてきません。ハンドバッグと万年筆だけいれといたのです。その中へだれかがへびをいれたのです。」

と、千春がひっしになって、べんかいしました。

しかし、それでも重秋はまだうたがいがはれないように、じいっと千春の顔を見つめていました。

と、このとき二人の頭の上のてんじょううらに、またしても、あのあやしいゆうれいの笑い声が、わっはっはっと、みんなをばかにするように、ものすごく尾をひいてひびきわたりました。

あやしいごちそう

「へんだわ。あの、にょろにょろへびが出た日から、このうちの人、へんにわたしにていねいになったわ。これじゃ、おつとめに来ているんじゃなくて、まるで、おきゃくさまみたいだわ。」

ある夕がた、千春がこんなひとりごとをいっていました。このとき、千春は二階の自分のへやにいて、テーブルの上の晩ご飯をながめていました。

千春が門倉家へきてから、ずっと三度のご飯は、下の食堂でばあやとふたりでたべていました。ところが、今夜はとつぜんばあやが、大きなおぼんにのせた晩ご飯を、千春のへやへはこんできたのです。そこで、おどろいた千春は、

「あら、ばあやさん。そんなことしてお気のどくだわ。わたし、あなたといっしょに下でたべるわ。そのほうが、ひとりでたべるよりおいしいわ。」

といって、ことわったのですが、ばあやは、ただ一こと、

「でも先生が、今夜からこうしろとおっしゃいましたから。」

といって、だまっておいていってしまったのです。

そして、おぼんの上には、いつもよりずっとじょうとうなごちそうがならべてありました。しかし、ひとりごとはいったものの、だれだってごちそうをされていやに思うものはありません。ことに千春は、ちょうどおなかがすいていたので、さっそくあついカツレツをたべはじめました。ばあやはお料理がじょうずで、あぶらのころもが、かるくかかったやわらかいカツレツ。それをたべ、ご飯をたべていたあいだは、なにごともありませんでした。そのつぎに千春は、ふと、おわんのおつゆをすわなかったことに気がつきました。カツレツに気をとられて、わすれていたのです。で、こんどはそのおつゆをすおうと、それに手をのばしたとき、きみょうなことがおこりました。

コツ、コツ、コツ……。

天井がなりだしたのです！　千春はびくっとしました。

天井のゆびの音は、もうたびたび崎代のへやできました。しかし、それが千春のへやでなるのは、きょうがはじめてです。千春は思わず、おわんにのばした手をひっこめ、その音に耳をすませました。こころの中で、ゆうれいが、こんどはわたしに信号をはじめた、いったいどんなことをいうつもりだろうと、考えながら……。

コツ、コツ、コツ……コツ、コツ、コツ、コツの音はしずかにひびきます。まるで時計のセコンドをきざむよう、ゆび……。まるで時計のセコンドをきざむよう、ゆびの音はしずかにひびきます。千春は生まれつきりこうな子です。いつか崎代からきいたゆうれいの信号のときかたを、おぼえていましたから、さっそく紙の上にいろは四十八文字を書き、ゆびの音の数をそれにあてはめてみました。すると、そのいみはつぎのようでした。

「オワンノナカノモノヲタベルナ。」

天井のゆびの音は、さっきからそのもんくをくりかえし、たたいているのでした、それがわかると、千春はもう一ぺん、おわんのすいものを見なおしました。中に青いみつばやおさかなのきりみがはいっていて、いかにもおいしそうです。しかし、ゆうれいがたべてはいけないとおしえるのだから、たべないでおこうと思いました。それから、天井のゆうれいに、わたしだって、ゆびの信号くらい知っているぞということをしらせてやりたくなり、すぐゆびでテーブルの上をたたいて、つぎのような信号をおくりました。

「タベナイ。」

これをきくと、ゆびの音はすぐやみました。そこで千春は、もうゆうれいは、食事のじゃまをしまいと考え、ゆっくりご飯をたべおえました。ところがいよいよさいごに、お茶をのんで、おはしをおいたとき、またもや、ゆびの音がなりだしました。

「うるさいゆうれいだなあ。まだなにかいうことがあるのか。」

と、千春はすこしいらいらしながらきいていますと、こんどの信号は、

「オワンノナカノモノヲ、ミンナ、マドカラステロ。」でした。

千春は、なぜだかわからないけれど、こんどもゆうれいのいうとおり、そのおわんをとって立ち上がると、まどをあけて、その中のものを、ザブリとそとへあけました。すると、ゆうれいのちゅうもんは、これでぜんぶだったとみえ、天井うらは、しいんと、しずかになってしまいました。

やがてばあやが来て、おぜんをかたづけていってしまうと、千春は、しばらくひとりで考えました。

「いままで、このうちのおばあさんにばかり信号していたゆうれいが、こんどは、わたしのへやへまで出てきて、たべもののさしずをするようになった。これはどういういみだろう?」

すると、いきなり千春のむねに、おそろしい記憶がよみがえってきました。それは二三日前きい

た、重秋と崎代のひそひそ話！「あれを生かしておくと、このさきがおそろしい！　いいえ、ころしはしません。病気にして、しぜん、ひまをとるようにするのです。」といった、重秋のことばです。「してみると、あのおわんの中には、わたしを病気にするどくでもはいっていたのか？　それをゆうれいが知っていて、わたしにのむなとおしえたのか？」と千春は考えつきました。それならやっぱり、のまないでよかったと思うとたん、おそろしさに、ぶるぶるからだがふるえました。

「しかし、おかしい。重秋親子をあんなにくるしめているゆうれいが、どうしてわたしのことなんか、しんぱいするのだろう。いったい、わたしみたいな女の子のことを、しんぱいするゆうれいなんてあるだろうか。してみると、この天井うらにすんでいるのは、ゆうれいじゃなくて、ほかのものかしら。でも、あんなきみのわるい、かえるのような顔をして、ときどきへびにばけたり、また、けむりのようにすがたをけしたりするものは、ゆうれいのほかにはない。ああ、わからない、わからない。まるでゆめをみているようだ。世の中に、こんなふしぎなうちがあるだろうか。」

いくら考えても、千春のむねには、あとからあとから、新しいうたがいがわいて出てくるのでした。

ところが、その夜ふけになると、もっとふしぎな事件が千春の身におこりました。それは、その晩、千春がいつものように崎代のベッドのそばでおもしろい小説を読んでやり、崎代がねむったので、そっと自分のへやへもどろうとしたとき、ドアがあいて、黒めがねの重秋が、ぬっとはいってきました。

「やあ、青野さん。まだおきていたのか、ごくろう、ごくろう。」

こう声をかけた重秋は、どこかの会へでも行って、お酒を飲んできたとみえ、たいそういいきげんでした。そして、いすにこしをかけると、左手にかかえていた紙づつみをテーブルの上におき、

「おかげで母はねむりましたね。まったくあなた

が来てから、母はだんだんげんきになりました。それから、母のいちばんわるい病気、あの、ほしくもないのに、人のものをとってかくす病気も、あれいらい、すっかりやんだようです。ね、そうでしょう。あれから、あなたになくなったものなどないでしょう。

それに、このうちの中でときどきおこったみょうなできごとも、この二三日はまるでなくなった。ぼくはこう思うのです。あの、ゆうれいが出た、ゆうれいが出た、と母がさわいだのは、きっとだれかのいたずらですよ。この近所に、ぼくらのすんでいるこのうちを買いたがってるやつらがある。ところがぼくは、だんぜん売らない。それでそのやつらが、どうかして、ぼくに売らせようと思って、いろいろゆうれいのまねをしてこわがらせ、このうちをばけものやしきみたいに思わせようとしている。だから、あのねこやへびをほうりこんだのも、そいつらのしわざだとぼくはにらんでいるのです。だが、かんじんのぼくがおどろかないもんだから、やつらもあきらめたらしく、いたずらをしなくなってきた。もう、あんしんですよ。こわがることなんかありませんよ。アッハッハ。」

重秋はめずらしくぺらぺら、こんなことを長くしゃべってから、ふと紙づつみに気がついたように、

「そうだ。ぼく、あなたにいいおみやげをもってきた。あけてみせましょうか。」といいながら、それをひろげました。

千春は目をみはりました。きれいなチョコレートをつめた箱！　ふたをあけると、金や銀や赤や、色さまざまな紙にくるまれたおいしそうなのが、宝石のようにかがやいています。

「みごとでしょう。これ、放出品で、とてもおいしいチョコレートですよ。箱ごとそっくりあなたにあげますから、たのしみにゆっくりひとりでおたべなさい。」

と、重秋はやさしくいって、じいっと千春の目を見ました。そして、もとどおりにふたをすると、

では、おやすみなさいと、あいさつして出ていきました。

ところで、もし千春がもっとうたがいぶかい性質の子だったら、このとき、重秋がドアをあけながら、ちょいと千春をふりかえり、にやにやときみわるく笑った、悪魔のような顔に気がついたでしょうに、千春は、もうなにもかもわすれて、うれしさでむねがいっぱいでした。だって、寮にいたときでも、この門倉家へ来てからも、チョコレートなんてしばらくたべたことがありません。それをいちどきに、こんなにたくさんもらったのです。いままでただこわいと思っていた重秋が、とつぜん、とてもしんせつな人のように思われました。

まあ、うれしいわ、といいながら、千春は、そのきれいな箱をむねにだきしめると、いそいそ自分のへやへ帰りました。

おばけかし箱

さて、自分のへやのかけなれたいすの上におちつき、ベッドのそばの小ちゃいテーブルにおかしの箱をのせると、千春はしばらくのあいだ、ふたをとったりしめたりしながら、そのチョコレートの行列をながめていました。やがて、どれからたべようかな、金色のにしようか、赤い長っぽそいのにしようか、と思いながら、とうとう赤い紙につつまれたのを、一つつまみあげ、ちょうど口にいれようとしたとき――。

コツ、コツ、コツ……。

またはじまったゆびの音！　しいんとした夜のしずけさをやぶって、そのきみのわるい音が、天井にひびきました。

千春はおどろいて、チョコレートを下におきました。そして、耳をすませると、またしても、「タベルナ。」の信号でした。だが、こんどこそ千春は、よけいなせわをやくそのゆびの音が、しゃくにさわりました。だって、おいしそうなチョコレートが、こんなにたくさん目のまえにあるのに、それをたべていけないってほうがあるものか。千春は、おこった顔をして、天井にらみつけると、ぷんぷんしたゆびのさきで、さっそくへんじをたたきました。それは、はじめてゆうれいのいいつけにさからった、「タベル。」というへんじでした。しかし、そのへんじを、中ゆびの関節のところで、大きくたたくと同時に、千春は、きゅうにこわくなりました。自分がいうことをきかなかったら、こんど、ゆうれいはどんなことをするだろう。

ところが、千春のへんじをきいた天井のゆうれいは、きゅうにしずかになりました。ばったり、ゆびの音もきえました。

「どうしたんだろう。ゆうれいは、おとなしいとばかり思っていたわたしが、きゅうにきかないへんじをしたので、おどろいたのだろうか?」と、千春はまず考え、そのつぎに、いいきみだ、おせっかいなゆうれいをだまらしてやって、よかったというような、勝ちほこった気もちになりました。しかし、それよりもたまらないのは、いまたべかけてそこへおいたチョコレートです。そのおいしそうにふくれたあまいおかしです。千春は、もうがまんできなくなり、いそいでそれをつまんで、また口へいれようとしました。ところが、おどろいたことに、いきなりまた、はげしくなりだした天井のゆびの音!　それは、

「タベルナ!　タベルナ!　タベルナ!」と、こんどはやすみなしに、たてつづけになりだしました。その音は、つよく、はげしく、まるで子どものいたずらをしかりつけるおとうさんか、おかあさんの声のようなちょうしです。これには、さすが千春の勇気もきえてしまいました。なんだかこれいじょう、さからうと、天井からゆうれいがいまにもおりてきそうな気がして、こわくなり、せっかく口もとまでもっていったチョコレートを、ま

た箱の中へもどしてしまいました。すると、ぴたりっと、ゆびの音がやみました。いったいゆうれいは、どんなところから、自分のしていることを、いちいちこまかに見ているのでしょうか。まるで見えないすがたで、しじゅうそばに立っているようです。なんでもわかるゆうれいのおそろしさ！

　しかし、とうとうたべるのをあきらめ、それなりベッドへもぐりこんだ千春のむねは、いつまでもくやしさでいっぱいでした。こんなにたくさん、おいしそうにつまっているチョコレート。それを一つもたべられないなんて、千春のような少女には、あきらめきれないことでした。そこでいちどは、そのままでねたものの、千春はすぐにおきあがり、おかしの箱にふたをすると、それをまくらもとのテーブルの上――いつでも手がとどきそうなところへおきました。そして、しばらくざんねんそうに、ねながら横目で見ていましたが、そのうちに、ぱちりと電気スタンドのあかりをけして、ねむってしまいました。

　さて、少女千春が門倉家へ来てから出あった事件の中でいちばんふしぎなことは、その夜中におこったのです。それは、いつとなくねむってしまった千春は、その夜中、ふと、なにかみょうな気もちにおそわれて、目をさましました。と、ちょうどこのうちへ来たはじめての晩とそっくり、だれか自分のへやの中にいて、まっくらな中を動きまわっているようです。

「あっ！　天井のゆうれいがおりてきたのか。」

と、千春のむねの鼓動が、きゅうに高くうちだしました。自分はさっき、ゆうれいの命令にさからった。それでゆうれいが、自分をこらすために、おそろしいすがたを見せたのではないか？　じっとしてきいていると、まっくらな中で、なんだかザラッザラッと毛でゆかをなでるようなきみょうな音！　それがだんだん近づいてくる！　千春はあわてて手さぐりで、電気スタンドをつかみ、スイッチをひねろうとしましたが、もしあかるくして、すぐそばに、あのこわいかえるのようなゆうれいの顔が見えたらたいへんだと考えなおし、やめました。

そのうちに、ザラザラという音が、ぴょんぴょん、なにかはねているような音にかわりました。とたんに、ベッドにすわっている千春の手に、つめたくぬるぬるとした、長いものがさわりました。ぶるっとふるえた千春には、それが毛のはえたへびみたいな気がして、おそろしさに、思わず、ぎゃっというさけび声をあげました。千春はむちゅうで、スタンドのスイッチをひねりました。そして、ベッドのまわりがあかるくなったせつな、千春の見たものはなんだったでしょう。

それは、奇怪ともふかしぎとも、なんともいえない光景！　さっき、まくらもとのテーブルの上においてねたチョコレートの箱。それがおどりだしているのです！　ふわふわと風船のように、ちゅうをういているのです。だれもさわる人もないのに、その箱は、ひとりでテーブルの上から動き出し、はなれ、ちゅうにふわりふわりうきながら、むこうのかべのほうへよっていきます。これにはさすがの千春も、びっくりぎょうてん、ゆめでも見ているのではないかと、両手で目をこすりました。しかし、同時に、あのおいしいチョコレートを、なにかがさらっていく。もっていかれちゃたいへんだという気もちが頭にひらめいて、思わずベッドからとびおりました。ところが、ちゅうにういているかし箱のほうは、千春がたてたどさっという音におどろいたらしく、とつぜん、とんでもない高みへ、ひゅうとまいあがりました。見ると、洋服だんすのてっぺんのかどのところで、ふわふわぶらさがり、まるでそこから、千春がこのつぎにどうするかと、ようすを見おろしているようです。

「チョコレートの箱が、ふわふわとんであるく、こんなばかげたことが、世の中にあるはずがない。これは、たしかにばけもののしわざだ。」こんどこそ千春は、ほんとうにばけもののいることを信じました。同時に新しい勇気がわいてきて、「よし。命をとられてもいいから、あのかし箱をつかまえてやろう。」と、両手をのばし、その箱めがけて突進しました。

するとこのいきおいにおされたのか、おばけかし箱は、洋服だんすの上から、ななめにとんで一ぺん下におち、それから、いつのまにかあいていたドアをぬけて、ふわふわろうかへおよぎだしました。こうなると、千春は、もういっしょうけんめい、にがすものかとおいかけて、自分もろうかへ出ました。

くらい電燈がぼんやりてらしている夜のろうか。そこに来ると、おばけかし箱は、ゆかから三十センチばかりはなれた上を、ぴょこぴょこおどるようにとんで、つぎには、下へつづくはしごだんの手すりの上にとびあがり、こんどはそこを、子どもがすべり台であそぶように、つうつうとおりていきます。

千春は、もうこわさもわすれ、おいかけるのにむちゅうでした。足をふみはずさないよう、それから、とぶ箱のすがたを見うしなわないように気をつけながら、つづいて、はしごだんをかけおりました。すると、はしごだんをおりきったかし箱は、ちょうどそこにおいてあった、大きな植木鉢の、せいの高いゴムの木の上に、ふわふわとまいあがりました。そして、そこでじっとしています。それはちょうど、「どうだい。ここにいたらつかまえられまい。くやしけりゃ、のぼってきてみろ。」と、千春をからかっているようでした。

はしごだんの下の、横手のかべには、まるいガラスまどがあり、月の光が、ぼんやりとそこからさしこんでいました。千春が、ふさふさ葉のしげったゴムの木の下に立って、じっと見あげると、またまたふしぎなことに気がつきました。うすぐらくて、よくはわからないのですが、ゴムの木の上にとまっているおばけかし箱には、長く黒い足か、しっぽのようなものがはえているらしいのです。

いよいよもってふしぎ。やがて、千春はいくら手をのばしても、その箱にとどかないので、気もちがじりじりしてきました。そのうち、ふと思いついて、なにかなげるものはないかと、足もとをさがすと、運よくおきゃくさまのはくスリッパが手にさわりました。それをつかむが早いか、千春は植木の上のかし箱めがけて、ぱっとなげました。

ところで、スリッパのどこにぶつかったのかわかりませんが、とにかくおばけかし箱は、ひどくおどろいたようでした。見るまにそれは、ばったり下へおちてきました。しかし、しめたと、千春が手をのばして、おさえようとするまえに、またふわふわうかびだし、こんどは矢のように、くらいろうかを、台所のほうをさして走りだしました。こうなると千春は、なんとしてもつかまえようとかけだしていくときに、ふとなにやら、とちゅうに、けむりのように立っている人のかげ。それが走る千春をじゃまするように、そろりそろりとこちらへ近づいてきます。あっ！　それはくらくて、目鼻だちこそよくわからないが、あのおそろしい青衣の怪人！　それが、らんらんと光る目でにらみつけながら、じりじりと、千春にせまってきました。

さるの死がい

夜中のろうかに、とつぜんあらわれた青衣の怪人！　それが、今夜はにげもせず、じりじりと、むかってくるおそろしさ。千春のむねは、どきどきとなりだし、いそいで二階へにげ帰ろうかと思いました。しかし、千春の頭の中は、いまチョコレートのことでいっぱいでした。あんなめずらしいおいしそうなチョコレート。ゆっくりすこしずつ食べようと思っていたのに、横どりをされたくやしさ。それを思うと、ゆうれいもなにもかもあるものか、青衣の怪人でもなんでも、むしゃぶりついてやれという気もちが、むかむかとおこってきました。だからこのとき、じゃまがはいらなかったら、千春はおそろしい青衣の怪人にかぶりついて、どんなことになったかしれません。

ところが、じりじり近よってくる怪人の、にゅうっとのばした手が、もうすこしで、千春にとどきそうになったとき、がちりという音がしました。

重秋の書斎のドアがあいたのです。音といっしょに、電灯の光がさっとろうかをてらしました。これには、怪人もおどろいたように、びくりとして、あとずさりをしました。そして、

「青野君じゃないか。どうしたかね、いまごろ？」

と、声をかけて、重秋がろうかにでてきたときには、もう怪人のすがたは、けむりのように、どこかへきえてしまいました。

「あの、水をのみに来たのです。」

とくらいろうかにしょんぼり立った千春は、つい口からでまかせをいってしまいました。

「そうか？　なんだかみょうな音がしたので、おきたんだがね。べつに、なんでもないんだね。」

「はい。」

千春はこうこたえて、台所へ行き、のみたくもない水を、コップにいっぱいいれてもどってきました。すると、まだへやの入口に立っていた重秋は、

「青野君、ちょいと。」とよんで、千春を、明かるいところへ立たせ、じろじろ顔を見ました。そして、

「水がのみたくなったなんて、気分でもわるいんじゃないかね。」と、しんぱいそうにききました。

「いいえ、ただ、のどがかわいただけなんです。」

と、千春はなんの気もなく、にっこりわらい、「先生、おやすみなさい。」と、あいさつして、自分のへやへ帰ってきました。

さて、もう一ぺんベッドにはいると、あのおかしの箱が、どうして、とりのようにかべや天井をとび回ったのか、ふしぎでたまりませんでした。

それから、天井でゆびの信号をするゆうれいと、あの青衣の怪人とは、きっと、同じものにちがいないが、その怪人は、さっき下にいたのに、どうしてチョコレートの箱が動き出したのだろう。青衣の怪人は、下のろうかにいながら、あの二階の

チョコレートの箱を動かすような魔法を知っているのだろうか。ほんとうにふしぎだ。と、そんなことをくり返し考えながら、千春はいつかねむってしまいました。

さて、そのあくる朝、千春はいつもより、ずっと早く目がさめました。ベッドからおりてまどをあけ、ねまきのままで庭のけしきを見おろしていますと、芝生の上に、黒いみょうなものが見えます。どうも、ねこかいぬの死がいのようです。

「あら、かわいそうに。なんでしょう。あんなものが、どこからまぎれこんだんでしょう。」

こうひとりごとをいって、千春はいそいではしごだんをおり、応接間から庭へ出てみました。と、たしかに一ぴきの小ちゃなけものが、たおれて死んでいます。だが、よく見ると、それは、ねこでもいぬでもありません。このへんにはめずらしい、さるなのです。

「まあ、これはおさるだわ。きっと、この近所のどこかのうちにかわれていて、病気になってくるしくなり、おりをやぶって、にげだしたんだわ。

そしてここで死んでしまったんだわ。かわいそうに。」

千春は、その手足を、くるしそうにちぢめた死がいを、しばらくじっと見つめていました。と、その死がいのそばにちらばっている、小さな紙きれが目につきました。

「あっ！」

と、思わずひろいあげると、それは赤と金色の、きれいなもよういりの紙。まさしく、ゆうべのチョコレートをつつんでいた紙でした。これを見たとたん、千春はゆうべからのいろいろなふしぎが、一時に解けたような気がしました。

「ああ、このおさるだったんだ。ゆうべわたしのチョコレートをもってにげたのは。」

千春は、こうさけびました。そう思えば、やみの中で毛がゆかにさわるような音のしたことも、おかし箱が、いきなりテーブルをはなれて、ちゅうにうかんだこともわかります。このさるが、ベッドに近よってきて、箱をだいてあるきだしたのにちがいありません。だから、千春がおきておいかけると、箱をだいたまま、洋服だんすのてっぺんにのぼったのです。しかし、電気スタンドのあかりが、遠くへはとどかないので、さるのすがたはくらくて見えず、おかし箱だけがとんであるくように見えたのです。

「わかったわ。だから、あの植木鉢の上をのぞいたとき、黒いしっぽのようなものが見えたんだわ。」

千春は、ゆうべのおばけかし箱の正体が、すっかりわかって、思わず、にっこりしました。だが、どうしてそのさるが死んだんだろう、と考えたとき、千春の顔はさっと青くなりました。さるはきっと、あのチョコレートをたべたのです。そして、チョコレートには、どくがはいっていたのにちがいありません。

「それでは、もしさるでなく、わたしが、ゆうべこのチョコレートをたべたとしたら?」

こう考えると、千春はえりもとからつめたい水をかけられたように、ぞっとしました。千春は、おそろしさにからだをぶるぶるふるわせながら、重秋の書斎のまどをながめました。重秋は、まだねているとみえ、書斎の戸は、かたくしまっていました。

やがて千春は、このいやらしいさるの死がいや、紙きれを、早くかたづけてしまおうと考えつきました。なぜだかわからないが、重秋やほかの人たちが見ないうちに、どこかへかくしてしまうほうが、いいような気がしたのです。そこで、手早くふるい新聞紙をもって来て、それにさるの死がいや紙きれをくるむと、ちょうど庭すみの木のかげに、落葉をはきこむためのあながあったので、その中へうずめました。

やがて二階のへやへもどったとき、千春の顔は、じっとり、あせでぬれていました。まどぎわのいすにこしかけると、いちどきに、いろいろなことを考えはじめました。

「ゆうべのおぜんについていたおすいものといい、チョコレートといい、たしかに、ここのうちのたべものの中には、どくがはいっているらしい。それを知っているから重秋は、きのうの夜中、ろうかであったとき、すぐに気分でもわるいんじゃないかときいて、わたしの顔色をじろじろ見たりしたのだ。だが、その重秋も、わたしをころすつもりではないらしい。すこしずつどくをたべさせて、病気にして寮へ帰すつもりらしい。さるが死んだのは、あのチョコレートを一時にたくさんたべたからで、すこしずつたべれば、死なないでもすんだろう。しかしそれにしても、どくのはいったものをたべさせるなんて、こわいうちだ。わたしはもうきょうにでもひまをもらって、寮へ帰ったほうがいいかもしれない。」

　こう考えながらも、千春は、まだなんとなく、出たくない気もするのでした。

「しかし、このうちには、解きたいひみつが、たくさんある。第一に、あの天井に住んでいる青衣の怪人だ。あの正体は、いったいなんだろう。いろいろなことをして重秋親子をくるしめているが、わたしだけには、わるいことをしない。かえって、おつゆやチョコレートにどくがはいっていることを知らせて、わたしの身をかばってくれている。どうしてあんなことをするんだろう。そのつぎには、重秋親子とわたしとは、どういうかかわりあいがあるんだろう。こないだきいた話では、なんだかふたりは、もとから、わたしを知っているようで、わたしのこのうちへ来るようになったまわりあわせを、おどろいているらしかったが、どうにかしてそのわけを、くわしくさぐってみたい。そのほか、まだ知りたいひみつがたくさんあるのだから。せっかく来たいじょう、もうすこしがまんして、このふしぎを解いてみたい。」

　千春は、こうもつぶやくのでした。だが、どっちにしても、こんなことがかさなってきては、とても自分ひとりの力では、うまくきりぬけていかれそうもない。一度友ちゃんに来てもらい、相談あいてになってもらおうと、千春は心をきめました。

バルコンの怪

その日の午後、重秋は出かけ、崎代もひるねで、あたりには、だれもいなかったので、千春は友子に電話をかけ、自分の気もちを話しました。そして、ぜひ来てくれるようにたのみました。友子のへんじは、そんなことがあっては、わたしもしんぱいだから、ぜひ行く。だが、ちょうどあさってから託児所に大工がはいって、三日間おやすみになるから、とまりがけで行きたい。それで、そちらでとめてくれるかどうか、きいておいてほしいとのことでした。友子が来てくれると思っただけでも、千春は、きゅうに勇気が出てきました。そして、ほっとして電話室を出て、えんがわから庭を見ると、けさのさるの死がいのことを思いだしました。あわててかくしたけれど、あんなところへ新聞にくるんですてておいたのでは、かわいそうで、だれもいないあいだに、どこかへうめてやろうと思いました。そこで庭へおり、さっきの木のかげへ行ってみました。

ところが、いくらさがしても、さるの死がいはおろか、チョコレートの紙も古新聞紙も、なに一つ見あたらないのです。木のかげは、なんにもなかったように、きれいになっていました。わずか四五時間のあいだに、だれがあの死がいを、どこへかたづけたのでしょう。千春はかぎりなく深まっていくこのうちのふしぎに、目をみはりました。

うれしいことは、その夕がた、帰ってきた重秋に、友子の来ることを話すと、重秋は、

「いいとも、ちょうどぼくも、そのころは、旅行に出かけるから。」と、気もちよく、しょうちしてくれたことでした。

そのうち、とうとう友子はやってきました。友子は、いつか崎代のへやで、ハンドバッグがなくなってから、ずっと寮のしごとがいそがしくて、千春のところへ来ませんでした。その後ハンド

バッグは、千春が、つかいにたのんでとどけてやったので、友子は、ごぶさたのおわびやら、ハンドバッグをとどけてもらった、お礼やらをいったあとで、千春の話をくわしくききました。そしておしまいに、

「いやあねえ。まったくこのうち、きみわるいうちねえ。だから、早く出たほうがいいと思うんだけど、でも、なんだかこのままじゃ、のこりおしいわねえ。じゃ、いっそこうしない。わたしがここにとまっているあいだに、ふたりで勇気をだして探検して、その怪人をつかまえてみない。わたし、怪人にきけば、このうちのひみつも、あなたのひみつも、わかると思うわ。」といいました。

千春は、思わず友子の顔をみつめ、なんて大たんな人だろうと思いました。ちょっと見ただけでもおそろしい、青衣の怪人に、この人はあうつもりでいるのです。でも、こういいだされると、いやだとはいえません。そこで、

「ええ、そうしましょう。ちょうど、ご主人はおるすになるし、自由に怪人のいどころがさがせていいわ。」と、さんせいしました。

さて、重秋は、友子の来た日の夕がたうちを出て、夜の汽車にのることになっていました。ところがその出発まぎわに、またまた、ふしぎな事件がおこりました。出かけるまえ、重秋は、千春のへやへはいってきました。そして、

「青野さん。ひさしぶりで親友にあえて、うれしいでしょう。」とか、「あなたがたがいるので、ぼくも安心して旅行できる。どうぞ、ゆっくりとこのへやでもつかってあそんでください。」とか、いろいろしゃべったすえ、「では、どうぞ母のことはよろしくたのみますよ。」と、あいさつして出ていきました。そこで千春と友子は玄関まで行き、お見おくりをしたのでした。

ところが、それから五分とたたないうちに、千春のへやでまたふたりがおしゃべりをつづけていると、どこかで、

「青野君！　青野君！」と、つづけてよぶ、大き

な声がきこえました。ふたりは、おどろいて立ちあがりました。どうも、いま出ていった重秋の声のようです。重秋が、おもての往来からよんでいるらしいのです。

千春のへやは二階で、庭むきになっています。往来のほうを見るには、ろうかをとおって、バルコンへ出なければなりません。これはきっと、重秋が、なにかわすれものをしたのにちがいない、と気のついた千春は、はあいと大きな声でこたえながらへやをとびだし、バルコンにつづくガラス戸をのぞいてみました。と、重秋がうちのまえにつっ立っているすがたが見えます。

「青野君！　おりてこなくてもいいんだ。急用だ。バルコンへ出ておくれ。」

重秋の声が、またどなりました。そこで、大いそぎでとってを動かし、千春はバルコンへとびだしました。バルコンは門倉家の建物のま正面――玄関のやねの上に、ちょうどものほしのようなかたちで、往来へつき出してついています。ぜんぶ木なのですが、手すりなど、しっくいをぬって、遠くから見ると、石づくりのように見せかけてあります。千春は、いまはじめて、バルコンの上に立ったのでした。

「あのね。あなたのへやに、いまだいじな書類をおきわすれたんです。それをそこからなげてください。そう、ハトロン紙にくるんだものです。たぶん、いすのかげにあると思います。」

重秋は、千春のすがたを見て、こうさけびました。千春が自分のへやへとんで帰り、さがすと、さっき重秋がこしかけていたいすのかげに、いわれたとおりの包がありました。

「わざわざ、バルコンからなげなくっても、もっておりたって時間はおなじなんだけど。」千春は、そう思いながら、命令どおりバルコンへ出ました。

「さあ、なげてください。」と、重秋が両手をひろげました。門倉家は二階だてですが、やけたアパートの高い土台をそのままつかって、その上にたてたので、バルコンは、往来からちょうど三階ぐらいの高さにあります。うまくなげられるかしらと、しんぱいしながら、千春はてすりにぐっとよりかかり、紙包をもった右手をのばしました。

「いいかい。おとさないように、けんとうをよくつけて。」

と、重秋が、またどなって、身がまえました。千春は、うまくけんとうをつけようとして、じっと重秋のほうを見たとたん、みょうなことに気がつきました。重秋が両手をひろげて、うけとる身がまえをしながら、すこしずつ、うしろへさがっていくのです。

「これはおかしい。」と、千春は思いました。高いところからなげるものをうけとるときには、知らず知らず、まえへ出るのがあたりまえです。それなのにどうしたのか、重秋は、だんだん遠くへ行くのです。しかし、そんなことをくわしく考えるひまもなく、千春は、からだを半分以いじょう、バルコンの手すりからのりだして、力いっぱい、書類を重秋めがけてなげつけました。と、そのしゅんかんどうしたのでしょう?

千春のからだの重みのかかった手すりが、だしぬけにめりめりっとまえむきにたおれました。ボルトがぬけたのです。それで、あったいへんと思うまもなく、千春のからだは、ちゅうにうきました。さて、これが運わるかったら、かわいそうに、千春はまっさかさまに、バルコンから往来めがけて矢のようにおち、石だたみにぶつかって頭をこなごなにするか、または、一生うまれもつかないかたわになったでしょう。ところが、往来へむけておちるはずみに、千春の右手は、ふとなにかにさわって、それをにぎったので、からだはぶらりと空中にぶらさがりました。

しかし、千春がにぎったのは、もともとこわれおちた手すりをゆかにうちつけた、ふとい一本の釘でした。一本の釘にぶらさがっているのですから、つかんだ手のひらのいたいこと! みるまにしびれてきて、もう一秒もよけいにはぶらさがっていられなくなりました。見おろすと、目の下は、夕ぐれの往来。書類をうけとった重秋は、すぐ、なんにもしらずにたちさったとみえ、人っ子ひとり見えず、その高いことは目がくらむよう。

「あっ、くるしい。わたしはもう手をはなして死ぬ。」

と、千春はかなしいかくごをしました。と、このとき、だれかの手が、ぐっと千春のえりくびをつかまえました。

と、同時に「千春さん！　しっかりして！」とさけんだのは、友子の声でした。友子は千春につづいてバルコンへとびだし、なにげなく千春が書類をなげるのを、うしろで見ていたのです。ところが、きゅうに手すりがたおれ、千春がおちかけたので、あわてて自分はバルコンの上にはらばいになって、両手で、千春の洋服のえりくびをつかまえたのでした。

千春は、友子の声をきいたので、がぜん勇気をもりかえしましたが、もう手のひらがいたくて、くぎをつかんではいられません。そうかといって、もし手をはなしたら、友子ひとりの力では、とうてい自分のからだをちゅうにささえることはできず、ずるずるとふたりいっしょに、おちて死んでしまうことでしょう。友子のほうも、千春さん、しっかりしてとはいったものの、ただ、えりくびをおさえているだけで、これいじょう千春をひきあげることなんて、とうていできないのでした。

そのうちに友子のつかんでいる千春の洋服はやぶれだしました。いまにも千春のからだは、服からぬけおちていきそう。千春はもうくるしさとおそろしさで、半分気絶したようになり、はらばいになって手をのばしている友子のからだも、ひっしのあせで、冷たくぬれてきました。

「友ちゃん――もうだめだわ。いっそ、はなして。せめて、あなただけたすかって。わたし、もうおちて死ぬわ。」

「いけない！　もうすこしがまんして、千春ちゃん！　ああ、こまったな。わたしに、もうちょっとの力があれば、あんたをもうすこしひきあげ、その手が、このバルコンの板にとどくんだけど……」

ふたりは、だれひとりたすける人もいない空の中で、こんな会話をとりかわしていました。そのうちに、ふたりともしだいに気力がつき、なぐさめあうことばさえでなくなりました。そして、おたがいに、

「ああ、こんどこそもうだめだ。いっしょに地めんにおちて、こなみじんになるのだ。」

と、さいごのかくごをきめたとき、友子が、いきなり、あっとさけびました。どこからともなく、ふとい二本のうでがにゅうっと出て、千春のかた先をだいたのです。

「うれしい。千春さんがたすかる。」

友子は、はらばいになったからだをおこしながら、目のまえにひきあげてくる親友を、見まもりました。かわいそうに、右手のゆびのあいだからは血がながれ、ドレスは、ぼろぼろになり、死人のような顔でひきあげられた千春。

「千春ちゃん！　しっかりして。たすかったのよ。もうだいじょうぶよ。」

友子は、なにもかもわすれて、親友のからだにすがりつきました。この声に、ぐったりとしていた千春がかすかに目をみひらきました。そして、友子の顔を見ると、よろこびと感謝で、わずか口もとをほころばせましたが、つぎに自分をひきあげてくれた人に目をうつすと、いきなり、ギャーッと、けたたましいさけび声をあげ、血だらけの手で顔をかくしてしまいました。

友子も、この声に、はじめて気がついてふりかえり、自分と千春の命をすくってくれた大恩人を、だれかと思ってみました。と、そこに立っていたのは、顔はむやみに大きく水色にふくれて、まるでいぼいぼのあるかえるのよう。着ているものは、青色の長いガウンのようで、それから出ている二本の長いうでは、まるで、くまみたいに毛むくじゃらでした。

「あっ、青衣の怪人！」

さすがの友子も、そのおそろしいすがたに、思

わず身をふるわし、目をつぶってしまいました。

「ワッハッハッハ!」

つぎのしゅんかん、ふたりの少女は、ものすごい怪人の笑い声に、そろって目をあけました。見ると怪人は、毛だらけな、ふとい右手を長く往来のほうにさしのばして、げんこつをふりまわしていました。それはちょうど、ひきょうなしかけをして、千春をころそうとした、黒めがねの重秋を、いまに見ろとばかり、のろっているようでした。

「ワッハッハッハ!」

もう一ぺん、高笑いを夕ぐれの空高くひびかせると、バルコンからろうかのほうへ、怪人はすがたをけしてしまいました。やがて、友子が思いきったように口をひらきました。

「ああ、こわい! でもあたし、勇気をだして、あしたは、あの怪人のいるところを、見つけてやるわ。そして、きっと、このうちのひみつを解いてみせるわ。」

天井うらのひみつ

えんとつのぬけあな

「じゃあ友子さん。どうしても、それをきょうやるつもり。」

「わたし、だんぜんやるわ。あんたも、もちろんやるのよ。」

「でも、わたしこわいわ。」

と、もじもじしている千春のようすを、友子が、おねえさんのような顔つきで見ました。ゆうべ、あぶなくバルコンからおちかけた千春は、右手に新しいほうたいをしていました。ゆうべのおそろしさと、つかれが、まだのこっているのでしょう。かわいらしい顔が青ざめ、からだぜんたいがひどくよわよわしく見えました。

「ねえ、千春さん。わたし、あんたが、あの青衣の怪人をこわがることはないと思うわ。怪人はあなたに好意をもっているのよ。そのしょうこに、あんたが、どくのはいったたべものをたべようとすると、いそいでじゃまをしたり、ゆうべなんか、わざわざ出てきて、あんたのいのちを助けたじゃないの。おそろしいのは、かえってここのうちよ、あんたをやとっている、このうちの主人の重秋よ。いったい怪人と重秋と、どういうかんけいがあるのか、また、あんたが怪人やこのうちの人たちと、どんなかんけいなのか。そのなぞをとくには、なによりも、あの怪人にあうのが早道だと、わたし思うわ。」

友子がこう千春をさとすように、しずかに自分の意見をのべました。

「ええ。それはわかっているのよ。でも、やっぱりこわいわ。ねえ、友子さん。あんたは、ゆうべ見た、あんなこわい顔の人と、口をきくつもり?」

千春は、うたがうように、友子の顔をみつめます。

「きくわ。わたし、勇気をだして話してみるわ。」

「でも、あの怪人、きちがいかもしれなくてよ。それより、わたし、らい病《びょう》みたいな病気にかかっている人じゃないかと思うんだけど……。」

「えっ。」

さすがの友子も、これには顔色をかえました。そういわれれば、あの青がえるのように、ぶくぶくふくれた顔は、おそろしいらい病やみかもしれない……。

しかし、気のかった友子は、そのきみのわるさをがまんして、いさましくいいきりました。

「いいわ。きちがいでも、らい病でもかまわない。わたし、あって話するわ。ねえ、千春さん。そうしなければ、ここのうちのあやしいなぞは、いつまでたってもとけないし、そのうちに、あんたが、ころされてしまうかもしれないわよ。」

ふたりはいま、こんな話を、千春のへやでしていました。お天気のいい朝で、あるじの重秋は旅行、老母の崎代は、自分のへやのベッドでねむっており、ひろいやしきの中は、しいんとしていました。

「でも、どうやって、怪人にあうつもり？　いつも下のろうかのかべから出てくるのらしいけれど、さっきのように、いくらさがしてみても、わからないでしょう。」

しばらくだまっていてから、千春がこういいだしました。

「わたし、そこからはいったらいいと思うわ。」

友子は、ちゃんとけいかくができているように、天井をゆびさしました。

「あんな高いところから？　ふみだいがないわ。」

「ふたりで洋服だんすを動かし、それにのぼって、あそこの板を一枚はずせば、もぐりこめるわ。」

友子のゆびさす天井のすみを見て、千春は、なるほどと思いました。千春のへやの天井は、板がはってあるだけです。うまくやれば、はずせそうですし、板一枚こわす気になれば、なんでもありません。

「あそこからもぐっていったら、いどころがわかるかしら。」

「わかるわ。だって怪人は、この天井うらで、ゆびのサインをするのでしょ。きっと、通り道ができてるにちがいないわ。」

やがて、ふたりの少女は、天井にとどくふみだいを作りました。友子が洋服だんすにのぼって、かなづちでしばらくこつこつやっているうちに、思ったよりもかんたんに、板が一枚はずれました。友子はおそれげもなく、すぐ、そのあなからくびをつっこみ、用意の懐中電灯で、天井うらをてらしていましたが、

「だいじょうぶ。想像どおりよ。わたしさきに入るから、あんたも、ついていらっしゃい。」と、声をかけ、両手をかけて、身をおどらすと、たちまちすがたはきえてしまいました。

これを見た、気のちっちゃな千春のむねは、どきどき鳴りだしました。しかし、友子だけをいれ

て、自分がまっているわけにはいきません。そこで、勇気をふるいおこし、友子のまねをして、同じように、天井うらへもぐりこみました。

「しいっ、口をきいちゃいけないわ。」

はいのぼった千春の耳もとで、まっていた、友子がささやきました。そして、ぴかぴかと光らせた懐中電灯のあかりで、千春が見ると、おどろいたことに、この天井うらは思ったより高くひろくて、こしをかがめさえすれば、ふたりがらくにあるけるようになっています。それから、きたないすすやごみなどすこしもなく、どこもかもきれいにそうじができて、おまけに、まるでおざしきのように、新しいござがしきつめてあります。

「まあ！」と、千春が小声でつぶやいて、目を丸くすると、

「怪人は、きっときれいずきなのよ。どこでも自由に気もちよくあるけるように、ちゃんと、じゅんびがしてあるのよ。」と、友子が感心したようにささやきました。


一とおり千春のへやの天井うらをしらべると、友子はさきに立って、こんどは、おとなりへあるいていきました。と、そこは崎代のへやのま上でした。怪人がどうやってあけたのか、そこの天井の板にも、きりのさきでついたような小さなあなが、数知れずあいています。そこに目をあてると、下のへやの中のけしきが、なにもかもわかるようになっています。千春がのぞいたときには、ちょうど崎代が、ベッドの上で目をさましたところらしく、やせた手をのばして、まくらもとの魔法びんのお茶をのんでいました。

「なるほど、これでは、天井うらの怪人には、崎代やわたしのへやの中のことが、なんでもわかるはずだ。」

と、千春は、はじめて気がつきました。だが、そう思ったとたん、ちょっとひざを板にぶつけて、かたんというかるい音をさせてしまいました。この音が、ま下にいる崎代の耳にはいったとみえ、お茶をのみかけていた老母は、ぎょっとした顔で、

天井を見あげました。千春は、自分のすがたが崎代に見られたような気がして、思わずぶるぶるとふるえました。

「千春さん。二階の天井うらはこれだけよ。だが、ここから下へおりていくかくれ道はどこかしら?わたしたち、それをさがさなけりゃ……。」と、このとき友子の声がささやきました。

なにしろ、まっくらな天井うらです。友子が懐中電燈をもっているからいいようなものの、いつ、どこから、あのおそろしい怪人のすがたが、ぬうっとあらわれるかわかりません。そう思うと、千春は、もうおそろしくて、おそろしくて、一分でも早く、自分のへやへ帰りたくてたまりませんでしたが、気のつよい友子は、千春の手をひいて、ぐんぐんそこらへんをあるきながら、怪人のかくれ道をさがしています。そのうちに、

「あっ! こんなものがある。」

とさけんで、友子は、懐中電燈で天井うらのすみっこをてらしました。見ると、そこには一本のふといえんとつらしいものが、柱がわりに立っています。重秋のうちが、もと戦災でやけたビルディングのあとに、古材木をあつめてたてたものだということは、まえに友子と千春がしらべたとおりでした。重秋はうちをたてるとき、まえのビルディングのやけのこりのえんとつをとりはらうのには、お金がかかるので、そのえんとつをそのまま柱のかわりにつかって、新しい洋館をたてたらしいのです。

「わたし、このえんとつの中があやしいと思うわ。」

とつぶやいた友子は、そのさびたえんとつを、ゆびでたたいてみました。といかにも、中ががらんどうらしく、ポクポクという音がきこえてきます。

「きっと、どこかに入口があって、はいると、このえんとつの中に、はしごだんがついているにちがいないわ。」

と、友子は懐中電燈でてらしながら、えんとつのおもてを、ねっしんになでまわしました。と、そのうちに、どこか急所にさわったらしく、がちゃ

りと音がして、えんとつのおもてに、人がやっともぐりこめるぐらいの、あながあきました。

「ほうら、ごらんなさい。わたしの思ったとおりよ。怪人はこのえんとつをぬけて、二階と下をいったりきたりしてるのよ。」

友子はそうさけんで、もう一ぺん、懐中電燈のあかりで、えんとつをしらべました。と、むかって右下のところに、小ちゃなボタンのようなものがあり、それをおすと、ふたがあいたり、しまったりするしかけになっていることがわかりました。

「千春さん。こんどはこの電燈で、なにかをてらしてみてごらんなさい。きっとはしごがあるから。」

と、友子にいわれて、千春がこわごわくびをつっこんでみると、なるほど、えんとつの中には、がんじょうななわばしごがさがっていました。

「さあ、これで、あの怪人にあう道がわかったわ。このはしごのさきが、どんなところへつづいているかわからないけど、これをつたわっていけば、あの怪人の巣へいかれるのよ。千春さん、どうする？」

と、友子が相談するように、千春の顔を見ました。青い顔をして千春はだまっていました。ここまで来るのさえ、あんなにこわかったのに、これいじょう、えんとつの中へおりていく勇気なんて、とても自分にはありそうに思えませんでした。それに、いさましい友子でさえも、こんどは、いくぶんちゅうちょしているようです。まったく、なわばしごをおりたがさいご、ふたりのからだは、どういうことになるのか、生きてもどってこれるのか、それさえ、わからないのです。

ふしぎな写真

こうして千春と友子は、しばらく顔を見あっていましたが、とうとうおしまいに友子が、

「わたし、やっぱりいくところまでいかなきゃ、

気がすまないわ。千春さん、こわかったら、ここにまってらっしゃい。わたしだってこわいけど、とにかく、おりていってみるわ。」

といいだしました。そして、ゆうかんになわばしごにとりすがりました。なわばしごがゆらゆらゆれて、友子のすがたがえんとつの中にきえると、千春もだまってまっていられませんでした。勇気をふりおこして、自分もあとからなわばしごをおりていきました。まっくらで、せまいえんとつの中をどこまでもさがっていくなわばしご。おびえている千春には、なわばしごが、はてしなく長いた。地獄のそこまでつづいているように思われました。しかし、やっとおりきると、そこでは友子がいっしょうけんめい、えんとつのそとへ出られるボタンをさがしていました。そのうち、またもや、友子は、うまくボタンをさがしあてたとみえ、ぱっとふたがあいて、ふたりはそとへころげでました。見ると、そこは、もうあかるい世界で、目のまえにおりていく石段があり、そのつきあたりに、きれいな青い西洋ふうのドアが見えました。

「あら、みょうなところへ出たわ。」

「あの青いドアのうち、なにかしら?」

「わたしたち、おとなりのうちの中へ出ちゃったんじゃないかしら。」

友子と千春は、あっけにとられて、こんなことをささやきあいましたが、出たところが思ったよりきみのわるいところでなかったのでふたりともほっとしました。しかし、いくら考えても、重秋のやしきのとなりに、こんな洋館はなかったはずですし、いまおりた、なわばしごの長さから考えても、ここは地面のそこにちがいないのでした。

「じゃ、やっぱり、あの青い戸の中が、怪人のうちなのかしら。」

「とにかく、ここまで来たんだから、あそこへはいってみましょうよ。」

「でも、なんだか、こわいわ。」

しかし、友子が、その青いドアのとっ手をにぎってまわしました。と、すぐにドアがあいて、ふたりがはいったのは、おどろくほどりっぱな応接間のようなへやでした。美しいもようの、ふわふわしたあついじゅうたんが足もといっぱいにしきつめてあります。それから、ぜいたくないすや、テーブルや、ソファや、かざり戸棚、天井からは、金色にぴかぴかにかがやいたシャンデリヤがさがり、まどには、きれいなまどかけ。かべにはみごとなかべかけ。それから、ゆりの花をいっぱいいけた大きな花びんだの、大理石でできた、ギリシアの女神のほりものだの、置時計だの、まるで、どこかの王さまのご殿のようです。しかも、そのりっぱなへやの中には、だれもいません。しいんとしずまりかえっています。

「まあ、りっぱなへやねえ。」

「まるで、ゆめのお国みたい。」

と、友子と千春は、そのぜいたくさに見とれて、ためいきをつきました。だが、そのときの千春の耳は、どこかでないている、動物の声をききつけました。

「あら、なにかないてるわ。ねこらしいわ。」

こう千春がいいきらないうちに、長いすのかげからあらわれた、一ぴきの黒ねこ。いままで、そこらでねていたらしく、せいのびをしながらふたりのおきゃくをながめて、にゃあとなきました。

「あっ！」

千春は、ちらりと見たとたん、どこかで見おぼえのあるような気がしました。そしてすぐ、これはいつぞや、老母崎代のへやにあらわれたねこだと思いだしました。崎代が、ゆうれいのつかいだといって、ないてさわぎ、千春がはたきでやっと、まどのそとへおいだしたあのねこです。千春は、その金茶色の目を、はっきりおぼえています。

「友子さん、このねこ、あの怪人のねこよ。このへや、やっぱり怪人のへやらしいわ。」と、千春がふるえ声でいいました。

「そう？　このねこだってめずらしいペルシアねこよ。してみると、怪人ってよっぽど、お金もちにちがいないわ。」

と、友子は、感心したようにいって、それから、

「あら、むこうにもドアがあるわ。このおとなりのへやはいったい、どうなっているんでしょう?」

ふたりは、ひろい応接間をしのび足でつっきって、つぎのへやのドアをそっとあけてみました。

そこは、応接間よりはうすぐらいせまいへやで、ちょっと見たところ、芝居の楽屋そっくり。かべには、いろいろな洋服や着物がぶらさがり、たなの上には、役者のかぶるようなさまざまなかつらやおめんや、ぼうしなどがならべてありました。ゆかの上にはトランクや、大きなかめや、鳥かごのようなものまでおいてあります。

「まあ、へんなへやがあるわ。いったい、なにをするへやでしょう?」と、友子があきれたようにいいました。

「あら、そこにかかっている、青いきみょうな服。あれ、いつも怪人が着ている服みたいだわ。」と、さけんだのは千春でした。

「そうよ。ほら、そこに、赤い毛のかつらがあるでしょ。それ、ゆうべの怪人の髪の毛とそっくりよ。」

と、友子もたなの上をゆびさしていいました。

「それじゃあ、ここは、あの怪人が変装をするへやかしら?」

こう千春がいうと、友子もうなずいて、目をかがやかせました。そこで、こんどはふたりで、くわしくそのへんを見てまわると、ゆうべの青がえるそっくりの、きみのわるい怪人のおめんが、たなの上で見つかりました。それから、千春がのぞいた、すみの箱の中には、こないだ死んでいたさるの同類らしい小ざるが一ぴき、おとなしくかわれていましたし、友子が、あっと声をだしたので、千春が見ると、大がめの中には、見るもいやらしい大きな青大将が、なんびきもとぐろをまいていました。これで、きょうまで門倉家のへやにあらわれて、うちの人たちをおどかしたいきものは、みんなへやにかわれていたことがわかりました。

「してみると、ゆうれいなんか、いなかったんだ

わ。だれかが、おめんをかぶり、きみょうな衣装を着て、みんなをおどかしていたんだわ。」

「そうよ、あの天井のゆびの音も、黒ねこや、へびや、おさるが出てきたのも、みんな魔法じゃなくて、だれか人間がうまくつかっていたんだわ。」

と、友子もいいました。

「でも、そうすると、あの青衣の怪人の正体は、どんな人なのでしょう?」と、千春が、じっと考えてみました。

「そうねえ、地面の下に、こんなりっぱなおへやをもっている人だから、よっぽどお金もちにちがいないし、それから、重秋とおかあさんに、何かうらみをもっている人にちがいないわ。」

と、友子が答えて、それから、あたりを見まわし、

「わたし、このおへや、きっと、もと、ここに建っていた、ビルディングの地下室だと思うのよ。重秋は、こんな地下室があるとも知らず、その上にうちを建ててしまったのを、怪人が見つけて、あとからそっと、自分のすみかにしたんだと思うわ。」

「まあ、いよいよふしぎな怪人ねえ! いったいそれは、どんな人なんでしょう?」

こう千春がつぶやいたとき、

「まあ、まだおくに、もう一つへやがあるらしいわ。ほら、ドアが見えてる!」

と、友子がささやいて、

「ことによると、あのおくのおへやに怪人がいて、わたしたちのお話、もう、みんな聞いているかもしれないわ。」

「まあ、こわい。どうしましょう?」

と、千春は、ぞっとして、友子にすがりつきました。それから、ふたりが、かたく手をにぎりあって近づいた、いちばんおくのドア。友子は、ドアに耳をあてて、しばらく中のようすをうかがっていましたが、やがて、そっとおしあけました。見ると、そこは、さっきの応接間くらいひろいへやですが、入口のテーブルの上に、電気スタンドがついているだけで、うすぐらく、おくに、カーテンがかかっていて、そのうしろに、ベッドでもお

いてありそうです。そして、ここもしいんとしています。

「あのかげに、怪人がねているのかもしれない。」

ふたりは、そろってこう思ったので、つないだ手をかたくにぎりしめて、しばらくそこに立っていました。勝気な友子にも、さすがに、おくのカーテンのうしろまでいってみる勇気はないようでした。

と、ぼんやり立っているふたりの目が、見たもの！　それは電気スタンドのちょうどま上にかかっている、がくの写真でした。大きな写真で、三人の人のすがたがうつっています。わかい男と、ひざに女の子をだいている、これも、わかい母親らしい人のすがた。きっと、これは、どこかの家族の記念撮影写真なのでしょう。よほど古いものらしく、写真の色が、すっかり黄色くなっています。

おかしいことには、この写真をながめているうちに、千春はふと、みょうな気もちになりました。どうもその写真には、見おぼえがあるような気がしてきたのです。いまはじめて見る写真ではなく、ずっとまえに、どこかで見た写真のような気がしてきたのです。その男の人や女の人にも、なんとなく見おぼえがあるし、だかれている赤んぼうも、どこかで見たことがあるように思われるのです。そして、見ているうちに、そのきみょうな気もちは、だんだんつよくなってきて、なんだか、なつかしいような、かなしいような、いまにも涙がこぼれそうなへんな気分になってきました。そこで、千春はだまって、友子の手をひっぱり、ドアのそとへつれだしました。

「どうしたのよ、千春さん。またこわくなったの？」

きゅうにつれだされた友子が、おどろいたようにききました。

「そうじゃないのよ。へんなのよ。あなたも、いま見ていたでしょう。あのかべの写真。あれ、わたし、どこかで見た気がするのよ。それも一度ではなく、ずうっと、どこかでみつづけていたような気がするの。あそこにうつっている人たちを見ていたら、わたし、どういうわけか、なきたくなったのよ。だから、いそいで、あなたをつれだしたの。ごめんなさい。」

「おかしいわねえ。どうして、あんな写真が、あんたにそんな気をおこさせたんでしょう?」と、友子がふしぎそうな顔で考えこみながら、

「でも、そういえば、あの写真の女の人の顔、あんたに、にていたわ。それから、男の人の顔も、やっぱりにたところがあるわ。あら、へんだ。わたし、もう一ぺんよく見てくる。」

こういうと友子は、ひとりでまたドアをあけ、さっきのへやへはいっていきました。やがて、友子のすがたは、ふたたびドアからあらわれましたが、その顔は、おどろきとおそれで、きみょうに青ざめて見えました。そして、

「千春さん。あの写真の人たち、ことによったら、おとうさんとおかあさんと、あんたじゃないの?だって、ふしぎにそっくりなんだもの。」といい、それから声をひそめて、「それにたいへんよ!あのカーテンのおくのベッドに、怪人がねてるわよ。」としらせました。

地下室の怪

ながいあいだなぞの青衣の怪人が、とうとうみつかった。いま、となりのへやのベッドにねている、友子のこのしらせに、千春は、はっとして、一時あのふしぎな写真のこともわすれました。それで、むねをどきどきさせながら、

「友子さん、どうしよう。」

「どうしようたって、わたしたち、怪人にあうためにきたんじゃないの。」

「でも、どんなふうな人。」

「よくわからないわ。わたしだって、カーテンのかげにねていると思ったとたん、こわくなって、とびだしてきたんだもの。」

「じゃあ、怪人じゃないかもしれないわね。」

「うそ怪人にきまってるわ。怪人でないほかの人が、なんで、こんなひみつの地下室にねているもんですか。」

「そういえば、そうね。」

ふたりはしばらく、ぼそぼそ、こんな話をしていました。千春はなんとしても、怪人のいるへやへはいるのはこわいので、こんな話をして、すこしでも、友子をいかせまいと思うのでした。友子のほうも、口さきではつよがっているものの、やっぱり、いざとなればこわいらしく、まっさおな顔をして、かわいたくちびるを、ときどき、したをだしてぬらしています。だが、そのうちに、友子は、勇気をもりかえしたように、

「こわいものか。怪人だって、あのおそろしいお面や着物をとれば、あたりまえの人だもの。わたし、だんぜんあうわ。さあ、あんたも思いきっていらっしゃい。」

といって、もう一ぺん、ドアのとってに手をかけました。

こんどこそ、ほんとうのしのび足。まるで、こわれものでもいじるように、そうっと、すこしずつとってを動かして、となりのへやにはいったふたりは、そろそろとあるいて、さっきよりも、もっとおくふかくすすみました。そして、つきあたりにさがった、カーテンのまえまでくると、ぴたりと足をとめました。それは、あついひわ色のりっぱなカーテンでした。

「ほら、いびきがきこえるでしょ。」

千春の手をぎゅっとにぎって、友子がささやきました。なるほど、かるいいびきの音が、なかからきこえます。千春が、こわさにぶるぶるとからだをふるわせたとたん、友子は、大たんにも、かさなりあったカーテンのはしに手をかけ、そっとなかをのぞきこみました。そして、あわてて手をはなすと、

「いるわ。大きなからだの人よ。よくねているわ。」

「どんな顔。こわそうな人?」

「顔は見えないわ。くらいし、むこうむきにねているから。」

千春には、とても、のぞくだけの勇気がないので、友子のせつめいでまんぞくしました。だが、これからどうしよう。声をかけて怪人をおこそうか。それとも、となりのへやで、目がさめるまでまっていようか。とうとう、探検のどんづまりまできたふたりが、思わず顔を見あわせたとき、どこからか思いがけないガタリという音がきこえました。その音が、しいんとした地下室じゅうに、とても大きくひびきわたりました。

「あ、なんでしょう、あの音。」

「だれかきたのかしら。怪人のほかに、だれかこの地下室にいるのかしら。」

と、ふたりのむねには、こうしたおそろしいうたがいが、同時におこりました。カーテンのうしろには怪人。そして、おもてに、もしか怪人のてしたでもいるとしたら、ふたりはもうどこへもにげられない。この地下室にとじこめられてしまう。

そう考えて友子は、いそいでへやをにげだそうとしました。しかし千春は、にげるまえに一目でも、あれほど見たかった怪人のすがたが、きゅうに見たくなりました。そこで、思いきって、カーテンに手をかけ、さっとなかをのぞきました。ところが、どうでしょう。なかには友子のいったとおり、大きなベッドもあり、まっ白なじょうとうな毛布もかかっていましたが、人間はだれもいないのです。もぬけのからなのです。

「あっ、友子さん。怪人はいないわ。」

「えっ、そんなはずないわ。」

いそいでもどってきた友子が、のぞきこんで、おどろきの声をたてました。

「まあ、どうしたんでしょう？　いましがた見たときは、ねていたのよ。」

友子は、きつねにばかされたような顔でした。

「でも、あんた、なにか見ちがえたんじゃない。」

「そんなことあるもんですか。ちゃんとそこに、むこうむいてねてたのよ。あんただって、あのいびき、きいたじゃないの。」

なるほど、さっき、あれほどはっきりきこえたいびきの音は、もうどこにもきこえません。ねたまま、けむりのようにきえた怪人。見てから一分とたたぬまに、どこかへいってしまった怪人。またしてもふたりは、なんともいえないおそろしさにとらえられました。えりもとに水をかけられたように、ぞっとしました。こうなると、もうおそろしさに、ゆめをみているような気もちで、ふたりはあわてて、寝室をとびだし、つぎの着がえ室をぬけ、応接室まできました。そしてむこうを見ると、さっきふたりがはいるとき、たしかにしめたはずのドアが、すこしあいています。そして、そのあいだから、いましもにゅうとでた人間の顔。黒めがねごしに二つの目が、こちらをじっと見ています。「キャア!」と、友子と千春が、同時に、おどろきとおそれのさけび声をあげました。なんと、それは重秋の顔でした。旅行にいっているはずの門倉重秋なのです。

まあ、重秋はいつ旅行から帰ってきたのでしょう。そして、どうしてこの地下室のひみつを知って、はいってきたのでしょう。ことによると重秋は、いましがた旅行からもどってきて、千春のへやをたずね、あの天井のあなに気がついたのではないかしら。それにしても、とつぜんきえた怪人のすがたと、とつぜんあらわれた、重秋のすがた。ほとんどそれがいっしょなのはふしぎです。ひょっとしたら、重秋と怪人とは、同じ人間なのではあるまいか。こうしたいろいろの感じやうたがいが、友子や千春のむねにうずまいているあいだに、重秋の顔は、さっとドアのあいだからきえました。まるで、みじかいおそろしいゆめのようにきえました。しかし、もうおどろきにおどろきをかさねて、おびえきったふたりは、ただ、この地下室からにげだしたい気もちでいっぱいでした。さっき、あれほど勇気をだしてはいってきたこのへやが、いまではおそろしい、きみのわるいものでいっぱいの、ばけものの巣のような気がしました。

それで、重秋がきえたあと、ふたりはしばらく応接室のなかに立ちすくんでいましたが、やがて、友子が千春の手をとって、そこをとびだすと、石段をかけおり、さっきおりてきた、えんとつばしらのかくれボタンを、大いそぎでさがしにかかりました。

でも、気のせかせかするのと、手がぶるぶるふるえるのとで、なかなかボタンがみつかりません。それでもおしまいに、やっとさがしあて、力いっぱいおすと、うれしや、えんとつの口がぱっくりあきました。いそいでもぐりこみ、なわばしごにぶらさがると、どうやら、ぶじにもとの天井うらへもどれました。

おそろしい拳銃

まもなくふたりは、千春のへやにおちつき、ほっとためいきをついて、たがいに顔を見あわせました。ふたりのむねには、あのこわい地下室から、ぶじに帰れてよかったという、あんしんの気もちと、いっしょに、黒めがねの重秋は、あれからどうしたろう。やっぱり、もう自分のへやにもどっているかしら。といううたがいが、しきりにわいてきました。

やがて千春はろうかへでて、そうっと階段をおり、重秋の書斎のまえへいってみました。すると、なかはしいんとして、だれもいないようです。

「じゃあ、重秋さんは、まだ地下室にいるのかしら。いったい、あそこでなにをしているんだろう。それから、どうやってあの人は、ひみつの地下室へはいっていったのかしら。わたしたちのとおった道を、あとからついてきたのか。それとも別の道を、自分で見つけたのかしら。」

そんなことを考えながら、千春は思いきって、ドアをたたいてみました。それでもへんじがないので、ドアのハンドルを動かしてみました。すると、ドアにはちゃんとかぎがかかっていました。そこで千春が、「なんだ。あの人はまだ帰っていないのだ。」と、ひとりごとをいい、また二階へもどろうとしたとき、ふと、なんだかひくい人の声が、ドアのむこうからもれてくるような気がしました。

「おや。」と思って、千春がかぎあなに耳をあてると、たしかに男どうしで話あっている声。小さな声だから、よくはききとれないが、なにかねっしんにしゃべっているのが、しらない男の声で、ときどき、短くへんじをしているのが、重秋のようです。そのうちに、しらない男の声は、だんだん高くなってきました。よほどおこっているようです。なにか、重秋をせめたてているようです。

「いったい、だれがきているのだろう。だれと重秋はしゃべっているのだろう。お客がいるのに、なぜドアになかからかぎなんかかけておくのだろう。」と、千春がくびをひねったとき、

「どうしたの、千春さん。なにを立ちぎきしているの。」

という声がしました。いつのまにか、友子がうしろに立っているのです。あわててくちびるにゆびをあて、

「大きな声をださないで。」

とあいずをしながら、千春は書斎のなかのようすを、友子に話しました。友子はうなずいて、あたりをみまわしましたが、ふと、ドアの上に目をつけました。そこには風とおしの小さい網戸がついています。それを見つけると、友子はろうかのすみから、ふみだいをもってきました。その上にふたりがならんでのると、網戸から書斎のなかが一目で見えました。

おどろいたことには、いすの上に重秋が、ほそびきでしばられています。よっぽどはげしくもみあいでもしたあととみえ、洋服はやぶれ、髪の毛はくちゃくちゃ、おまけに黒めがねまで、かけて飛んだらしく、血ばしったすごい目をぎょろぎょろさせています。顔はあせでいっぱい、いきをフー

フーついています。それとむきあって、こちらへせなかをむけて、こしかけているのは、がっちりした大きな男で、まっ黒な、ぼうさんのころものようなものを着て、顔には、黒い仮面をかぶっています。このほうはゆったりとして、しばりあげた重秋のようすを見ています。そして、ちょうどふたりのまんなかの、ゆかの上には、ぎらぎら光るおそろしい拳銃が一ちょうおちていました。

「き、きさまはいったい、だれなんだ。名をなのれ。か、顔を見せろ。」

重秋がにくにくしそうに、あいてをにらんで、こうきいていました。

「名のらないでも、自分のむねにきいてみれば、おれがだれだかわかるだろう。きみのわるだくみのために、一生をめちゃめちゃにされた男だ。」

仮面男は、おもおもしくこたえます。

「うん、それはわかる。そういうきみがだれだか、たいていけんとうはついている。だがおかしい。その男は死んだはずだ。ずっとむかしに、たしかに死んでいるはずだ。一ど死んだものが生きかえってくるのはおかしい。」

重秋は、こんなことをうわごとのようにいって、なおうたがわしそうに、あいての黒い仮面を見つめ、

「おねがいだ。一ぺんそのお面をぬいで、顔を見せてくれないか。そうすれば、なにもかもはっきりする。」

「いやだ。」と、仮面男がこたえました。

「顔を見せるのはいやだ。きみはおそろしい男だから、いまのおれの顔を見せたら、またどんなわるだくみをするかもしれない。それより、早くあれをわたせ。きみのおかあさんの書いたあの手帳をわたせ。あれさえよこせば、おれはすぐこの家からでていく。そのなわをといて、きみを自由なからだにしてやる。」

「あの手帳は、もしてしまったよ。」

重秋があざけるようにいいました。

「うそだ。たしかに、このへやの金庫のなかにし

まってある。おれは、あれから朝も晩も、ずっと天井から目をはなさずに、きみを見はっていたから、まちがいはない。さあ、早くあの手帳をだしてわたせ。」

「いやだ。あったってわたすものか。あれをわたしたら、ぼくがめちゃめちゃになる。これまでつくった金も家も、名誉も、みんななくなってしまう。どんなことがあっても、わたすものか。」

こういって重秋は、しばられたまま、りきみかえりました。だが、すぐ子どものようなかなしそうな顔になって、

「ああ、どうしてあのばあさんが、あんな手帳なんか書いたんだろう。いまいましい気ちがいばばあだ。あれさえなければ……。」

と、くやしそうにひとりごとをいい、こんどはきゅうにあいてにむかって、

「そうだ。あの手帳は、おまえが書かせたのだ。このあくとうめ。ゆうれいのまねなんかして、気のよわいおれの母を、さんざんおどかし、あんなものを書かせたのはおまえだ。おまえこそ、ほんとうにひきょうだぞ。」とののしりました。

「でも、ああするよりほかにはなかったのだよ。」

と、仮面男は、くやしがる重秋を、あわれむように見て、

「きみは心のそこからの悪人だ。まるで、わることをするために、生まれてきたような人間だ。わしがどんなにたのんだって、むかしのつみをはくじょうするような男じゃない。ところがきみのおかあさんは、なんといっても女だ。いっしょになって、きみのつみをかくしてはいるが、心のなかでは、つみのおそろしさをしって、こうかいしている。だからわしは、きみのおかあさんをおどかして、はくじょうさせようと思ったのだ。そのはくじょうも、口からきいただけではだめだ。ちゃんとおかあさんの手で、紙に書かせたのだ。わしが、ゆうれいにばけて、毎晩でてきたのも、天井からゆびのあいずをしたのも、かべに手のひらのあとをつけたのも、ねこやへびまでつかっておど

かしたのも、みんなおかあさんに、あのはくじょうを書かせるためだったのだ。あの手帳さえあれば、わしはもう、どこへでてもはずかしくない身になれる。そうなれば、わしはいつまでも、きみたちをうらんでなんかいない。このうちゃ、きみがもっている財産なんか、きみにくれてやる。だから、あれを早くわたしたまえ。」

こうさとすようにいわれて、さすがの重秋もだまってしまいました。しばられたまま、いすの上でくびをたれ、なにか考えなやんでいるようすです。

これを網戸からのぞいていた、千春と友子のふたりは、もう目をまるくしておどろいていました。いま、目のまえでしゃべっている仮面男が、きのうまでの青衣の怪人であることは、まちがいないようです。それから、重秋親子はわるい人たちで、むかし怪人にたいして、たいへんわるいつみをおかしている。そのつみをはくじょうしたのが、いつぞや崎代の書いた手帳なのです。それをいま、怪人は、重秋にわたせとせまっている――これだけのことは、ふたりの話ではっきりわかりました。だが、重秋がむかしおかした悪事とは、どんなことだったのでしょう。なぜ、それがために怪人は、きょうまでそんなにくるしみ、世間へもでられずにいたのでしょう。それから、おかしいのは、ふたりの話のあいだに、まだ、千春の名まえがでてこないことです。千春は、この事件になんにもかんけいがないのでしょうか。それならば、どうして重秋は、千春にどくをのませようとしたり、また、怪人は、たびたび千春のいのちをたすけたりなんかしたのでしょう。

千春と友子は、このさき書斎のなかのふたりのだんぱんが、どうなるか、まばたきもせずにのぞきながら、めいめい心のなかで、同じようなことを考えていました。そのうちに、だまっていた重秋が、とうとうけっしんしたように、

「うん。ではもうしかたがない。あきらめて、あの手帳をわたす。だから、このほそびきをといて

くれ。」といいだしました。

「そうか。そう話がわかれば……。」と、仮面男は、ほっとしたようにいって、いすから立ちあがり、

「おれも、さいしょからきみをしばったりするつもりじゃなかった。思いがけなく、きみがあの地下室にしのびこんできたものだから、あとをおっかけてここへきた。そうすると、きみがピストルなんかだしてむかってきたから、つい、こんな手あらなことをしちゃったんだ。」といいながら、いそいで重秋のほそびきをときにかかりました。

やっと手足が自由になると、重秋は、かたくしばられたあとがいたそうに、あちこちなでまわしていましたが、すぐに大きな金庫のまえへいきました。そして、鉄のとびらについている、光ったボタンのようなものを、右へ左へいろいろまわしていましたが、やがて、そのおもいとびらをギイッとあけると、なかにならんでいるひきだしに、手をつっこみました。そこには、いろいろな書類がぎっしりつまっていましたが、重秋の手はその下から、ハトロン紙の大きなふうとうをひきだしました。それをしずかにふると、なかから崎代の書いた、小さな手帳がでてきました。

「これです。」といって、重秋が、仮面男のほうをふりかえりました。どんなにうれしかったのでしょう。それをみると、仮面男の大きなからだが、まるでばねじかけのようにかるがると動いて、うばうように、それを重秋の手からうけとりました。はんたいに重秋のほうは、それをわたすのが、さもおしそうでした。

さて、うけとると、仮面男は、ちょっとでも早く、そのなかみが見たかったのでしょう。それをつかむと、なにもかもわすれたように、まどぎわへいき、手帳をくりひろげて、なかのこまかい字を、むちゅうになって読みはじめました。

このとき、網戸からのぞいていた千春と友子は、あやうく、アッと声をたてそうになりました。おそろしいことです。仮面男が、手帳にむちゅうになっているあいだに、重秋はそうっと二三歩あと

ずさりをすると、仮面男の気がつかないよう、身をかがめて、じりじりと、右手をながくのばしました。その手のさきは、ゆかにおちている、あのおそろしい拳銃をひろいあげました。そして、あいてがまだいっこう気がつかず読んでいるあいだに、重秋の手は、その拳銃の口を、ぴたりと仮面男のむねのへんにねらいをつけました。

パーン！　とつぜんものすごい発砲の音が、へやじゅうになりわたりました。白いけむりがもうもうとあたりにたちこめました。見ると、仮面男の大きな体は、まるで材木をたおしたよう、あおむけざまに、ゆかのまんなかにたおれていました。

かわいそうに、怪人は、あれほど長いくしんをかさねて、やっと手帳を手にいれたしゅんかん、重秋の拳銃にうたれたのです。

ぴかぴか光る拳銃を右手にもったまま、けむりのなかにつっ立った重秋。そのめがねのとれたやせた顔には、にたり、きみのわるい悪魔のような笑いがうかんでいました。

おそろしい注射器

「怪人がころされた。」と思ったしゅんかん、網戸からのぞいたふたりの少女は、からだじゅうの血がこおったようになり、そろって、ふみ台からころげおちそうになりました。しかし、重秋は、これからどうなるだろう、たおれた怪人はどうなるだろうと、あとのことが気になって、ふたりとも、ぶるぶるふるえながら、なおにげださず、網戸にしがみついていました。

と、重秋は拳銃を手に、なおも、怪人のたおれたすがたを見ていましたが、たまがうまくあたったとみえ、もう身動き一つしない死がいを見ると、やがて、その上に身をかがめ、怪人がにぎっている手帳をもぎとろうとしました。しかし、死んだ怪人の右手は、よっぽどかたくつかんでいるとみえ、なかなかとれません。とうとう重秋は、拳銃をゆかにおき、両手で怪人のげんこをこじあけにかかりました。と、重秋が、それをやっているさいちゅう、またまた思いがけないことがおこりました。

死んだはずの怪人の左手が、さっと動いたのです。その大きなげんこが、ものすごい力で、重秋の横っつらをはりとばしました。あっというまもなく、重秋はあおむけざまに、ゆかの上にのびてしまいました。怪人はよろよろ立ちあがりました。くるしそうに歯をくいしばっています。左の手で右のかたさきをなでています。急所をはずれたたまは、どうやら右のかたをつきぬいたようすです。

怪人は、たおれた重秋をじろりと見、ゆかにおちた拳銃を拾いあげました。そして、気絶している敵をころそうとするかのよう、そのほうへ銃口をむけましたが、思いなおしたらしく、拳銃をまどから庭へなげだすと、だいじな手帳を、うちポケットにしまいこみ、よろよろとまどに手をかけました。

つぎのしゅんかん、怪人のすがたは、千春たちの目からきえてしまいました。ただゆかの上には、怪人の血のあとがいく箇所ものこっていました。

「まあ、よかった。」

千春と友子は、こうささやきあい、かたく手をにぎりあいました。それから友子が、

「さあ、千春さん。にげなきゃだめよ。こんなふしぎなうち、長くいたら、また、どんなことがおこるかもしれないわ。」といったので、千春も、いそいでふみ台からおりました。

「友子さん、どうしよう。」

「重秋がこないうちに、どこかへ行っちまうのよ。」

「でも、わたしの荷物は?」

「早く二階へ行って、だいじなものをだけもっていらっしゃい。わたし、おもてへ行ってタクシーよんでくるわ。」

友子は、こうおしえると、玄関からとびだしました。千春は二階へかけあがりました。と、だれか、ろうかに立っている人のかげ。それは、老母の崎代でした。まっさおな、ゆうれいのような顔をし

て、かべにつかまって、やっと立っているのです。

「おばあさま。どうなさいました。」と、千春が声をかけると、

「いいまのおそろしい音はなあに。」

「はい。あれは……なんでもありません。」と、千春がしんぱいさせないよう、わざと、かくしてこたえました。

「重秋はどこにいます。」

「お書斎にいらっしゃいます。」

それをきいてあんしんすると、崎代はとつぜん、「あ、いた、いた。」と、身をかがめ、むねに手をあてました。そして、

「千春さん。わたし、また、心臓にさしこみがきたらしい。重秋をよんできて。それから、むねをひやすタオルをしぼってきて。」

と、たのむのでした。これをみると、千春は、もう荷物をとりに、自分のへやへはいることもわすれてしまいました。とにかく、崎代をだいてベッドにつれて行ってねかせ、それから台所へ行って、つめたい水をいれた金だらいとタオルをもってきました。そして、崎代の心臓のところをひやしていると、ガタンとドアがあく音、見ると、重秋がはいってきました。怪人のおそろしい力でたたかれた右のほおは、ひどくはれあがり、目の下がまっ黒になっています。よろめくようにはいってきましたが、その右手には、お医者のつかう注射器をもっています。

千春は、ふしぎに思いました。まだ崎代の病気をしらせにいかないのに、どうして、重秋はそれを知ったのでしょう。注射器なんかもってきて。重秋は、だまって、崎代のベッドのほうに近よりました。千春はそこに立っていてはじゃまになると思って、うしろにさがり、重秋をとおそうとしました。ところが、なんということでしょう。いきちがうはずみ、重秋のからだが千春にさわったと思うとたん、ブスリ、千春は、かたにするどいはりのようなものがつきささるのを感じました。そしてあっとさけぶまもなく、目のさきがぼんや

りして、重秋の顔が二つにも三つにも――ちょうど映画の二重うつしのように見えてき、それから、へやじゅうぐるぐるまわりだし、あとは、なにもわからなくなってしまいました。

「まあ、重秋、おまえは、なんてことをする。この子をころして。」

と、崎代が、からだをふるわせてさけびました。

「なに、ころしやしませんよ。しばらくねむらせただけですよ。」

と、重秋は、にやにや笑いながらこたえて、ゆかの上に手をのばし、正体もなくねむったようにたおれている、千春のからだをだきあげました。そして、あたりを見まわしたうえ、すみのおしいれのひらきをあけ、よいしょと声をかけて、そこへ荷物のように、千春をおしこみました。それから、

「こうしておかないと、もうひとりのじゃまものが帰ってきたとき、うるさい。」

と、ひとりごとをいいながら、こんどは、崎代のうでをとってみゃくをみて、

「また心臓ですか。だいじょうぶですよ。すこし、しずかにさえしていれば。」

と、母親をあんしんさせました。

「おかあさん、えらいことがおこりましたよ。どうもそうじゃないか、とうたがっていたとおり、あの森宮《もりみや》は生きているらしい。生きていて、どこかで金もちになって、このうちの地下室に、そっとすんでいたんですよ。網走の刑務所から、樺太へうつされるとちゅう、船でちんぼつしたやつが、どうして生きていたのか。ぼくらにしかえししようとして、やつはこの地下室にかくれ、ゆうれいのまねをして、あなたをおどかして、むりにあの手紙を書かせたんです。あの手紙さえあれば、森宮はすぐ警察へいっても、つみのないことがわかる。かえって、このぼくが人ごろしだということがわかる。そして、ぼくのもっている財産は、あいつのものだということが証明できるんです。それにぐあいのわるいことは、あの千春という、ひょっこり、やとったむすめが、どうも、森宮の

子どもらしい。それは、あの子が赤んぼうのとき、ぼくがいじめて、一銭銅貨をやいて手におしあてた、あのやけどのあとでもわかる。それで、めんどうくさいから、いまのうちに、ふたりともかたづけてしまおうと思っていると、きょうは、たいへんなしくじりをやって、森宮にあの手帳をとられてしまいました。しかし、こうなると、こっちにはいい方法がある。それは、あのむすめをどこかへかくすんです。そして、手帳をかえさなければ、むすめをひどいめにあわせるとか、ころしてしまうとかいって、森宮をおどかす。そうすれば、あの怪人が森宮だとすれば、自分のひとりむすめが、かわいくないはずはない。それでけっきょく、まけて手帳をかえしてくると、ぼくは思うんです。どうです、おかあさん。ぼくの頭はわるくないでしょう。」

重秋はベッドのそばのいすにかけて、じまんの鼻をうごめかしました。崎代は力のない目つきで、重秋を見ていましたが、

「でもねえ重秋、こんなことをいうと、また、おまえにしかられるかもしれぬが、人間はわるいことをしても、そう長くつづくものではない。いつかはあらわれて、ばつをうけるのじゃ。おまえはわかいころ、あの森宮さんをあんなに苦しめ、いままでも、それをつづけているのじゃ。もういいかげんにこうかいして、もし、森宮さんが生きているなら、これまでの自分のつみをきっぱりとあやまったらどうじゃ。そうすれば、むこうも、まさかおまえのいのちをとるとは、いいなさらないじゃろうが。」

と、さもなさけなさそうにいいだしました。

「またはじまった。おかあさんのいいぐさはいつもそうだ。ばかばかしい。そんなことができますか。第一、森宮にあやまったって、あれほどうらんでいるやつが、ゆるしてくれるはずはない。けっきょく、ぼくらは、うちも財産もとられてこじきになり、おまけに人ごろしのつみで、ろうへいれられてしまうんです。こうなったらぼくは、もう

どこまでもあいつとたたかってやる。かえって森宮に泣きっつらをさせてやるつもりです。」

どこまでも、悪党の重秋が、こういいはったとき、

「千春さん、千春さん。どこへ行ったの。」

と、ろうかでさがしている、友子のこえがきこえました。友子はタクシーをさがしにおもてへとびだしたのですが、このへんは場末で、いつまでたっても見あたりません。一こくも早く千春をつれて、にげださなければと思い、気がわくわくして、しまいには、そうとうとおくの町かどまであるいていき、やっと、一台見つけました。それにのって、いそいでもどってきたのですが、二階へあがってみると、かんじんの千春のすがたが見えないのです。では、おそかったので、いきちがいに荷物でももってでたのかと、へやへはいって見まわしましたが、そういうようすは、すこしも見えません。

そこで、ことによったらと思って、

「千春さん、どこにいるの。」

といいながら、崎代のへやのドアをあけました。見ると、おどろいたことに、あのいやらしい重秋が、すまして、たばこをすっています。もう、いつもの黒めがねをかけて、めがねごしに、じろりと友子を見ました。

「あら、千春さんは、ここにはいませんの?」

「ああ、青野君ですか。青野君は、いましがた外へ出ていきましたよ。」と、重秋がおちついてこたえました。

「えっ、どこへ行ったんでしょう。」

「さあ、なんでも、買いものにいくといってたようです。」

友子は、まゆをひそめました。なにを買いにいったんだろう。やくそくは、荷物をまとめてにげだすはずだったのに。

ふしぎでたまらず、友子は、そこに立ったなり、ぽかんとしていました。と、重秋がいいました。

「ときに、今夜からきゃくがくるので、青野君のへやを一時つかうことになったのです。それで、

たいへん失礼だが、あなたはこれからすぐ、寮へ帰っていただきたいと思うのだが……。」

「はい、帰ります。でも、千春さんにちょっとあってから……。」

「青野君は、いつもどるかわかりません。ご用があれば、ぼくからつたえますし、帰ってきたら寮へ電話をかけさせます。」

重秋のことばは、木で鼻をくくったようでした。

「はい。では、すぐおいとまします。」

と、すなおにこたえながら、友子はどうもへんだと思いました。

ああ、このとき、友子にかくれたものを見とおす千里眼があったら、二メートルとはなれぬ、まむかいのおしいれの中に、むごたらしくおしこまれている、親友のすがたが見えたでしょうに。それで、友子は崎代のへやをでて、千春のへやへもどりました。そして、ハンドバッグとふろしきづつみを手にもち、もう一ぺん重秋と崎代にあいさつすると、きつねにばかされたような気もちで、門倉家をたちさりました。

友子がいなくなると、重秋の動きはかっぱつになり、下へいくと、どこかへ電話をかけました。それから、おしいれをあけて、まだ死んだようにねむっている千春を、はこびだしました。

「おまえ、その子をどうするつもり。」

崎代がききました。

「狼谷《おおかみだに》にあずけようと思うんです。あすこなら、もう世間からまるでわかりゃしません。」

と、千春をゆかの上にころがしながら、重秋がこたえました。

「まあ、あんなところへ？　では、おまえは、この子を？」

と、崎代はいいかけて、あまりのおそろしさに、そのさきのことばがいえないらしく、口をつぐみ、ぶるぶるふるえています。

「べつに、おそろしいところではありませんよ。ぼくはこの子をころすつもりはない。ただ、あそこで、きみのわるい思いをさせるくらいなもんです。」

こういいながら重秋は、千春のからだをだきあげ、ろうかのそとへでていきました。

海ぼうず

それから、なん時間たったでしょう。千春は、水のそこにおぼれた人が、うかびあがるように、ふと目を見ひらきました。いやな気もちです。むねがたまらなくむらむらして、頭のしんがわれそうにいたむのです。ぼんやりと、白いしっくいぬりの天井が見えます。自分はベッドのようなものの上に、あおむけにねているのでした。おやっと思って見まわすと、まるで知らないへやです。あたりには、本をきっちりならべた大きな本箱や、大小のいろいろなびんや、ぴかぴか光る器械をならべたたななどがあって、ちょうど、お医者の診療室のようです。千春はさいしょ、自分が重秋の書斎にねているのかと思いました。だが、そのとたんに、せきばらいの音がしたので、見ると、むこうのまどぎわの大きなテーブルの前に、見たこともない、きみょうな人がこしかけていました。それはひどくふとった、まっかな丸い顔をした人で、鉄ぶちのめがねをかけ、年は五十ぐらい、頭ははげて、てらてら光っていました。それまで、あつい本を読んでいたらしいのですが、千春が身動きしたけはいに気がついたのか、本から目をはなして、じろりとこちらを見ました。そのしゅんかん、千春は、「まあ、きみがわるい、海ぼうずのような人だな。」と思いました。

「やあ、おじょうさん。気がつきましたか。」

海ぼうずは、しずかにいって、スリッパをひきずり、千春のそばへあゆみよりました。黒い洋服の上のお医者のきるまっ白な消毒着をきています。そして、だしぬけに千春の手をにぎり、みゃくをしらべました。その大きな、ぬらぬらあせにぬれたようなてのひらのきみのわるかったこと。

「一時の発作さ。もうたいしたことはない。こんどは目を見せてごらん。」

海ぼうずのどろりとにごった目が、千春のかわいい、きれいな目をのぞきこみました。

「あのう、ここはどこなんでしょうか。そして、わたし、どうして、こんなところへきたんでしょうか。」

千春は、ふしぎでたまらず、さっそくききました。

「あんたは病気でな。いままで気絶していたのじゃよ。だが、その気絶だけはもうなおった。だが、ほかの病気は、これからあらためて診察しないと、いつなおるかよくわからん。」

海ぼうずがむずかしい顔でこたえました。

「あら、わたしが病気ですって。そんなことありませんわ。わたしはじょうぶですわ。いましがたまで、ぴんぴんしていたんですもの。」

千春が、おこったような声で、いいかえしました。

「すべてここへくる人間は、自分が病人でないように思うのじゃ。ところで、そう思っていることが、病人のしょうこなのじゃよ。」

海ぼうずは、こういいすてて、自分のテーブルにもどっていこうとします。それをすがるようにして、

「でも、いったいここはどこなんです。わたしは、どこへきてるんですか。おしえてください。」

と、千春がたのみました。

「ここは、狼谷精神病院で、わしは、院長の狼谷一策《いっさく》じゃ。」と、海坊主がいばってこたえました。

千春はすっかりおどろいてしまいました。精神病院、そんなところへ、わたしはなんできたんだろう。ええと、重秋の書斎で、重秋と怪人との活劇を見て、それから友子ちゃんとにげだそうとして、二階へあがった。すると、おばあさんがむねがいたいというので、水で心臓をひやしてあげていたところへ、思いがけなく、気絶していた重秋がはいってきた。ええと、それからわたしはどうしたろう。そうだ、なんだかかたのところに、ちくり

と針でさされたような気がして、いたい、と思ったら、そのあと、なにもかもわからなくなってしまったのだ。……千春がじいっと頭の中で、これだけの記憶をたどっていくうちに、頭は、またずきずきいたみだし、むねがむかむかして、はきそうになってきました。で、もうそれいじょうは考えるのをやめて、ベッドの上で、しばらくおとなしく目をつぶっていました。

院長が、ベルをおしたのでしょう。ドアがあいて、女のひとがひとり、はいってきました。

「ご用でございますか。」

「この新しい入院患者を、五号病室へつれていきなさい。」

海ぼうず院長が命令しました。千春は目をあけて、その女の人を見ました。年ごろは四十をこした、やせて、せの高い、ヒステリーみたいな、細長い顔をした看護婦です。そばへくると、つめたい、いんきな声で、

「さあ、おきて、あちらへいらっしゃい。」といいました。

千春は、病人でもないのに病室へつれていかれるのはいやで、もうしばらくここにいたいような気がしました。そこで、

「わたし、まだ気分がわるいから、このままにしておいて。」といいました。ところが看護婦は、思いがけない強いことばで、

「いいえ、いけません。そのわがままが、病気をわるくするのです。この病院へいらっしゃったら、院長さんの命令はぜったいです。すぐに病室へいらっしゃなければいけません。」といって、むりやりに、千春をベッドからひきだしました。

「ええ、どうとでもなれ。」

という考えで、千春は看護婦にうでをとられ、ろうかへでました。もうなん時ごろでしょう。外はまだあかるいのに、電気のついた、長い長い病院のろうかです。そこをあるき、つきあたりを右へまわったところの、ドアをおしあけて、千春は、六畳くらいのうす暗い病室へいれられました。そ

まつな木かべでできた病室。かざりもなにもなく、庭にむいて、がんじょうな鉄ごうしのはまった、あかりとりのまどが一つ。あとはベッドがあるだけのいんきなへやです。

「気分がわるいなら、すぐおやすみなさい。よくねむると、気もちがさっぱりします。」

と、看護婦がいいました。しかし、千春は、それどころではないのです。第一に、友子があれからどうしたか、気にかかりました。自分のために、タクシーをさがしにいって、それからもどってきて、あの人はどうしたろう。自分は、たしかに重秋や崎代のいるまえで、きゅうに気をうしなってたおれてしまったにちがいないが、もどってきた友子は、どうなったろう。まっているやくそくの自分がいないので、さぞさがしまわっているのにちがいない。そう思ったとたん、千春は、はっと思いだしました。それは自分が気をうしなうまえ、ちらりと重秋の手で見た注射器のことです。そうだ。あのときは崎代のための注射器だと思っていたが、ことによると、あれは重秋が、わたしにつかうためにもってきたのではないか。そして、あのおそろしい重秋は、あの注射器で、わたしにねむりぐすりでもさして、わたしの正気をなくしてしまったのではないか。そして、こんな知らない病院へはこんできたのではないか。まるで長いゆめがさめたかのよう、このことに気がついた千春は、あわてて、看護婦の顔を見ました。そして、

「看護婦さん、わたしは病人じゃないんですよ。重秋さんという人に、むりに、なにか注射されて、ねむっているあいだに、ここへはこばれてきたんですのよ。わたしとあなたたちのあいだには、とても大きな思いちがいがあるんですよ。」と、事情を説明しようとしました。だが、やせたその看護婦は、ぶつんとした顔で立っているきり。へんじもしません。

「あの、わたしがこれから話すことをきいたら、あなたは、外国の映画かなにかの話だと思うでしょう。けれど、よくきいてわたしをたすけてく

ださい。わたしは、もと託児所ではたらいていたのです。ところが門倉重秋という人からたのまれて、そこのうちにつとめることになったのですが、そのうちには、おそろしいゆうれいがでて……。」

と、千春は、看護婦に自分の気もちを話して、味方になってもらおうと思い、これまでの身のうえ話をしだしました。しかし、看護婦は、どこかでききなれた話を、またきかされているような、興味のない顔で、半分ごろまではきいていましたが、とうとうがまんしきれなくなったとみえて、いきなりその手をふって、千春の話をさえぎり、

「もうたくさん。もうそれいじょう話をすると、あなたの病気にさわりますから、あなたは、きょうはおとなしくねてなければいけません。ここへくる精神病者は、みんなきまって、あなたのような話をするのです。いいですか。あなたは頭の病気なのですよ。かわいそうに、気がくるっているのですよ。あなたがいま話した、重秋という人も、崎代というおばあさんも、友ちゃんという人も、それから、おそろしい青衣の怪人というのも、みんな生きてる人じゃないんです。どれも、病気のあなたが想像して、頭の中でこしらえあげたゆめなのですよ。つくりごとなのですよ。そのばかばかしい考えが、すっかりなくならないかぎり、あなたの病気はなおりません。それまで三日かかるか、一年かかるか、あなたはおとなしく、院長さんのくださるくすりをのんで、この病院にいなければなりません。いいですか。わかりましたか。わかったら、きょうは、もう一言もきかず、おちついて、ねていなければいけません。」

こう、看護婦はいいはなつと、それなりへやからでていき、おもてからガチャリとドアに錠をおろす、はげしい音をひびかせました。

ああ、かわいそうな千春は、とうとう気ちがいにされて、精神病院のだれもしらない一へやに、とじこめられてしまいました。看護婦のたちさったあと、そのうす暗い病室には、ワッと泣く、千春のあわれな泣き声だけがひびいていました。

気ちがい病院

ふしぎなしんさつ

かわいそうな千春が、気ちがい病院へいれられてから、もう三日たちました。ひとりぼっち、どこもわるくないのに、鉄の格子のはまったへやにとじこめられて、いつになったら寮へ帰れるのか、わからないのです。千春はかなしくてたまりませんでした。なぜ重秋は、自分をこんなところへおしこめたのでしょう。それからこの病院は、いったい東京のどのへんにあるのでしょう。三日めの朝、千春は、はじめて散歩を許され、あのつめたい、いじわるそうな顔の看護婦につきそわれて庭へ出ました。見ると、あたりには、高い山がずっとつづいて見え、そのすそに、この病院のあることがわかりました。してみると、ここは東京ではないのです。それに、ねむっているあいだに、自動車ではこばれてきたのですから、ここが東京からどのくらいはなれたところか、まるでけんとうがつきません。千春は、看護婦に、「ここはどこですか。」ときいてみようと思いましたが、どうせまた、教えてはくれないだろうとあきらめ、だまっていました。

この病院は、丘の上の日あたりのいいところにたっており、病人たちがにげだせないよう、高いがんじょうなコンクリートのへいでとりまかれていました。見ると、庭のあちこちを、やっぱり看護婦につきそわれて、病人らしい男の人や女の人が、朝の散歩をしていました。この人たちは一目でわかるほんとうの気ちがいで、みんなきょときょとしたきみょうな目つきをし、おどるようなかっこうをして歩いたり、ぶつぶつひとりごとをいったり、なかには、あばれて看護婦をこまらせているのもいました。千春はそういう人たちと行きちがいながら、ひろい病院の庭を、三十分ほど散歩しました。ひさしぶりで外の風にふかれるのは、いい気持ちでしたが、青く光る空や、白く流れる雲をながめて、「東京はどのへんだろう。」と考えると、きゅうになつかしい寮のことや、仲よしの友子のことが思いだされ、なみだが目にいっぱいたまりました。

やがて、病室へのもどり道、看護婦は、千春を学校の教室のような、ひろいへやの前へつれてきました。その中から大ぜいの人のしゃべる声や、歌をうたう声が、そうぞうしく聞こえます。千春が、通りがかりに、その鉄格子のはまったまどをのぞくと、そこには、男の気ちがいばかり二十人くらい、いっしょにはいっていました。年とった人もあり、わかい人もあり、みんなそろって、あらい棒じまのゆかたのようなものを着せられているのですが、なかにはそれを破ってしまって、まるはだかでいるのもたくさんいました。なにしろみんな気ちがいですから、おなじへやにいれられていても、てんでんばらばら、大声でうたっているものもあり、また、ひとりでゲラゲラ笑っているものの、めそめそ泣いているものもあって、それはにぎやかです。千春がまどからのぞくと、その気ちがい男たちは、そろって、じっとにらみつけるように、千春の顔を見ました。そのどんよりとにごった目つきの、けもののようないやらしさ――、千春は、ぞうっとして顔をひっこめました。

「よく見ておきなさい。ここは施療室です。施療室というのは、病気になっても病院の費用をはらうお金のない人たちをいれておくへやです。」

と、いじわる看護婦が、ひとりごとのようにいいました。男の施療室のとなりには、女の施療室がありました。ここには、しらがのおばあさんから、千春とおない年ぐらいの少女が、十人ほどはいっていました。みんなきたないゆかたを着て、やっぱり泣いたり笑ったりしていました。それから、千春が三ばんめに見せられたのは、それこそ、地獄のようにおそろしいところでした。そこには、男の気ちがいが三人、まるでわるもののように、細びきでからだをしばられて、ころがされていました。あんまりあばれるので、ゆかたは、ずたずたに切れ、三人とも、ほとんどはだかでしたが、それでも、あばれつづけているのです。なんとかして、しばったなわをくいきろうとして、歯から血を出したり、手足をばたばたさせて、大きく、くるしそうにうなっています。あまりのおそろしいけしきに、千春があわてて目をつぶると、耳もとで、いじわる看護婦の声がささやきました。

「ここは特別室といって、いちばん重い病人をいれるところです。あんたもおとなしく、院長さんのいうとおりにしないと、この特別室か、さもなければ、こらしめのために、あの男ばかりの施療室へいれられてしまいますぞ。」

やがて、千春はまたひとりぼっちの、さびしい病室へつれもどされましたが、いましがた見た、おそろしい病室のけしきは、なかなか目からきえませんでした。

午後になると、いじわる看護婦が、いきなりドアをあけてはいってきて、

「院長さんのごしんさつです。しんさつ室へおいでなさい。」

といいました。千春がついていくと、そこは三日まえに見たへやで、はげ頭の海ぼうずのような院長が、くるくるまわるいすの上に、いばってこしかけていました。

「気分はどうじゃ。もう頭のいたいのはとれたかな。」

院長は、千春の顔を見ると、にやにやしながらききました。

「はい、頭痛はなおりました。もう、わたし、どこもわるいところありません。院長さん、おねがいですから、わたしを帰してください。」

と、千春が、おこった声でこたえました。

「病気のよいわるいは、わしがきめる。患者は、わしが帰れというまで、だまって、おとなしく、入院しとればいいのじゃ。」

と、海ぼうず院長は、きゅうにこわい顔になって、

千春をにらみつけ、それから、千春の脈をみたり、体温をはかったりしたあげく、みょうな水ぐすりを一ぱいのませました。

そのにがいくすりをのみおわると、千春が、

「院長さん、わたしはどこがわるいのですか。」と、思いきって、またききました。

「気がくるっておるのじゃ。それをなおすために、あんたは、この病院へ来たのじゃ。」

「どのくらいいたら、退院できるのですか。」

「それは、今のところ、とうぶんようすを見ないとわからん。」

「でも、だいたいのけんとうを、教えてください。」

「そうさ。今のところは、なかなか病気が重いから、まずすくなくとも、まる一年はかかるじゃろうな。」

千春はがっかりしました。これからまる一年、ろうやのようなへやの中で、だれとも口をきかずにくらす――、そう考えただけで、もう死んだほうがいいような気がしました。すると、千春のこのがっかりしたようすを、じっと見ていた院長は、なに思ったか、うしろに立っていた看護婦に向かい、

「おまえは、すこしのあいだ、あっちへ行っておいで。」と命令し、看護婦がいなくなると、きゅうにやさしい顔になり、

「むすめさん、あんたは、そんなにはやく、この病院を出たいかの。」とききました。そして千春が、

「はい、今すぐにでも、帰りたいです。」とこたえると、こんどは声をひくめて、

「それなら、かわいそうだから、とくべつにひとつ、試験をしてあげよう。もしこの試験に合格したら、あんたの病気は見かけほど重くないのだから、希望どおり、はやく退院させてあげてもよい。どうじゃ、やってみる気があるかの。」

「それは、どんな試験です。」

千春がさもききみわるそうにききました。と院長はエヘンと、大きくせきばらいを一つして、

「いや、たいしてむずかしいことではない、手紙

を一通書けばよいのじゃ。ここに、そのお手本がある。あんたが、このお手本どおりの手紙を、まちがいなく書いたら、それは、あんたの頭がくるっていないしょうこになる。」

こういいながら、院長はテーブルのひきだしから、一まいの紙をとりだしました。

千春は、すっかりうれしくなりました。手紙をお手本そっくりうつせば退院できる。そんなことわけはない。きゅうに気もちがあかるくなって、院長の手からその紙をとって、さっそく中のもんくを読みました。ところが、そこには思いがけない、つぎのようなもんくが書いてありました。

「おとうさま。わたしは、今おそろしいところにいます。おとうさまが、わたしのねがいをきいてくださらなければ、わたしは一生ここから出られず、さんざんこわいめにあわされて、死んでしまうかもしれませんわ。わたしを助けるために、どうぞ、あのひみつの書いてある手帳を、すぐ重秋さんにかえしてあげてください。そうすれば、わたしもすぐ自由なからだになり、おとうさまのところへ行かれます。これは、あなたのかわいいひとりむすめの、一生一度のおねがいです。どうぞ、この手紙をもっていった人へ、一分でもはやく、あの手帳をかえしてあげてください。そして、夜も昼も泣いてくらしている、わたしを助けてください。千春より森宮徳一《とくいち》様。」

このもんくを読むと、千春の顔色が、さっとかわりました。なんのために、自分がこの狼谷病院へつれてこられたのか、今まで、まるでわからなかったわけが、すっかり千春にわかったのです。青衣の怪人に、あのだいじな手帳をうばわれた重秋は、手帳をとりかえすために、千春をこの病院に、病気でもないのに、病人にしてとじこめたのです。そして、手帳をかえせば千春もかえしてやると、この手紙の中でいっており、その手紙を千春の自筆で、書かせようとしているのです。なんというおそろしいわるだくみなのでしょう。それに、千春をおどろかせたのは、あの青衣の怪人が、自分の父親らしいことです。この手紙では、青衣の怪人の名が森宮徳一となっており、自分は「そのかわいいひとりむすめ」だと書いてあります。こんなことが、いったいほんとうでしょうか。ほんとうとしたら、いよいよこんな手紙を書くことはできません。悪人重秋がこれほどにしてまで、取りかえそうとしているあの手帳――それをかたきにわたしたら、こんどはだいじなおとうさんの身に、どんなわざわいが、ふりかかるかわかりません。こんな手紙をけっして書いてはならない。どんなおそろしいめにあわされても、じっとがまんして、だいじなおとうさんを、まもらなければならないと、千春はかたく決心をしました。

「どうじゃ。書けるかの。みごと書けさえすれば、あしたにでも帰してやるがの。」

と、このとき院長が、その海ぼうずのようなまるい顔についている、ずるそうな目を細くして、千春の顔をのぞきこみました。それで、千春は思わず、

「書けません。わたしには書けません。」といいました。

「どうして書けない。書かなければ、いつ退院できるかわからんのだよ。おとなしくやってみたらどうじゃ。」と、院長が、こんどはさとすようにいいましたが、千春は、

「いいえ、いやです。院長さん、あなたは、あの重秋にたのまれて、わるいことのてつだいをなさる気なのでしょう。気ちがいでもないわたしをむりに気ちがいにして、この手紙を書かせるつもりなんでしょう。わたしは、だまされて書くなんていやです。おとうさんをふしあわせにするようなことは、ぜったいにしません。」と、いさましくいいきりました。

「そうか。あんたはそういう考えか。」

とうなずいた院長の顔は、きゅうに、悪魔のようなおそろしい顔にかわりました。そして、さもにくにくしそうに、ぎょろりと千春を見て、

「それで、あんたの病気が、ごく重いことがわかっ

た。もうきのうまでのような、ひとりべやへおいといたのでは、とても、あんたの病気はなおらない。きょうからは、こらしめのために、あの男ばかりの施療室へ、あんたをいれておくことにする。いいか、後悔して、泣かないように。」というと、すぐテーブルの上のベルをおしました。そして出てきた看護婦に、

「この患者を、今から男の施療室へいれろ。もしそれで、まだよくならなければ、そのつぎにはあの特別室へいれるんだ。」

と命令しました。これを聞いた千春は、あまりのおそろしさに、「ああっ。」と、さけび声をあげて、きぜつしそうになりました。だって、男の施療室のものすごいけしきは、さっき見たばかり。あのはだかの男の気ちがいが、うようよ泣いたり、笑ったり、あばれまわったりする中に、たったひとり、少女の身でいれられるのですもの。どんなおそろしいことをされるかわかりません。

しかし、このとき千春の手は、もうあのいじわる看護婦につかまれていました。看護婦は、すまして院長におじぎをすると、いやがる千春をひっぱって、ろうかへ出ていくのでした。

崎代の物語

さて、千春が狼谷病院で、こんなおそろしいめにあっているころ、親友の友子は、愛隣寮で、千春のことをしんぱいしつづけていました。自分がタクシーをさがしにいったあいだに、千春のすがたが、きゅうに見えなくなったのが、ふしぎでたまりません。それで寮へ帰ったものの、しばらくすると、門倉家へ電話をかけてみました。ところが、なんべんよんでも、だれも出てきません。友子はしんぱいでたまらなくなって、夜になってから、門倉家へ行ってみました。ところがうちじゅうまっくらで、いくらよび鈴をおしても、だれも出てこないのです。それに玄関からうら口まで、

げんじゅうに、かぎがかかっていました。これで、重秋一家の人たちは、きゅうにどこかへ、行ってしまったことがわかりました。

友子はねんのため、近所できいてみましたが、だれも、いつどこへ、重秋一家がひっこしたか、知っているものはありません。友子は千春のゆくえがしんぱいで、警察にたのんで、しらべてもらおうかと考えました。しかし、青衣の怪人のことといい、地下室のひみつといい、千春の身のまわりには、あんまりふしぎなことが多いので、警察に話して、もし千春が警察へでもよばれたら、かわいそうだと考え、やめました。

そんなわけで、友子がしんぱいをしながら、三日ばかりたったある夜、とつぜん、寮へ電話がかかってきました。出てみると、知らない女の声で、

「もし、もし。あなたは友子さんですか。こちらは新宿二丁目の新生《しんせい》病院です。ここの患者さんで、門倉崎代というかたが、ぜひあなたに、こちらへいらしていただきたい、とおっしゃるんですが、そのかたは、たいへんご容態がわるいので、なるべくすぐ来ていただきたいのです。どうでしょうか。」

というたのみでした。どうもつきそいの看護婦の声のようでした。

「崎代さんがなんで入院なんかしたのだろう。」

「そしてわたしに、なんの用があるのだろう。」と、いろいろなうたがいがわきましたが、とにかく友子は、いそいで、いわれた病院へたずねていきました。すると、とおされた病室には、崎代がたったひとり、ひどくよわったふうでねていましたが、友子の顔を見ると、

「まあ、友子さん、よく来てくださった。わたしが電話をしたので、びっくりなさったでしょう。じつは、今夜来ていただいたのは、わたしの心臓の病気が、きゅうにわるくなり、あすまで生きていられるような気がしない。それであんたに、だいじな話をしたいと思いましての……長い話ですが、どうぞきいてください。」

「まあ、そんなにおわるいので、ここに入院なさっ

ていみんですか。重秋さんや、ばあやさんは。」と、友子がきくと、

「はい、重秋は、あなたが帰った晩から、わたしをここへあずけて、ずっと出かけています。ばあやは、もうひまをだしてしまいました。」

と、崎代はさびしそうにこたえて、やがて、手まねで看護婦を出ていかせると、さっそく話をはじめました。

「こんな話をあなたにしたことがわかったら、わたしは重秋におこられて、ころされてしまうかもしれません。けれど、もうかまわない。」

と前おきして、崎代が話しだしたのは、いまから十何年かまえ、北海道におこった〔ママ〕できごとでした。

　そのころ重秋ははたち台のわかもので、天塩川の上流の枝幸《えさし》という小さな村に、母の崎代とふたりでくらしていました。崎代のおっとは、砂金をほる鉱夫でしたが、死んでしまい、ひとりむすこの重秋は、父がなくなると学校をとちゅうでやめて、鉱夫になりました。すると、重秋の働いている枝幸金山に、新しい鉱山技師がきました。品のいい、りっぱな人でした。これが後に青衣の怪人となった、森宮徳一だったのです。この森宮技師は、重秋をとてもかわいがってくれました。ところが、重秋は生まれつき、心のひねくれたわかものでした。それでふだんから、「ぼくは金もちになるんだ。どんなわるいことをしてもいいから、金もちになるんだ。」といっていましたが、ある日、母親の崎代に、おそろしい話をしました。

　それは、こんど来た森宮という鉱山技師が、きのう、自分とふたりで歩きながら、すばらしく砂金の出る場所を見つけた。その場所は、森宮さんとぼくだけしか知らない。それで森宮さんは、さっそくこの場所を買いとって、自分の力で金をほり出して大金もちになろうと思う。ついては、おまえも、わたしのてつだいをしないかと、いってくれた。だが、ぼくだって、森宮のてつだいなんかするのはいやだ。こんなすばらしい砂金のあなが見つかったからには、森宮をころして、自分がか

わって大金もちになろうと思う——と、こんなことをいうんです。母親の崎代はそれをきいて、人をころせば、自分も死刑になる。どうか、そんなおそろしいことは考えないようにと、なみだをながしてとめたのでした。ところが、それから、半月ほどたつと、森宮技師がお酒によっぱらって、仲間の本庄《ほんじょう》という技師を、高いがけからつきおとして、ころしたといううわさが、枝幸の町中に広がりました。森宮さんは、その本庄という人にお金をかしていました。それでふたりががけの上のキャンプで、お酒を飲みあっているさいちゅう、ふと森宮さんが、そのお金のことをいいだしたら、本庄がとても無礼なへんじをしたので、森宮さんがおこって、がけの上からつきおとし、本庄は、下の急流に落ちて死んだということでした。それを見ていたのは重秋だけで、巡査が来てしらべると、重秋がその話をしたので、森宮技師は警察へつれていかれてしまいました。そして森宮技師は、人ごろしのつみで、網走の刑務所へ送られてしまいました。

ところが、それからしばらくたったある晩、重秋は、とつぜん崎代に、おそろしい話をうちあけました。それは本庄をころしたのは、じつは森宮技師ではなく、自分だという話でした。

重秋は、よっぱらったふたりが、けんかをしているさいちゅう、仲裁するふりをしてまぎれこみ、森宮をつきおとすつもりのところ、まちがえて、本庄をつきおとしてしまったのでした。「それでも、おんなじさ。森宮が人ごろしのつみをきて、刑務所へ行っちゃったから、あのすばらしい金の鉱山はもうぼくひとりのものだ。ねえ、おかあさん。ぼくの頭はたいしたものでしょう。」と、重秋はとくいそうでした。

ところで、森宮技師は、おくさんに死なれて、かわいい三つになる女の子とくらしていましたが、父親が刑務所へはいったあと、だれもその子を見てやるものがないので、崎代はしばらく、自分の手元へひきとってそだてていました。ところが、重秋はどういうものか、その子をにくらしがって、ぶったり泣かせたりしましたが、ある日、一銭銅貨をストーブの火でやいて、それを子どもの手首におしあて、ひどいやけどをさせてしまいました。この女の子が、今思えば千春で、そのやけどのあとは、はっきりのこっていたのでした。そのうちに、重秋は、どこでお金をくめんしたか、うまくその砂金の出る土地を買いとり、すっかりお金もちになり、そのお金で学校を卒業し、獣医の免状をとりましたが、運のわるい森宮技師は、どこまでも運がわるいらしく、その後、樺太に港をつくるため、網走の刑務所の囚人たちが、船にのせられて働きに出かけるとちゅう、その船があらしで沈没して、森宮技師は、おぼれ死んだらしいということでした。これで、重秋はあんしんして、母の崎代をつれて東京へ出、その後は鉱山を売ったお金で、毎日遊んでいたのでした。それから、崎代がひきとった森宮技師の子どもは、ある日、重秋が札幌へ遊びに行くとちゅう、かわいそうに、汽車の中へおきざりにして、すててきてしまったのでした。

ところが、戦争後、千駄ヶ谷の今のうちへひっこしてくると、きゅうにうちじゅうに、ふしぎなことがおこりだしました。網走の刑務所の囚人が着ているのとそっくりの、青い服を着たゆうれいが、毎晩崎代のへやに出はじめたのです。そして、まもなく、崎代たちは、死んだとばかり思っていた森宮技師が生きていて、自分たちにうらみをかえそうとしていること、それから、偶然やとった千春が、その森宮技師のむすめであることに、気がついたのでした。崎代は、話しおわると、

「もう一つ、重秋は、今千春さんを、おそろしいところへ、つれていっている。はやく助けださなければ、いのちがあぶない。その所書きは、この紙にかいてある。さあ、はやく行って助けてあげてください。」

といいました。友子は矢のように崎代の病室をとびだしましたが、ろうかへ出たとたん、そこで、

看護婦が立ち話をしている声が、ふと耳にはいりました。

「あの患者さん、ピストルでかたをうたれたんですってね。」

「三日間ぐらいの治療で、だいじょうぶなのかしら。でも、ずいぶん強そうなかたね。」

友子はこの話を聞くと、はっとして、看護婦たちの見送っているほうをながめました。りっぱな背広を着た紳士が、病院の玄関のほうへ歩いていきます。そのうしろすがたに、なにやら見おぼえがありました。

「あっ！　青衣の怪人！」

友子は思わず、こうさけんで、紳士のあとをおいかけました。

御岳山さして

友子は、これまで一ども、青衣の怪人のほんとうの顔を見たことがありません。見たのは、あのきみのわるい、かえるのようなお面と、それから、黒い仮面の顔だけでした。だが、どうもこの紳士のからだつきは、怪人そっくりです。それに、三日まえにピストルでかたをうたれたというのでは、たしかに怪人にちがいありません。それで、おいかけていくと、病院の前には、一だいのりっぱな自動車がまっていました。わかい運転手がおじぎをして、ドアをあけ、怪人が、ゆっくりそれにのりこむところでした。

「森宮さん。」

友子は、思いきって、怪人の名をよびかけました。自動車の中の紳士は、この声にはっとしたように、まどからそとをのぞきました。それは、はんぶん白くなった長い髪をきちんとわけ、みじかい口ひげをはやした、やさしい目の紳士でしたが、友子を見ると、ふしぎそうに、その顔をじっと見つめました。

「森宮さん。あなたは森宮さんでしょう。千春のおとうさんでしょう。」

友子は、いっしょうけんめいに、こうききました。紳士は、ちょっとのあいだ、どうへんじしたらよいか、まよっているようでしたが、まもなく、

「いいえ。ちがいます。」

と、気のどくそうにこたえました。そして、運転手に手をふると、自動車は、すうっといってしまいました。

「あら、人ちがいだったのかしら。」

友子はがっかりして、自動車のあとを見おくりました。しかし、どうもいまの紳士の顔と千春の顔には、にたところがあります。ことに、やさしい目つきなどそっくりでした。

「おかしいわ。あの人、ほんとうは怪人なのじゃないかしら。でも、人にしられるのがいやで、わざと、わたしにうそをいったのかもしれないわ。」

友子は、さびしくあきらめて、新宿の通りを歩きだしましたが、とたんに千春のことを思いだすと、もう、どうしてよいかわからなくなりました。

「重秋のおかあさんは、千春さんを早くたすけだせといったけれど、わたしひとりで、どうしたらいいんだろう。怪人にあえてうれしいと思ったら、人ちがいだったし、ああ、こまった、こまった。」

友子は立ちどまって、さっき崎代にもらった、千春の所書きをとりだしました。見ると、くちゃくちゃな字で、「青梅市外御岳山《がいみたけさん》ふもと、狼谷病院」と書いてあります。

「まあ、病院だって。あのおばあさんも病院、怪人も病院、千春さんまで病院。おかしいわ。でも、あのじょうぶな千春さんが、どうして病院なんかにいれられたのだろうか。そうだ。また重秋のわるだくみかもしれない。だが、病院ならわたしがいって、千春さんにあえないことはあるまい。今夜はもうおそいから、あしたの朝、早くいって、ようすを見てこよう。」

友子はこうけっしんして、その晩は寮へ帰ってねむりました。

翌朝、友子は、青梅の病院へ友だちの見まいに

いくといって、愛隣寮をでました。そして電車で、御岳山のふもとへついたのは、朝の十時ごろでした。おしえられた山道を、二キロほど歩いていくと、東京からいくらもはなれていないのに、山と山とがかさなった、さびしいところへでました。あたりは、こんもりした森で、うちらしいものは一けんも見えません。ふと見あげると、目の前の山のくぼみに、高いコンクリートのへいにかこまれた、病院らしいたてものが立っていました。一本の道がくねくね、その石の門までつづいています。友子が、その門のところまでのぼっていってみると、「狼谷病院」と、大きなかんばんがでていました。

「ああ、ここだわ。」

と、友子はひとりごとをいって、見まわすと、だれもいないので、だまってはいろうとしました。

「こら、だれだ。」

ととがめる声がきこえました。見ると、門番らしい黒い服をきたおじいさんが、くわを手にもって立っていました。

「どこへいくんだ。用のない人ははいってはいかん。」

「わたし、青野千春というお友だちのお見まいにいくんです。」

と、友子はいいかけましたが、ふと思いなおしました。この門番も、重秋のてしたかもしれないから、千春さんの名まえなんかいわないほうがいい。そこでわざと、かなしそうな声で、

「わたし、おかあさんのお見まいに、東京から来たんです。」

と、うそをいいました。門番は、じいっと友子の顔を見ていましたが、小ちゃな女の子だからあんしんしたのでしょう。くびをこっくりさせて、「では、よろしい。」といってくれました。

友子は、ほっとして、ひろい庭を病院のたてもののほうへいそぎました。はいってみると、この病院が思ったよりひろいのにおどろきました。あちこちに、たくさん病室が立っています。そのあ

いだをぐるぐる歩いているうちに、友子は、自分がどっちからはいってきたのか、けんとうもつかなくなってしまいました。そのうち、あるまどの下までくると、中でなにやら男の話し声がきこえたので、友子は、思わず立ちどまりました。

「なんて、ごうじょうなむすめだろう。きみが、それだけおどかしても、まだ手紙を書かないなんて。」

友子は、この声をきいてびっくりしました。それは、あの悪人の重秋だったからです。とたんに、知らない男の声。

「だから、ゆうべ、こらしめのために、男の気ちがいばかりはいっている病室へ、ほうりこんでやったんだ。こわくて、ゆうべはまるでねられなかったろう。そして、けさはもう、すっかりこうかいしているにちがいない。」

「うん。それなら、きょうはもう、おとなしく手紙を書くな。手紙さえかかせればしめたものだ。」

友子には、ガラスまどがしまっているので、重秋と話しているあいてが、だれだかわかりませんが、たちまちむねがどきどきなりだしました。たいへんだ。ここはおそろしい気ちがい病院。そしてかわいそうに、千春はこの中の男の気ちがいばかりいるへやへ、たったひとりほうりこまれているのだ。「いったい、どこだろう。千春さんのいる病室は。」友子は、もう、いてもたってもいられない気もちで、あたりをきょろきょろ見まわしました。と、このとき、どこかのドアがガタンとあく音がしました。どうやら、重秋ともうひとりの男が、へやからでてくるようすです。見ると、そこには橋のようになった、長いろうかがあります。きっとふたりは、このろうかを通るにちがいないと考えた友子は、いそいで木のかげに身をかくし、そっとのぞいていました。思ったとおり、黒めがねの重秋が、頭のはげたずんぐり男としゃべりながら、ろうかへでてきました。

「あのふたりは、ことによると、千春のところへいくのかもしれない。」

と、友子はまた考えて、ふたりのいくほうをじっと見おくりました。ろうかのつきあたりのところで、ふたりは庭へおりました。そして、むこうへ歩いていきます。友子は一本の木のかげから、べつの木のかげへと、じゅんじゅんにからだをかくしながら、そっとあとをおいかけました。

そのうち、重秋と、ずんぐり男は、ある病室の前へいって立ちどまりました。そして、ふたりならんで、鉄のこうしのはいったまどをのぞきこみ、しきりになにかいっています。遠くからそれを見て、友子は、きっと千春はあのへやにいるにちがいないと思いました。しかし、ちょっとでも自分のすがたが重秋に見つかったら、それでなにもかもおしまいですから、じっとがまんして、木のかげにかくれていますと、やがて、ふたりの悪人はもどってきて、友子の前を話しながら通りました。

「それでも、一晩いじめてやったおかげで、あのごうじょうむすめもおとなしくなった。こんなおそろしいところにはいられないから、すぐだしてくれと、泣いてたのんだあの顔は、かわいそうだったね。このようすでは、もう一晩あそこへおいたら、あしたの朝は、きっとあの手紙を書くね。もうあんしんだよ。」

こういったのは、はげ頭のずんぐり男でした。

「でも、まだしんぱいがある。それは、あの青衣の怪人にばけていた千春の父だ。あいつはおそろしく、すばしっこいやつだから、もうむすめのいどころをかぎつけて、今夜にでも、ここへのりこんでくるかもしれぬ。万一、あのむすめをとりもどされたら、だいじな手帳をとりかえすこともできず、おれはめちゃめちゃだ。」

重秋は、しんぱいそうにいうのでした。

「だいじょうぶだよ。あのむすめのいどころなんて、わかりっこないさ。でも、そんなにしんぱいなら、今夜からピストルをもったねずの番人をおいて、あやしいものがきたら、すぐズドンとやらせるから、それだけは、あんしんしていたまえ。」

「ほんとうにそうしてくれるか。それならば、もうしんぱいはない。きみはまったく、しんせつだよ。」

「でも、そのかわり、やくそくの金は、きっとくれたまえよ。ぼくは、この病院の借金をかえすために、こんなあぶないしごとをひきうけたんだからな。」

重秋とわるい病院長は、ちょうど友子の見ている前で、こういって握手したのでした。

ふたりのすがたが、もとのへやへきえると、友子は、大いそぎで、いま見た病室のまどのところへとんでいきました。そして、のぞくと、まあ、なんというむごたらしいけしき。ひろい病室のかたすみが、ちょうどけもののおりのように、せまく木のこうしでしきられていて、その中に、両うでをしばられた千春がすわっていました。そして、そのこうしの前には、大ぜいのきみのわるい気ちがい男が、おしあいへしあい、泣いている千春を見物しているのです。気ちがい男の中には、こうしのあいだから手をのばして、千春の髪の毛をつかもうとするものもあり、赤いしたを、ぺろぺろ、長くだして、千春の顔をなめようとしているものもあります。それがこわさに、千春はからだをぺったり、うしろの板かべにくっつけて、泣きながら、じっと目をつぶっているのでした。このようすを見た友子は、たまらなくなって、まどごしに、

「千春さん。千春さん。」

とさけびました。大ぜいの気ちがい男の目が、そろって友子のほうを見ました。そのきみのわるいことといったら。しかし、それよりもびっくりしたのは千春で、いそいで友子のほうを見ましたが、それはまるで、ゆめでもみているような目つきでした。

「千春さん。くるしいでしょうが、もう少しがまんしてね。わたし、なんとかして、たすけだすわ。」

友子が、あたりをはばかる小さな声でいいました。

「友子さん、まあ、よくきてくださって。ゆめじゃないかしら。でも、こんなところへきたらあぶないわよ。悪人たちに見つかったら、どうされるかわからないわよ。早くにげて。そして、あの青衣

の怪人に、わたしのいるところをしらせてください。」

千春は泣きながら、こうこたえるのでした。

「でも、その怪人のいどころがわからないのよ。それで、わたし、こまっているのよ。いっそ、これから警察へいって、あんたをたすけてくださいとたのもうかしら。」

「いけない、いけない、友子さん。そんなことをして、もしか、怪人が警察にでもつかまったらたいへんよ。あの怪人は、わたしのおとうさんなんですもの。」

「そうそう、そういえば、千春さん。いまたいへんなことをきいたわ。重秋たちは、今夜にでも怪人があんたをさがしに、この病院へきやしないかとしんぱいしているのよ。だから、ねずの番をおいて、怪人がきたら、みんなでピストルでうちころすんですって。」

「あら、こまったわ。それなら、たすけにきてもらわないほうがいいわ。おとうさんがころされては、たいへんだから。でも、そうしたら、わたしはこれからどうなるんでしょう。ここにこのままいたら、わたし、この気ちがいにいじめころされてしまうわ。」

この話のさいちゅう、友子はだしぬけに、ギャッ、といって、とびあがりました。ひとりのわかい気ちがいが、こうしのあいだから手をのばして、友子の髪の毛をつかもうとしたからでした。するとそのとき、むこうのほうから、ガヤガヤという人の話し声や、足音がきこえてきました。友子はびっくりして、まどからはなれると、また、木のかげにすがたをかくしました。

あやしい男

見ると、庭にあらわれたのは、ひとりの大男の気ちがいで、労働者らしい、きたないぼろぼろの服をきています。よっぽどあばれまわって、大ぜいの人にぶたれたとみえ、顔はいちめんむらさき色にはれあがり、ひたいからも口のまわりからも、たらたら血が流れています。それを、白い服をきた大ぜいの看護人が、かかえるようにしてつれてきたのでした。

「しょうがない気ちがいだ。下の町であばれていたのを、巡査がつれてきたのだ。どこの人間だかもわからないんだ。」

「院長さんは、とにかくきょう一日、あの施療室へいれておけ、あした、しんさつする。とおっしゃるんだ。」

「でも、さっきよりは、だいぶおとなしくなってきた。ほんとにやっかいな宿なし気ちがいだ。」

病院の看護人たちは、こんなことを話しあいながら、友子のかくれている木の前を通りぬけ、やがて千春のいる施療室へ、その気ちがいをおしこめると、またもどっていきました。

「あら、また新しい気ちがいがひとりふえたわ。あの中にいる千春さんは、今夜、どんなにこわいだろう。ああ、かわいそうだ。どうにかできないかしら。」

木のかげの友子は、やきもきしていましたが、そのうちに、千春をたすけるためには、どうしても、もう一ぺん、青衣の怪人をさがしにいかなければならないと、思いつきました。そのわけは、第一には、早く怪人にあって、ようすをしらせなければ、怪人は重秋たちのピストルで、ころされてしまうかもしれません。第二には、この場合、千春をたすける力のある人は、世界じゅうに、あの怪人よりほかにないのです。では、どうしたら怪人にあえるか。友子はもう一ぺん、これから新宿の新生病院へかけつけて、怪人の住所をきいてみようと思いました。一どでもしんさつをうけた患者なら、病院の帳面に、名まえや住所が書いてあるはずです。それをきいて、とにかく、怪人のいどころをさがしてみようと、友子はけっしんしたのでした。そう思いつくと、友子はいそいで木のかげからとびだし、病院の門さして、むちゅうでかけだしました。
　さて、千春のほうでは、話のさいちゅうに、いきなり友子がまどからきえたので、どうしたのかと思っていると、へやの中が、きゅうにそうぞうしくなりました。こうしにつかまって自分をのぞいていた気ちがい連が、そろって、入口のほうをふりかえりました。見ると、看護人たちにつきとばされて、顔じゅう血だらけの新しい気ちがいが、へやの中へころげこんできました。その大男がよろよろよろけて、ゆかの上にしりもちをつくと、大ぜいの気ちがいたちは、そろってゲラゲラ笑いました。すると、すぐおきあがった大男の気ちがいは、笑われて、ひどくはらをたてたらしく、目をいからせ、ふというでをふりまわして、そばにいた気ちがいを四五人、ポカポカなぐりつけました。これには、笑った気ちがいたちはびっくりしたらしく、みんな小さくなって、すみのほうへかたまってしまいました。大男の気ちがいは、大いばりでその中を歩き、しきりごうしの前へきて、こんどは千春のすがたを、じいっとのぞきました。

「まあ、なんていやらしい気ちがい。まるで絵で見た悪魔そっくりだわ。」

と、千春は思いました。どろだらけなカーキ色の服、目もはなもわからないくらい、むらさき色にはれあがった顔、むしゃくしゃな髪の毛――そのかっこうで、ひたいと口から血を流しながら、またたきもせず、千春のすがたを見つめているのです。千春は、ぞっとして目をふせると、大男は、こんどは大きい黄色い歯をみせて、にやりにやり笑いだしました。
　千春はおそろしさに、もうその大男のほうを見ないことにきめました。そして、目をつぶって、いまわかれた友子のことを思っていました。やさしい友ちゃん、よくここまでわたしをたずねてくれました。しかしどうしてここがわかったのだろう。だれにきいてきたのだろう。しかし、友ちゃんだけの力では、とてもわたしは、ここからにげだせそうもない。やっぱりあの怪人がきてくれなければ。ああ、怪人はいま、どこにいるのだろう。あしたの朝になれば、またあの院長と重秋が、わたしをせめにくる。そして、こんどこそ、わたしはあの手紙を書かせられてしまう。そうしたら、いままでの怪人のくろうは、みんなむだになってしまう。といって、手紙を書かなければ、ここよりももっとおそろしい、特別室へいれられる。ああ、どうしよう。どうしよう。それにしても、話のとちゅうで、きゅうにきえた友ちゃんは、どうしたんだろう。ひょっとしたら、重秋たちに見つかって、自分とおなじように、どこかの病室へほうりこまれたんじゃないかしら。ああ、しんぱいだ。しんぱいだ。

このとき、こうしのあいだから、長い毛むくじゃらのうでが、千春の目の前へのびてきました。大男の気ちがいが、だしぬけに千春の頭を、両手でつかもうとしたのです。千春は思わず大きなさけび声をあげてうしろへそりかえると、その両うでを力いっぱい足でけってやりました。と、大男の気ちがいは、よっぽどいたかったとみえて、うううんとうなりながら、いそいで両手をひっこめましたが、そのかわりこんどは、おにのような顔になって、血ばしった目で、千春の顔をぐっとにらみつけました。そして、やにわに、しきりごうしに手をかけると、メリメリメリと、それをゆすぶりはじめました。千春はまっさおになりました。たいへんです。たった一まい、たのみにしているこのしきりごうしが、もしこわされたら、おそろしい大ぜいの気ちがいたちが、どっと自分のそばにおしよせるでしょう。千春は、たまらくなって、だれかきて、とどなりました。このとき、病室の錠前がガチャガチャと、そとからはずされる音がして、ふたりの看護人が、患者たちのおひるのたべものをはこんできました。それを見ると、大男も、ほかの気ちがいたちも、もう千春のことはけろりとわすれて、みんな、たべもののほうへとんでいってしまいました。

しかし、千春がこのときしんぱいしたことは、とうとうその夜中におこりました。その日もさびしくくれて、病院にくらい夜がきたときでした。こうしのむこうにいる大ぜいの気ちがいたちが、みんなつかれてねむってしまっても、千春だけは、なかなかねむれず、どこか遠いお寺の鐘が十二時をうつのをきいていましたが、そのうち、いつかとろとろとねむりました。と、なにかの音で、ふと目をさましました。

だれか自分のそばに立っているものがあります。いつも病室のすみにういている十燭光の電燈がきえて、まっくらなので、なんにも見えませんが、たしかに、だれかが自分のそばにいます。からだを動かす音がし、あらいいきづかいの音がきこえます。千春はぎょっとして、からだじゅうの血がこおりついたようになりました。ことによったら、と思って、ふるえる手をのばして、自分のそばにあるはずのしきりごうしをさわってみました。と、たいへん、しきりごうしはこわれています。自分を、あのおそろしい気ちがいたちからまもってくれる、たった一まいのしきりが、だれかにやぶられてしまったのです。そう気づいたとたん、まっくらやみのなかから、だれかのうでがぐっとでて、千春の小ちゃなからだをかかえあげました。

千春はびっくりして、手足をバタバタさせました。あまりのおそろしさに、声もでません。しかし、めちゃくちゃに動かした手にさわった、もしゃもしゃの髪の毛で、あいてがだれだかわかりました。あのひるま入院した大男の気ちがいらしいのです。しかも、大男の気ちがいは、いま、左うでで、千春のからだをかるがるとだきながら、右うででこんどは、庭にむいた病室の鉄ごうしをメリメリおしやぶろうとしているのです。

火事だ火事だ

かわいそうな千春。だれも知らないま夜中、おそろしい気ちがいの大男に、だきあげられた千春は、もうこわくてこわくて、気ぜつしそうになってしまいました。そして、心の中で、ああ、だれか助けにきてくれないか、せめて、ほかの気ちがいたちでもさわぎだしてくれたらと、そればかりいのっていましたが、大ぜいの気ちがい男は、みんなそろってねむっているのか、それとも、大男をこわがって、だまっているのか、まるで死んだようで、音一つたてません。そのあいだに大男は、どんな道具をつかったのでしょう。とうとう、まどのがんじょうな鉄ごうしを、二三本ひきぬいてしまいました。

やがて、ドスーンと、庭へとびおりる地ひびきが、だかれた千春のからだにもつたわりました。ひやりとした夜風が顔をかすめます。大男はとうとう施療室をやぶってしまったのです。これから大男は、どこへ千春をつれていくつもりか、まっくらな庭を、のそのそむこうへ歩きだしました。と、このときです。今までしずかだった施療室が、きゅうに、ガヤガヤそうぞうしくなりました。きみょうなどなり声や、ケラケラいう笑い声がきこえ、つづいてドシンドシンとびおりる、大ぜいの足音がきこえてきました。これは、ほかの気ちがい男たちが、まどのこわされたことを知って、よろこんで、そこからにげだしたのです。千春をかかえた大男が、七八メートル歩くうちに、くらい庭は、にげだした気ちがい男のうれしそうなさけび声で、いっぱいになってしまいました。長いあいだ、せまいへやにとじこめられていたのが、きゅうにおもてへでられたのです。気ちがい男たちは、どんなにうれしかったでしょう。みんなはうれしさのあまり、こんどはくらやみの庭で、手をつないでうたったり、おどったりはじめてしまいました。

この大ぜいのさわぎは、すぐ、病院の人たちのねているところへきこえたとみえ、たちまち、どこかで非常ベルが、大きな音をたててなりだしました。そして、あちこちのへやにぱっとあかりがつくと、庭の大きなアーク燈も、さっとかがやきだし、庭じゅうをひるまのようにてらしました。

そこへばらばらとかけだしてきたのは、大ぜいの男の看護人や看護婦たち。みんなねぼけまなこで、あわてて気ちがいたちをつかまえようとするのですが、なにしろ、あまり大ぜいの患者が、一時ににげだしたのですから、なかなかつかまりません。患者たちは、キャッキャッいいながら、あっちこっちへにげ、中にはおもしろそうに、高笑いをしているものもあります。そのうちに、海ぼうずのような、狼谷院長も黒めがねの重秋も、ねまきすがたで、でてきましたが、千春をだいて立っている大男を見ると、びっくりして、「おい、みんな。ほかの患者はあとまわしにして、第一にあいつをつかまえるんだ。」

とゆびさして命令しました。そこで、大ぜいの看護人たちは、ばらばら、千春と大男めがけて、とりかこんできました。しかし、大男の気ちがいは、そばへ来たら、なぐりころすぞとばかり、大きなげんこをふりあげ、ものすごい顔をしてにらみつけているので、なかなか看護人たちも手がだせません。そのうちに、じりじりとあとずさりしていった大男は、一本のまつの木のつっかいぼうになっていた大丸太を、手早くぬきとりました。そして、左うででは、あいかわらず、千春をだいたなり、その大丸太を大上段にふりかざしました。これを見た看護人たちが、あまりのおそろしさに、にげ足になると、こんどは大男のほうが、前へ前へと歩み出しました。そのうちに看護人たちは、大男が自分たちには目もくれず、みょうな方角へ歩いていくのに、気がつきました。大男は、むこうにならんで立っている、院長と重秋めがけて、まっすぐに進んでいくのでした。そんなことには気がつかず、むちゅうで看護人たちを、さしずしていたふたりのわるものは、ふと、自分のほうへ歩いてくる大男と、それがふりかざしている大丸太に気がつき、びっくりしました。そこで、あわてて、

「おい、おい。みんな、どうしたんだ。早くこの患者をつかまえないのか。あぶないじゃないか。」

とどなりながら、まず院長がさきに立ってにげだ

しました。とたんに、大男のふりおろした丸太が、ビューと風をきる音がきこえました。もし、院長のにげるのが、もう一秒でもおくれたら、海ぼうず院長のはげ頭は、まっ二つにわられてしまったでしょう。これを見た重秋も、おじけづいたのか、大いそぎで、院長のあとについてにげだしました。

しかし、大男はおいかけるのをやめません。すまして、また、大丸太をふりあげたまま、ふたりのあとをどこまでも、トコトコ歩いて、ついていきます。これを見た大ぜいの看護人のあいだには、ささやきがおこりました。

「おい、おかしいねえ。あの気ちがいは、院長と、お友だちのおきゃくばかり、ねらっているじゃないか。」

「そうだよ。おれたちがそばへ行っても、ふりむきもしない。あのふたりだけを、おいかけてるんだ。まるでなにか、あのふたりにうらみがあるみたいだ。どうもへんだな。」

「そういえば、あの患者は気ちがいらしくないいな。気ちがいなんてものは、おこったら、あいてかまわずかぶりつくもんだ。それなのに、あいつはちゃんとけんとうをつけている。」

「でも、院長があんなに、おいまわされているのを、だまって見ているわけにはいくまい。早くみんなで行ってたすけよう。」

見るに見かねた看護人たちは、勇気をふるいおこして、また、大男にむかいました。が、そのあいだに、院長と重秋は、もう、かけ足でひろい庭をにげまわっていました。そして大男もまた、かけ足でふたりのあとをおっていくのです。やがて、

「た、た、助けてくれ。」

「だれか早く、この気ちがいをつかまえろ。そうでないと、おれたちはぶちころされる。」

むちゅうでにげまわる、院長と重秋とのきれぎれなさけび声が、庭じゅうにひびきわたりました。

ところで、ずっと大男の左うでに抱かれている千春は、はじめのうちは、あまりのこわさに、気絶したようになっていましたが、だんだん時間がた

つうちに、気もちがはっきりしてきました。そして、どんなおそろしいことをするのかと思っていた大男が、あんがい自分にはなんにもしないで、院長と重秋ばかりをおっかけているのを、へんだと思うようになりました。そして、この大男は、わたしよりも、あのふたりをねらっておっかけているのだ。それなのに、なぜわたしのからだをはなさないんだろう。どうして、いつまでも、おもたいわたしを、こんなにだいているのだろうと、ふしぎに思いました。そのうちに、だれかが遠くで大声でさけぶのが、千春の耳にきこえました。

「火事だ。」「火事だ。」

千春がおどろいて、その声のほうをながめると、病院の本館の西がわのやねから、えんえんともえあがった火。それが夜空を、ものすごく、まっかにそめていました。さっきにげだした気ちがい男のひとりが、いつのまにか、火をつけたらしいのです。「たいへんだ。」「火事だ。」「西むねがもえている。」あっちこっちからおこったさけび声で、もう看護人たちは、大男をつかまえるどころのさわぎではなくなりました。みんなあわてて火事のほうへかけだしました。そのうちに大男は、いきもつかず、院長と重秋のあとをすたすたおいかけて、とうとうふたりを病院のうら庭のすみっこまで、おいつめてしまいました。

この病院は、山の中腹のくぼ地に建っているので、病院のうらは、けわしいがけになっています。いまふたりがおいつめられたところは、御岳山の山つづきで、見おろすと、いく十メートルというふかい谷間のま上でした。足もとには、ふるいすぎの木がしげり、そのずっと下には渓流の流れる音がきこえています。もうこうなると、ふたりの悪人は、大男のふりかざす丸太んぼうで、頭をくだかれて死ぬか、さもなくば、思いきって、うしろのふかい谷間へとびこむか、どちらかをえらぶよりほかなくなりました。まっさおになって、わなわなふるえているふたりに大男のすがたは、じりじりと近づいてきました。だかれている千春には、院長と重秋とがおいつめられたけもののように、がけの上で身をちぢめているのが見え、大男のいきが、火のようにあつく、あらくなったのが感じられました。さあ、一ふり。いま大男が高くふりかざした丸太んぼうが、さっと一ふりされれば、もうふたりの命は、きえてなくなるのです。

と、このとき、病院の火事の知らせが、ふもとの町へつたわったとみえ、かけつける消防自動車の、けたたましいサイレンの音が、谷々にこだましてきこえました。火事はよほど、もえひろがったとみえ、あたりの山々は、まっ赤な火の海のようになり、大男のかたにも、千春の髪にも、火の粉がばらばらまいおちてきました。その中で、いま、ふたりのわるものは、さいごの悲鳴をあげました。

「助けてくれ。」「命だけは助けてくれ。」

だが、大男は、泣くように両手をあげたふたりを、あざ笑うように見おろして、丸太んぼうを高くふりあげました。あっ、ふたりはころされると思って、千春はおそろしさに、はっと目をつぶりました。

朝の光

と、そのしゅんかん

「森宮さん。千春さんのおとうさん。ころしちゃいけない。」

と、どこからかきこえた女の声。気ちがいの大男は、その声にはっとおどろいたように、ふりあげた丸太んぼうをおろし、声のしたほうをきっとにらみました。すると、うしろのくらがりから、いきなりとびだした、ひとりの洋装の少女。それは北条友子でした。友子はこわがるようすもなく、大男のむねにすがりつくと、

「森宮さん、ころしちゃいけません、このふたりのわるものは、すぐ、警察にひきわたしてください。わたし、警官をつれてきました。」

と、やさしくたのむようにいうのでした。その声といっしょに、ふたりの制服制帽の警官のすがたが、あらわれました。そして、つかつかと院長と重秋の前へすすみ、

「この北条友子という少女のうったえにより、あなたがたふたりを、殺人、誘拐、その他の、おもいつみのうたがいにより、拘引します。」

と、おごそかにいいわたしました。手錠の音が、ガチリとひびきわたりました。

思いもかけず、親友の友子があらわれ、しかもその友子が、気ちがいの大男をさして、千春さんのおとうさん、とよんだので、千春は、まるでゆめを見ているような気もちでした。するとこのとき、長い丸太んぼうと千春のからだを、いっしょに地面におろした大男が、

「やあ、これはまけた。友子さん。よくまあ、わたしの変装を見ぬいたね。」

と、さも感心したようにいって、その大きな右の手で、顔から顔をつるりと一なですると、もじゃもじゃの髪も、むらさき色にはれあがった顔もきえて、そこには、やさしい目をした、口ひげをはやした四十五六の、品のよい紳士の顔があらわれました。そして、はじめて、ほんものの素顔を、自分のむすめに見せた森宮徳一は、おどろいて目を見はっている千春を、やさしくだきあげ、

「かわいい千春。おまえにはずいぶん長いあいだ、くろうをかけてすまなかったね。でも、もうこれでだいじょうぶ。わるい重秋や、その仲間もみんなつかまり、あの崎代ばあさんの手帳のおかげで、おとうさんの身につみのないしょうこも、りっぱにできたよ。さあ、これからは、ふたりで仲よく、たのしくくらそうね。」

といいました。千春が、うれしくすがりついて父親の顔を見あげると、この紳士の目には、なみだのつゆがいっぱい、きらきらと光っていました。

やがて、悪党院長と重秋が、ふたりの警官につれられて、すごすご行ってしまうと、青衣の怪人森宮徳一は、あらためて友子に、あつく礼をのべ

たあと、

「それにしても友子さん、どうしてあなたには、わたしが気ちがいにばけていることが、わかったのかね。」

と、ふしぎそうにききました。

「それは、わたしがきょう、新宿の新生病院で、あなたのお手紙を見たからですわ。」

と、友子ははずかしそうにこたえ、ひるま千春にわかれてからのことを、くわしく話しだしました。

友子は千春をすくうため、どうしても青衣の怪人をさがしださねばならぬと考え、その居所を知りたさに、大急ぎで東京へもどって、また新宿の新生病院をたずねました。ところが、行ってみると病院には、いがいなことがおこっていました。それは、入院していた、重秋の母の崎代が死んだことでした。ふだんから心臓のよわかった崎代は、友子にあったよく朝、きゅうに病気の発作がおこり、ひとりむすこの重秋にもあえず、さびしく死んだのでした。それから友子が事務所でしらべてもらっても、ピストルのきずを療治に来ていた怪人の住所は、よくわかりませんでした。ただ、怪人の書いた一通の手紙が、事務所にあずけてありました。その手紙のあて名は、「ゆうべあった赤いバンドのおじょうさんへ」となっており、中のもんくは、「千春のことはしんぱいなさらないでください。わたしはきっと助けに行っています。森宮。」と書いてありました。これを読んで友子は、ゆうべ病院の玄関であった紳士は、やっぱり青衣の怪人だったと、気がつきました。怪人はあのとき、自分は千春の父ではないとうそをいったものの、きっと友子がもう一ぺん自分のことをしらべに、病院へもどってくるにちがいないと考え、この手紙をあずけていったのでした。

それを知った友子は、大いそぎで終電車で、また御岳山のふもとの病院へかけつけたのでした。

「でも、大男の気ちがいが、わたしだと、よくわかりましたね。」

と、千春のおとうさんがきくと、友子はにっこり

わらって、

「それはわかりますわ。あなたの変装のおじょうずなことは、重秋の家のゆうれいで、たびたび見ていますし、それにわたしは、きのうあなたが大ぜいの看護人につかまえられて、入院なさったところ、見ていたのですもの。あなたのお手紙を読んだとき、わたしは、怪人はどうやって、あの精神病院にはいりこんだのだろうと考えました。すると、ぱっと、あの大男の患者のすがたが目にうかんだのです。それで、もういまごろ、きっと、あなたは千春さんを、うまく助けたにちがいないと考え、来るとちゅう、この町の警察へよって、なにもかも話したわけです。」

「なるほど。それでわかった。あなたはじつにいい頭をもっている。わたしもじつは、あなたの気転のおかげで、今夜、人ごろしをせずにすんだのです。はじめ重秋と院長のすがたを見たとき、わたしは、ただおどかしてやるつもりで、丸太んぼうをもっておいかけたのだが、そのうちに、ついこうふんしてしまいました。この悪党どもが、長いあいだ、自分やむすめの千春をくるしめていたのだと思うと、しまいには頭がかっとして、あぶなくあいつらを、がけからたたきおとすところでした。ほんとうに、あなたが警官をつれてきてくださったので、わたしはおそろしいつみをおかさずにすんだのです。」

と、森宮徳一が感心したようにいいました。

「ではこんどは、わたしからききますが、千春さんがこの病院にいることをどうしてわかりましたの。」と、友子がきくと、

「わたしはけがをして、重秋のやしきをでたときから、重秋が千春をどこかへつれていくにちがいないと考えていました。だからすぐ、私立探偵をたのんで、重秋のやしきの見はりをさせたのです。その私立探偵は、重秋が千春を自動車にのせて、ここまで来るあいだ、ずっとオートバイであとをおいかけ、わたしにそのようすを、くわしくしらせたのです。」と、森宮徳一がこたえました。

三人ががけの上で、こんな話をしているうち、あつまった消防自動車の働きで、病院の火事も本館一むねをやいただけでしずまり、もう夜明けも近いらしく、遠くで、にわとりのときをつくる声が、いさましくきこえていました。

☆　☆　☆

警察でしらべられた重秋は、懲役十年というおもいつみをいいわたされ、仲間の狼谷病院院長といっしょに、刑務所へおくられました。むじつのつみで、長いあいだくるしんでいた青衣の怪人、森宮徳一は、はじめからつみのなかったことがわかって、これで悪人重秋が横どりしていた、たくさんの財産を、みんなもらえることになりました。もっとも、千春のおとうさんは、難船であぶなく死ぬところをのがれてから、あるしんせつな人にすくわれて、北海道で、かにのかんづめの商売をして、だいぶお金もちになっていたのでした。そこへまた、重秋の財産がころがりこんできたので、千春親子は、これからさき、なんのくろうもなく、仲よくくらしていかれるようになりました。

やがてふたりは、思い出の多い、あの千駄ヶ谷の「ばけものやしき」を新しくたてなおし、そこにたのしい家庭をつくりました。千春のおとうさんは、感謝のしるしとして、北条友子を、そのうちの家族のひとりにむかえました。それで千春と友子とは、きょうだいのように、一つ家で、いつまでも仲よく、いっしょにくらすことになりました。

『青衣の怪人』（1969［昭和44］年　偕成社刊）より転載（絵：岩田浩昌）

『青衣の怪人』（1969［昭和44］年　偕成社 刊）より転載（絵：岩田浩昌）

『青衣の怪人』（1969［昭和44］年　偕成社 刊）より転載（絵：岩田浩昌）

魔境の二少女

日本娘とフランス娘

　アマゾン河といえば、南米第一の大きな河で、ながさは六千五百キロもある。それをどこまでもさかのぼってゆけば、上流は名もしれぬ、小蛇のようなたくさんのちいさい河にわかれ、それが消えてゆくはては、ペルー、ブラジル、コロンビアの三つの国の国境。

　このへんは、いままで一度も文明人のはいりこんだこともない大森林と、みわたすかぎりの沼地と、なにが住んでいるかわからぬジャングルの魔境なのです。

　ところが、あの夏の夕ぐれ、この河口から千マイルものぼったところを、さらに奥へとこぎのぼってゆく、二そうの舟がありました。

　舟といっても、それはこのへんの土人が使うかんたんな丸木舟。大ぜいのひとが乗っていますが、そのなかで目だつのは、花のようなふたりの少女。しかも、そのひとりは、十四、五才のかわいらしい日本の少女。もうひとりは、すこし年上のうつくしいフランス娘です。

　日本の大金持、高木徳三《たかぎとくぞう》が、世界に二つとないめずらしい蘭の花の採集に、アマゾンの奥地へ旅立つと、東京の新聞が大きく書きたてたのは、もう三月も前のこと。いま、この探検隊は、アマゾンの河岸の、最後のにぎやかな町であるマナオスを汽船で出発してから、この丸木舟に乗りかえ、さらにまた十日ちかく、ほそい支流を上手へ上手へとのぼりつづけているのです。

　このへんは、右も左もオノを入れたことのない、アメリカ杉や木綿樹の大森林つづき。河岸のくさむらには、金いろのアラマンダの花や、赤い星のようなタクソニヤの花、または青い大型なイボメアの花など、南米だけに咲く、うつくしい夢のような花が咲きみだれています。

　しかし、その奥には、どんなきみの悪い人間や、けだものが住んでいるか、まったくわからない魔の世界。しかも今日もまた、おそろしい夜がこの二そうの小舟に近づいているのでした。

高木徳三のひとり娘、小百合《さゆり》は、いま、ふなべりにもたれて、マナオスの港から乗せた、素性もわからないフランスむすめの横顔を、ジッとふしぎそうにみつめていました。

探検隊が港をでようとしていたときに、このフランス娘は、いきなりひとりぼっちでやってきたのです。そして、

「メラボまでのせて行ってください」

とたのんだのです。メラボは探検隊がこれからのぼってゆく、小さな河の行きどまりのさみしい土人部落です。ほとんど文明人の行かないところですが、ただ、フランス人の牧師の家族だけが住んでいると聞いていました。それで小百合の父の徳三が、

「メラボには、あなたのお知りあいでもあるのですか?」

ときくと、フランス娘は、

「いいえ」

とあたまをふりました。

「では、なんで、そんなさびしいところへひとりぼっちで行くのですか?」

「メラボへ行って、わたくし、ぜひしらべたいことがあるのです」

「あなたのお名まえは? そしてご両親は?」

「名前はニコレット、みなし児です」

うつくしい金髪で、とびいろにかがやく瞳、すらりとした長身に黒のドレス。くびにかけたほそい金ぐさりには十字架がひかっていました。徳三が、

「どうしようか?」

というような目つきで、小百合の顔をみたとき、小百合は、

「つれて行っておあげなさいよ。そして、あとはメラボのその牧師さんにたのんだらいいでしょう」

と、日本語でやさしくすすめました。それでニ

コレットは、探検隊のひとりに加わることになったのでした。

だが、そのニコレットは、舟に乗ったきり、ほとんどだれにも口をきかないのです。小さなスーツケースをひとつ持ったきり、朝から晩までふなべりにもたれ、両岸のけしきをしげしげとながめて、なにか考えている。ときには涙をうかべていることとさえある。そのうれいをおびた、ギリシアの彫刻のようなうつくしい顔。

「きっとこのひとには、なにか大きなかなしい秘密があるにちがいない。いったいそれはなんだろう。メラボへついたらわかるかもしれない」

と、小百合は考えるのでした。

小百合の父親の徳三は、四十五才の体格のいい赤ら顔の紳士。柔道五段で射撃の名人。おおきな会社の社長です。小百合の母が病気で死んでから、ずっと、ひとりでさびしくくらしていました。道楽は花の栽培。ことに蘭の花をあつめるのがだいすきです。

ところが、こんどブラジルのサンパウロで大きなコーヒー園をやっていた、小百合のおじいさんが死んで、その財産を受けとりにくると、ある土人からアマゾンの奥地にある、めずらしい蘭の花のはなしを聞きました。それはまばゆい金色をして、大きさが横三尺もあるすばらしい花だというのです。そして、その話がウソでないしょうこには、アマゾン河をさかのぼってメラボの牧師館へゆけば、そこに標本がしまってあるというのです。

「そんなすばらしい蘭の花は、もちろんみたこともなく、今までよんだどの書物にもでていない。どうにかしてその牧師館へいって標本だけでもみたい。しかし標本があるいじょう、そこの奥地のどこかには、きっと、その花が咲いているにちがいない。できたらそれを一本でも、根ごと持って日本へかえりたい」

徳三は、こういいだしました。そして、お金のかかるのもかまわず、この旅行にでかけたのでした。

徳三のそばには、色が黒くて強いので『黒獅《くろじ》子《し》』とあだ名のついた、アメリカンインディアンの大男がすわっていました。肩はばのひろい、みるもおそろしい顔をした男で、ひたいに、ちいさいとき傷でもうけたのでしょう。ふかい穴があいています。

黒獅子は子供のときから、小百合のおじいさんに使われていて、徳三がまだちいさくて、サンパウロの家にいたとき、よくいっしょに遊んだものでした。だから今度はおとなになった徳三がきたのをみて、とてもなつかしがって喜びました。

それで、若い主人が奥地へゆく護衛をしようと、じぶんから進んで、この探検隊のなかまいりをしたのでした。

この黒獅子は強いわりに、きもちのやさしい男で、拳銃のかわりに、いつもおおきなまさかりを抱いています。

そしてこのまさかりに『娘大将』という名をつけて、ひまさえあれば、砥石でだいじにみがいています。だからその刃は、かみそりの刃のようにするどく、ピカピカに光って、ほそい髪の毛でも、スッと切れそうにみえるのでした。

徳三はこのほかに、有田《ありた》という日本人のコックをひとり連れていました。これも、サンパウロの家につかわれていた者で、まだ二十五、六。ごく気がよわく、オッチョコチョイの男です。徳三が旅にでるとき、サンパウロの人たちは、

「有田のようなおくびょう男より、もっとつよい日本人をつれて行ったらよかろう。それに黒獅子と有田とは、あまり仲もよくないからどんなものかな」

と、しんぱいしてくれたのですが、なぜか、有田がむやみについてきたがったのです。それは今度の旅行のおともをよくつとめたら、やがて、いっしょに日本へつれて行って、使ってもらえると思ったのかもしれません。それに、徳三も今度のような野蛮地の旅行には、おいしい食物をつくるコックも入用だと思って、つれてくることにしたのでした。

徳三に、小百合に、ニコレットに、それから黒獅子と有田、これだけがこの舟に乗っている主人がわの人たちで、ほかはマナオスの町でやといいれた土人です。これはマベリ族といって、土人のなかでも、もっともおとなしい土人で、これがぜんぶで十人。舟を漕いだり、帆を張ったり、また途中にときどき急流などがあって陸をあるくとき、荷かつぎの人足をつとめたりするのでした。

「や、またたいこが鳴りだした。ええ、きみのわるい音だ。やつらはどこにいやがるのだろう？」

　おおあぐらで『娘大将』を磨《と》いでいた黒獅子が、いきなりこういいだしました。そして、そのワシのようなギョロリとした眼で、音のするほうをにらみつけました。

　左右の大森林のいただきを赤くそめていた夕日のひかりが消え、河の上はもう、うすぐらくなっていました。このたいこの音は、昨夜からきこえているのです。

　タム、タム、タム、タムとみょうなリズムをとって、東のほうから、また北のほうから、まるで舟のあとを追いかけているようです。それがはじめて聞こえたとき、徳三が、

「あれはなんだね？　いったいこんなに深い森のなかにも、土人が住んでいるのかね？」

　と黒獅子にきくと、

「いますとも。ここらには、カシボというごく悪い人食いの土人が住んでいて、通る舟をねらっているのです。あのたいこの音は、しぜんと言葉になっていて『すきがあったら殺してやるぞ、すきがあったら殺してやるぞ』と、やつらが歌っているでさあ」

　と、せつめいしました。

　そばでこれを聞いていた小百合は、ゾーッと背すじがさむくなりました。行くにも帰るにも、何百里も人里はなれた、この夜の河の上。もしも、そのおそろしい人食い土人が、浅瀬をわたってドッとおしよせてきたら、自分たちはどうなるのでしょう？　しかし、小百合よりも、もっと心配

そうな顔をしたのは父親の徳三でした。蘭の採集というじぶんの道楽のために、かわいい娘までこんなきけんなところへ連れてきたことを、そろそろ後悔しだしたのです。徳三は、弾丸《たま》ごめした大きな猟銃をひざにひきつけ、ゆだんなく音のするほうをにらんでいました。しかし、たいこの音は、まもなくピタリとやんでしまいました。

ところが、今夜はそのたいこの音が、ゆうべよりもっと近づいたようです。舟を漕いでいた土人たちも、こわそうに、ときどき手を休めてその音に聞き入り、また顔をみあわせて、コソコソとなにか不安そうにささやきあっています。

両岸の大森林のなかでは、夜になると、吠猿やいろいろなけだものの叫び声がたえずきこえ、また舟のあかりをめがけて雲のようにおしよせる羽虫の、わんわんいううなりが、みんなをなやませるのですが、どうも今夜は、それにまじって、近くに、人声がきこえるような気がします。

河岸にはえている背の高い燈心草《とうしんそう》、そのかげから、いまにも人食い土人のおそろしい顔が、ヌーッとでてきそう。小百合はそう思ってブルブルと身ぶるいしました。だが、そばをみると、今夜も父親の徳三は、大きな猟銃をひざにおいて、勇気りんりん、闇のなかをみすえており、黒獅子も大まさかりを右手に、チラとでも怪しいものの姿でもみえたら、おどりかかろうとみがまえています。

小百合はこのように安心して、

「はやくねてしまおう。ねむってこわいことをわすれよう」

とおもいました。それで、マラリヤ蚊をふせぐ大きなふくろをあたまからかぶり、ごろりと舟ぞこにねてしまいました。

ねむる前、小百合は、今日も一日、だまりこんでいたニコレットのことが気になったので、チラッとそのほうをみました。と、フランス娘は、じぶんよりもさきに、毛布にくるまってねていることがわかりました。うすい青い蚊よけ袋で、その金髪とうつくしい顔をつつみ、胸にかわいい赤いモロッコ皮の、ちいさい聖書をだいて――。

黒い腕

「あといく日、舟はこうして河をのぼりつづけるのでしょう？　そんな遠いところに、ほんとうに牧師さんが住んでいるのかしら？」

その翌朝、目をさましたとき、小百合は、大森林のなかを、うねうねとどこまでもつづいている灰いろの河をみながら、こう考えました。ところが、ちょうどこの日の午後になって、おもいがけないことが起《おこ》りました。

このへんの昼間の暑さはたまらなく激しいので、小百合たちの舟は、毎朝夜の明けないうちに全速力で漕ぎだし、お昼ちかくになったら舟をすずしい木のかげにつないで、午後三時ごろまでやすむのです。そのあいだみんなは、岸の上にのぼって、食事をしたり、ひるねをしたり、本を読んだりします。

徳三と黒獅子は、このあいだ、銃を持って野鹿や獏や、熊のようなけだものを狩りにゆき、土人たちはそろって糸をたれてきれいな川魚を釣り、これでコックの有田がおいしいご馳走をつくるのでした。

ところがこの日も、午後みんなが岸にあがってやすんでいると、本を読んでいた小百合は、ふと、みょうな感じがしました。それはだれかが、どこからかジッとじぶんを見ているような気もちなのです。

それで、いそいでふりかえると、ちょうど三十歩ほどはなれた草むらのなかに、ひとりの大男が立っているではありませんか！　それはひと目でわかる、カシボの人食い土人でした。小百合はいままで、これほどおそろしい悪魔のような顔をした土人をみたことがありませんでした。

背のたかさは六尺以上もあり、右の手にながいキラキラする槍を持ち、左手にけだものの皮でつくった大楯、そのうえ、腰にみじかい剣をふたつもさげていました。からだの上半分ははだかですが、腰から下には、きみょうなもようのある羊の皮の前だれをさげています。おそろしいのは鳥の羽根でつくったそのかぶとで、ひもで耳のうしろから、あごへかけて結びつけてあるのですが、それが顔ぜんたいをいやらしい悪魔のお面をかぶっているようにみせるのでした。

小百合が、ハッとして顔色を青くしたとたん、となりにいた徳三も気がついて、うしろをふりかえりました。と、カシボ土人は、その大きな槍をわざと小百合たちのほうにつき出して、

「いまに殺してやるぞ」

というようなにくにくしい顔をしたあとで、パッと森のなかにすがたをけしてしまいました。

とうとう、おそれていた人食い土人が襲撃の前じらせにあらわれたのです。もちろん、舟に乗りうつり、その岸から一町でも遠くへと、ぜん速力で漕ぎだしました。

その晩、徳三たちは、いつ土人がおしよせてくるかもしれないと考え、川幅のいちばんひろいところをえらび、そこへ二そうの舟をならべました。そして、岸から持ってきた大きな石を、イカリのかわりにし、二そうの舟に縄でしばりつけて、川底へしずめました。そのうちにだんだん夜がふけると、みんなは、ひとりふたり、だれともなく昼間のつかれでねむってしまいましたが、徳三と小百合だけは、なおもならんでジッと目をさましていました。

その晩はちょうど満月の夜でした。おそくなって、銀のようなひかりが、こうこうと河の上を照らしだしました。今夜はきみのわるいたいこの音もきこえず、ただ岸辺のアシの葉が、ときどき風でザワザワゆれるだけ。シーンとしてなんの音もきこえません。それだけに、この魔境のま夜中は、なんともいえぬすごみがあります。

そのうち、小百合の耳は、岸の上で、なにかが草をわけいるような、かすかな物音をききつけま

した。

「あら、パパ。あの音はなんでしょう？」

「野鹿の足音だよ。野鹿がそろって水をのみにくるんだよ」

と、徳三がささやきました。とたんに、野鹿のむれは、なにかにおどろいたように叫び声をあげて逃げだしました。こんど岸にあらわれたのはジャカールと呼ばれる大虎の黒いかげでした。そのジャカールも水をのんで立ち去ると、まもなく、こんどは舟から二十メートルほどはなれた水のうえに、ポッカリとういたあやしいもの！　それはこのへんでアリゲートルと呼ばれる、きみのわるい大ワニ！　それもごく大きいので、こんな怪物におそわれたら、小百合たちの舟など、ひとたまりもなく、てんぷくしてしまいそうです。徳三もすぐにそう思ったのでしょう。いそいで猟銃をとりあげ、怪物めがけてねらいをつけました。だが、その大ワニも、それきりまた水にすがたをかくしました。しかし、小百合はまだ心配で、こんどはどのへんに浮かびだすかと、水の上をあちこち眺めていると、ふと、むこう岸に、人影らしいものが、ちらりとみえてすぐにかくれたのに気がつきました。

「アッ！」

小百合はおもわず声をたてて、もう一ぺんよくそのほうをみましたが、もうなんにもみえず、いま見たのがほんとうに人間だったか、それとももののか鳥だったのかよくわかりませんでした。小百合はそれでもまだ胸がドキドキしているので、なおも河の上をみまわしつづけていると、とつぜん、満月が雲にかくれてしまいました。と、とたんに、いま、あやしい人かげを見た岸の森のなかから、フクロウがボーボーと、きみのわるい声で鳴きだしました。

「ほんとうにここらには、きみのわるいものばかり住んでいるのね。あれもなんていやな声！」

小百合が、おもわずためいきをついていると、そのフクロウの声もすぐやんで、あたりはまたしずかになりましたが、このとき、じつにふしぎな夢のようなことが起りました。

小百合はこのとき、やっと眼を水の上から舟べりへもどしたのですが、そのとたんに気がついたことは！　どうでしょう！　自分たちの乗っている舟が、すこしずつ動いていることです！　しかもなにかの力で、だんだんむこう岸のほうへ引きよせられているのです。これはほんとうのことか！　なにかわるい夢でもみているのではないでしょうか？

「キャーッ」

小百合は、おそろしさにおもわず大声をあげました。

「どうした？　小百合！　なにごとだ？」

びっくりした徳三が、あわててこうきいてるまにも、小百合の舟は、ぐんぐん、むこう岸に近づいてゆくのでした。

このとき徳三が気がついて舟べりをみると、そこに真っ黒な人間の手のひらがみえました。だれかが水の底にかくれていて、ふなべりに手をかけ、舟をひっぱっているのです！　と、そう思ったとたん、こんどは水の上にヌッと浮かびでた真っ黒な鬼のような顔！　同時に、うすやみのなかにキラリときらめいた短刀のひかり！　徳三が、ハッと身をかわすまもなく、舟のなかにおそろしい叫び声がおこりました。

ちょうど徳三のそばにねていて、いま身をおこしたばかりの舟こぎの土人が、人食い土人の短刀で刺されたのです。人食い土人は、ひとりを刺すといそいでその短刀をにぎった手を、また水のなかへひっこめようとしました。と、このときに、いつ起きあがったのか、ヌックと舟べりに身をおこしたのは黒獅子でした。

「えいッ！」

すさまじい黒獅子の声！　みると、人食い土人の右腕は、黒獅子の大まさかりで、みごとにきり落され、舟はジャブジャブジャブと波の音を立てて、大ゆれにゆれました。

きみのわるい人食い土人の片腕は、舟のなかに残りました。しかし、おどろくのは、腕を切られた相手です。これだけの目にあって、叫び声ひとつたてず、しずかに水のなかに姿を消しました。この人食い土人は、まるで幽霊のようにきて、幽霊のように去ったのでした。

それから二、三分たつと、むこう岸に、なにか、がやがやさわいでいるような人声がきこえました。しかし、月が雲にかくれているので、小百合たちからはなにひとつ見えませんでした。

そのうちに、黒獅子は川底に石をおもしにして、河岸に沈めておいた綱をスルスルとひきあげました。みると、大きな石はかげもかたちもありません。人食い土人たちは、水の底にもぐって、縄から大石をはずし、それから小百合たちの舟をソッと岸へひっぱって行こうとしていたのでした。

「なんておそろしいことをするやつらだ。はやく気づいてよかった。おそかったら、だれか今ごろはもう食われてる時分だ。今しがた、お嬢さんが聞いたというそのフクロウのなき声も、やつらのしわざだ。やつらは、いつもフクロウのなき声であいずをとりかわすのだよ」

と、黒獅子は説明してくれました。

小百合はニコレットが、刺された土人の傷に手当をしているあいだ、黒獅子は、舟に残ったきみの悪い片腕をつかんで、ポーンと水の上に投げました。

と、待ってましたというように、水のなかから一ぴきのワニがニョキリと顔を出して、それをくわえると、また姿をかくしてしまいました。そのけしきに、小百合は思わず両手で目をふさぎ、

「ああ、わたしたちは、おそろしいところへきてしまった。これからさき、わたしたちの旅にまだどんなこわいことが起こるのだろう！」

とつぶやきました。

しかし、このとき、小百合たちは、いま切り落とされたこの一本の腕から、どんな大きなさいなんが起っているのか、まだ、ほんとうはしらなかっ

たのでした。

黄金の蘭

小百合たちの舟が、人食い土人におそわれたあくる朝でした。

河の流れが急にまがると、いきなり左岸に小高い丘が見え、その上に白い洋館の立っているのがみえました。ああ、とうとう、メラボの部落へついたのです！　牧師館のあるところへきたのです！　小百合たちの胸はおどりました。

二そうの舟を岸につけて、一同がその丘のだらだら坂をのぼりかけたときに、三つの人影が丘のうえにあらわれました。夫婦らしいフランス人と、こどもです。小百合たちは、こんな野蛮地のおくで、ヨーロッパ風なみなりの人たちをみたので、まるで夢のなかにいるような気がしました。

さいわい小百合は、東京の白百合女学院の生徒で、フランス語が話せ、また父親の徳三も貿易商で、いくぶん話せるので、さっそく行ってあいさつすると、メーボン牧師はニコニコして、

「一時間ほど前、使っている土人が、二そうの舟がのぼってくるとしらせました。それでお待ちしていました」

といい、奥さんのほうは、すぐフランス娘のニコレットに目をつけ、

「まあ、あなたはフランスのかたでしょう。どうしてこんなところへ？　わたしなん年ぶりかで同じ国のひとにあえて、夢のようですわ」

と、さもなつかしそうに、ほおにキスするのでした。

やがて、一同がつれて行かれたのは、丘の上の、きれいな水をたたえた濠《ほり》にとりまかれた牧師館でした。橋をわたると、高い石垣にちいさな門があり、それをとおりぬけると庭。そこにはみなれぬきれいな花がさきみだれていました。フランスから種子《たね》を持ってきたらしい、バラやリラなどもあ

ります。その花園のなかに、質素な牧師館が建っているのでした。

「このお濠をつくるのに二年もかかりました。この濠や石垣ができてから、わたしたちは、人食い土人の攻撃があっても安心してねむれるようになりました。庭に泉もわいていますし、いつも四カ月分ぐらいの食糧は用意してありますから、敵にかこまれてこまるようなことはありません」

と、案内しながら、牧師はせつめいし、また、門のそとのあちこちにみえる小屋をゆびさして、

「あれは、キリストを信じるようになったおとなしい土人たちの住居です。みんなよくはたらいて、野菜やくだものをつくっております」

と、話しました。

お昼の食事がすんでゆっくりすると、徳三は、日本から持ってきためずらしいおみやげを牧師夫婦におくり、まず、マナオスを出発してからの苦労、ゆうべ人食い土人に襲われかかった話をしました。すると、メーボン牧師は、ひどくしんぱいそうに眉をひそめて、

「してみると、カシボ人は、ながいあいだ、ずっとあなたがたの舟をねらっていたのですな。でも運よくここまでこられましたねえ。もうここへきたら、やつらが攻撃にくることは、たぶんないと思いますが、ええと、困ったな。ここにはわたしの信者のおとなしい土人が、いつもなら二百人以上いるのですが、あいにく、そろって舟で産物を売りに行ってしまって、男はいま二十人ぐらいしかのこっていません。でも、いざとなったら、人食い土人ぐらいふせげるでしょう」

と、いいながら、ちょうど庭にいたひとりの若い土人をよび、なにかいいつけると、その土人はいそいで出てゆきました。小百合の父、徳三は、それをみて、ひどく気のどくになり、

「わたくしたちがここへきたために、この牧師館が、悪いカシボ人にせめられたりしたらたいへんです。わたしたちは、今夜にでもさっそくもどることにしましょう」

と、牧師にいうと、メーボン牧師はその大きな手をふって、

「だいじょうぶです。やつらがきても、この石垣のなかに一足でも入れさせるものですか」

と、やさしく笑うのでした。

その次に、徳三は、じぶんたちは、うわさに聞いためずらしい蘭の花の標本をみたさに、わざわざきたのだと牧師に話しました。すると、牧師はうなずいて、奥から、大きなこもづつみを持ってきました。

そして、そのなかにだいじそうに、いくえにも新聞紙やボール紙でくるんだものをとりだしました。

それはうわさに聞いたとおりの、すばらしい蘭のおし花でした。おしいことに、花は四つに切られていました。大きさは、ひとつの花びらのはじからべつの花びらのはじまで横が六〇センチ、縦が五十センチもある、とても大きなみごとな花。色はさんぜんとかがやく黄金いろ。しかも、ふしぎなことには、その花びらのちょうどまんなかに黒い斑点があって、よくみるとそれが大きな猿の顔のかたちなのです。でっぱったひたい、くぼんだ眼、ずるそうな口もと、まるでペンでかいた密画のようです。徳三はこれをみて感心して、おもわず、

「ウーン」

と、うなってしまいました。

「めずらしいものでしょう。このアマゾンは、蘭の花の種類がおおいことで有名ですが、こんな大きな、そしてかわった花は、世界じゅうどこをたずねたってないでしょう。そしてこの花がわたしの手に入ったことについては、またふしぎな話があるのですよ」

と、まえおきして、メーボン牧師は、つぎのような話をしてきかせました。

メラボへきてからまもないある日、牧師が庭を散歩していると、ひとりの、みるもいたましくやせおとろえた土人がはいってきて、いきもたえだ

えになにかたべさせてくれとたのんだ。牧師が食べ物をめぐんで身の上をきくと、この土人は、自分は名をアリクといって北のほうの人間だが、ほかの部落のわるい土人にせめられ、家は焼かれ、ようやく妻子や友だちと北へ北へと、野を越え山をこえて逃げた。

そのうちに、ほかのものはみんなつかれたり、うえたりして死んでしまって、自分だけが、あるふしぎなみちから、池の底にあるマミという国へまよいこんだ。その国の土人たちは、たいへん親切ないい人たちで、アリクはしばらく平和にそこで暮《くら》していたが、そのマミの国の西ざかいに大きな湖があり、そのむこうにポンゴという国がある。そこにはおそろしい魔法をつかう土人たちが住んでいるというので、マミの国の人たちは、けっしてその湖に近よらない。それで、一そうの舟も持っていない。

ところが、ポンゴの土人たちは、その国の悪魔の神にそなえるために、ときどき丸木舟にのって、マミの人間をさらいにくる。

ところが、ある日、アリクが湖水の岸に立っていると、とつぜん、しげったアシのかげから舟があらわれて、それなりポンゴの国へさらって行かれた。行ってみると、ポンゴの国には、二つの神さまがあった。ひとつは、その国のなかに島があって、そこにはものすごく大きいゴリラがすんでいる。これがいちばんえらい神さまで、二番目の神さまは、やはりその島にすんでいる白い女神であった。

その白い女神がまもっているのはお花畑。そこに咲いているのが、ピカピカひかる黄金のいろをしたすばらしい蘭の花である。ゴリラとその蘭とどういうかんけいがあるのか、それはだれもしらない。だが、どういうわけか、その蘭の花びらにもゴリラの顔がついている。ポンゴということばも、土人のことばでゴリラを指すのであった。

ところで、アリクは、そのゴリラの神さまに仕える神主の家へつれていかれ、まもなくそこで生贅としてころされるはずだったが、すきをみてうまく逃げだし、夜土人の舟にしのびこみ、とちゅうで湖水に飛びこんで、やっとまたマミの国へ泳ぎ帰ることができた。アリクが逃げだすとき、神主の家から持ちだしたのが、このめずらしい蘭の花だったが、あまり大きいので四つに切ったのだった。

……アリクがそこまでやっと話したとき、メーボン牧師は相手があまりつかれきっているので、あとの話は、あくる日でもよく聞こうと思って、アリクを近所の土人の家にあずけ、その介抱をしてやるようにいいつけた。ところがかわいそうに、アリクはその晩、だれもしらないうちに死んでしまったのだった。

「なんだか、夢ものがたりを聞いているようなお話ですな。だが、こうしてこの花がりっぱにのこっているところをみると、そのポンゴという国へ行けば、きっとこの花は生きて咲いているのですな」

と、牧師のながい話を聞いたあと、徳三がためいきをついていいました。

「でも、地面の底の国なんて、ほんとにあるのかしら」

と、小百合がうたがわしそうにいいました。

「さあ、なにしろその男は、すぐに死ぬほどだから、熱もそうとうあったにちがいない。地面の底の国なんて、熱にうなされていった、でたらめかもしれないですな」

と、メーボン牧師は笑いながらいいました。

しかし、ふしぎなこの話をきいて、だれよりもふかく感動したようすをみせたのは、フランス娘のニコレットでした。

話最中から、その顔いろはおそろしいほど青くなり、うつくしい眼が、遠い世界を夢みるかのようにかがやき、しまいには、その長いまつげに涙の露さえうかべていました。

だれよりもさきに、これに気がついたのは小百合でした。

「おなじフランス人にあいながら、ここでもまだあまりものをいわず、だまっているこのひと！

いったい、このうつくしいひとは、なんの用で、はるばるメラボまできたのだろう？　そしていまの話を聞いて、なんで涙をうかべたのだろう」

　と、ますますふしぎに思いました。そのうちにニコレットが、急にそっとへやから出ていったので、小百合はなんとなく気になり、そのあとをついていってみました。

アマゾン蝶

「ニコレットさん、どこへいらっしゃるの？」

「ええ、そこいらを見物してきたいんですわ」

「じゃあ、わたしも行くわ。いいでしょう」

「どうぞ」

　牧師館の門をでたところで、ふたりの少女はこんな会話をとりかわしました。と、ちょうどそのあとから、メーボン夫人がかわいい金髪の女の子をつれてあらわれました。

「見物なさるなら、ごあんないしましょう」

　とやさしくいってくれました。ジャガイモやカボチャの畠のあいだにたっている土人の小屋を、めずらしそうにながめながら、四人が、丘をなおものぼってゆくと、火事で焼けたようにくろくくすぶり、なかばくずれたような建物がありました。

　屋根の石に十字架がついているので、教会のあとらしく思われました。そのとなりに、これもこわれかけた、一軒のちいさな空家がありました。

「おくさま、これはどんな人が住んでいた家ですか？」

　と、小百合がききますと、牧師夫人はきゅうに顔をくもらせて、

「わたしたちより前に、ここで伝道していたファレールという牧師さんの教会と住居です。えらいかたでしたが、カシボの人食い土人におそわれ、教会は焼かれ、おかわいそうに、そのかたは殺され、若い奥さんはゆくえしれずになってしまいま

した。たったひとりの女の子だけが生きのこっていたそうで、本国へおくり帰されたといいます。もうなん年前のことでしょうか、おそろしいことです。わたしたちはそのあとにきたのですが、いつ、おなじ運命になるのかもしれません」

　このあわれな話に、小百合たちは胸がいっぱいになり、思わず立ちどまって、もくとうをささげました。

　と、どうしたのでしょう！　とつぜん、ニコレットがつばめのように身をひるがえして、となりの空家へ飛びこみました。

「どうしたの？　ニコレットさん」

　と、小百合がおどろいてあとを追うと、ニコレットは空家のなかを気ちがいのように歩きまわっています。みると空家とはいいながら、まだそこらに古ぼけたベッドものこり、壁の本棚も、また床にはボロボロになった書物さえ散っています。いま、ニコレットが、まるで射すくめられたように眼をすえて眺めているのは、奥のへやの壁に掛けてあったちいさな水彩画のがくでした。

　そこには金髪であおい瞳の、世にもうつくしい若い女の子の立ちすがたが描かれていました。ニコレットは、猛獣のように躍りあがると、その絵を壁からもぎりとり、胸にいだくと、大声で、

「お母さん！　お母さん！」

　とさけびました。そして、ワッと声をたてて、床に泣き倒れてしまいました。

「えッ！　お母さん？　どうなすったの？　ニコレットさん！」

　小百合がびっくりしてかけよると、ニコレットは、はげしくむせび泣きながら、

「これ、わたしのお母さんなのよ。わたしはここで生きのこった、その女の子なのよ。それで、わたしはこの家をみたさに、わざわざここまで旅をしてきたのよ！」

　といって、その涙にぬれた水彩画を小百合にみせました。これはきっと父の牧師が描いたのでしょう。

その絵の下のところに『ジュルゼット・ファレール　二十才』と、母の名と年令が書いてありました。

「あッ！　そうだったの？　ニコレットさん！」

小百合は感動して、おもわずニコレットに抱きつき、いっしょに泣いてしまいました。

ものをいわぬ、ふしぎなフランス娘！　いつもだまって、ふなべりにもたれ、刻々かわるけしきを、なつかしくかなしげに、いく日も眺めていたこの少女のなぞが、小百合には、はじめて解けたような気がしました。

やがて、牧師夫人や小百合が、牧師館へもどって、この話をすると、メーボン牧師もそのほかの人たちも、びっくりして、はじめてニコレットにふかい同情をよせるようになりました。

そのなかでも、ことにこのときから、ニコレットにしたしみだしたのは、八才になるメーボン牧師のひとり娘、トトでした。こどもごころに、このありさまをどう感じたのでしょうか、それからというもの、ニコレットを、まるで親身の姉のようにしたい、つきっきりではなれなくなってしまいました。

あくる日になると、徳三は牧師にむかい、重大な決心をうちあけました。

それは、こんなめずらしい蘭の花が、この地方にほんとうに咲いているという証拠をみとどけた以上、もうすこし奥地まで旅行をつづけたい。そしてできることなら、なんとかして、この花を一株でも生きたまま日本へ持って帰りたいというのでした。

しかし牧師は、そうでなくても鬼のような人食い土人のいる奥地への旅行など、それこそ、いのち知らずのすることだといって、いろいろとめましたが、徳三の決心はうごきそうにもありませんでした。ちょうどこのふたりの話の最中、ヴェランダでは、かわいいトトがニコレットに、これまで集めた蝶の標本をみせていました。そのなかでいちばん目立つのは、『アマゾン蝶』といって、すばらしく大きく、しかもその羽根のいろが、ちょうど、虹のように七色にひかり輝いた、じつにうつくしい蝶でした。

「まあ、きれいな蝶々！　おねえさん、はじめてこんな絵のような蝶々みたわ」

　と、ニコレットがつくづく感心して見とれていると、トトはうれしそうに、

「じゃあ、おねえちゃん。わたし、つかまえてきてあげようか」

「ええ、たのみますわ。そうしたら、わたし、うれしいわ！」

　と、ニコレットは、ついそういってしまいました。

　あとで思えば、この一言がたいへんなさいなんのもとになったのでした。しかし神ならぬニコレットは、それを、夢にも知らなかったのでした。

　やがて、トトのそばへ、小百合もやってきて、いっしょに蝶の標本をながめながら、いろいろなことを、この天使のような女の子にきいてみました。

「トトちゃん、あんた、こんなところにお友だちもなくくらしていて、さびしくないの」

「さびしくないわ。この近所の土人は、わたしのことだれでも知っていて、みんなおじぎして親切にしてくれるんですもの。こどもたちも、わたしの用、みんな、ハイハイってしてくれるのよ」

「でも人食い土人はこわいでしょう？」

「こわくないわ。わたしいつでもこれ持っているから」

　と、トトは、ポケットから一ちょうの銀いろの小さい拳銃をだして、小百合にみせて、

「もし、わたしにむかってきたら、すぐ射ちころしてやるわ。だからちっともこわくないわ」

　というのでした。その顔つきには、子供ながら、どこかおかしがたい、男まさりのきしょうがみえるのでした。

　晩の食事のとき、メーボン牧師は、昨日から今日へかけて、附近の偵察にやった土人の報告をつたえました。それによると、ここまで追いかけてくるのではないかと心配していた、人食い土人カ

シボ族のすがたは、十五マイル四方の土地にはひとりもみえなかったとのことでした。これで、徳三たちは安心して、ゆっくりと二日目の夜もねむりました。

ところが、その翌朝、小百合たちが食堂へあつまってみると、トトのすがたがみえません。そこで、牧師夫人にたずねると、母親はにっこり笑って、

「けさ、わたしが目をさましますと、枕もとにこんな手紙がおいてありました。まあ、ごらんください」

といって、一枚のちいさい紙きれを、小百合たちに見せました。それには、鉛筆のかわいらしい字で、つぎのような文句が書いてありました。

ママさん、おはよう。わたしはニコレットさんと約束したアマゾン蝶をとりに、これからロバにのって山へゆきます。ばあやと男の子ふたりつれていきます。おべんとうも持ってゆき、蝶々がみつからなければ、二十マイルぐらいさきまで行ってみるつもりです。夕がたまでにはたいてい帰れるとおもいます。

小百合がこれを読みあげると、だれよりもニコレットが顔色をかえて、心配そうにさけびました。

「あら、わたしわるかったわ。トトちゃんがこんなことなさるとしったら、蝶々がほしいなんていうんじゃなかった。おくさま、だいじょうぶでしょうか。そんな遠くまで行って、きけんなことはないでしょうか？」

「だいじょうぶですとも。あの子は、土人の子供たちをつれて、遠くへゆくことを、なんとも思っていませんの。気性も、あんなにしっかりしていますから、けっしてご心配はいりませんわ」

と、牧師夫人は、いっこう気にとめないふうで答えました。

しかし、ひと足おくれて食堂へはいってきたメーボン牧師は、その紙きれを手にとってみると、

なんにもいわないが、眉のあたりをくもらせて考えこみました。

徳三は、食事のあとで、メーボン牧師のそばへゆき、

「おくさまはあんなにおっしゃいますが、わたしはどうもお嬢さんのことが心配です。ひょっとしてカシボ土人にでもあったらたいへんです。なんとかして追《おい》かける方法はないものでしょうか」

ときいてみました。と、牧師はジッと考えてから、

「それはむだでしょう。朝早くでて行ったのですから、もう十マイルは行ったでしょう。それにどんな道を行ったかわかりませんからな。山といっても、あのとおり、たくさんの数ですし……」

といって、窓をあけて、徳三におもての景色をみせました。なるほど、この牧師館から、四、五マイルはなれたあたりから、だんだん高まった小山は、まるでびょうぶを立てたようにつらなっています。

と、それを見てたまらなくなったのでしょう。ニコレットは食堂にあった望遠鏡を持っていそいで庭へ飛びだすと、そこにあった高いモミの大木の上に、スルスルとのぼってゆきました。きっとあたりのようすをさぐるつもりなのでしょう。その猿のような身がるさ、すばやさ！　ニコレットにこんな芸当ができようとは思わなかった一同は、あっけにとられてそのすがたを眺めました。

ちょうどこのとき、心配になったメーボンがくりだすそうさく隊らしく、五、六人の土人が、バラバラと丘をかけだしてゆくすがたが見えました。

おそろしい使者

望遠鏡を持って、高いモミの木の上へのぼっていったフランス娘ニコレットは、まもなくショボリとおりてきました。できるだけ山や野原を遠く広くみまわしましたが、どこにもかわいいトトたちのかげはみえないのだそうです。と、それか

ら、徳三も黒獅子も、三十分おきぐらいにかわるがわるその木へのぼって、もしや、トトたちがもどってきやしないかとながめました。しかし、お昼すぎになっても、トトの影はみえず、さがしに行った土人たちからも、なんのしらせもありませんでした。

しんぱいそうな顔をして庭に立っていた小百合とニコレットは、黒獅子が木の蔭にすわって、いっしょうけんめいになにかしているのをみました。黒獅子は、いま、『娘大将』という名をつけたじまんの大まさかりを、砥石の上でむちゅうでといでいるのでした。娘大将のひかった刃は、もうかみそりのようにするどくなっていますが、それでも黒獅子は、まだ、たりないかのように力いっぱいとぎすましているのでした。

「黒獅子、あんた、なにしてるの？」

と、小百合がききました。

「お嬢さん、わしには血の匂いがするんです。それでこの娘大将にお化粧させてるんですわい」

と、黒獅子が、手をやすめず、ぶっきらぼうにこたえました。

このとき、ちょうど、メーボン牧師は、小百合の父親の徳三と、なにか話しながらきかかりましたが、この黒獅子のことばをきくと、サッと顔いろをかえていうのでした。

「高木さん、あなたの召使のこのインディアンは、血の匂いがするといっています。インディアンたちは、戦争が起きるのを前もって知るふしぎな力をもっているのです。もう三時すぎで、どうしてもわたしの子供が帰ってこねばならぬ時間です。ああ、トトはどうなったのでしょう。人食い土人につかまったのでしょうか。わたし、すっかりしんぱいになりました」

やがてとうとう日はくれ、夜になりました。それでもトトたちはかえりません。晩ご飯のテーブルにあつまってもだれも心配で、なにひとつたべる元気がありませんでした。なかでもいちばん気の毒なのは、トトの母親の牧師夫人で、テーブルにすがたさえもみせません。きっと自分の部屋にひきこもって泣いているのでしょう。

フランス娘のニコレットは、もう、いても立ってもいられない気持《きもち》でした。だって、かわいいトトは、じぶんのために蝶々をとりに行き、自分のためにゆくえ知れずになったのですもの——。

「ああ、あんなアマゾン蝶なんか、ほしいといわなければよかった」

と、なんどもくちびるをかんで、後悔の涙をうかべていました。

ところが、その食事なかばに、ひとりの土人がおもてから、

「たいへんです、たいへんです！」

とさけびながら、ころげこむようにかけこんできました。みると、さっきトトをさがしにいった、そうさく隊のなかのひとりです。

「牧師さま、人食い土人のカシボが大ぜいでせめよせてきました。まっ先の一隊は、もうこの下のくぼ地に陣どっています。それに、牧師さま、おどろきにならないでください。人食い土人のなかにトトお嬢さまがいらっしゃるのです。お嬢さまは白いロバに乗り、人食い土人のひとりが手綱をひいています。ばあやさんは泣きながらあとについています」

「なんだと？ トトが土人につかまっている？ そして娘はどんなようすをしていた？」

牧師がふるえ声でききました。

「お嬢さまは、ちっともこわがっていらっしゃらないようです。わたくしが草の陰からソッとのぞいたとき、お嬢さまは眼に涙もうかべず、こうごうしいほど落ちついて、ロバの上から、夕焼の空をジッとみあげていらっしゃいました」

「それで人食い土人の数はなん人ぐらいだ？」

「二百人ぐらいです」

土人のへんじに、みんなは顔をみあわせました。きのうメーボン牧師からきいた話では、この部落の男の土人は、たった二十人しかいないのです。

牧師は、たちまち床の上にひれふしてお祈りをは

じめました。

と、このとき、またもやおもてに人の足音がして、つづいてだれかが大きな声でどなるのがきこえました。

「なんだろう?」

徳三がいそいで出てゆこうとすると、黒獅子が手をあげてとめて、大まさかりを高く振りあげながらこたえました。

「だれだ、用があるならはいってこい!」

すると、足音もあらくヌッとはいってきたのは、身のたけが二メートルもあろうかとおもわれるおそろしい顔の人食い土人で、左の腕に竹の籠をだき、右の手にキラキラひかる大きな槍を持っていました。

「おれはカシボの首領《かしら》のひとりだ。ここの家のあるじにいうことがある」

と、人食い土人は、黒獅子をにらみつけながらどなるのでした。

「なんだ? なんの用だ?」

牧師が立ちあがってたずねました。

「おれたちは、きのう舟でここへついたやつらのあとを、四、五日間も追っかけていたのだ。それでも、やつらはうまく逃げてつかまえそこなった。さあ、そいつらを、いまのこらずおれにひきわたせ。そうすれば、おまえの白い娘も、ばあやも返してやる。あの白い娘についていたふたりの子供は、もうとうにころしてしまったぞ」

「それで、もし、おれがいやだといったらどうするのだ」

牧師が青い顔をしてききました。

「いやだなどとはいわせないぞ。そんなことをいったら、おまえの娘は、明日の夜あけに、おれがこの槍でころしてやるぞ」

人食い土人の首領は、槍の柄で床をトンとつきながら、きみのわるい笑いかたをしました。

と、このとき、ひらりと身をおどらせて、人食い土人の前に立ったのは、フランス娘のニコレットでした。

ニコレットは美しいその顔につよい決心をうかべて、さあ、わたしを殺してちょうだい、というように自分の胸をたたきました。そして、牧師にむかってさけびました。

「牧師さま。トトちゃんがこういうことになったのは、わたしがあのアマゾン蝶をほしがったからです。どうぞ、トトちゃんのかわりに、わたしをいますぐ殺せとこの人食い土人にいってください。わたしの父は、むかし、この土地でやっぱり人食い土人に殺され、母もそのためにゆくえ知れずになりました。その娘のわたしが、おなじような死にかたをするのも、さだまった運命かもしれません。みなしごのわたしは、そうながく生きたいとおもいません。どうぞ、はやくこのひとに話してください」

しかし、牧師は、おごそかな顔でいいました。

「ニコレットさん。そんなことはいけません。神さまがゆるしません。トトが死ぬのも生きるのも、すべて神さまのみこころのままです。あなたが身がわりになるなんてこと、わたしは、けっして承知できません」

それから牧師は人食い土人にむかって、しずかにこうこたえました。

「よし。おまえたちのいい分はわかった。だが、これは大きな問題だから、しばらくおれたちにも考えさせてくれ。そうだ、明日の夜あけまでに、こちらからへんじをしよう」

「そうか。では夜あけまで待ってやろう。だがそれよりもへんじがおくれたら、子供の首はようしゃなく斬ってしまうぞ。それから、おまえたちの味方をするこの村の土人は、たった二十人しかいないことを、おれたちはちゃんとしらべて知っているぞ。だから、だましてふい打ちなんかしても、とてもかないっこないぞ。では、さようなら」

人食い土人の首領は、こうにくにくしくこたえて出て行こうとしました。と、このときまでまさかりを持ったなり、ジッとがまんしていた黒獅子は、いきなり腕をのばすと、人食い土人の肩をつ

かまえて、こちらにねじむけさせ、

「やい、きさま。このまさかりが目にはいらないか」

と、大声でどなりました。

「なんだ。そんなおもちゃが、どうしたというのだ」

と、人食い土人もまけずにどなりかえして、黒獅子をにらみつけました。

「よく聞け、これがおれときさまだけの喧嘩なら、きさまなんか、けっしてこのままにはかえさない。いまここで、そのからだをこの大まさかりでズタズタに切りさいてやるのだ。だが今日は、あのお嬢さんのいのちのためにがまんして帰してやる。そのかわり、こんどどこかであったが最後、きさまのいのちはないものとおもえ」

と、黒獅子が、さも、くやしそうに大きなからだをふるわせると、

「なに、なまいきな。きさまこそ明日の朝までのいのちだぞ。せいぜい大切にしておけ」

と、人食い土人の首領は、高笑いをして、ふりむきもせずでてゆきました。

食うか食われるか

人食い土人がだまっておいて行った竹の籠。なんだろう、と牧師がとりあげてみると、かるくてぴっちりと蓋がしてあります。あけるとなかからヒラヒラと舞い立ったのは、花か雲か、世にもうつくしい虹いろの大きなアマゾン蝶。

それから籠の底には、ちいさな紙きれに、鉛筆がきのおさないトトの字が書いてありました。

——パパさま、ママさま。わたしはきれいなアマゾン蝶をみつけてかえるとちゅう、わるいカシボの土人につかまりました。

トムとジムはかわいそうにころされました。わたしとばあやは、まだ生きていますが、わ

るい土人たちは、わたしと、きのうきたお客さまとをとりかえっこするのだといっています。でも、パパさま、どうぞそんなことなさらないでください。わたしはピストルを持っていますから、殺されそうになったらじぶんで死にます。

それよりも、わるい土人たちは、今夜、ぬすんだ大牛をころしてお酒盛をするといっていますから、人数はすくなくても、みんなで、このわるい土人たちを退治してください。

ではさようなら。それからこの籠のなかの蝶々は、わたしの大好きなニコレットさんにあげてください。


牧師がこの手紙を読みあげると、まずニコレットが、その美しい眼から涙をポタポタ流してさけびました。

「なんて勇ましいトトちゃんでしょう！　人食い土人につかまっても、こわいなんて、ひとことも書いていない。人数はすくなくても、みんなで退治してくれ、自分はいよいよとなったらピストルで自殺するからしんぱいするな、といっているのです。

どんなことがあってもトトちゃんを救わなければ、わたしたち大人の恥です。もし、みなさんが行かなければ、わたしひとりでも、今夜行きますわ」

「そうですとも。ニコレットさん。ぼくもいっしょに行きます」

と徳三が、かんどうに目をかがやかせていいました。

これを聞いて、うれしそうに、進みでたのは、インディアンの黒獅子で、上手なフランス語でしゃべりだしました。

「ご主人さまのいうとおりだ。二百や三百の人食い土人が、なんでこわいものか。味方の人数をかぞえてみましょう。牧師さんには二十人の土人の家来がある。わたしたちの仲間の男は九人。それに男より勇ましそうなニコレットさんを入れると、みんなで三十人はりっぱにたたかえる。これだけあれば人食い土人など、みごとに蹴ちらして、お嬢さんをとりかえすことができます」

つぎに黒獅子は、テーブルの上の紙に鉛筆で絵をかいて、自分の計略をせつめいしだしました。

「わしは、人食い土人たちがいまいる場所を知っています。あそこは坂のくぼ地で、下にひろい入口がある。まわりは小高い土手になっている。そこで、今夜人食い土人たちが酒盛をして、酔っぱらって寝しずまったころ、ニコレットさんが十人の男をつれて、上の方のせまい入口から忍びこむ。それからわしと、わしの主人徳三と、もうひとりだれかつよい土人の三人は、下のひろい入口から忍びこむ。そして、のこった十六人の男は八人ずつ銃をとって、敵の右左から進むのです。

いいですか。その右がわの隊長は牧師さま、左がわの隊長は、ええ、これはだれにしようか？」

「わたしがなりますわ」

と、勇ましくさけんだのは小百合でした。

「えッ！　お嬢さまが？　それはありがたい！　では、そうしてもらいましょう」

と、黒獅子はにっこりして、

「そこでじゅんびがととのったら、第一にニコレットさんのひきいる十人が、上の入口から大声をあげて敵の陣へ飛びこむのです。そうすると、酔っぱらって寝ていた人食い土人たちは、あわてて、なにを考えるひまもなく、そろって下の入口のほうへむけて逃げだすでしょう。それを牧師さんと小百合さんのひきいる十六人が、横からひとりものこさず射ちころすのです。そのうち下の入口から逃げだすやつは、ご主人（徳三）とわしがみんなやっつけてしまう。

こうすれば、二百人の敵ぐらい、きっと退治して、トトお嬢さんを助けだせるとおもう。どうですか、みなさん、わしのこの考えは？」

黒獅子がことばをきると、こんどは徳三がいいました。

「みなさん、この黒獅子は、もとインディアンの大酋長で、一万人ぐらいの家来をもち、かぞえ切れないいほど戦争をした勇士です。わたしはこの男のいまの計略どおりにして、今夜の夜襲をやることに賛成します」

そうすると、牧師はじめ、みんなも手をたたいて賛成し、いよいよ相談はまとまりました。

このとき、牧師館をとりまいた石垣のなかには、この部落の土人たちの、男や女や子供がぞくぞく集まってきました。みんな、人食い土人がせめよせたしらせをきいて逃げこんできたのです。メーボン牧師は、そのなかから四人の少年をえらびだし、人食い土人たちのようすをさぐって、かわるがわる報《しら》せにくるよう命令しました。

そのつぎに、銃やピストルは、徳三や小百合の荷物のなかにあるものと、それから牧師館にしまってあったものをあわせて、それぞれみんなにわけました。そして、人食い土人を両側からはさみ撃ちするもののほかは、土人たちには銃を持たせず、ただ槍と楯だけを持たせることにしました。このなかで徳三と黒獅子だけは銃をもたず、ふたりとも大きなまさかりだけを持って敵とたたかうことにしました。

黒獅子は、自分の計略《はかりごと》にみんなが賛成してくれたので、とても上機嫌でしたが、そのうち、どこからか二枚のきみょうなシャツを持って出てきました。それは鉄のこまかい鎖で編んだシャツで、黒獅子はその一枚を自分が着、のこる一枚をぜひ着てゆくようにと、徳三にすすめました。

こうして、支度がすっかりできあがると、みんなは、元気がでるようにじゅうぶん食事をしてから、夜中までそれぞれ眠ることになりました。まず第一に黒獅子が、床の上にごろりと横になるとすぐ大きないびきをかきだしました。

小百合とニコレットとは、並んでベッドに横になりましたが、なんといっても、少女の身で、はじめておそろしい戦争をするのです。とても眠れるどころではありません。しかし、小百合にくらべると、ニコレットのほうが、まだよほど大胆なのでしょう、しばらくすると、スヤスヤときもちよさそうな寝いきを立てはじめました。

寝台の窓かけのあいだからさす月のひかりが、この金髪の少女の横顔を、蝋のようにうつくしく照らしていました。小百合がそれを眺めながら、すこしウトウトしたとおもうまもなく、窓のそとで牧師のさけぶ声がきこえました。

「出発用意！　みなさん、もう三時ですよ！」

小百合やニコレットが、いそいで支度をして出て行ってみると、みんなはもう、ニコレットが昼間のぼった、あのモミの大木の下に集まっていました。夜あけちかい残月の、青白いひかりに照らされたみんなの顔には、なんともいえぬ悲壮な決心がうかんでいます。

大まさかりをしきりにふりまわして、手かげんをためしている徳三。そのようすをジッとそばでながめている黒獅子。渡されたピストルの装置を調べあっているニコレットと小百合。夫人とひそひそ別れの言葉をかわしているメーボン牧師。

そのなかでいちばん元気のないのは、おくびょう者のコック有田で、これはまるでお葬式へでもゆくような青い顔をして、ションボリと隅のほうに立っているのでした。

やがて、三時四十分、東の空がうすら赤くなると同時に、偵察にだしてあった土人の少年が、バラバラとかけもどって、人食い土人たちがいまぐっすり寝こんでいること——ただ上と下との入口に、ふたりの番兵だけが起きていることなどを報せてきました。

「出発！」

と、徳三が大きな声で命令し、味方の行列は歩調をそろえて、人食い土人の陣めがけて進みだしました。

さて、黒獅子を先頭にした行列は、半キロほどのあいだはあたりまえの歩調で歩き、それからさきは、草のかげを忍び足で敵の陣へ近づきました。

まず、黒獅子の一隊が下の入口へ忍びよると、そこに大男の番兵が、火を焚《た》いて番をしていましたが、黒獅子は、番兵がアッとさけぶまもなく、うしろからふとい両手でのどをしめて倒し、用意の縄で、ぐるぐる巻きにしばってしまいました。

この間に、牧師と小百合のひきいるふたりの射撃隊は、しずかに右左の土手の上に並びました。

最後に、ニコレットのひきいる一隊が、上のせまい入口にむかいましたが、ここにも大きな土人の番兵がひとり立っています。しかもその番兵は、なんとなくあたりがさわがしいのに気がついたらしく、キョロキョロ見まわしているのです。

「もう猶予はできない」

と考えたニコレットは、少女ながらも勇ましく拳銃のねらいをさだめ、番兵めがけて一発うち放しました。みごと命中、もんどりうって倒れる番兵。同時に、ニコレットの一隊は約束どおり大声をあげて、敵陣めがけて突入しました。うす暗いくぼ地のなかに寝こんでいた、二百人の人食い土人たちは、いきなりきこえた突貫の声に、びっくりぎょうてんして、飛び起きるなり、あわてふためいて、ニコレットたちとは反対の方角へ、そろって逃げだしました。

それをめがけて右左の両側から、メーボン牧師の射撃隊と小百合の射撃隊が、鉄砲玉の雨をあびせるので、さしも大ぜいの人食い土人も、おもしろいほどバタバタうち倒されます。

その大さわぎのなかに、いさましく、だれよりもさきにかけいったニコレットは、むちゅうで牧師の娘トトのすがたをさがしまわりました。

と、逃げまどう人食い土人のあいだにみえたまっ白なロバは、弾丸《たま》にあたって怪我でもしたのか、きちがいのようにあばれまわっています。

その背中に、あわれ、あおむけざまにしばりつけられた、かわいいトトの子供服がみえました。しかし近づこうにも、そこは波のようにゆれうごいている人食い土人の、ひかった槍の林のまんなかなのです。

血潮の海

おそろしい戦《いくさ》のまっただなか、フランス娘ニコレットが、どうにかしてトトを助けたいと気をもんでいるとき、とつぜんすがたをあらわしたのは、トトをかわいがっている土人のばあやでした。

髪ふりみだしたそのばあやは、おそれげもなく、あばれているロバに近づくと、どこかでひろってきた槍の穂さきで、手ばやくトトをしばっている縄を切りました。そして、だきおろすと、さきに立って土手をのぼりはじめました。トトも、子供ながらそのあとにつづきました。ばあやは、はやくも土手のうえに立ち、手をのばしてトトを引きあげようとしました。

このとき、はじめてトトのすがたに気がついた人食い土人のひとりは、

「それを逃がしてなるものか」

と思ったのでしょう、腰にさげた短い剣をぬきとり、サッとばあやめがけて投げつけました。かわいそうなばあやは、それにさされて、

「アッ」

と一声、土手のむこうへころがり落ちました。

だが勇ましいトトは、それにもひるまず、なおも土手にのぼろうと小さい手をのばしたとたん、人食い土人はこんどはトトをねらって大身の槍をひらめかして せまってきました。

「あッ、あの子を殺しては」

と、胸とどろかせたニコレットは、こころに神を念じ、いそいで射ちはなった一発。それがうまくあたって、その人食い土人はバッタリ倒れましたが、ニコレットが第二の弾丸《たま》をこめるひまもなく、つづいてどこからかあらわれたべつの人食い土人が、トトめがけて猛獣のようにおどりかかりました。ニコレットは、からだじゅうの血がこおりついたようになって、おもわず目をとじました。かわいらしいトトが殺されるすがたをみる勇気が

なかったのです。

ところが、目をひらいたとたんにみたのは、大きな人食い土人が槍を投げすてて倒れたすがた！

そして、もうもうと立っている白いけむり！

ニコレットは、ハッと気がつきました。トトはピストルを持っているといった！　トトは大胆にもそれを射って人食い土人を倒したのだ！　おりから、土手の上をひらりとむこうへ飛びこえる、ちいさいトトのすがたがみえました。みまわすと、もう追いかける人食い土人のすがたはみえません。

「ああ助かった！　これでトトはぶじにお母さんのそばへ帰れる」

ホッとしたニコレットの眼には、うれし涙がキラキラとかがやきました。

このあいだに、メーボン牧師と小百合がひきいる土人たちは、なかなか射撃がうまく、あわてた敵は三十分ばかりの間に半分ぐらい倒され、のこりの者は、ニコレットの一隊に追いまくられて、だんだん、黒獅子と徳三のいる下の口のほうへ逃げてきました。

ところで、その下の口に『娘大将』の大まさかりをふりあげて立っている、黒獅子のはたらきの勇ましさ！　えいッ！　おうッ！　という、まるで大虎のほえるような叫び声をあげて、黒獅子が縦横むじん稲妻のようにふりまわすまさかりのひらめきに、逃げだす人食い土人は、バタバタ、将棋の駒のように倒れてゆきます。徳三もこれにまけず、全身に返り血をあびて、おなじようにまさかりをふりまわす、そのものすごさといったらありません。

しかし、なんといっても、まだ敵の数はおおく、やがて、死にもの狂いになった人食い土人のひとかたまりが、そろって徳三たちに槍さきをそろえて向うと、ふたりをまもっていた味方の土人、三、四人が、こんどは逆にバタバタと倒されるようになりました。おまけに徳三はすでに何カ所となく傷をうけ、鉄のような黒獅子もそうとうつかれて、くるしそうな大息をついています。

このありさまに、今まで夢中で敵を追いつめてきた、ニコレットや、小百合は、きゅうに心配になりました。このままで行ったら、徳三も黒獅子も、しまいには人食い土人の槍さきに倒れてしまうのではなかろうか。じぶんたちも、この見しらぬ蛮地の骨となってしまうのではないか？

こう考えてふたりの少女の顔がおなじように青ざめたとき、おもいもかけない天の助けが、味方のうえにふってきました。それはひとりの人食い土人の大槍が、わきみをしていた黒獅子の胸のあたりをグサッと突いたのです。ところが黒獅子は、でかける前からあの鉄の鎖のシャツを着こんでいたので、その槍ははねかえされたばかりでなく、先が一寸ばかりポキリと折れてしまいました。これこそ黒獅子を殺したと信じていたその人食い土人は、これをみて、びっくりぎょうてん、

「や、こいつらは魔法使いだ！　魔法使いだぞ！」

と、大声でさけんで、槍をすてて逃げだしました。教育のない土人たちにとっては、この世のなかに魔法使いほどこわいものはないのです。

この叫び声は、たちまちぜんぶの人食い土人につたわりました。これにはさしも鬼のようなかれらも、色をかえガタガタふるえだして、そろって槍と楯を投げだし、バラバラになって逃げだしました。ところが総くずれになった人食い土人のなかから、ただひとり、風を切って徳三めがけて悪魔のように突進してきた者！　これは死のみちづれに、大将徳三の首をとろうとしたのにちがいありません。これをみた黒獅子は、つばめのように飛びだして、そのみちをさえぎりました。そしてその土人の顔をみると、大声あげて笑い、

「やあ、きさまは昨夜きた軍使だな。いいところであった。約束どおり、きさまのいのちはもらってやる」

と、娘大将をふりあげました。人食い土人の大将も歯をくいしばり、

「なにくそ！」

と槍をしごいて黒獅子についてかかります。黒

獅子はヒラリヒラリと身をかわしながら、ときどき大まさかりをうちおろす。敵もまた縦横に身を避けながらくりだす槍。じつにいきもつまるような一騎討でした。

しかし、最後に黒獅子が、大地もくだけよとばかりうちおろした娘大将のために、とうとう土人の大将も血に染んでたおれてしまいました。

黒獅子は、うれしそうに徳三をふりかえり、

「旦那《パトロン》、これで戦争は勝ちましたぞ。ああゆかい、ゆかい！　すばらしい戦争でしたわい！」

なるほど、見わたすとくぼ地のなかは、人食い土人の死骸の山。みどりの草原は血の海です。

このとき、徳三がふと気がついたのは、あつまった味方のなかに、あの臆病者のコック有田の顔がみえないことです。もしかしたらあの弱虫、大乱闘のなかで、かわいそうに殺されたのではないかと徳三は大声で名を呼びながら、くぼ地のなかをさがして歩きました。と、片隅にそびえていた天をつくような大木――そのかげから、

「旦那さま」

と呼ぶ、有田の声がきこえます。

「どこにいるんだ？　はやくでてこい」

というと、

「もうでてもだいじょうぶですか？」

というふるえ声は、たしかに頭の上。徳三がみあげると、大木の梢にある空洞《うろ》から、有田が顔をだしていました。

「なんだこのおくびょうもの。戦争はもうとっくにすんだぞ」

と、徳三がにが笑いしていうと、有田の顔は、きゅうに生きかえったように元気づいて、

「旦那、これでもわたしは、この穴のなかから何十人という敵を射ころしたんですぜ」

と、大ぼらを吹きながら、ソロソロおりてきました。このありさまを遠くでみて、ニコレットや小百合が近よってくると、いきなり、かくれていたヤブかげから飛びでた、生き残りの人食い土人が、有田めがけておどりかかりました。びっくり

してまっ青になった有田は夢中で逃げだしましたが、人食い土人はたちまち追いつき、有田をつかまえると、ピカリと光った短刀を胸へ！　だが、あやういそのせつな、とどろいた一発の銃声！　これはニコレットがうちはなったもので、それがみごと、人食い土人の胸をつらぬくと、土人は、有田の上に折りかさなって倒れました。

そのとき、

「ああ痛い！　くるしい、助けてくれ！」

と、有田のけたたましく叫ぶ声！

「や、しまった！　まに合わなかったのか！　有田さんはもう刺されてしまったのか！」

ニコレットがおどろいてかけより、有田を引きおこしました。と、いかにも有田のからだは血まみれになっているので、ニコレットはいそいで、せなかと胸とをしらべましたが、どこにも傷はありません。よくみると、血はころされた土人の返り血をあびたものでした。

「なんです？　有田さん！　男らしくもない！　あなたはどこにも怪我をしていないじゃありませんか！」

と、ニコレットがおかしさをこらえながらいうと、カエルのようにとび起きた有田は、さすがにきまりわるそうに、コソコソどこかにかくれてしまいました。

気の毒なのはメーボン牧師のすがた！　牧師は土人の槍でさされたもものきずをハンケチでしばり、顔にも一、二カ所きずをうけ、青い顔をして石の上に腰かけていました。そして徳三たちをみると、

「諸君、おかげで戦争には勝ちました。だが、戦争はなんて悲惨なものでしょう」

と、目に涙をうかべていいました。いかにも味方の土人の半分は殺され、徳三も、ニコレットも、小百合も、黒獅子も、それぞれ多少の傷をうけていました。

「それで、トトはどうしたでしょう？　助かりましたでしょうか？」

と、牧師が心配そうにきいたので、ニコレットは、トトがぶじ土手をのり越えて逃げだすすがたをみたことを話し、今ごろはきっとママの膝もとにいるだろうといって、牧師をなぐさめました。それにしても一分でもはやくもどって、そのぶじなすがたをみとどけ、また牧師夫人を安心させたいと思い、みんなはそろって、すぐ牧師館へ帰ることになりました。

牧師館の入口には、牧師夫人はじめ、土人の女や子供たちがでむかえにでていましたが、夫人はニコレットのすがたをみると、飛びつくようにしてキスし、

「ニコレットさん、神さまのお恵みがあなたの上にありますように。あなたのおかげで、トトのいのちが助かり、いまベッドに眠っています」

と、涙をながして感謝しました。

やがて、朝飯をかねて勝利のお祝いの会が食堂でひらかれました。

そのとき、トトは母に手をひかれて出てきましたが、まだ足もともヨロヨロして、青い顔をしていました。しかし、それでもかわいい微笑をたたえて、みんなにむかい、助けられたお礼をのべました。

ニコレットが抱いてほおずりをしながら、

「トトちゃんはえらいのねえ。こんなに小さくて、よくまあ、あのおそろしい人食い土人を殺せたわね！」

と、眼をかがやかせてほめると、かわいいトトははずかしそうにまっ赤になって、

「でも、わたし今でも、あのときの人食い土人の顔が目にみえてこわいのよ」

と答えたのでした。

牧師館をあとに

おそろしい嵐はすぎました。戦争で死んだ味方の土人たちの死骸を葬ったり、めいめいがうけた

きずの手当をしたり、人食い土人が置きざりにしていった槍や剣や楯をひとまとめにして、牧師館の倉庫におさめたり、いろいろのあと始末がすむと、部落はまた、むかしの静けさにかえりました。

ある晩、いつものようにみんなが食堂で顔をあわせたとき、高木徳三がこういいだしました。

「わたしたちがきたために、牧師さんのご一家やこの部落の人たちに、たいへんごめいわくをかけてしまいましたが、さいわい人食い土人たちもぶじに追いはらったので、わたしたちはまた、奥地へ旅行をつづけたいと思います」

「では、どこまでも、あの黄金蘭をさがしに行くつもりですか？　でも、こんどの戦争でご経験になった通り、これからさきの奥地では、どんなおそろしいことが起るかもしれませんから、あきらめなさったらどうです」

と、牧師が心配そうな顔でとめました。

「いいえ、わたしはどんな危険をおかしてもそのポンゴの国へゆき、あのめずらしい花を、ただ一本でいいから根ごと採集してきたいのです。この決心はかえられません。もっとも、これからの旅はわたしと黒獅子とふたりだけで行きます。娘やそのほかの人たちは、みんなここから帰します」

「あの、わたくしは連れて行っていただけませんか？」

とつぜん、横あいからこういったのは、フランス娘のニコレットでした。

「えッ、あなたが？　なぜあなたはそんな危険な奥地へ行きたいのですか？」

と、徳三がびっくりしてきくと、

「わたしの気持わかってくださいませんかしら。いつぞやお聞きになったように、わたしの父はこの土地で人食い土人にころされ、母はゆくえ不明になったきりなのです。

ところが、先日の牧師さんのお話によると、そのポンゴの国には白い女神がひとりいて、黄金蘭の花守をしているという話。わたしにはなんとなくその女神というのが、わたしの母であるような気がしてならないのです。

それでわたしはどんな苦労をしても、一度その国へ行って、その女神に会ってみたい。それのためには、わたし、いのちなんか、いつすてても惜しくないと思うのです」

ニコレットが、うつくしい顔につよい決心をひらめかせて、こう答えました。

「うん。なるほど。あなたにそういう考えがあるなら、連れて行かないわけにはゆくまい。それにあなたは、娘でありながら、男もおよばぬ勇ましいひとだ。度胸もあり、銃を持たせてもすばらしい名人。今度の戦争での一番の功労者だ。いっしょに行ってくだされば、かえって気づよいくらいだ。よろしい。引きうけましょう」

と、徳三がにっこり笑って承知しました。すると、

「パパ、ニコレットさんが行くなら、わたしもいくわよ。わたしはニコレットさんが大好きで、もう生涯はなれまいと決心したんですもの」

と、いいだしたのは小百合でした。

「おやおや、おまえはいけない。そんな約束でおまえをここまで連れてきたのじゃない。おまえの身に万一のことでもあると、わたしは日本で待っている人たちからうらまれる。そんなことといわず、おまえは有田とここから帰っておくれ」

徳三があわてて反対しました。

「小百合さん、あなたは帰ったほうがよい。わたしたちといっしょに船でマナオスへ帰りましょう。じつはわたしもこんどの事件があってから、妻といろいろ相談しあって、トトの教育のためにも一時本国へ帰ろうときめたのです。一月ほどたてば、かわりの若い牧師がやってきます。ねえ、小百合さん、そうなさい」

メーボン牧師も、そばからこう親切にいってくれました。だが、小百合は、

「ありがとうございます。でも……」

といっただけで、これも決心をかえそうもありません。

そのうちに、おどろいたことには、あのおくびょう者の有田までが、

「お嬢さんがたがいらっしゃるなら、わたしもここから帰さずにぜひ奥地へお供させてください」

と、いいだしたことでした。これには主人の徳三があきれて、

「有田、おまえはもう人食い土人にはコリゴリしたはずじゃないか。おまえみたいなおくびょう者は、すなおにサンパウロへ帰ったほうがいいよ」

とさとしました。

「いえ、こんどははじめての戦争だったので、あんなみっともないことをしたのです。もうなれましたから、これからはなにが起ろうともビクともいたしません。どうぞお連れになって」

と、しんけんな顔でたのむのでした。

それでその晩、徳三たちは、けっきょくこれまで通りの顔ぶれで、奥地探検に出発することに話がきまりました。ところでマナオスでやとった土人のなかで、いま生き残っているのはふたりしかありません。新しい土人をやとおうとしましたが、だれも奥地へ行くことをこわがって、承知する者がないので、やむを得ず七人だけででかけることになりました。

そこで徳三は、おとなしいロバ十二頭を買いいれ、これに荷物や食物いっさいをはこばせることにして、準備はぜんぶととのいました。

徳三たちのただひとつの心配は、こんどの戦争で逃げかえった人食い土人たちが、自分たちの発《た》ったあと、しかえしに、また牧師館にせめてきはしないかということでした。しかしいまのところそんなようすもなく、そのうち、ちょうど船で商売にでかけた二百人の男の土人たちも帰ってきたので、ホッと安心しました。

さて、ある朝はやく、徳三たちは、いよいよこのメラボの部落に、わかれをつげることになりました。たとえ、牧師館にいた日数はわずかでしたが、そのあいだに、みんな手をにぎりあって戦争の苦労をしたので、もう十年も親しんだようなきもち

がします。やさしい牧師夫人などは、昨夜から別れのつらさに眼を赤く泣きはらしていました。

なかでも、いちばんいたましかったのは、ニコレットとトトの、おたがいに別れをおしむすがたでした。

もともとトトは、ニコレットが好きであればこそ、あんな遠くまでアマゾン蝶をさがしに行って、人食い土人につかまったのでした。ニコレットもまた、トトがかわいさに、乙女の身で、鬼のような土人をうち殺し、しゅびよくその命をすくったのです。

あれからというもの、トトは、まるでしん身の姉さんのようにニコレットをしたい、朝に晩に、ふたりははなれることがなかったのです。それがいま別れて、もう生きて二度と会えるかあえないかもわからないのです。トトはニコレットの首にだきついて、えんえんと泣き、ニコレットもトトの髪の毛をやさしくなでながら、そのうつくしい顔を滝のような涙でぬらしています。

やがて、そのあいだに、ニコレットは、じぶんの指からダイヤの指輪をぬきとり、かわいいトトの指にはめてやりました。そして、

「トトちゃん、おねえさんは、ひょっとすると、もう二度とあなたに会うことができないかもしれませんが、あなたはフランスへ帰って、いいお嬢さんになるんですよ。これはおねえさんがあなたへあげる形見。あなたが大きくなって、お嫁さんになってからも、忘れずこれをはめていて、おねえさんのことをおもいだしてくださいね」

と、泣きながらささやくのでした。

それと、あの鬼のような黒獅子と、トトの別れの光景も、感動ふかいものでした。

黒獅子は、はじめからむじゃきなトトが大好きでしたが、トトがピストルで勇ましく人食い土人を射ちころしたのを知ってから、その愛情はふかい尊敬にかわりました。

それ以来、黒獅子は、いつもじぶんが持っている『娘大将』に、

「トトはえらいぞ。おまえもトトに負けない働きをするんだぞ」

と口ぐせのようにいいきかせていましたが、いま、トトと別れの握手をかわしたとき、黒獅子の眼には、生れてはじめての涙がキラリとひかったのでした。

やがて出発です。牧師館の入口にならんでいないなくロバのむれ。村じゅう総出でみおくる土人たち。無言で手をふるメーボン牧師。ただ泣きに泣く、牧師夫人とかわいいトト。

それらをあとに、徳三、黒獅子、ニコレット、小百合、有田の一行は、とうとう牧師館をあとに、奥地の旅へと出発したのでした。

美しい湖

小百合やニコレットが、牧師館をでてからの、ざっと二月の旅――それはじつにくるしい、骨のおれる旅でした。

なにしろ、世界がはじまって以来、文明人が一度も足を踏みいれたことのないアマゾンの奥地、――どんな怪物がすんでいるかわからないジャングルのなかの道を、切りひらき、切りひらきして、北へ北へと進むのです。あるとき、さきに立った土人が、大きな声をあげるので、ニコレットが、かけつけて行ってみると、この地方でスクリイと呼ばれる長さ一五メートルもある大蛇が、乗っているロバもろとも、その土人をひとのみにしようとするところでした。でも、上手なニコレットの射撃が、あぶないところで、土人の命だけはすくいましたが、かわいそうなロバは、大蛇の毒気にあてられて、まもなく死んでしまいました。

また、あるときふかい森のなかを通ると、たくさんのキイロ毒蝿がでてきて、みんなをなやませました。この毒蝿にたかられると、人間はさほどでもないのですが、ロバはすぐ病気になって死んでしまうのです。そのため、四頭のロバがつぎつぎに死にました。みんなは死にものぐるいになって、大急ぎでその森を逃げだしました。

だが、小百合やニコレットの二少女にとっては、こんなくるしい旅のなかにも、たのしさがありました。それは、毎日いっしょに、昼間はロバの頭をならべ、夜はおなじテントのなかでおなじ毛布にくるまってねむるあいだに、ふたりには姉妹《きょうだい》にもました親しさが湧いてきたことでした。

テントをもれる青白い異境の月のひかりをあびながら、ニコレットの話すうつくしいフランスのものがたりを、どんなにたのしくきいたでしょう。

白いマロニエの花が咲き、青いセーヌの河がながれるパリ。虹のような日光が、何千年の古いお城のステェンド・ガラスにそそぐプロバンス……

そのおかえしに、小百合が日本の桜の花や富士山や、かぶき芝居の話などをすると、今度はニコレットが、その碧い眼をまあるくして、いつまでもあきずに聞くのでした。

ニコレットのいちばんすてきなところは、うつくしい、どちらかといえば陰気でよわよわしくみえる少女でありながら、いざとなると男よりも度胸があって、かっぱつで、どんな高い木へでも、スルスルとのぼったり、ピストルを百発百中に射ったりすることでした。

『乙女の騎士』――ちょうどそんな気がします。だから、小百合は、この旅行中、毎日ニコレットからピストルの射ちかたを教わり、いまではほとんど負けない腕前になりました。

そのニコレットが、ある朝、小百合よりもさきにロバにのって進んでいました。道は二、三日前からジャングルをぬけて、けわしい山路にかかっていましたが、とつぜん、

「あ、湖がみえる！　きれいな湖！」

と、ニコレットがうれしそうにさけびました。

その声に、小百合はじめ、徳三、黒獅子、有田など、みんなが集ってみると、眼の下は、すり鉢のかたちのひろい谷で、その底にエメラルドいろのきれいな湖水がみえていました。ひろさ四十キロ

以上もありそうな、なかなか大きな湖水で、どうもむかしの噴火口のあとらしい。

ふとみると、その岸に土人の村らしい草ぶき屋根がみえるので、まるふた月も人間にあわなかったみんなはおおよろこび。どんな土人が住んでいるかと、ものめずらしさに胸をおどらせ、勇んで、峠をおりてゆきました。

着いてみると、家の数は百軒ぐらいのちいさな村でしたが、土人はごくおとなしい種族らしく、みんなは酋長の家に案内されて、新しい野菜だの、牛乳だのをごちそうになりました。徳三が荷物のなかから土人に気に入りそうなガラス玉の首かざりなどをだして酋長におくると、年とった酋長は大よろこび。家のまえは、いままで外国人をみたことのない村中の人間が、女や子供まで押しよせて、おまつりのようなさわぎでした。

徳三たちはこの村に一週間ほどいて、旅のつかれをやすめながら、あの黄金蘭の咲いているポンゴの国のことを、土人たちにきいてみました。

だが、土人たちはみんなあたまをふって、

「そんな国のことは聞いたこともない」

と答えるのでした。だが、このうわさが村中にひろがると、ある日、ひとりの七十ぐらいのお婆さんが、わざわざ酋長の家へたずねてきて、

「わたしが子供のとき、おじいさんから、一度そんな話を聞いたことがある。わたしのおじいさんの、そのまたおじいさんが、若いとき、遠く山を越え、荒野をこえ、深い森をこえて行ったところ、なんでも大きな湖のなかの島に、黄金の蘭が咲いているふしぎな国へでたと聞かされた」

と、話しました。しかし、それもかぞえてみると、いまから二百五十何年もむかしの話なのですが、それでも徳三は、古くてもこんな話がのこっている以上、きっとそのポンゴの国は、ほんとうにどこかにあるにちがいないといって、ひどくよろこびました。

小百合とニコレットは、そんな話よりも、ひさしぶりでみたきれいな湖水のけしきに夢中でし

た。この山でかこまれた小さな村は、まるでスイスのようなよいけしきでした。

ふたりは、毎日、土人の丸木舟を漕ぎだして、あちらの岸で花をつんだり、こちらの岸で釣りをしたりして、たのしく遊びくらしました。ただ、この湖水にはいいつたえがあって、どんなことがあっても、この湖水のむこう半分へは行ってはならない。行ったが最後、そこの水のなかにはおそろしい悪魔がすんでいて、舟も人も食べてしまうということでした。それと、もうひとつのいいつたえは、これは底なしの湖で、水の底には大きな穴があり、そこではいまもえんえんと火がもえていて、湖水の水はしじゅうその穴に流れこんで、その火を消そうとしてたたかっているとのことでした。

そういわれてみると、この湖水からは一本の河も流れでていません。山のうえから雪解けの水がながれこんだり、長雨が降ったりするのに、どうして、このはけ口のない湖水があふれださないのでしょうか。小百合もニコレットも、舟をこぎながら、それを考えるとふしぎでたまりませんでした。

そのうちにある日のこと、いい天気で、湖水の上にはたくさんのきれいな水鳥が遊んでいるのをみた徳三が、

「どうだ。たいくつばらしに、舟をだして、一日鳥射ちをしようか」

といいだしました。

小百合もニコレットも黒獅子も、これには大賛成で、さっそく七人で丸木舟に食物などをつみこみ、こぎだしました。みんな銃を手にもち、黒獅子はその上にいつもの大まさかりを持ちこんでいました。

青空をうつして、いよいようつくしくかがやく波の上を、たのしく小舟ですべりながら、徳三は、

「なんていい眺めだろう。そしてこの水のいろの青さは！　なるほどこの湖水の底はよっぽど深いにちがいない」

などと感心し、小百合とニコレットは、ふなべ

りにならんで、たのしく『ローレライ』の歌などを合唱していましたが、湖のまんなかちかくにくると、徳三が、

「どうだ。この湖水を思いきってひと廻りしてみようじゃないか」

といいだしました。

「あら、パパ、それはいけませんわ。この湖水は、半分よりさきへ行ってはいけないことになってるのよ。土人たちがおこりますわ」

と、小百合があわてて反対しました。

「悪魔がすんでるというんだろう。アハハハハ、それはいつもの土人の迷信だよ。それを思いきって探検して、かれらにまちがいをさとらせてやるのが、わたしたち文明人の責任だ。ねえ、ニコレットさん、そうじゃありませんか？」

と、徳三が豪傑笑いをしました。

「ええ、そうかもしれませんわね。でも、土人たちのいいつたえには、まだなにかかくれたわけがあるのかもわかりませんから、そう遠くへは行かないほうが……」

と、りこうなニコレットも、そっと徳三をとめようとしました。

「いいや、だいじょうぶ。たかが、むこうの岸がみえている湖水ですもの。ひとつ、これから舟を岸づたいに進めて、ひと廻りしてみましょうよ。そうすれば、流れだす河もないこの湖水が、どうしてあふれずにいるか、その秘密もとけるかもしれません」

徳三はこう、ふたりの反対をおし切って、ふたりの土人に、舟をもっと進めるようめいれいしました。

あとになって思えば、このとき、徳三が、小百合とニコレットの忠告をきいていたら、これからのべるような、身の毛もよだつおそろしい大事件は起らなかったのでした。しかし、このとき、ふたりの少女は、水の上を飛びかわす、名も知れぬうつくしい水鳥にこころをうばわれ、黒獅子と有田は、舟のすみで気持よさそうに、コックリ、コックリいね

むりをしていたので、舟は岸辺づたいに、ぐんぐん禁断の場所ふかくはいっていったのでした。

悪魔の洞穴

舟が進んでゆくと、土人たちの家のあるところをはなれるにつれ、岸辺は、だんだんとけわしい崖になってゆきました。しまいには三、四十メートルもある高い崖が、すぐ水ぎわに立っていて、もう舟を着ける場所もなくなりました。

するど、ちょうど舟が、崖から二キロほどはなれたところを進んでいるとき、ニコレットがふしぎそうにさけびました。

「あら、おかしいわ。あんなに木の枝や流れ藻が、むこうに浮いてるわ。この湖水の水、どこかへ流れてるんじゃないかしら」

「そうだねえ。ことによると、土人たちがきたことのない、こっちがわに、川の口があるのかもしれない」

徳三が、こう答えながら、いそいで銃をとりあげました。むこうに大きい、みごとな白鳥がたくさん泳いでいるので、それを射とうと思ったのです。

ところが、どうもねらいが遠いので、そのほうへ舟を近づけようとしたが、流れ藻があんまりたくさん浮いているので、舟が進みません。

そこで、徳三は、土人にめいれいして、舟を崖ちかくの浮草のないところへ廻らせ、そこから、ズドーンと射つと、みごと一発の弾丸で二羽の白鳥をうちとめました。この音でおどろいた三十羽ほどの白鳥は、そろって羽ばたきをして、逃げだそうとしました。すると、今度すばやく一発はなしたのはニコレット。舞いあがろうとしたほかの一羽が、はねをやぶられてサッと水のうえへ落ちました。徳三は、じぶんが射とめた白鳥を抱いて大得意。

「どうだ、大きいだろう。よくふとっている。目方にしたら三貫五百匁はあるぞ」

といいながら、土人のほうをむいて、

「おい、飛びこんでニコレットさんの落した鳥をひろってこい」

とめいれいしました。

この声に、マナオス港からつれてきた土人の、若いほうのひとりが、いきおいよく水に飛びこみました。そして、上手に抜手をきりながら、浮んだ白鳥めがけて泳ぎだしました。ところが、どうしたのかしばらく進むとその土人は、とつぜん泳ぐのをやめて、

「たいへんだ。なにか、わしをひっぱるものがある。助けてくれ！」

と、さけびだしました。おどろいてみると、その土人は、満身の力をこめて舟のほうへ泳ぎもどろうともがいているのに、そのからだは、ぐいぐい、むこうの崖のほうへひっぱられて行くのです。ああ、この湖水の水のなかには、ほんとうに目にみえない悪魔がすんでいるのでしょうか？

これには徳三も、小百合たちも、黒獅子も、おもわず青くなって顔をみあわせました。だが、捨ててはおけないので、みんなで力をあわせ、舟を流れモのあいだへ進め、だんだん遠くなってゆく若い土人をすくおうと突進しました。

と、そのとき、まえのほうをチラリとみた小百合が、

「キャーッ」

とばかり、世にもおそろしい叫び声をあげました。なんと、舟のゆくさきの高い崖には、高さ二十メートル、幅五メートルもあろうかと思われる大穴が、トンネルのようにアングリ口をあいていました。そして、若い土人はおそろしいスピードで、その穴のなかへぐんぐん吸いこまれてゆくのです。いま土人は穴から五、六メートル、舟は十二、三メートルぐらいしかはなれていません。

だが、徳三たちの舟は、きけんも忘れて、土人をすくうのにむちゅうでした。土人はゆうかんに水の力とたたかっていました。こうして、土人と舟とのあいだが、ぐっと近づき、手をのばせば、

もう、すくいあげられるとみんなが思ったとき、とつぜん、若い土人の顔には、なんともいえぬひきつったような恐怖の表情がうかびました。

と、同時にかれは、みんなの見ている前で、うずまく青い激流のなかに、すがたを消してしまいました。

「アッ」

とおもったとたん、こんどは、徳三たちが、じぶんの舟がまるで、悪魔のものすごい力でつかまれたかのように、ぐいぐいその大穴のなかへ引きこまれてゆくのを感じました。

「たいへんだ!」

「たいへんだ!」

徳三も、小百合も、ニコレットも、黒獅子も、口々にこう叫んで、みんな死にものぐるいで渦まきのそとにでようと、櫂をうごかしてもがきましたが、どうもがいてもだめ。丸木舟は、矢のように、スーッとトンネルに吸いこまれました。

「もうだめだ! もう死ぬんだ」

六人がそろってこうかくごをしました。

と、そのなかで、

「頭をさげるんだ!」

と、大きくどなる黒獅子の声がひびき、みんなは、あわてて舟の底にうつぶせになりました。

とたんに、舟の底が、ガリガリと岩にあたってくだけるような音。つづいて、ザブリと水がふなべりをこえてはいってきました。

「ニコレットさん。いよいよ沈没よ」

「いいわ。いっしょに死にましょう」

ふたりの少女が、目をつぶって、かたくかたく手をとり合ったとき、意外にも船底のくだける音がやんで、今度は舟がふんわりと浮びだしたようです。

ふたりが、こわごわ頭をあげて、あたりをみると、洞穴の入口から遠く射しこむひかりで、頭の上の岩がみえました。まっくろな岩が弓形をしてあたまの上にかぶさっています。しかし、それも、ほんのちょっとの間で、すぐにあたりは、まったくのくらやみになり、舟は、一寸さきもわからないそのやみのなかを、弾丸のように走ってゆくのでした。

「ああ、こわい！　わたしたち、どうなるんだろう？」

「小百合ちゃん、まだ、あたまをあげちゃだめよ。岩でのうてんがくだけちゃうわよ」

こんなことを話しあう二少女のことばも、千の雷が一度に落ちるような水の音で、きれぎれにしか聞えません。

「ほんとにこれからどうなるんだろう？　すぐに岩としょうとつして、舟はひっくりかえるんじゃないか？　それとも、空気がなくなって、みんなちっそくして死ぬのか？」

二少女が、めいめいこんなことを考え、ただかなしく、おそろしくて目をつぶっていると、だれかちかくで、しきりにブツブツいっているのがきこえます。それさえ、ふたりにはきみのわるい悪魔のささやきのようにきこえて、ゾーッとするのでした。

それから、何十分、何時間たったたか。

「小百合さん、水の音がちいさくなったわよ。気をつけて、すこしずつ起きてみましょうよ」

というニコレットの声がきこえたので、小百合はソーッとあたまをあげました。なるほど、たしかに水の音がひくくなりました。これは洞穴がひろさを増して、岩にぶつかる音の反響が、さっきほどひどくないからでしょう。

ふと気がつくと、耳のそばで、だれかが、

「なんまいだー　なんまいだー」

と、むやみにお念仏をとなえている声。声の主は臆病者の有田でした。さっき、悪魔の声かとおもったのは、この弱虫男のお念仏の声だったのでした。小百合はこのおそろしさのなかで、おもわずクスリと笑ってしまいました。

「もう起きあがってもだいじょうぶよ。手をのばしたって天じょうにとどかないわ」

と、ニコレットが、ちいさな声でいいまし

ません。

　そこでふたりは、手さぐりで櫂をとりあげて、高くさしあげてみました。これもやっぱりとどきません。

　そこで、今度は櫂を左右にのばしてみました。だが、それもただ水をうつだけでした。洞穴はものすごくひろくなったのです。

　そのうちに小百合は、ハッと父親徳三のことをおもいだしました。

「さっきからパパの声がちっとも聞えない。どうかしたのじゃないかしら」

　そう思ったとたんに、気がついたのは、昨夜ニコレットと散歩したとき、ポケットに入れておいたちいさな懐中電燈。それをあわててとりだすと、パッとてらした光のなかに、うれしや、徳三の顔がみえました。徳三は、だまってふなべりにもたれ、片手を水に入れて水の速力をはかっていました。そのそばに大男の黒獅子も起きて坐っていましたが、おどろいたことに、かれは、お弁当がわりに舟に積みこんだあぶり肉を、あの大まさかりで、ゆうゆうときざんで、ムシャムシャたべているところでした。

「まあ、あきれた。こんななかで食べてるなんて！」

　と、小百合がおもわずさけぶと、

「でもお嬢さん、わたしらは、これからながい冥土の旅へでかけるんですよ。腹ごしらえだけはちゃんとしておかなければ……」

　と、黒獅子はすましていうのでした。

　徳三は有田をしかって、陰気なお念仏をやめさせ、みんなで心ぼそい懐中電燈の灯をかこんで、これからどうしたらいいか、相談をはじめました。

　まず、さしあたり、二本の櫂を十字に組みあわせて、これを舟のへさきに立てました。こうしておけば、洞穴の天井がきゅうに低くなっても、だれも脳天をくだかれる心配がないからです。

　とにかく、舟のなかの六人が、いま、地面の底をながれている川に、浮んでいることはたしかでした。そして徳三がはかったところによると、舟は一時間に二千メートル以上の速さで走っているのですから、六人はぐんぐん地上を遠ざかって、いま地球の底へ向っているのです。

「ああ、地の底！　地の底！　たしか、パパの探しているポンゴという国は、地の底にあると聞いた。わたしたちは、このままそこへ行くんじゃないのかしら」

と、小百合はふと思いました。

地底の火柱

地面の底を、はてしもなく流れてゆく奇々怪々な川。

そこにうかぶ舟の上で、ニコレットと徳三とが話していました。

「まさか、地の底へむけて流れる川なんてないでしょうから、やっぱりどこかの口へでるとおもいますわ。たぶんわたしたち、この山のむこうがわへ吐きだされるんじゃありません？」

「ええ、そうだといいが、このまま、まっすぐに地面の下へ行って、地下熱のために水が消えるようなことがあったら、それこそわたしたちは地獄落ちだからねえ」

「でも、おかしいのは、これだけ地面の底へはいってきても、空気がいつまでも新しく、さっぱりしてることだわ。これ、どういうわけでしょう？」

「そうさ。湖水の水にたくさん空気がふくまれていて、流れながら岩や石にぶつかり、それがはきだされるんじゃないかと思うけど、とにかく妙だねえ」

舟が洞穴にすいこまれたのがちょうどお昼ごろです。いまはもう午後三時です。それにこの気味のわるい旅行は、あと何時間つづくのかわからないのです。みんなおなかがすいたので、食事をすることになりました。ひとりが、しょうとつしないよう舟のへさきで懐中電燈を照らし、ひとりが舟のともにいて舵をとるようにきまりました。その最初の当番はニコレットと小百合で、ほかの者は食事がすむと、みんな横になってねました。

「小百合さん、どうもおかしいわ」

へさきにいるニコレットがこういいだしました。

「あら、また、おかしいの。なに？」

「なんだか、だんだん温かくなるような気がするわ。地めんの下へゆくんだから、冷たくなるのがふつうだと思うんだけど」

「そう、なるほどそういわれればそうねえ」

「わたし、上衣がぬぎたくなったわ」

こんな会話がとりかわされてから、また三十分ほどたつと、

「あつい、あつい。どうしたんだろう、まるで、トルコ風呂にはいってるようだ！」

と、さけんで、徳三がはね起きました。そのころから、あつさは、一分ごとにひどくなり、黒獅子も有田も、召使の土人も、みんな、

「あつい、あつい」

とうめきだし、そろってシャツ一枚になりました。

しかし、あつさはそれだけではすまず、やがてみんなは、ほとんどまるはだかになりましたが、それでもあつくて、汗は玉のようにながれ、息をするのさえくるしくなりました。このまま、あと一時間も舟が進んだら、六人はむしころされてしまうでしょう。

そのうちに、徳三が手をのばして水にさわりましたが、

「アッ」

といってあわてて、手をひっこめました。水はほとんど、にえ湯のようにふっとうしているのです。気がついてみると、水のひょうめんから、湯気がもうもうとたっています。

「たいへんだ。ほんとの地獄だ。おれたちは、生きたまま、あぶり殺しになるんだ」

おくびょうものの有田は、おおきな泣き声をあげました。

「どうもこの地下には火山があって、舟はだんだ

ん近づいてゆくのじゃないか。とんだことになった」

徳三が、そのふとい眉をしかめて、ためいきをつきました。

なるほど、洞穴のなかはだんだん明かるくなってきました。

懐中電燈のあかりがなくても、ぼんやりおたがいの顔がわかります。だが、金網にのせて火にあぶられるお魚のようなこのくるしみ！　六人のからだからは、もう汗という汗はでつくしてしまいました。これからさき、にじみでるものがあったら、それは血でしょう。

みんなはもう、くたくたになって、舟の底に横になろうとするのですが、その舟の底が、まるで焼き金のように熱いのです。しかたなしに、ぬいだ服を敷いて、その上にすわりこみ、フーフーあえいで、もう死ぬのを待つだけです。

そのうちに、みんなはカラカラになったひふが、ひびわれてくるのを感じ、からだじゅうの血があたまのなかで、エンジンのように鳴りだすのを感じました。

ちょどこのときです。

川のながれがすこし右へ曲ったと思うと、へさきにいたニコレットが、

「キャーッ！」

と、ものすごい叫び声をあげました。

みんながそろってみると、舟のゆくてにみえた、なんともいえないおそろしいけしき！

「なんだ？　なんだ？」

それは一キロほどむこうの川のなかの、すこし左手あたりに、ものすごいまっ赤な火柱が立っています。赤いというよりは、熱が高いのでほとんど白くみえる高さ十五、六メートルの火柱が、水のなかから噴きのぼり、天井の岩にぶつかっているのです。

ぶつかってはねかえったほのおは、また十二、三メートルほどの長さにひろがり、金ののべ板か、大きなハスの花のような形で、落ちてく

るのです。このへんの川のはばは、二十五メートルぐらいで、火柱が水から噴きだす根本のところの太さは、三十センチメートルほどなのに、上にあがるにしたがい、ふとさを増し、それが岩にあたって巻きかえしたすがたは、まるで黒い水のなかから、すばらしくおおきなユリの花が咲きでたよう。

おそろしいことはもちろんですが、その美しさにも、目をみはらずにはいられません。一キロもはなれていても、今や洞穴のなかは、まるで、まっ昼間のように明かるく、高い天井の岩のすじ目まではっきりみえるのです。

しかも、いま、舟はその火柱めがけてまっ直に、矢のように進んでゆくのです。

「小百合さん！　舵を右に！　右に！」

とニコレットが、血をしぼるような叫びをあげました。小百合は、それを聞いて、舵を右にとったことはおぼえていますが、それなり気絶してしまいました。それと同時に、ニコレットも、徳三も、黒獅子も、有田も、召使の土人も、みんな、つぎつぎに舟のなかに倒れてしまいました。

熱地獄

小百合がわずかに目をみひらくと、天井の岩がまっ赤に燃え、湖水でとった白鳥の羽根が、身体のそばでちりちりちぢみあがるのがみえました。舟はいま火柱のすぐそばを通っているようです。

「たいへんだ。どんなことをしても舟をもっと右へやらなければ、みんな死んでしまう！」

と思って、小百合がむりに起き上《あが》ろうとしたとき、ツとじぶんの上を踏みこえて、自分の捨てた櫂をつかんだ人影。

――それはニコレットでした。

「まあ、すばらしいかた！　なんという強い体力！」

小百合がふかく感動したとたん、もう両方のまぶたは焼かれるようで、ひらけなくなりました。

しかも、まぶたを通してもみえるものすごい火焔のあらし！　うずまき！　あッ、いまこそ舟は火柱のすぐそばを通っているのです！　何百という雷が一時に落ちるような猛噴火の音！　地獄の釜がにえたぎるよう。にえくりかえる水の音！　そのものすごさ！　おそろしさ！　小百合は、さしものニコレットが、くずれるように舟の底へ倒れるのをみました。それと同時に、また自分も気をうしなってしまいました……

それからどのくらい時間がたったかわかりません。三度目に小百合が気絶からさめたときには、つめたい風が顔をふいていました。眼をあけようとしてもあかないので、両指で、むりにまぶたをひっぱってあけました。

舟のなかはまっくらです。ちいさい懐中電燈の電池は、もう、とうに切れてしまったのでしょう。でも、そのうちに、ぼんやりあたりがみえだしたので、小百合が顔をあげてみると、遠いとおい天井から、ほのかなひかりが落ちているのでした。舟はまだ川の上を流れています。

その舟のなかのけしきをみて、小百合はギョッとしました。そこにはほとんど、徳三も、黒獅子もみんな、はだかのままでごろごろ倒れています。

「あッ、みんなは焼け死んじゃったのじゃないか？　わたしだけがひとり、このおそろしい地獄にとり残されるのじゃないか？」

そう思ったとたん、小百合は、

「パパ」

と大きく呼んで、父親の徳三のからだをゆすぶりました。

と、徳三はウーンとうめいて気がついたらしく、目を明けようとしてか、しきりに両手でまぶたをこすっています。その声で、ニコレットも、黒獅子も、有田も、みんなムクムクうごきだしました。うれしいことに、だれも死んではいなかったのです。

小百合のそばへすり寄ったニコレットが、

「ああ、のどがかわくわ。もう死にそうよ」

といって、川の水をのもうとして手をふなべりからさしのばしました。

だが、すぐ、

「いたい!」

とさけんでその手をひっこめました。水はもう冷たくなっているのですが、手をやけどしているのです。それで今度は左手をだしてみると、痛いことは痛いが、右手ほどではありません。

それで、小百合とニコレットは、なんばいも手のひらで水をすくって飲めるだけ飲みました。

「さあ、今度はからだよ。ふたりで水の吹きかけっこしましょう」

こういってふたりの少女は水をふくんで、おたがいのからだに吹きかけあいました。おどろいたことに、ふたりのからだは、まるで焼きたての瓦のように、いくらでもジューージューと水を吸いこむのでした。

それから、小百合とニコレットは、水を両手ですくって、まわりの人たちのからだにかけてやりました。そうすると、だれのからだも、みんな海綿のように水を吸いこむのでした。あとでわかったのですが、この火山の熱では、からだが大きい人ほど弱ったのでした。いちばんじょうぶな黒獅子などが、いちばんへたばったようでした。

やっと、人ごこちがついて、みんなが起きあがると、今度はきゅうにゾクゾク寒くなり、そろって上衣を着ました。

「やあ、ひどいもんだ! このふなべりをみなさい」

と、徳三がびっくりして叫びました。みんなが指さされたところをみると、舟べりは、まるで炭のように黒くこげ、舟ぜんたいにも、こまかくヒビがはいっていました。

「よかったよ。この舟が丸木舟だったから、わたしたちは助かったのだ」

これは、土人が一本の木をほりぬいてつくったものだからねえ。もしこれが、あたりまえの板を組みあわせた舟だったら、とうに板と板とのあいだがはなれて、沈没するところだったよ」

と、徳三が、身をふるわせて説明しました。

みんなはゾッとして、自分たちが髪ひとすじで死をまぬがれたことを思いました。たしかに、いま通ったのは、おそろしい川底の噴火口だったのです。

「ごらんなさい！　わたしたちのいるところ、もう洞穴のなかじゃないわよ。あんな上に空がみえるわ」

とニコレットが、気がついたように叫びました。みんながそろって見あげると、なるほど、川はもう洞穴のようではなく、高い崖と崖とのあいだをながれているのでした。

だが、その両岸の崖の高さ！　それは、七、八十メートルぐらいもあり、そのうえに、かすかに、すじをひいたように青空がみえているのでした。だから日の光が落ちてきても、じゅうぶんとどかず、舟のなかはくらやみどうようなのです。

みんなは、そのうす闇のなかで、左右の崖のようすをよくしらべてみました。と、それは草一本生えていないまっ黒な岩石で、ただ、そこここの岩角に長い灰いろのコケが、死人のあごに生えたひげのように、きみわるくぶらさがっているのでした。

そのうち左岸に、崖がくぼんで、おおきな石がたくさんかさなっているところがみえました。そのなかに、二メートル四方ぐらいなたいらな石のあるのがみえたので、徳三が、

「どうだ。舟をあの岸へつなごうじゃないか。そして、しばらく、石のうえで手足をのばそうよ」

といいだしました。

小百合やニコレットは大賛成で、力をあわせて舟をその岸につけました。それから水にさらわれてはたいへんと、舟を岩のあいだにソロソロ引きあげておいてから、みんなで、岸にあがりました。と、はじめて、だれもひどくお腹がすいていることに気がつきました。

「まだ、なにか食べるもの残っているかしら？」

こうつぶやいて、小百合が舟のなかをさがすと、やっと、ひとり分のほした肉と、それから、トウモロコシでつくったパンが残っているだけでした。それを見て小百合が、がっかりして悲しそうな顔をすると、

「お嬢さん、これがありますよ」

と、黒獅子が二羽の大きな白鳥をだしてみせました。これは洞穴に吸いこまれるまえ、みんなが湖水でうちとめたものでした。

ところで、まっさきに大岩の上にのぼって立ったニコレットは、あたりを見廻すなり、ゾッとしたように、

「まあ、なんて、おそろしいとこでしょう。まるで悪魔の国だわ！」

とさけんで、ヒステリックな笑い声をたてました。と、どうしたのでしょう。たちまち、ニコレットの声を百倍にしたような大きな声が、雷のようにとどろきわたりました。

「まあ、なんて、おそろしいとこでしょう。まるで悪魔の国だわ！　ヒッ！　ヒッ！　ヒッ！」

そして、みんなが、あっけにとられているあいだに、またも遠くの岩のかげから、おんなじ声。

「まあ、なんて、おそろしいとこでしょう。まるで悪魔の国だわ！　ヒッ！　ヒッ！　ヒッ！」

それがなお、三度も四度も、いくぶん低目ではあるがいつまでもくりかえされます。まるで岩の蔭《かげ》にほんとうに悪魔がいて、人間をあざ笑っているようです。

「やっ、なんだろう、あれは？」

と、おくびょうものの有田が、おどろきで腰をぬかしそうになりながら叫びました。

と、またしても、

「やっ、なんだろう、あれは？」

「やっ、なんだろう、あれは？」

と、三重にも四重にもその声のまねをするものがあります。はじめての声は、雷のように大きく、二度目のは低いふるえ声。しまいになるほどその声はほそく、まるで泣いているようにきこえるの

でした。

　ああ、人間世界を遠くはなれた、うすくらがりのこの魔境で、だしぬけに聞いたこのあやしい叫び！　みんなが、おもわず顔を青くするなかで、今までだまっていた黒獅子が、きゅうに叫びました。

「悪魔だ。悪魔だ。ここには悪魔のやつが住んでいるのだ。おれにはちゃんとわかるぞ！」

「おい、黒獅子！　あれは悪魔じゃないよ。山《やま》彦《びこ》っていうもんだよ！　声が、岩から岩へとぶつかっていくつにも聞えるんだよ！」

　と、徳三がそばから説明しましたが、インディアンの黒獅子には、そのりくつがわかりません。

「はい、山彦なら知っています。わしが生れた村の谷間にもありました。だが、それは子供が呼ぶときに返事をするこどもの山彦でした。

　だが、ここのはちがいます。おとなの山彦で、たしかに生きてる悪魔です。だが、やつ、おくびょうで、声ばかりで、いっこうでてきませんや。でてきたら、おれがひとうちで殺してやる」

　こういって、黒獅子はいつもの大まさかりをかたくにぎりしめるのでした。

　山彦がいやさに、みんなは、岩の上で、ごく低い声で話しあいました。

　それでも――どんな小さな声でも、この谷間では山彦が起るのでした。一言ひとことが、まるでテニスのまりのように、こっちの谷からあっちの谷と投げられ、投げもどされ、おしまいが、糸のようなほそいすすり泣きのようにきこえるのでした。それで、しまいには、みんな不愉快になって、だまりこんでしまいました。

　さて、まっ平な大岩の上で、コックの有田が白鳥の料理をすることになりました。

　まず火を起すために、そこらに木ぎれでもないかと、有田がさがしまわりましたが、ここには木の葉いち枚落ちていません。そこで、しかたなく、白鳥を生のまま、ソースをかけて、みんなでたべることにしました。

「おい、有田！　その白いあぶらのところだけはべつにしといてくれ。しぼれば油の代用になる。電池は切れたし、舟がまた洞穴にはいると、あかりがいるかもしれないからな」

と、徳三が、ナイフをうごかす有田に、こう声をかけました。

さて、白鳥のおさしみができあがると、六人は輪になってそれをかこんで食べました。それは、さみしいとも、ものすごいとも、なんともいいようのない食事でした。

両側は目もとどかないような高い岩の崖。きこえるものは岸をあらう川波の音だけ。しかも、あたりはうすぐらくて、肉をつまむ指さきも、ハッキリみえないほどです。

しかし、お腹がすききった六人には、ソースをつけただけの、この白鳥の生肉が、どんなぜいたくなお料理よりもおいしくおもわれました。

しばらくして食べおわると、お腹がはった六人には、おどろくほど新しい気力がでてきました。

「パパ、これからまた川を下って行ったら、わたしたちは、いったいどんなところへ出るんでしょうね？」

と、小百合が、岩の下のながれを不安そうにみつめながらいうと、

「そうだね。もう火に焼かれて死ぬようなことはあるまいが、どんな者が住んでいる国へ行くことやら」

と、徳三も、気持がすっかり沈みかえっているようでした。

「でも、あなたのパパのほしがっている黄金蘭の花も、わたしのなつかしい母も、みんな地の底の国で待っているのよ」

と、ニコレットが、そばからふたりに力をつけるようにいいました。だが、そういうかいわないうちに、

「キャーッ！　あッ、へんなものがいる。へんなおばけが石のあいだから歩いてくる！」

と、ニコレットがさけんで、飛びあがりました。

大ガニのむれ

ニコレットが、大声をあげたので、小百合と徳三もびっくりして立ちあがり、大石のあいだをみると、そこにいるのは、今までにみたこともない大きなカニ――小猫ぐらいの大きさで、とびだしたギョロギョロ眼でこちらをにらみつけていいます。

長いひげを動かして、大きなハサミをふりあげたそのきみのわるさ！　ふたりがゾーッとして立ちすくんでいるあいだに、おなじようなばけガニが、何匹も、ゾロゾロ岩のかげからはいだしてきました。

「ああ、こわい！　きっと、いまたべた鳥の肉のにおいをかぎつけてきたのよ」

と、ニコレットが、肩をふるわせていいました。

このあいだに、すこしはなれたところにしゃがんでいた若い土人のトヨミは、だしぬけにうしろから腕をはさまれたらしく、

「ギャーッ」

と飛びあがりました。その声が、また山彦となって、谷から谷へものすごくとどろきました。

こうなると、六人は総立ちになりましたが、はいだしてくるカニの数は、五ひきが十ぴき、十ぴきが二十ぴきと、みるまに数を増して、めいめいに、風船玉のような泡をふきながら、そこに落ちている白鳥の骨と皮の、ものすごいうばい合いをはじめました。

これをみたニコレットと小百合は、おそろしさに大岩からすべりおりました。

おくびょう者の有田も三番目に逃げようとしましたが、これはとちゅうで、大ガニのはさみで右足をはさまれ、

「助けてくれェ！」

と、大声をあげました。

これをみた黒獅子は、かけよって、いつも手離

さぬ大まさかり『娘大将』をたかだかとふりかざし、力いっぱいその大ガニのこうらの上にうちおろしました。これで、鉄のようなばけものガニのこうらもみじんにくだけましたが、その音のこだまが、また、なん百のかみなりが一時に鳴ったように、谷じゅうにひびきわたりました。

ところが、このありさまをみた、大ぜいのばけものガニは、今度は、そろってころされたカニのしがいのうえに襲いかかってきました。

口々にまるい泡をふき、きみょうな、ガサゴソという音をたてながら、自分の友だちのしがいにたかって、はさみでそのカニをちぎってたべる、かれらのむごたらしさ、きみわるさ。はさみの鳴る音、はいまわる音、プツプツ泡をふく音、それがこの地獄のような谷間に、みんな山彦となってひびきわたるいやらしさ！

「おい、はやく舟へ帰ろう。グズグズしてると、おれたちも食いころされるぞ」

徳三がたまりかねて、こうどなったので、みんなはわれさきに岩のあいだを走りおり、つないであった舟をひっぱりだしました。

「あら、もう一羽の白鳥がないわ」

やっと舟が河のまんなかへすべりでたとき、小百合が気がついてさけびました。徳三が舟のなかをみまわして、

「そうだ！　じゃあ、あのばけものガニは舟のなかまではいってきたのだ！」

と、おそろしそうに首をすくめました。

「それじゃもう食物はひとつもなくなっただ。これからさきは水だけだ」

と、黒獅子がかなしそうにさけびました。

岸のほうをふりかえると、ばけものガニの数は一そうふえたらしく、まっ黒になって岩の上をうごいているのがみえました。まだ、白鳥の骨をしゃぶり合っているのでしょう。

そのあいだに舟のへさきに立った小百合は、不安そうに、

「パパ、これからわたしたち、どうすればいいん

でしょう」

と、徳三にきいていました。

「もうこうなったら舟のながれる通りに行くよりほかないさ」

と、徳三がためいきをついてこたえました。

それから、六人をのせた丸木舟は、何時間、高い崖と崖のあいだをながれつづけたでしょう。やがてその日もくれて、はるか遠い空の上にきらきら星がひかりだしました。

「あら、星がでたわ。きれいな星！」

ニコレットと小百合とはおもわず声をあげて、ほかになんにもみるもののない川の上ですから、ふえてゆく星の数をたのしみにふたりがかぞえていると、まもなく、星はパッと消えてしまい、ながれの音が急にまた大きく鳴りだしました。

「ヤッ！　川がまた地面の底へはいったんだ。また地獄の旅だ」

と、徳三が、がっかりしてさけびました。

川はほんとうにまた、地面の下へもぐりこんだらしいのですが、もう懐中電燈の電池もなく、ロウソクをつくろうと思った、白鳥のあぶら肉も岩の上においてきてしまったので、六人はただ、まっくらな舟のなかにすわっているよりほかありません。それで今度は、徳三と黒獅子が起きて番をしたり、舵をとることになり、ニコレットと小百合は、抱きあったまま舟底で眠ってしまいました。

どのくらいたったでしょう。しばらくして、

「あら、なにか顔にさわったわよ」

「わたしもよ」

ねむっていたニコレットと、小百合とが同時に起きあがって、こんなことをさけびあいました。舟のそとはまだまっ暗でした。そのうちに、

「あッ！　木の枝よ。わたしたちヤブのそばを通ってるのよ」

と小百合が、またさけぶと、

「風がつめたいわ。ああ、とてもいいきもち。わたしたち、きっと洞穴のそとにでたんだわ」

と、ニコレットがうれしそうにいいました。

「そうだ、どうやら地の底をぶじにくぐりぬけて、ぼくたちはさっきから、どこかの国に浮びでたらしいんだ。だが、まだ暗いのでいっこうけしきがわからない」

　徳三の声がへさきのほうできこえました。徳三もひどくうれしそうに声をはずませていました。

　どこにいるのだかわからなくても、とにかく、新しい空気をすうだけでもいい気持です。ニコレットと、小百合は、もう、うれしくて、深呼吸をしたり、大きくのびをしたりして、夜の明けるのを待ちました。黒獅子も、有田も土人のトヨミも、みんないそいそしていました。

　やがて一時間ほどたつと、東の空がボーッと灰色になり、あたりには白いモヤが立ちはじめました。太陽をむかえて、川から水蒸気が立ちのぼるのです。

　まもなく、灰いろの空がうす紅いろになったかとおもうと、たちまちまっ赤になって、東の山の上から、うつくしい金いろの光線が、サーッと舟の上に落ちてきました。これで、六人は、はじめて頭の上に青空を仰ぐことができましたが、水の上のまっ白なモヤはなかなか消えず、まだ、あたりのけしきを眺めることができません。それでも、どうやら、じぶんたちの舟が浮んでいるのは、ひろい湖水の上らしいことだけわかりました。そのうちに、船尾のほうのモヤがわずか《ママ》晴れたのでふりかえると、はるか二、三キロもはなれたところに、びょうぶのように立ったたかい崖がみえ、そこに洞穴が小さくみえていました。

「ああ、あれだ。ぼくたちはあの洞穴をぬけてきたのだ。それにしても、よく、生きてここまでこられたもんだなあ」

　と、徳三が、今さらのように身をふるわせました。と、このとき、

「あッ！　あそこに、なにか気味のわるいものが！」

　と、さけんだのは、ニコレットでした。みると、なにか白くながいものが水のうえに浮んでい

ます。そこへ舟を近づけてみると、それは人の死骸でした。

「おや？」

といって、黒獅子が櫂のさきでその死骸をうらがえしたとき、六人はおどろいて総立ちになりかけました。

からだは焼けて、皮がむけて、ほとんど白人のようになっていますが、その顔にははっきりと見おぼえがありました。召使の土人のひとりです。

今から二日前、この丸木舟が洞穴に吸いこまれるすぐ前に、白鳥を追って水におぼれた若い土人のワカヒです。

二日間の地底旅行のあいだ、この死骸は、あとになり、さきになり、この舟といっしょに流れてきたのにちがいありません。

「まあ、かわいそうに、ワカヒだわ」

と、小百合が涙ぐんでつぶやきました。

「よかった。ぼくたちだって、舟が途中で沈没したら、おんなじすがたになってるところだった」

と、徳三がおそろしそうにつぶやきました。

だが、ワカヒの死骸は、向きをかえたために、こもっていたガスをはきだしたものとみえ、みんなが、いのりのことばをとなえているうちに、はやくも水の底に沈みはじめました。

そして二分とたたないうちに、すきとおった湖水の底にまったく姿を消してしまいました。

やがて、あたりに立ちこめた白いモヤはきれいに晴れあがり、景色がはっきりみえだしました。大きな岬が湖水につきだしていて、いちめんにひろいアシの原——舟はアシのはえていない左手の水に浮んでいるのでした。

「やあ、村がみえるよ。あそこの岸に村がみえる」

と、徳三が左の方を指さしました。なるほどその方角に、こ高い丘がみえ、湖水の岸からその丘へかけてだんだんになって、草ぶきの家が立ちならんでいます。

「まあ、地面の底の、こんなところにある村！いったいどんな人が住んでるんでしょう？」

と、ニコレットがきみわるそうにつぶやくと、有田が、

「お嬢さん、住んでるのはきっとばけものですよ。昨日みた、ばけもののガニそっくりの顔をしたやつでしょうよ」

と、首をちぢめていったので、気のつよい小百合までが、

「まあ、こわいわ」

と顔いろを青くしました。

「ばかな！　そんなことはあるまいが、どうもおかしいね。どの家からもけむりがでていないし、それに人のかげらしいものがさっぱりみえない。なんだか、空家の村みたいな気がするね」

と、徳三がいいました。

そのうちに、岸のほうをみていた小百合が、

「あら、やっぱり人が住んでるのよ。あの木の下にふたりでいるのは子供じゃなくって？」

と、さけびました。

なるほど、舟がだんだん近よってゆくと、岸にならんでしげっている大きな川ヤナギの木。――その下に、ふたりの土人の子供らしいのが、湖水に糸をたれて、釣りをしているのがみえました。

「そうだ。子供がいる。子供がいるところをみれば、まんざら空家の村ではなさそうだ」

と、徳三は、ジッとその方をみていましたが、きゅうに顔いろをかえて、

「や、たいへんだ。あのヤナギの木の枝にぶらさがっている黒い太いもの。あれはアナコンダじゃないか？」

とさけびました。アナコンダというのは、南アメリカにすむおそろしい大蛇です。

みんなが見ると、その樽ほどのふといアナコンダ蛇は、枝からヌラリとぶらさがり、そのおそろしい鎌首を、ちょうどふたりの子供の頭めがけてさしのべているところでした。

「あッ、あぶない。はやくどうにかしなければ！　たいへん！　たいへん！」

小百合がじだんだを踏みました。そして子供た

ちにしらせようと大きな声をあげました。

「あぶないわよ！　たいへんよ！　大蛇がねらっているわよ」

その声にふたりの子供は、びっくり顔をあげて舟をみました。だが、ことばがわからないので、キョトンとして、ただとつぜんあらわれた舟をみつめているだけです。

このとき、すばやいはたらきをしたのが、ニコレットでした。このうつくしいフランス娘は、いそいで舟底にあった猟銃をとりあげると、みんなの気のつかないうちにピタリとねらいをさだめ、ごう然一発、ヤナギの枝の大蛇めがけてうちはなしました。と、湖水いちめんにとどろきわたったった大きなこだまといっしょに、弾丸はみごと命中！赤いほそい舌をペロペロとだして、いまにも子供におそいかかろうとしていた大蛇はあたまをうたれ、枝の上でくるりくるりと身をよじらせ、のたうったとみるまに、ザブンと湖水に落ちこんでしまいました。

「うまいわ！　じつにうまいわ！」

小百合がうれしさに、こうふんしながら手をたたきながらさけびました。

徳三も黒獅子も、今さらのように、ニコレットの射撃のうまさに目をみはりました。

みると、びっくりしたふたりの子供は、悪い夢でもみているかのよう、湖水に浮いた大蛇の死骸を、尻もちついて眺めています。

と、このとき、おもいもかけぬことが起りました。

バラバラと黒い人影が、丘にたっている家いえのあいだからあらわれ、それが岸にあつまると、キチンとした列をつくってならびました。その数は五十人ぐらい。みんな鳥の羽根のついた兜をかぶり、投槍を持ち、楯を抱いた土人の兵士です。その隊長らしいのは、白い髭を長くはやした片目の老人で、ふたりの子供を手まねきすると、なにかようすを聞いているようでしたが、やがて湖水に浮んだ大蛇の死骸をみると、ひどくおどろいたふうをしました。

そして兵士たちになにかめいれいすると、兵士たちはいっせいに持った槍を、地面の上におきました。これは土人のあいだで、

「われわれは戦争しない。あなたがたを歓迎する」

というしるしなのです。

やがて、老人はいっそう岸近く進むと、にこやかな顔で、

「さあ、お上りください」

というような手まねをしました。

どうなることかと心配していた、徳三たち六人は、これでホッと安心し、さっそく舟を岸につけました。そして五分後にはその老人に案内されて、丘の中腹にある一軒の家のなかにはいりました。

土人のトヨミに助けられて、徳三がブラジル語で、なによりもさきにこの老人に頼んだことは、

「なにか食物をください」

ということでした。それほど六人のお腹はペコペコにすいていたのです。

やがて老人の心づくしで、六人は黒い木でできた丸テーブルにむかいました。そこには、とても香のいい野菜の葉につつまれた山羊の肉、川魚のさしみ、トウモロコシでできた焼餅などの料理がならべられ、赤いいろのお酒までそえられていました。六人は、思わぬごちそうに大よろこび、みんな舌づつみをうって、満足するまでたいらげました。

この食事のあいだ、老人は、みんなが壁に立てかけておいた銃を、めずらしそうに、また、きみわるそうに眺めまわしていました。土人の兵士たちも、かわるがわるコソコソ顔をだしては、銃ばかり眺めています。この国の土人たちは、銃をみたのは今日がはじめてらしく、だれも、さっき遠くから大蛇をころしたのをみて、よほどこれは奇妙ふしぎな、魔法の棒にちがいないと思いこんでいるようでした。

食事が終ってから、徳三と老人の片言まじりの会話がはじまりました。それでだんだんにいろい

ろなことがわかりました。

　この老人はこの国の王さまの伯父さんで、テリケというひとでした。そして、さっき、あやうく大蛇に呑まれようとしてニコレットの射撃で助けられたふたりの子供は、このひとの子供たちだったのでした。それで、老人は、うれしさ、ありがたさのお礼に六人を歓迎してくれたのでした。

「ところでこの国のなまえはなんというの？」

と、徳三がたずねると、老人は、白い髭をしごきながら、

「マミ」

とこたえました。それを聞くと徳三の顔色がサッとかわりました。

「えッ、マミの国〔？〕それではポンゴという国は？」

「ポンゴは、この湖水の西のはてじゃ。だがあなたはどうしてそんな国の名を知っていなさる？」

　老人も、ひどくおどろいたふうで問いかえしました。

　だが、徳三はこれにはきゅうに答えず、そばにいるニコレットや小百合や黒獅子たち〔と〕だまって顔をみあわせました。

　ああ、この感動をなににたとえましょう！　とうとう六人は、長いあいだ夢みていた、秘密の国ちかくたどりついたのです。

　メーボン牧師から聞いた地の底の国――地球上に二つとないめずらしい黄金いろの蘭の花が咲き、白い神秘の女神がその花守をつとめ、また悪魔のような大ゴリラが、生きた神とまつられているポンゴの国を眺める土地についたのです。

　やがて徳三はおもむろに口をひらき、自分たちが、そのポンゴの国を探検したさに、いのちを賭けて、はるばるアマゾン河をのぼり、ここまでたどりついたことをテリケ老人に話しました。

　すると、老人は、とんでもないというふうに、手を大きくふってその話をさえぎり、こんなふうにいいだしました。

「ポンゴへ行きたいなどとはめっそうもない話

じゃ。この湖水の岸には、もと、栄えたわたしらのマミの国があった。それがいまではだれひとり住む人もない、こんな荒れさびれた土地になっている。

これをなんのためだと思いなさる。みんなポンゴの悪魔のしわざじゃ。ポンゴの人間はみな生《うま》れつきの悪魔で、魔法使いじゃ。島にすんでいるおそろしいゴリラが、やつらの守り神で、それにいけにえをそなえるため、やつらは春と秋の二回に、きまってこのマミの国をおそってくる。

そして男でも女でも、老人でも子供でも、手あたりしだい、舟にのせてさらって行くのじゃ。それがおそろしさに、マミの王さまは、とうとう、都を、ここから三日もかかる山のうえにうつしてしもうた。

いまここに残っているのは、見はりの番小屋だけで、この家がその見はり小屋。いるのは、わしとふたりの子供と五十人の兵隊だけじゃ。

それほどにおそろしいポンゴ。――その国の人間は、人間でいながら人間の肉を食うのを、なによりのたのしみにしている鬼どもなのじゃ。とんでもない。ポンゴの国へゆくなどというりょうけんは、今ここできっぱりお捨てなされ。さもないと、あんたがた六人は、こちらから進んで、じぶんをむざむざと人鬼どものえじきにするだけじゃ」

かねて覚悟はしていたのですが、眼の前でいま、テリケ老人からこの話を聞くと、徳三も、小百合も、ニコレットも、さすがにゾーッとおそろしさが身にしみて、思わず顔をみあわせました。

と、テリケ老人は、立ちあがって、湖水にむかった窓をひらき、

「わるいことはいわぬ。せめて、ここから、そのポンゴの島のかげだけみて、ゆくことは、もうあきらめなさい。それ、あの湖水のはるかむこうに、遠くうすくみえているあれが、悪魔のすむ国なのじゃ」

と指さしました。

徳三たちが、そろって立ちあがり、老人の指さしたほうをみると、青あおとしてはてしもない、湖水の西のほうは、どこまでつづくかわからないほど、いちめんのアシにおおわれ、その遠いはてに、うすぐろい森のようなものが、かすかにポツンとみえていました。

ポンゴ国の使い

ああ、世のなかには、思いがけぬできごとが降ってわいたようにおこるものです！

小百合やニコレットたち六人が、マミの国へたどりついて、二日間、そこで旅のつかれをやすめていますと、三日目の朝はやくでした。六人が泊っている小屋のまわりで、ガヤガヤと、人のさわぐ声がきこえます。なにごとかと思っていると、そこへ、テリケ老人がとびこんできて徳三にいいました。

「うわさをすれば影というが、あなたの行きたがっているポンゴの国から、けさ舟がやってきましたわい」

「それは、たいへん、いそいで戦争のしたくをしなければ」

徳三がとびおきて、猟銃に手をかけました。

黒獅子もいそいで大まさかりのあるところへとんで行きました。だが、テリケ老人はあわてて手をふって、

「いや、いや、戦争のひつようはなさそうです。わしらも舟がみえたとき、さっそく軍勢をととのえて、岸にでばったのじゃが、上陸したポンゴ人はわずか五、六人で、しかもじぶんたちはこんどマミとポンゴ両国のあいだに、平和をまとめる使いとしてきたのだというのです。

それで、わしらはこれからその使いにあうのじゃが……どうです、あなたがたも出席してみなさらぬか」

これをきいた徳三たちは、なんというよい機会

がきたものだろうと、よろこび勇みました。

そしてまもなく、その会議場へ行ってみますと、ひろい板小屋のなかに、テリケ老人をとりまいて五十人のマミの国の兵隊が、羽根カブトいかめしくズラリとならんでいました。

徳三たちが、そのうしろにたって、ようすをみていますと、やがてポンゴの国の五人の使者が案内されて、しずしずとはいってきました。

みると、その人たちは、このへんの土人たちとは、まるで人相骨がらがちがって、背はずばぬけて高く、色は浅ぐろく、みんなととのったりっぱな顔をしており、みなりは、ちょうどアラビヤ人のような白いアサのながい衣裳をきています。

だが、この五人のようすには、どこか地の底からでもでてきた幽霊のような、陰気で、うすきみのわるいところがあり、一目みるなり、小百合やニコレットはゾーッとして、背すじから水をかけられたような気がしました。

五人はテリケ老人をみると、手に持った槍を足もとへおき、両腕を胸のところでくんで、おごそかにおじぎをしました。

「あなたはどういうひとで、なんの用でみえられたかの?」

と、テリケ老人がたずねると、なかでいちばん若い、キラキラひかる眼をした男が、

「わたくしはコンバといって、ポンゴの国では神にえらばれたものが、まずコンバとなり、それから、カルビという名をもらって国王になるのです。

それで、わたくしは、四人の召使をつれて、あなたの国と、わたくしたちの国とのあいだに、平和をむすびたくまいったのです」

「なるほど……。だが、あなたの国にはカルビという王のほかに、もうひとり、モトンボという王さまがあるときいたが……」

「はい。よくごぞんじで。そのとおり、ふたりの王さまがあります。そのなかで、カルビは人民をおさめるあたりまえの王さま。モトンボは、魔法の王さまで、これは人民たちでさえめったに顔を

みたことがありません」

「なるほど。だが、知ってのとおり、あなたの国の兵隊は今日まで何十年となく、わたしの国へだしぬけにおしかけてきては、人間をさらって行き、そして神さまにささげるのだといっては、みんな殺してたべてしまった。それが、どうして、こんどきゅうに平和の約束をしようなどといいだすのだ。あなたの国の人たちは、みんなおそろしい人食い人種だというではないか」

テリケ老人が、こうはげしくとがめるようにいうと、若いコンバは、いくぶん顔いろを青くしてこたえました。

「いいえ。わたしの国の人間は、けっして人食い人種ではありません。かれらはただ神が、『たべろ』と、命令した人間だけたべるのです。人をたべるのは、わたくしの国の、ひじょうに神聖な儀式であります」

「その神というのは、秘密の島に住んでいるあの大猿のことだな?」

と、テリケ老人が突っこむと、若いコンバは、ブルブルとからだをふるわせ、いそいでテリケ老人の口をふさぐように、りょう手をのばして、

「いけません。そんなおそろしいことをいうと、ばちがあたります。知りません。わたしは、ポンゴの神の秘密など、しゃべることをゆるされていません」

と首をすくめました。

そのあと、コンバという男が、テリケ老人に語ったことは、だいたいつぎのようなことでした。

いかにも、いままでポンゴの国の兵隊たちが、マミの土地へ、いけにえをさらいにきたことはわるかった。そのかわり、その反対に、マミの国の岸の近くに魚をとりにきたポンゴの漁師たちも、みんなたいていマミの国の兵隊たちに殺されている。

しかし、考えてみれば、湖水をはさんでおたがいに隣りあっている二つの国が、こう、いつまでも、いがみあっているのは、両国に損であるとと

もに、いつまでも気まずい思いがつづくばかりである。

　だから、こんど平和の約束をとりかわして、おたがいに殺しあわないようにしようではないか。

　もちろん、そうなれば、これからはポンゴの国の船が、神にささげる人間を、マミの国へさらいにくるなんてことはぜったいにない。

　それで、けっきょく、だれかその平和の約束をきめる使者を、至急この国からポンゴによこしてもらいたい。

　というのが、この使者のいい分でした。

「なるほど、話はわかった。だが、話がすこしうますぎるな。わしにはなにか、この相談のうらにわながあるような気がする。

　わしの国が、こんど都を山のうえにうつしたので、人間の生捕りが少々むずかしくなったから、そんなことをもくろんできたのではないかな？」

　テリケ老人は、うたがい深そうな眼でジーッとコンバをみつめてこういいました。

「いいえ、けっしてそんなことはありません。それで、ほんとうは、ポンゴの国のふたりの王のどちらかが船でこちらへきたいといったのですが、ざんねんながらポンゴの国の掟では、王と名のついたものは、生涯、ちょっとでもその国を離れてはならないことになっています。それで王のあとつぎのわたしがまいったのです」

　と、コンバは力づよくこたえました。

　羽根カブトをつけ、ヤリを持ったマミの兵隊たちは、それでも信じられないような、なにか不安そうな顔をして、若いコンバをみつめています。

　かつて、じぶんたちの両親や友だちたちが、ポンゴの兵隊たちにいけにえとしてさらわれてしまったことを思い出しているのでしょう。

「では、とりあえず使いをだして、このことを山の上の王さまに申し上げて意見をうかがい、わしらもよく相談して明日までに返事をすることにしよう」

　と、テリケ老人は、さいごにこうあいさつし、この日の会見はひとまず終《おわ》りました。

テリケ老人の話

「ねえ、あなた、あの昼間のポンゴの使いの話どう思って？　あの人たち、みんなりっぱな体格しているけど、みょうに、目つきがキョロキョロして、ちょっと気ちがいじみてるような気がしない？　あんな人たちの住んでる国へ行くなんて、ずいぶんこわいと思わない？」

小屋の窓で、夕ぐれの湖水をみていた小百合が、こうニコレットに話しかけました。小屋には、先日ニコレットがいのちをすくった、テリケ老人のふたりの子供があそびにきていました。見わたすかぎりアシの葉におおわれた湖水の西のはて——ポンゴの国のあたりには、いま燃えるような夕日が沈みかけていました。

「でも、わたしは行きたいわ。お母さんが生きているかも知れないんですもの。さっきのような話をきけばきくほど、そんな国でお母さんがどんなくらしをしていらっしゃるかと、おかわいそうでどうしても行きたいわ」

「でも、あそこにいる白い女神があなたのお母さんだなんて、ほんの想像だけかもしれないわよ。しかし、あなたがあそこへ行ったら、あなたの命があぶないことは事実よ。想像と事実をとりかえっこするのは、わたし、どうかと思うわ」

「じゃ、あなたのパパさんはどうなさるかしら？　ここまできて、こわいからといって黄金蘭の花のこと、おあきらめになるかしら」

「さあ、パパはがんこだから、やっぱりあきらめないでしょうね」

「それなら、わたしとあなたのパパだけ行けばいいわ。あなたは黒獅子や有田と、ここで待ってらっしゃいよ」

「そんなわけにはいかないわ。いままではあなたもパパもおんなじ、わたしにとって、とてもだいじな離れられないひとよ。あなたとパパが行くときまれば、もちろんわたしもいっしょに行くわ。いっしょにくろうをして、まさかのときにはいっしょに死ぬわ」

ふたりの少女がこんな会話をしているところへ、テリケ老人が、兵隊をお供にやってきました。

「老人、王さまのお返事はどうでした？　ポンゴの国へ行くことはどうきまりましたか？」

と、見るなり徳三がしんぱいそうにたずねると、

「王は万事わしにまかすとのご意見じゃ。それで行くとなれば、だれよりも、まず王の伯父であるわしがさきだちでいかねばならぬ。

ところで、二つの国のあいだにほんとうに平和が結ばれるなら、わしが危険をおかすぐらいのことはなんでもないのじゃが、まえにもいったとおり、ポンゴの人間は、みんなそろってよこしまな悪魔のこころを持っている。どう考えても、こんどの申し出は、わしらをだましていけにえにするペテンとしか思われぬのじゃ。というのは、じつはこのわしは、若いときに一度、あの悪魔の国にさらわれて行ったことがあるのじゃ」

「えッ？　あなたがポンゴの国へ？　それはどうして？　いつのことです？」

と、徳三がおどろいてききました。

テリケ老人は、白い長い髭をしごきながら、みんなの顔をみまわして、

「それにはわしのこの片目がしょうこじゃ。わしはその悪魔の国で、だいじな右の目をなくしたのじゃ」

テリケ老人の話によると、今から五十年前、老人がまだ十二才の少年だったころ、湖水のアシのしげったなかでひとりで釣りをしていると、とつぜん丸木舟にのった背の高い男があらわれ、テリケ少年はポンゴの国へつれて行かれました。そしてそこの大きい町で、しばらくだいじにされ、おいしいものをうんとたべさせられ、ふとらされたあげく、ある晩奇妙なところへ運ばれました。そこは大きな岩の洞穴の入口で、怪物のような老人

がすわっており、それをとりまいて、白い衣裳をきた大ぜいの人が、悪魔にささげる踊りをおどっていたのでした。

「わしは、そのばけ物のような老人から、明日の朝になったら殺され、料理されて、みんなにたべられるのだといい聞かされた。それで、わしは恐ろしくてただもうブルブルふるえていると、ふと洞穴のそとが沼で、そこに一そうの小舟がつないであるのが目についた。それで、わしは夜中、みんなが寝しずまったたとき、ソッと逃げだして、その舟のなかにもぐりこんだのじゃ。

ところが、ちょうど、舟のもやい縄をといている最中に、さっき踊っていた神主のひとりが目をさまして、わしを追いかけてきた。わしはそのころ小さくても大胆な子供じゃったから、舟のかいをふりあげてその神主のあたまをなぐりつけると、その男はザブンと水のなかへ落ちた。だが、すぐ浮び上ってきて舟のへりにとりついた。

わたしは、またしてもその男の手をぶってぶってぶちぬくと、男はとうとう水のなかへ沈んでしまった。

すると、ちょうど岸にたってる木の大枝をうごかすような大風がふいてきた。その風で小舟がくるくる沼の上をふき廻されているうち、たぶんその木の小枝で目をさされたのであろうか、わしは片目をつぶしてしもうた。

だが、それがわかったのはずっとあとのことじゃ。その晩わしは、めちゃくちゃに舟を漕いでるうちに気を失ってしまった。最後におぼえているのは、おそろしい風にふかれて、舟がアシのあいだをとおりぬけていたことじゃ。

やっと、気がついたとき、わしは運よく自分の国の岸近くへついていて、ワニに噛まれぬようビクビクしながら泥のなかを走っておったのじゃ。どうも、そのあいだわしはいく日も湖水の上をただよっていたらしい。みんなにみつけられて家へ運ばれたわしは、糸のように痩せておったとのことじゃ。まあ、ざっとこれが、わしのポンゴの国へ行った話じゃ」

テリケ老人が、この長物語を終ると、第一に徳三が、目をかがやかせてききました。

「それで、老人。あなたが釣りをしていてつかまった場所から、そのポンゴの町までは、どのくらいの距離でしたか？」

「さよう。まる一日ほどかかったでしょう。わしがつかまえられたのは、朝早くで港へついたのは夕方じゃったからな。その港には四十人ぐらいの人をのせられる大きな舟が四、五十艘もつないでありましたよ」

「それで、その港から町までの距離は？」

「それはごく近くでした」

「あのう、その洞穴のある奇妙な場所の話を、もう少し、くわしくしてくださいませんか？」

こうさけんだのは、ニコレットでした。テリケ老人は、このきれいなフランス娘の顔にひじょうな熱心ないろがうかんでいるのを、ふしぎそうにみやりながら、

「はい、わしがそのときいたのは、洞穴の奥には島があって、そこには『神の花』と呼ばれる大きいふしぎな花が咲いておる。そして『花の母』と呼ばれる女の神主が、その花の守をしているということじゃった。そして、その『花の母』にはまた大ぜいの女の召使がついているとの話じゃ」

「その女の神主はどんな人だか、おききになりましたか？」

「くわしくは知らぬが、その女の神主は、黒い肌の両親を持ちながら、白い肌をして生れた女じゃそうな。だが、わしが行ったころのその女神主は、もうとっくの昔に死んでしまったろうて。わしが行ったころでも、もうとてもヨボヨボなお婆さんだという話じゃったからな。そして、そのころ、ポンゴの人たちは、そのお婆さんのあとつぎの、白い女をさがしているといううわさじゃった。

そうそう、たしかにあのときの女神主は死んだにちがいない。何年前だったか、あの国には大きなお祭があって、大ぜいの人間が、そのお祝にた

べられたという話だ。あれは、きっとお婆さんが死んで、新しい若い女神主がその跡目をついだお祭だったにちがいない」

「そして、その新しい女神主のほうは、まだ生きてるでしょうか?」

「生きていると思う。というのは、もし死ねば、その女神主の死骸をたべる大きなお祭があるはずなのに、その後そんなうわさをきいたことがないからな」

「えッ、死んだ女神主をたべるのですか?」

「そうじゃ、死んだ女神主のからだは、とうといたべ物として、ポンゴじゅうの人たちがよろこんでみんなしてたべるのじゃ」

島の白い女神主が、まだ生きているときいて、きゅうに元気づいたニコレットも、そのあとのきみのわるい話をきくと、こんどはさみしそうな顔をして、だまってしまいました。

「テリケさん、それからポンゴの神だという、おそろしいゴリラについて、なにか、おききになりませんでしたか?」

と、徳三がまた、ききました。

「はい、なんでも人間の大きさの三倍ほどもある大ゴリラで、生れつきか、それとも年とったためか、からだじゅうがまっしろな毛でつつまれている。それで、みんなから『白い神さま』と呼ばれているのじゃそうな。

あたまが人間のようにかしこくて、なんでもわかり、ふだんは、自分に仕えている神主たちにはけっして害をしないが、一度気に入らぬことがあると、おそろしい二十人力で、神主の頭などアシの葉っぱのように、ぞうさなくくだいてしまうという話じゃった」

徳三も、小百合もニコレットも、このものすごいポンゴの神の話には、おもわず顔をみあわせ、そろってふといためいきをつきました。

しかし、しばらくたつと、徳三は勇気をもり返したように、テリケ老人の顔をキッとみて、

「老人、お願いがあるのですが……もしこの国か

らどなたも平和の使者として行く者がないとしたら、どうでしょう、このわたしをかわりにやってくださいませんか?」

「えッ、あなたが? なんでムザムザ命をすてに?」

「わたしは、昨夜お話したようにどうしてもあの国で『神の花』とあがめられている、黄金蘭がほしいのです。それに、わたしはめったに殺されはしません。ごらんのとおり、わたしは遠くからどんなものでも殺せる、銃という魔法の棒を持っています」

「さあ、その魔法の棒のことだ。わしは、こないだ、あんたがたがその魔法の棒で大蛇を殺したのをみているから、あんたがたを案内しながら、ポンゴへいくなら、安心だろうと考えた。

それで、いまここへくるまえに、それとなくあの使者たちの意見をきいてみた。ところがポンゴの国では、昔からこんな予言がつたわっているというのじゃ。つまり、とおい文明国にある、人をころす魔法の棒が一度でもこの国へわたってきたら、ポンゴの神はすぐにこの国を去り、神に仕えている魔術の王のモトンボは死んでしまうというのじゃ。

それで、かれらは、平和の使者といっしょに外国人のお客が、ポンゴの国へくるのはいっこうさしつかえない。また、けっしてこちらから害をくわえるようなことはないが、そのかわり、魔法の棒だけは持ちこまないでもらいたいといいおるのじゃ。つまりあんたがたは素手でなければ、あの国へはわたれぬ。しかも素手でゆけば、きっとすぐ殺されていけにえにされると、わしは思うのじゃ。さあ、それでもあんたがたは、あの国へわたる勇気があるかね?」

話は、だんだんむずかしくなりました。徳三が、どうしてもポンゴの国へわたろうとすれば、ぜんぶ武器をすてて行かねばならないのです。これにはさすがの徳三も、

「ウーム」

といったなり、しばらく考え込んでいましたが、そのうち決心したように口をひらき、

「よろしい。武器がなくても、わたしはいきます。どうせここまでたどりついたのだ。その国を眼のまえにみながら、目的の黄金蘭をとらずに、国へ帰るようなまねはわたしはできない」

と、その言葉が切れないうちに、こんどはフランス娘のニコレットが、すずしい声でいいはなちました。

「わたくしもおじさまといっしょにまいりますわ。わたくしも、そのポンゴの国で花守をしている白い女神主をみずに国へ帰ろうとは思いませんわ！」

ふたたび奥地へ

ニコレットが、ポンゴの国へ行くといいはなった大たんなことばは、ガラリとみんなの気持をかえさせてしまいました。だいいちに、

「それならわたしも行くわ。パパやニコレットだけをいかせるわけにはいかないわ」

と、小百合がいいだしました。

つぎには、

「わたしも行く。こうなったら、ご主人のおともをしてどこまでも行くのじゃ」

と黒獅子も、おもおもしい口調でいいました。

それからおどろいたことには、あのおくびょうものの有田までが、いっしょに行くといいだしたことでした。

そのわけは、

「こんなとんでもないアマゾンの奥地へきて、ひとりのこされたら、いつ日本へ帰れるかわからない。いっそ死ぬなら、みんなといっしょに死んだほうがいい」

というのでした。これで若い土人のトヨミまで、六人がそっくりポンゴへ行く決心がきまってしまいました。

これを聞いたテリケ老人は、また、

「ウーム」

とうなって考えこみました。そしてまもなく顔をあげると、

「旅びとのあんたがたがそろってゆかれるというのに、このマミの国の人間のわしがいかぬわけにはいかない。

では、わしもいこう。この旅行は十中八九、むだに殺されにゆくようなものじゃが、まんいち、これでほんとうにふたつの国の平和がむすばれたら、たいへんな人助けじゃからな」

と、いいはなちました。

さて、その晩、こんなぐあいに、テリケ老人をせんとうに、徳三たち六人がポンゴへのりこむことの相談はきまりましたが、それから出発までには二、三日かかりました。

ゆくときまったことを王さまへ報告したり、船のなかでたべるものを用意したり、テリケ老人のでかけたあとの護衛隊長を新しくきめたり。……そしてそのあいだにも、テリケ老人は、二度も三度もポンゴ国の使者たちを呼んで、どんなことがあっても、マミ国からの七人の使者に害をくわえないことをちかわせました。そして、

「まんいちそんなことがあったら、王さまはきっと復讐をして、ポンゴの人間を根だやしにするといっておられるぞ」

とおどかすのでした。

このあいだに、ちょっとふしぎに思われたのは、おくびょうものの有田が、ある日、三時間ほど、どこかへすがたをかくしたことでした。

「有田のやつ、どこへ行ったんだろう」

と、徳三が首をかしげてひとりごとをいうと、

「あの、弱虫、ポンゴへ行くのがこわくなって、どこかへ逃げたんでさあ」

と、有田ぎらいの黒獅子がはきだすようにいうのでした。

そのうちに、有田がひょっこりもどってきました。みるとふとい竹の棒を持っています。どこか、

ちかくの山へいって切ってきたらしいのです。

「有田、なにするんだ、そんな竹の棒を」

と、徳三がきくと、

「旅行にはステッキがいるとおもって、とってきたんです」

「ステッキにするなら、竹でなくても、そこらにいろんな木があるじゃないか」

「へえ、でも竹はなかがカラッポですから、舟がひっくりかえったとき、うき袋のかわりになりますよ」

有田はニヤニヤ笑っていました。徳三たちは、なにかへんだとは思いましたが、それきりべつにふかくもききませんでした。

とうとう出発の朝がきました。

徳三、小百合、ニコレット、黒獅子、有田、土人トヨミ、それにテリケ老人をくわえて一行七人は、羽根かぶとをつけた五十人の兵士たちに送られて、湖の岸をぐるぐると港さしてすすみました。

そのとちゅう、ふと右手に小高い丘がみえると、徳三は、なにか思いついたように、テリケ老人にささやき、ポケットからちいさくたたんだ布をだしました。それは徳三がどんな時にでもはなさないでいる日の丸の国旗でした。兵士が二、三人バラバラとかけだして行って、丘の上にのぼると、それをそこに生えていた、いちばん高い木のうえにしばりつけました。青空にへんぽんとひるがえる日の丸が、丘の下から、あざやかにみえました。

「まんいちのときの目じるしだよ。ああやっておけば、ぼくたちがポンゴから舟で逃げてくるときの方角がわかる」

徳三が、ちいさい声で、こう、ニコレットと小百合にささやきました。

「どうしてあんなことをするのですか」

神主コンバがうたがいぶかそうに、テリケ老人にききました。

「あれは日本の人たちの神さまじゃ。ああやっただけでぶじにポンゴの国へつくよう、あの神さまが、まもってくださるのじゃ」

テリケ老人は、すました顔でごまかしました。それをきいたコンバは、まじめな顔で、その日の丸におじぎをしたのでした。

やがて、アシの葉のかげにポンゴからきた、一艘の丸木舟がみえました。それは、大きな木をたんねんにくりぬいた、三十人ぐらいのれそうな大きな舟で、ムシロをこまかくあんだ四角な帆が、はれるようにできていました。

そこへくると、コンバをはじめ、白い衣裳をきた五人のポンゴ人は、一列にならんで、

「では出発まえに、みなさんの荷物を検査させてください」

といいだしました。

「なんで検査なんかするんです?」

「荷物のなかに、魔法の棒がはいっているといけないからです」

「うん、魔法の棒って銃のことか。そんなものがはいっていないことは、ひと目でわかるじゃないか。みんな王さまのところへあずけてきたよ」

「でも魔法の棒には、ごく小さいのもあるそうですから」

「ああ、ピストルのことか。そんなものぼくたち持ってやしないよ」

徳三とコンバは、こんな押し問答をしていましたが、コンバがどこまでもうたがいぶかそうな目つきをするので、とうとう徳三は、

「それでは君の気のすむよう、荷物を自由にしらべたまえ」

といってしまいました。

コンバたちはえんりょがちに七人の荷物をつぎつぎにしらべて行きました。もちろん武器らしいものはひとつもでてきませんでした。そのうちに、有田コックの荷物をくるんだコモをひろげると、なかからきみょうなものがゾロゾロでてきました。それはこのマミの国の畑でもつくっている、たばこの青い大きな葉でした。

「どうして、そんなにたくさんたばこの葉なんか持って行くんだ」

コンバよりもさきに、徳三がおどろいてこう有田にききました。

「旅行中たいくつだから、これを吸ったり、かみたばこにしたりしようと思っているんです。たべもののないときにはたばこを吸うと元気がつくんですよ」

と、小男の有田は、すましてこたえました。

これを聞いたコンバは、また、うたがいぶかい目をひからせて、

「たばこの葉ならポンゴの国にも生えています。こんなにたくさん持ってゆくことはないでしょう」

といいながら、手をのばして、その葉のなかをさぐろうとしました。だがこのとき、ちょうど、ニコレットがかわいらしい声で、コンバを呼びました。

「あなた、ちょっといらっしゃいな。こんなものみたことないでしょう」

ニコレットが手に持っていたのは、ピカピカひかるちいさな懐鏡でした。めずらしいものを、美しいフランス娘からみせられたコンバは、もう有田の荷物のことも忘れて、そのほうへとんでいってしまいました。それをみた有田は、なぜか大急ぎで、目にもとまらぬ早さで、そのたばこの葉をもとどおり、コモにくるみ、アシの葉のかげへコソコソにげて行ってしまいました。

かしこいニコレットは、このとき、有田の秘密を知って、わざとこんなふうにコンバを呼んだのでしょうか。

それとも、ぐうぜんだったのでしょうか。いずれにしても、このときニコレットのしたことが、その後の七人のいのちを救うようになったことが、あとでわかりました。

そのつぎには黒獅子が、かわいそうに、あの、朝晩手ばなしたことのない大まさかり、『娘大将』と別れさせられました。そして最後に問題になったのは、徳三の荷物のなかから、ちいさいクワがでてきたことでした。これをみたコンバは、

「こんなものを、なんのために持っていらっしゃるのですか」

と、またうたがわしそうにたずねました。そして、徳三が、

「花を掘りとるためです」

と、なにげなくこたえると、コンバはサッと顔いろをかえて、

「花ですって！　わたしの国の神さまのひとつは花です。あなたはそれを掘って、もって帰るつもりですか？」

と、いきりたちました。

それで、また徳三とコンバの押問答がはじまりました。と、これをみていた、テリケ老人は、もう、かんにん袋のおがきれたように大声をあげました。

「ではもうお客さんたち、ポンゴの国へいくことはやめましょうよ。わしらは、魔法の棒を持たないという約束をちゃんと実行しているのに、この人たちは、まだいろいろうるさくいうのだ。いっそ、やめてマミの町へもどりましょう」

テリケ老人のおこったようすをみると、こんどは、コンバのほうが、ガラリとたいどをかえました。

「まあ、まあ、それは待ってください」

といって、四人の家来となにか相談していましたが、やがてもうこれ以上うるさいことはいわないから、どうぞゆるしてくれといってわびました。よっぽど、七人の使者を、ポンゴへつれて行きたいらしいのです。

人食い祭殿

とうとう丸木舟は岸をはなれました。

徳三たち七人は、へさきのほうにすわり、コンバをはじめ五人のポンゴ人は、はばのひろい櫂をあやつり、丸木舟はしばらくアシの葉のあいだの、ほそい水路をぬけていきましたが、やがてひろびろ

とした湖水の上にでました。そこでポンゴ人はなれた手つきで帆をはると、舟は追風をうけて矢のように走りだし、まもなくマミ国の岸辺は遠くなり、丘の上にたてた目じるしの日の丸も、湖水からたちのぼるモヤのなかにうすれてしまいました。

それから夕ぐれまで、舟はただ北へ北へと走りつづけました。そのあいだ、徳三や、黒獅子や、小百合や、ニコレットなどは、たいくつまぎれに、ポンゴ人から、帆のはりかた、しぼりかた、櫂のうごかしかたなどをすっかりならってしまいました。あとから思うと、この練習も、やがて七人のいのちをすくうためになったのでした。

やがて、めざすポンゴがみえてきました。それはまんなかに、みどりの山のそびえた島でした。と、まもなく舟は、こんもりした木にかこまれた湾のなかにはいり、大きな河の口へとすすんでゆきました。

それはちょうど夕ぐれの五時ごろで、河の口には木の橋がかかっており、その両側にリカの町がありました。土人の家は、どれもシュロの葉で屋根をふき、湖水の土に草をまぜた白いもので壁をぬってありました。

やがて、舟が桟橋につくと、舟のすがたは遠くから見えていたとみえて、赤い夕焼けの空に、角笛の音がなりひびきました。すると、あちこちの小屋からバラバラ人がでてきて、舟をむかえました。

みんな、まっ白な奇妙な衣裳をき、背がたかく、ととのった顔をし、しかもだれもかれも、顔つきが親子か兄弟のように、ひじょうによくにているこのポンゴの人たちには、どこか人間ばなれのした、幽霊のような、うす気味のわるいところがありました。だれも大声をあげず、だれも笑わず、しゃべらず、まるで影絵のようにしずかにうごきまわるのです。そして、だれひとり、徳三たちをめずらしそうにみるものもいないのです。

やがて、上陸がすむとテリケ老人を先頭にして、七人は、コンバのあとについて町のなかを歩いて行きました。両側のどの家にも、ばかばかしく広い庭があり、家はその奥にチョンボリと建っています。

「みなさい。この国では人間を神の捧げものにしているので、人口がだんだんへってゆく。それでこんなに空地ばかりひろくのこるのじゃ」

と、テリケ老人がちいさな声で説明しました。まったくそのとおり、町には男や女のすがたはみられますが、子供の影はほとんどみあたりませんでした。

そして女たちは、ブラジルあたりの土人とちがって、みんな白い衣裳をキチンと着ているのでした。

そのうちに、みんなは、名の知れぬまっ赤な花の咲いた高い木でかこまれた、大きい家の前へきました。

日は落ちて、あたりはもう、うすぐらくなりかけていました。コンバが、その家の門のとびらを押すと、なかは運動場のようなひろい庭で、その奥に二棟の家がみえました。

それから、もう一軒、門をはいって十五歩とゆかぬところに、奇妙な神社のお堂のような建物がたっていました。それはシュロぶきの屋根と、奇妙な彫物のある柱でできている建物で、なかがみえぬよう、全部に草で織ったゴザのカーテンがかかっていました。だがちょうど門と向いあいになったところのカーテンだけが、たった一枚めくりあげられていました。

このお堂のなかには、白い衣をきて奇妙な帽子をかぶった四、五十人の男があつまって、うら悲しく、陰気な歌らしいものを合唱していました。そのひとりの男が、背中を庭に向け、両手を大きくさしあげていました。

とつぜん、徳三たちの足音がきこえたので、くるりとこちらを向いた――そのとたん、徳三たちには、ちらとなかのようすがみえました。

お堂のまんなかに穴があって、そこに大きな火が、えんえんと燃えている。その火の上に、ベッドの枠のような大きな金網がかかっていて、そこで、なにかあやしい、大きなものがあぶられています。

「あッ人間よ！　女よ！　女を焼いて……」

小百合がおびえたような大声をあげました。

と、その瞬間、めくられていた一枚のカーテンがバタリとおろされ、なかのようすはまるでみえなくなり、かなしい歌声もピタリとやんでしまいました。

「シッ！」

と徳三が、あわてて小百合の口をふさぎました。

しかし、あまりにおそろしいものをみた小百合は、気をうしないそうになって、父親の腕のなかにたおれかかりました。
二、三歩さきを歩いていたコンバは、いそいでもどってきて、
「どうしましたか？」

と眼をキョロキョロさせてききました。かれの顔には、じぶんがとんでもないしくじりをやったのではないかという、深い心配のいろがあふれていました。

「いや、おおぜいの人が、いま火をとりまいてなにかしているのがみえたのです。それだけのことです」

と、徳三はさりげなくこたえました。

コンバは、秘密をさぐるように七人の顔を、かわるがわるジッとみまわしました。しかし、庭はもう夜で、空にでていた月には、ちょうど雲がかかっていたので、だれの表情もわかりませんでした。コンバは、ほっと安堵のためいきをついて、

「あれは大神主のカルビと、その下の神主たちが、羊のあぶり料理をつくっていたのですよ。満月が欠けはじめる晩には、いつもこのお祭りをすることになっています。さあ、早く行きましょう」

と、声をかけました。

コンバにせかされて、徳三たちは、庭をとおりぬけ、門をはいるとき見かけた、奥の二軒屋の前へきました。コンバが手をたたくと、どこからともなくひとりの土人の女があらわれ、それが立ち

去ると、こんどは、四、五人の女が手に手にランプを持ってあらわれました。それは油にシュロのせんいを芯として浮かせたランプでした。

とおされた家のなかは、きれいに掃除がゆきとどき、木のテーブルに、木の腰掛――その腰掛にはカモシカのあしがたの脚がついていました。

また、やわらかいゴザでくるまれたベッドもありました。

「あなたがたは、ポンゴ国の名誉あるお客さんですから、どうぞ、ここでゆっくりおやすみください。いますぐお食事がまいります。今夜お食事のあと、あちらの祭殿で、大神主はじめ、みんながお目にかかることになっています。それから、もしご用があったら、そこの壺を棒でたたいてください。わたしはこれから、大神主カルビのところへ報告にいってきます」

コンバはこういって、部屋のすみのあかがねの鍋のようなものを指さして、出てゆきました。

「どうしましょう！　こわいわ。わたしさっき、女のひとのからだが金網の上で、焼かれてるのをみたんですもの。ああ、おそろしい！　わたし人食い人種の話きいてたけど、見たのははじめて」

だれもいなくなると、小百合がブルブルからだをふるわせて、こう叫びました。

「だいじょうぶだ。あれは、コンバがいったような、なにかの儀式だよ。ぼくたちもあんなふうに焼いてたべられるってわけじゃないから、安心するがいい」

徳三がこういってなぐさめました。

「でも、ことによると、この国のお料理のなかには、ちょいちょい人の肉がはいっているんじゃないんですかい」

有田が口をだして、ぴょこんと首をちぢめました。

おりもおり、庭をみていたテリケ老人が、しずかにいいました。

「食事の支度ができたらしい。さあみなさん、行きましょう」

みると庭さきにテーブルの用意ができて、人形のように表情のない顔をした女たちが、いろいろな木の皿をならべていました。

ちょうど、月が雲からでて、あかるく照らしていたので、ならんだ料理のなかみがよくみえました。そこには、まず、わけのわからないソースをかけたヒツジの肉らしい皿、煎ったトウモロコシや、煮たカボチャを盛りあげた皿、それから、コンデンスミルクのはいったおはちなどがありました。

椅子にすわると、小百合が、ひと目みて、

「あッ、この肉、人間の肉じゃないかしら！」

と、叫びました。その顔はまっ青でした。この声に、みんなもおそろしそうに顔と顔とを見あわせました。

深夜の客

えたいのしれないポンゴ国の晩ご飯。

――せっかくならべられたご馳走も、もしか人間の肉がはいっているのじゃないかと思うときみがわるく、小百合はじめ七人のものは、こわごわ野菜だけをひろってたべました。それがすんだとき、ヌッとはいってきたのは神主のコンバでした。

「お食事はどうでしたか？　お口にあいましたか」

とあいさつしながら、よろしかったらすぐにカルビに会ってくれるよう、あちらで待っているからとつたえました。カルビは、大神主ともよばれている、この国の王さまです。

みんなが案内されていってみると、そこはさっき小百合がおそろしい『人食い儀式』をみかけた祭殿でしたが、まんなかに燃えていた火は消され、あたりは、すっかりかたづいていました。

月のひかりがきれいに流れこんでいるところは、木の腰かけが三日月形にならべられ、まんなかの、背が高くやせた大神主のカルビは、コンバよりずっと年上で、四十五、六にみえますが、ひどく神経質そうな青い顔で、おびえたような眼をして、おかしいほどキョトキョトしています。

徳三たちをみると、カルビだけが立ちあがっておじぎをしましたが、あとの八人はすわったままで、ながいあいだかるい拍手をつづけました。これがお客をむかえるポンゴの国の礼儀だとみえます。

こんなふうにあいさつがかわされてから、さっそく二つの国の代表たちの会議がはじめられました。まず、大神主はポンゴとマミの国は、おたがいの平和のためにこれからさき仲よくしていかなければならない。

——そのためには、二つの国の若いひとたちを、自由に結婚させたり、産物を自由に交換したりして、おたがいに栄えねばならないという、ながい演説をしました。

これに対して、テリケ老人は、そういう意見には、マミの国の王さまもまったく賛成であるといい、どうか、そのたのしい平和をつくりあげたい。それでわたしたち七人は、マミの国の使者として、わざわざきたのであるとこたえました。これで両方の国の考えはピタリと合ったのですが、そのつぎに大神主はこんなことをいいだしました。

「それではまことにご苦労ですが、明日、みなさんはわたしといっしょに、モトンボ大王のところへいってくださいませんか。モトンボはわたしのまた上にある大王で、ちょくせつ湖水の神に仕えている魔法の王です。たいへんな老人で、むこうからこちらへでかけてくることができませんから、あちらへ行って、めでたく今夜の約束ができあがったことを報告してくださいませんか。そうすれば、のこらず約束がそれできまります」

カルビは、それにつけたして、明日の朝はやく出発すれば、夕がたにはモトンボ大王のいる『神の湖』につくことができる。ぜひそうしてほしいというのでした。

それでなおいろいろと相談のすえ、テリケ老人ほか六人は、せっかくここまできたのだから、先方のいうとおり、モトンボ大王に会ってすべてをきめて帰ることを約束しました。

やがて、大神主カルビは、一本の木の枝を持ってきて、みんなのまえでピシリと二つに折りました。これは土人たちのあいだで、会議の終ったというしるしです。七人はすぐ、じぶんたちの部屋へもどってきました。

「みなさん、今夜の会議のもようをどうお思いかな?」

もどるなり、テリケ老人が六人にききました。

「わたしはカルビたちのいってることはウソだとおもう。あいつらは平和をむすぶなんてことは、まるで考えていないと思う」

と徳三がこたえました。テリケ老人はうなずいて、

「わしも、そのとおりじゃ。第一平和の約束をむすびにわたししたちを呼んだとしては、今夜の話はかんたんすぎる。あいつらがほんとうにその気なら、約束をむすぶまえに、これから毎年貢物をしろとか、人質をよこせとか、もっとむずかしい問題をいいだすはずじゃ。それがないところをみると、どうもこれは、わしらをただ『神の湖』へつれてゆくためのはかりごとじゃないかと思う」

「そうよ、きっとわたしたちをだまして湖水の悪魔のところへつれていって、えじきにするつもりだわ」

と、小百合もさけびました。

「あなたがたがそう考えるなら、もう明日の湖水ゆきはやめたほうがいい。むざむざ、いのちをすてにゆくようなものだ。わたしたちは一ど帰って、王さまによく相談してまたくるといって、はやくマミの国へもどったほうがいい。いまのうちならまだぶじに帰れるのぞみがある」

テリケ老人は、こういって、またみんなの顔をみました。

しばらく、シーンとしたしずけさがみなぎりましたがこのとき、フランス娘のニコレットがいきなりいいだしました。

「わたしは帰りませんわ。みなさんは、かまわずおかえりください。わたしだけは、マミの国の使

者としてのこって、どうしてもその神の湖をみてきます。そこで花守をしている女神が、母かどうかたしかめずにかえることは、わたしはとてもできないのです」

なるほど、そうでしょう。ゆくえ知れない母をたずねて、フランスから何千里。さんざん苦ろうをしてこの蛮地まできたニコレットとしては、ここまできてかえるなんてことは、死んでもできないでしょう。そのいじらしい気持を察した小百合は、おもわず、

「ニコ！」

とさけんで、その肩を抱き、涙ぐんでしまいました。と、このフランス娘をまねるように、徳三がすぐいいだしました。

「それはニコレットさんだけじゃない。ぼくもここまできて、黄金蘭の花をとらずに帰るわけにはいかない。それでは、ぼくとニコレットさんとふたりだけでいこう。ほかの人たちは、明日の朝はやく、丸木舟でマミへ帰ってもらおう」

こんな話の最中、庭からもどった有田が、さもこわそうな顔で、みんなに知らせました。

「シーッ、だれか白い着物をきた人食いの悪魔がひとり、へやの前をウロウロしていますよ」

七人がビクリとして入口のほうをみたとき、顔から足のさきまで白い大きな布をスッポリとかぶってはいってきた、幽霊のような人影！

「だれだ？　君はだれだ？」

テリケ老人があやしんで声をかけると、その男は、返事のかわりにかぶっていた白い布をとりました。みると、おどろいたことに、それは今しがた会ったばかりのこの国の王、大神主のカルビでした。

「テリケ老人。わたしはあなただけに、ぜひ話したいことがある。それも今すぐでなければ、もう永久に話せぬことです」

と、カルビの声はふるえていました。

「よろしい。ではこのままで聞きましょう。ここにいる人たちは、みんなわたしとおなじこころの

ひとじゃ。いっこうにさしつかえない」

「では、この人たちのまえで、秘密をしゃべってもかまいませんか？」

「それは安心じゃが、ほかにぬすみ聞きしているものはありませんな」

「だいじょうぶ、壁はあついし、屋根の上にはだれもいないことは、わたしがしらべてはいってきました。あとはどなたか、入口をみはっていてくだされば、聞かれる心配はありません」

「では、さっそくその秘密の用件をお話ください」

こうテリケ老人にいわれると、大神主のカルビは、そのくぼんだ二つの眼を、まるで追いつめられたけだもののようにキョロキョロうごかして、話しだしました。

「テリケ老人。なにもかも、ありのままにお話しますが、わたしはこの国の王、そしていちばんえらい大神主という身分でありながら、明日にも殺されるかなしい運命を持った男なのです。その証拠には、まずわたしのこの手をごらんください」

カルビはこういって、サッとみんなのまえに右の手をさしだしました。みると、その手には人さし指と中指の二本が、むごたらしくもなくなっています。

「これは湖の島に住む、おそろしい『白い神』にくいとられたのです」

と、カルビは、おどろく七人に説明して、

「この国の王に選ばれたものは、三年目ごとに湖水のなかの島へわたって、白い神がたべる穀物のたねをまいてくる役目があります。そして、その王が、神に好かれているあいだは白い神はその国王になんの害もあたえません。ところが気にいらなくなってくると、神はその男を噛んだり、傷つけたりします。そしてしまいには殺してたべてしまい、新しくべつな国王が選ばれるのです。ところが、わたしはいまから三年まえ、島へわたったときに、このとおり指を二本くいきられました。それでこんど行ったら、いよいよ白い神にくい殺されることにきまっています。しかも、明日のちょうど満月が欠けはじめた夜が、わたしの島にわたるときになっています。だから、もし、明日の晩、わたしが白い神を殺すのでなければ、わたしはまちがいなしに殺されて、こんどはあのコンバがわたしのかわりに国王、そして大神主にえらばれるのです」

ここまで話したとき、カルビのひたいからは、たいしてあつくもないのに汗がタラタラとながれ落ちました。

白い神を殺せ

それからカルビは、なおもことばをつづけて、

「あのコンバがこの国の王となったらどうなるかごぞんじですか？　正直にお話すると、あの男はこんどあなたがたを白い神にそなえるいけにえにするため、だましてここへつれてきたのです。

ようしゃなく、あなたがたを火あぶりにして、自分が国王になったお祝いに、みんなしてたべてしまうにきまっています。そこでわたしは、あなたがたに、わたしを助けて、白い神を殺してくださいとおねがいするのです。どうです？　これはあなたがたの命を自分ですくうことにもなるのです」

「なるほど、話はわかった。だが、もし、かりにわたしたちがその白い神を殺したら、あなたの命はきっと助かるのかな？　白い神は死んでも、大王のモトンボや、この国のおそろしい人民たちはまだ残っているじゃないか」

テリケ老人が問いかえしました。と、カルビ大神主は口をとがらせ、

「いいえ、そんなことはありません。白い神が死ねば、魔法の王のモトンボはすぐに死にます。これはこの国の古くからのいい伝えです。それだから、モトンボは湖の入口に住んで、母親が子供を大切にするように、白い神を大切にみまもっているのです。

それで、もし、白い神が死ねば、新しい別な神

がみつかるまで、もうひとりの島に住んでいる『白い女神』がこの国を支配することになります。白い女神は、花を愛し人間を愛する、やさしい慈悲ぶかい神ですから、あなたがたにも、けっして害をするようなことはありません。そうなれば、わたしは白い女神に仕える慈悲ぶかい国王になって、平和にこの国を治めてゆきます。

それでもただひとり、あのコンバだけはどうしても殺さなければなりません。あの男は、今から国王の位をねらっている、腹のくろい男なのです」

カルビのこの話の最中、壁の近くにいた小百合は、ふと、どこかでゴソリという音がきこえたような気がして、ハッとあたりをみまわしました。

「だれかが、どこかで盗み聞きをしているのじゃないか？」

しかし、怪しい音はそれきり聞えなかったので、小百合は耳のせいだったのかもしれないと思って、だれにもいいませんでした。徳三はかたちを正してカルビに向い、

「とにかくその白い神をぼくたちが退治するとなれば、第一にその白い神の正体を聞いておかなければならん。あらましはテリケ老人から聞いたが、それはつまりまっ白の大きな猿なんだね？」

「そうです。大きさが人間の倍ほどあり、力も二十人前ぐらいはあります」

「その大猿はいつごろからこの国にいるんだね？」

「それは知りません。みんなは、この国ができたはじめからいたといいます。魔法の王のモトンボとおんなじで、ふたりは兄弟だといいます」

「あの、わたしは、それよりも白い女神のお話がききたいわ。その女神もそのゴリラとおんなじ島に住んでいますの？　そして、その女神の年はいくつぐらいですの？」

たまりかねたように、横から口をはさんだのは、ニコレットでした。

「はい、おなじ島ですが、島のまん中に大きな木のしげった山があり、その山のてっぺんにまた湖

があり、そのなかの小島に白い女神は住んでいるのです。おそろしい白い神のほうは山がすみかです。水をわたって女神のいる島へ行くことはできません。それから、女神の年はよくわかりませんが、四十ぐらいにみえます」

「それで、その女神も昔からずっと死なずにこの国にいるのですか?」

「いいえ、女神のほうは死にます。死ぬとまた代りの女神ができてお花畑の守をするのです。いまの女神は、あなたのような色の白い人種の女で、さらわれてきたのだといいます。それでいまの女神が死ねば、こんどは、この国の土人のなかから、なるべく白い肌をした女がえらばれて新しい女神になることになっています」

こういうカルビの返事を聞くと、ニコレットはそれなりだまりこんでしまいました。

その金髪のあたまのなかには、いまいろいろな思いが、嵐のようにうずまいているようでした。

「カルビさん。いまのあなたの話を聞いて、あなたの身の上には同情するが、残念なことには、わたしたちには武器がない。この旅の人たちは、みんな鉄砲という魔法の棒を持っていたのだが、それはコンバがいけないといって、のこらずマミの国へ置いてきてしまったのじゃ」

と、このときテリケ老人がいいました。

「はい、それは聞きました。しかし、銃を持った人がはいってくるとポンゴはほろびる、というういつたえが、古くからあるというのはウソです。それはきっと、あのコンバか、モトンボがこのごろ考えだしたものにちがいありません。

わたしとすれば、あなたがたが銃で白い神をころしてくだされればありがたかったんですけど……でも、あなたがたはかしこくて勇ましい人たちだから、あの魔法の棒がなくても白い神を殺せるでしょうね?」

「殺せるとも。娘大将がなくてもおれのこの腕で、その猿なんか、みごとなぐり殺してみせる」

と、はじめて口をきいた黒獅子が、ふとい腕を自信ありげにふりまわしてみせました。

「ところで、もし、わたしたちが白い神を殺したならば、あなたはどんなお礼をわたしたちにくださいますの？」

このとき、しばらく考えていたニコレットが、カルビにききました。

「えッ、お礼？　そう、なにをあげたらいいか？

この国には家畜がたくさんいるが、まさか、それを船に積んでかえるわけにはいかないし……そうそう、砂金の大きな袋をあげましょう。それから……」

「いいえ、わたしたち、そんなものほしかないわ。わたしのほしいのは、その山の湖の島にいる白い女神！　もし白い神を殺したら、女神のほうをわたしたちにくださる？」

「そうだ。それから、もうひとつほしいのは、その白い女神が番をしている黄金いろの大きな蘭の花だ。それを根ごと持って帰りたいんだ。どうです、カルビさん。その二つをお礼にくれますか？」

と、ニコレットと、徳三がいいだすと、大神主カルビは、とんでもない、という顔をしました。それから、ふたりのいうことが、あんまりらんぼうなのにおどろいたのか、顔色をかえ、ガタガタふるえだしました。

「そ、それはだめです。白い女神と蘭の花、これは二つともポンゴの国のだいじな守り神です。それをくれなんて、なんとらんぼうな！　それはむちゃくちゃというものです」

「でも、ぼくたちは命がけで、大猿とたたかうのですぞ。そして、明日にせまる君のいのちを助けてあげるのですぞ」

と、徳三が声をはげましていいました。

白い衣しょうを着た背の高いカルビは、思案にあまったように両手であたまをかかえました。一どきにいろいろなことを考えるように、しばらく顔をしかめていましたが、やがて悲しそうに叫びました。

「だめです。だめです。そんなことはどう考えてもだめです。思っただけでもおそろしいことです。白い神が殺され、のこる二つの神さまがいなくなったら、ポンゴは神さまのない国になってしまう。そうなれば、きっと、飢饉や、大水や、はやり病が起って、この国はすぐほろびてしまいます。わたしがその呪いで第一番にころされるでしょう」

「だって君は、白い神を殺せとたのんだじゃないか」

「はい、白い神は悪いむごたらしい神だからかまいません。けれど、あとの二つの神はやさしい神で、どうしてもポンゴになければならない神なのです。どんなことをしてもらっても、この二つの神をわたすことはできません」

「では、しようがない。談判はうち切りだ。こっちでも、もう白い神を殺すてつだいなんか、まっぴらだ！」

　徳三が、とうとうかんしゃくを起してこういいはなちました。

　ハッキリことわられると、大神主カルビの顔には、もとのつめたい表情がもどってきました。だまってしばらく徳三をみているその眼のなかには、ずるい光がかがやきました。

　やがて、

「しかし、あなたがたも、わたしからこんな秘密の話を聞いた以上、もう生きては、マミの国へは帰れませんよ。明日、白い神を殺さなければ、あなたたち七人も、おなじようにその白い神に引きさかれてしまうのですよ。それでもいいのですか」

と、おどかしのようなことをいいだしました。

　徳三は、だまってうしろをふりかえりました。そこには、古い壺と、一本のふとい棒が置いてありました。これは、さっき食事をはこんできた土人の女が、

「用事があったらたたくように」

と教えて行ったものでした。徳三は、それを指さして、

「君が、そんなことをいうのなら、ぼくはそれよ

りもさきに、いま、これをたたいて人を呼ぶよ。そして、この国の王さまで大神主の君が、明日、白い神を殺してくれと、ぼくたちにたのんだと、みんなに、なにもかもぶちまけてしまうよ」

こういわれたカルビは、こんどこそまるで気絶しそうにおどろき、ヘナヘナと床の上にすわってしまいました。もうどうしていいか、こまって口もきけないありさまでした。と、このとき、またもどこかでガサリというかすかな音――こんどはニコレットも聞きつけたらしく、あわてて、小百合の手をにぎり、

「あら、あの音！　だれかぬすみ聞きしてたんじゃないかしら」

と、おそれた目をまるくしました。

大洞窟

「たしかに、だれかが、どこかで盗みぎきをしている！」

こうさとった小百合とニコレットは、あわてて小屋のそとへかけだしました。そして、あたりをみまわし、また、大いそぎでぐるりと小屋のまわりをまわってしらべてみました。しかし、月のひかりが青くけむっている夜ふけの庭は、シーンとしてなんの人影もみえません。

「へんだわねえ、たしかに二度もみょうな音がしたんだけど」

「そうすると、なにか鳥でもとおったのかしら」

ふたりは、ふしぎそうに顔をみあわせて、小屋のなかへもどりました。と、奇々怪々なけしきが目にうつりました。

大神主カルビが、みんなの前につっ立ち、右の手にキラキラひかる小刀を持っています。そしてそのくちびるあたりには、タラタラ赤い血がながれているのです。

「おどろくことはない。カルビは、とうとうぼくたちに白い女神と黄金蘭をくれることを約束した

よ。その誓いに、いま舌のさきをちょっとナイフで刺してみせたところなんだ。これがポンゴの国の約束のしるしなんだ」

と、徳三がふたりに説明しました。カルビや、徳三たちはこのさわぎに夢中だったので、いま小百合とニコレットがおもてへでたことにも、いっこう気がつかないようでした。

これで、いよいよ、徳三たちが大猿を退治してカルビの命をすくってやり、そのお礼にカルビは『白い女神』と『黄金蘭』とを徳三たちに引きわたすという、かたい約束がきまりました。

この話がすむと、カルビは、また白いきれを頭から足のさきまでスッポリかぶり、幽霊のように庭の闇に消えてゆきました。

さて、一日のなが旅につかれきった小百合とニコレットは、すぐベッドをならべてねましたが、こうふんでなかなかねむれませんでした。

「いよいよ、明日は悪魔島へ行くのだ」

「そこの主の大猿は、どんなおそろしい顔やすがたをしているんだろう？」

「それから、湖水の入口にいるモトンボという怪しい大王は、どんな男だろう？」

「自分たちには銃も剣もないのに、うまくその化猿が退治できるだろうか？　やりそこなったら、自分たち六人は、もう、永久に文明の世界へもどれず、地図にもないこの怪しい島の骨となってしまうのだろうか？」

そうしたいろいろな考えがあたまのなかにうずをまき、ふたりの少女は、長いあいだかわるがわる寝返りをうっていました。だが、そのうちに、いつかふたりともグッスリねこみました。

翌朝、いちばん早く目をさましたのは小百合でしたが、それはちょうど顔のまんなかのところに、どこからか、ほそい光がさしているのを感じたからでした。みると顔のま上の、草の葉でふいた屋根うらに、ちいさな穴があいています。昨夜は月夜だったからいいようなものの、もし雨でも降っていたら、小百合はびしょぬれになったことでしょう。

その穴をみたとたん、小百合はハッとして、昨夜二度も聞いたあやしい物音をおもいだしました。

そうだ、昨夜だれかがそっと屋根にのぼって、この穴から自分たちの話を聞いていたにちがいない。カルビは、

「だれもいない、安心です」

といったが、曲者はカルビがしらべたあとにやってきて、コッソリ屋根にのぼったにちがいない。いったいその曲者はだれだろう？　もし、昨夜のあんなだいじな話をぬすみぎきされていたら、今日の旅行のけいかくはめちゃめちゃになるんじゃないかしら？　そう思うと、小百合の心臓はたまらなくドキドキ鳴りだしました。だが、ニコレットを起してその話をするひまもなく、みんなはおもてからひびく大きな声で、いっせいに目をさまされました。

「どうぞ朝のお食事をなさってください。まもなく出発です！」

その声といっしょに、食物のお皿を持った土人の女たち、つづいて神主の若いコンバがはいってきました。コンバは昨夜の平和会議の途中どこへか姿を消し、それきりあらわれなかったのですが、今朝は、もう、きちんと旅しょうぞくをつけ、三十人の土人の兵士を庭に立たせていました。

あわただしく朝の食事がすむといよいよ出発。それは午前九時ごろだったでしょう。まっ先に大神主のカルビが立ち、つづいて徳三たち七人のお客、そのあとに槍を持った三十人の土人の兵士がつづき、最後に若い神主のコンバ――行列はこんな順序で、町をでて平野へとむかいました。

朝のうち、みんなは、はてもない竹ヤブのなかのみちをずっと歩きつづけ、お昼はきれいな泉のそばでおべんとうをたべました。そのあいだ、べつにかわったこともありませんでしたが、ただひとつ目立ったのは、大神主のカルビがひどく青い顔をし、まるでヒステリーのように、たえずイラ

イラしていることでした。

かれは、歩きながらむやみにかんしゃくを起して、そばの兵士にあたり散らしました。そして、ちょうど泉をすぎて二、三キロきたころ、あんまりどなられた若い兵士のひとりが、ちょいと口ごたえをすると、かれは鬼のようにおこりだし、ほかの兵士に命令して、とうとう、その若い兵士を槍で突きころさせてしまいました。

これをみた徳三たちは、カルビのむごたらしいこころにあきれました。ゆうべ、かれをかわいそうに思って、大猿退治をひきうけたことを後悔するようなきもちになりました。

「なんてざんこくな奴だろう。あれだからじぶんも白い神ににくまれて、指をかみとられたり、殺されたりするような運命になるんだよ」

と、徳三がにがい顔をしてつぶやくと、

「いや、あの男はもうあたまがくるっているのじゃ。今夜にも大猿にかみころされるかもしれないというおそろしさで、気がへんになっておるのじゃ」

と、テリケ老人がいいました。小百合も、ニコレットも、このときから、カルビがすっかりきらいになってしまいました。そして、

「こんな悪い王は、はやく化猿にかまれてしまったほうがいい」

と考えるようになりました。

それからまた歩きつづけて、午後三時ごろになると、ゆくてにまっ黒な高い石山がみえてきました。そしてだんだん近づくと、その石山が、こっち向きに大きな気味のわるい洞穴が、口をあけているのがみえました。とうとうその洞穴の前までくると、カルビは、

「とまれッ！」

と、兵士たちに号令をかけ、それからなにか二言三言いいつけると、四、五人の兵士がバラバラ向うへ飛んでゆきました。よくみると、洞穴の入口のところに、草ぶきのひくい小屋らしいものが一、二軒立っています。そこにはきっと番人でも

住んでいるのでしょう。しかし、シーンとして人らしいもののすがたはいっこうみえません。だが、まもなくもどってきた兵士たちは、手に手に大きな松明を持っていました。松明の光に照らされて、小百合たちがはいって行った洞穴は、あの江ノ島の弁天のいわやほど、ひろく、ふかく、そしてまっ暗でした。足もとの石道が気味のわるいほどすべすべしているのをみると、たぶんここは、むかし川の流れみちでもあったのでしょう。

おまけにこの洞穴は、まるでサザエのカラのなかを歩くように、ぐるぐるとひどくうねり曲っているのでした。

とつぜんくらやみのなかで、土人の兵士たちは軍歌のようなものをうたいだし、その声のこだまが、まるで悪魔の笑いのように大きくひびいて、小百合たちをゾッとさせました。やがて三百メートルほどゆくと、むこうに洞穴の出口がみえ、その両側にはすばらしく大きな松明がこうこうともされていました。その光のなかに浮きだしたそとのけしき！

まずみえたのは、まわりが二百メートルほどのちいさい湖で、その水のむこうにはそうとう高い山が立っているらしく、森におおわれた山のすそがみえていました。湖水の水は、洞穴の出口のところまで入江になってのびていて、そこに一そうの丸木舟がつながれていました。それから、よくみると、洞穴のちょうど出口のところの右左の石壁に、人間がつくったものらしく、またふたつずつ小さい洞穴がならんで、その外に、白きものを着た土人の女がぜんぶで四人、これも松明をもった彫刻のように立っていました。

小百合たちは、これらはモトンボ大王に仕える女たちで、この穴を住家にしており、いま、じぶんたちの歓迎のためにすがたをあらわしたのだろうと思いました。

このとき、土人の兵士たちは、また一そう高く軍歌をうたいました。小百合たちが、この悪夢のような気味のわるいけしきのなかを歩いて、とう

とう洞穴のそとへでたとき、そこには、みんながそろって、
「アッ！」
と声を立てたような、おそろしいものが待っていました。

ひき蛙男

ちょうど湖水の水ぎわに、四角なまっ黒な岩が高くそびえており、その上に大イヌのような、一ぴきのひき蛙がうずくまっているのです！　最初は、それはしわでいっぱいのふくれたからだと、つきでた背骨と、ほそい、平べったい両足しかみえませんでした（その怪物はむこうをむいていたのです）。

徳三はじめ七人のものは、ギョッとして立ちどまったまま、いったい、この大きなひき蛙の正体はなんであるかを疑いながら、しばらくは、息もつかずにみつめていました。怪物のまわりには、ぐるりと手すりができていました。それがなんと、今までだれもみたことのない大きな古い象牙でできた大手すりです。そして怪物は、なんともわからないケモノの皮を何枚もかさねて敷いていました。

小百合とニコレットは、おそろしさにガタガタとからだがふるえてきました。それで先に立っているカルビに、この怪物がいったいなにものか、思いきってきこうとしたとき、怪物はようやく動きだしました。ゆっくりと、機械でまわるように円を描いて、こちらをむきました。すると、カルビをはじめポンゴ国の兵士たちは、のこらずいっせいに地面に身をひれ伏して最敬礼をしました。ただ松明を持った兵士だけが、そのままで立っていました。

ああ、なんという怪物！　こっちを向いたのをみると、それはひき蛙ではありませんでした。それはもう何百年という年をとって、からだがまっぷたつに折れている老人でした！　一本の毛もな

い、大きな禿頭が、両肩のあいだに落ちこんだようになっています。これは生れつきの片輪のせいか、それともあんまり年をとってこうなったのか、よくわかりません。

それから、大きな、ひらぺったい顔は、日に干したウシの皮のようにくちゃくちゃにしなびていて、ほそくとがったあごの上に、下唇だけがダラリとぶらさがっています。そして、そこのあいだの右左に、抜けのこった、たった二本の黄いろい歯が、鬼の牙のようにむきでているのです。

おまけにその怪物は、まるで、蛇のような赤いとがった舌をだして、べろべろ舌のまわりをなめていました。だが、たった一つふしぎなのは、その大きな、まるい二つの眼――それらは、まぶたが落ちこんでしまったので、まるで顔のおくから光っているようにみえるのですが、これだけは老人ににあわず、燃えるコークスのように、らんらんとものすごくかがやいているのです。

小百合とニコレットは、おそろしさに手をかたくにぎり合ったまま、あたりの人の顔をみました。徳三もテリケ老人もまっ青な顔をしていました。

つよい黒獅子もおどろきに眼をすえ、有田は、死人のような顔で、下をむいて念仏をとなえ、土人のトヨミは、ポンゴの人たちといっしょに地面にひれ伏していました。

そのあいだに、岩のうえの怪物は、こんどは、まるで大きなカメの子のように、その大きな禿頭をひとゆすりすると、火のような眼をキッと小百合たちのほうに向け、にごったきみのわるいどら声で、いきなり、

「ひとり、ふたり、三人、四人……」

と、その数をかんじょうしました。それから、

「うん、わしが占っていたとおり、おまえたちはとうとうやってきたな」

と、あざけるようにつぶやき、さらにいちだんと声をつよめて、

「大神主カルビ！　この七人の外国人は、なんの用でここへきたのか、説明せい！」

と、ほえるようにいいました。

ひれ伏していたカルビは、この声に電気にでもかかったよう、ビクリと身をふるわせて立ちあがり、ていねいな言葉で、こんどポンゴの国とマミの国とのあいだに、平和を約束する相談がはじまり、それをまとめるために、七人のひとがモトンボ大王に会いにきたわけを、くわしく説明しました。

ところが、おどろいたことに、この、ひき蛙男のモトンボ大王は、そんな話はすこしも聞いていず、また、そんな話にはちっとも興味を持っていないようでした。その証拠に、モトンボ大王は、カルビの話のあいだ、ずっと目をつぶって、こっくりこっくりいねむりをしていました。だが、カルビの話がおわると、大王はクワッと眼をみひらき、その顔をジーッとにらみつけるようにして、

「カルビ！　お前の話にはウソがある。わしは、もっとほんとうの話をコンバから聞こう」

と、けわしい声でいいました。それから、骨ばったしわだらけの指で、こんどは列のうしろのほうにいた若いコンバを指さすと、

「ポンゴ国の未来の王コンバ。ここへでて、おまえの話をしろ！」

わかい、背の高いコンバは、おそれげもなく、大王のまえに進みでました。でると同時に、かれは、つめたい、さげすむような眼で、ジロリとカルビのほうをみてから、はげしく訴えるような声で叫びだしました。

「大王！　かしこい大王のお察しどおり、カルビの話はウソでいっぱいです。カルビはこのポンゴの国をほろぼす悪だくみから、わたしをマミの国へ使いにやり、ここにいる七人の外国人を、呼びよせました。わたしは昨夜、外国人たちがとまった小屋の屋根にはいのぼり、この人々のおそろしい相談をはっきりと聞きました。

カルビは、大王の兄弟で、この国の守り神である、島のとおとい《ママ》『白い神』を殺してくれるよう、この外国人たちにたのみました。外国人たちはそれを引きうけ、白い神を殺すかわりに、ポンゴ国

のもう二つの神――白い女神と黄金蘭を、自分たちにくれろと申しました。

ところが、はじ知らずの国王カルビは、この申しこみをよろこんで承知し、わたしたちには、その悪だくみをうまくかくして、今日ここへやってきたのであります」

このコンバの訴えを半分まで聞いたとき、第一にハッとおどろいたのは小百合でした。

「さては、昨夜やねうらの穴から、じぶんたちの話を、ぬすみ聞きしていたのは、このコンバであったのか?」

そう思うと小百合はおどろきに気絶しそうになり、ヨロヨロと、となりの、ニコレットの肩にもたれかかりました。第二に顔いろをかえたのは、岩の上のモトンボ大王でした。この怪物の眼は、はげしい怒りのために、倍ほども大きく、らんらんとひかりだし、地面にひれ伏しているカルビの姿を、くいつくようににらみつけました。

だが、コンバのこの訴えが終ったときに、だれよりもさきに躍りたったのは、あわれなカルビで、みるとかれの右手には、ピカピカひかる短剣がにぎられていました。おそろしい陰謀を発見されたカルビは、その短剣を、やにわに自分の胸に突きさそうとしました。しかし、その短剣は、バラバラと飛びたった土人の兵士たちのため、早くもうばいとられてしまいました。

と、つぎの瞬間、大きなひき蛙のように岩の上に四つんばいになったモトンボ大王は、はげしい怒りに燃えたさけび声をあげました。

それはまるで、できずを負った水牛のほえる声のようでした。こんなしわだらけの老人の口から、よくもでると思われるような大声で、遠くたかく、洞穴から、湖から、山から、谷々へものすごいこだまとなってひびきわたりました。そのあいだに二十九人の兵士は、そろってカルビをとりかこみ、一突きとばかりに、手に手に槍のねらいをつけていました。

「もうだめだ! おれたちもすぐ殺されるん

だ！」

　徳三が、小百合とニコレットの耳もとでささやきました。

「しくじった！　えらいことになってしまった！」

　と、テリケ老人も、絶望の眼をひからせました。

「旦那、だいじょうぶです。まだ逃げられます。わたしが兵隊相手に、ひとたたかいやりますから、そのあいだになんとかして逃げてください」

　大男の黒獅子は、まだりきんでいました。

　モトンボ大王のしわがれ声が、こんどは、徳三たちに向っていいました。

「おまえたち七人の外国人！　おろかにもこの国の神をけがし、うばおうとたくらんだ悪者ども！　おまえたちはこれからむこうの島へ渡って、神のいけにえとなるのだ。ポンゴの白い神はわたしの兄弟だ。わたしといっしょに何千年もこの国に生き、この国を治めているのだ。

　白い神はこれからおまえたちを食う。そうすると、おまえたち人間の魂は白い神のからだにはいり、そのために白い神はいよいよかしこく、いよいよ、なが生きするのだ。おお、遠い国からわざわざ白い神のえじきとなるために、旅をしてきたあわれな外国人どもよ！」

　モトンボ大王のこのことばの終りごろは、うすきみのわるい、あざけりの笑声になりました。

　それから、かれはその燃える火のような眼に、もう一ぺん、あたりを隅からすみまでジロジロとみまわし、最後におおきく、

「ゆけ！」

　とさけびました。

　この命令もろとも、ポンゴ国の兵士たちは、いっせいに声をあげて、徳三たちにおどりかかってきました。むこうは大勢、こちらは槍や剣を持たないたった七人。みるみる徳三もテリケ老人も、小百合も、ニコレットも、みんな、大男の兵士たちに、両手をねじあげられ、胸もとには槍や剣をつきつけられてしまいました。

なかで、たったひとり、黒獅子だけはもちまえの大力でむかってくる兵士たちを五、六人投げとばし、手槍をうばいとって、兵士のなかのひとりを刺し殺しましたが、これも、おしまいには、大勢に組み伏せられて、とうとう虜にされてしまいました。

これをみて、いそいで入江の丸木舟のとも綱をとき、第一番に飛びこんだのは、コンバでした。かれがかいをにぎりながら、手まねきすると、大神主のカルビをはじめ、小百合たち七人は、数人の兵士にかこまれたまま、ようしゃなく舟にのせられてしまいました。一瞬後、死の丸木舟は、死の島さしてゆるやかに動きだしました。

闇夜の悪魔島

死の舟がうごきだしてから、最初に小百合とニコレットが気がついたのは、このちいさな湖水の水が、インクのようにまっ黒だということでした。これは、底が深いのと、まわりに大きな木がつきでているためでしょう。

そのつぎにみたのは、その岸のいたるところに見るのもゾッとする大きなワニが、ごろごろ材木のようにねていることでした。この地獄の絵のようなおそろしいけしきを、ふたりが手をかたくにぎり合ってみているうちに、まもなく丸木舟はむこう岸につきました。舟のへさきが岸の岩にあたったとたん、一ぴきの大ワニが怒ったように、ジャポンと水のなかへとびこみました。

にくらしいコンバが、わざとていねいなことばでいいました。

「上陸です。はやく白い神の待っているところへいらっしゃい。それでは、もう二度とはお目にかかれません。みなさん、さようなら」

小百合たち七人は、兵士の剣で追いたてられて、粘土ですべすべした岸にあがりました。元気よく、まっさきにとびだしたのはニコレットでした。悪魔島でも、お母さんのいる島だとおもうと胸がおどったのでしょう。いちばん元気のないのは大神主のカルビで、顔いろは、もう死人のようにまっ青、――テリケ老人の腕につかまって、ヨロヨロとようやく舟からあがりました。しかし、島の土をふむとさすがに元気をとりもどし、舟の上のコンバをにらみつけて、こうさけびました。

「やい、コンバ。こんどはだれが白い神にくわれるか、来年かさらい年はおまえがくわれる番になるのだぞ。生きているうちによく楽しんでおけよ」

漕ぎもどる舟の上から、若いコンバが、ばかにしたような声でこたえました。

「安心しろよ。おれはおまえのように、そうはやく白い神さまにあきられるようなまねはしないよ。おまえこそ、はやくくわれてしまえよ」

黒獅子だけは、いつもだいたんふてきです。岸にあがると、両足をふみならし、背のびをしてつぶやきました。

「ああ、やっとこれでしずかなところへきたぞ。今日は朝から歩きつづけで、おまけに、へんな化もの爺におどかされたんで、すっかりくたびれてしまったよ」

「ところで、白い神は、この島のどこにいるの?」

きんちょうした顔で、ニコレットがカルビにききました。カルビはふるえる指で、眼のまえのまっ黒な森を指さし、

「白い神は、どこにでもいます。そこの木のすぐうしろにいるかもしれません。それとも、もっとずっと遠くかもしれません。でも、夜明けまでには、きっとでてくるでしょう」

「それじゃあ君は、いったいこれからどうするつもりだ?」

と、徳三がきくと、

「殺されるのを待つばかりです」

と、カルビが悲しそうにこたえました。

「でも、この島のどこかに、すこしでも白い神からのがれる安心な場所があるだろう?」

「いいえ、ぜったいにありません。逃げこむとこ

ろもなければ、わたしたちは、この木へものぼれないのです」

徳三たちが、森にはえた木をみると、それはみんな天をつくほど高い木で、しかも、下の方にはまるで枝がないのでした。それに、たとえのぼったところで、白い神のばけ猿は、人間よりもっと木のぼりが上手でしょう。

そのうちに、カルビは、なんとなくモゾモゾ歩きだしました。

「どこへいくんだ?」

と、徳三がきくと、

「墓地へいくんです。墓地には骨といっしょに、ヤリが埋まっているはずです」

これを聞いた七人は勇みたちました。なにひとつ武器を持っていない七人にとっては、一本のヤリでもあるというのはたいしたことです。小百合たちは、すぐに森のなかへはいってゆきました。大きな森のなかは、昼でも暗いのに、もう日は暮れかけ、おまけに、もうもうと湖水の霧が立ちこめています。

三百歩ほど歩くと、眼さきのひらけたところへでました。嵐かなにかで木がたおれて、そのまま、空地になったところらしい。みると、そこの土の上に、奇妙なかしの木のようなかたい木でできたらしい長い箱がならんでいます。その箱の蓋をあけると、なかにはいっていたのは白っちゃけた人間の骸骨!

「これはむかしから、つぎつぎにここで殺された大神主の骸骨です! ごらんなさい。わたしの死骸をいれる新しい箱は、もうできています」

カルビは、悲しそうにせつめいして、いちばん隅の新しい箱を指さしました。

「なるほど、よく考えてある。だが、そのヤリはどこにあるんだ」

と、徳三がききました。

カルビが箱をかきまわすと、骸骨にまじって、砂金をいれた古い金の壺だの、上等な銅のヤリなどがでてきました。これらは死んだ人たちが、冥途の旅に持ってゆく品物として入れられたのでしょう。ヤリの長さは、一メートルぐらいで、なかにはもう湿気でさびきったのもありましたが、どれにも、あかがねの鞘がかぶせてあったので、これで七人は、どうやらめいめいの武器を持つことができました。

「それにしても、これだけで、ばけ猿とたたかうのは心ぼそいなあ」

と、徳三が、そのヤリをながめながらつぶやくと、

「わたしはもっといい武器を持っています」

と、いばった声がきこえました。みると、それはめったに口をきかない、おくびょう者の有田コックです。

徳三はあきれてその顔をみました。のこりの六人も、そろって有田の顔をみました。

「わたしは銃を持ってるんです。ニコレットさんのお気に入りで、いつか、あの地下穴の出口で大蛇をころした猟銃です。わたしはわざとみなさんに隠していたんです。うっかりしゃべれば、あのコンバの奴にとりあげられるところでしたからな」

有田はとても得意そうにしゃべるのです。これをきいた徳三は、自分のあたまを人さし指でさしながら、

「これだよ。かわいそうに気がへんになったんだよ。おくびょう者がこんなところへきたんだからむりはないよ」

と、小百合にささやきました。しかし、ニコレットはまじめな顔で、

「有田さん、それほんと？　わたしの銃、どこにあるの？」

「眼の前にあるんですが、これがみえませんかね」

有田コックがいよいよ得意そうな顔をすると、こんどは仲のわるい黒獅子がおこりだして、どなりました。

「このウソつき。そんなことといってニコレットさんをだますと、おれがにぎりつぶしてくれるぞ」

黒獅子がのばしたふとい腕のしたを、有田はす

ばしっこくくぐりぬけながら、

「よせ、そんなことをすると大切な品がこわれてしまう！　ウソかほんとか、それみろ！」

有田コックが、いきなり持っていた長い竹の杖を、逆さにしてふりました。と、ころがりでたのは、油紙でうまくくるんだ一ちょうの銃身でした。

「や、これはおどろいた。だが、銃身だけじゃだめじゃないか。いろいろな附属品がなければ？」

と、びっくりしながら徳三がさけぶと、

「へへえ、そんなことにぬけ目があるもんですか。それはみんなここにそろっています」

こういって有田は、背中にしょったコモづつみをとりおろすと、いつか、マミの国をでるときコンバにしらべられた、たくさんのたばこの葉のなかにかくしていた銃床だの、そのほか、いろいろの附属品がゾロゾロとでてきました。有田がそれをそっくり銃にとりつけて、手渡したときのニコレットのうれしそうな顔！

「ああ、うれしい。わたし、これさえあれば、いくらでも、ばけもの猿とたたかえるわ。有田さん、ありがとう、ありがとう！」

ニコレットは、涙をながさんばかりによろこんで、その銃を抱いてほほずりしました。

「えらいぞ、有田！　おまえはおくびょうだが、たいへんな知恵者だ。日本へ帰ったら、おまえに百万円ほうびをやるぞ！」

と、徳三もすっかり感心してほめました。

ところがこれを聞くと、有田は首をちぢめて、

「ところが旦那、そうほめられると、わたしはこまるんです。たいへんなしくじりをやっちゃったんです。それは、この火薬を右のポケットに、弾丸を左のポケットにいっぱい入れてきたんですが、左のポケットがやぶけて、かんじんの弾丸が四発しか残っていないんです」

しかし、それにしても、銃がでてきたので、みんなの勇気はふるいたちました。

このさわぎのあいだに、いつか日はすっかり暮れました。まったくの闇夜ではなく、空に月はの

ぼっているのですが、雨ぐもりで、おまけに大きな木のかげなので、あたりがひどくくらいのです。七人は空地のまんなかに、はなれぬようにかたまり、持ってきたあぶり肉や、乾した魚や、煎ったトウモロコシなどで、さむざむとした晩ご飯をたべました。

と、この食事のさいちゅうに、第一のあやしいことが起りました。それは森のなかの、どこか遠いところで、とつぜん、なにかがほえるような、ものすごい叫び声がおこったのです。ライオンでもトラでもない奇々怪々な声が……それがすむと、すぐにこんどはドンドンと、大きな太鼓でもたたくような音がしばらく鳴りひびきました。

化ゴリラきたる

「まあ、あれ、なあに？」

小百合が、おびえた顔でカルビにきくと、

「白い神です。月がでると、白い神はいつも、ああしてお祈りをするんです」

ニコレットは、おもわず手の猟銃をとりだしました。だが、弾丸が四発しかないことをすぐに思いだし、よくよくの場合でなければ射てないとあきらめました。

やがて、あやしい太鼓の音はきこえなくなったので、ニコレットは、さっきからききたかった、もうひとりのこの島の神——白い女神のことをカルビにききました。カルビはもうすっかり落ちつかないふうでしたが、

「はい、ここから東です。森のなかに、目じるしをきざんだ木がありますから、それをたよりに、三時間ほど歩くと神の畑へでます。そこからまたのぼってゆくと、山のてっぺんに、やっぱり小さい湖があって、そのまんなかに白い女神のいる島があるのです。岸のくさむらに丸木舟が隠されています。それに乗れば、その島へわたれます」

フランス娘ニコレットの胸は、はげしくおどり

ました。

「ああ、うれしい。わたしはもうそんなに近く、白い女神のそばにきたのだ。白い女神はかどわかされた外国人の女だとカルビもいった。だが、ほんとうにわたしの母だろうか。ほんとうだったら、どんなにうれしいだろう！　ああ、一分でもはやくその島へ行きたい。そしてその女神がお母さんかどうか、たしかめたい」

そこで、

「カルビさん、明日になったら、わたしを、その島へ案内して」

と、たのむと、カルビはふるえながら、

「はい。でも、それまで生きられるかどうか」

と、うめくようにこたえました。

このとき、またもやおそろしい叫び声がきこえました。

白い神は、ぐっと近づいてきたらしい。カルビは、おそろしさに歯をくいしばって、ヨロヨロと徳三の肩にもたれかかりました。

「カルビ、しっかりしたまえ。白い神がきても、ぼくたちは約束どおり、最後までたたかうから」

と、徳三は、気絶しそうなカルビを一しょうけんめいなぐさめていました。ところが、そのあいだに、こんどはすぐそばの木のかげから、あらあらしく、バタバタと太鼓をうつような音がわきあがりました。白い神はほえるのをやめて、両手で大きく、そのお腹をたたいているのです。

ニコレットは、グッと猟銃をかまえてきんちょうしました。小百合もピッタリ、ニコレットによりそいました。とたんに、ふたりの目にみえた怪しいもの！　それは、なんといってよいか、闇の黒さよりもっと濃い、けむりのような大きな影でした。それが空地のむこうがわから、ものすごい速さで、七人めがけて走ってきました。

つぎの瞬間には、バタバタと、だれかがあらそっているような音！　それから、ウワーッという、のどをしめられるような叫び声――それがやむと、あやしい影は、サッともときたほうへ消えてしまいました。

「どうしたの？」

小百合の叫び。

「マッチをつけろ。なにが起ったんだ」

徳三が声をはずませました。

だれかがマッチをすると、その火は風がないのでよく燃えあがり、まずみえたのは、六人の仲間のまっさおな顔！ そのつぎには、すこしはなれたところで、やっと起き上ろうとしているカルビのすがた！ かれは右腕をさしあげていました。みるとその腕は、血まみれで、しかも手首のところがないのです！

「白い神がきて、わたしの手をとって行った！」

カルビが、泣き声をあげてうったえました。

だれも口をききませんでした。地球の上にありえないことが起ったのです。有田と土人のトヨミが、いそいで、ありあわせの布をやぶって、カルビの傷に、ほうたいをしてやりました。

このあいだに、森のなかの闇は、いっそう濃くふかくなりました。月に雲がかかったのです。なんともいえぬ、ものすごいしずけさ。いま、この熱帯地の夜のしずけさをやぶるものは、みんなが呼吸する音と、わずかな蚊のうなり声。それからときどき遠くでワニが水のなかではねる音と、怪我をしたカルビのうめき声だけでした。

そうして三十分ほどたつと、またしても、むこうにけむりのようにあらわれた影！ それがいなずまのように、七人のほうへ走ってきました。それは、まるで、銛がすばやく池のなかの魚を突くよう！

と、こんどは、ニコレットのちょうど左のところで、――そこには土人のトヨミが、カルビのかいほうをしてならんでいましたが――またバタバタというさわぎが起りつづいて、ギャーッ！ という、ゾッとするような、ながい叫び声が起りました。

「カルビがいなくなった。大神主が消えちゃった。カルビ風のようにわたしのそばを通って行った。カルビのいたあとには穴がのこっているだけだ！」

土人のトヨミが、気ちがいのように、こうどなりました。

このとき、とつぜん月が雲のかげからでました。その青いひかりに照らされ、みんなから二十メートルほどはなれた、空地のはずれに見えたけしき！

おお、それはなんとおそろしいものだったでしょう！

かたちが人間そっくりで、しかも、ものすごくおおきく、灰色がかった黒い色をしたけだものが、大神主カルビのやせたからだをつかんでヌックリと立っているのです！

カルビの頭は、もうその怪物の口のなかにあるらしく、怪物の黒い木株のような両腕が、いましも、のこりのからだをズタズタにひきむしろうとしているところでした。

このすさまじい光景をみたニコレットは、いそいで持った銃を引きつけ、キッとねらいをつけました。明かるくても月のひかりの下で、ねらいを定める照星がハッキリみえません。しかし、どこでならったか、射撃では百発百中のものすごい腕をもつこのフランス娘は、一瞬ねらいをさだめると、引金をひきました。

ところが、かんじんの火薬が、有田のポケットのなかでしめっていたとみえ、なかなか発火しませんでしたが、いくぶんおくれてから、弾丸はごうぜんと飛びだしました。

と、おそろしい怪物は、抱いていたカルビのからだをドスンと地べたに投げだし、その大きな右腕を、高く宙にさしあげました。

その腕のおおきいこと！

それはまるで、大男の太腿ぐらいありました。

怪物は、弾丸をふせぐつもりか、その右手を自分のあたまにあてたのです。

つづいて、第二発が発射されました。

こんどは怪物のすがたが、ヨロヨロとよろめき、さしあげた右腕がだらりとおろされました。とたんに苦痛でほえたてるものすごい声が、森から森、山から山へと、こだまを立ててひびきわたりました。

「あたったわよ。ニコちゃん！　まあ、すばらしい！　白い神は魔物じゃなかったわ。弾丸があたるんだもの」

と、小百合が、よろこびにこうふんしてさけびました。

「まだ安心しちゃだめ！　みんなヤリをもってしっかりしてちょうだい」

と、ニコレットが注意をあたえました。

「怪我をした怪物が、ぎゃくに飛びかかってくるかも知れない」

こうした不安が、みんなの胸にありました。みんなはいきをのんで立っていました。

だが、怪物はそれきりなんの声もたてず、向ってもきませんでした。それで、みんなはニコレットの射撃がみごと命中したことをしりました。

どこか急所にあたって、さしもの怪物も、あばれられなくなったにちがいありません。

ああ、それから夜あけまでの時間の長かったこと！　まるで、一週間もかかったような気がしました。

みんなは、怪物が押しよせてくる万一の場合をおそれて、ねむりもせず、ふるえながら、夜霧のなかでひと晩を明かしました。

ただひとり、黒獅子だけは、こんな場合でもだいたんふてきで、いつかごろりと横になり、ぐうぐう高いいびきをたてていました。

やがて、徳三が叫びました。

「夜が明けた。怪物のすがたはみえないようだ。はやくカルビの死骸をかたづけよう」

みんながそろって行ってみると、大神主の首のない死骸は、みるもむざんに引きさかれて、ゆうべの場所に横たわっていました。

昨日ここへくる途中、いばって部下に命令して、若い兵士をころさせた王さまが、けさはもう死骸になってしまったのです！

七人は、この野蛮人の最後をあわれみ、こころからの祈りをささげながら、その死骸を、昨日みた、あの新しい棺箱のなかへほうむってやりました。

しかし、かんじんの白い神は――おそろしい化ゴリラは、いったいどこへ姿をかくしたのでしょう？　そして、いつ、またあらわれてくるのでしょうか？

白い神の最後

「さあ、こうなったらいそいで山の上の湖水へいこう。白い女神のいる島へわたってしまえば、もう化ゴリラは追ってこられないんだ」

徳三が、こういって立ちあがったので、みんなもさんせいして歩きだしました。昨夜カルビが教えてくれた東への道。――それは最初のうちは、草のなかに、おぼろげながら細いこみちがついていたので、かんたんでした。だが、まもなく六人は大きな木が天まで高くしげっているような、深い森のなかにはいってしまいました。まっくらで、まるで夜みちを歩いているようです。

そのなかを、六人は目を皿のようにして、カルビのいった木の幹をきざんだ目じるしをさがしさがし進むのです。いつどこからあの化ゴリラが飛びかかってくるかわからないので、大きな声で話もできません。そのおそろしさ、こころぼそさといったら！

しかし、どんなにソッとうごいても、この島のなかのことは、のこらず化ゴリラにはわかるらしく、やがて、二キロほど歩いたころ、黒獅子が、

「や、あれは？」

とさけんで、むこうの木のかげをみつめました。灰いろの大きなきみのわるい影のようなものが、スーッとそこを通り過ぎたのです。

「白い悪魔だ！　だめだ！　あいつはおれたちのあとをつけている！」

黒獅子が首をすくめていいました。

「ああ、こわい！　ニコレットのお嬢さん！　はやく射ってください」

と、有田コックがふるえてさいそくしました。ニコレットは猟銃をとりなおしましたが、かんじんの弾丸があと二発しかないことを思いだし、まだ射つときではないと考えて、首を横にふりました。

みんなはヒソヒソ相談をしました。その結果おそろしい化ゴリラにあとをつけられている以上、どこにいたっておなじことだ。ここにジッとしていても、あともどりしても、いつ飛びかかってくるのかわからないのだ。それならやっぱり進んだほうがいいということになりました。

銃を持ったニコレットをせんとうに、また六人が一キロほど山みちをのぼったとき、今度はどこかであのドンドンと太鼓をたたくような音がきこえだしました。しかし、その音は昨夜のような元気のいい続け打ちではないのです。

「ああ、きみがわるい！　化ゴリラのやつ、また腹をたたいていやがる。でも今日のは片手だ。一本の腕は、ゆうべもう、ニコレットさんの弾丸でやられてしまったんだ。なんて、しゅうねんぶかい奴なんだろう」

と、有田コックが青い顔でいいました。

「とにかく、腹をたたいたらあぶないぞ！　いまにもでてくるぞ！　みんなよく気をつけて！」

と、徳三が叫ぶ。

あとはみんなおそろしさに夢ごこち、――むちゅうで早足に歩きだしました。

だが、あと百メートルほど歩いたとき、とうとうおそろしい最後がきました。

それは、ちょうど一本のすばらしく大きい木が、ややひろい草原にたおれ、空の光線がぼんやりさしこんでいる場所でした。ニコレットが、ふと、そのたおれた老木の幹に目をやると、なんと、そのかげに、燃える火のような二つの赤い眼がらんらんとかがやいているではありませんか！

ハッと思ったとたん、そこにみたのは――なんといったらいいでしょう？　――こまかにしげったしだの葉の冠をかぶったような大鬼の顔でした！　まっ青な顔、長くたれさがった眉毛、そしておおきな口の両端から黄いろい長い牙が二本、ニューッとでている、あの絵にかいた悪鬼とそっくりの顔！

ニコレットが、猟銃をとりあげるひまもなく、その怪物は、おそろしいほえ声をあげて、おどりかかってきました！　ニコレットは、その怪物の灰いろのすがたが、たおれた木の幹の上にたつのをみ、またいなずまのように、サッとそばを通りすぎるのを感じました。怪物は、人間とそっくりに顔をあげてまっすぐに歩き、ただ片方の腕だけが、折れたようにぶらさがっていました。

ニコレットが、小百合をかばうようにしてふりかえったとき、

「キャーッ！」

という叫び声がひびきわたりました。怪物は列のいちばんうしろにいた、土人のトヨミにつかみかかったのです。

怪物はそのふとい腕で、トヨミを胸にきつく抱きしめました。トヨミは、じつに体格のりっぱな大男なのですが、怪物に抱かれたところは、まるで大人に抱かれた赤ん坊のようでした。

これをみた黒獅子は、もうぜん、怪物にたちむかい、手に持ったながいヤリをその横腹に突きさしました。

こうなると、徳三も、テリケ老人も、それからおくびょう者の有田コックまでが、みんな、手に手にヤリをふるって、トヨミをすくおうとたたかいました。

いま、草原のまんなかに仁王立ちになっているのは、まさしくゴリラ！　しかも、年とって全身の毛がまっ白になり、みあげるほどに背が高く、顔は悪鬼のようで、しかもどこかに人間そっくりのずるさをたたえた大怪物！

黒獅子や徳三のヤリなど何十本ささっても、なんのこたえもなさそうです。

しかし、都合のいいことは、怪物は残った一本の腕で、土人トヨミのからだを抱えているので、徳三たちにむかうことができません。ただその大きなからだをぶつけて、敵をなぎたおすだけです。

そのうちに、怪物はやっと気がついたとみえ、トヨミのからだを遠くへ投げ飛ばすと、今度はちょうど前にいた黒獅子めがけて飛びかかってきました。と、黒獅子はすばやく身をかがめ、手に持ったヤリを、おがむようなかたちにかまえました。

それで、飛びかかったとたん、ヤリは怪物の胸をブスリと根もとまでつらぬいてしまいました。しかし、まだ怪物は平気です。ひと声いたそうなほえ声をあげただけで、その松の木のような腕をふりあげ、黒獅子のあたまめがけてこっぱみじんとうちおろしてきました。

ああ、このとき、なにかのすくいがなかったら、インディアンの英雄黒獅子も、この場で最後をとげてしまったでしょう。

しかし、ちょうど、このあやういとき、バーンと一発の銃声がとどろきました。ニコレットが射ったのです！　さっきから、徳三たちのたたかいの輪からそれたところで、一心に怪物にねらいをつけていたニコレットの弾丸が、怪物のあたまにあたったのです！　射ちながらも、ニコレットは、もしか、まちがって味方を射ちはしなかったか？　と、その青い眼をみはりました。

だがパッとひろがった煙がだんだんにうすれると、怪ゴリラがまるで、瞑想する巨人のようなかっこうで立っているのがみえ、つぎに、なんともいえぬ悲しいような、怒るようなほえ声がその口からほとばしると同時に、怪物のからだはドシンとうつむきにたおれました。

弾丸はみごと、耳から脳をつらぬいたのです！

あとはもとのしずけさにかえった大森林！　しばらくはだれも口をききませんでしたが、やがてさもさも感動したように、黒獅子の大きな声がひびきわたりました。

「なんというすばらしい手並！　男でもこれだけ

に射てるひとがあろうか！　ニコレットお嬢さん！　あんたはわしのいのちもすくってくださった。黒獅子はこのご恩を一生忘れませんぞ！」

　この黒獅子のほめ言葉を聞いて、大てがらをたてたフランス娘ニコレットは、あたまの金髪の根もとまでまっ赤にそめ、はずかしそうな顔をしました。小百合はおもわず抱きついて、この少女英雄の勇ましい顔をほれぼれとみあげました。だが、このとたんに、徳三が、

「あッ！　有田が死んでいる！」

　とさけんだので、みんなは二度びっくりして見ると、なるほど有田が、怪物のたおれたからだの下敷になっています。

　わずか鼻と口だけしかみえていません。だが、みんなであわてて、怪物のからだをころがし、ひっぱりだしてみると、有田コックはただ気絶しているだけでした。すぐに気がつき、眼をあいてキョロキョロあたりを見廻しました。運のいい男です。もしもこの男の下にしめった苔がやわらかいふとんのように生えていなかったら、たぶん、おもい怪物のからだで押しころされていたでしょうに！

　そのつぎに、ニコレットと小百合は、さっき怪物に投げ飛ばされた土人のトヨミのそばへかけつけて行ってみました。だがかわいそうに、この忠実な土人が、完全に死んでいることはひと目でわかりました。

　ちょうど、やさしい鹿が、大蛇にまかれて死ぬように、トヨミは怪ゴリラの腕に力いっぱいおしつけられて、ころされてしまったのです。お医者の心得のあるテリケ老人が、あとで話したのによると、怪物のおそろしい力のために、トヨミの両腕も、肋骨も、それから脊髄の骨までのこらずくだけてしまったのだそうです。それから、テリケ老人の判断によると、あらわれた怪ゴリラが六人のなかで、とくに土人トヨミめがけて飛びついたのは、トヨミが昨日の旅行中、いつも殺されたカルビのそばにいたので、カルビの匂いがついていたからだろうとのことでした。

徳三たちは、長いあいだじぶんたちといっしょにくらし、あのおそろしい洞穴の噴火のなかをもくぐりぬけてきた、このまめやかな土人の死をこころから悲しみました。とりあえず力をあわせてそのなきがらを、森かげにほうむり、みんなで涙をながしてお祈りをとなえました。

女神の家

さて、それがすむと、今度は、みんなでゴリラの死骸をしらべにかかりました。それはみればみるほど、たとえようもないおそろしい怪物でした。

まず目方がどれほどあるか？　それはここでは、計りようもありませんでしたが、とにかくその死骸を持ち上げるだけでも、六人が力をあわせてやっととというおおきなしろものでした。それにたいへんな年よりで、そのながい黄いろい犬歯は、ほとんどすり切れているし、ふたつの眼は頭蓋骨のようにふかく落ちくぼんでいました。頭の毛も、もとは赤か茶いろだったらしいのが、今ではまっ白になり、胸のところの黒い毛もみどり色になっていました。魔法王モトンボがいったように、これはたしかに二、三百年以上いきた怪ゴリラにちがいありません。

さて、みんなでしらべ終ってから、

「さて、この死骸をどうしようか？」

という相談になったとき、この珍らしいけだものの皮をむき、剥製にして持ってかえろうといいだしたのは、有田コックでした。自分はコックで、もともとナイフの使いかたが上手だから、まかせてくれれば、きっときれいに剥製にしてみせるというのです。そこで、みんなは、有田の申し出にまかせることにしました。

有田は大喜びで、手槍をナイフがわりにして、さっそくゴリラの剥製にとりかかりました。徳三たちはそれのできあがるのを待ちながら、ぬれた草でよごれたからだを清めたり、持ち合せの食物をわけ合ってたべたりしました。

二時間ほどで、化ゴリラの皮はうまくはげました。これを草原にひろげて、しばらく太陽のひかりでかわかすと、みんなはそれを有田にかつがせて、また出発することになりました。

思えば、人間のちょっとした思いつきが、あとになってどんな役に立つかは、神さまでなければわかりません。このときつくったゴリラの剥製のために、あとで五人のいのちがすくわれようとは、まさか、そのときはだれも思わなかったのでした。

さて、この悪魔島へわたったときは七人だったのが、今ではたった五人*――徳三、小百合、ニコレット、黒獅子、それからテリケ老人――となってしまった一行は、また山みちをのぼりつづけましたが、気持はさっきよりもずっとほがらかでした。

だって、もうおそろしい白い神は死んでしまったのですから、この島のなかにいるかぎり、こわいものはなくなってしまったのです。

白い神がいなくなると同時に、いきいきとかがやきだしたのは、徳三と、ニコレットの顔でした。徳三には、これでいよいよ、あこがれの黄金蘭が手にはいるぞという希望がわきました。ニコレットには、白い女神にあえるたのしいのぞみがわいたのです。

やがて、たいして歩かないうちに、きゅうに木がなくなり、山のはだに畑のようなものがみえてきました。

これぞ死んだカルビが話した『神の畠《はたけ》』です。白い神とあがめられていた化ゴリラの食物をつくるために、大神主がかわるがわるたねをまきにやってきて、そしてかわるがわるころされていったその畠です。

それは段々になったひろい畠で、トウモロコシをはじめそのほかの穀物がはえ、そばにはそれをうるおす小川がながれていました。化ゴリラは、お腹がすくと、勝手にこの畠のものをたべていたのです。畠に雑草がはえていないのは、湖水のなかに住んでいる白い女神のしもべたちが、ときどきてつだっていたからだ、——と、徳三たちはあとになって聞かされました。

神の畠をすぎてから、五人は、全速力で山をのぼりだしました。みんなこの古い火山の旧火口が近づいたのを知ったからです。

なかでも、ニコレットの顔といったら！

だれよりもまっさきに、いきをもつかずのぼってゆきます。そのうしろすがたをみて、小百合の眼には涙がわきました。ニコレットは、もうすぐまぶたのお母さんに会えるとおもっているのです！ そのうれしさ、たのしさで、まるで足につばさがはえたよう、あんなにはやくのぼっているのです。

「ああ、島の白い女神が、ほんとうにニコレットのお母さんであるように！ どうぞ、いのちがけでここまで探しにきたニコレットが、げんめつすることがないように！」

と、小百合はおもわず、神にいのりました。

やがて、まっさきに山のうえに立ったニコレットは、なにか見たらしく、こうふんした顔で両手をたかくあげると、つぎの瞬間には、くずれるようにペタペタとすわってしまいました。

小百合がいそいで、そのそばへ行くと、とたんに目にはいったすばらしいけしき！

山のうしろは一本も木のない谷で、それが二キロほど傾斜してずっと下へつづき、その底にひろい青い湖があるのです。湖の大きさはまわりが三、四キロぐらい。そのまんなかに、まわりが一キロほどのうつくしい島がみえ、その島には、畑や、シュロの木や、ほかの果物の木がみえました。

ことにみんなの目にとまったのは、島のうえに建っているめずらしい洋館ふうな家。それはほそ長くできていて、家根《やね〔ママ〕》は草でふかれ、ヴェランダや塀などにかこまれていました。また、その家からすこし離れたところに土人の小屋らしいものがごちゃごちゃみえ、そこのまえに、なんだか高い塀でできたかこいがみえました。

そのかこいの上には、ながい棒のさきにつけたムシロがひらひらとひるがえっていました。

「あれだ！　あすこに黄金蘭が植わっているんだ。あのむしろも、まわりに生えてるシュロの木も、みんな日よけや風よけなんだ」

と、徳三がとっぴょうしもない大きな声をだして叫びました。

ニコレットが、いきなり、ぎゅっと小百合の手をつかみました。みるとそのうつくしい顔はまっ青、――からだは熱病にでもかかったようにブルブルとふるえていました。

「小百合ちゃん！　いるのよ、住んでいるのよ！　あの家に白い女神が！」

と、ニコレットは、島の家を指さして、

「でも、でも、もしまちがっていたら！　あすこにいるのがわたしのお母さんでなかったらどうしましょう？　ああ、どうしましょう？　そうしたら、わたしは死ぬよりもつらいわ！」

涙の大きなつぶが、ニコレットの眼からポタポタあふれでています。

「だいじょうぶよ！　ニコレット！　あすこにいるのはきっとあんたのママにきまっているわ！まちがいなんてこと決してないわ。でも、それより、はやくあの島へわたりましょう！」

小百合はこういって、自分ももらい泣きしながら、ニコレットをなぐさめ、手をにぎって、まっしぐらに谷を駈けおりました。

十分とかからずに、水ぎわに立った五人は、汗もふかずに、カルビが話した丸木舟をさがして、アシのなかを歩きました。

「もしも、その丸木舟がなかったら、せっかくここまできても島へは渡れない」

そうした不安で、みんなのこころは波立っていました。そのうちに、黒獅子がひと声たかく、

「あったぞう！」

と、どなりました。

かけつけてみると、アシのなかの入江のようなところに、十四、五人も乗れそうな、大きな丸木舟がかくれていました。櫂もたくさんついていまし

た。五人はすぐそれに乗りうつり、黒獅子とテリケ老人が漕手で、湖の上を島めがけて進みました。

それはまったくしずかに眠っているような島、――舟が近づいても、だれひとりあらわれる者も、声をかける者もありません。まもなく、舟は島のちいさな桟橋につきました。みるとこ〔こ〕からむこうの家へとつづく小みちがあります。どんな敵がかくれているかわからないので、ニコレットは猟銃をピタリとかまえて、まっ先に下りたちました。

どうして島がこんなに静かだったか、そのわけはあとになってからわかりました。ちょうどこの時刻は、白い女神に使われている土人の女たちの昼寝の時刻だったのです。それから、もうひとつ、島には見はり人がいて、丸木舟の近づくのをみていたのですが、大神主カルビが、お供をつれて、白い女神に会いにきた舟だと思って、べつにさわぎ立てもしなかったのでした。

五人は最初、シュロの木にとりまかれている囲いの前にきました。徳三はたちまちサルのようにその塀によじのぼり、なかのようすをのぞきましたが、

「あッ！　なんてすばらしい！」

と、ひとこと叫んだきり、すぐに塀からおりてきて地べたにすわってしまいました。

かれは、とうとう、ながいあいだ夢にみた黄金蘭のほんものをみることができたのでした。

このとき、ニコレットと小百合は、ひと足さきに女神の家へと近づきましたが、あと五、六歩というところへくると、ニコレットは急に立ちどまり涙声で、小百合にたのみました。

「小百合ちゃん！　さきへ行ってちょうだい。女神に会ってちょうだい！　わたしには、とても、とても、それだけの勇気がないわ！」

小百合はいわれた通り、しのび足で、その家に近よりました。アシでつくった塀に、アシでつくった門、その門が半分あいていたので、小百合がソーッとはいってゆくと、なんだか人の声が聞

えるようにおもいました。みると、ヴェランダの奥にひとつの部屋がみえ、そこには木のテーブルがあり、テーブルの上にはなにか食物のようなものがのっていました。

気がつくと、ヴェランダのむしろの上に、女の人がただひとり、影のようにすわっていました。紫のふさをとった、まっ白なガウンのようなものを着て、きみょうな光をはなつ宝石の首かざりをしています。年は四十ぐらい。上品な顔で、すんだあおい眼をし、うつくしい金髪を、ながくふさふさとうしろへたらしていました。そして、その女のひとは、いま眼に涙をうかべ、一心に神に祈りをささげているところでした。

感激の再会

「神さま、おねがいでございます。どうぞわたくしを一日もはやく、このおそろしい野蛮地から、文明人のすむ世界へかえしてください。神さま、ここへきてから、今日までのながい月日、わたくしの身を、安全におまもりくださったあなたのお恵みにはふかく感謝しております。でも、わたくしはただひとつ、どうしても娘のゆくえが知りたいのでございます。あの父も母もないかわいそうな子は、いまでも世界じゅうのどこかで、ぶじに生きているのでしょうか?

神さま、わたしは、ただひと目あの子にあえたら、あとはもうすぐ死んでもいいのです。それとも、万一あの子がもう死んでいるのでしたら、神さま、どうぞわたしを、このまま、すぐ天国へお召しください。こんなおそろしいところで、いつまでも、さびしくひとりでくらしているよりも、わたしは、早く死んであの子にあいとうございます……」

はっきりとすきとおるうつくしい声で、その白いガウンの女のひとは、こんないのりを、きれぎれなことばで神にささげていました。そして祈りとともに、涙のつぶがあとからあとから、そのほおをながれ落ちるのでした。

小百合は頭のさきから爪さきまで、ジーンとした感動にうたれ、だまってニコレットのいるほうをふりかえりました。

かわいそうに、ニコレットは、なにかおそろしいしらせでも待ちかまえているように、顔に両手をあてて、わざとむこうむきに立っているのです。

小百合は、ニコレットのそばへ飛んでゆき、

「あなたのお母さん、いたわ！」

とさけびたくなりました。でも、もっとよくたしかめて、と思いなおし、ひとりでソッと庭へはいり、ヴェランダに近づき、わざと大きくせきばらいをしました。と、女のひとはびっくりして顔をあげ、小百合をみると、まるで幽霊でもみたような顔をしました。

「おくさん、おどろかないでください。神さまはあなたの祈りを聞いてくださいました。わたしたちは遠くから旅をしてやっとここへきました。そしてあなたをおすくいできるとおもいます」

小百合が、これだけをフランス語でいうと、ガウンの女は、おどろきながらも、うたがうような目つきで、

「でも、どうしてあなたはここまできましたか？　わたしはこの島の白い女神です。わたしと口をきいた旅人はみんなすぐ死ぬのですよ」

「いいえ、それは土人の迷信です。わたしたちはだいじょうぶです。それから、奥さん。わたしたちは五人いますが、そのなかにひとり、フランス人もまじっていますのよ」

「えッ、フランス人？　それはどんなフランス人です？　男ですか？　女ですか？　それから年はいくつぐらい？」

白いガウンの女は、おもわず立ちあがりかけました。

「わたしよりひとつお姉さんで、名前はニコレット！」

このこえを聞くか聞かないうちに、その女のひ

とは気絶したように、ふらふらと前へのめりかかりました。小百合はあわてて抱きとめ、いそいで、その耳にささやきました。

「ニコレットのお母さん！　ジョルゼット・ファーレルさん！　せっかくニコレットがあいにきたのに、いま死んじゃだめですよ。しっかりして！　しっかりして！　わたし、すぐニコレットを呼んできます！」

と、女のひとは、たちまち気をとりなおしました。眼をパッチリあけ、からだをシャンとさせて、

「では、ごしょうです！　はやく！　はやく！」

小百合はいそいで門のそとへかけだしました。みると、ニコレットをとりまいて徳三たちも立っていました。ものをもいわず、ニコレットの腕をとると、小百合はグイグイ庭のなかへひっぱってゆきました。

ああ、白いガウンの女とニコレットが、顔をみあわせた瞬間、その感動的な光景！

「あッ！　おまえはニコレット！」

「ママ！」

ガウンの女は、気ちがいのようにヴェランダから駈けおりると、金髪のフランス娘を両腕でかたく胸のなかに抱えこみました。ふたりのほおには、再会のうれし涙がたきのようにあふれ落ちています。

これをみた小百合は、なんということなし、思わず声をあげてもらい泣きしてしまい、だまって門をしめると、自分だけ逃げるように外にでました。

それから十五分後、ニコレットのすがたが、門のそとにあらわれました。顔は泣きはらしてまだまっ赤でしたが、その両眼はなんともいえないよろこびで、いきいきとかがやいていました。四人をみると、ニコレットは、だれよりもさきに小百合の手をかたくにぎりしめ、

「小百合さん、ありがとう。わたし、とうとうママにあえたわ。まるで夢のようだわ。ママがみなさんにお礼を申しあげたいといってますから、どうぞうちのなかへ入ってください」

と、まだ昂奮のさめない口調でいいました。

黒獅子と有田コックを見張りのために門のそとへのこし、徳三と小百合とテリケ老人は、はじめて白い女神の家にはいりました。

それは、居間と寝室と、ふた間しかないちいさな家でした。うつくしく神々しいファーレル夫人は、ていねいなことばで、徳三たちに、娘をここまでつれてきてもらったお礼をのべたあと、さっそく三人を食事に招待しました。

テーブルの上には、野菜と、ゆでたアヒルの卵の料理がならんでいました。ニコレットはおなじお料理を、門のそとのふたりにも運んでやりました。ファーレル夫人が十二年前、メラボの部落で人食い土人におそわれ、夫を殺され、かわいいニコレットと別れわかれになってから、ついにこの島に住むようになったまでの話は、じつにながく、くわしく書いたら、これだけで、ながいりっぱな冒険小説になるほどでした。

とにかく夫人は、牧師館を焼かれ、何百人という人食い土人に追いまわされ、どうしても土人のばあやにあずけたニコレットを探すことができず、そのまま、ひとりで、メラボを落ちのびたのでした。それから、アマゾンの奥地をあてもなくさまよい、いろいろな土人の部落でつかまりました。

しかし、奥地の土人たちはこれまで白人の女をみたことがなかったので、どこへ行っても夫人は神さまあつかいされ、べつだんこわい目にもあいませんが、そのうちに、なんとかして故郷へ帰りたくなり、ある部落を逃〔げ〕だして山のなかをさまよううち、ポンゴの土人隊につかまったのです。

そのころポンゴの国では、年とった白い女神が死んで、そのかわりがみあたらなかったので、大王モトンボは、国のそとへ捜索隊をだしていました。

夫人は運わるく、それにつかまって、この湖水のなかの島へつれてこられたのです。

夫人はポンゴの国の、もうひとつの神である、化ゴリラのうわさは土人からきいていました。しかし、たった一度、それのほえる声を遠くから聞いただけで、すがたはとうとうみなかったということでした。

ファーレル夫人が、このながい物語をみんなにきかせているあいだ、ニコレットは、うれしそうにぴったりママに寄りそって、その顔をあきず、見あげていました。そして、ファーレル夫人が、

「十二年といえば、ずいぶんながい月日です。でもそのあいだ、わたしはニコレットがまだ生きていて、いつかはあえるという希望を一日でも失ったときはありませんでした」

というと、

「ママ、わたしもおんなじですわ。この探検隊にはいってからも、どんなくるしいときでも、わたしはきっとママにあえるといつも信じていましたわ」

と、ささやくのでした。

ようやく夫人の話がおわると、徳三は、待ちかねたように黄金蘭の話を持ちだし、

「奥さん、ぜひ、そのめずらしい花をみせてくださいませんか」

とたのみました。と、夫人はたちまち、おごそかな顔をして、

「それはいけません。あの神の花をごらんになったら、あなたがたはすぐに死にます」

と、おそろしそうにことわりました。

しかし、この夫人の気持をすぐにかえさせたのは、ニコレットのむじゃきなことばでした。

「ママ。あなたはわたしたちにあったうえは、もう土人の迷信からさめなくてはいけません。

白い神もわたしの銃で殺されてしまったのよ。土人があがめる神の花だって、わたしたちからみれば、ただの植物ですわ。さ、はやく小百合さんのお父さんにみせてあげてください」

ファーレル夫人は、それでもまだしばらくはモジモジしていましたが、やがて決心したように立って、家のうら手へ行き、手をポンポンとうち鳴らしました。

すると、どこからかひとり、唖の土人の老婆がでてきて、びっくりしたように、徳三たちをみつ

めました。ファーレル夫人が手まねでなにかいいつけると、その老婆はていねいなおじぎをして、いそいで、湖水のほうへゆきました。

「丸木舟についている櫂をとりにやったのです。こうしてから、舟にわたしのしるしをつけておけば、だれもむこう岸へわたるものはありません」

と、夫人がしずかにいいました。

なるほど、こうしておけば、いま五人の旅人が白い女神の家にいることは、魔法王モトンボにも知れないはずです。

ふしぎな計画

やがて、五人は夫人に案内されて、黄金蘭の生えているところへいきました。

夫人がたかい板塀のとびらを左右にひらくと、たちまち目に入ったすばらしい花のすがた！　それはまったく夢の世界へ歩みいったようなきもちでした。その植物は、さしわたし八フィートぐらいで、葉は長くほそくて、濃いグリーンの色。そして、その茎のてっぺんをかざった花々のうつくしさ！　みごとさ！　花びらの数はちょうど十二あって、いまをさかりと咲きほこっていました。

人の身のたけほどもあるその花は、ぜんたいがまばゆくきらめく壮麗な黄金いろ――そして、それぞれの花びらのうえには、判で押したように、猿の顔そっくりのあやしい模様が、はっきりとついているのです。

これを眺めた五人は、ただ感嘆のためいきをつくばかりでしたが、なかでも小百合の父徳三のよろこびかたは、気ちがいじみていました。かれは、地べたにピタリとすわって、眼をすえ、口のなかでなにかひとりつぶやきながら、いつまでも飽きずにみとれているのでした。

それもそのはず、徳三は、ただ、このめずらしい花が採集したさに、山のようなお金をかけて探検隊をつくり、いのちがけの旅をかさねてここま

できたのですもの！　やがて徳三は、ファーレル夫人にむかい、

「奥さん、この黄金蘭はここにただ一本あるだけですか？　この近所にもっと生えているんじゃないでしょうか？」

と、ききました。

すると、夫人は、ポンゴの国の規則として、この神の花はただ一本この島にあるきりで、もしもたねがこぼれてほかに生えたら、お祭をして、すぐ抜いて焼きすてるのだと説明しました。

それから、花の根もとを指さして、

「ほら、そこにカメがあるでしょう。そのなかには、去年この花からこぼれたたねがひろっていれてあるのです。そして、それは新月の晩、わたしと大神主とでお祭をして、焼きすてることになっています」

「ママ、でも大神主のカルビは死んでしまったわ。もうこの島へはこないことよ」

と、この話をきいたニコレットが、途中カルビの殺されたことを母親に報告しました。

さて、見物をおえてこの花園を立ちさるとき、いちばんあとにのこってキョロキョロとあたりを見まわしたのは有田でした。

かれは、すばやくカメのなかへ手をつっこみ、黄金蘭のたねをひとつかみにぎると、そっと服のポケットへおしこみました。

しかし、さいわいに、だれも気がつかなかったので、かれはすました顔で、ノコノコみんなのあとについてでてきました。

もう一ぺん、ファーレル夫人の小屋へもどると、さっそく徳三が、心配そうな顔でいいだしました。

「さて、これからどうしよう。化ゴリラは死んでしまったから、森をぬけて帰ることはぞうさないが、舟がないから、それからさきのちいさな湖水は渡れない。おまけに湖水の向岸にはあの魔法王のモトンボが、ちょうどクモの網を見はってるばけグモのようにひかえている。そして、そのまた向うの洞穴には、悪者のコンバが大ぜいの人食い

土人の兵隊をつれて待伏せているのだ」

これを聞いたファーレル夫人は、かなしそうにいいました。

「そうです。このおそろしい島からは、とてもわたしたちは逃げだすことはできません。せっかく十二年ぶりで娘にあったばかりですけれど、わたしたちはもうここで死ぬよりほかありません。だから、モトンボの兵隊たちがせめてくるまで、わたしたちはこの島で、のこったみじかい日数を、せめてたのしくくらしましょう」

「ママ！　なんて悲しいことをおっしゃる。あなたは勇気をおなくしになったのね。そんな心ぼそいことおっしゃらず、わたしたちはぜひここを抜けだしましょう。みんなで考えればきっといい方法がみつかりますわ」

こういって、母親のことばに、まっさきに反対したのはニコレットでした。そして、そのうつくしい眼を小百合のほうへ向けると、

「小百合さん！　おねがい！　あなた、考えだしてくださらない？　わたしたちの命が助かるいい方法を！」

とたのみました。

小百合はしばらくジッと考えていましたが、やがて、ふと思いついたようにいいだしました。

「ねえ、ニコレットさん。神さまにだって心があるんでしょ。だから、わたし、神さまが旅行したくなったということだってあるとおもうわ」

「えッ？　神さまの旅行？　それはどんな意味なの？」

小百合があんまりとっぴなことをいいだしたので、ニコレットは目をまるくしてたずねました。

「それはこうよ。つまり、あの黄金蘭の花はポンゴの国の神さまでしょ。その神さまが、あんまりながくおんなじ土地にいたので、すこし、よそを旅行してみたくなったわけよ。そうすると、あなたのママはその花の神のお守役だから、いっしょについてこの国をでなければならないわけよ。そうなればこの国をでてゆく理屈がつくわ」

「そうだ、小百合！　それは名案だ！　とてもいい思いつきだ」

　徳三がうれしそうな声をあげて賛成しました。というのは、徳三は、なんとかして黄金蘭を根こそぎ持って帰りたくってたまらないのです。でも、島にただ一本しかないのをみて、それがいいだせず、ジリジリしていたのでした。

　そこへ娘の小百合がこんなふうにいってくれたので、

「しめた！」

　とおどりあがってよろこんだのでした。しかし、これを聞いたニコレットは、眉根にしわをよせて、心配そうにいいました。

「でも、それは困るわ。この国の神さまは、黄金蘭と化ゴリラでしょう。それなのに黄金蘭の神さまだけが旅行するわけには行かないわ」

　と、このとき、だまって聞いていたテリケ老人が口を入れました。

「それなら、化ゴリラもいっしょに旅行すればよいのじゃ。さいわい、あのゴリラはもう皮になっておる。だれかが、その皮をかぶって、白い神に化けて旅立てばよいのじゃ」

「でも、だれがあの皮をかぶるの？」

　と、ニコレットが四人の男をみまわしました。

「有田コック！」

　ふとい声で、こうどなったのは黒獅子でした。

「と、とんでもない。あの皮をかぶって、日にでもあたったら、とてもくさくて、がまんできるもんじゃない。それにわたしはからだが小さいから、とてもゴリラの身がわりはだめ。やっぱり黒獅子さんにたのまなけりゃ」

　と、有田コックが、両手であたまをかかえました。

「いいや、どうしてもこの役は有田だ。黒獅子は勇士だから、まさかのときには、先だちになってたたかってもらわなければならない。有田は戦争にはむかないかわり、知恵があるから、ぜひ皮をかぶる役にまわってもらおう」

徳三がこうつよくいいはりました。それで、有田は、しぶしぶながらゴリラの役をひきうけました。こう話がきまると、ファーレル夫人をくわえた一行六人は、明日の朝はやくこの島をでてゆくことにきまりました。

そうなると、ファーレル夫人は、まず島にいる自分の召使を、のこらず呼びあつめました。あつまった土人の女は、たいてい唖で聾というかたわ者でしたが、ズラリとヴェランダに顔をならべました。

ファーレル夫人は、いかにも女神らしい威厳をもって、この女たちに、こんど森に住んでいる白い神が死んだこと――それで、その白い神の妻と呼ばれている黄金蘭の花の神は、その報告をするために、これから大王のモトンボのところへでかけてゆくこと――だから、その留守のあいだおとなしく島を守っているようにといい伝えました。

ところが、この土人の女たちは、ファーレル夫人と短かいあいだでも別れることがとても悲しいらしく、そろっておいおい泣きだしました。なかでもいちばん年とった女は、夫人の足もとにひれ伏して、

「白い女神は、いつお帰りになるのですか？　あまりおそいとわたしたちは悲しみで死んでしまいます」

とうったえました。ファーレル夫人も泣きながら、

「帰る日はわたしにはわからない。それはモトンボ大王の気持しだいですから……」

と答え、それから、女たちに、いそいで、神聖な黄金蘭を根もとからぬきとるようにめいれいしました。徳三は大よろこびで、十二人の女の監督になって、勇んで花園へと出かけました。

やがて、何世紀となくこの島にはえていた神聖な花は根こぎにされ、ぬれたコケですっかり根もとをつまれ、十二の花びらがこわれぬよう、たくみにムシロにくるまれ、竹でできた大きい担架の上にのせられました。

そのころ、もう島には夕ぐれがせまり、だれも

かれもすっかりつかれきっていました。

と徳三は、ファーレル夫人の小屋へ帰るみち、とつぜんこんなことをいいだしました。

「ぼくと、黒獅子とは、こんや黄金蘭の花をおいたあのかこいのなかで寝る。テリケ老人と有田は、気の毒だが、湖水の舟のなかで寝てくれ。どうもさっきからようすをみていると、土人の女たちのなかには、うら切りをやりそうなのがいるような気がする」

そこで徳三と黒獅子が、その晩花園のなかで寝ていると、ちょうど十二時すこし過ぎたころ、だれか忍び足でやってきて、花園のとびらをあけてのぞきこんだものがありました。ちょうど、さしのぼった月のひかりですかしてみると、ひるま働いていた唖女のなかの三人の顔がみえました。たしかに彼女らは、神聖な花をよそへやるのが惜しく、そっととりもどしにきたのでした。そこで徳三が起きあがって、わざと大きなせきばらいをすると、三人の人影はあわてて逃げだしていってしまいました。

最後の冒険

その翌朝、ファーレル夫人をかこんだ一行六人は、とうとう島を出発しました。

岸辺には土人の女たちがのこらずならび、涙をながし、声をあげて別れをおしみ、送られるファーレル夫人も、ながい年月、さみしいひとりぐらしをつづけた、おもいでのみどりの島や、小屋をながめて、あつい涙にほおをぬらしました。

さて、舟がむこう岸について、これからいよいよ歩くことになると、六人は、ふたつの重い荷物でくるしみました。

ひとつは、剥製にした大ゴリラの皮、もうひとつは担架にのせた黄金蘭です。もっとも、ゴリラの皮のほうは、ひと晩、湖水の岸の草むらに隠しておいたあいだに、大アリがあつまって皮についたのこり肉をきれいに食べてしまったので、もうカラカラに乾いたようになっていましたが、それでもこのふたつの大きな荷物をかついで、ながい山道をゆくことはたいへんなくるしみでした。

それでも、徳三と黒獅子はがんばって、休みやすみ、こんきよくこの荷物をかついでゆきました。

やがて、六人は、あの神の畠をぬけ、きみのわるい墓場をも越えて、とうとうちいさい湖の岸までたどりつきました。そのときは、もう日がくれて、あたりはうすぐらくなりかけていました。

「さあ、ここまではきたが、これからさきどうしたらいいだろう?」

六人は、岸のちかくで、輪になってやすみながら、相談しあいました。

かんじんの舟がないので、眼のまえの湖をわたることができない。万一渡れても、むこうの岸の洞穴の近所には、あのばけもののようなモトンボ大王が、たくさんの兵士をつれて目をひからせて待ちかまえている。ちいさい湖水だから、泳いで越せないことはないが、くるときにみかけたように、水のなかには、おそろしい人食いワニがウヨウヨしている。また、このへんにはイカダをつくるような木は一ぽんも生えていない。

徳三たちは、思案にあまり、

「ウーム」

とうなりながら、くやしそうにむこう岸をながめました。湖水の上はもう、うすぐらくなっているのでよくみえませんが、むこう岸のきりたった崖が、まるで黒い岩の大きなお城のようにみえ、そのなかにあんぐりあいた洞穴の口だけがぼんやりみえます。六人が、ここから人間世界へのがれでるみちは、ただひとつ、――どうしてもあの洞穴をぬけて行かなければならないのです。

「ああ、舟がなければ、おれたちはもう、死ぬまでこの島にいるよりほかないなあ」

と、おくびょうものの有田が、かなしそうな泣き声をあげました。

日がくれるといっしょに、あたまの上の空に黒雲がおおいかぶさり、どうやら嵐のきそうなけはいになりました。ときどきかみなりの鳴る音がきこえ、ピカリピカリと、いなずまがひらめきだしました。

このいなずまをみて、とつぜん決心がうかんだように、フランス娘ニコレットがいいだしました。

「では、わたしが思いきって泳いでいって、舟をひっぱってきますわ」

「えッ、おまえが」

ファーレル夫人がおどろいて叫びました。山のうえの島の小屋をでてから、この母親は、十何年ぶりであった娘がいとしくてたまらぬように、すこしのまもはなれず、手をにぎりしめていたのです。

「だって、この人たちのなかでは、きっと、ミューズ河の岸でうまれたわたしが、いちばん泳ぎが上手だとおもいますもの」

「でも、ワニは？　いまでも、あのとおりボチャンボチャンとはねる音のきこえる、あのおそろしいワニは？」

「ママ、わたし、小さいとき本で、ワニはかみなりが大きらいだって読みましたわ。もうじきみんな岩のかげに隠れてしまいますわ」

このとき、徳三が進みでていいました。

「ニコレットさん、あんたはつよくても女だ。そんなぼうけんはおやめなさい。せっかく苦労してあえたお母さんを、また悲しませることになる。泳ぐことなら、ぼくにもできるから、ぼくがかわってゆく」

「いいえ、だめです。あなたは泳げても、わたしほどうまく銃がうてない。弾丸はもうたった一発しか残っていないんです」

「銃？　あんたは銃を持って泳いでゆくんですか？　なんのために？」

徳三はあきれた顔で、ニコレットをみました。

「なんのためって、わたしには考えがあるのです。だからみなさん、どうぞこのことは、なんにもいわず、わたしにまかせてください。

わたしが泳ぎきれずにワニに食べられ、最後の一発の弾丸がだめになったら、もうわたしたちの運命はおしまいです。そう思ってあきらめてください。ねえ、ママ、あなたもわたしをゆるしてくださるでしょう」

ニコレットの顔には、オルレアンの少女、ジャンヌ・ダークのような、なにものもうごかすことのできないつよい決心があらわれていました。

これをみたファーレル夫人は、とうとう、

「いいわ、ニコレット。おまえの尊い決心にまかせるわ。ここまでおまえをつれてきて、わたしにあわせてくれた情ぶかい神さまは、まさか、いまになっておまえをみごろしにはなさらないでしょう」

と叫んでしまいました。そして、つつましく、地上にひざまずくと、天の神さまに熱心な祈りをささげました。

「では、そうきまりました。みなさんはわたしといっしょに水ぎわまできてください。そうして万一、わたしが敵に追いかけられたときの用心に、有田さんにゴリラの皮をきせ、さも『白い神』が岸に立っているようにみせかけておいて、みんなはそのかげにかくれて待っていてください。わたしは大急ぎで、舟をひいてもどってきます」

ニコレットはこう命令し、さきに立って歩きだしました。水際までくると、ニコレットは、徳三の汗とあぶらでしみた洋服を引きさき、その布にだいじな銃をぬれぬようすっかり包み、それをかた手に持ちました。

「では、みなさん、行ってきます」

ニコレットは、第一に母親ファーレル夫人にお別れのキスをしました。かわいい娘を、力のかぎり抱きしめたファーレル夫人の口からは、かすかなむせび泣きがもれ、その両腕はいつまでも娘をはなそうとしませんでした。つぎにニコレットは、なかよしの小百合のほおに、やさしいキスをしました。

「気をつけてね。死んじゃいやよ」

と小声でささやく小百合の顔にも、涙が光っていました。それからニコレットは、のこるひとたちと、いちいちかたい握手をかわしたあと、いよいよ、おどりこむ姿勢になって、湖水の岸の岩の上に立ちました。

と、このとき、あたかも、もうれつないきおいで降りだした大雨のなかで、歌うがごとく、祈るがごとく叫んだのは、黒獅子でした。

「ああ、わしは今日まで生きていてほんとによかった。わしは生れてはじめてこんな勇ましい娘をみた。わしは神さまにお礼をいう。こんなすばらしい、世界にけっしてふたりとみられぬ娘さんをみせてくれたことを。ああ、わしは今夜かぎり、もう死んでもいのちを惜しいとは思わぬ」

だが、このことばの終らぬうち、ピカリとひらめいたいなずまもろとも、ザブーンという水音がしました。ニコレットが勇ましくもまっ黒な夜の湖水に飛びこんだのです。

ああ、たったひとり、なにがすんでいるとも知れぬ魔境の、夜の湖水にうかんだニコレット！

彼女は飛びこむなり、一心に抜手をきって泳ぎだしました。湖水といっても、まわりが二、三百メートルぐらいなちいさなものです。ちいさいときから、故郷のミューズ河で泳ぎきたえたニコレットにとってはたいした距離ではありません。

ただ、やっかいなのは、泳ぎながら左の腕で、たえず猟銃をぬらさぬようさし上げていなければならないことです。これが一度でも水にひたったら、ニコレットのけいかくはやぶれ、六人は死ぬまでこの魔境を逃げだすことはできないでしょう。そのつぎに、おそろしいのはいなずまでした。あまりこれに明かるく照らされると、むこう岸の敵にじぶんの姿がみつけられるかも知れないのです。ニコレットは、このふたつの、おそれと心配で、胸をおどらせながら、むちゅうで泳ぎつづけました。

しかし、運のいいことは、第一に風が吹いていないことでした。風があって、湖水が波立っていたら、泳ぐのも骨がおれ、またたいじな銃がしぶきですぐぬれてしまったでしょう。それから、第二のしあわせは、泳いでゆくみちの見当がすこしもくるわなかったこと、というのは、むこう岸の洞穴の入口には、土人の兵士たちのたくかがり火が燃えていましたから、それがニコレットにとっては、舟をみちびく燈台のような役目をしてくれたのです。それから、いちばんおそれていた湖水のワニ——これはありがたいことに、本でよんだ通り、いなずまのひかりをこわがってか、ちっともすがたをあらわしてきませんでした。

ニコレットは、二十分ほど泳ぎつづけて、とうとうむこう岸につきました。そこはあたまの上に大岩がつきだし、下にあさい水をたたえた舟着場でした。いつぞや、ニコレットたちがしばられて、コンバといっしょに舟出したところです。ニコレットは、まだ胸まで水につかりながら、岩底の上につったって、ゆだんなくあたりを見まわしました。そのつぎに、ながく銃をさし上げていたために、すっかりかたくしびれてしまった左腕をふりまわしてしびれをなおし、それから、猟銃をつつんでいた布をはいで、すぐにも射てるようなじゅんびをととのえました。

悪魔島よ、さらば

まつげにやどった雨のしずくをふりはらうと、ニコレットには、目の前のけしきが、はっきりみえました。すぐそこにあの舞台のような大岩があり、その上に、大きなヒキガエルみたいなモトンボ大王がすわっていました。だがいま、かれはくるりと湖水のほうに背中をむけ、洞穴のほうをみていました。どうやら、家来や兵士たちは眠ってでもいるよう。あたりはしずかです。

「うん、これならモトンボを射たなくてもすむな。ソーッとこの丸木舟をひっぱって泳いでもどろうかしら。なるべく銃の音など立てないほうがいい」

ニコレットはこころのなかで思いました。そこで、さっそく、舟着場につないであった一そうの丸木舟をうごかそうと手をかけました。

ところが、その瞬間に、モトンボ大王が、とつぜん、くるりとこちらへ向きなおりました。ニコレットはまだなんの音も立てなかったのですから、たぶんこれは、虫が知らせたとでもいうのでしょう。

おまけに、おりもおり、ちょうど、このとき、つよいいなびかりがサッときらめいたので、ニコレットのすがたは、ハッキリ悪魔王にみられてしまいました。

そのきみのわるい、火のような眼で、ジロリとニコレットをみたモトンボは、

「白人だな」

と、しわがれた声でひくくつぶやきました。

「しまった！」

と、かんねんしたニコレットは、いなずまが消えた闇のなかで、さっそくモトンボめがけて、銃のねらいをつけました。

だが、それよりもはやく、ニコレットの手に、おそろしい銃がにぎられているのをみたモトンボは、大いそぎで、右手に持った大きな角笛を口にあてました。

「あ、あの角笛を吹かれたら、大ぜい兵士がかけつけてくる。そうすれば、なにもかもめちゃめちゃだ」

ニコレットがこう思った瞬間、またもやいなずまがピカリとひかって、つづいて耳をつんざくように大きくかみなりが鳴りだしました。

「神の助けだ。いま射てば銃声はかみなりにまぎれて聞えまい」

おもうが早いかニコレットは、すばやくモトンボの顔をめがけ、ごうぜん、最後の一発をねらい射ちました。

と、大きな角笛は、からりとその手から落ち、モトンボのからだはかたくこごえついたようになり、動かなくなりました。

「命中した！　わたしの腕は、こんなときにもくるわなかった‼」

こう思って、ニコレットは、うれしさで胸がいっぱいになりました。しかし、かすかながらにも銃声を聞きつけた兵士たち――さもなくば、あたりの小屋に住んでいる家来たちが、いまにも大ぜい飛びだしてくるような気がして、あたりに、ゆだんなく眼をくばりました。

だが、ありがたいことに、しばらく待っても、だれひとりの影法師もあらわれてきません。いまの銃声は、たしかに雷の音にかくされてしまったのでした。そして家来たちは、日がくれると何十年、何百年となく、身うごきもせず、この大岩の上にすわりつづけている妖怪王モトンボをそのままにして、ただ、そのそばにかがり火だけを焚き、角笛の鳴らないかぎり、どこかでしずかにやすんでいるのにちがいないのでした。

ニコレットは、ほっと安心して、一そうの丸木舟のともづなを解き、それへ乗りこみました。そして、櫂を上手にあやつって、たちまち、入江のそとにこぎだしました。

と、そのとき、またしても、ピカリッとひらめいた大きないなずまのひかりで、ニコレットは、いくメートルもはなれていない岩の上のモトンボのすがたを、ハッキリみました。

ころされたモトンボは、すがたもくずさず、岩の上にすわっていました。その、こちらをむいたおそろしい顔の、ちょうどひたいのところには、いま射ちこんだ弾丸のあとがまるく口をあき、その下の両眼は、カッと大きく見ひらかれ、たれさがったながい眉毛の下から、今でもニコレットをにらみつけているようでした。

角ばった下あごがダラリとさがり、蛇のような赤い舌がニューッとでていました。ふくれあがった、ちょうどウシの皮のようなほっぺたのいろは、灰いろにかわり、そこに、ヒキガエルそっくりの、きみのわるい斑点が、ポツポツあらわれていました。

あまりにもおそろしいこの悪魔王の最後の形相に、ニコレットはおもわず、

「ああ！　こわい！」

と叫び、身をふるわせました。そしてむちゅうで、持った櫂をはげしくうごかしました。

やっとのことで、ニコレットは、徳三たちの待っている反対岸へ漕ぎもどってきましたが、とたんに、またもやギョッとしました。

昨日ころした白い神の化ゴリラが、岸の草むらのなかに、ニューッと立っているのです。ちょうど雨雲がはれて、ひとすじ射した月のひかりのなかで、そのすがたのおそろしくみえたこと！　だが、ニコレットはすぐ思いだして、おもわず高笑いしました。なんと、これは化ゴリラの皮をかぶって、ニコレットの帰りを待っていた有田コックだったのです。

ニコレットが無事にもどったのをみると、ファーレル夫人ほかの人たちは、よろこんで飛びだしてきました。だが、ニコレットは、この人たちに、くわしいみやげ話をするひまもありませんでした。口早に、モトンボをうちころしてきたことをしらせると同時に、大急ぎで五人を舟に乗りこませました。

一分もはやくむこう岸へつき、モトンボの死んだことをだれも知らないうちに、あの洞穴道から逃げだそうとおもったのです。

やがて、丸木舟はぶじに反対岸の舟着場につきました。みんなは足音を忍ばせ、そろって上陸しました。さいわいなことに洞穴の口もとは静かでした。ただ、たいまつのひかりがいくぶんうすくなっただけで、あたりに人かげはみえませんでした。

悪魔王モトンボのおそろしい死顔をきみわるそうに横目でみて通った六人は、ぶじに洞穴道にはいると、めいめいそこらにあったたいまつをひろいあげて、それに火をつけ、一列縦隊になって進んでゆきました。

とうとう、洞穴の出口までたどりつくと、そこにひとり、ポンゴ人の歩哨が立っていましたが、だしぬけにあらわれた列の先頭に、世にもおそろしい白い神の化ゴリラが立っているのをみると、

「ウアーッ」

と叫んで、ペタペタと地面に尻もちをついてしまいました。そこを黒獅子がおどりかかっておさえ、ありあわせの縄で、ぐるぐる巻きにしてしまいました。

こうして、ファーレル夫人をすくいだした徳三の一行は、ついに、世にもおそろしい悪魔島から逃げだすことに成功しました。

六人は、すべてがつごうよくいった、じぶんたちの運のよさをよろこびあいながら、今度はたいらな夜みちを、ポンゴの都さして進んで行きました。

しかし、町へはいるなり、おそろしいさいなんが徳三たちを待ちうけていました。町の人たちは最初のうちは白い神が歩いてくるすがたをみて、びっくりぎょうてん。みんな家のなかへ逃げこんだので、六人は、まるで人のいない町を通るように大いばりでしたが、そのうちに、いくぶん落ちついたポンゴ人たちは、今度は、じぶんたちのあがめる白い神が、なんで島から町へあらわれたのか？　そしてどこへ行くのかをみとどけようとして、どっとそとへ押しだしてきました。六人は大ぜいの人間にかこまれて、身うごきもできないようになりました。

おりもおり、そのまっ最中に、化ゴリラの皮をかぶって、白い神になりすましていた有田が、とんでもない大失敗をやりました。それは往来の石ころにけつまずいて、あおむけざまに倒れたことです。これで、かぶっていたゴリラの皮はみごとにはげ、なかから小男の有田がころげ出ました。

このしくじりがもとでポンゴの都は大さわぎ――たちまち六人は、剣をひらめかせたコンバの兵士たちに追いかけられる運命になりました。

そのあやうい追手からようやくのがれて、あのマミとポンゴのふたつの国をむすぶ大きな湖水の舟にのりこんだ六人のその後の運命――六人が湖の上で、たくさんの敵の舟とたたかいながら、どうやらマミの国まで、ひとりも殺されずにたどりつく冒険の物語は、あまりながくて、くわしくここで書くことができません。

だが、とにもかくにも、日本人、フランス人、ブラジル人をまぜたこの一行は、ぶじに悪魔の国ポンゴをのがれでて、マミの国にしばらくたいざいしたあと、新しいみちをみつけて、本国へもどることになりました。徳三たちは、それからもいろいろふしぎな苦労をして、ふたたびアマゾン河をくだり、マナオスの町へもどりました。

ファーレル夫人と勇ましいニコレットは、マナオスの町で徳三たちに別れ、めでたく、うまれた国フランス行の汽船に乗りこみました。徳三と小百合もそれからまもなく、ブラジルを発ってぶじに日本にむかいました。

ただひとつ、おしいことは、せっかく骨をおってタンカにまでのせて運んできた、あの黄金蘭の花は、かえりの舟戦のなかで、化ゴリラの皮といっしょに、とうとう湖水に沈んでしまいました。

しかし、さいわいに、有田コックのポケットのなかには、あのとき、徳三たちの知らないまに盗みとった黄金蘭のたねが、まだいくつかかくれています。やがて、日本へつくなり、それがとりだされて、みごとな花を咲かせ、徳三がにこにこ顔をする日も、そうとおくないでしょう。

と、ニコレットがさけんで、飛《と》びあがりました。

大《おお》ガニのむれ

ニコレットが、大声をあげたので、小百合《さゆり》と徳三《とくぞう》もびっくりして立《た》ちあがり、大石《おおいし》のあいだをみると、そこにいるのは、今《いま》までにみたこともない大《おお》きなカニ――小猫ぐらいの大《おお》きさで、とびだしたギョロギョロ眼でこちらをにらみつけています。長いひげを動《うご》かして、大《おお》きなハサミをふりあげたそのきみのわるさ！ ふたりがゾーッとして立《た》ちすくんでいるあいだに、おなじようなばけガニが、何匹《なんびき》も、ゾロゾロ岩のかげからはいだしてきました。

— 110 —


「ああ、こわい！きっと、いまたべた鳥の肉のにおいをかぎつけてきたのよ」

と、ニコレットが、肩をふるわせていいました。

このあいだに、すこしはなれたところにしゃがんでいた若い土人《どじん》のトヨミは、だしぬけにうしろから腕をはさまれたらしく、

「ギャーッ」

と飛びあがりました。その声が、また山彦となって、谷から谷へものすごくとどろきわたりました。

こうなると、六人は総立ちになりましたが、はいだしてくるカニの数は、五ひきか

— 111 —

『魔境の二少女』（1954［昭和29］年　偕成社 刊）より転載　（絵：古賀亜十夫）

すみれの怪人

連載探偵小説

すみれの怪人

西条八十

谷俊彦・え

美青年

町子は、七階の事務所で、また仕事をつづけていました。二階までは悪者たちにおそわれたのにこりて、あたらしく、テーブルの下の、ちょうど足の先のところに非常ベルをつけました。電話線を切られても、まさかのときには、くつでこのぼっちをふめば、下から、だれかがかけつけてくれるしかけにしました。それから、テーブルのひきだしに、かわいらしいピストルを一ちょういれておくことにしました。これはベルギー製の婦人《ふじん》用のもので、ひきがねをひくと、弾丸《だんがん》が六つつづいてとびだします。おじさんの大川刑事部長が、とくべつにかしてくれたものでした。

町子《まちこ》は、あれからも、ときどき、すみれのジョオのことを思いだしていました。そして、あんな男らしくて、スマートで、婦人《ふじん》にたいして礼儀《れいぎ》ただしい男《おとこ》が、どうしてどろぼうの仲間《なかま》にはいっているのか、と思《おも》い

(196)

『少女クラブ』(講談社 刊) 1956(昭和31)年4月号より転載(連載第4回)　(絵:谷 俊彦)

仮面の男

扇谷町子《おうぎたにまちこ》は、いっしょうけんめいで手紙の返事を書いていました。

ここは銀座にちかい東京ビルディングの七階。そのてっぺんの一へやに、町子の事務所があります。

町子はまだ中学へいくくらいの少女ですが、おそろしいほど頭がよくて、文章もとてもうまいのです。それで、ある新聞がたのんで、少女の身のうえ相談欄の答を書かせることにしました。ところが、これがたちまち大ひょうばんになりました。うちの中のことや、友だちのことや、ゆくすえのことなどで、いろいろこまったり、まよったりしている少女たちの相談にたいして、町子の書く返事が、みんなきびきびして、すばらしく役にたつのです。それで、すっかり有名になった町子のところへは、わざわざたずねてきて身のうえ相談をする少女や、その親たちがふえてきました。そこで、この東京ビルの七階に事務所ができたわけです。

町子はふだん、びっこのおじいさんの小使いと、用たしに飛んであるく、ひとりの少年をこの事務所で使っています。しかし、午後五時半になると、このふたりは、町子にさよならをいって、うちへ帰ってしまいました。

しかし、今夜の町子は、そのふたりの「さよなら」にも気がつかなかったほど、むちゅうで手紙の返事を書いていたのです。

だから、いま、あたりがもうまっくらになったビルディングの七階に、町子はたったひとりで、テーブルにむかっていたわけです。

すると、このとき、とつぜん、コツコツとドアをたたく音がきこえました。

「どうぞ。」

と、町子は、思わずいってしまいました。

さあ、これから、ふしぎなことがおこりました。

まず、ドアが、そろそろと六インチほどあきました。そのすきまから、ぬうっと男の手がでました。それは若い、きれいな手です。そして、ちょっとのま、ごそごそあたりをさぐったと思うと、壁にとりつけた電燈のスイッチをさぐりあてました。そして、それをひねると、たちまち、町子のいるへやは、まっくらがりになってしまいました。

町子が、「あっ。」と思うまに、ドアはしずかにしめられて、目の前にすうっと立ったのは、ひとりのあやしい男の影。

しかし、町子はぼんやりではあるが、その男のせいがすらりとした、肩はばがひろく、どこかスマートな青年であることを感じました。

「まあ、あんたは、いったいだれ。」

町子は、おびえた声で、こうききましたが、あいてはだまっています。

だいたんな町子は、さわがずに、すぐテーブルの上の電話機に手をのばし、いそいで受話器を耳にあてました。ところが電話の線は、しいんとしています。いつも受話器をとりあげれば、すぐ、「何番。」ときくビルの交換手の声が、ぜんぜんきこえてこないのです。

「電線が切られている。」

と、気がつくと、町子は、きゅうにぞうっとこわくなりました。そのまに、あやしい男は、ポケットから、きれのマスクのようなものをとりだし、顔をすっぽりつつむと、こんどは、ドアのところへ行って、中から、ガチャリとかぎをかけてしまいました。そして、町子のテーブルの前にもどると、

「おじょうさん、ぼくはどろぼうを商売にしてる男ですよ。しのびこむ前には、電話の線くらい、もちろん切っておきますよ。」と、しずかにいいました。

「まあ、しつれいな人。いったい、あんたはだれで、なんの用があるんです。」

「まあ、おしずかに。ぼくだって、よっぽど用がなければ、こんな時刻に、わざわざこの七階までのぼってはきませんよ。用件は、これからゆっく

り話しますよ。」

「でも、事務所の小使いやボーイが、もうすぐもどってきますよ。」と、町子がおどかしました。

「おじょうさん、じょうだんはやめてください。ぼくはなにもかも知ってるんです。それはあのびっこのじいさんと、なまいきな頭のかりかたをしている子どものことでしょう。あいつらは、もうとうのむかしに、うちへ帰って、いまごろ晩めしをたべていますよ。あんたは、いま、ほんとうにひとりっきりでここにいるんだ。あんたは、むちゅうであの『昭和新聞』の少女身のうえ相談の返事を書いていたんだ。あれはなかなか、ひょうばんがいいからね。」

「あら、あんたはわたしのことをよく知ってるのね。」

と、町子がおどろいていいました。

「そうさ。あなたがぼくの仕事のじゃまさえしなければ、こんなところへきやしないんだ。」（このふしぎな男はとてもきれいな声をしているわ。）と、町子は思いました。もう、さっきほどはこわくはなくなりましたが、しかし、なんとかして、はやく追いださなければいけません。

「それで、わたしが、どんなじゃまをしたの。はやくいってちょうだい。」町子が、こう思いきってききました。

「これから話すよ。」

「ところで、電燈つけちゃいけないの。わたし、こんなくらいところで、男の人と話してるのきらいだわ。」

「それが、じつはぼく、人相を見られるのがいやなんだ。顔はかくしているがね、それでも、ほかのいろいろなところをおぼえていられると、どろぼうってやつは、あとでこまるんだ。」

「でも、どろぼうになんか、あんまりあったことがないから、わたし、一度よく見たいわ。あんたは、名のあるどろぼうなの。」

「うん、有名っていばるほどじゃないけれど、これでも、警視庁がいっしょうけいんめいでさがしているギャングのひとりさ。ぼくを警察へわたせば、たぶん賞金がうんともらえるはずだよ。」

「そんなえらいどろぼうが、わたしに、なんの用があるのかしら。えらいどろぼうなら目的なしに、こんな小ちゃな女の子なんかおどかしはしないでしょう。」

「もちろん、そうさ。じゃあ、ぼくがここへきた用件を話そう。いいか。きみは新聞に少女の身のうえ相談の返事を書いて、このごろとても有名になった。ところが、きみはそれでいきおいがついて、こんどは、じぶんで事務所をつくり、少女たちにあって身のうえ相談をきいてやるようになった。そのうちに、こんどきみは、だんだんその少女の親たちにもあって、こまった話の相談あいてになったり、それを助けるようになった。それがいけないんだ。そうなると、きみはもう、ぼくらのようなどろぼうのじゃまになるんだ。」

「まあ、それで、あんたは、いったい、なんていうどろぼうなの。」

話のとちゅうで、町子がききました。

「ぼくには、いろんな名があるさ。そうだ、ちょっとまちたまえ。」

あやしい男はこういうと、いすから立ちあがり、ちょっとテーブルの上におおいかぶさるような身ぶりをしました。町子は、その男が、じぶんをつかまえるのじゃないかと思って、ぎょっとしました。心臓がどきどきしました。あやしい男の目は、マスクの下から、ちらと町子の顔を見たようでした。だが、そのとたんに、町子は、なんともいえないバイオレットの香水のいいにおいが、ぷうんと鼻をかすめるのを感じました。

「あっ、すみれのジョオ。」

と、町子が思わずさけぶと、男はうなずいて、

「そうだ。よく知ってるね。それがぼくのあだ名ですよ。」

といいながら、またいすに腰をおろし、

「ところで、きみはきのう、ある男を使って、浅草の宿屋にとまっている、ぼくの仲間のかばんから、ひみつの手紙の束をとりかえした。きみは、畑毛《はたけ》伝造《でんぞう》夫婦のたのみで、そんなまねをしたのだ。きみは畑毛の母親が、身分もあり、ひょうばんもいい人なので、すっかり信用してそんなことをしたのだ。ところが、ぼくにはそれが気にいらないんだ。それで、じつは、その手紙をかえしてもらいにここへきたんだ。」

「ではあんたは、ひきょうなゆすりをやるつもりなのね。あのひみつの手紙を持っていって、かわいそうな畑毛さん夫婦をおどかしてお金をとるつもりなのね。」

町子が、けいべつするようにいいました。

「じょうだんいっちゃいけない。ぼくはそんな弱いものいじめのような、ひれつなまねはしない。きみだって、ぼくの名を知っているくらいだから、ぼくがどんな人間かくらいなことはきいてるだろう。」

「知ってるわ。〝すみれのジョオ〟は、悪漢だけれど、拳銃やナイフなどはけっして使わない。そのかわり、拳闘とレスリングの達人で、腕一本でどんなおそろしい敵でもたおす。ええと、それから、いいうわさがあったわ。そうそう、〝ジョオ〟は女の人を尊敬する。女のものをとったことがなく、女には、けっして害をくわえない、それから、おしゃれで、いつもバイオレットの香水をつけている。」

「ふうん。みょうにくわしく知ってるね。どうしてそんなことまで知ってるんだ。」

「だって、わたしのおじさんは、警視庁のあの有名な刑事部長の大川力《おおかわちから》よ。あんただって、たぶん知ってるでしょう。そういえば、あのおじさん、たしか今夜もここへくるはずよ。まごまごしているとつかまるわよ。」

と、町子が、またおどかすようにいいました。と、ジョオは大きくうなずいて、

「そうか、大川さんがあんたのおじさんなのか。ふうん。あれはなかなかえらい男だ。ぼくもすきだ。だが、大川が今夜ここへくるなんてのはうそだ。大川刑事部長は、いま九州へ出張中だ。そんなことは、もうぼくらの仲間は、ちゃんとしらべてあるんだ。」

町子はびっくりしました。まったくジョオはなんでも知っている。大川のおじさんは、たしかにいま九州で、町子も、けさ博多から、えはがきをもらったばかりなのです。

「ところで、それだけわかっていたら、おとなしくその手紙をだしてもらおう。」と、やがて、ジョオがまたいいだしました。

「そんなもの、もうここにはないわ。」と、町子がうそをつきました。

「いや、ある。きみがすわっているそのテーブルのひきだしに、ちゃんとはいっている。」

「えっ、どうしてそんなことまでわかるの。」

「きのうから、きみにはちゃんと見はりがつけてあるんだ。その手紙の入用な畑毛夫婦は、今夜仙台から汽車にのるはずだ。そして、あしたの朝、きみからその手紙をうけとるやくそくになっている。さあ、だしたまえ。」

「いやです。」

町子が強情にことわると、ジョオは、むかいあいのいすの上で、そりかえるようなかっこうをしました。町子はジョオが、そうして笑いだすのかと思いました。ところが、つぎの瞬間、町子は生まれてはじめてのおそろしさを感じました。ジョオのからだは、まるでねらいをつけたねこのように、くらやみの中で一はねすると、あっというまに、もう町子のとなりへきていました。みるまにひきだしがひらかれ、ジョオの手が、手紙のたばをつかみました。

くやしさに町子は、ジョオの顔を力いっぱいなぐりつけました。しかし、手ごたえはなく、いつのまにか、ジョオはもとのいすに、きょとんともどっていました。町子は、

「だれか、きてえ。」と、大声をあげました。しかし、もうほとんどからになった、夜おそくのビルの七階では、だれもきくものはありません。

「かんべんしてください。ぼくはわるいことをするためにこの手紙をとったんじゃない。いまにわかります。では用事がすんだから、ぼくは帰ります。」

ジョオは、手紙をポケットにおしこむと、いすから立ちあがりました。すみれの香水のにおいが、またぷうんとにおってきました。くらやみになれてきた町子の目には、ジョオのすらりとしたからだつきが、だいぶはっきり見えてきました。どうも、すみれの花ににた、むらさき色のマスクをかぶっているようです。

ジョオは足音もたてずに、窓のほうへ行きました。と、そのとき、下のほうでゴーッというエレベーターの音がきこえました。

このビルディングは、五階までエレベーターでのぼってこられます。その上は階段を歩いてのぼるのです。だからこの七階のへやは、家賃がやすくて町子にもかりられたのでした。

エレベーターの音をきくと、ジョオはいそいで窓をあけながらききました。

「お客がくるらしいぞ。おじょうさん、だれだか、わかってますか。」

「ふしぎだわ。いまごろもうお客なんかくるはずないわ。」と、町子が首をかしげました。

「そいつはいかん。」

と、ジョオは窓ぎわに立ったなり、じっと、下のもの音に耳をたてて、それから、とてもおもおもしい調子で、

「おじょうさん、こいつはどうもよくないですよ。いまのぼってくる人間がだれだか、あなたにわかっているなら安心だが、わからないとすると、

これはきけんですよ。」

　ふたりが耳をすませると、客は五階でエレベーターをおりたらしく、階段をのぼってくる、おもいくつ音がきこえます。

「これはこまった。ぼくはあなたの前で血を流したくない。おじょうさん、あなたは血を見るのはおきらいでしょうね。」

「だいきらいだわ。――ところで、あんたはそこでなにしてるの。窓からでるつもり？　でも、そこに非常ばしごはついていないことよ。非常ばしごも、五階までしかついていないのよ。」

「ぼくは窓に手をかけて、これから非常ばしごへ飛びうつるつもりです。ねえ、おじょうさん、ぼくがぶじに飛べるようにいのってください。」

「あら、なぜそんなばかなことをなさるの。そんなこと、とてもできないわよ。ここは七階よ。そんなこと、いのち知らずだわ。ねえ、それよりも、もう一ぺんおはいりなさい。そしてマスクをとって顔を見せてちょうだい。わたし、あなたの顔を見ても、すぐわすれてあげるわ。そしてだれにもいわないとやくそくするわ。」と、町子がやさしくいいました。〝すみれのジョオ〟は悪漢ですが、どこか男らしくて、にくめない気がしたのです。そして、だいじな手紙を持っていかれても、この男なら、わるいことはしないような感じがしました。

「ありがとう、おじょうさん。でも、いまくるお客は、ぼくをつけねらう敵かもしれないのです。そいつとたたかうには、このへやはせますぎるし、それに、ぼくはそんな場面をあなたに見せたくないんです。」

　こういいながらジョオの黒い影は、もう窓の上に立っていました。

「だめよ、もどらなければ。だめ、だめ、あぶないわ。」

　町子は必死な声をだしました。しかし、ジョオはもうかたく決心したように、だまって、かぎをガチャンと床の上に投げだしました。それはさっき、このへやのドアを中からしめたかぎでした。

そして、いくぶん笑っているような声で、

「さあ、では飛びだします。おじょうさん、まんいちグシャッという、みょうな音がきこえたら、――つまりぼくが飛びそこなったら、おねんぶつでもいってください。では、さようなら。」

つぎの瞬間、窓の上の黒い影は、たちまち、さっと見えなくなりました。町子は、からだじゅうが、きゅうっとこおりついたようになり、ぜんぶの注意が耳一つにあつまりました。しかし、それっきり、なんの音も、なんのさけび声もきこえません。町子は、がくがくふるえる足をひきずって窓のところへいき、のぞいて見ました。と、はるか下のほうの非常ばしごの上に、黒い人かげが見えました。どうやらジョオは、ぶじに飛びおりたらしいのです。そして、耳のかげんか、くっ、くっと笑っているような声がきこえてきました……。

町子は、ほっとして、まず第一にスイッチをひねって電燈をあかあかとつけ、それから、かぎでドアをあけました。階段をあがるくつ音は、いよいよ近づいてきました。町子は、いまジョオのいった、きみのわるいことばを思いだし、ぞっとしました。電話の線が切られているのがうらめしい。これから、こんなビルのてっぺんで仕事をするのは、よっぽど用心しなければいけない。いったい、こんどはどんな客がくるのだろう。

このとき、コツコツとドアをたたく音がきこえました。町子が、しかたなしに、

「はい。」と返事をすると、ぬうっとはいってきたのは、雲をつくような大男。よごれた黒のジャンパーにゴルフ・ズボンというういでたち。そして、鼻のひらべったい、口の大きい、みるからいやしげな顔だちです。

それがはいるなり、テーブルの前のいすに、どっかり腰をかけると、

「こんばんは、おじょうさん。あんただな、扇谷町子さんは。おれはあんたのあずかっている畑毛伝造の手紙をもらいにきたものだ。」と、どなるようにいいました。

だいかくとう

「じゃあ、あんたは、ふたりめの強盗なのね。それじゃお気のどくだわ。そのひみつの手紙は、いましがた、はじめの強盗が持ってってしまったわ。」

町子は、できるだけおちついて答えました。

「なんだと。はじめの強盗だと。そんなものがあるもんか。うそをつくな。いいか、この東京には、（黒い五本指）という五人のえらい悪党の親分がいるんだ。あの手紙はその親分のひとりのものだったのを、きさまが、うまくきのうとりもどしたんだ。それからはこの事務所には、ずっとこっちの見はりがついているんだから、あの手紙は、まだこのへやにあるにきまっている。さあ、だせ。すなおにださないと、あとでこうかいするぞ。」

二番めの悪漢が、いまにもとびつきそうに、こうどなりました。

町子はだまって、テーブルの上の電話器をとりあげました。

電線は、さっき（すみれのジョオ）に切られたままのことを知っていましたが、こうすれば悪漢がおどろいて、帰るかもしれないと思ったのです。

ところが、大男の悪漢は、すぐとびかかってきました。そうして、かた手で町子の小さなからだをつかまえ、内ポケットからぎらぎら光る大ナイフをだして、

「おとなしくしろ。さわぐと、いのちがないぞ。」

と、おどかしました。そして、町子の目の前で、テーブルのひきだしをのこらずあけて、かきまわしました。

テーブルのひきだしには、がまぐちだの、ゆびわだの、イヤリングだの、いろいろな写真だの――町子のだいじなものがいっぱいはいっていました。

にくらしい悪漢は、さがしながら、ねうちのあ

りそうなものは、のこらず、じぶんのポケットへ入れてしまいました。それで、とうとうさがしている、あのひみつの手紙のないことを知ると、こんどは、ものすごい目つきで、へやじゅうをじろじろ見まわしました。

町子の事務所には、テーブルのひきだしのほか、ものを入れるところはなんにもありませんでした。

金庫や、置き戸だななど買いたかったのですが、まだ事務所ができたてで、それだけのお金がなかったのでした。

それがわかると、大男の悪漢は、いまいましそうに、ちぇっと舌うちをして町子をにらみつけていいました。

「どうも、やっぱり手紙はなさそうだな。しかし、だれがわざわざここまできて、から手で帰れるものか。手紙をださなければ、いま、きさまが着ている服やくつまで、のこらずもらうぞ。がいとうと、上着と、スカートと、くつをまとめて売れば、足代ぐらいにはなるだろう。さあ、みんなぬいで、はだかになれ。」

「いやです。そんなことはいやです。」

町子が強情にことわると、このなさけ知らずの悪漢は、力ずくで町子の洋服をぬがせようと、両手をかけてきました。汗くさい、ほこりくさい、いやなにおいが、むっと鼻をつきました。このぶれいに、とうとうおこってしまった町子は、げんこつをかためて、力いっぱい悪漢の顔をなぐりつけました。

「やったな、このおてんばむすめ。」

と、悪漢は、ますますらんぼうに、町子の服をぬぎとろうとしました。こうなると、小さい町子もいっしょうけんめい。ふたりは、どたばたとくみうちになりました。

と、このとき、町子はとつぜん、ものすごい大かみなりが、耳もとではれつしたような音をききました。へやのまどガラスが、外からめちゃくちゃにわられたのです。ガラスのかけらが、へやじゅうにとびちりました。そして、まどの台の上に、ぬうっと立った男！　あっ、それは（すみれのジョオ）でした。ぷうんとにおった香水のにおいですぐわかりました。

（すみれのジョオ）は、いきなり悪漢にとびかかりました。そして、一、二度もみあったかとみるまに、悪漢は、ジョオに、よっぽどひどくなぐられたらしく、あおむけにたおれました。そして、「うーん。」といったなり、のびて気ぜつしてしまいました。悪漢がたおれるのを見ると、ジョオはあわてて壁のスイッチをひねり、電燈を消してしまいました。そして、はじめて、

「おじょうさん、あぶないところでしたね。ぼく、まにあってよかった。」

といいました。

「まあ、あんたはどこにいらしったの、帰ったんじゃなかったの。」

「いや、おりたことはおりたんですが、気になって、もどってきたんです、これを非常ばしごからなげて、やっとこのまどにのぼったんです。」

と、ジョオは、端にまがった金もののついた、ひものようなものを見せていいました。

ジョオはあかるいへやへとびこんできたのですが、すぐに大男の悪漢とくみうちをはじめたので、町子は、まだはっきりその顔かたちを見ませんでした。しかし、いましがたジョオの顔や手が血だらけだったことを、ちらりと見ました。それで、

「ジョオさん、あんた、けがをしたんじゃあないんですか。」とききました。

「ええ。ガラスをぶちこわすとき、すこしばかり顔と手をやられました。でも、たいしたことはありません。」

「いけませんわ。わたし、ほうたいしてあげましょう。だから、あかりをつけてちょうだい。」

「それはこまる。ぼくのようなどろぼうは、人に顔を見られたくないんです。」

「それなら、顔なんか見ませんわ。それから、もし見ても、けっしてだれにもしゃべらないとやく

そくするわ。」

「それでもこまる。ぼくは血のでているところなんか、おじょうさんに見せるような、失礼なことはしたくないんです。」

「それならいいわ。わたし、くらやみの中で、あんたにほうたいしてあげるわ。」

くらやみといっても、この七階のへやには、星の光がぼんやりとあかるくさしこんでいました。町子は手さぐりで、へやのすみから、くすり箱をもってきて、ジョオの手や顔をアルコールで消毒してから、あちこちにほうたいをしてやりました。

手さぐりしてみると、ジョオの顔も手も、血でぬるぬるしています。そうとうのひどいけがをしていることがわかりました。

「ありがとう。ありがとう。」

ジョオは何度もお礼をいって、まるで子どものように、すなおになっていました。そして、それがすむと、たおれている悪漢のすがたを見おろしながらききました。

「ところで、おじょうさん。こいつはどんなことをいいました。」

町子がくわしく話すと、ジョオはうなずいて、すぐ悪漢のポケットから、ぬすまれた品物をのこらずさがしだして、町子に返してくれました。それから、

「ついでに、これも返しておきます。」

といって、町子の手に、なにかわたしました。それは、さっき町子からうばっていった、あのひみつの手紙でした。

「おじょうさん。あんたはあしたの朝、この手紙を、しんせつにあの畑毛伝造夫婦のところへとどけにいくんでしょう。まあ、いってらっしゃい。ごくろうさまですね。」

と、おどろいている町子に、ジョオはこういいました。なんだか、ひやかしているような口ぶりでした。それから、

「さあ、おじょうさん。もう事務所をしめてお帰りなさい。こんなところに、夜おそくひとりでい

るのは、まったくきけんですよ。」

町子はいわれたとおり、いそいで帰るしたくをしました。

畑毛夫婦

「それで、この男はどうなさるの。」

町子がへやをでようとしながら、床にたおれている悪漢を、きみわるそうにながめてききました。

「こんなやつ、ろうかへだしておけば、そのうちに気がつきますよ。ただ気ぜつしているだけですからね。」

ジョオは、あっさり答えて、くなくなになっている大男を、ろうかへはこびだし、町子のかぎでドアをしめてくれました。

「さあ、先に階段をおりて、エレベーターにのってお帰りなさい。」ジョオは、むこうむきになったなり、こういいました。

「ジョオさん。あんた、顔を見せてくれないの。」

「それだけはごめんです。」

「でも、あんたはどうやって帰るの。そんなほうたいなんかして、エレベーターにのったら番人にあやしまれるわよ。」

「だいじょうぶ。あなたがいなくなったら、ぼくはすぐ、とくいの変装というやつをやって、りっぱな紳士になって帰りますよ。」

「ジョオさん、あんたはどろぼうだっていうのに、どうして、わたしにはそんなにしんせつになさるの。」

町子が、わかれようとしながら、ふと、こうききました。すると、ジョオは、しばらくだまっていましたが、やがてただ一こと、

「ぼくには、おじょうさんくらいな妹がひとりいるんです。」と答えました。そして、

「ちょっと、これをもっていって、どこかへすててください。」

といって、町子の手に、なにかをつかませました。

見ると、それは血がしみた、すみれ色のマスクでした。町子は、だまって、それをじぶんのハンドバッグの中へおしこみました。

「じゃあ、さよなら。」

「おじょうさん、おやすみなさい。」

町子が階段をおりながらふりかえると、すみれのジョオは、くらがりの中で、ぱっとたばこに火をつけて、さもうまそうにすっていました……。

＊　＊　＊

その翌朝、町子は、さっそくあのひみつの手紙をもって、畑毛伝造の家をたずねました。なにしろ、その夫婦は、町子の事務所へ何度も何度も、涙のこぼれるような手紙をよこしたのです。それには、（うっかりしまっておいただいじな手紙を、やとっているわるい女中にぬすまれてしまった。そして、そのわるい女中は、その手紙をたいへんな悪漢に売った。悪漢たちは、その手紙を、とんでもない高いお金で買え、さもなければ新聞へだすと、毎日電話でおどかしてくる。じぶんたちには、そんなたくさんなお金はないし、その手紙が新聞にでたりすると、かわいいひとりむすめの名誉がめちゃめちゃになる。それで、じぶんたちは毎日泣いているが、なんとか、あなたの事務所の力で、それをとりもどしてくれまいか）と書いてあったのでした。

それを見た町子は、くるしんでいる少女をたすけるのは、じぶんの仕事のつとめだと思い、その手紙をよこした夫婦を、よくしらべてみました。ところが、とてもひょうばんのいい、りっぱな人たちだということがわかりました。そこで、ちょうど悪漢たちの若い子分のひとりが、その手紙をちょいと浅草の宿屋にあずけたのをみつけ、うまくじぶんの部下にとりもどさせたのでした。

町子が、その家の前でタクシーをおりると、それはりっぱなやしきでした。げんかんの呼びりんをおすと、いばった女中がでてきて、

「あなたが扇谷町子さんですか。それならばお通しいたします。だんなさまも、おくさまも、いま

ちょうど仙台からお帰りになったところです。」

といって、町子はりっぱな応接間へと、あんないされました。

やがて、でぶでぶにふとって、はでな、はやりの着ものをきた、四十ぐらいのおくさんがでてきて、

「いらっしゃい。あなたがあの昭和新聞で少女身のうえ相談を書いている扇谷町子さんですか。あら、まだ、そんなにお若いんですか。」

といって、おどろいたように、町子を頭から足の先まで、ぶえんりょにじろじろと見つめました。

それから、立っている女中に、

「だんなさまのところへいって、扇谷さんがいらしったとお知らせなさい。」

といいつけました。

町子は、女中がいなくなると、さっそく、だいじな、ひみつの手紙をとりだし、

「おくさん、手紙はとりもどしてきました。」といいました。

「まあ、あんたはなんてりこうなむすめでしょう。」

と、びっくりしたようにいいながら、おくさんはその手紙をひったくるようにうけとりました。そして、ほっとためいきをついて、

「わたし、ほんとにあなたにたのんでよかったわ。わたしたち夫婦は、どのくらいこの手紙のことで気をもんだかわかりゃしない。なにしろ、うちの主人は、地位も名誉もあるりっぱな人だし、それにむすめの富美子《ふみこ》は、大きくなったら、どんないいところへでもお嫁にいけるだいじなからだですからねえ。」

と、ひとりごとのようにいうのでした。

町子は、このおくさんが、じぶんにあんなに骨をおらせておいて、まだ一ことも、「ありがとう。」をいわないのを、みょうに思いました。

そこへ、あるじの伝造がはいってきました。

見ると、伝造も、おくさんそっくりにずんぐりふとって、てらてらしたあから顔の男。とても上

等な背広を着て、ちょびひげをはやし、金ぶちの鼻めがねをかけ、おまけに、指に大きなダイヤのゆびわをはめていました。みるからにいやらしい男でした。そして、町子の顔を見ると、

「よくやってくれたね。きみはじつにりこうだよ。」と、おくさんとおなじようなことをいいました。それから、すこししんぱいそうに、

「だがきみ、きみはまさか、あの手紙のなかみは読まなかったろうね。」

ときくのでした。

「いいえ。わたしは、人の手紙をないしょで見るようなことは、けっしてしません。」

町子が、すこしおこったように答えました。

「ほう、それはけっこう。」

と、伝造が安心したようにいうと、

「あなた、それでは、この手紙はすぐしまつしたほうがいいですわ。」

と、奥さんが、帯の間にはさんでいた手紙をだして、伝造にわたしました。

「どれどれ。いちおう中をしらべて。」

といいながら、伝造は、封筒をあけて、その何枚かのひみつの手紙のなかみに目をとおしましたが、やがて、

「だいじょうぶ。まちがいない。」

というと、すぐ、それを燃えているストーブの火の中に投げこみました。紙たばは、たちまちべらべらともえて、黒い灰になってしまいました。

「これで安心。」

と、伝造がいうと、

「ええ、もうなんにもしんぱいありませんわ。」

と、おくさんが答え、夫婦はじろりと目と目を見かわしました。そのとたん、町子は夫婦の顔に、とてもいやしい、ずるそうな表情がうかんだのを、ちらと見てとりました。

そして、きゅうに、この夫婦のために、あんなに骨をおって手紙をとりもどしてやったことが、なんだかまちがっていたのではないかという気がしてきました。

変装して

町子は、畑毛伝造夫婦が、思ったより感じのわるい人たちだったので、はやくこのうちをでたくなりました。それで、いそいで、胸の中で計算をしました。なにしろ、このひみつの手紙をとりもどすためには、人を何人もやとって、長いあいだ、あちこちさがさせたりしたのですから、その人たちへのお礼だけでも、よほどとらなければなりません。

「お金持《かねもち》らしいから、三万円ももらおうか。」と町子が心の中で考えました。

すると、町子がそれをいいだすよりもさきに、夫婦は、なにかこそこそささやきあい、伝造がポケットから、いきなり千円さつを一枚だしていいました。

「やあ、いろいろごくろうでした。これはお礼です。じつは、もっとあげたいのじゃが、あんたのお仕事は、人を助けるのが目的の仕事だから、かえって失礼にあたる。いや、ほんとにありがとう。」

町子はあっけにとられてしまいました。さんざん泣いてたのむような手紙をよこして、長いあいだはたらかせて、おまけに、ゆうべもそのためにジョオだの、べつの悪者だのにあったりして、あれほどこわい思いをしたのに、そのお礼がたった千円。この夫婦は、なんてずるい、けちな人たちなんだろうと、あきれました。

しかし、町子はだまって、そのおさつをうけとりました。すると、ちょうどそこへ、さっきのいばった女中が紅茶をはこんできました。

「ねえ、ちょいと。わたし帰りますから、タクシーをさがしてきてくださらない。」と、町子が女中にたのみました。そして、女中がうなずくと、

「ありがとう。これ、わずかですけど、お礼ですわ。」

といって、もらったばかりの千円さつを、ぽんと

女中にやってしまいました。

＊　＊　＊

町子がぷんぷんおこりながら、畑毛伝造のやしきの大きな門をでると、一だいのタクシーが待っていました。いそいでそれに乗りこんだ町子は、思わず、「きゃあっ。」と、声をあげそうになりました。

くるまの中には、覆面をした、みょうな男がいたのです。

「町子さん、逃げることはありません。ぼくですよ。どうもびっくりさせてすみません。ぼくの乗っているくるまを、女中がまちがえて呼んできたんですよ。」

と、その男がいいました。それは、「すみれのジョオ」の声でした。そして、町子が、

「わたし、いやですわ。あんたのくるまになんか乗るのは。」

といって、おりようとすると、ジョオはかるく手でおさえて、

「まあ、おききなさい、町子さん。あなたは少女でも、新聞記者でしょう。人の身のうえ相談をひきうけているんでしょう。それが、ぼくなどをこわがるのはへんじゃありませんか。それよりも、もっとだいたんに、ぼくのような人間とよく話をして、研究したら、いい勉強になるんじゃありませんか。まあ、五分間だけ、このくるまの中でぼくと話してください。ぼく、これからあなたに、とてもおもしろいものを見せようと思っているんです。」

それから、ジョオは、くるまの運転手に、

「おい、どこでもいい。しばらくそこらをぐるぐるまわってくれ。」といいつけました。

「ときに、町子さん、あなたは、いま、あの畑毛夫婦から、いくらお礼をもらいました。」

ジョオがだしぬけに、こうききました。

町子は、このふしぎな男が、じぶんのすることを、なにもかも知っているのにおどろきながら、

「たった千円くれたわ。だから、わたし、それを

あそこの女中のチップにやってきたわ。」
と、はきだすようにこたえました。
「そうでしょう。ぼく、そんなことだと思ってい
た。」
と、ジョオがいって、覆面の下で、おもしろそう
に、くっくっとわらいました。それから、
「ねえ、町子さん。ぼくもこれからあの畑毛夫婦
にあいにいくんです。あなたもいっしょにいきま
せんか。」といいだしました。
「わたし、いやよ。あんな不愉快なうちへ二度い
くなんて、まっぴら。」
と、町子が首をふると、
「変装していけばいいでしょう。ぼくも変装して
いくから、あなたも変装して、少年になっていく
んです。ぼくのおともでいくんです。それならい
いでしょう。そのかわりむこうへいけば、きっと
おもしろいことを見せます。」
といいながら、ジョオは、横の大きなかばんをあ
けて、すばやく着がえをはじめました。

＊　＊　＊

それから、十分間ほどあと、畑毛伝造のやしき
の前で、ふたりの男が、くるまからおりました。
ひとりは、りっぱな黒の背びろ服に黒オーバーを
着て、ひげをはやした四十ぐらいの紳士。ひとり
は学校の制服制帽のかわいらしい少年で、近眼鏡
をかけていました。
げんかんへでてきた女中に、ひげの紳士が、
「わたしは、自由新党総裁の秘書の勝本《かつもと》ですが、
ご主人にちょいと。」
と、いばっていいました。
女中がひっこむと、いれかわりに、畑毛伝造夫
婦が、あわててとびだしてきました。
「さあどうぞ、おあがりください。」
と、手をとるばかりにして、ふたりを応接間に通
しました。
お茶やおかしをだしたあと、伝造夫婦は、並ん
でふたりのお客の前にかしこまりました。
「ええ、お名まえはかねてからきいておりますが、

あの、たぶん、こんどの選挙のことでおいでになったのだとぞんじますが、……その……なにか総裁からのおことばでも……。」

と、伝造が、もみ手をしながら、うやうやしくきました。

「それもそうだが、それよりさきに、あなたにこれを見てもらいたい。」

と、ひげの紳士にばけたジョオがいって、うちポケットから、一たばの手紙をとりだしました。

うけとって、一目見た伝造の顔色がさっとかわりました。手紙をもつ手がぶるぶるとふるえました。そして、

「あっ、これはあのお絹《きぬ》の手紙。さっき焼いてしまった手紙が、どうしてまたあなたの手に。」

と、ゆうれいでも見たように、ジョオを見あげました。

「さっき、きみが焼いたのは、気のどくだが、この手紙のうつしだよ。本ものの手紙は、ずっとこっちにのこっていたんだ。きみは昭和新聞の扇谷町子さんをうまくだましこみ、ひみつの手紙をとりもどさせた。ところが、『黒い五本指』の親分たちは、そういうこともあろうかと考えて、本ものそっくりの、にせ手紙をつくっておいたんだ。町子さんがとりもどしたのは、そのにせ手紙のほうだったんだ。そら、よく見たまえ。紙の色も、ペンの字も、こっちのほうが本ものだろう。」

おこったジョオ

こういわれて、伝造はぺらぺらと手紙をめくり、目を皿のようにしてしらべたうえ、

「そうだ。そのとおりだ。」

とつぶやくと、いそいで、それをストーブにくべようとしました。だが、

「どっこい、待った。」

といって、ジョオの手は、はやくも伝造の腕をつかみ、その手紙をとりかえしました。それから、

つくづくと夫婦の顔をながめて、いいだしました。

「おい、きみたち夫婦ほどわるい人間はないぞ。きみたちは、じぶんのひとり娘が、どろぼうをした罪を、うちにやとっているかわいそうな女中お絹の罪にしたのだ。きみのわがまま娘の蘭子《らんこ》は、小さいときから、ほしいものがあると、だまってぬすむくせがある。おととしとまりにきていた友だちの真珠の首かざりをぬすんで、それが相手にわかってしまった。ところが、きみたちは、娘がかわいいあまりに、その罪を女中にきせようと思った。きみたちは、青森から、びんぼうではたらきにきている、お絹というまだ十五のかわいそうな女中を、うまくだまして首かざりはじぶんがぬすみましたと、うその白状をさせた。そういえばお給金も何倍かにしてやるし、このことは、だれにもないしょにするとやくそくしたのだ。すこし頭のたりないお絹は、だまされてうその白状をした。そのために、きみたちの娘の蘭子の手くせのわるいことは、だれにも知られずにすんだ。ところが、そのあとで、きみたちは、なんにもやらずにお絹をつめたく追いだしてしまった。かわいそうなお絹は、泣く泣く青森のいなかへ帰ったが、どろぼうしてひまをだされたという評判が村へもつたわっていたので、だれも相手にしてくれない。どこへいっても、『どろぼうだ。』『どろぼうだ。』といわれてきらわれるようになった。ところで、お絹には、もとから、かわいそうな胸の病気があった。それが、きみたちをうらむ『くやしい。』『くやしい。』という気持からだんだんおもくなって、この家をだされてから半年めに、とうとう死んでしまったのだ。死ぬ前に、お絹は、あんまりくやしいので、きみたち夫婦にだまされたことをそっくり手紙に書いて、もとの小学校の先生のところへ送った。それがこのひみつの手紙なのだ。ところが、東京にいる黒い五本指の悪者たちは、どこからかそのことをかぎつけて、うまくお絹の先生をだまし、その手紙を手にいれた。そして、こんどはそれをもっていって、きみたちをおどかして何十万円というお金をとろうとしていたのだ。すると、きみたちはずるいから、さっそく扇谷町子さんを泣きごとでだまして、悪者からその手紙を横どりさせ、けっきょく、たった千円だけで、なにもかもすませてしまおうとしたのだ。どうだ、畑毛、おれはなにもかもよく知っているだろう。さあ、こうわかったら、こんどは、この手紙をきみたちはいくらで買うんだ。」すみれのジョオは、ゆっくりと、よどみのないことばで、これだけのことをすらすらといいました。その間畑毛夫婦は、ただ、まっさおになってふるえていました。やがて、むこうをむいてささやきあっていた夫婦が、やっと口をひらき、

「あの、それでは、いくらほどあげたらいいのでしょうか。」

と、こわごわ、ジョオにききました。

「金なんかいらない。それよりも、こんどきみがなろうとしている代議士をやめろ。代議士というものは、ひとりひとりが、大ぜいの国民のかわりになって、これからの日本の国をりっぱにつくる人間だ。とてもおもい役めなのだ。きみのような、かげで、へいきでわるいことをする人間は、代議士になんかなる資格がない。そんなやつがでたら、日本はめちゃめちゃになってしまう。だからこんどの選挙にはけっしてでませんと、はっきりここでやくそくしろ。」

と、ジョオがいかめしくこたえました。

かわいらしい学生に変装した町子は、このようすを、だまってじっといすで見ていました。はじめてひみつの手紙のなぞがとけました。畑毛夫婦が手紙でさんざんうそをいって、じぶんをはたらかせたこと。――またそのうそにだまされて、さんざん骨をおったじぶんが、どんなにばかであったかということが、よくわかりました。それといっしょに、町子は、「すみれのジョオ」が、ただの悪党でないことを知りました。この男は、畑毛夫婦をおどかしても、お金をくれとはいわないのです。じつにりっぱな男らしいところがあるのです。

やがて、伝造が、ひくい声で、ぼそぼそといいだしました。

「……でも、いまになって選挙にでるのをやめろなんて、むりです。もうみんなで準備しているんです。それよりもお金をだすことで、かんべんしてください。お金なら、思いきってだします。借金してもだします。」

「だまれ。」

と、すみれのジョオが大声でどなりました。

「やめろと、ぼくがいったらやめるんだ。もしやめないと、この手紙をこのままそっくり新聞にだしてやるぞ。きさまが代議士になるということが、ちょっとでもきこえたら、ぼくは、この手紙をもって、どこの演説会へでもでかけていき、そこでこれを大きな声で読みあげてやるぞ。」

こういわれて、悪人の畑毛夫婦は、塩をかけられたなめくじのように、ちぢみあがってしまいました。

＊　＊　＊

「わたし、ばかだったのね、人の身のうえ相談の相手になるのには、もっともっといろんなことを勉強しなければいけないのね。わたし、ほんとうに、きょうのこと、ためになったわ。」

と、町子がいいました。

ふたりは、いま畑毛のやしきをでて、待たせてあったタクシーに乗るところでした。

ところが、町子がくるまに乗っても、ジョオは、じっと外にのこっていました。そして、

「町子さん、どうぞそのままいってください。くるまの料金は、もうはらってあります。ゆっくり中で着がえをしてから、どこでもすきなところへいらしってください。ぬいだ学生服はそこへのこしておいてください。また、そのうちに、きっとおあいしますよ。」

と、にっこりわらって手をふるのでした。

町子は、なんだか、このままでジョオと別れたくないようなさびしい気がしましたが、そのうちにくるまは走りだし、ジョオのすがたは見えなく

なってしまいました。

美青年

町子は、七階の事務所で、また仕事をつづけていました。

二度までも悪者たちにおそわれたのにこりて、あたらしく、テーブルの下の、ちょうど足の先のところに非常ベルをつけました。電話線を切られても、まさかのときには、くつでこのぽっちをふめば、下から、だれかがかけつけてくれるしかけにしました。それから、テーブルのひきだしに、かわいらしいピストルを一ちょういれておくことにしました。これはベルギー製の婦人用のもので、ひきがねをひくと、弾丸が六つつづいてとびだします。おじさんの大川刑事部長が、とくべつにかしてくれたものでした。

町子は、あれからも、ときどき、「すみれのジョオ」のことを思いだしていました。そして、あんな男らしくて、スマートで、婦人にたいして礼儀ただしい男が、どうしてどろぼうの仲間にはいっているのか、と思いました。それから、いつぞや、そのジョオが、「ぼくに、あなたとおなじくらいの妹がある。」といったことばも思いだしました。そして、「どろぼうの妹なんて、どんなくらしをしているのだろう。」「どんなところにすんでいて、どんな友だちがいるのだろうか。」と考えたりしました。しかし、町子は、とうとうジョオの顔をはっきり見ませんでした。ただ、むらさき色のマスクと、あのつよいすみれの香水のにおいが、頭にのこっているだけでした。

と、そうしたある日の午後、テーブルの上の電話機が、いきなり鳴りだしました。耳にあててみると、それは、おじさんの大川刑事部長の声でした。そして、

「町子。今夜ひさしぶりでいっしょに晩ごはんをたべないか。とてもおいしい中華料理を見つけた

から……。」というのでした。

町子はおおよろこびでしょうちし、時間のうちあわせをして、夕がたおじさんにつれられて、銀座の「新華」という、りっぱな料理店へいきました。そこは、コンクリートのどうどうたる建物で、シャンデリヤがあかるく、花ばちでかざられた大食堂には、外国人のお客や、きれいな身なりをした日本人たちが、にぎやかに食事をしていました。

刑事部長大川力は四十五歳、とてもりっぱな体格と、するどい目をした人で、どろぼうや人ごろしの犯人をびしびしつかまえる名人なので、「丸ノ内の鬼」とあだなされています。この人にかかったら、どんな悪党でもしばられてしまうというひょうばんで、それだけ東京じゅうの悪漢から、こわがられ、にくまれています。しかし、たったひとりのめいで、おとうさんのない町子には、とてもやさしいのです。まるでおとうさんのように、なにからなにまで、めんどうをみてくれるのでした。町子が、いまの新聞の仕事をやるようになったのも、このおじさんのほねおりなのです。

「おじさんは、東京じゅうの悪者の名まえや、あだなをのこらず知っているって、それ、ほんとうなの。」

町子が、食事ちゅうに、とつぜん、こんなことをききました。

「そうさ、まずたいてい知ってるね。もっともおじさんの知ってるのは大親分の名だけで、その手下の大ぜいの小さい悪者の名まではわからんよ。」

「おじさん。すみれのジョオって、どんな男なの。」

おじさんが、ぎょろりと、町子の顔をにらみました。

「町子、おまえはどうしてあんな男の名を知ってるんだ。」

町子は顔を赤くして、どぎまぎしました。だが、すぐに、

「あの、わたし、ちょいと友だちからきいただけですわ。」

と、ごまかして、

「ねえ、おじさん、その人、わるい人ですの。」

「そうさ、わるい人間ともいえんね。なにしろ、ジョオはひじょうにかしこいやつで、ほかの悪党のように、めったにすがたを見せないのだ。だが、この東京には、「黒い五本指」といわれる五人の悪者の親分がいる。その中でのいちばんおそろしい大親分は、「ボスの大山」というやつだ。そして、ジョオもその仲間のひとりだといううわさだが、はっきりはわからない。なにしろ、ジョオはわるいことをしているにちがいないんだが、とてもりこうで、しっぽをださないんだ。だが、ぼくは、いつかつかまえて、やつの過去をのこらずあらいだしてみるつもりだ。」

「まあ、こわい。」と、町子が身ぶるいしました。

「悪党の話はもうよそう。せっかくのお料理がまずくなる。ねえ、町子、探偵小説でルパンの話なぞよんでいると、悪党っておもしろそうだが、じっさいは、きたならしい、いやなやつばかりだ。あんな連中のことは考えないほうがいいよ。」


おじさんは、こういいながら、ふと、話をやめて、食堂のおくのほうを見ました。

スマートな青い背広をきた、ひとりの上品できれいな青年が、あるいてきたのです。その青年は、町子たちのテーブルのそばまでくると、にっこりと頭をさげて、

「大川刑事部長でいらっしゃいますね。ぼくの顔は、たぶんおわすれだと思いますが……。」

「さあ、どなたでしたかな。」

「ぼくは二ヵ月前、あの北条《ほうじょう》康次郎《やすじろう》のむすこの結婚披露宴でお目にかかりました。おとなりにすわっていて、あなたにぶどう酒をおつぎしたら、あなたは酒はのまないとおっしゃいました。あの北条はぼくのおじで、ぼくは、澄江《すみえ》丈治《じょうじ》といいます。」

「はあてな。北条さんの会へは、たしかにでたが、どうもあなたの顔にはおぼえがない。」

大川刑事部長は、こう答えながら、ふと、青年の目が、じっと町子を見ているのに気がついて、

「そうだ、これはぼくのめいの町子です。町子、このかたは澄江丈治さんだ。」と、ふたりを紹介しました。

青年が町子にあいさつしたとき、町子は、ぷうんと、つよいすみれの香水のにおいが鼻をつくのを感じました。

思わずどきりとして、その青年の、すんだきれいな目を見つめました。

「ええと、それで、あなたも、やはり北条さんの会社におつとめですかな。」

と、おじさんがきくと、

「はい、まずそんなところです。」

と、青年は答えましたが、すぐに、

「これは失礼しました、どうぞこれからもよろしく。」

と、あいさつすると、さっさとテーブルの中をわけて、出口のほうへいってしまいました。

「あのかた、澄江丈治さん。——なんだか口でいうと、すみれのジョオににてるわね。」

と、考えこんでいた町子がそういうと、おじさんの顔色が、きゅうにかわりました。そして、あわてて手をふって、ボーイ長をよびました。おじさんが、なにかささやくと、年とったボーイ長は、いそいで食堂からでていきました。それからすぐあと、おじさんも、

「町子、ぼく、ちょっといってくるよ。待っていてくれ。」

といって、そそくさと食堂からでていきました。

☆　　☆　　☆

大川刑事部長がもどってきたのは、それから十五分もたってからでした。

「町子、ごめんよ。ちょいと気になることがあったので、しらべてきたんだ。おじさんはこんなときでも、じぶんの役めをすてるわけにはいかないんだ。」

と、あやまりながら、おじさんは、がぶりとコーヒーをのみましたが、すぐに、

「だが、いまの澄江という男は、なんのためにわ

ざわざやってきて、しかも、あんなでたらめをいったんだろう。」

と、ふしぎそうにまゆをひそめました。

「え、でたらめですって。」

「そうさ、あの男は北条家の会で、ぼくのとなりにすわっていたといったが、考えてみると、あの晩、ぼくのとなりにいたのは、おむこさんのおなこうどだ。それに、だれもぶどう酒をのめなんて、すすめたものはいなかったんだ。」

「それじゃあ、あの人はわたしに紹介してもらいたくて、わざときたのかもしれませんわ。」と町子が、顔を赤くしていうと、

「ふうん、そうかもしれない。そういえば、おまえの顔ばかり見てたからね。」

と、おじさんはいいましたが、まだなぞがよくとけないふうでした。

「でも、おじさんは、いまボーイ長になにをおっしゃったの。それから、ごじぶんでも、どこへいらっしゃったの。」

町子がこうきくと、おじさんは、あたりを見まわしてから、小声でせつめいしました。

「じつは、おまえだけにいうんだが、あのすみれのジョオが、いま東京で、なにか大きなことをやりそうだという報告がはいっているのだ。なにしろ有名な悪党だから、見つかりしだい、つかまえてしらべる必要があるのだ。ところが、ジョオというやつはかわりものでね、きばつな、思いもつかない芸当をやるんだ。いまみたいに、わざとだいたんに、ぼくの前にでてくるくらいなことはやりかねないのだ。それで、もしかと思って、あとを追いかけてみたんだ。すると、やつは消えてしまった。どこへいったのか、まるでけむりのように消えてしまったんだ。」

「でも、あの人は、ジョオではないでしょう。警察でさがしているそんな有名な悪党なら、こんな大ぜい人のいる場所にでてくるはずありませんわ。」

と、町子が、たったいま、かいだすみれのにおい

を思いだしながらいうと、

「いや、わからんよ。それが、すみれのジョオのやりくちなんだ。」

と、おじさんが、ふといためいきをついていいました。


　さて、その晩、中華料理店「新華」からの帰り道の自動車の中で、町子の気になることが一つありました。それは、大川のおじさんが、とつぜん、こんなことをいいだしたのです。

「町子。おまえはぼくにとって、たったひとりのかわいいめいだ。それに、ぼくは、妻も子もないひとりものだ。だからいっておくがね。まんいちにも、ぼくがとつぜん死ぬようなことがあったら、あの本郷弓町《ほんごうゆみちょう》の姉戸《あねと》弁護士のところへいくんだよ。ぼくの遺言状はあの人にあずけてある。なにもかも、おまえにゆずるように書いてあるからね。」

「まあ、おじさん。どうしてそんなこと、とつぜんおっしゃるの。わたし、きらいだわ。」

　町子が、おどろいておじさんの顔を見ました。

「きらいだといっても、人間は、いつかは死ぬんだからね、ことにぼくのように、わるいやつをあいてにたたかっているものは、いつでもそのかくごをしていなければならない。とにかく、いまいったことはわすれないでおくれ。」

　おじさんが、やさしくいって、町子の肩をなでました。そして、町子が家の前で車をおりるとき、またこんなことをいいました。

「町子、ぼくはちかいうちに、あの東京の『黒い五本指』の悪者どもの巣へのりこむよ。そして、いちかばちか、勝負をやってみるつもりだ。おじさんの成功をいのっていておくれ。」

かくしことば

　町子は、おじさんのそのときのことばが気になったので、そのあくる日も、またそのあくる日も警視庁へ電話をかけました。しかし、おじさんは、なかなかいそがしいらしくて連絡がとれず、それからいく日もたってしまいました。そして、きょうも夕がたおそくまで、あの七階の事務所に、ひとりのこって仕事をしていました。

するど、階段をのぼってくるだれかの足音がしました。

町子は、すぐ電話機をとりあげて、ジーと鳴る音を聞きました。電話機には、こしょうはありません。それから、ちらりと足もとの非常ベルのぽっちを見ました。それから、ひきだしの中のピストルを見ました。もう、この三つがそろっていればだいじょうぶ。なにがこようと、きょうはもうこわくないと思いました。

すると、入口のドアがそろそろあいて、そっとのぞいたのは、あのむらさき色のマスク。

するどいさすような目。――それは、「すみれのジョオ」の顔でした。

「こんばんは、おひとりですか。」

と、しずかにいって、ジョオがはいってきました。

「ええ、でも、こんどは武装完全よ。こわくないわ。」

と、町子が、あいてをにらみつけて答えました。

「町子さん。じつはぼく、急用があってきたのです。あなたのおじさんの大川刑事部長が、今夜ころされそうなので、ぼく、助けてあげたいんです。どうしたらおじさんと連絡がとれるか、はやくおしえてください。」

町子はびっくりしました。たましいが消えるような気がしました。しかし、よわみを見せてはいけないと思い、わざとおちついた声で答えました。

「あなたがすみれのジョオなら、おじさんは、いまあなたたちの仲間をつかまえにいってるはずだわ。」

「でも、どこへいったんです。今夜、どこにいるか、わかりませんか。」

「そんなこと、わたしにはぜんぜんわからないわ。」

「じょうだんじゃない。町子さん、いまいったでしょう。ぼくは、おじさんのいのちを助けようとしているんですよ。だから、もしいどころがわからないと、おじさんは、今夜ころされちゃうんです。」

「でも、あんたは、すみれのジョオでしょ。それなのに、どうして、おじさんのいのちを助けようとなさるの。」

「でも、悪党はぼくひとりじゃありません。おじさんをころそうとしている悪党は、この東京に山のようにいるのです。ぼくはあなたのおじさんがすきです。りっぱな紳士だと思っています、ころしたくありません。でも、あなたがてつだってくれなければ、おじさんを助けられないのです。」

「では、どうすればいいのです。」

と、町子が、まゆをひそめてききました。

「だれか知ってる人が警視庁にいるでしょう。つまり、あなたが大川刑事部長のめいだということを知っている人です。」

「それはいますわ。」

「その人と大いそぎで連絡をとってください。このビルの正面の入口に、ぼくの自動車が待っています。黒い小型のヒルマンです。それにのって、運転手に警視庁へいけといいなさい。ぼくの名をいってはいけません。南浦《みなみうら》の命令だというんです。そして警視庁へついて知りあいの人に会ったら、いま事務所へ知らない男がきて、こんなことをいったと話して、おじさんのいっている先をきいてきてください。いえいえ、電話ではだめです。警視庁の人間は、あなたの顔を見なければ、ほんとうのことをいうはずがありません。さあ、はやく、そうしてください。」

町子はいそいで立ちあがりました。そして、

「わたし、いってきます。でも、あなたは。」

と、ジョオにききました。

ジョオはだまって、オーバーを町子にきせてくれました。そのはずみに、町子はジョオの白い長い指をちらりと見ました。その指のつめは、きれいにマニキュアしてありました。それから、いつものすみ

れの香水が、ぷうんとつよくにおいました。

ジョオは、ドアをあけながら、

「ぼくはここで、あなたの帰りを待っています。」

と、しっかりした声でいいました。

町子は、いそいで階段をかけだし、それから、エレベーターにのりましたが、頭の中は、めちゃくちゃにこんらんしていました。「ジョオのいまの話は、ほんとうか、うそか？」「うそなら、なんのために、ジョオはじぶんをだまして警視庁へいかせるのか？」「それとも、おじさんは、ほんとうに今夜ころされかけているのか？　どこで、どうして。そして、そのことと、ジョオはどんなかんけいがあるのか？」

町子が、警視庁へいって、また事務所へもどってくるまで、ちょうど二十分かかりました。へやの前へくると、ジョオが中からドアをあけてくれたので、町子はほっと安心しました。

「まあ、あんたのいったのは、うその知らせよ。今夜警視庁では、悪党せいばつなんかやらないっていったわ。おじさんは今夜は、どうらくの古いつぼをさがしにでかけるんですって。いった先は、神田淡路町の風雅堂《ふうがどう》って、こっとうやさんですとさ。」

と、町子がジョオを見て、おこったようにいいました。

すると、ジョオはさっと顔色をかえて、大いそぎでオーバーをき、腕時計を見ていいました。

「それでわかった。あなたは知らない。警視庁でも知らない。だが、『黒い五本指』の仲間のものならだれでも知っている。『神田の風雅堂へつれていく。』というのは、その人間をころしちまうという、ふちょうなんだ。あの悪漢たちのかくしことばなんだ！」

ふしぎなクラブ

町子は、マスクをしたジョオの目をじいっと見つめました。うそではありません。ジョオの目には、いかにもしんぱいそうな光がもえています。町子はもう、いても立ってもいられなくなりました。

そこで、おもわず泣き声をだしてききました。

「まあ、そんなら、わたし、これからどうしたらいいでしょう。」

すみれのジョオが、じっと考えてから答えました。

「おじさんが黒い五本指の悪者たちにころされかけているって、警視庁へ電話でしらせなさい。」

「でも、場所は。」

ジョオの顔には、くるしそうな色がうかびました。

「それはいえない。ぼくはいまではあの悪者たちの仲間じゃないが、むかしの友だちをうらぎるわけにはいかない。ぼくはこれからいって、できるだけのことはするつもりだ。だが、それ以上は、あなたのおじさんの運命だ。死ぬか生きるかはおじさんの寿命だ。ねえ、町子さん、おじさんのいどころをいうことだけはかんべんしてください。」

こういいきると、ドアがパタンとしまりました。階段をいそぎ足でおりていくジョオの足音が聞えました。町子が、なんともいえないいくるしい、かなしい気持でそれを聞いていると、ふと足もとに、みょうなむらさき色の、小さいカードのようなものがおちているのに気がつきました。ジョオがいま、あわてておとしていったものらしい。町子はそれをひろいあげて、そこに書いてある文字をじっと読みました。

☆　☆　☆

町子のおじさん、大川刑事部長は、夕がた、ひとりぼっちで港区白金台のりっぱなクラブのようなたてものの前で、タクシーをおりました。ここで、立花《たちばな》という知りあいの男と待ちあわせ、それからその人に案内されて、こっとう屋へいくやくそくになっていたのです。

玄関へ出てきたのは、きちんとしたせびろをきた、たいかくのいい若い男で、大川部長がぼうしとがいとうをあずけると、さっそく奥へ案内しました。

ろうかのかべの油絵も、あついじゅうたんも、みんなみごとなもので、ここはよっぽどのお金持たちがあつまるクラブのようにおもわれました。

「立花清太郎《せいたろう》君は、もうきとるのかね。」

と、あるきながら刑事部長が聞くと、

「立花さんはまだ見えませんが、ほかのおかたは、ぜんぶそろってお待ちしています。」

と、案内の男が、ていねいにこたえました。

そして、つきあたりのへやのドアをさっとあけて、

「大川さんがおいでになりました。」

と、大きな声でしらせました。

そこは、いすや長いすがたくさんある、りっぱな西洋ふうの広間で、五人の男がちらばって、たばこをふかしたり、新聞を読んだりしていました。その中の四十ぐらいの男がついと立ちあがると、あいさつしました。

「やあ、大川さん、よくいらっしゃいました。ご紹介します。名まえだけごぞんじのものも、また、お目にかかったものもあるとおもいますが、これが『くらやみの六《ろく》』で、これが『ころしの瀬戸口《せとぐち》』、それからそこにいるのが『アヘン吉《きち》』、そしてわたしが『ボスの大山《おおやま》』です」。

刑事部長は、ぎょっとしました。ここにいるのは、有名な東京の黒い五本指の中の四人の大悪漢でした。警視庁がそのひとりでもつかまえようと、ここ何年となく、夜もねないでさがしまわっている悪党たちなのでした。しかし、さすがに大川部長は、顔色もかえず、しずかにいいました。

「ふうん。してみると、立花清太郎君は、今夜はこないってわけですな。」

「そうです。あの男はお金にこまって、あなたをうらぎったのです。古いつぼをさがすのがあなたの道楽で、そういえばきっとだまされると、わたしらに教えてくれたんです。それで、わたしたちはお礼にたくさんの金をやって、あなたをここへおびき出したってわけです。」

大川部長は、それでもにこにこ笑って四人の悪漢にあいさつしましたが、心の中では、

「しまった、だまされた。今夜自分は、こいつらにころされて死ぬのか。」と、かくごをしました。

「くらやみの六」は、日本一の宝石どろぼうです。「ころしの瀬戸口」は、これまでに何人の人ごろしをやったかわからぬ、むざん極悪な犯人。「アヘン吉」も、中国からまいもどった大どろぼう。そして、「ボスの大山」は、四人の中でいちばんわるいかしらです。どれも、つかまえられれば、すぐみんな死刑にされるにきまっている、ものすごい連中なのです。

こうしているあいだに、白い服をきた給仕人が、銀のおぼんの上に、カクテル（お酒）のさかずきをのせてきました。

四人の悪漢は、じゅんじゅんにそれをとり、その一つを、大川部長にもわたしました。

「さあ、お祝いに一ぱいのみましょう。」

と、「ボスの大山」がいうと、

「そうだ、刑事部長をいけどりにしたお祝いだ。」

と、「ころしの瀬戸口」が、ゆかいそうにさけんで、四人はそろってそのお酒をのみほしました。

刑事部長も、ぐいとのみましたが、さかずきをおくと、きちんとしたしせいでいいわたしました。

「諸君、ぼくはいま、きみらを罪人としてたいほします。しんみょうになさい。」

「わっはっはっは。」

これを聞いた四人の悪者たちが、そろって大声で笑いだしました。

そのすきに、大川刑事部長はさっと入口のドアのほうへ身をおどらせ、いつのまにか、二ちょうのピストルを両手ににぎっていました。

これは大川部長のとくいの芸当で、むかし、このやりかたで、「生首の正太郎《しょうたろう》」という殺人犯人をつかまえて、それからぐんぐん出世したのでした。

しかし、そうして大川部長が、

「うごくな。うつぞ。」

と、悪漢たちに声をかけたとき、部長のうしろに

は、ふたりの大男がすっとあらわれました。ひとりはさっき部長を案内した若い男。もうひとりは、黒人のように色がまっ黒な、ヘビー級の拳闘選手らしい男でした。そして、ひとりがうしろから両手で部長ののどをしめているあいだに、ほかのひとりが、さっさと二ちょうのピストルをもぎとってしまいました。

そして、また影のように、どこかへ消えてしまいました。

これで刑事部長がピストルなしにされてしまったので、いちじおどろいた悪漢たちも、またがやがやにぎやかにしゃべりだし、さかんにお酒をのみつづけました。

大川刑事部長は、くやしくてたまらないが、どうすることもできませんでした。

悪漢たちも、心の中では、みんな、このだいたんな刑事部長がすきでした。しかし、このままいかしておいたら、こんどは自分たちがつかまって、ころされてしまうのです。だから、いまいのちをねらいあっている敵と味方が、笑ってお酒をのみあっているけしきは、ほんとうにふしぎなものでした。

そのうちに、広間と、となりの食堂とをへだてている大きなとびらが、さっとあいて、給仕人が、

「お食事のよういができました。」

としらせました。

毒いり葡萄酒

悪漢たちは、なぜか、そろって、ちらりと大川部長の顔を見ました。しかし部長は、

「やあ、ごちそうですか。ちょうどおなかがすいたところで、これはありがたい。」

といって、立ちあがりました。

食堂の大テーブルはきれいなお花でかざられ、やがて、すっぽんのスープだの、すばらしいえび料理だの、若どりの丸焼きだの、おいしいごちそ

うがぞくぞくとはこばれました。

四人の悪漢にかこまれながら、大川部長は、とても上きげんに、さもおいしそうに、へいきでたらふくたべました。そのようすは、これからころされるのをかくごしている人とは、とてもおもわれません。しかも、ときどき、

「ええと、ぼくは今夜、すばらしい大むかしの中国のつぼを見せてやるとだまされて、ここへきたんだろ。ほんとうにこのクラブにはそうしたふるい道具はないのかい。あれば、死ぬ前に一つでも見せてもらいたいんだが……。」

などと、じょうだんをいうのでした。

四人の悪漢は、部長のだいたんさに、いよいよ目をまるくしました。しかし、かれらの顔は、だんだん緊張してきました。なにしろ、長いあいだ計画してきた部長ごろしを、これからやるのです。しかも、だれがころしたかはぜったいにわからぬよう、ひみつにしなければいけないのです。

アイスクリームが出て、コーヒーが出て、いよいよぜんぶのごちそうがおしまいになると、給仕人が、赤いぶどう酒をいれた小さなコップを、たった一つ持ってきて、大川部長の前におきました。

すると、悪漢たちは、とつぜん、しいんとしずまりかえりました。

「大川さん、あなたは自分がこれからどうなるか、もうごぞんじでしょうな。」

と、「ボスの大山」が、テーブルにのり出していいました。

大川部長は、だまってうなずきました。

すると大山はことばをつづけて、

「あなたには、お気のどくだが、わたしらとしては、こうするよりほかにないのです。あなたは警視庁でも、いちばんおそろしい人です。しかも、そのあなたが、このごろ、わたしらをいちどきにつかまえる大じかけな計画をしている。ところで、わたしらは戦いのあいてを捕虜にしていかしておくわけにはいかない。あなたをころすよりほかない。わたしたちは、今夜ぜんぶ顔をむきだしであ

なたに会っています。これは、あなたをころす決心だからです。」

「わかっている。もしもきみたちが今夜ぼくをころさなければ、このつぎには、ぼくがまちがいなく、きみたちを死刑台にのせてやるんだ。」

と、大川部長が、いばっていいました。

「いいどきょうです。では死ぬ前に、わたしたちがころした警視庁の人たちの名を教えてあげましょう。倉持《くらもち》警部をおぼえていますか。」

「うん、あの男は東京ホテルのへやの中でころされた。」

「いいえ、あの男もぼくたちと、こうして晩ご飯をたべたあと、ころされて、死骸をあそこにはこばれたのです。」

と、大山がしずかにいって、

「それから、曾根《そね》探偵がころされたのもごぞんじでしょう。」

「そうさ。あれは、日比谷公園の池のふちで死んでいた。」

「あれも、わたしらがころしてから、はこんだのです。それで、あなたの死骸は、今夜おそくなってから芝公園にすてることにきまっています。」

と、大山が、うすきみの悪い声でいいました。そして、大川部長が、

「もうそんな話はやめたまえ。せっかくのごちそうの味がまずくなる。」というと、そのことばにおおいかぶせるように、「ボスの大山」が、すごい声でいいました。「もう、じょうだんはやめだ。部長、あなたは前にあるそのぶどう酒を、ぐいと一息でのむんだ。そうすれば、あなたはもうこの世とはおわかれだ。わたしたちも、やっかいばらいができるというもんだ。」

「あ、は、は、は。ところがぼくは、赤いぶどう酒がきらいなんだよ。どうせ毒をまぜてころすなら、白いぶどう酒をもってきたまえ。それも、よっぽど上等のやつでないと、ぼくはのまないかもしれないよ。」

と、大川部長が、胸をそらせてこたえました。

四人の悪漢は、ものすごい目で、そろって部長をにらみました。四人の右手が、いっせいに、ズボンのポケットにはいりました。きっとピストルを引き出すつもりなのでしょう。毒薬をのませるよりも、手早くうちころしたほうがいいと考えたのでしょう。

と、ちょうどこのあやうい一しゅん、しいんとしたへやの中で、だれか知らない男の声が聞《き》こえました。なにものかが食堂へはいってきたのです。

四人の悪漢が、びっくりして、そのほうを見ました。むらさき色のマスクで顔をかくした男、それが、うしろ手でしずかにドアをしめて、つかつかとあるいてきます。「ボスの大山」が立ちあがりました。

「どうも、おくれて失礼。食事はもうすませてきたよ。ところで、きみたちはどうしてぼくをのけものにして、こんな集まりをやってるんだね。」

と、むらさきのマスクが、「大山」に聞きました。

「きみとはかんけいないんだ。きみはこんなことすきじゃないから、よばなかったんだ。」

と、「大山」が答えると、

「いったい、どんな集まりだ。四人でなにをしようってんだ。」

「そう聞きたがるならいってもいい。おれたちはこれからこの大川刑事部長をころすところだ。きみも知ってるだろう。こっちでころさなければ、一週間以内には、おれたちがこいつにころされるんだ。」

「ころすのはよくない。やめてもらいたい。それでぼくはかけつけてきたんだ。」

「ばかをいうんじゃない、だいたいきみは、もうおれたちの仲間じゃない。そんなことをいう権利はないじゃないか、見たまえ。おれたちは、みんな素顔で大川に会ってるんだ。これを見ても、おれたちの決心がわかるだろう。これで、この男をころさなかったら、おれたちがどうなるか、考えてもみたまえ。」

と、大山はむきになって、マスク男にしょうちさせようとしました。

「まあ、待ちたまえ、もうすこし考えようじゃないか。」

といいながら、マスク男は、いすにどっかりと腰をおろし、大川部長に聞きました。

「大川さん、あなたはどうおもってるんです。」

「ぼくはもうかくごしている。だが、この赤いぶどう酒をのむのだけはごめんだ。ほかの方法でころされたいもんだ。ぼくは、今夜ことによると、ここで『ボスの大山』だけはつかまえられるかとおもっていた。だが、四人の悪漢が、こうそろって準備していようとはおもわなかったよ。そうと知れば、警官隊にとりまかせておくはずだった。とにかく、いまおもえば、あの立花清太郎は金にこまっていたから、もっとうたがってもよかったんだ。」と、大川部長は、あきらめた調子で答えました。

「もうりくつはたくさん。大川さん、早くそのぶどう酒をのんでください。そのほうが、手すうがかからずに、かんたんにすむんですから。」

と、大山が、むごたらしくいいました。

「いや、大川さん、ぜったいにそのコップにさわってはいけません。」

と、マスク男が、またとめました。

「ボスの大山」というのは、やせて背の高い、いかにもいんきな顔の悪漢で、左のほっぺたに大きな傷あとがあり、顔じゅうがひどくしわだらけです。そのしわをいっそう深くみけんによせて、おこった「大山」がマスク男にいいました。

「ぼくはきみとけんかをしたくない。ただ、きみは、今夜のことに口を出す権利なんかないよ。大川さんがどうしてもぶどう酒をのまないのならしかたがない。ぼくらはほかの方法で、三十分以内にころすだけのことだ。」

「まあ、ぼくのいうことを聞きたまえ。」

と、マスク男が手をあげてとめると、それから、大川刑事部長にむかい、

「大川さん、あなたは今夜、この大山をねらって

ここへきたかもしれないが、『黒い五本指』の悪党を、ぜんぶつかまえるつもりじゃなかったんでしょう。そうすれば、あなたとしては、ひとりだけ悪漢をつかまえれば、今夜は気がすむわけだ。それなら、ぼくがこの四人の身がわりになってつかまってあげましょう。ぼくは、『すみれのジョオ』です。黒い五本指の悪漢のひとりです。だから、ぼくになわをかけて、警察へおつれなさい。ただし、そのかわり、あとの四人と今夜ここで会ったことは、すっかりわすれてください。」

すみれのジョオがこういって悪漢たちのほうをむくと、みんなはがやがや、ふへいをいいだしました。なかでも「ボスの大山」は、大きく頭をふって、どなりたてました。

「そんなやくそくはぜったいだめだ。警察のいぬが、やくそくなんかまもるものか、まもるといっておいて、あとでつかまえにくるにきまっているあ。さあ、それよりも早く部長をしばってしまえ。そして、むりに口から毒酒をつぎこむんだ。それでもいやがったら、おれが、このピストルでころしてやる。」

この声に、「くらやみの六」と、「ころしの瀬戸口」が、シェパード犬のように、大川部長にとびかかりました。そのとたん、「ボスの大山」が、「やっ、あの音は。」といって、うしろをふりかえりました。と、そこにすっくとあらわれたのは、少女探偵扇谷町子のすがた!

町子のてがら

町子は、右手にあのかわいらしいピストルをもって、ジャンヌ・ダルクのようなきつい顔をして立っていました。だれもいないクラブのげんかんからしのびこんだ町子は、いま、食堂のドアのそとで、悪漢たちとおじさんとのはなしをのこらずきいてしまったのです。

町子は、探偵小説に出てくる名探偵のやりかた

を知りませんでした。だから、

「手をあげろ。」

ともなんともいわず、だしぬけに、にらんでいた悪漢たちめがけて、パン、パン、パンと、ピストルをうちだしました。

　おどろいたのは悪漢たちです。だいいちに、皮のひもで大川部長の手くびをしばろうとしていた。「ころしの瀬戸口」がうでをうたれて、「あっ。」とさけぶなり、たおれました。「くらやみの六」は、肩の骨にたまがあたって、どすんところがりました。テーブルのむこうにいた「アヘン吉」も、どこかをうたれたらしく、「うーん。」といたそうなさけび声をあげて、いすからころげおちました。

　ところで、町子のたまは、うんわるく、悪漢のかしらの「ボスの大山」にはあたりませんでした。

　その大山は、はやくもテーブルのかげに身をかくしながら、なんともいえない、ふしぎな、よったような目で、あれくるう町子のすがたを見ていました。

　そして、

「すばらしいむすめだ。たいしたどきょうだ。あんなむすめがほしいもんだ。」

と、ひくい声でつぶやきました。

　しかし、五連発のたまを三発までうちつくすと、さすがに町子もちゅうちょしました。あとの二発は、自分をまもるために、とっておかなければならないのです。

　それを見た「大山」は、いまだとばかり、町子をつかまえようと、もうぜんと、おどりかかりました。

　するとこのとき、いきなり、だれかが町子の肩をつよくつかみました。それは、むらさきのマスクの男――「すみれのジョオ」でした。町子は、つきとばされるように、となりのへやへおしやられました。

　とたんに、横になったまま「アヘン吉」がうったピストルのたまが、ブスッと町子の横顔をかすめました。じつにあぶないところでした。

ところで、このとき、ものすごい音がひびきました。クラブの地下室らしいところから、どらをジャンジャンたたく音がきこえ、非常ベルが、へやからへやへかけて鳴りわたりました。

悪漢たちは、けがをしているものまで、いっせいに、がばと立ちあがりました。おまけに、家じゅうの電燈がいちどきに消えて、あたりは、鼻をつままれてもわからない、まっくらやみになってしまいました。

そのくらやみの中で、ピストルの音がパンパンひびく、大ぜいの人がどなりあう、いやはや、ものすごいようすになりました。そして、どうやら床下へでもつづいているような落し戸のふたをしめたらしい大きな音が、バターンと、ひときわたかくひびきわたりました。

ひとりぼっちになった町子が、「なにがおこったのか。」と、きゅうにこわくなり、ふるえていると、くらやみの中で、自分を呼ぶ声がしました。

「町子。だいじょうぶか。」

うれしや、それは、おじさんの大川刑事部長の声でした。

「あっ、おじさん。わたしだいじょうぶ。おじさんは?」

「おれもだいじょうぶだ。だが、もうちょっとで大山にうちころされるところだったよ。町子はやくスイッチをさがして電燈をつけろ。おれは、ここに悪漢をひとりおさえつけているんだ。あ、もう安心だ。警官隊がはいってきたらしい」

町子は、いそいでかべのスイッチをさがしてひねりました。

食堂がぱっとあかるくなると、へやのあちこちの入口から、制服制帽の警官隊が、どやどやとなだれこみました。

見ると、大川刑事部長は「くらやみの六」をひざの下にくみしき、その両うでに、ちゃんと手錠をかけていました。大山のたまがかすめた部長のひたいの傷口からは、まっかな血がたらたらながれていました。町子は、いそいでテーブルの上の白いナプキンをとって、その傷のてあてをしました。

見ると、大テーブルの下には、地下室へつづく落し戸があって、ふたがかたくしまっていました。悪漢たちは、ここから逃げだしたらしく、へやにはもう、だれひとりのこっていませんでした。

「おい、やつらはどこへ逃げたんだ。」

と、大川部長がどなると、

「はい。どうも、となりの家へつづく逃げみちがあるようです。いまこの建物ぜんぶをわが隊が包囲していますが、わたくしもすぐ追跡します。」

と、警官隊の隊長がこたえて、あわただしくかけだしていきました。

大川刑事部長はよろよろと立ちあがると、警官のひとりに、

「おい、となりのへやのたなからシャンパンの酒びんをもってこい。」

といいつけました。

そして、そのお酒をなみなみとコップについで、ぐうっと一のみすると、いきなり大きな声で、

「わっ、はっは。」とわらいだしました。

「まあ、おじさん、どうしたんです?」

と、町子があきれてききました。

おじさんは、町子がまだ手ににぎりしめていたかわいらしいピストルを、だまってもぎとると、もういっぺん、さもおかしそうにわっはっはとわらい、

「おい、町子。これがおかしくないのか。おまえは、こんなおもちゃのようなピストルで、日本じゅうの人間がおそれおびえている四人の大悪党の腰をぬかさせたんだぜ。そうおもうと、おれは、おかしくておかしくて……。」

といって、わらいがとまらぬように、おなかをかかえているのでした。このことばに、はっと気がついて、町子の目は、あわてて「すみれのジョオ」のすがたをさがしました。しかし、もう怪人のすがたはけむりのように消えていました。

「ときに町子。おまえには、どうしておじさんが

ここにいることがわかったんだ」

と、大川部長が、このとき、はじめてふしぎそうな顔をしてききました。

「はい、それは、あの『すみれのジョオ』が、わざと落していった、むらさき色のカードに書いてあったんです。」

と、町子はこたえようとしましたが、おもいなおして、その返事を、ぐいとのみこんでしまいました。

そして、ただ、

「むしが知らせたのよ。」

とこたえました。

それから、またつづけて、

「わたし、それで、むしがしらせたとおりを警視庁へもしらせたのよ。」

とこたえました。

すると大川部長は、ただじいっと町子の顔を見つめただけで、もうそれ以上はなんにもききませんでした。

水上の家

あやしいクラブの事件があってから一週間あと、扇谷町子は、夜の七時すぎ、いつもの事務所で、また身のうえ相談の返事を書いていました。

もちろんおじさんは、町子がひとりで、夜、この事務所にのこることに大はんたいでした。ことに、あの事件でつかまった悪漢は「くらやみの六《ろく》」ひとりだけで、ほかの三人の親分はみんな逃げて、いまだにゆくえが知れません。

それに「黒い五本指」には、そのほか、まだ大ぜいの子分がいるのです。それが、いつどんなやりかたで町子にしかえしにくるかわかりません。

それで、大川刑事部長は、あのあくる日から、すぐこの事務所をしめるように町子にすすめたのでした。

町子も、このまま事務所をつづけることはきけんだと、自分でもおもっていました。しかし、仕事がのこっているので、ひっこしが、ついずるずるとのびてしまいました。それで、今夜も、うっかり日がくれるまで仕事をしていたのです。

いま町子は、ペンをとめて、テーブルの上のかびんを見ました。それには、すみれの花がいっぱいさしてあり、ぷんぷんいいにおいがしています。

町子は、さらに本だなの上を見ました。そこにも、いくつもの、かびんがずらりとならんでいて、やっぱりすみれの花だらけです。それをながめて、町子は、ふっとためいきをつきました。

あのクラブの事件があった翌朝から、町子の事務所には、毎朝大きいすみれの花たばがとどくのです。それをもってくるのは、町子が使っている子どものボーイか、びっこのじいやですが、「どこからきたか。」ときくと、「とどけ主はわからない。」というのです。なんでも、かわいらしい女の子が自転車にのってきて、

「これを扇谷のおじょうさんにあげてください。」

といっては、名まえも名のらずにいってしまうとのことでした。

それが毎朝つづくので、町子はひどく気になって、

「こんどその女の子がきたら、ぜひともつかまえて、名まえをきいてちょうだい。さもなければ、お花をうけとらないでちょうだい。」

と、きびしくいいつけました。

しかし、それでもだめでした。その知らない少女は、なんときいても返事をせず、すばやく花たばをなげだすようにおいて、矢のように、自転車ですがたを消してしまうとのことでした。それで、この一週間のあいだに、町子の事務所は、すみれの花だらけになってしまったのです。

町子は、やがて、このふしぎな花たばのとどけ主は、あの「すみれのジョオ」じゃないか、とおもうようになりました。そして、自転車でそれをもってくるかわいい少女は、ことによったら、いつかジョオがいった、ジョオの妹ではあるまいかと考えました。

さて、今夜も、そのふしぎなすみれの花たばをつくづく見まわしてから、町子は帰りじたくにとりかかりました。まず、つくえの上をきちんとかたづけ、だいじなものはのこらずひきだしに入れてかぎをかけ、それからドアをしめてへやを出ました。

とことこ階段をおりて五階へいき、ボタンをおすと、下から音をたててエレベーターがあがってきました。ところが、ドアをあけた人を見ると、見たこともない顔の男でした。

「あら、戸田《とだ》さんは？」

と、町子がいつものエレベーターがかりのことをきくと、

「戸田君は用事で早帰りをしました。今夜はぼくがかわりです。」

と、その男は、かるくあたまをさげてこたえました。

町子はなんとなく、その男の顔をどこかで見たような気がしました。しかし、どうもはっきりおもいだせませんでした。そのうちにエレベーターがうごきだしました。

ところが、あやしいことに、エレベーターは、五階と四階とのあいだですぐとまってしまいました。

それからあと、町子がおぼえていることは、エレベーターの中でその男にぐいと肩をつかまれ、それから、なんともいえない、むせるようないやなにおいのするハンカチを鼻さきにおしあてられたことでした。

あとはぜんぜん、なにもかもわからなくなってしまいました……。

そのつぎに町子が気がついたときには、あたりのけしきは、がらりとかわっていました。

まあ、夢をみているんじゃないかしら。

自分は百姓家みたいなところにねているのです。百姓家の中を西洋風につくりなおしたようなへやで、町子がねているのは大きい上等なベッドです。それから、まわりにも上等なとだなやテーブルや、いすなどがおいてある。それから、すみ

のところにいろりのようなものがあって、そこでは火が気持よくもえていました。しかもそのそばには、ひとりのしらがのおばあさんがいすにこしをかけて、あみものをしているのでした。

町子はぱちぱちとつづけてまばたきをしました。それから、用心ぶかく口をあけて、またしめてみました。

あっ、口はしばられていない。

そのつぎに、両うでをそろそろとのばし、足をうごかしてみました。

あっ、手も足も、しばられていないのです。

町子は、ほっと安心のためいきをつきました。しかし、あたまはなんとなくおもい。それから、胃のへんがいくぶんむかむかする。これはきっと、エレベーターの中でかがされた麻酔薬のせいなのでしょう。

かっぱつな町子は、すぐベッドからおりました。と、おばあさんが、じろりと見ました。しかし、なんともおもわないように、やっぱりあみものをつづけています。

「ここ、どこなの?」

と、町子がぶっきらぼうにききました。

「窓のそとをごらんなさい。」

おばあさんの返事はかんたんでした。

町子は、くつした一枚のすあしで窓ぎわへいきました。(ゆうべはいていた靴は、いつのまにか、ぬがされていました。)そして、一目見て、びっくりぎょうてんしました。

まあ、窓のそとは、見るかぎり、はてしもないひろい海――。しかも、いちめんにまっ白な大波が、ものすごくあれくるっています。そして、目にはいるものはなにひとつなく、うすぐろくくもった空が、とおい水平線までつづいています。おまけに、雨まじりのとてもつよい風が、ビュービュー、窓や、この家の入口らしいほうへ吹きつけているのでした。

「ここはどこだろう。」「わたしはどうして、いつのまにこんなところへはこばれてきたんだろう。」「このおばあさんはいったいだれだろう。」いろいろなうたがいが、いちじに、町子の胸にうずまきました。

あまりのかわりよう。これは、どうしても夢のつづきとしか町子にはおもえませんでした。町子は、きゅっと、うでをつねってみました。いたい。してみると、これはやっぱり夢ではなく、ほんとうです。

「ねえ、おばさん。いったいここはだれのうちなの?」

町子は、おそるおそる、おばあさんにきいてみました。すると、おばあさんは、またじろりと町子の顔を見て、

「あなたはどうかしてるね。そんなことをきいてわたしがおしえるとおもっているのかね。」

と、ばかにするようにこたえました。

町子はそれなりだまって、へやのドアのとってに手をかけました。すると、

「かまいませんよ。かってに出て、どこでも見ていらっしゃい。あなたをとりこにしたのは人間じゃありません。わたしから見ると、神さまのようなかたですよ。でも、うっかりあるいて、波にさらわれて死んでも、わたしは知りませんよ。」

と、おばあさんは、おどかすようにいって、あいかわらずあみものをつづけていました。

町子がドアをあけて、となりのへやにはいると、そこはうすぐらい広間で、板かべの上のほうに、ずらりとたながつってあります。そして、おどろいたことに、そこには猟をするときの大きな銃だの、小さな銃だの、ピストルだの、いろいろな種類の銃がぎっしりのっています。それから、きみのわるい日本刀や短刀なども。――そして床の上には、火薬や、たまの箱らしいものが、わんさとつまれているのでした。ああ、いったい、このふしぎな家のあるじはだれなのでしょうか。

妹島《いもうとじま》

町子は夢をみているような気持で、広間のなかをぶらぶらあるき、また、窓からそとのおそろしい海のけしきをのぞいたりしていました。

どうもふしぎ。それに、あたまのなかがしんしんといたくて、いまにもたおれそうなのです。見ると、広間のむこうに、青くペンキでぬったドアがきちんとしまっています。なんだかこころぼそくなって、町子は、声をかけてみました。

「だれかいるの？」するとびっくりしたことに、男の声がへんじをしました。「はい。どうぞおはいりください。」

ドアがあいて、出てきた男をみると、町子はいよいよじぶんが、夢で童話の国へきたんじゃないかとおもいました。

それは、とてもみにくいかおをしたせむしです。からだはこどもくらいで、年はもう四十ぐらい。おまけに、どこかの大きいホテルのボーイのように、きちんと黒いモーニングのような服をきているのです。それが、ばかていねいにおじぎをして、「お嬢さま、朝ごはんをめしあがりますか。それとも、おとうさまのお帰りをお待ちになりますか。」ときくのでした。「まあ、おとうさまってだれ？」

町子はびっくりしてききました。

「お嬢さまを、こんど養女におもらいになったかたです。」「えっ、それ、なんて人？」

「お名まえは申せません。わたしのご主人です。だんなさまは、こんどあなたを養女にしてつれてきたから、お目がさめたら朝ごはんをさしあげるようにと、わたしにおっしゃいました。だんなさまは、いま父島へいらしっておるすですが、もうじきお帰りになります。」

「えっ、父島ですって？　いったいここはどこなの？」

「小笠原群島です。いまでは日本のものでなく、アメリカの島になっています。そして、ここは、そのなかでいちばん小さい妹島です。」

町子は、またまたびっくりしてしまいました。小笠原島といえば、八丈島よりもずっと遠い島。そんなとんでもないところへ、どうしてわたしはきたんだろう。おとうさまって、だれのことだろう。そして、だれがつれてきたんだろう。町子は、あたまがこんがらかってしまいました。と、そのとき、ふと「すみれのジョオ」のマスクをした顔が、目にうかびました。ことによると、ここがあの怪人のかくれ家なのかもしれないとおもいました。だが、あの男らしいジョオが、わたしをさらうなんてはずがない。おとうさんだなんていうはずがない。……まあ、おそろしい。こんなところへつれてこられては、もう、おじさんの大川刑事部長に助けてもらうこともできない。それに、目のまえでにやにやしている、このきみわるいせむし……。

そうおもうと、町子はたまらなくこわくなりました。そのうちに、あたりのけしきがぼうっとしてきて……町子は、またきぜつしてしまいました……。

町子が二度めに気がついたときには、ぜいたくな長いすの上にねていました。見まわすと、そばにはストーブがあって、火がちょろちょろと気持よくもえ、小さなテーブルの上には、おいしそうにやけたパンに、バターとジャムがそえておいてありました。おちゃわんには、湯気のたつコーヒーがついでありました。

たまらなくおなかがすいていた町子は、パンをむしゃむしゃたべ、コーヒーをがぶがぶのみました。

すると、そのうちに、へやのすみのいすに、ひとりのやせた男が、横むきに腰をかけているすがたが目にはいりました。町子はどきんとして、おもわず立ちあがりました。

「あ、あなたはだれです。」

「『ボスの大山』だよ。このあいだ、きみにピストルで追いちらされた、東京の『黒い五本指』のかしらだよ。」

その男は、口に大きなマドロスパイプをくわえながら、町子のほうに向きなおりました。まだ四十ぐらいなのに、しわだらけな顔。それに、ひたいの大きな傷のあとがめだちました。

「まあ。どうしてわたしをこんなところへつれてきたんです。」

気のつよい町子は、こわさもわすれて、かっとおこって、こうさけびました。

「どうしてったって、きみがわるいんだよ。きみは小さいむすめのくせに、ぼくたちのクラブへ巡査をつれてはいってきたじゃないか。そして、ぼくたちのなかまをめちゃめちゃにして、東京にいられないようにしちゃったじゃないか。だから、そのしかえしに、ぼくはきみをさらったのさ。」

悪漢の大山は、しずかにこたえました。

「それで、わたしをどうするつもりなんです。」

「ぼくのむすめにして、ずっとそばにおいとくつもりだ。きみと、きみのおじさんの大川刑事部長は、ぼくのほんとうの顔を見てしまった。ぼくは、いままでさんざんわるいことをやったが、いつも変装していて、だれひとり、ぼくのほんとうの顔を見たものはないのだ。ところが、こんどはじめてきみたちふたりに見られてしまった。だから、ぼくはおじさんのほうは、これからきっところしてやる。それから、きみはころさずに養女にし、生涯そばからはなさないことにきめた。それに、きみは、むすめにしてはとてもどきょうがいい。えらくいさましい女だ。すっかり気にいった。だから、これからぼくがうんとしこんで、すばらしい悪党にして、ぼくのあとつぎにするつもりだ。」

こういうと、悪漢の大山は、すっと町子のそばへよってきて、いやらしいねこなで声でいうのでした。

「ねえ、町子。おとなしくぼくのむすめにおなり。

ぼくは、おくさんもこどももないひとりものなんだ。それでたいへんな金持だ。いままでかせいで銀行にためたお金は、もう何億か、かぞえきれないほどだ。きみがむすめになれば、どんなぜいたくでもさせてやる。どんなきれいな服でもくつでも自動車でも買ってやる。世界じゅうを旅行させてやることもできるんだ。」

「いやです。そんなこと、ぜったいいやです。あんたみたいなわるもののむすめに、だれがなるものですか。」

町子はさけんで、ぱっといすから立ちあがりました。そして、近よってきた大山からにげるように、窓のところへいきました。

「あっはっは。そうか、そんなにいやか。いやならいやでいい。そのかわり、きみはいつまでも、このさびしいはなれ島にいるんだ。そのうちにきみは、だんだん東京がこいしくなる。銀座へいきたくなったり、映画が見たくなる。そうすれば、しまいにはあきらめて、おとなしくぼくのむすめになるにきまっているんだ。いいかい、ここは日本の国じゃないよ。アメリカの島だよ。日本の警察なんか、追っかけてこられないんだ。ぼくは、むこうの父島にいる二世（アメリカでうまれ、アメリカの国籍をもっている日本の人のこと）の男に金をやって、そっとこの島に家をつくり、ここをかくれ家にしているんだ。きみのおじさんだって、こんなところにぼくがいるなんて、気がつきっこないんだよ。」

こう大山はつめたくいって、もとのいすへもどり、すまして雑誌のようなものを読みはじめました。

水上飛行機

町子が窓からながめている海のけしきは、だんだん夕がたになっていきます。はてしなくつづいている波。一そうの船も見えません。ただ、かもめのような鳥が、島のまわりをとんでいるだけです。町子は、かなしく、こころぼそくなり、涙がぽろぽろこぼれてきました。

「ああ、おじさん、おじさんはいまごろどうしているだろう。きっと事務所へ電話をかけて、わたしがいないのでびっくりしているだろう。きっと大さわぎして、ほうぼうをさがしているだろう。しかし、わかりっこはない。わたしにさえ、どうやってこんな遠い島へはこばれてきたのか、さらわれてからもういく日たったのか、まるでわからないのだ。ああ、このまま、生涯東京へ帰れなかったらどうしよう。やっぱり、あの大山のいうとおり、わたしはだんだんさびしくなって、しまいには大山のむすめになってしまうのだろうか。」

町子は、とうとう声をあげてないてしまいました。

するとそのとき、さっきのせむしのボーイが食堂のドアをあけて、

「だんなさま、お嬢さま、晩ごはんの用意ができました。」

としらせました。

町子は大山にさいそくされて、しかたなしに食堂へはいりました。

きれいな花をかざり、まっ白なテーブルかけをした、りっぱなテーブル。そこには、東京の大きなホテルで出るような、ぜいたくな西洋料理がならんでいました。

青いかさのスタンドの下で、町子がくらい気持で、大山とふたり、ナイフやフォークをうごかしていると、とつぜん、大山がぴくりとからだをうごかしました。なにかにおどろいたように、顔色をかえて、じいっと耳をすませました。

どこか遠くで、自動車のエンジンのような、かすかな音がきこえたのです。

「はてな、いまごろおかしいな。モーター・ボートかな、それともアメリカ軍の飛行機の音かな。」

と、大山がふしぎそうにつぶやきました。それから、ベルをおしてせむし男をよぶと、

「おい、権田《ごんた》、家じゅうのあかりを消せ。」

とめいれいしました。テーブルの上のスタンドの灯が消えて、食堂のなかはくらくなりました。

大山が、せむし男と小声でなにか話しあっているあいだ、町子は窓のところへいき、カーテンのかげからそとを見ました。

くれかけた海の上のほうの空に、なにか白い大きなつばさのようなものが見えます。どうも飛行機のようです。

そのうち、大山も町子のそばへきて、じっと空を見あげていましたが、なにをおもったか、いそいでとなりのへやへいき、一ちょうのピストルを持ってきました。そして、それを洋服の右のポケットへ入れました。それから、じっと町子の顔を見て、

「飛行機だ。アメリカ軍の飛行機だが、おくれて帰ってきたのらしい。」

といいました。

しかし大山は、なぜか窓を大きくあけ、からだをのりだして、それなりじっと空を見つづけています。

空では、だんだん大きく見えてきた飛行機が、ぐるぐるまわって、しだいにひくくおりてくるようです。

「この島へおりるんでしょうか。」

と、町子がきくと、

「水上飛行機だ。くらくならないうちなら、おりられるかもしれない。」

と、大山はこたえましたが、つづいて、にやりとわらうと、

「でも、きみを助けにきた飛行機じゃないよ。きみのおじさんには、そんなげいとうはできないよ。」

と、ひやかすようにいいました。

「だれだっていいわ。あんたとふたりでいるより、だれでもここへきたほうがいいわ。」

と、町子も、まけずに、にくまれ口をききました。

このとき水上飛行機は、海の上をすれすれにとんでいました。だんだんとスピードをおとしてい

きます。やがてひとりの飛行士のすがたが見えました。片手で操縦桿をにぎり、片手に小さないかりのようなものをもっています。「うまいもんだ、りっぱにおりてきた。どうやら、おれのところへくるらしい。」と、大山がつぶやきました。

飛行機は、とうとう波の上にしずかにおり、いかりをおろしました。つづいて、一そうの小さいゴムボートがおろされ、それに乗りうつった飛行士は、長いほそい櫂で波の上をこいで、こちらへ進んできます。

皮の飛行服をきて、ひさしの長い飛行帽をかぶった、その若い男のすがた。

それを見た町子は、どこか、そのすがたに見おぼえがあるような気がしました。

とたんに、大山がさけびました。

「あっ、すみれのジョオだ。」これをきくと、町子はあたまのなかが、かっとなりました。とてもうれしくなりました。ああ、「すみれのジョオ」。あの人がきてくれれば、わたしは助けてもらえるかもしれない。しかしそれとどうじに、町子は、きゅうにしんぱいになりました。ボスの大山は、ポケットにおそろしいピストルをかくしている。それなのに、「すみれのジョオ」は、けっして武器をもったことのない男だ。あの人がこの島へあがるといっしょに、大山に、ズドンとうちころされてしまったらどうしよう。

そのあいだにゴムボートは、するすると、島の、ちょうど大山の家の前の堤防の下につきました。とびだしていった大山が、右手をのばしてやると、ジョオはそれにすがって、土手によじのぼってきました。

「ジョオ、なにかかわったことでもできたのか。」

と、大山がすぐにききました。

「いいや。ただあれっきり、なかまのようすがわからなくなったから、ききにきたんだ。」

「みんな東京からにげだしたよ。『ころしの瀬戸口』も、『アヘン吉』も、それぞれ警察にわからない遠くへにげてしまった。それで、おれもこの島へひっこんだわけだ。『くらやみの六』だけがつかまって、かわいそうだが、あれはどんなに調べられても、おれたちの居所をいうはずがないから、それだけは安心だよ。」

こんな話をして広間を通りながら、「すみれのジョオ」は、ふと町子のすがたを見つけて、びっくりしたようにさけびました。

「や、扇谷町子さんじゃないか。この人がどうしてここに？」

「いや、この人はもう扇谷じゃない、大山町子だよ。もうおれの養女になったんだ。これからずっと、この島でおれとくらすんだ。」「ばかいいたまえ、そんなことあるもんか。」と、ジョオはほんとうにしません。けれど、大山はねっしんに、

「でも、ほんとうにそうなんだからしかたがない。町子は養女になることを、大よろこびでしょうちしたんだ。いまも、ふたりで仲よく晩めしをたべてるさいちゅうだったんだよ。」

「ジョオさん、それはみんなうそよ。わたしは、事務所から帰るところをエレベーターのなかで麻酔薬をかがされ、ここへさらわれてきたのよ。おねがいだからわたしを助けて。」

と、町子が、たまりかねてさけびました。

「まあいいさ。そんなことはあとにして一ぱい、あついコーヒーでももらいたいな。ひどくくたびれたからね。」となぜかジョオはれいたんにいって、どっかり広間のいすに腰をかけ、せむし男がはこんできたコーヒーをのみながら、大山と小さい声でなにか話をはじめました。

町子は、ジョオが大山のうそを信じやしないかとおもってしんぱいでもあり、またくやしくてたまりませんでした。しかしジョオが大山と話しながら、うすぐらいなかでときどきじぶんに目くばせするのを見ているうちに、ジョオのほんとうの気持は、じぶんを助けるために、わざわざここまでとんできたのにちがいないことがわかってきました。しかし、大山のポケットにはピストルがはいっています。そして大山は右手をずっとポケッ

トに入れて、そのピストルをいじっているのです。ところがジョオのほうは、まるでから手です。これではとてもかなないそうもありません。

「ああ、なんとかして大山にゆだんさせ、そのひまに、ジョオにたなの上の武器をわたしたい。ああ、どうしたらいいだろう。」

町子は、じりじり気がせいてきました。そして、しきりにきょろきょろあたりを見まわしていました。

すみれ色のアパート

「なんとかしてジョオに武器を。」

と、いらいらしている町子のあたまに、ふとひらめいた計略。「ええ、うまくいくかどうかやってみよう。」といきなり町子が、びっくりしたようにまどのそとを指さし、

「あっ、あれ、なんでしょう。」

とさけびました。

この声に、大山が窓のほうを見たとたん、ジョオは、すばやくとびあがって、たなの上の大きな猟銃をつかみました。ずっしりとおもい手ごたえ――うまい、十分にたまがこめてある。

「大山、あれはかもめだよ。それよりこれを見ろ。」

と、猟銃を大山につきつけて、すみれのジョオがしずかにいいました。

ボスの大山の顔は、「やられたな。」というような、くやしそうな表情で、みにくくゆがみましたが、さすがは大悪漢、じっと目の前の銃口のくろい穴を見つめながら、

「おれは、かもめはもうころしあきたよ。」

と、にくにくしい声でこたえました。

「大山、さあ、はやく右手をポケットから出せ。はやくはやく。さもないと、ぶっぱなすぞ。」ジョオにおどかされて、大山はしぶしぶ、いわれたとおりにしました。だが、その顔は、ものすごい悪魔のようになって、

「ジョオ。おまえは、このむすめを救いにきたんだな。」

「もちろんそうだ。」とジョオがへいきでこたえました。

「おまえはおれたちの仲間だ。仲間をうらぎったときどんな罰をうけるか、覚悟しているだろうな。」と、大山がおどかしました。

「いかにも、おれはむかし、おまえの仲間だった。しかし、いまはそうじゃない。それでもおれは、おまえにずっと義理をたてるつもりだった。だが、おまえがこんな罪もないむすめをさらうようになっては、もうがまんができないんだ。さあ、大山。はやくそのピストルのはいっているうわぎをぬいで、すみのほうへなげだせ。見ろ、おれの指はこのとおり引き金にかかっているんだぞ。おまえがちょっとでも手をポケットの近くにやったら、ずどんだ。おまえは死ぬんだぞ。おまえのたまが飛ぶまえに、おまえは生きちゃいないんだぞ。」こうジョオにいわれると、大山はもう、うわぎをぬいですてるよりほかありませんでした。大山はジョオのはやわざと、ピストルが名人なことをよく知っていました。

「町子さん、オーバーをきなさい。うすいオーバーだったら、毛布を一枚さがしてもっておいでなさい。そして大いそぎでボートにのりなさい。いや、それよりもさきに、そこにおちいてる大山のうわぎのポケットからピストルを出して、海の中へすててください。」

ジョオが、こうはやくちで命令しました。

「でもわたし、あのせむしのボーイがこわいわ。」と町子がもじもじしていると、

「ではピストルをすてずにもっていて、じゃまするやつは、だれでもうってしまいなさい。だが、あのせむしは、ぼくがきたとき、モーターボートで逃げだしたらしいですよ。」

と、ジョオの声がするどくひびきました。

それから十分後、町子は大きな毛布でからだをつつみ、水上飛行機にのりこんでいました。手錠

をかけられた悪漢の大山は、かくれがのつめたいゆかの上から、むねんそうに、ジョオのあやつる飛行機のまいあがるのを見あげていました。

まんまんたる大海原の上に、いましもさしのぼる金色の満月。その光の中を、飛行機はゆうゆうと、大鳥のように、東京の空さして飛んでいくのでした。

＊　＊　＊

それから二日後のことでした。

扇谷町子は、またあの有楽町のビルの七階の事務所の、テーブルにむかっていました。

あいかわらず、テーブルの上も、たなや金庫の上も、すみれの花をさした花びんでいっぱいです。へやじゅうがぷんぷんにおっているのでした。いま町子は、一りんのすみれの花をはなにあてて、なつかしそうにかいでいました。

町子のあたまには、水上飛行機で東京へもどった夜はじめてあった、すみれのジョオの妹の、かわいらしい顔やことばがうかんでいるのでした。

あの晩町子は、おそろしい小笠原島から、知らない海岸へつき、そこから自動車で東京へはいりました。すると車の中で、すみれのジョオがこんなことをいったのでした。

「町子さん、ぼくの妹に一度あってやってください。」

「ええ。事務所に花をとどけてくださるかたでしょう？　わたし、どんなかたか、一度あいたいわ。」

「じゃあ、今夜これからちょっとあってくれますか。」

町子は腕時計をちらりと見て、

「いいわ、ちょっとなら。」

とこたえました。

「ありがとう。では、すみませんが、ぼくのアパートの近くへきたら、あなたに目かくしをさせてください。ぼくはまだ、だれにもじぶんのいどころを知られたくないんです。いいですか？」「いいわ。」と、町子は、これもすなおにしょうちしました。

町子は、すみれのジョオに、これまで何度も、あやういところを救われたのです。むかしはどんな悪漢にしろ、この男を信ぜずにはいられませんでした。

こうして、町子はまもなく、すみれ色のきれで目かくしをされて、ジョオに手をとられて知らない家の階段をのぼりました。

「すみませんでした。さあ、目かくしをとってください。」と、ジョオにいわれて、町子が見たものは……。それはまるで映画のセットの一こまのようでした。壁の色も、カーテンも、家具もスタンドのかさも、ぜんぶうつくしいすみれ色のへや。よほどぜいたくなアパートとみえて、へやかずは三つも四つもあるようでした。そして、そこに目のぱっちりした、見るからにかわいらしい洋服すがたの少女が立っていました。

「これが、妹の鳩子《はとこ》です。ぼくらはきょうだいふたりきりで、みなし子なんです。」と、ジョオが紹介しました。じぶんより二つ年したで、うつくしいが、どこかにとてもさびしいかげをもつ少女。――町子は、このきょうだいと、すみれ色のおちゃわんで紅茶をのみながら、十五分ほど話をしました。

ジョオたちは、はやく両親に死なれて、助けてくれる親類もないさびしいみなし子としてそだちました。それで、びんぼうで、小さい妹をそだてるお金もないため、ジョオは、わるいことをする人たちのなかまにはいりました。しまいには、「東京の黒い五本指」のひとりにかぞえられるようになりました。

しかしジョオは、妹が大きくなるにつれ、妹だけは、けがれのない、きよいりっぱなむすめにそだてたいとねがうようになりました。それで、だんだんわるいなかまから遠ざかったのでした。だが、人ごろしこそしないが、ジョオには、むかしおかした罪があります。いつかは、じぶんで警察へいって、その罪を白状し、法律の制裁をうけなければなりません。ジョオははやくそれをして、りっぱな人間にもどりたいとおもいながら、いま、二つのことでなやんでいるのでした。

一つは妹の鳩子のことです。じぶんが刑務所へでもはいったら、妹は、たったひとりぼっちでくらさなければなりません。ジョオには、信用して妹をあずけられる友だちがないのです。

それからもう一つは、むかしのなかまへの義理です。ギャングたちのあいだにはギャングたちの義理があります。ジョオが警察へいけば、どうしてもしらべられて、なかまたちのことをいわなければなりません。ジョオには、それもくるしくてできないのでした。

「町子さん、わたしがほんとうに正しい人間になったら、どうぞ妹の友だちになってやってください。妹はひとりぼっちでさびしく、かわいそうなのです。それだけをおねがいします。そのかわり、ぼくはいのちにかえてもあなたや、あなたのおじさんを、あの大山の手からまもります。」ジョオは、まごころこめてこういいました。こういうときのジョオは、いつものアルセーヌ・ルパンににた、しゃれたギャングではなく、あたりまえの、妹おもいのやさしいにいさんにかえっていました。

そして、この話をしているとき、町子の胸には、むらむらとつよい決心がわいたのです。それは、

「いま東京じゅうの人をなやませ、また、ジョオきょうだいをもなやませているのは、あの大山をとりまく(黒い五本指)のギャングだ。わたしはいままで、あいつらをこわがっていたが、もうこわがっていてはいけない。わたしは少女だけど、勇気を出して、あいつらとたたかってやろう。こちらからもすすんで、警察といっしょになってあのギャングどもをとらえよう」という決心でした……。

ジョオの妹が、あいかわらず毎朝とどけてよこす、すみれの花の一りんをそっとはなにあてながら、町子は、いま、その晩のことを夢のようにおもいだしていました。

町子の冒険

するとこのときだしぬけに、大きなげんこつでドアをたたく音がして、とびこんできたのは、おじさんの大川刑事部長でした。おじさんは、町子の顔を見るなり、

「町子、この事務所はきけんだ。すぐにしめるがいい。それから、新聞の身のうえ相談の仕事もきっぱりやめたがいい。これはわしの命令だ。」

と、おごそかな声でいいました。

町子は、にっこり笑って、

「あら、またおじさんの命令がはじまったわ。わたしが大山にさらわれてから、おじさん、とても神経質になったのね、だって、あれから、おもてには刑事さんがこうたいで見はってるし、わたしのいくさきにも、ちゃんとついていってくれてるんだから、それでもう、だいじょうぶじゃないの。どうして?」

と、あまえるようにききました。

「黒い指のギャングが、死にものぐるいであばれまわってるんだ。とてもきけんなんだ。警視庁は、おまえがさらわれてから、いっそうもうれつに、かれらをつかまえようとしている。それこそねずみ一ぴきのがさないような陣をはって、追いつめているんだ。それで、かれらは東京から逃げようとして、いま最後のあがきをやっている。この二、三ヵ月間、大きな会社は、軒並にどろぼうにあらされている。おとついからきのうにかけても、大銀行が二つも金庫をやぶられて、あっというまに数億円の大金がうばわれている。これは、どうも大山たちでなければできない芸とうだ。こんなようすだと、大山はいきがけのだちんに、きっとおまえをさらっていく。それが、いまこうしているまにもおこるかもしれない。おれは、おまえのおじとして、だまって見ていられないのだ。」と、大川部長は、とてもきんちょうした顔でいいました。

「おじさん、その中に、すみれのジョオははいっていないんでしょうね。」と、町子がなによりもさきに、しんぱいそうにききました。

「もちろん、ジョオはいないさ。あの男もギャングのひとりにはちがいないが、いまは『黒い五本指』からはなれている。それにあいつは一風かわってるし、とてもりこうなやつだから、いままでに証拠というものをのこしていない。だから、つかまえても罪になるかどうかはわからない。どっちにしても、あいつはこんどの事件にはかんけいがないのだ。」「ああ、よかった。」と、町子は安心のためいきをついて、

「それからねえ、おじさん、わたし、大山はこわいけど、この事務所、すぐにやめるわけにもいきませんわ。新聞で相談あいてをしていて、まだ中途はんぱになってる人もあるし、この事務所にきてる人もあるんですもの。だから、なるべくはやくやめますけど、いますぐなんて、せっかちなことはいわないでくださいｍ。しんぱいしてくださるおじさんの気持はほんとにうれしくおもうんですけど、もうすこしまってください。」

町子のへんじをきいて、がんこな大川刑事部長は、とてもふきげんな顔をしました。それから、きゅうにあたりをじろじろ見まわして、

「たなにもすみれ、本箱の上にもすみれ、テーブルの上にもすみれ、このへやはすみれの花だらけだな。おまえ、なんで、このごろ、こんなにすみれの花をあつめるんだね？」

と、うたがうように町子を見つめました。

町子は、だまってにっこり笑ったきり、へんじをしませんでした。

「町子、おまえはまさか、すみれのジョオがすきなんじゃないだろうな。どんなに心をあらためても、悪漢は悪漢だ。あんな男を友だちにすることは、わしは、ぜったいにゆるさんよ。」と、部長は、目をぎょろりと光らせていいました。

「わたし、いまのところ、男の友だちなんかもとうとおもっていませんわ。」と、町子がきっぱり

とこたえました。大川部長は、それからも、まだしばらく町子と話をし、なんとかしてすぐ事務所をやめるようにすすめましたが、町子がごうじょうをはっていうことをきかないので、しまいにはおこってしまい、ガチャンとドアをしめて帰っていきました。

するとまもなく、またドアをコツコツとたたく音がしました。

「どうぞ。」と、町子がいうと、見たことのない女の人がはいってきました。そして町子をみるなり、

「わたしは旗見芳枝《はたみよしえ》の母です。おねがいがあってまいりました。」「え、旗見芳枝さんて？」

「あの昭和新聞の身のうえ相談欄で、先日、父のことについてご相談したものです。うちの主人は、新しい電気器具をうりひろめる外交員をしていまして、とてもまじめな人なのですが、このごろきゅうに、夜ときどきうちへ帰らないことがあるようになりました。そしてひるまも、なんだか、そわそわおちつかず、まるで人がかわったようになったのです。それでむすめの芳枝がしんぱいして、手紙であなたにご相談したところ、そういうことはおかあさんが第一にしんぱいすることだ、おかあさんにおまかせしなさいというごへんじでした。ところが、主人のようすがますますへんになったので、こんどは母親のわたしがたまらなくしんぱいになってきて、きょうは、おもいきってうかがったのです。」

町子は、その女の人の話をききながら、テーブルの上のあついちょうめんを、ぺらぺらとひろげて見ていましたが、

「わかりました。たしかにわたしは、お嬢さんにそういうごへんじをしました。それであなたは、これからわたしにどういうことをしろとおっしゃるのですか。」

「主人がなぜ夜帰らないのか、どこでなにをしているのか、それをしらべていただきたいのです。」

「それはむずかしい。そういう仕事になると、こちらでは私立探偵をやとわなければならないこと

になります。お金がかかりますよ。それでもいいんですか。」

「もちろんお金ははらいます。はらいますから、おおいそぎで、今夜ようすをさぐっていただきたいのです。じつはけさ主人の洋服のポケットからこんな紙きれが出てきたのです。」

母親はこういって、ハンドバッグから一枚の小さい紙きれを出して、町子にわたしました。それには、

七日夜。八時　銀座 「青い塔」へ。急用

と、えんぴつのふとい字で書いてありました。

町子は、だまってじいっとその紙を見つめ、なにか考えていました。そして、しばらくたつと、

「七日って今夜ですね。ところで、あなたのご主人は、外交員になるまえには、どんなご商売をなさっていましたの？」

「かざり屋（金ものなどの、こまかいさいくをする職業。）でした。」

「ふうん。それが、ちかごろ何度くらい、夜うちへ帰らなかったのですか？　その日はおぼえていますか？」

「たいていおぼえています。」

「では、ちょっとこの紙に、その月日や時間など、できるだけくわしく書いてください。」

町子にそういわれて、若い母親は、考え考え、わたされた紙にこまかく数字を書きいれました。

「では、このお仕事は、たしかにひきうけました。わたし、きっと今夜人をやって、そっと、ご主人がこの『青い塔』でだれにあっているのか、また、なぜそうたびたび夜帰らないのか、よくしらべてごへんじします。どうぞ芳枝さんにも、ご安心なさるようにおっしゃってください。」

町子はしずかにこたえて、小さな紙きれをテーブルのひきだしにしまいました。

わりあいにきれいなみなりはしているが、しん

ぱいのあるせいか、やつれた顔をしているその母親は、ほっと安心のためいきをつきながら、

「あの、それで、お金はいくらあげたらいいのでしょうか。」

「それはあとでいただきます。たぶん、人を一晩やとっただけの費用で、たいしたお金はいらないとおもいます。」

「ありがとうございます。」

母親は頭をさげて、いすから立ちあがりがけに、ふとおもいだしたように、

「それから、おねがいです。どうぞ、わたしがきたことは、どんなことがあっても主人にはおっしゃらないでください。主人はとてもかんしゃくもちで、これが知れると、おこって、どんなことをするかしれませんから。」

と、ひどくしんぱいそうにいいました。

「だいじょうぶです。わたしの事務所では、けっして人に秘密をもらさないことになっています。」

と、町子がやくそくすると、母親は、ほっとしたように帰っていきました。

母親のすがたがドアのそとに消えると、町子はすぐに警視庁へ電話をかけました。そして、しばらくなにかをきいていましたが、受話器をおくと、いかにもきんちょうした顔色で、ひとりごとをいいました。

「さあ、これから、わたしはひとりでおそろしいとらの穴にとびこむのだ。少女の力でどこまでやれるか、今夜が最初の力だめしだ。」

「青い塔」料理店で

町子が警視庁へ電話をかけてきいたのは、二つのことでした。一つは、銀座の「青い塔」という家はどういう家であるかということ。――もう一つは、ちかごろ銀行へ「黒い五本指」の強盗がはいったのは、何月の何日の何時ごろであるかということでした。すると、町子を知っている警視庁

の係の人が、すぐしらべておしえてくれました。

まず、「青い塔」は、銀座二丁目のうら通りにある上品なフランス料理店でした。古くてひょうばんもよく、町子がいっても、いっこうさしつかえない店だとのことでした。

それから、そのつぎの、銀行へ強盗のはいった月と日も、のこらずわかりました。

町子は、テーブルのひきだしから紙きれをとりだしました。そこには、さっき旗見芳枝の母からきいたことが書きつけてあります。町子は、芳枝の父親が家へ帰らなかった日や時間と、いま警視庁からきいた時日とをくらべてみました。そして、

「ああ、やっぱりそうだわ。わたしのかんがあたったわ。」

とつぶやきました。

町子は、さっき旗見芳枝の母にあい、芳枝の父親のしょうばいが、かざりやだときいたとき、ふと銀行の金庫をおもいだしたのでした。かざりやというしょうばいは、金庫のかぎなどもつくるのです。それで、このごろみょうにそわそわして、ときどき夜帰ってこないというその父親は、ことによると、「黒い五本指」の仲間じゃないかと、ふとおもったのです。ところで、いましらべたおそろしい強盗のはいった晩と、芳枝の父親が夜家へ帰ってこなかった晩とは、ぴったりあっているのです。

「たしかに、この『青い塔』と、銀行強盗の事件とはかんけいがある。いつもわたしたちがあのボスの大山にいじめられているのはいくじがない。おじさんはおこるかもしれないけど、今夜は勇気を出して、こっちから出かけていって、あの『黒い五本指』のやることを探偵してやろう。」

と、町子は決心したのでした。

するとまもなく、また事務所のドアをノックする音がきこえました。そして、とびこんできたのは、いましがた帰ったばかりの、あの芳枝の母親でした。

町子がおどろいて、母親をテーブルの前にすわ

らせると、母親のようすは、さっきとはまるでちがっていました。

「あの、さきほどは、おいそがしいなかをおじゃましました。そのとき主人について探偵をおねがいしましたが、あれは、とりけしにしていただきたいのです。」

「え、どうしてですか。」

「じつは、あれから帰りますと、ちょうど主人がおりまして、家へ帰らなかったじじょうを、なにもかもくわしく話してくれたのです。

それが、ごくあたりまえの理由で、もうすこしも主人をうたがったり、しんぱいしたりするわけがなくなりました。はい、娘の芳枝も、いまではすっかり安心しております。ですから、ほんとにたびたびこんなことをもうしましてまことにすみませんが、さっきの話はもうなかったものとおわすれください。」

母親は、こうひといきでいうと、ハンドバッグの中から、小さな紙ぶくろを出して、

「これは、こころばかりのお礼です。二千円はいっております。」

と、テーブルの上におきました。

「わかりました。ごしんぱいがなくなったら、それでけっこうですわ。でも、このお礼はいりません。わたしの事務所では、なんにもしないのにお礼などいただきません。」

町子はやさしくいって、紙づつみをおしかえしました。

母親は、紙づつみをまたハンドバッグへしまい、

「では、ありがとうございました。ほんとうにありがとうございました。」

と、何度もあたまをさげ、ほっとした顔で出ていってしまいました。

町子が母親のうしろすがたを見おくって、じっとなにか考えていると、すぐまたドアをたたく音がして、おじさんの大川刑事部長がはいってきました。そして、大いそぎで、

「町子、いま出ていった女はだれだ。」

とききました。そこで、町子がかんたんにわけを話すと、おじさんはすぐテーブルの上の電話機をとりあげて、どこかをよびだし、

「おい、ぼくは大川だ。いま町子の事務所から出ていった女がある。そうだ、三十七、八の小がらな和服の女だ。いいか、そいつのあとをつけるんだ、わかったな。かならずいくさきをつきとめるんだぞ、よし。」

と、めいれいして電話をきりました。それから、どっかりといすにこしかけると、

「おい、町子。おまえはいましがた警視庁へ電話をかけて、銀座の『青い塔』という料理店のことをきいたそうだね。そのとき、ぼくの部下がしらべて、いってもさしつかえない安心なところだと返事をしたそうだが、それをきいて、ぼくはとんできたのだ。というのは、あの店はなるほど、いい客のいく上品な店だが、今夜はいけない。今夜はあの近所で大とりものがあるかもしれないいんだ。警官隊がそうとうくりだして、ピストルくらいうつかもしれない。だから、今夜はあぶないからいかないほうがいい。おじさんはそのことを注意しに、いそいでよったんだ。」

「あらそうなの。それは、おじさん、どうもありがとう。」

と、町子は、すなおにお礼をいいました。しかし、こころの中で、いまおじさんに、あの女が夫のことでたのみにきたとは話したが、その夫と「青い塔」とかんけいのあることはまだいわなかった。それなのに、どうしておじさんは、きゅうにあの女のあとをつけろと部下にめいれいしたのだろうとおもいました。そこで、

「おじさん、おじさんはいまあったばかりの、あの旗見芳枝のおかあさんのあとを、どうしてつけさせたの。」

とききました。すると、大川刑事部長はにやりと笑って、

「それはかんさ。ぼくみたいな仕事をやっている

人間の、ちょっとしたかんだよ。」

といいました。

町子はそれをきくと、いましがた、じぶんもおんなじようなひとりごとをいったことをおもいだして、おもわずくすくすと笑ってしまいました。


その晩の七時半、町子は、大川刑事部長がいけないといったのもかまわず、「青い塔」料理店へはいっていきました。

町子のハンドバッグには、いつぞや「黒い五本指」の悪漢たちをおどろかせた、あのかわいい豆ピストルがはいっていました。ちゃんとたまをこめて、いざという場合にはいつでもうてるように、じゅんびがしてありました。

なるほど、そこはきれいで上品な店でした。りっぱな皮のいす、雪のように白いテーブルかけに、てんじょうにはあかるいシャンデリア、テーブルの上には目のさめるような美しい花、おまけに壁ぎわの大きなガラス箱の中には、めずらしい熱帯魚が花びらのようにおよいでいました。

すみのいすにかけた町子のところへ、黒い服をきちんときた、年よりのりっぱなボーイ長が、メニュー（こんだてを書いたもの。）をもって、たべものの注文をききにきました。町子はたべたいフランス料理を注文しながら、

「あの、ここは有名なお店でしょ？　それなのに、どうして今夜はこんなにお客がいないの。」

と、あたりを見まわしながらききました。ボーイ長は、にが笑いをして、

「じつはきょうの午後、二、三げんさきの銀行におそろしいピストル強盗がはいりました。そして、銀行の人がひとりうち殺され、何百万という札たばがぬすまれました。その犯人が、まだつかまらないのです。そのため大ぜい警官がこのへんをとりまいて、さがしています。だから、今夜いらっしゃるおやくそくのお客さんたちも、みんなお見えにならないのです。そら、あのとおりです。」

ボーイ長が指さしたところを見ると、なるほど、

たくさんのテーブルの上に、いろいろなみょうじを書いたふだが立ててありました。それで、どこにも人かげが見えないのです。わずかに五、六人の品のよいお客が、あちこちで食事をしているだけでした。

「でも、ここは有名なお店だから、犯人がかくれているようなことはないでしょう。」

と、町子がいうと、ボーイ長は、なぜかだまって返事をしませんでした。そして、しばらくたってから、ためいきをついて、

「お嬢さん、歴史のある有名な店でも、時勢の力にはかてないときがあります。」

と、なぞのようなことをいって、むこうへいってしまいました。

町子がナイフとフォークをうごかしていると、なるほど、おもての通りで、ときどきみょうな音がきこえます。銀座といっても、このへんは夜はしずかなのに、どこかで人のかけまわる足音、それからよぶこを吹きならす音などがきこえます。

さすがの町子も、すこしこわくなりました。おじさんのいったとおり、やっぱりこなければよかったような気がしてきました。

音なきピストル

そのとき、この料理店の入口のドアが、風であおられたようにばたんとあきました。そして、ひとりの男の顔がのぞきました。それは、やせてほお骨のたかい、色のいやに白っちゃけた男の顔でした。その男は黒い帽子をふかくかぶったまま入口をぬっとはいり、そこでずるそうにぎょろぎょろと目をひからせて、前うしろを見まわしました。しかし、それはごくちょっとの間で、それから大いそぎでならんだいすの間を通りぬけると、つきあたりの階段のところへいきました。そこはひくい階段で、五、六だんのぼったところが特別室らしく、青いカーテンがおりていました。きみょう

な男は、すっとカーテンの奥へすがたをかくしました。

「あら、なんだろう。あのあやしい男。」

町子は目をみはりました。そしてふと、これがさっききいた銀行の人ごろしの犯人ではなかろうかとおもって、ぞっとしました。

だが、おもてはしいんとしてしずかです。追ってくる警官のくつ音もしません。そのうちに、まもなくまた入口のドアがさっとあき、別の男がゆっくりとはいってきました。こんどは色の白い、体格のがっちりしたせびろの男です。みじかい口ひげをはやし、こわい目つきをしています。そして、手にふといステッキをもっているのが目につきました。その男は、町子のまっ正面の、入口にちかいテーブルにすわりました。そして、ちかづいてきたボーイ長にのみものを注文しましたが、そのとき、町子は横むきになったその男のポケットが、みょうにふくれているのを見ました。ピストルです。ピストルがかくされているのです。それを見たとたん、町子は、すぐ「探偵だな。」と気がつきました。がっちりした体格、ゆうゆうとおちついた態度。これはそうとうえらい探偵にちがいありません。

「カーテンの奥にかくれたあやしい男。それを追うようにしてはいってきた名探偵。さあ、いよいよこれからすばらしい大活劇がはじまるぞ。」町子の心臓はどきどきとたか鳴ってきました。そのうちに、注文したお酒がくると、探偵はそれをちびりちびりのみながら、夕刊をひろげて読みだしました。町子は二、三度、探偵のするどい目が、新聞のかげからちらちらと自分を見ているのをかんじました。どうもむこうは、自分が大川刑事部長のめいだということを知らないようです。

しかし、町子も、すまして新聞を読んでいる探偵のひたいに、ぎらぎらあせのつぶがひかっているのを見ました。そして、「たしかにこの探偵は、それおもい役めをしょってここへきているんだ。それであんなにあせをかいているんだな。」とおもいました。

そのうちに、時間は五分、十分とたっていきます。町子はだんだん、しんぱいになってきました。

「あの青いカーテンの特別室の中に、犯人はかくれているのだ。すぐとびこんでいけばつかまえられるのに。この探偵は、なにをぐずぐずしてるんだろう。ああ、じれったい。おしえてやりたいな。しかし、待てよ。いまの男がはっきり犯人かどうか、それはわたしにもわかっていない。この探偵は、もっとふかい考えがあって、あんなにゆっくりしているのかもしれない。だから、めったなことはできない。だが、それにしても犯人はうら口から逃げてしまわないかな。いやいや、だいじょうぶだろう。うら口はきっと、ほかの探偵が番をしてるだろうから。」

さて、このとき、町子たちには見えませんでしたが、青いカーテンの奥の特別室には、ふたりの男がむかいあっていました。

ひとりはさっきとびこんできた、色の白いやせた男。その前に、いばってうでぐみをしているのは、せいがたかく、しわだらけな、おおかみのような顔をしたあのボスの大山でした。やせ男は紙のようにぶるぶるふるえ、大山は、おこったように目をひからせていました。

「おい、旗見。おれの首には、いま五十万円の懸賞がついている。おれのいどころを知らせたものは、警視庁からそれだけの金がもらえるんだ。はくじょうしろ、きさまは、その金がほしくなったんだ。それでおれをうらぎって、警視庁へ知らせたんだろう。」

「いいえ、どういたしまして、親分。そんなこと、わたしの夢にも知らないことです。」

「ばかいえ。おれにはなにもかもわかっているんだ。いいか、きさまのしょうばいはかざりやだが、仕事がなくてびんぼうしていた。それをおれがひろって子分にしてやり、ずっと金庫やぶりの手つだいをさせていた。おかげで、きさまのくらしはだんだんらくになってきた。ところが、きさまの女房と娘が、もんくをいいだしたんだ。きさまが、おれの手つだいをして、ときどき夜帰らないもんだから、いろいろとさわぎだしたんだ。それで、きさまは気がよわいもんだから、だんだんおれの子分をやめたくなった。ところへ五十万円という懸賞が出たのだ。きさまはそれにとびついて、きのう警察へいって、おれのいどころを知らせた。それから女房にもそのことを話して安心させたんだ。おい、そうだろう。」

「うそです。うそです。親分、それはぜんぜん、あなたのおもいちがいです。」

と、旗見は、ふるえる両手をあげてべんかいしようとしました。しかし、大山はぐいとにらみつけて、

「だまれ、おれの話をきけ。それで警察がきゅうにおれを追いかけだしたから、おれは、今夜にくらしいきさまを殺すことにきめて、わざわざここへよびだしたんだ。そのうえ、おれが警察なんかちっともこわがらない大悪党だということを見せるために、わざときょうの午後、近所の銀行で人殺しまでやってみせたのだ。旗見、見ろ。そこにおれがきょう銀行でぬすんだ札たばがころがってる。」

こういって、大山は足もとの新聞紙づつみをくつでけって、せせら笑いました。

それからまたことばをつづけて、

「それでな、旗見。いまこの店は警官隊でかこまれている。入口のテーブルには、有名な警視庁の鬼探偵の、定金現八《さだかねげんぱち》ががんばっている。だが、おれはそんなものはなんともおもわない。これから、ぬすんだこの札たばをもって、あいつらの目の前をゆうゆうと逃げてみせるんだ。いいか、見ていろ。」

こういうと、悪漢大山は、ベルをおしました。

そして、はいってきたボーイ長に、

「帰るからかんじょうだ。」

と、しずかにいいました。

やがて、ボーイ長が、銀のおさらの上にかん

じょう書きをのせてもってくると、大山はお金をはらってから、小さい紙きれのようなものをわたして、小声でなにかいいつけました。

ボーイ長のすがたがきえると、いきなり、ぷすっというちょうどゴム管から空気がもれたような、かすかな音がしました。

これは、大山のいなずまのようにすばやくはたらく右手が、ポケットからピストルを出して、旗見めがけてうった音でした。

これは消音拳銃という、アメリカの最新式の、ぜんぜん音をたてないピストルなのです。

そして大悪漢の大山は、かわいそうに、材木のようにたおれて死んだ旗見を、しばらくじいっと見ていましたが、すぐに、じぶんのきていた服とズボンをぬぎすてました。そして、たおれている旗見の服やズボンとそっくりとりかえ、黒い帽子をふかくかぶり、どこからどこまで、そっくり旗見に変装すると、札たばの新聞紙づつみをかかえて、しずかに青いカーテンのそとへ出ていきました。

少女名探偵

特別室の青いカーテンがそろそろとひらかれたのを、さいしょに見つけたのは町子でした。

「あっ、犯人が出てくる。」

町子のしんぞうが、どきんとなりました。

出てきたのは、さっきはいっていったあやしい男でした。ただ町子には、その男がさっきよりいくらかふとって、せいが高くなったような気がしました。

あやしい男は、ぼうしをふかくかぶり、両手をポケットにいれていました。そして、町子と探偵よりほかに客のいない食堂をゆっくりあるいて、町子の前まできました。そこできゅうに立ちどまり、マッチを出してたばこに火をつけながら、じろりと町子の顔を見ました。その男の顔つきはどうしてもさっきの男でしたが、その目ににらまれたとき、町子は、はっとおどろいて、おもわず両手でテーブルかけをつかみました。なぜって、その男の目つきは、あの大悪漢の大山にちがいなかったからです。

　町子は、えりもとから水をかけられたようにぞうっとしました。

「あっ、これはへんそうした大山だ。わたしは、ころされるか、さらわれるかだ。」

と、町子はおもいました。

「おじさんにいわれたとおり、わたしは、おとなしくしてうちにいればよかった。探偵のまねなんかしなければよかった。」

と、こうかいしました。

　町子はいそいで探偵のほうをふりかえりました。ところが探偵は、あいにく大山にせなかをむけたまま、すまして新聞を読んでいます。

　おびえきった町子の顔をにらみつづけていた大山が、いきなり、きみわるくにやりとわらいました。それからこんどは、探偵のいるいすのほうへ、そろそろあるいていきました。探偵のそばをとおらなければ、おもてへ出られないのです。

　町子はほっとしました。

「あのふといステッキをもった、つよそうな探偵。あれが大山を見たら、にがすはずがない。さあ、いよいよ大かくとうがはじまるぞ。そのときは、わたしも、このピストルをうって、探偵のてつだいをしよう。」と、けっしんしました。

　へんそうした大山は、いよいよ探偵に近づきました。探偵が目をあけて大山を見ました。

　ところが、ああ、どういうわけでしょう。探偵はへいきです。ちょっと大山を見たきり、立ちあがりもしません。すまして、また新聞を読みだしました。

　そのあいだに、へんそうした大山は、すっと出口から出ていってしまいました。おもてで自動車のエンジンをかける音がきこえました
　そのとき町子は、とつぜん、あの年よりのボーイ長が、そばに立っているのに気がつきました。

ボーイ長は、さっきから二度も町子に、「もしもし。」「もしもし。」と、声をかけていたのでした。

町子はボーイ長から、小さな紙きれをわたされました。それを読むと、町子の顔はまっさおになりました。それには、こんなもんくが書いてありました。

「お嬢さん、あなたはおじさんのてつだいをして、ぼくをつかまえるつもりらしいね。いよいよおもしろい。ぼくはどうしてもあなたをつかまえ、ぼくのでしにして、りっぱな悪人に教育するつもりだ。今夜は、あの旗見のばかがじゃまをしたからだめだが、このつぎは、きっとうまくつかまえてみせる。さよなら。大山。」

町子は、その紙きれをめちゃめちゃにひきさき、いすから立ちあがりました。そして、むこうのいすの探偵に声をかけました。

「ねえ、あんたは警視庁の探偵じゃないの。」

「きみはだれだ。」

探偵が、おこったようにどなりました。

「わたしは、大川刑事部長のめいの町子よ。」

「えっ。」

探偵がおどろいて、立ちあがってけいれいしました。

「あんた、そこでだれを待ってるの。」

「えっ、お嬢さん、ぼくがだれかを待ってることが、どうしてわかるんですか。」

「わたし、ばかじゃないから、それくらいのことはわかるわ。あんたはあの『東京の黒い五本指』のかしらの、ボスの大山を待っているんでしょう？」

「じつはそうです。めいれいで、ここにはりこんでいるんです。」

「それなら、なぜ、いまその大山を、あんたはにがしたの。」

「いいえ、お嬢さん、いまの男はちがいます。あれは旗見という小悪党です。もとは大山の子分ですが、いまは大山をうらぎって、警視庁のためにはたらいているんです。あんな男は、いつでもつかまえようとおもえばつかまえられます。だから にがしてやったんです。」

「まあ、あんたはばかねえ。いまの男は、ボスの大山がその旗見にへんそうしていたのよ。そんなことがわからないの？　大山はへんそうの名人で、やろうとおもえば、顔でもすがたでも、役者よりじょうずにまねるのよ。どうしてそれをにがしたの？」

こう町子にいわれて、警視庁の鬼探偵、定金現八は顔いろをかえ、おもわずいすから立ちあがると、あわてて、そとへとびだそうとしました。

「だめだめ、もうおそいわ。それよりも、その特別室のカーテンの中をごらんなさい。きっと、その旗見という男がピストルでうたれて死んでるわ。悪漢は、うらぎりものをひどくにくむのよ。旗見はたぶん、大山をうらぎって、しかえしされたんだわ。」

と、町子が、しかりつけるように探偵におしえました。

定金探偵は、ばねのようにおどりあがって、はしごだんをひととびにとびあがり、青いカーテンのへやへはいりました。

見ると、めちゃめちゃにあらされた特別室のすみのところに、町子のいったとおり、うらぎりものの旗見のしがいが横になっていました。かわいそうに、洋服はのこらずはがされ、シャツ一枚になっていました。そのかわり、そのそばには、ボスの大山がきていたりっぱなせびろが、そっくり、ぬいですてられていました。

定金探偵はいそいで特別室を出ると、電話機にとびつき、警視庁へ電話をかけました。そのしらせで、たちまち、何十台ものまっ白なパトロール・カーが、サイレンをならして東京じゅうをはしりまわり、大山ののった自動車をさがしましたが、とうとう、つかまえることができませんでした。

電話をかけおわった定金探偵は、町子とむかいあいのいすにこしかけました。そして、さもおどろいたようにききました。

「お嬢さん、いったいあなたは、どうしていまにげたのが旗見ではなくて、ボスの大山だということがおわかりになったんですか。」

「それくらいのことはわかりますわ。わたしは大川刑事部長のめいだし、それに、自分でも身のうえ相談所をやっているんですもの。」

と、町子はかわいらしくほおえみながら、

「大山はじつにへんそうがうまくて、あの大きなからだを、ほそくへなへなに見せ、顔つきまでも旗見そっくりにまねていましたが、あまりいそいだので、くつをはきかえることをわすれたんです。だから、はじめはいってきたときの旗見のくつは、どろだらけのやすっぽいくつでしたが、出ていくときのくつは、ぴかぴかひかったじょうとうなくつでした。だからにせものとわかったのよ。それから、カーテンから出てきたとき、両手をズボンのポケットにいれていたのもへんでした。だって、旗見なら、警察の人にあってもつかまりっこないから、かくしたピストルを両手でにぎっているわけはないでしょう。それに、悪漢の大山が二ちょうけんじゅうの名人だってことは有名じゃありませんか。それと、もう一つは、にせ旗見のおなかのところが、きたときよりもずっとふくれていました。あれはきっと、銀行でぬすんだたくさんのおさつを胴にまいていたのにちがいありません。ねえ定金さん、わたしはそんなことで、あの男が大山だとわかったんですわ。」

と、しずかにこたえました。

「なるほど、わかりました。えらい、お嬢さんはうまれつきの名探偵だ。あんたのような人が、警視庁へはいってくれたら、ぼくらはどんなにうれしいでしょう。いや、今夜の事件で、ぼくはすっかり、あんたにまけましたよ。」

と、定金鬼探偵は、こころからかんしんしたように、町子の前にあたまをさげました。

懸賞百万円

その翌朝、町子の事務所へ、またおじさんの大川刑事部長が、大きな自動車をのりつけてきました。

「町子、もうわしはゆるさんぞ。おまえは、ゆうべわしがあれほどとめたのに、『青い塔』料理店へ出かけていったというじゃないか。おまえが探偵のまねをした話は、もうすっかり、定金現八探偵からきいたぞ。おまえはどうして、そんなきけんなことをするのだ。なぜそう、いのちをそまつにするのだ。『東京の黒い五本指』の悪漢たちは、もうたいてい警察でつかまえてしまった。中には警官にうちころされたやつもある。のこっている大ものは、あのボスの大山だけになった。それだから、いまあの悪漢は死にものぐるいになっている。できるだけたくさんわるいことをして、あつめた金で外国へにげようとしている。その中で、あいつがいちばんねらっているのはおまえだ。大山はおまえの勇気とどきょうにおどろいている。なんとかしておまえをさらって、自分の弟子にして、あとをつぐ女の大悪漢をつくろうとしている。それにもう一つは、おまえをさらうことは、このわしへのいちばん大きいしかえしなのだ。あいつはわしをにくみきっている。だから、わしが娘のようにかわいがっているみなし子のおまえをさらっていくことが、わしをもっともくるしめることだと考え、いのちがけでそれをやろうとしているのだ。町子、おまえはりこうだから、それくらいのことはじゅうぶんわかっているだろう。だからおまえがなんといっても、この事務所は、きょうぎりでわしがしめる。それをおまえがしょうちしなかったら、もうおまえを、わしはめいとおもわない。あかの他人だ。もうわしは、このさきおまえのめんどうはいっさいみないから、そうかくごするがいい。」

おじさんは、おこって顔を火のように赤くしながら、ひといきでこれだけのことをいいました。

いつもやさしいおじさん、みなし子のじぶんを、ほんとうの子どものようにかわいがってくれるおじさん。――そのおじさんにこういわれては、ごうじょうな町子も、すなおにあたまをさげてしょうちするよりほかありませんでした。

「おじさん、わたし、ほんとうにわるうございました。しんぱいをかけてすみません。では、きょうかぎりでこの事務所はぴたりとやめます。」

と、町子がしかたなしにへんじをすると、おじさんの刑事部長は、はじめてやさしい顔になって、

「そうか。よくいうことをきいてくれた。じゃあ、一時間でも早くここをしめて、おまえはうちに帰るがいい。きょうは一日じゅう、用心のため、このビルのまわりに、ずっと警官を立たせておく。いいか、早くのこったしごとをかたづけて帰るんだぞ。」

といいのこし、すっかりきげんをなおして帰っていきました。

おじさんが帰ったあと、町子は、たったひとり、テーブルにもたれて、のこりおしそうに事務所の中を見まわしていました。

少女でありながら、せっかく自分の力でこれまでにつくりあげたこの身のうえ相談所も、これぎりでおしまいになるのか。そうおもってかなしい気持になっていると、ふと目についたのは、けさもとどけてきたらしい、新しいすみれの花たば。それが、本だなの上の白い花びんにいけられて、いいにおいをただよわせていました。

「ああ、わたしがここにいなくなると、もうあの、すみれのジョオのきょうだいにもあえなくなる。しばらくあわないけど、ジョオはどうしているだろう。でも、あの人が、もう『黒い五本指』の仲間にはいっていないのはほんとうによかった。でも、できたら、この事務所をしめる前に、一度でもあの人にあってさよならをいいたいな。」

町子がこんなことを考えながら、さびしい気持

で、高いビルのまどから、空にういている白い雲をながめていると、ことりと、かすかな音がしました。

へやのガラスまどの一つが、おもてから、そっとおしあけられたのです。

はっとおどろいて見ると、そこにあらわれたのは、すみれ色のマスクもなつかしいジョオのすがた。――ジョオは、どうやって警官たちの目をのがれたのか、いつかのひじょうばしごをのぼって、やねづたいにきたのでした。

町子がおどろいているまに、ひらりとへやの中にとびこんだジョオは、ていねいにあたまをさげると、あのきれいな、銀のすずのような声でいいました。

「町子さん、おきのどくですね。いよいよこの事務所も、きょうかぎりしめるということになりましたね。」

「えっ、ジョオさん、それがどうしてあなたにわかるの。」

と、町子がおどろいてききました。

「そんなことわかりますよ。ゆうべ、あなたがあの『青い塔』で定金探偵をびっくりさせたのとおなじことですよ。」

と、なんでも知っているジョオはかるくわらいながら、町子のテーブルの前のいすにこしをおろして、

「しかし、あなたをねらっているボスの大山も、やっぱり、しごとはきょうかぎりときめていますよ。どんなことをしても、きょうじゅうにあなたをさらって外国へつれていく決心をしていますよ。」

町子はぞっとこわくなって考えました。

「きょうじゅうというと、いまは朝の十時、これから夕がたまで、ここのあとかたづけをしているあいだに、ほんとうに大山はわたしをさらうつもりかしら。」

するとジョオが、しんけんな顔つきになっていいだしました。

「町子さん。警視庁ではいま、大山をつかまえたものに五十万円の懸賞金をかけていますね。ところが大山のほうも、ゆうべ東京じゅうのわるもののあいだに懸賞を出しました。それはあなたをさらってきたものには、警察の倍の百万円をやるというのです。だからあなたは、もう、ちょっとでもゆだんはできません。そこらじゅうにいるよたものは、のこらず、いまお金ほしさにあなたをねらっていますからね。」

こうきくと、町子はすっかりこわくなりました。自分の事務所でつかっているボーイや、エレベーター・ボーイまでもが、いまにもぱっと自分にとびかかってくるのじゃないかしら。

そして、目の前にいるすみれのジョオまでが、なんだか、きみのわるい敵のようにうたがわれてきました。

プレゼント

「町子さん。そんなわけで、あなたはあぶない。それも、きょういっぱいです。大山だって、じぶんのからだがあぶないんだから、そうながく東京にはいられない。あなたをさらえそうもないと見きわめをつければ、あすにも、ひとりで外国ゆきの飛行機でにげてしまうでしょう。だからきょうだけは、どうしてもぜったい安全な場所にいなければいけない。ぼくはそれをいいにきたのです。」

すみれのジョオは、ほんとうにしんぱいしているようでした。

「わかりました。わたし、すぐこの事務所をしめて帰りますわ。」

「ああ、ミッションの寄宿舎へですね。でも、むこうはだいじょうぶですか。」

「おじがしんぱいして、寄宿舎も警官が見はっています。このビルも警官がとりまいています。」

「なるほど……それで、あんたはなんで帰るんです？　まさか電車やバスじゃないでしょうね。」

「見えるでしょう？　あそこに、おじがよこした自動車があります。」

町子が窓から、下のおうらいを指さしました。

おもて通りの橋のたもとに、一だいの黒い大型の自動車が、かぶとむしのように見えました。

「なるほど、それならまず安心だ。でも、町子さん、ゆだんはできませんよ。わるいやつなら、ぼくのように屋根づたいにでもこられるんだから。」

と、ジョオはいましめて、それから、いくぶんはればれした顔になり、

「なんにしても、きょう一日だ。あの大山がいなくなれば、これでもう『東京の黒い五本指』はぜんぶいなくなり、ぼくも、あとくされのないすっとした気持で、新しい仕事につける。妹もしあわせになる。」

「これからなにをおやりになるの？」

「貿易商です。横浜で小さな店をはじめるしたくが、もうできているんです。これから正しいことをやって、妹とふたりで正しく生きるんです。」

と、ジョオはうれしそうにいいました。

と、このとき、コツコツと、外からドアをたたく音がしました。

「いけない、お客だ。じゃあ町子さん、さようなら。あしたまで、しっかりたのみます。ぼくも、かげからじゅうぶんあなたをまもるつもりだ。だが、ぜったいにきょう一日はようじんしてください。」

あわててこういうと、ジョオのからだは、ひらりと、まるでこうもりのようにかるく、窓ぎわへとびあがりました。そして、すぐ外へ消えてしまいました。

「どうぞおはいりなさい。」

町子は、ドアの外に声をかけました。そして、心の中で、いったいいまごろ、どんなお客だろうかとおもっていました。

と、はいってきたのは、かわいい十五、六の少

女でした。まっ白なカーディガンをきて、赤とみどりのチェックのスカートをはいた人形のような子です。それが町子にとびつくと、わっと大声をたてて泣きだしました。

「まあ、どうしたの？　あんたはだれ？　なんで泣くの？　わたし、びっくりするじゃないの。さあ、わけをお話しなさい。」

町子にいわれて、少女はすすりあげながら、

「あの、わたし小池美子《こいけよしこ》ですわ。先生、おぼえてらっしゃるでしょ。これです。」と、ハンドバッグから小さな新聞の切りぬきを出してわたしました。

それは町子が受けもっている、「昭和新聞」の身の上相談の記事でした。それを見ると、町子はすぐおもいだしました。この少女はバレリーナになりたくて、いま有名な女流舞踊家の、大沢《おおさわ》マリモの舞踊学院へはいりたい。それについて、その学院の内容がいいかわるいか、町子の考えをきいてきたのでした。町子はしらべてみて、その学院のひょうばんがいいので、

「はいってもいいでしょう。」と、へんじをしておいたのでした。

「おぼえていますわ。それがどうしたの？」

と、町子がやさしくきくと、少女はいっそうはげしくすすり泣きながら、

「それなのに、おかあさんがいけないっていうんです。あそこには不良の男の生徒がたくさんきているから、いけないっていうんです。」

「いいえ、そんなはずはありませんわ。あそこの生徒は女だけです。しかも、みんないい家庭の子です。わたしがちゃんとしらべたんだから、まちがいありません。」

「ねえ、先生。それならごしょうですから、うちのおかあさんにそのことをいってくださいません？　わたし、おかあさんをつれてきているんです。そこのろうかに立っています。先生がそういってくだされば、おかあさん、きっと安心してゆるしてくれますわ。」

少女は、こういうと、町子のへんじも待たずに

出ていって、すぐに四十ぐらいの女をつれてもどってきました。

それは、年のわりにはでな和服をきた——少女にくらべると、あまり品のよくない母親でしたが、町子はていねいにいすにかけさせて、舞踊学校のことをくわしくせつめいしてやりました。しかし、母親はどうもまだ安心しないようです。

「ですけれど先生、わたくしのうちの近所の人たちは、どうもそんなわるいひょうばんをしているんですよ。」

といいながら、こんどは小さな声で、娘だけにひそひそなにか話していました。すると、少女が町子のひざにすがりつくようにして、あまったるい鼻声でたのみました。

「ねえ、先生。おかあさんは、あの学校の中のようすが一度見たい、そうすれば安心するというんです。それで、わたしたちだけでいってはことわられるだろうから、先生にちょっとでもいっしょにいっていただきたい。そうしたら、先生は有名なかただから、きっと学校でもよろこんで見せてくれるにちがいないというんです。ねえ、先生。おいそがしいでしょうけど、これから、ほんの五分間、タクシーでいってくださいません？」

「きょうはだめです。わたし、これからするようじがとてもたくさんたまっていて、とてもだめです。」

と、町子がはっきりことわりました。

するとと、少女はたちまち、わっと泣きくずれてしまいました。そして、さもかなしそうに、

「ああ、それじゃもうだめだ。わたしのいっしょうのねがいのバレリーナも、もうおしまいだ。おかあさんはゆるしてくれない。わたしはもうめちゃめちゃだ。」

と、とぎれとぎれに泣きじゃくるのでした。

「そら美子、ごらんなさい。先生だって、そこまでしんせつにはしてくれないんですよ。これが世の中というものです。さあ、おかあさんのいうことをきいて、もうおどりなんかあきらめて、いっしょに、おうちへお帰りなさい。」

母親は、これさいわいと、少女をいそいでつれて出ようとします。このありさまを見ていると、町子はきゅうに、このバレリーナ志願の少女がかわいそうになりました。「もしもわたしがこの子で、こんなふうにおもいつめていて、それでことわられたら、どんなにかなしいだろう。」と、ふとおもいました。

あとになって町子は、このときのじぶんの気持を、しみじみこうかいしました。このとき少女に同情しなかったら、あとでおこるような災難は、けっして町子の身にはふりかからなかったのです。

「かわいそうだな。」とおもったしゅんかん、町子は、おもわずテーブルの上の電話帳をとりあげました。そして、舞踊家大沢マリモをよびだしました。電話口にすぐ、「はいはい、わたくし大沢ですが……。」というマリモの声がきこえました。

町子はたびたび新聞や雑誌で、大沢マリモが「白鳥の死」などをおどっている写真は見たことがありますが、まだちょくせつにはあったことがありませんでした。しかし、むこうでは、町子の名まえをちゃんと知っていました。そして、町子が、これから小池美子親子がいくが、学校の中のようすを見せてくれないかとたのむと、気持よくしょうちしてくれました。しかし、むこうでは、それにつけくわえて、

「扇谷さん、あなたもぜひいっしょにいらしっていただけませんか。こんなときに、あなたのようなかたに、一度わたしのけいこ所を見ていただきたいのです。」

と、ねっしんにたのむのでした。町子はつい、つりこまれて、

「ええ、それなら、わたしもちょっとおじゃましますわ。」といってしまいました。

この電話をそばできいていた少女のよろこびは、たいへんなものでした。電話がきれると、

「まあ、うれしい。先生、いってくださるんですってね。」

とさけんで、大にこにこで町子にかじりつきまし

た。母親も、ほっと安心した顔になって、

「先生、ありがとうございます。ほんとうに、おいそがしいところをごむりをいってすみません。」

と、心から礼をのべるのでした。

しかし、このとき、町子のむねには、さっき大川刑事部長とジョオのふたりにいわれたことばが、はっきりうかんでいました。

「きょう一日がだいじだ。どんなことがあっても外へでるんじゃないぞ。」

町子はいそいで小池親子を見ました。だが、ならんでにこにこうれしそうにしているこの親子と、ちょっと出かけるのがきけんだとは、とてもおもわれません。それに、じぶんたちは、おもてで待ってくれている警視庁の自動車でいくのです。車をげんかんに待たせておいて、ちょいと学校をのぞいて、すぐまた、もどればいいのです。

町子はそうおもうと、気がるにテーブルの上をかたづけながら、

「さあ、それではいきましょう。」

と、親子にいいました。だがそのとたん、ふと、テーブルのはしに、見なれない小さな紙づつみがのっているのに気がつきました。すみれ色のきれいな紙でくるんだもの。――とりあげてみると、なんだか角ばっておもいものです。なおよく見ると、PRESENT《プレゼント》と、ペンの英字で書いてあります。なおなじすみれ色の名刺のような紙きれがついていて、それに、

「かならずこれを持っていてください。ジョオ」

と、ペン字ではしり書きがしてありました。

「あら、これ、ジョオがおいていったのだわ。なにがはいっているのだろう。」

と、町子はおもいました。しかし、ふたりが見ているので、すぐあけて見るわけにもいきません。

そしてつぎに町子は、

「いま、これを持っていこうか、それとも、おいて出ていこうか。」と、まよいました。

しかし、なんだかすみれのジョオのこのおくりものに心がひかれました。それで、そのままハン

ドバッグの中へおしこみました。

マリモ舞踊学院

それから二十分あと、町子たちは、文京区大塚の、大沢マリモの舞踊学院のげんかんのよびりんをおしていました。きちんとせびろ服をきた若い男がすぐ出てきて、三人を中へあんないしました。

マリモはちょうどおけいこさいちゅうらしく、三人は小さなへやで待たされました。むこうの広間から、ピアノの音や、「一《アン》、二《ドゥー》、三《トロア》」というかけ声や、生徒がそろって足をあげたり、手をふっているらしいバタバタという音が、にぎやかにきこえていました。

やがてドアがあいて、黒いタイツをきた三十ぐらいの美人があらわれました。そして、

「お待たせしました。あなたが昭和新聞の扇谷さんですか？　よくおいでくださいました。わたくし大沢でございます。」

といって、あいそよく町子にあいさつしました。

町子が小池親子をしょうかいし、ひととおり話がすむと、大沢マリモは、

「それでは、おけいこを見ていただきましょうか。これから、みんながガボットをおどります。」

といって、三人を広間へつれていきました。

広間では、二十人ほどの女の生徒が、でんちくの音楽にあわせて、かるく気持のいいフランスのおどりをやっていました。マリモは三人といっしょにならんでそれを見ていましたが、ふと、小池親子に、

「あなたがたは、むこうの、もう一つのへやへいって見ていらっしゃい。初歩の練習をやっていますから。」

といったので、親子はすぐそのほうへいってしまいました。

ガボットがひととおりすむと、生徒たちはそろってぞろぞろ、ついたてのかげに消えてしまい

ました。ちくおんきもとまったので、きゅうにスタジオの中はしずかになりました。

町子が気がつくと、いつのまにか、そばにいたマリモのすがたも消えていました。町子は、すぐに小池親子も、マリモもどってくることとおもって、そこにあったおりたたみいすにこしをかけて待っていました。

ところが、二分たち、三分たってても、だれももどってきません。それに、ピアノの音も、レコードの音も、どこからもきこえてきません。スタジオは、あきやみたいにしいんとしています。

「あら、へんだわ。むこうのへやで練習をやっているのなら、ピアノの音くらいきこえそうなものだけれど……」

と、町子はふしぎにおもいました。

じっとひとりこしかけていると、町子のむねには、いままで気のつかなかったいろいろのことがうかんできました。だいいちに、いまあった校長の大沢マリモのことです。なんだか、写真で見たマリモよりは年をとって、それにせいがたかく、ふとっているような気がしました。それから、さっき話していたとき、ちょっと気がついたのですが、どうもことばに関西なまりがありました。ところが、町子の知っている大沢マリモは、まちがいなく東京うまれだったはずです。それから、はじめてきたばかりの小池親子が、なんとなくマリモとなれなれしく、いいつけをきいてすぐむこうへ消えてしまったのも、へんなような気がしました。

そこで町子は、きゅうにこのスタジオがうたがわしくなり、いすから立ちあがりました。そして、

「小池さん。小池さんたち、どこ?」

と、名をよびながら、広間からろうかへ出ようとしました。ところが、ドアのとってをまわしてみて、ぞっとしました。ドアがあかないのです。外からかぎがかかっているのです。

町子はあわてて、さっき生徒たちがぞろぞろはいっていった、ついたてのかげへいってみました。しかし、そこにも大きいドアがありました。しかし、ここ

もかぎがかかっていました。町子は、たまらなくこわくなりました。しかし、気のつよいしっかりした少女ですから、すぐに、きゃあっと声をたてるようなことはしませんでした。

「どこかにもう一つ、窓かなにか出口はないか。」とおもって、スタジオの中を、あちこち歩きまわってさがしました。すると、すみのところに、また一つドアがありました。そのとってをまわしてみると、そこはすぐにあきました。だが、のぞいてみると、そこはおどり子たちがきがえでもするへやらしく、窓もなく、うすぐらく、がらんどうで、おりたたみいすがころがっているだけでした。ただ、おくのところに、古ぼけた、とても大きなトランクが一つおいてありました。

町子は、なんとなしにそこへはいって、そのトランクのふたに手をかけました。ふたはきちんとしまって、とめ金がかかっていましたが、かぎはかかっていませんでした。

とめ金をはずして、町子は、そのおもたいふたをあけました。だが、中をひと目見たとたん、町子はまっさおになってぶるぶるふるえだし、こんどこそ、きゃあっと声をあげてしまいました。

トランクの中には、人間の死がいが、足だけおりたたむようにしてはいっていました。女です。若い女です。黒いタイツをぴったりときて、断髪のかみをふりみだしています。

そして、その死がいの顔こそ、まちがいもない、町子が写真で見たことのある、ほんものの舞踊家大沢マリモだったのです。

にせの町子

「大沢マリモがころされている。してみると、いまあった大沢マリモはにせものだ。」

こう気がついたしゅんかん、町子は、このあやしい舞踊学院の、ぜんぶのなぞがとけたようにおもいました。

「わたしは、うまくいっぱいくわされたのだ。そして、ここへおびきだされたのだ。かわいい小池美子という少女も、その母親も、みんな悪漢の手下だったのだ。」

町子はすぐに、あのおそろしいボスの大山をおもいだしました。そして、からだじゅうがぞうっとこおりついたような感じがしました。

「しまった。おじさんの命令をまもらなかったのがいけなかった。わたしはきょう一日、ぜったいにおもてへ出てはならなかったのだ。しかし、このへやからにげだしさえすれば、外には警視庁の自動車が待っている。なんとかして、げんかんまでいきつく道はないものか。」

町子はわなわなふるえながら、きみのわるい死がいのあるへやをとびだすと、もういっぺん、さっきの、ついたてのかげのドアの前へいきました。そして、だめだと知りながら、またとってをつかんでまわしてみました。

すると、どうでしょう。まるいとってが、こんどはかるがるとまわりました。いや、町子がうごかしたからまわったのではありません。だれかが、むこうがわからまわしたのです。

ドアが、一寸、二寸、そろそろとあきました。そして、そこににゅうっと立っていたのは、あのせいの高い、ひたいにみにくい傷あとのある、大悪漢の大山。――それがにやりと笑いながら、

「やあ町子さん、とうとうきましたな。待っていましたよ。もうこんどこそは帰しませんよ。」

と、声をかけました。

かっとおこった町子は、おもわず大山にかぶりつき、かなわないまでも、その顔をつめでひっかいてやりたいとおもいました。しかし、見ると、大山のうしろには、大山にまけないおそろしい顔つきをした、子分らしいがっちりした大男が五人も立って、じっと自分をにらみつけていました。

それで、勝ち気な町子も、もうどうすることもできず、へなへなとなってしまいました。

＊　＊　＊

こちらは、警視庁の大川刑事部長のへや。――刑事部長は、さっきからテーブルの前でなにか書類をねっしんに読んでいましたが、ふと、みょうなむなさわぎがして、そばの電話機に手をかけ、めいの町子の事務所をよびだしました。

「はいはい、扇谷町子の事務所です。」

と、少年の声がきこえてきました。

「ああ、森口《もりぐち》君か。ぼくは警視庁の大川だが、町子をよんでくれたまえ。」

「おじょうさんはお出かけです。」

「なに、出かけた? はあ、事務所をしめて、もう寄宿舎へ帰ったのか。」

「いいえ、まだ事務所はしめてありません。おじょうさんは、お客とどこかへお出かけになりました。」

「えっ、町子が客と出かけた?」

大川刑事部長は、さっと顔いろをかえました。そして、ひどくあわてて、

「客って、いったいどんな客だ。」

「女のかたでした。ひとりはかわいらしいおじょうさんで、ひとりは、そのおかあさんかねえさんのようなかたでした。なにかの事件らしく、そろって、四十分ほど前にお出かけになりました。」

「でも、でも町子は、もちろん警視庁の自動車で出かけたんだろうな。」

「はい。三人で橋のたもとまで歩き、待っていた自動車におのりになりました。」

「それで町子は、まだ事務所へは帰っていないんだな。」

「はい。」

これだけきくと、刑事部長はがちゃりと受話器をかけ、こんどはベルをおして若い警官をよぶと、

「おい、井上《いのうえ》君、きょう扇谷町子の事務所へやった自動車の運転手はだれだ。」

「はい、毛馬《けま》警官です。」

「その毛馬が帰っているかどうかしらべて、もし帰っていたら、すぐここへくるようにいってくれたまえ。」

まもなく、毛馬巡査が部長のへやにはいってきました。

「毛馬君、きみは町子をどうした。」

「はい。わたくしはおじょうさんを、ふたりの女のお客さんといっしょに、文京区の大沢マリモの舞踊学院へお送りしました。それから門の前で三十分ほど待つと、こんどはおじょうさんがおひとりで出てこられました。それで、もう事務所へは帰らないとおっしゃるので、中野の寄宿舎までお送りし、それから警視庁へもどってまいりました。」

と、毛馬巡査がかしこまってこたえました。

部長はすぐに、こんどは、町子が住んでいるミッションの寄宿舎をよびだし、町子が帰っているかどうかをききました。ところが、出てきた事務員のへんじは、いがいにも、

「扇谷さんは、けさ銀座の事務所へお出かけになったきりです。いまおへやをしらべましたが、帰っていらっしゃいません。」

とのことでした。

部長の顔はきんちょうしました。それなり電話をきると、きびしい口調で、

「おい、毛馬君。町子は寄宿舎に帰っていない。きみはたしかに、あの子を寄宿舎へ送りとどけたんだな。」

「はい、たしかにお送りしました。そして、門をはいられるうしろすがたをお見送りしてから、もどったのです。」

「ふうん。それで二どめにひとりで出てきたときのせたのは、たしかに町子だったんだな? まさか、ほかのむすめじゃなかったろうな?」

「いいえ、たしかにおじょうさんです。からだつきといい、洋服といい、おじょうさんにまちがいありません。」

毛馬巡査は、いがいなことをきかれたというふうに、目をぱちぱちさせながらこたえました。

「それで、町子は車の中で、きみになにかいったか?」

「はい。ただ『寄宿舎。』とおっしゃいました。」

「それっきりか、あとはなんにもいわなかったか？」

「はい。あとはずっと、なんにもおっしゃいませんでした。」

大川部長は、いよいよきんちょうした顔をしました。そして、いきなり、はれつするような声で、

「にせものだ、毛馬君。きみが寄宿舎へ送ったのは、にせものの町子だったんだ！」

と、さけびました。それから、

「ええと、三十分。毛馬君、きみはそのマリモ舞踊学院の前で三十分待ったといったね。」

と、あたまの中で時間をはかるように、じっと考えこみましたが、いきなり、また受話器をとりあげると、

「大至急、車の用意だ。それから、平野《ひらの》と浅香《あさか》両刑事をのりこませてくれ。」

と命令しました。

おとしあな

それから十五分あと、大川刑事部長の自動車は、大沢マリモ舞踊学院の洋館の前につきました。

部長がひとり車からおりてよびりんをおすと、さっき町子たちを出むかえたときとおなじ若い男があらわれました。

「大沢先生にお目にかかりたいのです。わたくしは生徒の父親ですが。」

と、せびろすがたの刑事部長がいうと、

「おきのどくですが、きょうは先生のごつごうで、もうレッスン（けいこ）がおしまいになりました。先生はお出かけです。」

と、若い男がこたえて、ドアをしめようとしました。

「でも、ちょっと中を見せてください。」

といいながら、部長が手をあげると、車からふた

りの刑事がとびだしてきました。

「あなたがたはいったいだれです？　先生のおるす中に、学院の中などお見せするわけにはいきません。」

と、若い男はおこって、両手をひろげてとおせんぼうをしました。すると、部長のようすがきゅうにかわり、

「ぼくらは警視庁のものです。この中をぜひしらべる必要があるのです。あんないなさい。」

と、するどくいって、ふところから小さい警察手帳を出して、その若い男に見せました。

一目見た若い男は、たちまちていねいになって先に立って三人をあんないしました。

学院の中はしいんとしています。なるほど、いったとおり、きょうのおけいこはすんで、先生も生徒も、みんな帰ってしまったあとのようです。

大川刑事部長は、ずっとがらんどうのへやべやをまわって、さいごに、さっき町子がとじこめられた、二階のおくの広間へきました。


するどい目で、あたりをじろじろ見まわしながら、大川部長はじっと考えていました。「町子は、きっとあのボスの大山の手で、うまくこの学校へおびきよせられたのにちがいない。そして、ここからまたどこかへつれて行かれたのだ。三十分たってここから出てきたという少女は、町子ではない。だれかおなじ年かっこうの少女が、町子そっくりの服を着、かみかたちも町子そっくりにばけた、にせものにちがいない。そして、すまして毛馬巡査に車で送らせて、寄宿舎の門の中まではいり、そこまでうまくにげたのにちがいない。ところで、そのにせものがほんとうに町子の服を着ていたとすれば、町子はこの学校の中で服をぬがされたか、またはころされたかということになる。」

ここまで考えると、さすが大探偵の大川部長も、むねがどきんとして、こころがしめつけられたようになりました。かわいいかわいい、たったひとりのめい。しかも、みなしごで、じぶんを父親のようにしたっている町子が、むごたらしく悪漢に

ころされるなんて、とうていがまんのできないことでした。

「しかし、それにしてもおかしいぞ。どうして大沢マリモが、この事件に関係しているんだろう。マリモといえば有名なバレリーナで、この学校も信用のある学校だ。それがどうして大山の悪事の舞台になったのだろう。」

そうおもったとき、はっと部長のむねにひらめいたのは、ことによると、大沢マリモは悪漢の大山にどうかされて、この学校が悪漢どもに占領されているのじゃないかといううたがいでした。そのとたんに部長は、ふと、目の前にもう一つ、小さいへやがあって、そのドアがしまっているのに気がつきました。そこはさっき町子がとびこんで、マリモの死がいを見つけておどろいたへやでした。

大川部長はあゆみよって、そのドアをあけようとしました。しかし、かぎがかかっているらしく、いくらとってをまわしてもあきません。

「きみ、このへやを見せてくれたまえ。」

と、部長があんないの男にいいました。

「あの、そのへやだけはあけられません。マリモ先生のだいじなものがおいてあるのです。どなたでも、そこへは入れないことになっています。」

と、若い男がこたえました。

「でも警察の命令だ。あけたまえ。」

「かぎがありませんから、あけようがありません。」

すると、刑事のひとりがすすみ出て、くぎのようなものを見せながらいいました。

「部長、なんでしたら、これであけましょうか。」

刑事や探偵はべんりなものです。ふだんのれんしゅうで、くぎ一本さえあれば、かぎがなくても、どんなところでもあけられるのです。

「いや、待て。それよりもさきに、おれはちょいとしらべたいことがある。」

と、大川部長は手をあげてとめ、するどい目で、あんないの男をひとにらみしてききました。

「きみはいったい、この学校のなんなのだね。なにをしているんだね。」

「ぼくはマリモのマネージャーです。」

「ほほう。それでもう何年ぐらいマネージャーをしているね。」

「ええと、五、六年やっています。」

「それならきくが、大沢マリモさんの本名はなんといったかねえ。」

若い男の顔には、ありありとあわてたようすが見えました。そして、

「えっ、先生の本名ですか。本名ってべつに、その……。」

「マリモは本名じゃないさ。大沢さんは北海道の阿寒湖のけしきが大すきで、あそこにうかんでいるマリモの名を芸名にしたんだよ。そんなにながくつとめていて、本名を知らないはずはないだろう。」

「ああ、そうです。ふだんつかわないので、やっといま、おもいだしました。先生の本名はきみ子《こ》でした。そうです、たしかに大沢きみ子です。」

若い男は、あわてて答えました。

大川部長は、にやりとつめたく笑いながら、浅香刑事をふりかえりました。そして、

「きみ、こいつはマネージャーじゃないよ。マリモの本名は明子《あきこ》だ。こいつは大山の手下だ。」

といいました。それから、すぐするどい声で命令しました。

「浅香君、この男をしばれ。扇谷町子をゆうかいした容疑者のひとりだ。」

浅香刑事がすばやくとびかかろうとすると、まっさおになったその男は、さっととなりのへやへにげました。そして、そこのかべのすみについていた、きみょうなかくれボタンをおすと、

「あっ！」

たちまち、大川刑事部長とふたりの刑事が立っていた足もとのゆか板が、まるで寄せ木ざいくのしかけのように、さっと二つにわれました。

おそろしいまっくらな大穴が、三人の目の下にあきました。そして、

とどなる、おこった部長のはげしい声といっしょに、三人の警官は、たちまち、底知れぬおとし穴の底へのみこまれてしまいました。

大山とジョオ

ここはホテルか、さもなければ、どこか都内の、すばらしいごうかなアパートです。ひろい洋室のまどぎわに、どっかりとすえられたぜいたくなデスク。それによりかかって、いまひとりの男が、ねっしんに万年筆をはしらせていました。蛍光灯のスタンドのあかりが、その男のひたいのみにくい傷あとを、くっきりとてらしだしていました。

まっくろな服にまっ白なワイシャツ、ポマードでぴかぴかきれいにととのえた髪、指に大きなダイヤの指輪さえひからせて、どこから見ても、外交官かとおもわれるような、じょうひんでスマートな紳士ですが、じつはこの男が、ほろびた「東京の黒い五本指」の大親分、ボスの大山でした。

こつこつとドアをたたく音がして、白いうわぎのボーイがはいってきました。銀のおぼんの上に、ウィスキーとソーダ水のびんをのせて持っています。それをだまって、デスクのわきの小さいテーブルの上にのせると、ボーイがおそるおそる、

「もうほかにご用はないでしょうか。」

と、ききました。

大山は、いま書きおわった手紙をふうとうに入れながら、

「ああ、ごくろう。もう夕飯もすんだし、ほかに用事はない。」

「あの、おじょうさんが、さっきから、パパをよんでとおっしゃっていますが……。」

「うん。いまだいじな手紙を書いているので、書きおわったらいくといっておくれ。ところで、あの子はいまなにをしているな。」

「はい、きょうおとりよせになったファッション・

ブックをいろいろ見ていらっしゃいます。パパとそうだんして、旅行服のデザインをきめるのだといっていらっしゃいます。」

これをきくと、大山は、こわい顔をくずして、なにかたのしそうににっこりとほおえみました。

ボーイが出ていったあと、大山はなおつづけて、ねっしんに三、四通の手紙をいっきに書きあげました。そして、それぞれふうとうに入れ、あて名を書きおわると、ほっとしたように回転いすを小さいテーブルのほうへむけて、たばこをふかしながらひとりごとをいいました。

「やれやれ、これでなにもかもおわった。あしたは飛行機で、このけちな日本をたちさり、南米の人間になるのだ。ためた金で爵位を買って、おれは外国の伯爵か侯爵になり、死ぬまで安楽にくらすのだ。ああ、おもえばなにもかもうまくいったものだ。ほしいとおもった扇谷町子は、とうとうおれのむすめにした。いままではおれをパパ、パパとよんで、すっかり信用してあまえている。それから、にくい大川刑事部長のやつも、みごと、とりこにしてしまった。町子とのやくそくで、あのおじさんだけはころさないことになっているが、かまうものか。いままでさんざんおれを追いまわして、死刑台にのせようとしたやつだ。いよいよ日本をさるというまぎわに、おれは一発でころしてやるつもりだ。外国へいってしまえば、そんなこと、もう町子にわかりっこない。わかったとて、むこうへいってしまえば、もうおれのかってだ。どれ、大勝利のお祝いとして、ひとりで一ぱいいこうか。」

大山はひどく上きげんで、ウィスキーのびんをとりあげ、コップについで、それにソーダ水をまぜあわせました。そして、コップをゆっくりと口へもっていこうとしました。

このひろいへやは大山だけで、あたりの窓には、ぜんぶぜいたくなカーテンがおりています。そして、あかりといえば、デスクの上のスタンドがたった一つ。だから、テーブルのまわりは、ふかぶかとしたやみがたちこめています。

いましもコップを口にあてようとした大山は、ふとみょうな感じがして、とつぜんコップを下におきました。どこからか、このへやにすきま風がはいってくるのです。

じっと耳をすませた大山は、

「そうだ。だれかいる。」

と小さくつぶやきました。たしかに、背なかのほうで、かすかなもの音がしたのです。

大山が回転いすを、ぐるりと音のしたほうへむけました。

と、窓のカーテンは、いまの音でさっとひらかれたらしい。カーテンのすそが、ざわざわと波をうっています。

見ると、いつのまにか、へやのすみにひとりの男が立っていました。スタンドのあかりで、その男がつきつけているピストルが光ってみえました。

「大山、うごくな。おれはきみのピストルのありかを知っている。きみの手はそこへとどかない。だから、きみのいすをもっとこっちへうごかせ。そうだ。もっとテーブルからはなすんだ。」

あやしい男が、こうめいれいしました。

大山はしかたなしに、いわれたとおり、いすを前におしだしながら、つくづくとあやしい男をながめ、やがて不敵な笑いがおをしていいました。

「やあ、ジョオ。おまえがピストルをいじくるとこなんて、はじめて見たぞ。いったいどうしたんだ。気をつけてくれ、めったにひねりまわすと、ほんとうにたまが出るぜ。」

すみれのジョオは、大山がいきなりとびかからないようにけいかいしながら、ゆっくりそばへよってきて、いすにこしをおろしました。

「おい、ジョオ。なんでいまごろこんなところへやってきたんだ。おれとおまえはもう仕事なかまじゃない。ただの顔見知りの古い友だちだ。用があるなら、こんな夜ふけにしのびこまなくても、ちゃんとれんらくの方法があるじゃないか。」

大山がとがめるようにいうと、

「おれの用はかんたんだ。おれは町子さんをもらいに来たんだ。」

と、ジョオがずばりといいました。

「ああそうか。きみは、おれのむすめの町子のことで来たのか。」

「えっ、おれのむすめ？　町子さんがきみのむすめか？　いつそんなことになったんだ。」

ジョオのからだが、おどろいたようにふるえました。

「どうしておれのむすめになったかって？　それは、あの町子がいいだしたんだ。あの子はじぶんでのぞんで、こんどおれのむすめになったんだ。」

「ばかをいえ、あの人にかぎってそんなことがあるものか。」

ジョオが、はきだすようにいいました。

「うん、おれのいうことを信用しないなら信用しないでもいい。とにかく、町子はもうおれのむすめになった。そしておれといっしょに、こんどよろこんで南米にいくんだ。ジョオ、待っていろ。おれは南米でゆうゆうとあそんでくらしながら、あのむすめをりっぱにしたててやる。日本でいままで見たこともないような、すばらしい大悪党にしこんでやる。そして、いつかこの日本へ送りかえす。そのとき、あのむすめが、この東京を舞台にどんなわるいことをやるかたのしみに見ていな。あの子はおれの二代めだ。おれのたましいは、そっくりあの子にのりうつらせてみせる。そして日本じゅうの人間をふるえあがらせるんだ。どうだジョオ、すてきだろう。それをおもうと、もうおれはゆかいでたまらないんだ。」

こうとくいそうにいう大山の顔を見つめて、すみれのジョオは、おもわずくちびるをかみしめ、心の中で考えました。

「ほんとうだろうか、いま大山のいっていることは……。いや、そんなはずはない。あれほどりこうな町子さんが、こんな悪党に、うまうまださされるはずはない。しかし、この大山のよろこびかたを見ると、いっていることは、まんざらうそでもないらしい。とにかく、町子さんは大山にゆうかいされた。そして、いま大山といっしょにいることはたしからしい。大山は口のうまい悪漢だ。それにかねも何億ともっている。なにかうまい話をして町子さんをだましてしまったかもしれない。そうだとすると、いま町子さんがどんな気持でいるか、すこししんぱいだ。とにかく、これはなんとか大山に話して、一度町子さんとあわせてもらわなければならない。あってようすをみたら、大山のいうとおりかどうか、すぐわかるだろう。」

そこで、ジョオは、あらためて大山の顔をじっと見ると、

「大山。じゃあ、とにかく、もっとゆっくり話をしよう。それには第一に、きみはおれの命令どおりにするんだ。まずそのいすから立って、むこうのすみのストーブの前まであるいていくんだ。」

こう命令されると、大山はすなおに立ちあがって、いわれたとおりにむこうへあるいていきました。そのあいだに、すみれのジョオは、ひととびでいままで大山がむかっていたデスクの前へとんでいき、ひきだしをあけました。中には、ぴかぴかひかる六連発の自動拳銃がはいっていました。

ジョオはその拳銃をとりだすと、中にしこまれたたまをばらばらとデスクの上にぶちまけ、拳銃はもとどおり、ひきだしの中にしまいました。

それから、自分の手のピストルもうわぎのポケットにしまってから、

「おい、大山。きみも知ってるとおり、おれは生れつき、こんなちゃんばらごっこは大きらいなんだ。さあ、これから仲よくひざをつきあわせて話そう。まず、町子さんはどこにいるんだ。」

「むこうのへやにいるさ。」

「なにをしている?」

「ボーイの話では、いまファッション・ブックをむちゅうで見ているそうだ。新しい旅行服のデザインの研究中だそうだ。」

「ほんとうか?」

「なんでおれがうそをつくものか。」

「じゃあ大山、おれはぜひ一度町子さんにあいたい。いまあわせてくれないか。」

「うん、あわせてもよいが、その前に一つやくそくしてもらいたい。」

「どんなやくそくだ。」

「町子をうばいかえそうとして、また、じたばたさわぎをやらないことだ。」

「そんなこと、だれがするものか。そんなことはぜったいにやらないから、あわせてくれ。」

「よし、それならばあわせる。いまここへつれてこさせよう。」

大山がしょうちして、よびりんのボタンをおし、あらわれたさっきのボーイに、

「むすめをここへ。」

と、いいつけました。

町子のてがら

まもなくろうかのドアがあいて、町子のすがたがあらわれると、

「あらパパ、まだなの？　こんなくらいところでなになさってるの。」

と、あまえた声がひびきました。

その町子のすがたを見たとき、ジョオははっとおどろきました。今夜の町子は、いままで見たことのない、じつにはでな花もようの赤いガウンを着ています。髪もおとなのようにうつくしくカールして、顔もずっときれいになり、おまけに、とてもたのしそうです。

「町子。ジョオがおまえにあいにきたのだ。ぜひ話がしたいというんだ。」

大山が、とくいそうに、いすの上にそりかえっていいました。

「あら、ジョオさん、しばらく。なんのご用でいらしったの。わたし、あなたはもう大山のところへなんかいらっしゃらない人だとおもっていましたのに。」

と、町子は、へいきでジョオの顔を見つめながら、大山のすすめるいすにこしかけました。

ジョオはすっかりめんくらってしまいました。いのちがけでも町子をたすけだそうとやってきたのに、どうやら、町子の人がらはがらりとかわってしまったようです。たまらないいかりとさびしさが、ジョオの胸にこみあげました。しかし、ジョオはそれをむりにおさえて、ききました。

「町子さん。ぼくはいま、あなたが大山のむすめになることをしょうちしたとききましたが、それはほんとうですか。」

「ほんとうですわ。」

「それで、あなたはこれからこの大山と南米へいって、いっしょにくらすつもりですか。」

「そうです。」

「町子さん、あなたはそんなことをしていいんですか。あんなにかしこかったあなたが、しかも、大川刑事部長のめいのあなたが、そんなことをして、だいじな一生をめちゃめちゃによごして、こうかいしないんですか。」

はげしく責めるジョオのことばに、町子はぱっと顔をあかくして下をむきましたが、すぐ顔をあげて、

「でもねえ、ジョオさん。わたし大山さんにつかまってから、いろいろ話をきいてみると、南米の生活はとてもたのしそうなんです。こんなちっぽけな日本でびんぼうしてくらすよりも、わたし、外国へいって侯爵の令嬢になって、はなやかにくらすほうがずっといいと考えだしたんですの。」

そういいきると、町子は大山のそばへより、

「ねえパパ、そうだわねえ。」

と、あまえるように肩に手をかけました。

これを見ていたジョオは、「もうだめだ。もうこのむすめはすくわれない。」と、とつぜんあきらめたようでした。そして、すっといすから立ちあがると、くやしそうにボスの大山をにらみつけて、

「わかった。このたたかいはきみの勝ちだ。ぼくは町子さんを見ちがえていた。ぼくはこれでひき

あげるよ。」

と、投げだすようにいって、ドアのほうへいきかけましたが、ふとおもいだしたようにふりかえって、

「そうそう、町子さん。ぼくがおとといあなたにあげたプレゼントの中を見ましたか?」とききました。

「えっ、プレゼント? ああ、あのすみれ色のきれにくるんだものでしょう。あれはまだ、よく見ませんでしたわ。あのまま事務所においてありますわ。」

と、町子がつめたくこたえました。

ジョオはがっかりしたような顔つきをしました。すると、いままでだまっていた大山が、笑いながら、ひやかすようにジョオに声をかけました。

「ジョオ。せっかく夜中に、わざわざこんなところにまでしのびこんできて、町子との話ってそれだけなのか。とにかく、むすめはおれといっしょに、あすはもうこの日本の人間でなくなるんだ。今夜がおわかれだ。もう、いつあえるかあえないかわからないんだ。もうすこしゆっくり顔を見ていったらどうだね。」

ジョオは、くやしそうにくちびるをかみしめました。

すると、このとき、大山のいまのことばできゅうにおもいだしたかのように、町子がぐるりと大山のほうをむき、こんなことをいいだしました。

「そうそう、パパ。あなたは、出発する前、わたしに一度、おじさんとおわかれをさせてくれるとやくそくしたじゃないの。」

「うん、それはやくそくしたよ。」

と、大山がこたえました。

「じゃあ、いまここへおじさんをつれてきてちょうだい。わたし、おわかれのごあいさつがしたいわ。」

「うん。でも、そういそがなくってもいいじゃないか。あとで——ジョオがいなくなってからでもいいじゃないか。」

と、大山は気がすすまないようすでした。

「いいえ、ジョオさんのいるうちのほうがいいわ。ジョオさんもおじさんを知ってるんですもの。わたし、みんなで仲よく顔をそろえたところでわかれたいの。ねえ、パパ。やくそくはやくそくよ。パパがやくそくを実行してくれなけりゃ、わたしもしないわ。ことによると気がかわって、もう南米へいくのをやめるかもしれないわよ。」

あまえていた町子のようすが、とつぜん、ひどくがんこになりました。

ボスの大山はこまった顔をして、

「でも、よわるなあ、町子。きゅうにそんなむりをいって、きみのおじさんは、ほかのれんじゅうといっしょに地下室にはいっていて、げんじゅうな見はりがついてるんだよ。それをここまでつれてくるのはたいへんだ。なんとか朝まで待ってくれないか。」

と、たのむようにいいました。

これをへやの出口のところに立ってきいていたジョオは、心の中でびっくりしました。警視庁でもおにといわれるあの大川刑事部長が、ボスの大山のとりこになっていたとは、さすがのジョオも知りませんでした。大きな耳をもつうさぎのように、この世の中の新しい事件はなんでもかんでも知っていると自信を持っていた自分にとっては、これはたいへんなしっぱいだったと、ジョオはおもいました。

見ると町子は、大山が自分のたのみをきいてくれないので、かなしくなったのか、かべのほうをむき、ハンカチを目にあてて、しくしくと泣きはじめました。

このようすを、大山は、しばらくだまって見ていましたが、やがて、こんなことで町子をおこらせては、これからのつごうがわるいと気がついたのでしょう。ちょっとしたうちすると、

「ええ、しかたがない。そんなにまでおまえがいうなら、たのみどおりにしよう。」

とつぶやいて、またよびりんのボタンをおしました。そして、ドアのところにすがたをあらわした

さっきのボーイに、

「おい、いそいで下のれんじゅうとれんらくしろ。そして、あの大川部長とふたりの巡査をここへつれてくるんだ。しかし、にがさないようにげんじゅうにかんとくして、みんなもついて上がってこいといえ。」

とめいれいしました。

ボーイのすがたが消えると、大山はかべぎわに立ったなりでいるジョオに声をかけ、

「おい、ジョオ。きみもおわかれの会に出席するんだ。そのポケットのピストルはぶっそうだから、こっちへ出せ。」

と、笑いながらいいました。

「いいとも。」

と、ジョオは答えて、ポケットからひきだしたピストルのたまをぬき、さっきの大山のたまといっしょに、ぱらぱらとデスクの上にぶちまけました。

しばらく待つと、やがてとおくで、ぎいっとエレベーターの音がきこえました。

「おい、町子。おまえの注文どおり、おじさんたちがすぐここへやってくるぜ。ただし、みんなしばられて、みじめなかっこうをしているだろうが、それは自業自得だからしかたがないよ。どうだい、ジョオ。このおれも、とうとう大川部長をとりこにするようになった。こうなると、大山もたいしたものだろう。」

大山は、こうふたりに声をかけて、さもとくいそうにはなをうごめかしました。

と、このとき町子が、いきなりあわてたようにいすから立ちあがっていいました。

「あら、わたし、このなりではおじさんにごあいさつできないわ。ちょっときものをきがえてくるわ。」

「いいじゃないか、そのままでも。夜中だし、いそぎのばあいだから、それでいいじゃないか。」

と、大山がとめました。

「いいえ、そうはいかないわ。礼儀は礼儀ですもの。一生のおわかれというのに、わたし、こんな

ガウンをひっかけたなりで、おじさんに『さよなら。』はいえないわ。」

町子はきっぱりこういいきって、ろうかへ出ていこうとしました。大山がゆだんなくボーイに目くばせをして、

「おまえはむすめについていけ。そして、まちがいのないよう、ここへつれてもどるんだぞ。」

とめいれいしました。

ボーイはろうかへ出て、おくのつきあたりのへやの前まで、町子のあとについていきました。しかし、そのへやのドアをあけて中へはいると、町子はボーイをふりかえり、

「そこで待っててちょうだい。女がきがえをするときは、男はそとで待っているものよ。」

と、おごそかにいって、中からドアにぴんとかぎをおろしてしまいました。

こちらのへやには、針金でむごたらしく手足をしばられた、大川部長と平野、浅香両刑事の三人が、おおぜいの悪漢にとりかこまれてひきだされていました。

「やあ、大川さん、地下室のいごこちはどうです。」

と、大山がひやかすようにききました。しかし、大川部長はこたえません。ものすごくおこった目で、じっと大山をにらみつけているだけでした。

するとこのときだしぬけに、大山の手の中でピストルがひらめきました。大山は、いまはいってきた子分から、それをすばやくうけとったらしいのです。その銃口は、ぴたりとすみれのジョオにむけられました。

「おい、ジョオ。こんどこそかくごしろ。きさまのようなじゃまもののいのちは、いまおれがここでもらうぞ。」

と、大山は悪魔のような顔で、いまにもジョオめがけて火ぶたをきろうとしました。

すると、またこのとき、ばたばたとろうかに足音がして、ボーイがへやにかけこんできました。

そして大山に、

「親分、みょうですよ。町子さんがへやから出て

きません。かぎのかかったへやの中で、なにか大きな声でどなっていますよ。」

としらせました。

大山は、はっとして、おもわずピストルをおろしました。そして、

「それはみょうだ。町子はなにをしているんだろう。」

と、がてんがいかないように首をかしげました。

「あっはっはっは。」

と、とつぜんすみれのジョオが笑いだしました。そして、

「おれにはわかる。町子さんがなにをどなっているのかわかる。町子さんはいま、おれのプレゼントした、あのアメリカの最新発明の無線電話機を使っているんだ。」

へやじゅうは、ジョオのこのなぞのようなことばに、しばらくしいんとしました。

するとまもなく、このたてものの下の方で、一大隊の兵隊がのりこんできたような、さわがしいさけび声やくつ音がし、エレベーターがはげしくうごきだしました。そのうちに、へやのドアがあらあらしくおしあけられ、どやどやとなだれこんできたのは、正服正帽のいかめしい警視庁の警官隊でした。そして、

「ボスの大山、ご用だ。」

という声もろとも、そこにいた大山の子分たちは、のこらずつかまえられてしまいました。

しかし、さすがに親分の大山は、警官のすがたを見るやいなや、電光のようにすばやくカーテンのかげに身をかくしました。

「それっ。」

といって、ジョオがあとを追いかけましたが、どこをどうつたわって非常ばしごをおりたものか、大山のすがたは、とうとうどこかへ消えてしまいました。

やがて、町子の顔がにこにこ笑いながら、ドアのかげからのぞきました。そして、だれよりもさきにジョオにことばをかけて、こういいました。

「ジョオさん、無線電話機のプレゼントをどうもありがとう。わたし、きのうからあの機械のつかいかたをずっと研究していたのよ。そして、大山をだましていっしょに南米へいくように見せかけて、じつはあの機械をつかうチャンスをさがしていたの。大山は、わたしがむすめにならなければおじさんをころすといって、ずっとわたしをおどかしていたんですもの。でも、もうおじさんもぶじに出てきたし、あなたもきて、ぜんぶがそろったから、わたし、むこうのへやで、はじめてあの機械をつかって、わたしたちのいどころを警視庁に知らせたのよ。それで、大山のけいかくは、なにもかもめちゃめちゃになったんだわ。」

大川部長や、ふたりの刑事をしばっていた針金は、見るまに警官隊の手でとかれました。それで、みんなが顔を見あわせて、はじめてほっとしたとき、とつぜんデスクの上の電話のベルがなりだしました。受話器をとったひとりの警官が、

「おや、あなたへ電話ですよ。」

といって、その受話器をジョオにわたしました。

ジョオがそれを耳にあてると、どこからか、おそろしい声がひびいてきました。

「やい、ジョオ、よくも友だちをうらぎったな。このうらみは、近いうちにきっとはらしてやるぞ。きさまはおれの力を知ってるだろう。そのときは、きさまがこの世に生まれてこなければよかったというほどのおもいを、きっとさせてやるぞ。おぼえておけよ。さよなら。」

ああ、そのおそろしい声のぬしは、いますがたを消したばかりのボスの大山でした。

大女

朝の京浜国道を、気もちよく風をきって走っている、新型のスマートな自動車。運転手席でハンドルをにぎっているのは、すみれのジョオ。うしろの席で、仲よくきょうだいのように話している

のは、扇谷町子と、ジョオの妹の鳩子でした。

三人は、これから箱根へいくところでした。

大悪漢、「ボスの大山」は、とうとう東京からすがたを消してしまいました。

町子が外国へさらわれ、おじさんの大川刑事部長もあやうく命をとられるところを、じょうずにすくったのは、もちろん、町子の勇気と、あたまのよさでした。

しかし、あのとき、もしもジョオが最新式の無線電話機を町子にプレゼントしていなかったら、あれほどの町子の大かつやくは、できなかったでしょう。

大川刑事部長は、こんどの事件ではじめて、めいの町子のうでまえを知りました。それから、すみれのジョオが、いのちがけで、自分たちのために大山とたたかってくれたまごころにうたれました。それに、よくしらべてみると、ジョオはもと、「東京の黒い五本指」の悪漢のひとりではありましたが、人殺しをしたこともなく、また、大どろぼうをはたらいたという、はっきりしたしょうこもありません。それで、警視庁では、もうすみれのジョオのむかしの罪はとがめないことにしました。

ところで町子は、このごろあまりつづいておそろしい事件にあったためか、ひどくやつれてしまいました。それをしんぱいした大川刑事部長は、ぜひ四、五日、どこかしずかな山か海へいって静養することをすすめました。

「でも、そんなさびしいところへいって、また大山が出てきたら、わたし、こわいわ。」と、町子が、さすがに少女らしくいうと、

「それなら、ジョオきょうだいに、いっしょにいってもらうさ。大山のやつは、電話であんなおどかしをいったけれど、子分たちはのこらずつかまったし、とうぶんは出てこないと、ぼくはおもうよ。まんいち出てきたにしても、ジョオがいればだいじょうぶだ。おまえをむざむざ敵にわたすようなことはないよ。」

と、大川部長はすすめてくれました。

このことばをきいて、町子は、ジョオが、それほどまでおじさんに信用されるようになったことを、とてもうれしくおもいました。

それで、きょうのたのしい箱根ゆきのドライブとなったのです。

東京を出て三時間たたないうちに、車は、箱根の芦の湖畔の、りっぱな大箱根ホテルにつきました。

電話でたのんであったので、二階のながめのいいへやが二つ用意されていました。

ちょうどおひるだったので、さっそく食堂へいくと、黒い礼服をきちんときて、まっ白なワイシャツに黒のちょうネクタイをした、ずんぐりした食堂長が、あいそよく最敬礼をしてむかえました。

「や、苔桃《こけもも》くん、どうした? きみ、ひどくやせたじゃないか。病気でもしたのかい。」

ジョオが、顔なじみの三十五、六の食堂長を見て、びっくりしたようにききました。

「いいえ、かぜをひいて、まだよくなおらないのです。はい、もういいのです。たいしたことはございません。」

「でも、ひどくやつれたぜ。気をつけたほうがいいよ。」

ジョオはやさしくいって、町子たちと、すみのテーブルにこしかけました。

やがて食堂長がメニューを持ってきて、食物の注文をきいてむこうへいくと、ジョオは、そのうしろすがたを見おくりながら、

「町子さん、おどろきましたよ。人間って、ちょっとのあいだにあんなにもかわるものかしら。ぼくはこのホテルがすきで、ちょいちょいとまったり、ごはんをたべにくるんですが、二、三ヵ月前までは、あの苔桃という食堂長は、とてもふとって血色のいい、にこにこした男だったのです。それにていねいで、しんせつで、ことにお客のすきそうなたべものをえらぶことがじょうずで、外国人のお客なんかには、とてもひょうばんのよい男です。それがどうして、きゅうにあんなにやつれたのか

しら。このあいだからみると、からだがまるで半分になってしまったようです。顔色もわるいし、目もみょうにきょろきょろして、なんだか、むかしの苔桃のゆうれいみたいです。」

と、さもふしぎそうにためいきをつきました。

しかし、町子と鳩子の二少女は、食堂長のことなど、たいして気にしていませんでした。それよりも、窓から見える湖水のすばらしいけしきに、むねがわくわくしていました。エメラルド色の水の上を、湖水めぐりのゆうらん船が、大ぜいのお客をのせ、レコードの音楽をかなでながら、たのしそうにいったりきたりしています。それから、まっ白なモーターボートが若い人たちをのせて走りまわり、遠くにはいくつものボートがうかび、そこからにぎやかな歌声もきこえます。

町子たちは、これから四、五日、このきれいなホテルにとまり、ボートにのったり、近くの山をドライブしてくらすのかとおもうと、もうたのしさでこころがおどっていました。

ひろい食堂の中を見まわすと、食事をしているのは、たいてい日本見物にきた外国人のお客でしたが、そのうち、サロンのほうから、どやどやと、大ぜいのお客がはいってきました。

見ると、まっさきに立っているのは、中国人らしい、りっぱな中国服をきた大女でした。見あげるように背のたかい、そしてからだもがっちりとふとった大女で、赤や青や、金や銀のきれいなぬいとりのある服をきて、いばって歩いてきました。そのあとについてきたのは、やはり中国服をきた若い女中で、これは、とてもかわいらしいワイヤー・フォックステリヤの小犬を、だいじそうにだいていました。そのあとには、洋服の若い日本人が五人、ぞろぞろついていました。

そのきみょうな行列をあんないしているのは、さっきの苔桃という食堂長で、とてもへいへいしながら、その連中を、窓ぎわのいちばんいい席へつれていきました。大女が、食堂長になにか小さな声でいうと、待っていましたというように、まず外国のつよいお酒がはこばれ、それから、ぞくぞくと、いろいろのぜいたくな料理が、いくさらもいくさらもテーブルの上にはこばれました。町子と鳩子は、見るともなくそれを見ているうちに、とてもおどろいてしまいました。

大女は、まず、つよい外国のお酒を、ぐいぐい、なんばいもなんばいもコップでのむのでした。それから、お料理にとりかかると、その食欲のさかんなこと、出てくるお料理をかたっぱしからぺろぺろたべ、あとからあとからとおさらをかえていきます。ほかの男たちもさかんにたべるのですが、そのたべかたは、とても大女にはかないません。この大女は、町子が外国の童話でよんだ巨人のように、もしかすると、そばにあるいすでもテーブルでも、なんでもかでもたべてしまいそうないきおいです。そして、大女がたべているあいだ、苔桃食堂長は、ずっとそばにつきっきりです。大女がナプキンをおとせば、あわててテーブルの下にはいつくばってとってやり、巻きたばこを口にくわえれば、すぐにマッチをすって、火をつけてやるというぐあいです。どうして食堂長は、こんなにもこの中国女にサービスするのでしょう。見ていると、まるで、かわれているどれいみたいでした。

町子たちがそうおもっていると、ジョオもおんなじことを考えていたのでしょう。やがて、自分たちのテーブルにお料理をはこんできた、ひとりの若いボーイにききました。

「おい、きみ。あそこでいばっている女は、どういう人間なのだね。なんで食堂長は、あんなにつきっきりで、大さわぎをやってるんだね。」

「はい。あのかたは、中国の大金持ちのおくさんで、李鳳華《りほうか》というかただそうです。東京に大きなお店を持っていられるそうで、ずっとこのホテルにとまっていらっしゃいます。いつも大ぜいのおともをつれていられて、お金を湯水のようにおつかいになるのです。」

「なるほど。でも、どうして苔桃くんが、あんなにつきっきりでサービスしてるんだね。あんなせわは若いきみたちにまかせておいて、食堂長は、もっと遠くで、いばって、かんとくしていればいいんじゃないか。」

「はい。ほんとうはそうなんですが、その、どういうものか。食堂長はあのマダムのたいへんなお気にいりなんです。『おまえがいるからこのホテルへばっかりくるんだ。』とか、『おまえのえらぶお料理は日本一だ。こんなおいしいお料理はどこにもない。』とかいって、それだけで、もう一月いじょうもこのホテルにとまっているんです。それに、いつもあんな大ぜいのおともをつれて、ぜいたくざんまいでしょう。あのマダムだけで、このホテルがもうかる金はたいへんなものなのです。だから食堂長も、会社からのいいつけで、しようがなしに、あんなにごきげんをとっているのです。」

と、若いボーイは、にがわらいをしながらせつめいしました。

探偵くらべ

おひるごはんがすむとまもなく、町子と鳩子は、ホテルのうら庭からモーターボートにのりました。飛行機のそうじゅうまでできるジョオには、モーターボートのうんてんなんかごくやさしく、たのしい小船は、白いちょうちょうのように、かるがると湖水の上をかけまわりました。湖尻でおりて姥子温泉のほうへさんぽしてみたり、また船へもどって、湖水の水の流れおちるあなを見物したりして、三人は、二時間ちかくたのしくあそびました。そして、また船でホテルの庭へ近づいてくると、湖水にむかったうら庭の白いベンチに、あの中国人の大女と、苔桃食堂長が、ふたりきりでこしかけているすがたが見えました。

大女は、とても食堂長がすきそうで、ぴったりよりそい、にこにこしながら、なにかいろいろなことを話しかけています。ところが、食堂長のほうは青い顔をして、むやみにかしこまり、かたくなって、できるだけ大女からはなれようとしています。その顔には、あいての大女にしたしくされるのが、いやでいやでたまらないのを、むりにがまんしているようないろが、ありありと見えるのでした。

「おかしいなあ。どうしてあの中国人は、苔桃をあんなにすきなんだろう。どうもこれにはわけがありそうだぞ。」

と、モーターボートのハンドルをにぎりながら、すみれのジョオがひとりごとをいいました。

☆　☆　☆

その晩も、そのあくる日の朝も、町子たちは、食堂へ出るたびに、あの大ぐいの大女の、女王のようにいばったすがたを見せつけられました。

また、サロンのすみのいすで、この大女が、若い三人の日本人をあいてに、なにかねっしんにひそひそ話をしているすがたも見ました。

この中国の大女は、そうとう日本語がしゃべれるらしく、みんな日本語で話しているらしいのですが、声がひくくて、なにをそうだんしているのか、ぜんぜんききとれませんでした。

そのうち町子たちは、ホテルのおもてげんかんを出たところで、ぱったり苔桃食堂長に出あいました。

「おい、苔桃くん。ちょっときみにききたいことがある。」

といって、ジョオは、食堂長を、だれにも見えない、ホテルの庭の木のかげへつれていきました。

「きみは、あの中国の大女に、とても気にいられているそうじゃないか。」

と、ジョオがきくと、苔桃はなさけなさそうな顔をして、

「はい。じつはそれでくるしんでおります。あのお客のせわばかりしていて、みなさんのおせわをしないで、ほんとうにすまないとおもっております。」

と、わびました。

「いや、そんなことはどうでもいいんだ。それよりも、きみがそんなにやせたのは、あの大女にあんまりうるさくつかわれるせいじゃないのかね。きみは神経衰弱になっているんだろう？　ぼくはそのほうをしんぱいしているんだ。」

と、ジョオはやさしくいって、

「いったい、あの大女は、きみにどんなことをいっているんだ。まさか結婚をもうしこんでいるのじゃあるまいね。」

「ごじょうだんでしょう。わたくしには妻も子どももあります。いま、みんな小田原にすんでいます。そんなばかなことはありませんが、どういうわけか、あのお客さんはわたしがすきで、どんな小さいようじでも、わたしがしないと気にいらないのです。それから、こまったことには、むやみにものをくれます。上等なアメリカの時計をくれたり、宝石のはいっているゆびわをくれたり、おまけに、たくさんのお金までくれようとします。もちろん、お金だけはもらわずに、きっぱりことわりますが、とにかく、朝から晩まで、わたしをそばにひきつけてはなしません。そして、おまえのつくるお料理はとてもおいしいし、おまえのサービスは日本一だから、わたしはいつまでもこのホテルにとまっているというのです。それで、じつは、たまに家へ帰って休むこともできず、わたしはすっかりつかれきって、病気のようになっているのです。しかし会社では、だいじなお客だから、どこまでも気にいるようにつとめなければいけないといいます。おまけに支配人は、いま東京の病院にはいっています。わたしは、ここをやめればたべていかれなくなるし、だれにもそうだんできず、とほうにくれているのです。」

と、苔桃食堂長が、青い顔をしてこたえました。

「それで、あの大女はどこのへやにとまっているんだね。」

「下の、いちばん大きなへやにいます。」

「あのおともの日本人たちは？」

「あの人たちは、東京へいったり帰ったりしています。ここにとまるときは、やっぱり下のへやに、みんなとまっています。」

「ふん。あとで、そのへやをろうかからちょっと見たいな。それであの大女は、いったいここでなにをしているんだね。」

「どういうわけか、ほとんどそとへ出たことがありません。なんでも、東京に大きな店がいくつもあるそうで、一週に一度か二度、ひげをはやしめがねをかけた弁護士という人がやってきて、長いあいだ話をして帰ります。」

「ふん。それから、ほかにたずねてくるお客は?」

「せいの高い、体格のりっぱな日本人が、しじゅうたずねてきます。この人は、かってにあのおくさんの自動車をつかったりしているようです。この人がどういう人かは、さっぱりわかりません。」

「ふうん。してみると、けっきょくあの中国の大女は、君がすきなばっかりで、ずっとこのホテルにとまって、ここでなにか商売をしている。それで、きみはあんまり気にいられてつかいまわされるので、よわりきっているが、どうにもならないでいるというわけなのだね。」

「へい。そうです。このままつづいたら、わたしはきっと、くたびれて死んでしまうでしょうよ。」

苔桃食堂長のむこうへいくすがたを見おくって、ジョオがゆっくりと町子にいいました。

「町子さん。この中国の大女と食堂長の問題を、あなたどう思います? どうもこの底には、なにか、ふかいわけがありそうだ。あなたも少女ながら名探偵だ。このなぞをといてみませんか。ぼくも探偵してみる。ふたりできょうそうはどうです?」

「ええ、おもしろいわ。わたしやるわ。」

と、町子が目をかがやかせて、こたえました。

「じゃあ、ふたりでゆびきりなさいよ。わたし、どっちがかつか、アンパイアになるわ。」

と、鳩子がおもしろそうにいって、ジョオと町子に、やくそくのゆびきりをさせました。

☆　☆　☆

ところで、人間の運命はわからないものです。ゆびきりをしたその晩、町子たちは、とてもおそろしいできごとに出あいました。それは、夕がたちかくになってジョオが、

「これから峠をこえて湯河原へいってみよう。晩ごはんを湯河原でたべて帰ることにしたらどう？峠の上から見おろした湯河原の夜のネオンは、とてもきれいだそうですよ。」といいだしたことからおこったのでした。

三人は、ジョオのじょうずな運転で、ホテルのむかいにある湯河原峠のけわしい山道をのぼり、湯河原の温泉町へおりました。そして、藤木川をながめるきれいな宿屋の二階で、晩ごはんをゆっくりたべてから、みやげもの屋がにぎやかにならんでいる、ほそ長い通りをのぼったりおりたりして見物して、また車にのってホテルのほうへもどってきました。

ところが、そのときになって気がついたのですが、この峠道は、夜になると、じつにさびしいのです。昼間は観光バスも通り、ハイヤーもとおっているのですが、日がくれてからはまっくらで、一台の自動車にもあいません。

「これはさびしい道だな。なにが出てくるかわからない。夜のハイキングなど、とてもこわくてできないな。」

と、ハンドルをにぎりながら、ジョオがつぶやきました。

まもなくてっぺんに近いまがりかどまでくると、むこうに自動車のとまっているのが見えました。それから二、三人の黒い人かげが見えます。

「おや、なにか事故でもあったのかな。」

ジョオが車を進めて近づいていくと、いきなり、

「おい、とまれ。」

と、やみの中から声がしました。

とたんに懐中電燈がつきつけられ、ジョオと町子と鳩子の三人は、ぴかぴか光ったものが、じぶんたちのはなさきに、ぬっと出されたのを見ました。

ふたりのふくめんをした男が、手に手にピストルを持って、自分たちめがけて、ねらいをさだめているのです。

「きみたちは強盗か?　らんぼうなまねをするな。ぼくたちは、とられるような金めのものは持っていないよ。」

と、両手をさしあげながら、だいたんなジョオがこたえました。

「ふん。おれたちは、きみたちのものをとるようなけちな強盗じゃない。とにかく車からおりろ。そして、さしずどおりにするんだ。へたにうごくといのちがないぞ。」

おどかされて、三人はとうとう、車からおろされました。

ふくめん強盗

「おい、うごくんじゃない。そのままそこに立ってろ。」

車からおろされた、ジョオと町子と鳩子の三人は、ふくめん強盗にこういわれ、くらい山道に立たされました。町子が両手をあげたなりで見ると、前のほうに自動車が一台とまっています。

その自動車からおろされたのは、ふたりのアメリカ人らしい男で、それがふたりの日本人と、英語でさかんになにかいいあっています。どうもふたりの日本人は強盗らしく、アメリカ人をおどかしているようです。

「ははあ、きみたちは、あの外人から強盗しようとしてるんだな。」

と、ジョオがききました。

「そうだ。それがすむまで、じゃまだから、おまえたちも車からおろしたんだ。おとなしくさえしていれば、おまえたちはこのままはなしてやるんだ。」

ふくめん強盗のひとりがこたえました。

「ふうん。それであの外人たちがたくさん金を持っていることを、きみたちは知っているのかい。」

「もちろん、そんなことはちゃんとしらべてあるんだ。」

と、強盗はいいかけましたが、すぐによけいなことをいったのに気がついて、

「こら、きさまは、なぜそんなことをきくんだ。だまってろ。よけいなことをいうな。」と、どなりつけました。

しかし、すみれのジョオはいっこうへいきで、

「してみると、先週十国峠で、あのアメリカの大金持のジョンスン夫婦をやったのも、きみたちなんだな。」

と、がてんがいったようにつぶやきました。

このあいだに、前のほうでは、ふたりの外人が、さんざんピストルでおどされて、車の中のかばんから、ポケットのさいふまで、のこらず強盗にわたしていました。

「おい、たばこをすうよ。」

ジョオがこういって、右手をポケットに入れると、ふたりの強盗は、電気にでもかけられたようにとびあがり、そろって、光るピストルをジョオのからだにくっつけました。たぶん、ジョオがピストルでも出すかと思ったのでしょう。

ジョオがにやにやわらいながら、たばこに火をつけると、

「おい、きみはそうとうだいたんな男だな。」

と、強盗のひとりが、あきれたようにいいました。

「そうでもないさ。これで、ほんとうはこわくて、さっきから、からだじゅうがぶるぶるふるえてるんだよ。」

と、ジョオはわらいながらいい、それから前のほうをすかして見て、

「おい、もうぼくたちは車にのっていいんだろう。しごとはもうすんだらしいぜ。」

「だめだ。親分からあいずがあるまではだめだ。」

と、ふたりの強盗は、ずっとピストルでジョオをねらっていました。

そのうちに、前のほうにいるふたりの強盗は、とれるだけのものをとると、外人をおろしっぱなしにして、じぶんたちがその自動車にのりこみました。そして、矢のようにはやく峠の上のほうへ走りだしました。走りだすときに、ひとりが窓から首を出して、ピューッと口ぶえを吹きました。

町子はすばやく、その自動車の番号を見ようとしましたが、うしろのあかりが消えていて、ぜんぜんわかりませんでした。

「もういいだろう。いまの口ぶえが親分のあいずなんだろう?」

と、ジョオが、のこったふたりの強盗にききました。

「まだだよ。きみたちをゆるすのは、親分たちがずっととおくへいってしまってからだ。」

と、ふくめん男のひとりが、小さな懐中電燈でちらりとうで時計を見てこたえました。

「でも、きみたちはずいぶんあぶない仕事をするんだね。この上の箱根町にも警察署があり、峠のすぐ下にもあるじゃないか。」

と、ジョオがいうと、

「だいじょうぶだよ。そんなことは、みんなちゃんと計算してあるんだ。うちの親分はえらいものだ。ちっとでも、へまはしないさ。」

「でも、仕事のとちゅうでほかの車が通りかかったらどうする。」

「そのときは、たいていタイヤをピストルで射ぬいて、うごけないようにするんだ。だがきみたちは女づれだったから、それもゆるしてやったんだ。」

「それで、もし外人がピストルでむかってきたら?」

「そのときはみなごろしだ。ひひひひ。」

強盗のひとりが、きみわるくわらっていいました。

それから、もう時間がよいと思ったのでしょう。ジョオにむかい、

「さあ、もうのってもいいぞ。ただし、上へいっ

ちゃいけない。あともどりするんだ。」

と、めいれいしました。

「おい、じょうだんじゃない。ぼくたちは、これからのぼるんだよ。そんなむちゃなことというなよ。」

と、ジョオがいいかえすと、

「いいや、いけない。いうことをきかないと、タイヤに穴をあけてやるぞ。そうすれば、きみたちはこれから歩いてこの峠をおりなければならないぞ。」

と、ふたりの強盗が、またピストルをジョオにむけておどかしました。

いさましいジョオも、これにはさからえないとあきらめたらしく、しぶしぶ町子と鳩子を車にのせ、ハンドルをにぎりました。そのとたんにジョオは、そこにかげぼうしのようにしょんぼり立っている、ふたりの外人のすがたを見つけました。

「おい、きみ。この外人たちものせていっていいんだろう。」

と、ジョオがいうと、

「いいよ。そいつらには、もう用なしだよ。」

と、強盗たちがあっさりこたえました。なにもかもとられた、かわいそうなふたりのアメリカ人は、「サンキュー、サンキュー。」をくりかえしながら、ジョオの車にのりました。

しかたなしに、車をまた湯河原のほうへむけながら、峠のまがりかどまでくると、ハンドルをとめたジョオが、耳をすませていいました。

「うん、オートバイの音がする。あの強盗たちはオートバイできたんだ。あれは、あいつらが上のほうへ帰っていく音だ。」

懸賞五十万円

ジョオたちは、ふたりのアメリカの金持を湯河原の警察署まで送り、それからとおまわりをして大箱根ホテルへ帰りました。

町子は、強盗にあってびっくりしたけれど、ジョオがそばにいたので、たいしてこわいとも思いませんでした。そのわけは、一つは、その前に町子が、ボスの大山のような大悪漢に、たびたびこわいめにあわされていたからでしょう。それともう一つは、町子が、すみれのジョオの強さを信じていたからでした。ジョオはふしぎな男で、いよいよ町子たちの命があぶなくなれば、きっと神さまのようなちえと力を出して、たすけてくれると信じていたからでした。

よく朝、湯河原峠の強盗のうわさは、ホテルの客たちにもつたわりました。ゆうべさいなんにあったふたりのアメリカ人は、横浜にすむ、バーハムとクラークという大きな貿易商で、商売のそうだんかたがた、ふたりで熱海から箱根へあそびにきたとちゅう、強盗におそわれたのでした。ふたりがとられたのは、現金や指輪や時計などをまぜて、何百万円という金高でした。警察の考えでは、一週間前に十国峠で、やはりアメリカの大金持のジョンスン夫婦をおそった強盗も、おなじなかまらしい。どうも、どこかにかくれている大じかけの強盗団があって、それは、箱根や熱海へんにくる外人の金持だけをねらっている。一日も早く、そのかくれがをつきとめなければならないというのでした。

そのつぎに、またあたらしい知らせがホテルへつたわりました。それは、ゆうべ強盗にあった外人たちがくやしがって、賞金を出すことを警察にもうしこんだというのでした。それは、日本のお金で五十万円で、だれでも、この強盗をつかまえた、または居場所を知らせたものに、くれるということでした。

「ねえジョオさん、五十万円の賞金よ。それだけあったら、銀座でほしいものがずいぶん買えるわねえ。」

と、昼の食堂で、町子がわらいながらジョオにいいました。

「そうですね。男なら、そのくらい、なんでもなくつかっちゃうけど、あなたたちだったら、それだけは銀座ではなかなかつかいきれないでしょうね。」

「わたし、五十万円ほしいわ。それで『おとめの湖』のオルゴールや、書きいい、じょうとうの万年筆が買いたいわ。」

と、鳩子がむじゃきにいったので、町子はぷっとふきだして、

「まあ、鳩子ちゃん。オルゴールや万年筆を買ったら、それでへやじゅういっぱいになっちまうわよ。」

と、からかいました。

このとき、窓ぎわの、湖水を見はらす、いちばんいいテーブルには、いつもの中国の大女が、あいかわらず、けらいにかこまれていました。ビールをのんだり、ぜいたくなお料理をたくさんはこばせて、さかんにたべながら、なにか小声で話しあっていました。かわいそうな若桃食堂長も、いつものように、ずっとそばにつききりで、大女になにかいわれると、まるで女王さまからのめいれいのように、あわててあっちへかけたり、こっちへ走ったり、見ていても気のどくなくらいでした。

そのうちに町子が、なにを思ったか、ひょいといすから立ちあがり、中国女のテーブルのそばを通りぬけて、大きなフランス窓のところへいきました。そのとき町子は、大女をとりまいている若い男たちを、じろりとするどい目で見たようでしたが、まもなくもどってきて、

「ああ、お天気がよくて、きょうの湖水はすばらしい色をしてるわ。まるでエメラルドみたいだわ。そこへヨットがたくさん白い帆をならべていて、まるですてきな油絵を見てるようだわ、鳩子さんも、ちょっといってごらんなさいよ。」

と、さも感心したようにいいました。

すみれのジョオは、そのときじいっと、ふしぎな表情で町子の顔を見つめましたが、なんにもいいませんでした。

食事がすんでも、町子はいすからうごかず、ジョオと鳩子に、

「わたし、もうすこしここにのこって考えごとをするわ。それからあとも、きょうはどこへも出ないで、ずっとおへやにいるから、あなたたち、さんぽへいってらっしゃいね。」

と、みょうなことをいいました。

町子をひとりのこしてサロンのほうへいきながら、ジョオが、いもうとにささやきました。

「ねえ鳩子、町子さんは懸賞の五十万円をとるつもりでいるんだよ。」

「まあ、どうして？　ほんとうにとれるかしら。」

と、鳩子が目をまるくしました。

「とれるよ、きっと。ぼくにはなんだか、そんな気がする。」

と、ジョオが考えぶかい目をしていいました。

さて、その日の午後、ジョオきょうだいは、強《ごう》羅《ら》温泉から宮の下のほうをドライブして、さんざん遊んでホテルへもどりました。

見ると、町子はもう、へやから出て、サロンのいすで、ひとり夕ぐれの湖水のけしきをながめていましたが、とてもいきいきした顔つきで、

「あら、お帰りなさい。」

と、ふたりをむかえました。

「町子さん、考えごと、もうすんだの？」

と、鳩子がきくと、

「ええ、すっかりすんだわ。ひとりにしておいてくださってありがとう。」

と、元気よく町子がこたえました。

さて、日がくれて、三人がばんごはんをたべに食堂へ出ていくと、食堂はたいへんな満員でした。

このホテルでは、いつも土曜日にはバンドがはいって、お客たちは、食事のあと、ひろいホールでダンスができるようになっています。それでとまり客だけでなく、食事にきてダンスをたのしんでいくお客も多いのですが、今夜くらいたくさんお客があつまったのを、ジョオたちは見たことがありませんでした。

それに、もう一つみょうなことは今夜のお客は男がむやみに多く、しかも、いままで見うけたことのない、サラリーマンふうな人の多いことでした。およそこのホテルにはにあわないようなお客が、あちこちのテーブルで食事をし、庭さきにまであふれているのです、

「あら、へんだわ。ずいぶんお客が多いのね。これはきっと、団体で、バスで来たお客よ。」

と、鳩子が、あっけにとられてつぶやきました。

さて、いつもの中国人の女は——と、三人が見ると、これはやっぱり窓ぎわのテーブルで、七人のけらいにとりまかれて、さかんにたべたりのんだりしていました。けらいの中には、若いのも、そうとう年とって、ひげをはやし、めがねをかけたりしたのもいます。そのそばには苔桃食堂長が青い顔で、きちんとかしこまってひかえていました。

窓から見える湖水の上にはほそい三日月が出て、たくさんのテーブルの上には、かざられたきれいな、花鉢……。食堂の中は、にぎやかな話し声や笑い声——そのあいだに、バンドが軽快なマーチをかなでています。見たところ、なんともいえない、たのしそうな平和なけしきです。

しかし、ジョオと鳩子は、ふと、このにぎやかなけしきのなかに、なにかつめたい風が吹いているような、底きみのわるい空気を感じました。なんだかわからないけれど、どうも、なにかとつぜんおこりそうなのです。なにかのさわぎがいきなりおこって、がらりと、この平和なけしきをひっくりかえしてしまいそうな気がするのです。

しかも、三人の中では、町子がその感じをいちばんつよく感じているようでした。そのしょうこには、食堂へ出たらめったにテーブルからうごいたことのない町子が、二どもせかせかと立って、ろうかへ出ていったりしました。

町子が二どめにろうかからもどってきたとき、鳩子は、一枚の小さな紙きれが、町子の手からじぶんの手にそっとわたされたので、びっくりしま

した。鳩子が、それをテーブルの下であけて読んでみると、えんぴつで、

「ハトチャン、コレカラ、オモシロイコトガハジマリマス。ケレド、オドロイテハイケマセン。ニイサンノソバニ、クッツイテイラッシャイネ。」

とかいてありました。

やがて、バンドがいちばんはなやかな「メリー・ウイドウ」の曲をかなでおわったそのしゅんかんでした。気がちがったのでしょうか、町子がとつぜんいすから立ちあがり、バンドの人たちがかたまっている、一だん高いところへかけあがり、さっと右手を高くあげました。

すると、それがなにかのあいずとみえて、食堂じゅうのいすが、がたがたとなりわたりました。

どうしたのでしょう。食堂にいた十人以上の男の客が、一どきにさっと立ちあがったのです。

アメリカ虎

町子が、さっと片手を高くあげてからのできごとは、食堂の中の人たちには、まるで夢の中のことのようにしか思えませんでした。

なにしろ、いままであたりまえの旅のお客だと思っていた大ぜいの男が、いっせいに窓ぎわめがけてとっしんしたのです。

湖水にむかった窓ぎわには、れいの中国人の大女が、けらいたちにかこまれていました。

とっしんした男たちは、一どきにその七人のけらいにつかみかかりました。

「警察のものだ。すなおにしろ。」

ということばが、口々にさけばれました。

七人のけらいは、あわててにげだそうとしました。なかには、おこって警官にむかうものもありましたが、けっきょくつかまえられ、くみふせら

れて、がちゃり、がちゃりと、みんな手じょうをはめられてしまいました。

さいごにのこったのは、大女の李鳳華がひとり――。

この大女は、さいしょ、大ぜいの警官が立ちあがるのを見たとき、すばやく、もういすから立ちあがっていました。そして、

「よし、こうなったら、どこまでもたたかってやるぞ。」

と、さいごのかくごをきめたように、おそろしい目で、へやじゅうをにらみまわしていました。やがて、足をあげていすをけたおし、じゅうぶんたたかえる場所をつくると、きていたはなやかな中国服をぬぎすてました。と、その下には、まっ黒なセーターと、毛むくじゃらのふというで。あっ、この中国女は、男だったのです。

そのつぎに、かれは、右手で、かぶっていた女のかつらをむしりとりました。

ちょうどそのとき、まっさきに進んだひとりの若い警官が、かれにおどりかかりました。しかし、ものすごい力の一つきで、その警官は、あおむけざまにたおされてしまいました。

変装をぬいだ大男は、つぎにさっと身をかがめ、つづいてとびかかってきた警官のからだをつかまえると、ぐっとうしろむきにしてしまいました。

ちょうどこのとき、大ぜいの警官がみんなピストルをとりだしたので、大男は、だいた警官を、たまよけにするつもりだったのです。

「ていこうするな、アメリカとら（虎）。もうむだだぞ。すなおにしばられてしまえ。」と、警官隊の中の隊長らしい、ひげのはえた警部がどなりました。

悪漢のかしらアメリカとらは、だまって食堂の出口のドアをにらんでいました。なんとかして、そこからにげるつもりらしいのです。ところが、そこにはひとりの若い男がちゃんと立って、ドアをまもっていました。それは、すみれのジョオでした。

それでもアメリカとらは、ものすごい力でかかえた警官をふりまわし、かかってくる大ぜいの警官をなぎたおしながら、ドアのほうへじりじりと進みました。そして、あっと思うまに、だいた警官のからだを、ジョオめがけて、力いっぱい投げつけました。しかし、ジョオがすばやく身をかわしたので、どさりとものすごい音をたてて、警官のからだは床の上におち、かわいそうに、その警官は気ぜつしてしまいました。

顔にはまっ白におしろいをぬり、頭はくしゃくしゃの男頭で、しかも上半身は、黒いセーターから毛むくじゃらのたくましいうでをあらわし、その下には、まだ中国ふうのはなやかなスカートとくつをはいているこの悪漢のすがたには、なんともいえぬおそろしい、悪魔のようなところがありました。

いきなり、よこからもうひとりの警官がとびかかりました。しかし、それもかんたんに、アメリカとらの右うででなぐりたおされてしまいました。

アメリカとらは、いま、じっと戸口のジョオの顔をにらんでいます。ジョオも、へいきで見かえしています。ふたりはたがいに、いつおどりかかろうかと考えているようです。

と、このとき、アメリカとらの右手が、きゅうに見えなくなりました。そして、つぎのしゅんかんには、にぎられた、ぎらぎら光るものが見えました。ピストルです。大きなピストルです。

これを見たしゅんかん、すみれのジョオのからだは、すばやくつばめのようにとんで、たちまち、アメリカとらのピストルは床の上にたたきおとされてしまいました。

食堂じゅうに、わっというよろこびの声がなりわたりました。

ピストルをたたきおとされると同時に、大ぜいの警官が、いっせいにアメリカとらにとびかかり、よってたかってくみふせて、両手に光る手じょうをはめてしまったのです。

「ジョオさん、強いわねえ。わたし、おどろいちゃった。」

「じょうだんじゃない、町子さん。おどろいたのは、きみのうでまえだよ。きみは、たいした探偵になれるよ。よくも敵に知られずに、今夜、あんなにたくさんの警官を集めたものだ。」

☆　☆　☆

夜の湖水をながめるサロンのいすの上で、ジョオと町子がわらいながら、おたがいにほめあっていました。

このときには、もう、大悪漢のアメリカとらと、その七人の子分は、バスにのせられて、小田原の警察につれていかれました。ホテルの中はもとのしずけさにかえり、サロンには、ジョオと町子のほかには、鳩子と、苔桃食堂長がのこっているだけでした。

「わたしには、なにもかもわからないわ。あの中国人の女にばけていたアメリカとらって男は、どんなわるいことをしたの？」

と、むじゃきな鳩子が、目をぱちくりさせながら、ふたりにききました。

「まあ、鳩ちゃん、わからないの。あれが、ゆうべ湯河原でわたしたちをおどかしたり、アメリカ人のお金をとったりした強盗の親分なのよ。」

と、にっこりわらいながら、町子がせつめいしました。

「へええ。じゃあ、あのわるい人は、お金持ちの中国人の女にばけて、ずっとこのホテルにいて、ときどき出ては強盗してたのね。」

「そうよ。それも、この箱根や熱海を見物してあるく、お金持ちの外人のお客ばかりねらっていたわけよ。」

「どうして、わざわざこんな山のホテルにきていたのかしら。」

「それは、だいいちしごとにべんりだし、つぎに、中国人の女にばけていれば、この箱根は、外国人がいつも大ぜい見物にきてとまっているところだから、東京にいるよりもわからないからよ。あのアメリカとらという男は、二世の大悪党で、東京の警視庁でも顔を知られているから、外国の女にばけているのがいちばんつごうがよかったのよ。」

「でも、ふしぎだわ。あの中国人の女は、いつもホテルにいたでしょ。夜なんか、外へちっとも出なかったでしょ。それが、どうして強盗なんかできたのかしら。」

「それは、あの男が、ひとりで二役やっていたのよ。アメリカとらのいるへやは一階のすみにあって、べつな入口があり、ホテルのげんかんを通らないでも、自由に、だれにもわからず出入りできるの。だから、夜中なんかはふつうの男になって、けらいをつれて、へいきで強盗に出ていったのよ。ゆうべ峠でアメリカ人をおどかしていたのも、あの男よ。それがわからなかったわけは、いつかわたしがホテルの人にきいたら、しょっちゅうたずねてくる大きな男の人がいるといったでしょう。あれは、アメリカとらが、男のみなりで帰ってくるときなのよ。そして、へやへはいれば、すぐまた中国女の服にきかえてしまったんだわ。」

するると、このときまで、だまってそばで町子と鳩子の話をきいていた苔桃食堂長が、口をだしていいました。

「でも、おどろきましたなあ。あの中国女が男だとは、あれほどそばにつきっきりでいたわたしにも、ぜんぜんわかりませんでしたよ。でも、どうしてあの男は、あんなにしつっこくわたしをかわいがったんでしょう。どうも、そのわけがわかりません。」

「それはね、苔桃さん。あなたのお料理が気にいっているとでもいわなければ、あの男、そう長くこのホテルにいられなかったからよ。わけもなくて、そうひとつところにいたら、しぜんと、みんなにあやしまれるからよ。つまりあなたは、あの悪漢が長くここにいるためのぎせいになったんだわ。おきのどくだったわねえ。」

と、町子がなぐさめるようにいいました。

悲しいわかれ

「さあ、そこで町子さん、あなたの名探偵のてがら話をするんだ。あなたが、どうしてあの中国女を、男の悪漢だと気がついたか、それを鳩子や、苔桃くんに話しておあげなさい。」

と、すみれのジョオがすすめました。

「それはね、——わたし、ジョオさんもきっと気がついてたと思うんだけど、ゆうべ湯河原峠であった強盗の子分ね、わたしたちの車をとめているあいだ、ちょいと、うでどけいを見たでしょ。わたし、そのうでどけいのかわった形をおぼえていたのよ。すばらしいオメガの、黄金のうでどけいだったわ。ところが、それとそっくりのうでどけいをしている男を、きょうのお昼、食堂で見かけたの。わたし、思いちがいじゃないかと思って、わからないように、なんどもそばを通って見たの。けれど、どうしてもおんなじとけいなの。それから、からだつきも声も、あの強盗にそっくりなの。そこでわたし、ははあ、ゆうべの強盗のひとりはこの男だな、と、はじめてさとったの。そうすると、どうもこの一団は強盗で、かしらは、あの中国女としか思われない。そういえば、あの女の大きなからだは、ゆうべむこうの車のふたりのアメリカ人をおどかしていた大男にそっくりだ、これでなぞがとけたの。それからさきは、さんぽに出るふりをして、そとの郵便局から急報で東京の警視庁のおじさんへ電話して、それでみんながのりこんできたってわけなのよ。」

「ねえ鳩子、たいしたものだろう。これで町子さんは、バーハムとクラークが出した、懸賞金の五十万円を、まるまるもらえるんだよ。」

と、ジョオがわらいながらいいました。

鳩子は目をまるくして、

「あっ、そうだったわねえ。わたし、すっかりわすれていた。まあすてき！　町子ねえさん、おめでとう。」

おいわいをいわれて、町子は顔をあかくしながら、

「ほんとうは、ジョオさんだって、きっとあのけいのことを知ってらしたのよ。でも、だまって、わたしがうまく犯人を見つけるかどうか、じっと見てらしたのよ。」

といいました。

「しかし、どっちにしても、ぼくはアメリカとらなんて悪漢を知らなかったんですよ。ぼくのことだから、たいていの悪漢の顔なら知ってるんだが、あいつはサンフランシスコ生まれで、さんざんアメリカをあらしまわってから、ごくちかごろ日本へきたんだから、ぼくもうっかりしていたんです。でも、とにかく町子さんの探偵眼はすごいもんだ。まごまごしていると、そのうち、ぼくが町子さんにたすけられることがあるかもしれない。」

と、ジョオが、しんから感心したようにいいました。そして、このときはだれも気がつきませんでしたが、あとになって、ジョオのいったこのことばが、ほんとうになる日がくるのでした。

☆　☆　☆

さて、この箱根の旅は、町子たち三人にとって、じつにたのしいものでした。町子もジョオも、しばらく、あのおそろしい敵、ボスの大山のことをわすれることができました。大山も、このあいだぜんぜんすがたを見せず、また、大山についてのニュースも、ジョオたちの耳にはいってきませんでした。

それと、町子にとっていちばんうれしかったのは、ジョオの妹の鳩子と、すっかりなかよしになったことです。鳩子は、顔もおぼえない小さなときに、おとうさんやおかあさんに死にわかれ、それからは、にいさんのジョオにそだててもらいました。

まだ少年で、びんぼうなジョオが、あちこちの店員になったり、いろいろな商売をやったりして大きくなるあいだ、鳩子は、あちこちの知らないおじさんやおばさんの手にあずけられて、幼稚園

や小学校へかよったのです。

　そのうちに、ジョオがどきょうがあり、うでっぷしが強いので、悪漢たちのなかまにはいり、「東京の黒い五本指」のひとりといわれるほどになってからは、鳩子の身のまわりは、だんだんにぎやかになりました。ぜいたくなアパートに住み、ほしいものは買ってもらえ、女中もつかえるようになりました。けれど、そうなると、こんどはジョオが、めったに家にいなくなりました。夜など、いくら待っても帰ってこないことが、いくばんもつづくようになりました。

　それに、かわいそうに鳩子は、小さいながら、にいさんがわるいことをしていることに、うすうす気がつきました。アパートへも、人相のよくない男がしじゅうたずねてきたり、または、夜中にきみのわるい電話がかかってきたりするのです。鳩子は、それがいやでいやでたまりませんでした。いつも心の中で、

「にいさんがわるいことをやめてくれないかなあ。わるいことさえやめてくれれば、わたしはにいさんといっしょに、どんなびんぼうでもがまんする。そのほうが、いまよりずっとずっとたのしいんだけどなあ。」

と、思っていたのです。

　ところが、扇谷町子にあったころから、にいさんのようすが、がらりとかわりました。ジョオは、いつか「東京の黒い五本指」のわるいなかまからぬけてしまいました。そうして、わるいことをやめて、じぶんだけで、小さいながら貿易の商売をはじめました。これを見て、鳩子は、すっかり安心しました。このごろではジョオは、夜なんか、きちんと家にいます。そして、鳩子の宿題まで手つだってくれるのです。

　安心したところへ、鳩子にはもう一つ、うれしいことがふえました。それは、町子という、きれいでやさしくて、そしてりこうな友だちを、ジョオがつれてきてくれたことです。おまけに、こんどはその人と、箱根でいく日もあそぶことができ

たのです。

これまで、にいさんのジョオのほかには、やさしくしてくれるあいてをだれひとり知らなかった鳩子……。鳩子にとっては、生まれてはじめて、おねえさんができたような気がしました。だから、こんどの旅でも、ずうっと町子といっしょ……。ドライブするときも、ボートにのるときも、食事のときも、サロンであみものをするときも、ぴったりくっついて、けっして町子のそばをはなれませんでした。しまいには、鼻をならしてあまえるようになりました。

町子は町子で、また、そばにいればいるほど鳩子がすきになりました。町子も、おなじみなし子で、やさしいきょうだいのあじを知らないのです。だから、むじゃきでかわいい鳩子が、あまえればあまえるほどうれしく、とうとうしまいには、ホテルのじぶんのへやで、鳩子とおなじベッドでねるようになりました。

だから、いよいよ東京へ帰る日、箱根の山の上からふもとへとドライブする自動車の中のふたりのむねには、おなじようなさびしさがありました。それは、東京へ帰れば、またはなればなれにくらさなければならないというさびしさでした。

「町子ねえさん。東京へ帰ったら、すぐあそびにきてね。」

と、鳩子はなみだぐんでいうのでした。

「ええ、きっといくわ。」

「あしたの朝きてくださる？」

「ええ、事務所へいってしごとを見て、ちょっとでもひまができたら、すぐいくわ。」

「まあ、うれしい。うそついちゃいやよ、指きりして。ねえ、ちゃんと指きりしてやくそくしてよ。」

「おい、鳩子。町子さんにそんなにうるさくいうんじゃないよ。ぼくも、帰ったら、これから町子さんの事務所を手つだってあげるんだから、だまっていても、きっと町子さんをつれて帰るよ。」

と、ジョオが運転しながらふりかえって、鳩子をしかりました。

そのうちに、とうとう三人は東京へ帰りつきました。ジョオきょうだいは、町子を寄宿舎の門まで送ると、手をふってわかれていきました。

☆　☆　☆

ところで人間というものは、旅行中、帰ったらすぐ、ああしよう、こうしようと考えていても、さて帰ってみると、なかなかその予定どおりできないものです。

町子も、東京へ帰ったらすぐ、またあくる日にでも、かわいい鳩子にあうつもりでいたのですが、さて帰ってみると、いろいろな用事がたまっていました。それを、あれをかたづけ、これをすませたりしているうち、つい二、三日たってしまいました。ジョオのほうでもいそがしかったのでしょう、それきり、有楽町の事務所へも顔を見せませんでした。

ところが、ちょうど四日めに、町子は警視庁へよびだされ、おじさんの大川刑事部長から小切手をわたされました。それには、金五十万円と書いてありました。湯河原峠の強盗犯人のいどころを見つけたものには、五十万円の懸賞金をやるといったふたりのアメリカ人が、りっぱにやくそくをはたしたのです。

「おい、町子、うまいことをやったね。箱根のホテル代を引いても、ずいぶんたくさんおつりがくるじゃないか。いったい、それでなにを買うつもりだね。おじさんに家でも買ってくれるかね。」

と、大川刑事部長がひやかすと、大ぜいの警察の人が、そろって、

「おめでとう。」「おめでとう。」

と、みんなでにこにこしながら、おいわいをいってくれました。

その小切手をハンドバッグにしまって、警視庁の門を出た町子が、第一に考えたことは、この小切手を、すぐジョオきょうだいに見せることでした。そして、できたらこのお金で、今夜三人ですばらしいごちそうをたべ、そのあとで、鳩子にすてきな洋服や、とけいなどを買っておくりたいと

思いました。

日比谷の交叉点をとおりすぎると、たばこ屋の店さきの公衆電話が目につきました。

「ジョオさん、家にいるかしら。ジョオさんがいなくても、鳩ちゃんはいるだろう。」

こう思って、町子はジョオのアパートを電話でよびだしました。すると、すぐ電話口へ出たのは、ジョオの声でした。

「ああ、ジョオさん？　いま、警視庁で賞金もらったわ。それで、今夜さっそく三人でごはんたべたいんですが、つごうはどう？　鳩子ちゃん、そこにいますか？」

と、町子がいうと、

「ええっ、鳩子？　鳩子は、ゆうべあなたのところへいって、とまっているんじゃないんですか？」

と、ジョオがびっくりした声でさけびました。

「いいえ、鳩ちゃんには、このあいだわかれたきり、まだ一どもあっていないわ。」

といいながら、町子のむねが、とつぜんどきどきと高くなりだしました。

「でも、ゆうべあなたのところからむかえの人がきて、鳩子は出ていった……。」

といいかけて、ジョオは、とつぜん気がついたように、

「あっ、そうだ。大山だ、大山のしわざだ。しまった！」

と、くるしそうにさけびました。

黒鳩号

ここは小笠原列島の中にある、いちばん小さい妹島。四方はまっさおな海で、浜べには、タコノキだの、リュウゼツランだのという、南国のふしぎな木が、大きな葉をひろげています。そこにぽつりたっている一けんの家――。百姓家を西洋ふうになおしたこの家は、大悪漢ボス・大山の、さいごのかくれがです。

ボス・大山は、わるいことをして日本じゅうの警察においまわされ、どこにもにげばがなくなると、飛行機や船で、この島ににげこみます。

小笠原島は、いまアメリカ軍に占領されているのですから、日本の警察は、ここへふみこむことはできません。それを知っているボス・大山は、父島に住んでいるアメリカ生まれの日本人にお金をやり、うまくだましして、ここに家をつくったのでした。

扇谷町子も、大山にさらわれて、一度この家につれてこられたことがあります。そして、やっとすみれのジョオにすくいだされたのです。

その町子がさらわれて、一ばんねたことのあるおなじベッドに、いま、すみれのジョオの妹の鳩子がねむっていました。

かわいそうに鳩子は、きのう、町子からだというにせの使いにおびきだされ、町子のアパートへいくつもりで、大よろこびで、むかえの自動車にのりました。

すると、からっぽだとばかり思っていたその大型自動車のおくには、あやしい男がかくれていて、いきなり鳩子をつかまえ、いやなにおいのするぬれたハンカチで、口と鼻をすっぽりつつみました。

「あっ、ますい薬だ。」

と気がついて、鳩子は、もうれつに手や足をばたばたさせたのですが、それっきり、あとは、なにもかもわからなくなってしまったのでした。

飛行機でこの妹島へはこばれてきてからも、鳩子がねむりからさめかけると、大山は、またつよい麻薬をかがせるのでした。それで、夜があけて昼まになっても、かわいそうに、鳩子は、まだこんこんとねむりつづけているのでした。

となりのへやでは、ボスの大山が、きみょうなせむし男としゃべっていました。このみにくいせむし男は、大山の子分で、権田といい、刑務所から出たばかりの男です。いつか町子がきたときもそうでしたが、いつもきちんとした黒い服をきて、大山のために、この家のるすばんをしたり、また、ボーイや料理人の役もつとめているのです。

「親分、いったいこれから、あのむすめをどうするつもりですか?」

「どうするもこうするもない。あれは、おれをうらぎった、にくらしいジョオの妹だ。しかもふたりっきりのきょうだいで、ジョオは、あれを、目の中に入れてもいたくないほどかわいがっているんだ。だから、ジョオへのしかえしに、おれはあのむすめをさらってきたんだ。」

大山が、しわだらけの顔をにくしみでふるわせながら、こうせむし男に答えました。

「でも、親分らしくもないじゃありませんか。ジョオがにくいなら、なぜジョオをやっつけてしまわないんです。あの子がかわいそうじゃありませんか。」

「それは、いわないでもわかっている。だがジョオは、あのとおり、りすのようにすばしっこいやつだ。やっつけようったって、そうかんたんにはいかない。ところが、あの妹をつかまえておけば、ジョオのやつは、きっとしんぱいでたまらなくなって、こうさんしてくる。そして、おれのほしい町子もつれてくると思っているんだ。」

「でも、ジョオはきかんぼうですぜ。いつか町子をこの島へつれてきたときのように、また飛行機であばれこんでくるかもしれませんぜ。」

「それはかくごしている。だから、日がくれたら、おれは鳩子をつれて、あの黒鳩号にのりこんでしまう。そして、上海へしばらくいってくるつもりだ。ジョオのやつは、きょう一日じゅう、きっと、ちまなこで東京じゅう鳩子のゆくえをさがしまわっている。だから、ここへおっかけてくるのは、早くても、あしたかあさってだ。しんぱいはいらない。」

「しかし親分、あの黒鳩号ってのは、えたいのしれない船ですぜ。日本へ密輸品を売りこみにやってきた中国人の船で、港へつけられずにうろうろしているところを、アメリカの警備艇につかまり、これから本国へおいかえされるんです。あんな船にのってだいじょうぶですか？　のってるやつらは、海賊だかなんだかわかりませんぜ。」

「悪党のおれが、悪党をこわがってどうする。悪党の船だから、だまっておれを上海までのせていくんだ。おれはけさ、モーター・ボートで父島沖までいって、やつらに金をやり、今夜のるやくそくをきめてきたよ。」

「でも親分は、鳩子のほかに、うんとたくさんお金を持っていくんでしょう？」

「そうよ。金はみんな宝石にかえてある。かばんにぎっしりつめこんである。」

「あぶないなあ。やつらが沖へ出てから、そうがかりで、あんたたちを海へほうりこもうとしたら、どうなさるんです。」

「ばかいえ。おまえは、この大山があいつらにまけると思うのか。ピストル一ちょうあれば、なん百人の警官隊でも、へいきであいてにするおれだ。それくらいのどきょうがなくてどうする。それよりも権田、おまえはよくるすいをして、あしたにでも、すみれのジョオがのりこんできたら、おれは鳩子といっしょに上海へいったと、はっきりいうんだぞ。ただし、黒鳩号にのったことだけは、けっしていっちゃならない。そして、鳩子がかえしてほしいなら、そのかわりに、町子を上海まで船で送ってよこせとおれがいっていたとつたえるんだ。いいか、おれのいどころは、むこうにつきしだい、おまえに知らせるからな。」

ボスの大山とせむし男とは、なお話をつづけようとしましたが、ちょうどこのとき、となりのへやで、

「ううん。」

という、鳩子のくるしそうなうなり声がきこえたので、ふたりはあわてて話をやめました。

☆　☆　☆

かわいそうな少女、鳩子——。

たったひとりの兄のジョオにわかれ、なかよしの扇谷町子ともひきはなされ、ますい薬のさめないまま、ぼんやりと、夢から夢の中をたどってい

るような鳩子。

その鳩子は、そのばん、とうとうモーター・ボートにのせられました。

せむし男の権田が、ボートのハンドルをにぎっていました。

星も見えない、まっくらな夜。ボートは妹島をはなれ、波をけって、父島の沖あいへと走ります。

やせて背の高いボスの大山は、すっかり旅行服に身をととのえ、鳩子のそばにすわっていました。

思えば、大山はじつにだいたんふてきな男です。どきょうひとつで、黒鳩号という、えたいの知れない中国人の船にのりこむのです。大山は、けさ、はじめてその船を見ました。千トンぐらいの汽船で、だいぶおおぜいの船員がいるようでした。大山は、その船長の長男だという、わかい男にあいました。そして、

「ないしょで女の子をつれて、大陸へわたりたい。おれいはいくらでも出すが。」

といってかけあうと、そのわかい男は一度ひっこみ、船長とそうだんしたらしく、

「四十万円出せば、上海までのせていってあげる。」

と、へんじをしたのでした。そこで大山は、そのはんぶんだけを前ばらいして、もどってきたのです。

やがて、沖に黒く横たわっている、黒鳩号のかげが見えてきました。大山は、ボートのふなべりにぐったりとねむったようにもたれている鳩子のすがたをじろりとながめ、それから、ひざの上においた、ずしりとおもい宝石入りの大かばんにさわりながら、じっとなにか心の中でけいかくをたてているようでした。

とうとうボートは、黒鳩号のそばにぴったりつきました。

大山が、あいずの口ぶえをひゅうっとふくと、船の上から中国語で、

「だれだ。」

という声がきこえました。

「大山だ。けさきた日本人だ。」

と、大山がやっぱり中国語で答えると、まもなく一本のなわばしごが、するするとふなべりにおろされました。

「それにつかまってのぼれ。はじめに、にもつと女の人。それから、おしまいに、おまえがのぼるんだ。」

と、上のほうで声がしました。

大山は、権田に手つだってもらって、まず鳩子のからだを、なわばしごにしっかりむすびつけました。まだますい薬のさめきらない鳩子は、なんにも知らず、ぐったりとしたまま、すなおにしばりつけられ、するすると船の上に引きあげられていきました。

「こんどはにもつだ。」

と、また中国人の声がさしずしました。

大山は、ちらりと、権田と目と目を見かわしました。そして、

「にもつはおれがだいていく。にもつといっしょに、おれを引きあげてくれ。」

と答えました。

船の上の声は、しばらく答えませんでした。なにかこそこそ、二、三人でそうだんしあっているようでした。そのうちに、また声がきこえました。

「にもつを先によこすほうがいい。にもつとお客といっしょでは、おもすぎる。」

「いやだ。これはだいじなにもつだ。にもつといっしょでなければ、おれはいかない。」

大山が、がんこにことわりました。

すると、船の上では、またこそこそ話しあっている声がしましたが、やがて、あきらめたように、

「じゃあ、いっしょにのぼれ。早く早く。もうそろそろ、アメリカの警備艇がまわってくる。見つからないうちに、大いそぎだ。」

大山が、かばんをだいてなわばしごをつかもうとすると、権田がささやきました。

「親分、やめたほうがいいんじゃありませんか。どうもこの船は、あやしいですぜ。さきに女とにに

もつをよこせなんて、なにかかわるだくみがありそうな気がしますぜ。」

「だいじょうぶだよ。そのときはそのときだ。どうせおれは、日本の警察や、すみれのジョオにおいまわされているんだ。このままじゃいられない。まだ海賊船にのっているほうが安全だ。」

「そうですか。じゃあ、じゅうぶんお気をおつけになって。とにかく海の上だし、あいてはおおぜいだ。くれぐれも用心をなさってくださいよ。」

権田は、さもしんぱいそうにいいました。しかし、大山がなわばしごにつかまってのぼりだすと、アメリカ軍の警備艇につかまるのが、きゅうにこわくなったのでしょう。すぐモーター・ボートを走らせて、もときたほうへたちさっていってしまいました。

ばけもの船長

ボスの大山が、おもいかばんをだいて、なわばしごのとちゅうまでのぼると、はっとしました。なにかがズボンのポケットからすべっておちたのです。ぽちゃあんという水の音がしました。気がつくと、おちたのはピストルでした。なによりもだいじなピストル――。大山は、船へついたら、いつどんなことがおこるかもしれないと考え、いつでもうてるよう、わざとかんたんにポケットへつっこんでおいたのでした。

しかし、いまさらどうすることもできず、大山は、デッキの上へのぼりつきました。

船の上には、あかりひとつついていませんでした。ひとりの船員らしい男が、「こちらへ。」といって先にたち、まっくらな、ほそいろうかをぬけて、下甲板らしい船室の前へあんないしました。

「ここがあなたがたの船室です。これがかぎです。」

といって、かぎをわたすと、その男はいってしまいました。

大山が船室のドアをあけると、そこは、うすぐらい電燈のともったきたならしいへやで、すみのいすの上に、赤いオーバーをきた鳩子が、ぼんやりした顔でこしかけていました。鳩子は、だいぶますいからさめたようですが、大山がはいってきてもおどろいた顔もせず、まだぽかんとした目で、じっと見つめているだけです。

大山は、まずだいじなかばんをおろし、あたりを見まわすと、へやのすみに、かぎのついた金庫がありました。大山は、その中へ大いそぎでかばんを入れてしまい、かぎをかけてから、そのかぎをポケットにしまいました。それから、船室のドアに中からかぎをかけると、ほっとした顔になって、いすの上でじっと考えはじめました。

えたいの知れない、この中国人の船――。それへあわててのりこんだのは、すこし無考えだったように思われるのでした。だいいち、この船の船長の名も、顔も知らないのです。しかし、ボスの大山は、もうさんざんわるいことをして、警官隊においつめられていました。仲間だった「東京の黒い五本指」の中で、自分とすみれのジョオのほかは、みんな大川刑事部長につかまっていました。それからにげるために、もう一つは、にくらしいジョオへのしかえしのために、大山は、いきがけのだちんに鳩子をさらって、ふと思いついたまま、このあやしい船にのりこんだのでした。

しかし、こうして船室におちついてみると、もっとちゃんとした船にのればよかったというような気がするのです。それで大山は、とにかく、早く船長にあって、どんな男だかたしかめてみたいと思いました。

そのうちに、船はとうとう動きだしたようです。波をけるエンジンの音が、はっきりときこえてきました。

すると、いきなり鳩子が、

「あら、ここはどこ？　そして、あなたはだれ？」

といいだしました。どうやら、ますいがさめて、正気にもどったようです。

「ぼくは、きみのにいさんの友だちの大山さ。きみはこれから、ぼくと中国へいくんだ。ここは、そのとちゅうの船の中だよ。」

と、大山がしずかに答えました。

「えっ、大山？　あなたがあのボスの大山！」

むじゃきな鳩子の顔には、とつぜん、はげしいおそれの色がうかびました。そして、いすからとびあがると、まるで悪魔でも見たように、あとずさりしながら、

「あっ、わたし、どうしてこんなところへきたんだろう。わからない、わからない、わたしこわいわ。」

と、くるしそうにいって、そのかわいらしい断髪の頭をかきむしりました。

「きのどくだが、きみはいま、ぼくのとりこなんだ。ぼくはほんとは、あの扇谷町子をつれて外国へいきたかったんだが、きみのにいさんのジョオがじゃまをした。それで、かわりにきみをつれだしたんだ。しばらくおとなしくがまんしていたまえ。この船が上海へつけば、そのうちにジョオはきっとこうさんして、町子をとどけてくる。そうすれば、きみはまた日本へ帰れるんだ。」

大山がなだめるようにいいました。

と、このとき、鳩子の頭には、いままでわすれていた記憶が、とつぜんのこらずよみがえったらしく、わっとなきだしました。そして、なみだにぬれた目で大山をにらみつけ、

「ああ、そうだ。思いだしたわ。あんたはわたしをだましたんだわ。町子さんからのおむかえだといってわたしを自動車にのせて、ねむり薬をかがせて、こんなところへつれてきたんだわ。あんたはおにだ、悪魔だ。ああ、くやしい。死んだって、おとなしくなんかしているもんか。」

とさけびだしました。

と、このとき、おもてから、こつこつととびらをたたく音がきこえました。

「だれだ。」

と、大山がいうと、

「あけろ。船長だ。」

と、いばった声がきこえました。

大山は、いそいでズボンのポケットに手をやりました。そして、同時に、だいじなピストルを海の中におとしたことを思いだしました。それで、どうしようかとためらっていると、ドアをたたく音は、いっそうはげしくなりました。

大山が、かくごをきめたように、くちびるをかんで、思いきってドアを中からあけると、ぬっとはいってきた大男……。

それは、まっ黒な船のりの服をきた、まるで、ばけもののような男でした。頭がすっかりはげて、まゆもなく、顔じゅうがてらてら赤く光っています。おまけに片目で、からだが、ぶよぶよ、たるがきのようにふとっています。それが、へやじゅうをじろじろ見まわすと、きみのわるいどら声を出して、中国語でいいました。

「わしが、この船の船長の陳だ。上海へいくお客さんは、あんたたちなんだね。」

「そうだ。船賃をはらったんだから、りっぱなお客さんだ。なに用だ。」

と、大山が、まけずにいばって答えました。

「べつに用はないよ。船長だから、ただへやのようすを見にきたのだ。お客さん、あんたのだいじなかばんは、そこの金庫へ入れたかね。」

「入れたよ。それがどうしたんだ。」

「そのかばんには、なにがはいっているんだね。」

「なにがはいっていてもいいじゃないか。よけいなおせわだ。」

「船にあがるとき、だいじそうにだいてきたところを見ると、よっぽど、ねうちのあるたからものがはいってるらしいね。いひ、ひ、ひ、ひ。」

ばけもの船長が、きみのわるいわらいかたをしました。それから、こんどは鳩子を見て、

「かわいい子だな。その女の子は、あんたのむすめかね。」

「むすめじゃないが、あずかった、だいじなお嬢さんだ。」

と、大山がつっけんどんに答えました。

「そのむすめさん、しばらくかしてもらえないかね。」

「かりてどうするんだ。」

「それはね、この船には女の子はひとりもいないから、港へつくまで、みんなでかわいがって、おもちゃにしたいんだ。」

「ばかをいえ。だいじなお嬢さんを、おまえたちにかせるものか。」

　大山が、おこったようにどなりつけました。

　これを聞いていた鳩子は、ぞうっとしました。そして、（ああ、わたしは悪魔につれられて、その悪魔よりも、もっとおそろしい男たちの世界へきたのだ。これからどうなるんだろう。）と、からだじゅうが、わなわなふるえだしました。

ドアをたたく男

かわいそうに、あやしい中国人の汽船のとりこになった鳩子……。いやらしい海ぼうずのような船長に、つれていかれそうになった鳩子……。

　しかし、ぶるぶるふるえながら、このとき鳩子が、はっと胸をうたれたことがありました。それは、じぶんをさらった悪漢、ボスの大山のいさましさです。

　ボスの大山にとっては、じぶんはにくらしいジョオの妹、ばけもの船長にどうされてもかまわない小むすめです。それなのに、いま大山は、じぶんをたいせつにまもってくれようとしている。鳩子はふるえながら、新しい目で、体格のがっちりした大山のすがたを見あげました。

　ばけもの船長は、大山のけんまくがあんまりつよいので、いくぶんおとなしくなり、

「お客さん、なにかほしいものはないかね。」

といいだしました。

「ある。ピストルが一ちょうほしい。」

と、大山がはっきり答えました。

「ピストル？　おや、お客さん、ピストル持っていないかね。」

ばけもの船長の片目が、ぎょろりと光りました。そして、あっと思うまに、でぶのからだににあわないすばやさで大山にとびつくと、きみのわるい手で、腰の両ポケットにさわりました。

「なにをするんだ。」

「いや、ほんとうにピストル持っていないか、しらべたんだよ。いひ、ひ、ひ、ひ。」

「ほんとうにないんだ。だから、一ちょうかしてくれ。」

「ピストルなんかいらないよ。この船はまじめな船だ。だれもこのへやへははいってこない。だれもわるいことしないよ。いひ、ひ、ひ、ひ。」

ばけもの船長は、大山がピストルを持っていないことが、ばかに気にいったらしく、まんぞくそうなわらい声をたてて、のっそりへやから出ていきました。

船長が出ていくと、大山は大いそぎで、がちゃりとドアのかぎを中からかけてしまいました。そして、うでをくんで、じっと考えこみました。どうやら、（たいへんな船にのってしまった。これからどうしようか。）と、しあんをしているようです。小さい鳩子も、しんぱいになって、だまってそのようすを見ていました。

すると五分もたたないうちに、またどん、どん、どんと、こんどははげしく船室のドアをたたく音――。ぎょっとして、いすから立ちあがった大山が、

「だれだ。また船長か。」

とどなりました。

「あけてください、ごしょうです。死にそうです。あけてください。」

こんどは日本人の声です。

大山が、ふといまゆをひそめました。そして、すこしちゅうちょしていましたが、思いきってがちゃりとかぎをまわし、ドアをあけました。

すると、どうじに、ころがるようにはいってきた男――。それを見て、鳩子は、「きゃあっ。」とさけびかけました。

二十五、六の若い男ですが、顔いちめん血だらけ――、髪はみだれ、からだはぜんぶ水びたし。死人のようなまっさおな顔をしています。

「きみはだれだ。いったいどうしたんだ。」

大山が、のめるようにゆかの上にたおれた、その男を見おろしてききました。

「ぼくは、この船にのって上海へ密航しようとしたものです。ところが、小笠原島からこの船にのりうつろうとすると、先ににもつだけ引きあげられ、そのつぎにぼくがなわばしごをのぼりかけたら、だしぬけに、頭を鉄棒のようなものでなぐられ、海へつきおとされたんです。」

若い男が、血みどろな顔をあげて答えました。

「それからどうした。」

「一度海の底へもぐったけれど、いっしょうけんめいおよいでうかびあがって、やっと船のくさりにしがみついたんです。それで、だれもデッキにいないころを見て、やっとはいあがり、いままでくらいところにかくれていました。そのうちに、いま、あなたがたの話し声をきいて、助けてもらおうと思ってきたんです。」

「ふん。ひどいことをするやつらだな。」

「そうです。この船は海賊船です。見つかったら殺されます。おねがいです、どこかへかくしてください。」

「だいじょうぶだ。いま船長が出ていったばかりだ。しばらくはだれもこないから、安心しろ。」

ボスの大山は、金庫をあけて、宝のかばんを引きだしました。そして、その中からウィスキーのびんを出し、水にまぜて若い男にのませ、元気をつけてやりました。そのつぎに、かばんの口をしめようとした大山が、とつぜん、よろこびの声をあげました。

「しめた、ここに一ちょうはいっていた。すっかりわすれていた。」

こういって、大山がうれしそうに鳩子に見せたのは、大型のブラウニングのピストルと、たまのはいった箱でした。

「これさえあれば、もうこわいものはない。何十人きたって、あいてにしてやる。」

大山がひとりごとをいいながら、ピストルにたまをこめているあいだ、鳩子は、やさしく若い男の顔の血をふいてやったり、持ちあわせのハンカチで、けがをした頭にほうたいをしてやったりしました。

若い男は甲斐芳雄《かいよしお》といって、東京の不良青年で、警察におわれ、小笠原島から外国へにげようとしたのでした。ところが、黒鳩号の船員にたのんで、たくさんの船賃をはらい、のりこもうとしたとたん、こんなめにあわされたのでした。

鳩子たちのへやは、二へやになっていました。大山は、若い男に着がえのねまきをやり、もうふとまくらを持たせ、

「しばらくじっとしてねていろ。」

といって、そこへおいこみ、かぎをかけてしまいました。

これで、この船が海賊みたいな男たちの船だということが、はっきり大山や鳩子にわかりました。大山は、青い顔をしてちぢこまっている鳩子に、

「鳩ちゃん、とんだ船にのせちゃって、わるかったね。だが、もともとぼくは、きみにうらみがあるんじゃない。だから、このうでのつづくかぎり、きみをあんな海ぼうずにわたすようなことはしないから、安心しな。」といいました。それから、

「ぼくはちょいと出て、外のようすを見てくる。」

といって、船室から、くらいろうかへ出ていきました。

人ごろし船

さて、そのころ、東京では、すみれのジョオと町子のふたりが、血まなこになって、鳩子のゆくえをさがしていました。二日めの午後、くたびれきったジョオが、ためいきをついていいました。

「もうこうなったら、あの小笠原島の大山のかくれがへいってみるよりほかない。もっとも、あのかくれがは、ぼくも知ってるんだから、あそこへ妹をつれていっても、どうにもならないと思うけれど。」

「あら、いつかわたしがつれられていった、きみょうな家？　まあ、鳩子ちゃん、かわいそうに。ほんとうにあそこにいるのかしら。」

「それはわからない。だが、あいては大山だ。どんなわるいたくらみがあるかもしれない。とにかく、ぼくはこれからすぐ、水上飛行機でいく。」

「そんなら、わたしもつれていって。」

「それはあぶない。大山はきみがほしいんだ。きみがいけば、こっちから、むこうのわなにかかるようなものだ。」

「いいえ、だいじょうぶ。わたし、かわいい鳩子ちゃんのためなら、いのちもすてるつもりよ。あなたがつれていかなければ、わたし、おじさんにたのんで、警視庁の飛行機でいくわ。」

ジョオは、じっと町子の顔を見ました。そして、いつか、悪漢クラブや、大沢マリモ学院での、町子のいさましいはたらきを知っているジョオは、この少女が、いざというとき、あんがいな手だすけになるかもしれないと思いました。こうしてふたりは、その夕ぐれ、羽田から小笠原島へと飛んでいきました。

ところが、妹島へついてみると、大山のかくれがには、あのせむし男の権田が、たったひとりぼっちでるすばんしているだけでした。そして、ジョオが聞いても、

「親分は、このところずっときません。鳩子なんてむすめは、きいたことも見たこともありません。」

と答えるのでした。

このとき、へやからへやを歩きまわり、ゆだんなくきょろきょろ目をはたらかせていた町子が、そっともどってきてジョオにささやきました。

「わかったわ。鳩子ちゃんは、やっぱりさらわれてここへきたのよ。ベッドの下に、これが落ちてたわ。」

そういって町子がそっと見せたのは、鳩子がいつも持っている、赤い花もようのかわいいハンカチでした。

「うん。」

とうなずいたジョオが、しずかにせむし男にいいました。

「おい、権田。ちょいとガソリンか石油のかんを持ってきな。」

「えっ、どうなさるんです。」

「ぶっかけて、この小屋を焼いてしまうんだ。大山の巣なんかのこしておくと、どうせろくなことはないからな。」

「へえ。でもそれはあんまりむちゃじゃありませんか。そうなると、るすばんのわたしはどうなるんです。」

「おまえはこれだ。」

といって、ジョオが腰のポケットからピストルをぬきだしました。

「えっ、ころすんですか。」

「あたりまえだ。おまえみたいな大うそつきは、うちころして、この小屋のはいの中にうめてやる。」

こういうと、ジョオは若わしのようなすばやさで権田にとびかかり、たくましい右手で、のどくびをぐいぐいしめあげながらいいました。

「おい、権田。いのちがおしければいえ。大山がここから鳩子をどこへつれてったか、かくさずはくじょうしろ。」

権田は、なんとかしてのどの手をふりもぎろうと、手足をばたばたさせましたが、ジョオの怪力にはかないません。だんだんいきがくるしくなり、みるみる、顔がむらさき色になってきました。それで、とうとうおしまいに、

「いいます、いいます、なにもかもいいます。だから、手をゆるめてください。」

と、かのなくような声でたのみました。

☆　☆　☆

こちら、黒鳩号の船室を出たボスの大山は、たったひとりらんかんにもたれて、くらい夜の海をながめました。はげしい東北風がふきまくっていて、船はものすごくゆれながら進んでいます。おおぜいの船員たちは、みんな持ち場持ち場ではたらいているらしく、右の舷のろうかには、だれのかげも見えません。きたほうを見ると、もう小笠原島のあかりも見えなくなりました。

「やつらはどこにいるのかな。これから、どんなふうにおれをせめてくるのか、知りたいものだ。」

大山は、右手でポケットのピストルをぐっとにぎりしめ、左手で、ころげないように船のらんかんをつかみながら、そろそろ船首のほうへ歩いていくと、とつぜん、くろいかげにぶつかりました。

「だれだ。」

にごった男の声がしました。さっきの、ばけもの船長の声です。あのきみのわるい船長は、まだうろうろしていたのです。

「ぼくだ。さんぽしてるんだ。」

と、大山が答えました。

「客なら、もうおとなしくねていろ。歩かれては、しごとのじゃまだ。」

と、船長が、おこった声でかみつくようにどなりました。

「なんだと。おい、こっちをむけ。」

と、大山が船長の前に立ちはだかっていいました。

「おれをだれだと思う。ただの客じゃないぞ。おれは大山といって、東京の黒い五本指といわれるギャングのかしらだ。船賃をはらったお客がさん

ぽして、どこがわるいんだ。いばったり、へんなまねをすると、ただではおかないぞ。」

ばけもの船長は、大山がギャングの親分だときいて、びっくりしたようでした。思わずしりごみして、小さな声で、

「ふん、それならかってにするがいいや。」

といって、のそのそ、左てのはしごをのぼっていきました。

大山たちのいる船室の上に、一だん高いところがあって、そこがブリッジ（船橋）という、いつも船長のいるところになっています。

大山は、それからなおも歩きながら、ならんでいる船室のまどをのぞいてみました。しかし、どのへやもまっくらです。どうもこの船には、じぶんたちのほかには、お客はひとりものっていないようです。

大山が、ずっとへさきのデッキまで歩いて、またもどってくると、ぎょっとしました。じぶんのへやへ帰る道がふさがれているのです。いつのまにか、あついドアが道をふさいでいます。

「あっ、やられた。」

大山はどきんとして、そのドアにさわってみました。あつく高いドアで、やぶることも、とびこえることもできません。

あわてた大山は、こんどはへさきのほうへかけもどってみました。すると、いつのまにか、ここにもあついとびらが道をふさいでいました。

大山は、とうとう、ろうかのまん中でとじこめられてしまったのです。

のこっているのは、さっき船長がのぼっていった、ブリッジへいくはしごです。大山は、その上でなにが待っているかかまわず、いそいでそのはしごをのぼりました。

見ると、はしごをのぼりつめたところに立っている、三人の船員らしい大男のかげ。――それが、大山を見ると、ものもいわず、そろってつかみかかってきました。

しかし、大山はすばやくげんこつをふるって、

そのひとりのあごを下からがんとつきあげてたおし、つぎの男を足がらみにかけて、みごとになげたおしました。そして、三ばんめの男があっけにとられているあいだに、ブリッジから、べつなおり口を、さるのように走りくだって、くらくせまいろうかに出ました。

そのとき、どこからか、

「きゃあっ。」

という、女のさけび声がきこえました。まさしく鳩子の声です。

大山は、せまいろうかをむちゃくちゃにまがり、声のするほうへむかいました。

見ると、じぶんたちの船室からあかりがもれています。そして、入口のところでもみあっている、ふたりのかげ――。それは、いましもばけもの船長が、鳩子の小さなからだを横だきにし、鳩子が、ひっしになってていこうしているすがたでした。

「やい、船長。そのむすめをはなせ。さもないとうちころすぞ。」

と、おこった大山がどなりました。

ばけもの船長は、この声にびっくりして、大山のいるくらいほうを見つめました。だが、すぐに、

「おどかすな。うつったって、きさまはピストルなんか持っていないじゃないか。きさまこそ、じゃまをするとうちころすぞ。いひ、ひ、ひ、ひ。」

と、ばかにするようにわらいました。

「ところが持っているんだ。おい、これが見えないか。」

と、大山が、くらい中でもぎらぎら光るピストルを、とおくからふりまわしてみせました。

「やっ、いつのまに、そんなもの、どこから持ってきたんだ。」

きもをつぶした船長は、思わず鳩子のからだから手をはなしました。そして、あわてて、よこっとびに右ての台のようなものにとびあがると、くらやみの中にすがたをけしてしまいました。

「あぶないところだった。鳩子ちゃん、だいじょうぶか。なんにもけがはなかったか。」

大山が、なきふしている鳩子の、小さなからだをだきあげました。

「ええ、だいじょうぶ。でも、わたしはだいじょうぶだけど、あの人が……。」

と、鳩子が、なきながら、ふるえる指さきでおくのへやを指さしました。

「えっ。」

とさけんで、大山がおくのへやのドアをあけてのぞいてみると、さっき助けてやった甲斐という不良青年が、死んでたおれています。そして、あたりいちめん、まっかな血の海でした。

「あなたがいくと、あのわるい船長がすぐしのびこんできて、わたしをさらっていこうとしたの。そうしたら、この人、とびおきて、わたしを助けようとしたの。けれど、船長に鉄棒のようなもので、すぐまたひどく頭をぶたれたのよ。」

と、鳩子が、大山にすがりつきながらいいました。

「なんてひどいやつらだ。いよいよこの船は人ごろし船だ。おのれ、どうするか。」

おこりくるった大山が、右手にピストルをにぎりしめ、にげた船長をおいかけて、船室から外へとびだしました。

と、とたんに、びゅうっと風をきって、なにか重いものが耳のそばをかすめました。それは、マリーン・スパイクという、船のつなをまきつける鉄のどうぐです。だれかが、大山めがけてなげつけたのです。

つづいて、二つ、三つ、おなじ金具が、大砲のたまのようにとんできました。

さすがの大山も、これにはあわてて、へやの中へにげこみました。

すると、にわかに船じゅうがさわがしくなり、あちこちで、大ぜいの人間のさけび声がきこえました。

「ころせ。ころせ。やっつけてしまえ。」

どれも、ものすごい中国語のさけび声でした。

大山と鳩子は、思わず顔を見あわせました。そして、敵はおおぜい、みかたはふたりきり。いよいよ、じぶんたちが海賊どもにころされるときがきたのだとかくごしました。

荒れくるう海賊

もうこうなると、ふたりのいるところは、この二間つづきの船室よりほかありません。外はいっぱいの海賊。それも何十人いるのかわかりません。

ボスの大山は、右手に持ったピストルで、じっと入口のドアにねらいをつけ、敵がドアをこわしてなだれこんでくるのを、いまかいまかと待っていました。

かわいそうな鳩子も、大山にぴったりよりそい、おびえきった目で、やっぱり入口のドアを見つめていました。

しかし、敵はなかなか攻めてきません。大山のピストルがこわいのでしょう。

そのうちに鳩子が、せつなそうにいいだしました。

「わたし、のどがかわいたわ。のどがやけつきそう。ひとったらしでもいい、どこかに水がないかしら。」

大山は気がついて、いそいであたりを見まわしました。しかし、このへやはからっぽで、水さし一つおいてはありません。

大山は、気のどくそうに鳩子の顔を見ました。そして、(そうだ。この子は、のどがかわいているばかりでなく、きっと、おなかもすいているにちがいない。かわいそうに、ぼくらはこの船へのってから、まだ、なにひとつたべていないのだ。)と思いました。

と、そのとき大山は、さっきさんぽに出たとき、ろうかのすみにたたんだ帆布があって、そのへこんだくぼみに、雨水がいっぱいたまっていたことを思いだしました。この船は、小笠原島を出るとまもなく夕だちにあったのです。

「待ちたまえ。ぼくが持ってきてあげる。だが、なにかくんでくるものがないかしら。」大山が、あたりを見まわしました。

「いいえ、わたし、水があれば、じぶんでくんできますわ。」

「それはあぶない。じゃあ、ぼくのあとについてきたまえ。」

大山は、思いきってドアをあけ、外のようすをうかがいました。外はしんとしています。だれもいないようです。

「いいか、鳩子さん、ぴったり、かべにからだをつけて歩くんだ。水はすぐそこにあるが、敵に見られたら、なにがとんでくるかわからない。気をつけて。」

大山に案内されて、鳩子はこわごわデッキを歩き、やっと帆布のところへきました。そして、大いそぎで両手で水をくみ、おいしそうにのみました。だが、のみおわるかおわらないうちに、

「あぶないっ！」

という、大山の大きなさけび声――。

見ると、ブリッジへのぼる階段の上から、大きなたるが、ものすごいいきおいで、ころがりおちてきました。鳩子が、すばやくとびのかなかったら、からだはぺしゃんこにおしつぶされるところでした。とたんに、しゅうっというきみょうな音が、大山の耳もとをかすめ、大山は、肩さきにもえるようないたみを感じました。

「やられた。」と、大山は思いました。敵がどこからかうった、音なしピストルのたまが、肩さきをかすめたのです。

右手で肩をおさえながら、大山は鳩子のいどころをさがしました。そして、鳩子が、デッキのてすりのかげにしゃがんでいるのを見て、ほっと安心しました。

「鳩子さん、へやへもどるんだ。そして、かぎをかけて、もう出るんじゃないぞ。」

大山はこう命令すると、すぐにピストルをブリッジの上へむけました。そして、いましもそこから、第二発めのたまをうとうとしていた男を、

みごとにうちたおしてしまいました。

ところが、その男がたおれると同時に、

「わあっ。」

という、ときの声をあげて、大ぜいの悪漢が雲のように、ブリッジの上から、階段をなだれおりてきました。どれも、おそろしい人相の中国人――。それぞれ、手にぎらぎら光る大ナイフや、大なたや、ふとい鉄の棒などを持っています。

大山は、ひらりとうしろへとびさがりました。大山の持ったピストルは、いきおいよく火をはいて、一発、二発、三発、つづけて三人の海賊どもをうちたおしました。そのいきおいに、おりかけた海賊たちもひるんで、だ、だ、だ、だと、階段の上へにげのぼりました。

大山は、血ばしった目をしてピストルをかまえながら、心の中で考えました。

「待てよ。おれのピストルのたまには、かぎりがある。ピストルだけで、この大ぜいの海賊どもと、いつまでもたたかうわけにはいかない。だが、ここでまけて死んではならない。船室には、だいじな宝のかばんがある。それに鳩子がいる。『東京の黒い五本指』のかしらといわれた大悪党のおれが、こんな外国の小悪党どもにころされてたまるか。」

と、このとき、ふと大山の胸に、うまいけいりゃくがうかびました。大山はいきなり、左手をポケットにつっこみ、なにかをつかみだしながらどなりました。

「さあこい、ちんぴらども。こうなれば、きさまたちもこの船も、こなみじんにして、いっしょにしずんでやる。やい、おれは、ここにものすごいばくだんを持っているのだぞ。さあこい、ちょっとでもおりてきたら、たたきつけるぞ。」

びっくりした中国人たちが見ると、なるほど、大山の手は、なにか黒い、ひらべったいものをつかんでいます。

「さあこい、こないのか。おくびょうもの。それなら、こっちからいってやる。やたらにピストルをうつな。あたりどころがわるいと、ばくだんがはれつするぞ。」

　こうおどかしておいて、だいたんふてきな大山は、手の中の黒いものを、ふりまわしふりまわし進んで、階段に足をかけました。

　おくびょう風にふかれた大ぜいの海賊どもは、思わず、さっと左右へにげだしました。と、そのいちばんうしろに、ちらりと、あのばけもの船長のはげ頭が見えました。

　だ、だ、だと、いきおいよく階段をかけのぼった大山は、にげおくれたばけもの船長にとびかかり、ピストルをつきつけると、船長のからだをくるりと敵のほうへむけて、たまよけにしました。そして、じぶんのせなかを海にむけて、

「さあ、ちんぴらども、いのちがおしかったら、武器をすててこうさんしろ。さもないと、このままでばくだんをたたきつけるぞ。」

と、またも大声でどなりました。

　しかし、大ぜいの海賊どもは、一時は大山のいきおいにのまれてにげだしかけたものの、よく考えると、この大きな船の中に、敵はたったひとり、みかたは何十人です。まもなく、海賊たちは、ぼそぼそとそうだんしだしました。そのうちに、だれからともなく、

「うそだ。ばくだんなんてうそだ。おどかしだ。」

「そうだ、そうだ。やってしまえ。下のデッキへまわって、うちたおせ。」

という、おこったさけび声が、あちこちでおこりました。

　まもなく、下のデッキからうったたまが、大山の左うでに命中しました。洋服のそでから、赤い血が、ぽたぽたとおちだしました。

　それでも、だいたんな大山は、

「あっ。」

とさけんだきりで、もえるような痛さをこらえ、なおピストルをかざして仁王立ちに立っていました。しかし、うたれた大山が、まだばくだんをなげつけないのを見た海賊たちは、いよいよ大山をばかにして、わあっとときの声をあげ、またもや

おしよせてきました。色のまっ黒な大男が、だしぬけによこからとびだしてきて、大山の手のピストルを、ぱっと床にうちおとしてしまいました。

さようなら！　ボス・大山

するると、もうあと一分たつかたたないうち、さしもの大悪漢、大山のいのちもさいごとみえたこのとき、とつぜん海賊たちの頭の上で、飛行機のエンジンの音がきこえました。それは、すみれのジョオと町子をのせた小型飛行機でした。ふたりは小笠原島で、せむし男から黒鳩号のゆくえをきくと、さっそく、あとをおいかけて飛んできたのです。

ふたりは、飛行帽と飛行服に身をかため、ものすごい速力で飛びながら、船のあかりをたよりに、黒鳩号をさがしていました。

太平洋のひろい海上を航行している船は、いくそうもあります。あれかこれかと、目をさらのようにしてさがしているうちに、やがて町子が、

「あっ、あの船がそうだわ。形が、聞いてきた黒鳩号そっくりだわ。」

とさけびました。

そうじゅうせきにいたジョオが、じっと見おろして考えました。それから、

「では、どうしようか。進んでいる船の前にまいおりたら、飛行機はきっと、しょうとつしてしずむ。もうこうなったら、むりにでも、あの船のデッキへおりるほかない。ままよ、くだけてもそれをやるか。」

と、ひそうな顔をしてつぶやきました。そして町子が、

「そうよ。死んでも生きても、そのほうがいいわ。わたしは、いのちにかけても、鳩子ちゃんをすくいたいわ。」

とさんせいすると、それでジョオの決心はきまったらしく、たちまちエンジンはとまり、飛行機は、

はなさきを下の船にむけて、ゆらゆらとおりはじめました。

ジョオと町子は、皮おびで、からだをしっかりと座席にしばりつけました。

まいおりながらふたりが見ると、黒鳩号の上には、まっ黒な人かげ――。どうやら、大ぜいの人間がたたかいあっているようです。

たちまち、百のかみなりがおちたような、すさまじい音がしました。飛行機が船のえんとつをこわし、ブリッジをひんまげて、デッキにまいおりたのです。

まっ黒な人かげは、さっと四方にちりました。

ジョオと町子は、からだをデッキにたたきつけられて、しばらくのあいだ、きぜつしたようにころげていました。

やがて、船じゅうにひびいた、ばりばりというものすごい銃声――。これは、やっとおきあがったジョオが、だいていた小型の機関銃で、海賊どもめがけてうちだした音です。たちまち十人ほどの海賊が、ばたばたとうちたおされました。

その白いけむりの中からきこえてきたのは、

「おい、大山、たすけてやるぞ。」

とさけんだジョオの声。

「やっ、ジョオ。どうしてここへ。」

「小笠原からおいかけてきたんだ。町子さんもいっしょだ。ときに、鳩子はどこにいる。」

「きみの妹は下の船室だ。ぶじだから安心しろ。」

大山は、おどろきながらも、血にそまった左うでを右手でおさえ、あたりを見まわしました。大ぜいの海賊は、下のほうへにげこんだらしく、そこには、ばけもの船長がただひとり、おどろきに腰をぬかし、目をぱちくりさせていました。

大山は、いさましい飛行服すがたでデッキに立っている町子のすがたを見つめ、なんともいえない、ふくざつな表情をうかべました。それから、さっと両うでをひろげると、ジョオの前に進んでいいました。

「おい、ジョオ。おまえとのたたかいは、おれのまけだ。さあ、その機関銃で、ついでにおれもうちころせ。おれは海賊どもにころされるところを、おまえにたすけられたんだ。あたまのいいのをじまんにしていたおれも、こんな船にのりこむようなへまをやっては、もうおしまいだ。これも、さんざん町子さんを苦しめたばつだ。さあ、うて。悪党のボス・大山が、友だちのジョオにうたれて、太平洋のあわとなれば本望だ。」

「いやだ。おれは、古い仲間のきみはころさない。」

と、ジョオが、おごそかな顔ではっきりいいました。それにつづいて、町子が、

「ねえ、ジョオさん。わたしそれよりも、早く鳩子ちゃんの顔が見たいわ。」

と、せきたてました。

「おい、船長。このお客たちを、船室へ案内しろ。」

と、大山がどなると、ふとったばけもの船長は、びっくりしたように立ちあがり、三人のさきにたって歩きだしました。

町子がこつこつとたたいたノックの音に、こわごわドアをあけた鳩子。そして、思いがけないジョオと町子のすがたに、ゆめかとばかり、高くあげたよろこびの声――。だきあったふたりの少女のなみだ。――それは、なんとうれしい光景だったでしょう。

もうこうなると、大ぜいの海賊たちは、ジョオの機関銃をこわがって、だれひとり、すがたをあらわしません。黒鳩号は、ジョオと町子と大山に、かんぜんに占領されてしまいました。

大山たちの船室は、たちまち、ばけもの船長がはこんできたお酒やたべもので、いっぱいになってしまいました。にぎやかな酒もりがはじまりました。

もともと、ジョオと大山とは、古い「東京の黒い五本指」の仲間です。うちとけてみると、ふたりのあいだには、もうなんのわだかまりもありませんでした。

ジョオがさかずきをあげながら、ここまで大山をおってきた苦心談を話すと、大山はわらいなが

ら、ポケットから黒い皮のたばこ入れを出してみせて、いいました。

「おい、ジョオ。おれはずっと前に、この海賊どもにころされるところだったのだ。それを、おれがちえをしぼって、このたばこ入れをふりわまし、ばくだんだといってやつらをおどかして、やっといのちをつないでいたんだ。」

「なるほど、うまいや。いかにも大山らしいげいとうだ。」

と、ジョオが、ひざをたたいて感心しました。

そのふたりを、町子と鳩子とは、たがいにうでをくみあわせながら、にこにこ、たのしそうにわらってながめていました。

「ときにジョオ。おまえは飛行機をこわしてしまって、これからどうして日本へ帰るつもりだ。」

と、ふと大山が思いだしてききました。すると、

「そんなこと心配ないさ。夜があければ、いずれ、どこかの国の船が通るにきまっている。ぼくたちは信号で知らせ、その船にのりうつって、日本へ帰らせてもらうつもりだ。」と、ジョオがへいきな顔で答えました。それから、

「ときに大山。きみこそ、これからどうするつもりだ。まさか、このままぼくたちといっしょに日本へは帰れまい。」

と、はんたいに質問しました。

「あっはっはっは。おれが日本へ帰られるものか。帰ったら、さっそく警察につかまって死刑だ。せっかくたすかったのに、おれはまたころされるのはいやだよ。」

と、大山が、ふてぶてしく答えました。

「じゃあ、どうする気だ。」

「おい、ジョオ。おれに、おまえの持っているその機関銃をくれ。それさえあれば、おれはなんにもこわくない。おれはそれで、この船にいる海賊どもをおどかして、この船の船長になる。そして、この船をかってに動かしながら、これからさき、世界じゅうの、はてしない旅に出るんだ。」

たくましい大山は、こう答えて、さもたのしそ

うに、右手でぽんとその大きな胸をたたきました。

やがて、夜はしらじらとあけていきました。

四人が、ばけもの船長をおともにして、デッキに立ってしお風にふかれていると、ゆうべジョオがいったとおり、むこうのほうに、とても大きな船が見えました。

船長が、船の非常汽笛をならし、信号の旗を高くあげると、その船はしずしずと近づいてきました。すばらしく大きく、豪華な船で、いっぱい旅行客をのせた、アメリカの世界観光船。ちょうど日本の港へむかうところでした。

こちらから信号でたのむと、まもなくその豪華船からボートがおろされ、アメリカ人の船員たちにむかえられて、ジョオと町子と鳩子とは、ぶじにその船へのりうつることができました。

いよいよ三人がボートへのりうつろうとするとき、ボス・大山は、かわいい鳩子の肩をたたき、

「鳩子ちゃん、さようなら。きみを苦しめたことをゆるしておくれ。おじさんはいま、すっかり後悔しているんだよ。」

と、あたまをさげてわびました。

「いいえ。おじさんは、はじめはわるい人だったけど、あとではとてもやさしい人でした。鳩子はいまでは、いさましいおじさんが、すっかりすきになったわ。」

と、鳩子がかたく大山の手をにぎりしめました。

大山はそれから、町子に、

「大すきな町子さん、さようなら。ぼくは、ざんねんにも、とうとうあなたをむすめにすることができなかった。しかし、あなたのすばらしいあたまと、どきょうは、いつまでもわすれないよ。ぼくたちはもう、きょうかぎり二度と生きてあうことはないでしょう。どうぞ、おじさんの大川刑事部長によろしく。」

と、あいさつしました。

最後に大山は、ジョオとかたく手をにぎりあいましたが、ふたりは男らしく、なんにもいわず、おたがいに目と目を見つめあっただけでした。し

かし町子には、にぎった手をはなすしゅんかん、ふたりの目の中に、きらりとなみだが光ったように思われました。

やがて、町子たち三人が、ぶじにアメリカの豪華船にのりうつると、三人は、さっそくデッキへのぼって、別れゆく黒鳩号を見おくりました。

飛行機に、えんとつやマストをこわされ、デッキをめちゃめちゃにされた黒鳩号は、それでも、ゆっくりゆっくり、ぼうぼうたる大洋を走りつづけていました。

町子が、デッキにとりつけの大きな望遠鏡でのぞくと、その船のいちばんてっぺんの、ゆがんだブリッジの上に、ボス・大山のすがたが、ぽつんと見えました。

背の高い大山は、れいの小型機関銃をかかえて、小さないすにこしかけ、じっと、船のゆくてを見つめていました。けがをした左うでは、白いほうたいでつってありました。そして、その男らしい日にやけた顔には、いつものようなだいたんふてきな微笑がうかんでいました。

町子は、そのさびしそうなすがたをじっと見つめ、口の中で、

「大山さん、さようなら。お元気で。」

と、小さくつぶやきました。

そのうちに、町子たちののったアメリカ船は、ぐんぐんと速力をまし、海賊船黒鳩号もボス・大山のすがたも、まもなく水と空のかなたに消えて、見えなくなってしまいました。

『少女クラブ』（講談社 刊）1956（昭和31）年1月号より転載（連載第1回）（絵：谷 俊彦）

『少女クラブ』（講談社 刊）1957（昭和32）年6月号より転載（最終回）（絵：谷俊彦）

※講談社の当時の社名は大日本雄辯會講談社

解説――少女と魔境と怪人と

芦辺　拓

読者《あなた》はご存じだったでしょうか――戦後のある時期、活字に飢えていた大人たち相手の出版ラッシュに負けじとばかり、多種多様な児童向け雑誌が創刊され、それらには例外なく何本もの連載小説や読み切りが載っていて、小さな読者たちをハラハラさせたりドキドキさせたりしていたことを。その勢いは、後に王座を占める漫画をはるかにしのぎ、内容もまた子供の空想力に寄り添っているがゆえに奇想天外で、書き手もハメをはずしたかのように思いつく限りのアイデアをぶちこみ、物語をあらぬ方向に転がしていました。

そして、もう一つ――あなたはご存じだったでしょうか。あの感覚鋭い詩人であり童謡作家である一方で、通俗きわまりない流行歌の作詞家であり、学者であり翻訳家でもあり、とりわけロマンティックでセンチメンタルな文章で少女たちを魅了していたことで知られる西條八十（一八九二―一九七〇）が、そうした作品を多数手がけ、しかも質量ともに他の追随を許さなかったことを。

私はといえば、少しも知りませんでした。物心ついたときには、すでに漫画週刊誌の全盛期でしたし、大衆文学《エンタメ》系少年少女小説ともいうべき作品に触れる機会は、めったになかったように記憶しています。唯一孤塁を守っていてくれたのは中高生にむさぼり読まれた眉村卓先生らのジュヴナイルＳＦで、いま思えば、これこそがこのジャンルの後継だったのかもしれません。

むろん、江戸川乱歩の少年探偵団シリーズは子供たちの変わらぬ愛読書でしたし、戦前、講談社の「少年倶楽部」を中心に少年少女小説の黄金時代があったことも、知識として得てはいたのです。けれども、自分の愛読する作家の多くが、一時期盛んに少年ものを手がけていたこと、そこにはいかにも面白そうな探偵小説がふくまれていることを知ったのは、かなり遅れてのことになりました。

なぜか彼らの作品リストから抜け落ちていたこともありますが、まさにこれほど膨大で多彩な収穫があるとは夢にも思わなかったのです——しかも、その中心に西條八十という、先に記したように多方面で有名ではあるけれども、一般的な意味でのミステリの世界では、まず語られることのなかった人がいようなどとは!


ひとたびは完全に忘れ去られたといっていい少年少女向け冒険探偵小説——そこにはこれら以降の児童文学はもとより、広く娯楽小説が捨ててしまった奇想があり、辻つま合わせなどにはこだわらない大らかさがありました。何より芸術作品として認められようとか、一般文芸にすり寄ろうなどとはこれっぽっちも考えず、ひたすらページを繰らせることにのみ専心しているのが、何とも潔いではありませんか。

西條八十とその作品は、そんな中でも特異な位置を占めています。まず、その語学力を生かして実に多くの海外小説を読み、それらのアイデアやプロットを自家薬籠中のものにしていたこと。次に、大学時代、講義として聞こえてくる単語の一つ一つがイメージを喚起し、それらが雑念となって苦しいほどだったという想像力の豊かさ。

そして、そのジュヴナイル作品の大半が少女向け雑誌に寄稿されたことから、奇怪な事件に立ち向かったり、冒険の主体となるのが女の子たちであること。これは、二〇一五年より書肆盛林堂から私家版として復刻されている彼の最長シリーズ『あらしの白ばと』、また最後まで収録候補として迷った『アリゾナの緋ばら』（何と西部小説！）に最も顕著なところです。

少女小説へのステロタイプな理解では、悲しい運命に翻弄され、読者の紅涙をしぼるはずのヒロインたちは、彼の小説では全く違う姿を見せてくれます（むろん、従来型ヒロインの出る作品も多いのですが）。それを本書の収録作品によって見てみれば――


『人食いバラ』には、当時の少女小説の常道を踏むように善悪二人の少女が登場します。ただし、いじめられっ子と意地悪娘といったレベルをはるかに越えた、殺し殺される関係として。西條ジュヴナイル再評価の口火を切ったとも言えるこの作品で、巻頭描かれるのは、天使のような貧しい少女・英子に突如降ってわいた莫大な遺産相続話。まずここからして伝統的な物語であり、お伽噺めいてさえいますが、あとの展開がすさまじい。

財産を横取りされたと逆恨みし、悪魔と化した少女・春美が立てる殺人計画のあの手この手。いまだかつて殺人狂の博士を手なずけ、脱走の手引きまでするなんて女の子がいたでしょうか。伝染病患者を凶器に用いる女の子がいたでしょうか。しかも、それをヌケヌケと描いて、もっともらしく感じさせる作品があったでしょうか。

結末の趣向は、怒濤の展開に身を任せていた方が驚けるので何も申しませんが、西條八十という人がミステリのよき理解者であったことにも首肯させるものとなっています。

『青衣の怪人』の舞台は、よるべない少女・千春が雇われた薄気味の悪い屋敷。それが東京は千駄ヶ谷あたりというのですから時代を感じさせますが、そこで彼女に黒眼鏡の怪紳士から与えられた仕事は、心を病んでいるらしき老婆の話し相手――となると、何やらゴシックロマンの気配が漂ってくるではありませんか。案の定、千春の周囲では天井からの怪しい物音や金色の手形の出現、物品の消失といった怪異が次々と起き……ついに現われたのは怪人青ガエル男!

さらに襲いかかる受難と試練の波状攻撃。蛇! 毒菓子! 病院監禁! でも、彼女には親友の友子がいました。その助けを受けて、千春は果敢に運命に立ち向かい、奪われたものを取りもどそうとするのですが……その願いはかなえられるのか。そして千春と友子に平穏な日々は訪れるのでしょうか?

『魔境の二少女』は題名通り、アマゾンの奥地でめぐりあった日仏二人の美少女、小百合とニコレットによる探検物語。もっともシンシン氏のウェブページ「西条八十児童小説データ」によると、アフリカが舞台の『湖底の大魔神』が原型だそうで、道理で南米にいないゴリラが出てくるわけです。〝ばけものガニ〟はどっちにせよ、いそうにありませんが……。

ともあれ現地部族との凄惨な合戦あり、火柱立つ熱地獄あり、地底をくぐっての魔境入りあり、ハガードの『ソロモン王の洞窟』の妖婆ガゴールを思わせる醜悪な大王との対面あり――と作者の取材範囲の広さには驚くばかりですし、アメリカ・インディアンの黒獅子の描き方も、当時の日本人の人種観からは一歩踏み出している気がします。何より、秘境冒険小説の主人公に少女を据えてしまうところにこそ、西條八十という人の個性と主張があるような気がするのです。

『すみれの怪人』では少女同士の友愛もしっかりありますが、それにも増してヒロイン町子と怪人〝すみれのジョオ〟との奇妙な関係が描かれます。これも西條作品にまま見られるもので、『謎の紅ばら荘』や『流れ星の歌』では、若くハンサムな探偵（警視庁に属しているようですから、今なら「刑事」でしょうが）が登場して保護者となり、『幽霊の塔』では美少年のオカルト研究家が雇い主となります。いずれも宝塚の男役を思わせるスマートさなのに独特の風味が感じられます。

町子は少女ながら身の上相談所の所長で、これは戦後早くの『青い洋館』で少女探偵として紹介される泉マリ子の後身でしょうか。その分、物語は大きく転がり、ジョオにボスの大山、ばけもの船長ら、やけに濃い悪党を巻きこんで大海原にまで乗り出してゆきます。続編に『赤い影ぼうし』があり、西條ジュヴナイルの最終期を飾るシリーズとなりました。

なおテキスト入手に当たっては、《古本屋ツアー・イン・ジャパン》の小山力也氏の協力を得ました。

以上四長編、一部を除いて長らく復刊されることなく埋もれてきた作品ですが、きっと今日の読者にも喜んでいただけるものと確信しています。

私事にわたりますが、西條作品をはじめとする少年少女向け冒険探偵小説群にひょんなことからめぐりあい、耽読し始めた私はその間ずっと幸福でした。今日、極限まで進化した映画や漫画、アニメですら及ばない表現力が小説にはあることを再認識させられ、私自身がＳＦやミステリに夢中になり（純文学だの中間小説には目もくれず）、ただもう面白い物語を求めた果てに、自ら書き始めたころを思い出したりしたものです。

今後《少年少女奇想ミステリ王国》には、そうしたパワフルにしてイメージ全開、面白さレブリミットな作品のみを選び、それに大橋崇行博士の入念な校訂と精細な資料を付して刊行してまいります。こうした解説のしめくくりとしては異例ですが、どうかご期待並びにご愛読の程を！

解題

本巻は「少年少女奇想ミステリ王国」第一巻「西條八十集」として、西條八十の少女小説作品から「青衣の怪人」「魔境の二少女」「人食いバラ」「すみれの怪人」の四作品を収録した。

解題は、初出、底本、本文校訂に関する事項で、必要と思われるものについて記した。

【本文校訂に関する注記】では、校訂作業で行った主な異同の処理について記してある。

また、〔 〕内は本文のページ数を、（ ）内は校訂者による注記を示す。

人食いバラ〔五ページ〕

講談社の少女雑誌『少女クラブ』に、一九五三（昭和二八）年一月（第三一巻第一号）から一二月（第三一巻第一四号）にかけて掲載される。初出の挿画は高木清。

単行本は『人食いバラ』（高木清挿画、偕成社、一九五四（昭和二九）年一月二〇日）があり、これを底本として、初出の本文を参照して校訂を行った。

また、唐沢俊一編『少女小説傑作選カラサワ・コレクション』の第一巻として、二〇〇三（平成一五）年一一月に刊行されている。

【本文校訂に関する注記】

ルビは作中人物の初出や、特殊な読みなどのみを残し、あとは省略した。

雑誌初出と底本とを校合の上、一部の誤りを訂正した。主なものは、以下のとおり。

・六四頁下段六行目
底本「そんなこととはは夢にも」。誤植と判断し「は」を一つ削除した。
・一〇九頁下段一三行目
底本に「小顔で春美に」とある。おそらく「小声で春美に」の誤りだと思われるが、確定できないため、底本のまま残した。
・一二二頁上段一一行目
底本は「ここいいながら」。誤植と判断し、「こういいながら」と訂正した。

青衣の怪人〔一二五ページ〕

講談社の少女雑誌『少女クラブ』に、一九五一（昭和二六）年一月（第二九巻一号）から一二月（第二九巻一三号）にかけて掲載される。初出の挿画は富永謙太郎。また、講談社の少女漫画『なかよし』一九六六（昭和四一）年九月（第一二巻第九号）〜一九六七（昭和四二）年一二月（第一三巻第一二号）に、縮約・改稿の上、再掲されている。再掲版の挿画は石原豪人。西條八十が手がけた最初の「探偵もの」とされる。

単行本は、『青衣の怪人』（富永謙太郎挿画、講談社（『少年少女評判読物選集』第一巻）、一九五二（昭和二七）年一月一五日刊行）、『青衣の怪人』（岩田浩昌挿画、偕成社、一九五五（昭和三〇）年九月二〇日刊行）、『古都の乙女・青衣の怪人・八十少女純情詩集』（長谷川匠挿画、河出書房（『日本少年少女名作全集』第二〇巻）、一九五五（昭和三〇）年四月三〇日刊行）、『青衣の怪人』（岩田浩昌挿画、偕成社（『ジュニア探偵小説』第一七巻）、一九六九（昭和四四）年九月二〇日。昭和三〇年版の再版本）の四種がある。

本書では、昭和二七年刊行の講談社版を底本としている。

【本文校訂に関する注記】

ルビは作中人物の初出などのみ残し、あとは省略した。また、二頁「と、友子が千春の手をにぎって、しんみりといいました。」にように、会話文の次の行が引用の「と」で始まる場合、底本では改行後の一字下ゲがないのが通常であり、これはそのままの様態を残している。

雑誌初出と底本とを校合の上、漢字を一部現行の字体に改めた。

魔境の二少女〔二六七ページ〕

実業之日本社の少女雑誌『少女の友』に、一九五二（昭和二七）年八月（第四五巻第八号）から一九五三（昭和二八）年一〇月（第四六巻第一〇号）にかけて掲載される。初出の挿画は古賀亜十夫。東光出版社の雑誌『東光少年』の一九五〇年三月（第二巻第三号）および同年四月（第二巻第四号）に掲載が確認できる「湖底の大魔神」を改稿したもの。

単行本は『魔境の二少女』（古賀亜十夫挿画、偕成社、一九五四（昭和二九）年二月二五日刊行）があり、これを底本として、初出の本文を参照して校訂を行った。

【本文校訂に関する注記】

ルビは作中人物の初出や、特殊な読みなどのみを残し、あとは省略した。

雑誌初出と底本とを校合の上、漢字を一部現行の字体に改めたほか、明らかに誤植と思われるものは訂正を行っている。

主なものは、以下のとおり。

・二七五頁下段二行目
底本は「川巾」。「川幅」に訂正した。
・三〇一頁下段九行目
底本は「反り血」。「返り血」に訂正した。
・三九六頁上段一二行目
本文の注記にあるように、これ以降、一緒に歩いている人数に誤りがある。

すみれの怪人〔四二二ページ〕

講談社の雑誌『少女クラブ』に、一九五六（昭和三一）年一月（第三四巻第一号）から一九五七（昭和三二）年六月（第三五巻第七号）にかけて掲載される。一九五六年一二月（第三四巻第一四号）では別冊付録に掲載されている。挿画は谷俊彦。

本作品は単行本化が行われたことがなく、本書が初の単行本化となるため、雑誌初出を底本とした。

【本文校訂に関する注記】

一部、句点やカギ括弧（」）、「！」のあとの一字アキが抜け落ちている箇所を補い、ルビは作中人物の初出などのみ残して、あとは省略した。また、「青衣の怪人」と同様、会話文のあとの「と」で始まる行は一字アキがないため、そのままの様態を残している。挿絵が入っている場合に、一字アキかどうか判別が難しい箇所があるものの、すべて同じ形に統一した。挿絵に入っている説明の短い文については、省略している。

その他の主な校訂は、以下のとおり。

・四三七頁上段九行目

章の中で話が区切れる際、「＊　＊　＊」が使われている場合や、「☆　☆」が使われている場合など、ばらつきがある。基本的には底本の形をそのまま残したが、高さのばらつきや字間については、初出の形に統一した。

・四四八頁上段九行目

底本では、大川刑事部長の名前が「大川修」。大川刑事部長の名前が作品全体を通して「大川力」と「大川修」とで混在しており、同一人物の錯誤と判断して、初出の「大川力」に統一した。

・四六四頁下段三行目

底本では「くらやみの松」。名前が作品全体を通して「くらやみの六」と「くらやみの松」とで混在しており、同一人物の錯誤と判断して、初出の「くらやみの六」に統一した。

（大橋崇行・藤田祐史）

【著者紹介】

西條八十（さいじょう・やそ）

1892（明治25）年1月、東京都生まれ。詩人、児童文学作家、童謡作家、作詞家。早稲田大学在学中から創作活動を開始し、同人誌の制作にも関わる。フランス留学を経て、帰国後は早稲田大学の仏文科の教授を務める。大正末期から昭和30年代にかけては児童文学作品を数多く上梓し、日本を代表する児童文学作家として活躍。同時に作詞家としても活躍し、「東京行進曲」「青い山脈」「蘇州夜曲」などの流行歌のほか、校歌、社歌、軍歌など多彩なジャンルで数多くの作品を遺す。1970（昭和45）年8月没。

【編者紹介】

芦辺　拓（あしべ・たく）

1958（昭和33）年、大阪府生まれ。同志社大学法学部卒業後、読売新聞大阪本社勤務。1986年に第2回幻想文学新人賞に投じた「異類五種」で澁澤龍彦・中井英夫両氏に認められ、90年に『殺人喜劇の13人』で第1回鮎川哲也賞を受賞しデビュー。著書に『グラン・ギニョール城』『スチームオペラ』『ダブル・ミステリ』（東京創元社）、『奇譚を売る店』『楽譜と旅する男』（光文社）があり、アンソロジーやジュヴナイルも手がける。

大橋崇行（おおはし・たかゆき）

1978（昭和53）年、新潟県生まれ。総合研究大学院大学文化科学研究科博士後期課程修了。博士（文学）。岐阜工業高等専門学校一般科目（人文）科助教などを経て、東海学園大学人文学部人文学科准教授。作家。専門は日本近代文学。著書に、『ライトノベルから見た少女／少年小説史　現代日本の物語文化を見直すために』（笠間書院）、『言語と思想の言説　近代文学成立期における山田美妙とその周辺』（笠間書院）、『司書のお仕事―お探しの本は何ですか？』（勉誠出版）などがある。

※本書には、今日の人権擁護の観点からすると差別的な表現が含まれますが、原文を尊重してそのまま掲載しました。

少年少女奇想ミステリ王国 第1巻

西條八十集《さいじょうやそしゅう》 人食《ひとく》いバラ 他三篇《ほかさんぺん》

2018年8月20日　初版初刷発行

著　者　西條八十

編　者　芦辺　拓

発行者　伊藤光祥

発行所　戎光祥出版株式会社

〒102-0083 東京都千代田区麹町1-7 相互半蔵門ビル8F

TEL：03-5275-3361（代表）　FAX：03-5275-3365

https://www.ebisukosyo.co.jp

info@ebisukosyo.co.jp

編集協力　株式会社イズシエ・コーポレーション

印刷・製本　モリモト印刷株式会社

装　　丁　堀　立明

ISBN：978-4-86403-280-3